GOTTFRIED BENN

AUTOBIOGRAPHISCHE UND VERMISCHTE SCHRIFTEN

Gesammelte Werke in vier Bänden

herausgegeben von Dieter Wellershoff

Vierter Band

KLETT-COTTA

Vierte Auflage, 1985
Mit Personenregister für alle vier Bände
(Irene Wellershoff)
Verlagsgemeinschaft Ernst Klett Verlag –
J. G. Cotta'sche Buchhandlung

Printed in Germany
Umschlag: Heinz Edelmann
Druck: WB-Druck, Füssen
ISBN 3-608-20620-5

AUTOBIOGRAPHISCHE SCHRIFTEN

EPILOG UND LYRISCHES ICH

„Das Leben währet vierundzwanzig Stunden und, wenn es hoch kommt, war es eine Kongestion."

Geboren 1886 als Sohn eines evangelischen Pfarrers und einer Französin aus der Gegend von Yverdon in einem Dorf von dreihundert Einwohnern etwa in der Mitte zwischen Berlin und Hamburg, aufgewachsen in einem Dorf derselben Größe in der Mark. Kam aufs Gymnasium, dann auf die Universität, studierte zwei Jahre Philosophie und Theologie, dann Medizin auf der Kaiser-Wilhelm-Akademie, war aktiver Militärarzt in Provinzregimentern, bekam bald den Abschied, da nach einem sechsstündigen Galopp bei einer Übung eine Niere sich lockerte, bildete mich ärztlich weiter aus, fuhr nach Amerika, impfte das Zwischendeck, zog in den Krieg, erstürmte Antwerpen, lebte in der Etappe einen guten Tag, war lange in Brüssel, wo Sternheim, Flake, Einstein, Hausenstein ihre Tage verbrachten, wohne jetzt in Berlin als Spezialarzt, Sprechstunde abends fünf bis sieben.

Ich approbierte, promovierte, doktorierte, schrieb über Zukkerkrankheit im Heer, Impfungen bei Tripper, Bauchfellücken, Krebsstatistiken, erhielt die Goldene Medaille der Universität Berlin für eine Arbeit über Epilepsie; was ich an Literatur verfaßte, schrieb ich, mit Ausnahme der „Morgue", die 1912 bei A. R. Meyer erschien, im Frühjahr 1916 in Brüssel. Ich war Arzt an einem Prostituiertenkrankenhaus, ein ganz isolierter Posten, lebte in einem konfiszierten

Haus, elf Zimmer, allein mit meinem Burschen, hatte wenig Dienst, durfte in Zivil gehen, war mit nichts behaftet, hing an keinem, verstand die Sprache kaum; strich durch die Straßen, fremdes Volk; eigentümlicher Frühling, drei Monate ganz ohne Vergleich, was war die Kanonade von der Yser, ohne die kein Tag verging, das Leben schwang in einer Sphäre von Schweigen und Verlorenheit, ich lebte am Rande, wo das Dasein fällt und das Ich beginnt. Ich denke oft an diese Wochen zurück; sie waren das Leben, sie werden nicht wiederkommen, alles andere war Bruch.

Soweit ich die viertausend Jahre Menschheit übersehe, gibt es zwei Typen neurologischer Reaktion. Gespalten an der Empfindlichkeit gegen das Verhältnis des Ganzen und der Teile, repräsentiert durch die Irritabilität gegen den Begriff der Totalität. Primat des Ganzen, τὸ ἓν καὶ πᾶν, zufälliges Spiel der Formen, schmerzlich und zentripetal: Inder, Spekulative, Introvertierte, Expressionisten, und rühriges Absolut des Individuellen mit dem Begriff als Registratur: Kasuistiker, Aktivisten, ethisch und muskelbepackt; ich halte zu der Reihe der Totalen, der Chaoisten in einem Maße, daß ich Darwin für eine Hebamme halte und den Affen für Kunstgewerbe: wir erfanden den Raum, um die Zeit totzuschlagen, und die Zeit, um unsere Lebensdauer zu motivieren; es wird nichts und es entwickelt sich nichts, die Kategorie, in der der Kosmos offenbar wird, ist die Kategorie der Halluzination.

Ich stamme aus dem naturwissenschaftlichen Jahrhundert; ich kenne meinen Zustand ganz genau. Bacchanal durch die Singularitäten, Konkretismus triumphal, gebrochen dann wie keines unter das Gesetz der Stilisierung und der synthetischen Funktion, abgewandelt in meinen Zentren, eine groteske Persiflage; und ich muß bei dieser Gelegenheit anführen, daß ich nicht immer mein jetziges Gewerbe, die

Hautleiden, betrieb. Ich war ursprünglich Psychiater gewesen, bis sich das merkwürdige Phänomen einstellte, das immer kritischer wurde und darauf hinauslief, daß ich mich nicht mehr für einen Einzelfall interessieren konnte.

Es war mir körperlich nicht mehr möglich, meine Aufmerksamkeit, mein Interesse auf einen neueingelieferten Fall zu sammeln oder die alten Kranken fortlaufend individualisierend zu beobachten. Die Fragen nach der Vorgeschichte ihres Leidens, die Feststellungen über ihre Herkunft und Lebensweise, die Prüfungen, die sich auf des einzelnen Intelligenz und moralisches Quivive bezogen, schufen mir Qualen, die nicht beschreiblich sind. Mein Mund trocknete aus, meine Lider entzündeten sich, ich wäre zu Gewaltakten geschritten, wenn mich nicht vorher schon mein Chef zu sich gerufen, über vollkommen unzureichende Führung der Krankengeschichten zur Rede gestellt und entlassen hätte.

Ich versuchte, mir darüber klarzuwerden, woran ich litt. Von psychiatrischen Lehrbüchern aus, in denen ich suchte, kam ich zu modernen psychologischen Arbeiten, zum Teil sehr merkwürdigen, namentlich der französischen Schule; ich vertiefte mich in die Schilderungen des Zustandes, der als Depersonalisation oder als Entfremdung der Wahrnehmungswelt bezeichnet wird, ich begann, das Ich zu erkennen als ein Gebilde, das mit einer Gewalt, gegen die die Schwerkraft der Hauch einer Schneeflocke war, zu einem Zustande strebte, in dem nichts mehr von dem, was die moderne Kultur als Geistesgabe bezeichnete, eine Rolle spielte, sondern in dem alles, was die Zivilisation unter Führung der Schulmedizin anrüchig gemacht hatte als Nervenschwäche, Ermüdbarkeit, Psychasthenie, die tiefe, schrankenlose, mythenalte Fremdheit zugab zwischen dem Menschen und der Welt.

Unmöglich, noch in einer Gemeinschaft zu existieren, unmöglich, sich auf sie zu beziehen in Leben oder Beruf; zu durchsichtig die Wrackigkeit ihrer antithetischen Struktur, zu verächtlich dieser ewig koitale Kompromiß embonpointaler Antinomien . . . Ich hatte bei Montesquieu gelesen, Caligula, da er ebenso von Antonius wie Augustus abstammte, sagte, er würde die Konsuln strafen, wenn sie den zum Andenken an den Sieg bei Actium eingesetzten Freudentag feierten, würde sie aber auch strafen, wenn sie nicht feierten; und als Drusilla, der er göttliche Ehren zuteil werden ließ, gestorben war, galt es als Verbrechen, sie zu beweinen, weil sie eine Göttin war, und sie nicht zu beweinen, weil sie seine Schwester war. Dies schwebte mir vor. Hieran mußte ich denken, wenn der Zeitgenosse mir entgegentrat. In dieser Form sah ich ihn, wo immer er sich mir stellte; in dieser Linie offenbarte sich mir seine Figur. Es war die „Einerseits“ - und „Andererseits“-Struktur, in der er sich bewegte, das Professionell-Diagonale zur Prophylaxe des Geschlechts. Einerseits und andererseits die verbissenste Individualität bis in den Dreck der Fingernägel und zu sozialen Kompromissen gezwungen vom Fressen bis zum Koitus, ewig diese mediokre Balance und diese generell ewig positive Latenz. Lemuren, Schemen, kreischende Mahre, um die Galoschen schlickernd das Nichts: Worte, Horatio, Blähungen der Lippe, Samen blasend ins Geschwätzige, immer wieder machte ich die Tore eng und die Türen des Geschäftes zu und ging auf Reisen, immer wieder mußte ich zurück, da ich in Europa keine Wüste fand. Ein Herr sitzt vor mir in meinem Sprechzimmer, er wendet mir seine Rede zu, die Summe von Erfahrungen eines achtbaren Lebens spielt um seine Lippe, er will bei mir Genesungssubstantive kaufen; nur Mut, mein Freund, es geht schon aufwärts, Beruhigung, Bekömmlichkeit. Ich blicke über die Straße, ein Herr stäubt sich den Rock ab, es stäuben sich aber in diesem Augenblick viele Herren den Rock ab, wohin man blickt, immer dies Simultane, hin und her zwischen der Stabilisation und dem Fraglos-Weiten, zwischen Begriff und Absolutem hin und her . . .

Wie soll man da leben? Man soll ja auch nicht. Vasomotorisch labil, neurotisch inkontinent, ecce am Kadaver und ecce an der Apokalypse, Schizothymien statt Affekte, statt Fruchtbarkeit Aborte in alle Himmelsstriche, autopsychisch solitär, faulig monokol, polyphemhaft an den Hammelstücken, die ihre Beute unten tragen: am Bauch, nicht an den absoluten Graten; siebenunddreißig Jahre und total erledigt, ich schreibe nichts mehr – man müßte mit Spulwürmern schreiben und Koprolalien; ich lese nichts mehr – wen denn? die alten ehrlichen Titaniden mit dem Ikaridenflügel im Stullenpapier? ich denke keinen Gedanken mehr zu Ende, rührend das Bild des Abendländers, der immer noch und immer wieder, und bis der Okzident in Schatten sinkt, dem Chaos gegenübertritt mit seiner einzigen Waffe, dem Begriff, der Schleuder, davidisch, mit der er um sein Leben kämpft, – aber Dämmerung über die formalen Methoden, ich streife die Vorstellung einer Funktion außerhalb der Psychologie ewig latenter Antithesen – syndikalistisch-metaphys.

Einige Jahre später. Neue Arbeiten, neue Versuche des lyrischen Ich. Digestive Prozesse, heuristische Kongestionen, transitorische monistische Hypertonien zur Entstehung des Gedichts. Ein Ich, mythen-monoman, religiös, faszinär: Gott ein ungünstiges Stilprinzip, aber Götter im zweiten Vers etwas anderes wie Götter im letzten Vers – ein neues ICH, das die Götter erlebt: substantivistisch suggestiv.

Es gibt im Meer lebend Organismen des unteren zoologischen Systems, bedeckt mit Flimmerhaaren. Flimmerhaar ist das animale Sinnesorgan vor der Differenzierung in gesonderte sensuelle Energien, das allgemeine Tastorgan, die Beziehung an sich zur Umwelt des Meers. Von solchen Flimmerhaaren bedeckt stelle man sich einen Menschen vor, nicht nur am Gehirn, sondern über den Organismus total. Ihre Funktion ist eine spezifische, ihre Reizbemerkung scharf isoliert: sie gilt dem Wort, ganz besonders dem Substantivum, weniger dem Adjektiv, kaum der verbalen Figur. Sie gilt der Chiffre, ihrem gedruckten Bild, der schwarzen Letter, ihr allein.

Man lebt vor sich hin sein Leben, das Leben der Banalitäten und Ermüdbarkeiten, in einem Land reich an kühlen und schattenvollen Stunden, chronologisch in einer Denkepoche, die ihr flaches mythenentleertes Milieu induktiv peripheriert, in einem Beruf kapitalistisch-opportunistischen Kalibers, man lebt zwischen Antennen, Chloriden, Dieselmotoren, man lebt in Berlin.

Die Jahre der Jugend sind vorbei, der illusionären Hyperbolik, erloschen das Fieber der individuellen Dithyrambie. Im Wachen, im Schlafen, in den horizontalen wie vertikalen Lagen, bei den Vorgängen der Ernährung wie den Tastvorstellungen der Fingerbeere unablässig die Ermattung vor der personellen Psychologie. Was sind Beziehungen – ach alles ist möglich; Kummer und Tränen – ja sowas gibt's. Aufbau des Ich – für welche Ordnung; über mir Ziele – in wessen Raum? Man lebt vor sich hin, schon im Alter des Entgleitens mit dem prämorbiden Auge für die Züge des Vergehns.

Nun ist solche Stunde, manchmal ist es dann nicht weit. Bei der Lektüre eines, nein zahlloser Bücher durcheinander. Verwirrungen von Ären, Pêlemêle von Stoffen und Aspekten, Eröffnung weiter typologischer Schichten: entrückter strömender Beginn. Nun eine Müdigkeit aus schweren Nächten,

Nachgiebigkeit des Strukturellen oft von Nutzen, für die große Stunde unbedingt. Nun nähern sich vielleicht schon Worte, Worte durcheinander, dem Klaren noch nicht bemerkbar, aber die Flimmerhaare tasten es heran. Da wäre vielleicht eine Befreundung für Blau, welch Glück, welch reines Erlebnis! Man denke alle die leeren entkräfteten Bespielungen, die suggestionslosen Präambeln für dies einzige Kolorit, nun kann man ja den Himmel von Sansibar über den Blüten der Bougainville und das Meer der Syrten in sein Herz beschwören, man denke dies ewige und schöne Wort! Nicht umsonst sage ich Blau. Es ist das Südwort schlechthin, der Exponent des „ligurischen Komplexes“, von enormem „Wallungswert“, das Hauptmittel zur „Zusammenhangsdurchstoßung“, nach der die Selbstentzündung beginnt, das „tödliche Fanal“, auf das sie zuströmen die fernen Reiche, um sich einzufügen in die Ordnung jener „fahlen Hyperämie“. Phäaken, Megalithen, lernäische Gebiete – allerdings Namen, allerdings zum Teil von mir sogar gebildet, aber wenn sie sich nahen, werden sie mehr. Astarte, Geta, Heraklit – allerdings Notizen aus meinen Büchern, aber wenn ihre Stunde naht, ist sie die Stunde der Auleten durch die Wälder, ihre Flügel, ihre Boote, ihre Kronen, die sie tragen, legen sie nieder als Anathemen und als Elemente des Gedichts.

Worte, Worte – Substantive! Sie brauchen nur die Schwingen zu öffnen und Jahrtausende entfallen ihrem Flug. Nehmen Sie Anemonenwald, also zwischen Stämmen feines, kleines Kraut, ja über sie hinaus Narzissenwiesen, aller Kelche Rauch und Qualm, im Ölbaum blüht der Wind und über Marmorstufen steigt, verschlungen, in eine Weite die Erfüllung – oder nehmen Sie Olive oder Theogonien: Jahrtausende entfallen ihrem Flug. Botanisches und Geographisches, Völker und Länder, alle die historisch und systematisch so verlorenen Welten hier ihre Blüte, hier ihr Traum – aller Leichtsinn, alle Wehmut, alle Hoffnungslosigkeit des Geistes werden fühlbar aus den Schichten eines Querschnitts von Begriff.

Ach, nie genug dieses einen Erlebnisses: das Leben währet vierundzwanzig Stunden und, wenn es hoch kommt, war es eine Kongestion! Ach immer wieder in diese Glut, in die Grade der plazentaren Räume, in die Vorstufe der Meere des Urgesichts: Regressionstendenzen, Zerlösung des Ich! Regressionstendenzen mit Hilfe des Worts, heuristische Schwächezustände durch Substantive – das ist der Grundvorgang, der alles interpretiert: Jedes ES das ist der Untergang, die Verwehbarkeit des ICH; jedes DU ist der Untergang, die Vermischlichkeit der Formen. „Komm, alle Skalen tosen Spuk, Entformungsgefühl“ – das ist der Blick in die Stunde und die Glücke, wo die „Götter fallen wie Rosen“ – Götter und Götterspiel.

Schwer erklärbare Macht des Wortes, das löst und fügt. Fremdartige Macht der Stunde, aus der Gebilde drängen unter der formfordernden Gewalt des Nichts. Transzendente Realität der Strophe voll von Untergang und voll von Wiederkehr: die Hinfälligkeit des Individuellen und das kosmologische Sein, in ihr verklärt sich ihre Antithese, sie trägt die Meere und die Höhe der Nacht und macht die Schöpfung zum stygischen Traum: „Niemals und immer.“

SUMMA SUMMARUM

„Willkommen aus Sils-Maria."

Es wird wieder so viel für die Kunst getan, kein Bierabend ohne ihre Vertreter, schriftstellernde Herren werden ins Ministerium berufen, es lebt und webt, man zitiert die Ufer des Arno. Da möchte ich mit einem numerischen Beitrag erscheinen, einem Kalkül, einer verstandesmäßigen Betrachtung darüber, wieviel ich durch mein Dicht- und Schriftstellertum summa summarum während meines Lebens verdient habe. Bei meiner ersten Publikation war ich fünfundzwanzig Jahre alt, in diesem Monat wurde ich vierzig, es handelt sich also um fünfzehn Jahre, und ich zählte vollkommen genau alles zusammen, was ich je an Honoraren für Bücher, einschließlich Gesammelte Schriften, Feuilletons, Nachdruck, Übernahme in Anthologien, mit einem Wort infolge der Papier- und Verlagsindustrie vereinnahmt habe: es sind neunhundertfünfundsiebzig Mark.

Was speziell die Gedichte angeht, so verdiente ich 1913 für ein lyrisches Flugblatt bei meinem Freund Alfred Richard Meyer vierzig Mark, während des Krieges für Gedichte in den Weißen Blättern von Schickele zwanzig Mark, nach dem Krieg im Querschnitt für zwei Gedichte dreißig Mark, das macht zusammen für Lyrik neunzig Mark. Ich will nun keineswegs aufräumen, wie es Else Lasker-Schüler tat, meine fachärztliche Tätigkeit hat mich bis heute ernährt. Und obschon die Geschlechtskrankheiten vom Erdboden zu verschwinden scheinen und der internationale Syphilidologenkongreß in Paris 1925 den Rückgang der Lues für Europa für die letzten fünf Jahre auf fünfzig Prozent schätzt, will ich im Interesse des Allgemeinen Ehrlich-Hata nicht verklagen. Es ist wie gesagt nur ein Kalkül über Dichten und Denken, ein Gedankengang hinsichtlich Kunst und Leben und den kastalischen Quell.

Zu den weiteren Betrachtungen muß ich eine Vorbemerkung machen. Es spielt für die Frage gar keine Rolle, ob ich als schriftstellerische Persönlichkeit geschätzt, über- oder unterschätzt werde. Es handelt sich hier ausschließlich um Statistik, nämlich um folgendes:

Mit diesen neunhundertfünfundsiebzig Mark bin ich übersetzt ins Französische, Englische, Russische, Polnische und in lyrische Anthologien Amerikas, Frankreichs und Belgiens übergegangen. Im letzten Jahr sind in Paris Aufsätze oder Bemerkungen über mich erschienen in Nouvelles littéraires, Volonté, L'opinion républicaine, soweit mir bekannt. In einem Aufsatz des Franzosen Reber las ich eine Kritik über ein französisches Buch, das sich mit deutscher Literatur befaßte, und das er abfällig beurteilte, weil es sich beispielsweise mit Figuren wie mir nicht beschäftigte. In einem Vortrag in der Sorbonne rechnete mich Herr Soupault zu den fünf größten Lyrikern nicht nur Deutschlands, sondern Europas. In einer Woche dieses März erhielt ich ein Essay aus Paris über mich zugeschickt, erhielt den Besuch einer Warschauer Journalistin wegen eines Interviews und wurde von Moskau aus aufgefordert, ein Bild mit Biographie für eine internationale Kunstausstellung einzusenden.[1] In Deutschland gelte ich den Literaturgeschichten als einer der prominenten Lyriker des Expressionismus, der Rundfunk widmete mir eine Stunde der Lebenden mit und im Gegensatz zu – sit venia comparationi – Stefan George, eine Zeitung bemerkte über mich bei dieser Gelegenheit: „einer der Größten unsrer Zeit."

Nun vergleiche ich diese neunhundertfünfundsiebzig Mark mit den Verdiensten andrer Kunst- und Geistestätiger. Eine gute Solotänzerin erhält in der Staatsoper dreihundert Mark pro Abend ihres Auftretens, eine mittlere Prominenz beim Film verdient am Tag vierhundert Mark, der erste Geiger einer Sommerkapelle von einigem Niveau wird mit eintausendfünfhundert Mark im Monat bezahlt, der Dirigent der Kinokapelle im Marmorhaus mit viertausend Mark. Ohne mich mit einigen festengagierten Schauspielerinnen von großem Namen, aber begrenzten Talenten vergleichen zu wollen, die zweitausend Mark im Monat garantiert erhalten, ohne an das Geld der Chefredakteure, Intendanten, Bankpräsidenten, die Aufsichtsratstantiemen der Abgeordneten zu denken, wenn ich nur den lyrischen Tenor aus Königsberg und den Wotansänger aus Karlsruhe mit ihren zwei- bis dreitausend Mark Monatsgagen heranziehe, so steht einer der Größten dieser Zeit mit vier Mark fünfzig im Monat entschieden ungünstig da.

Aber, wie gesagt, ich beklage diesen Zustand nicht. Beklagte ich ihn, müßte ich[2] die Gesellschaftsordnung beschuldigen, aber die Gesellschaftsordnung ist gut. Man bedenke doch diese Rasse, die aus dem Dunkel ins Helle strebt ganz ohne Revanchefurcht vorm Licht. Diese Politiker und Minister, was verjauchen sie nicht alles rhetorisch vom Pfingstwunder bis zur Apokalypse, und wenn sie gestorben sind, welche sonderbaren[3] und tiefgeschlagenen Firmen inserieren ihnen einen Nachruf. Diese literarischen Heroen, jeden Tag ein Interview, glaubt irgend jemand, daß sie, nach Kukirol oder Hämorrhoidalblutungen befragt, etwa weniger wichtigtuerisch sich aussprechen würden? Diese künstlerischen Journale: „Woran arbeiten Sie?", und dann antworten diese Biedermänner über ihre Gestaltungsideale, daß demgegenüber die Antwort eines anständigen Schusters, nach seinem Leisten befragt, ein menschlich tiefes Gebilde wäre. Diese feingeistigen Rundfragen: „In welchem Kapitel las-

sen Sie ihn im allgemeinen ihr das Du anbieten?", und keiner der Befragten sendet dem Rundfrager eine Streichholzschachtel mit Bronchialabsonderung zu – nein, ich will weiter meine Tripper spritzen, zwanzig Mark in der Tasche, keine Zahnschmerzen, keine Hühneraugen, der Rest ist schon Gemeinschaft, und der weiche ich aus.
Oder was spricht für Gemeinschaft? Etwa Kleist, als er sich bei Machnow der Repetierpistole bediente, oder Onkel Fritz an seinem Lebensabend, Willkommen aus Sils-Maria, als er sich bei seiner Schwester den Vollbart stehen ließ, oder Weininger oder die Morituri auf der Schädelstätte, Essig auf den Mandeln und die Füße von zwei alten Weibern beweint –: auf die Bierabende mit den Herren! Machnow, Golgatha, Naumburg[4] – alles für vier Mark fünfzig pro Monat, aber ich zu meinen Trippern und jeden Monat ein Gedicht! Gedicht ist die unbesoldete Arbeit des Geistes, der Fonds perdu, eine Art Aktion am Sandsack: einseitig, ergebnislos und ohne Partner –: evoë!

LEBENSWEG EINES INTELLEKTUALISTEN

1. Die Erbmasse

Wir sind in das Zeitalter der Genealogie eingetreten. Seit anderthalb Jahren umfängt es uns politisch und gesetzgeberisch, und während es zunächst eine Frage von Urkunden und das Resultat von anthropometrischen Messungen zu sein schien, ist es eine seelische Welt geworden, tief erregend und das Innere gestaltend. Man sieht das Bild eines nahen Ahnen, und es trägt die Züge des Urjägers, den Schnitt des langschädeligen Jägerindividualisten, einst belebend den Raum südlich des Eises, des flackernden Streifers und Felsbezwingers, des Hochgezüchteten der Megalithkultur – und man verfolgt den Stamm des anderen zu dem Urtyp des Ackerbauern, dem Säer und Züchter, Pfahlbauern, Pfahlbürger, Spelzsäer, Flachsbauern, Urbrot bakkend, die nie das Meer gesehen, ewig zur Binnenlandschaft strebend. Uralte Rhythmen, Wandel der Wasser und der Erden. Züge der Ähren, Feld-Züge, Wandern der Früchte, Kämpfe des Korns, Tragödien von Klima und Gestein im Blut des Vaters; nordische Siegschaft, urturanisches Tao kurz verglichen im Blick der Mutter –: unbegreiflich ferne Wogen von Bildern und Erlebnis plötzlich in dem eigenen Erbe ungestillter Antithesen.

Wir sind in das Zeitalter der Genealogie eingetreten, aber auch in das der genealogischen Verdächte. Der Gegner dort, ist der nicht gemischt, ist der deutsch? Was für ein Sproß[1] ist das? Ist das mein Stamm(-tisch), mein Blatt- und Mundwerk, mein Grundwasser (oder auch mein Bier), seltsam strenge Konturen dort, seltsam schillern seine Säume – Abwegiges an der Baum- und Hirnrinde –: an ihn! – Gestehe, träumerischer Mischling, öffnen Sie einem treuen Freund Ihr Blutmysterium, er ist ein Freier, er will Ihnen über Ihre schwere Stunde helfen!

Ein solcher – aber keineswegs dem neuen Staat angehörig und ergeben – nutzte diese Lage und machte sich kürzlich an mich, besser hinter mich. Er schrieb im Glauben, daß ich es nicht fände, an eine Gesellschaft, daß er in sie nicht einträte, da ich, der reinblütige Jude, ihr angehörte. Ich schrieb ihm, daß ich reinblütiger Arier sei und meine Familie bis 1704 in den Kirchenbüchern stände, seit hundert Jahren gar als evangelische Pfarrer. Interessant, erwiderte er gewandt, äußerst interessant, daß Sie sich für einen Arier halten, aber täuschen Sie sich nicht? Sie täuschen sich,[2] mein genealogischer Instinkt ist untrüglich, triebhaft empfinde ich Ihr Judentum! Ihr Name, das ist gar kein Name, sondern eine jüdische Verwandtschaftsbezeichnung, Ihre tragische Grundeinstellung ist die typische Einstellung[3] des jüdischen Mischlings, Ihre Gedichte sind typische jüdische Meisterwerke. Aber Sie verstehen mich doch richtig? Ich liebe die Juden! Das klingt doch auch in meinen Worten auf? Sie verstehen mich doch nicht falsch, nichts gegen das Kulturelement der Hebräer! Ich bin so groß und weit, und die Allmacht ist so vielgestaltig, da kann man aus Gott weiß was stammen, sogar aus unmittelbarer Nähe von Kollektenbeuteln und Talarnähten und ist doch Jude, da könnte ja jeder Kreuzworträtsler kommen und sich als Christ ausgeben, die Wissenschaft nennt das, wenn ich aus meiner unendlichen Weite Sie aufklären darf, Mendelismus – so äußerte sich dieser Freie.

Und andere dächten das gleiche, fügte er hinzu, und eine Literaturgeschichte äußerte es ebenfalls, und ein Nachschlagewerk äußerte es nochmals – und da ich nun aber reiner Arier bin, möchte ich dem Deutschtum gewisse Züge nicht nehmen lassen, die ich vielleicht aus Anlage und Liebhaberei – Freiheit und Notwendigkeit – besonders entwickelt habe und heute als besonderen Angriffspunkt offenbar darbiete, und stelle[4] meine Herkunft hiermit unter Beweis. Zu solchen Zügen rechne ich vor allem den, eine besondere[5] geistige Problematik eingeboren erhalten zu haben und sie nach eigenen Formen und selbstverantwortlich das Leben hindurch zur Darstellung bringen zu müssen, also diese sowohl protestantischen wie kunstbedingenden Züge, sie gehören nach meiner Meinung zur Tradition des Deutschtums, dieser spannungsreichsten Welt, dieser äußersten Vielfalt, diesem geniereichsten Element des Nordens, der einzigen dämonisch-metaphysischen Ergänzung der Mittelmeerwelt.

Lebensweg eines Intellektualisten oder das schicksalhafte Anwachsen der Begriffswelt oder das Verhältnis des Nordens zur Form – das sind meine Themen, und ich will gleich aussprechen, daß ich auch die Mittelmeerwelt in mir trage, sogar zu fünfzig Prozent, meine Mutter war reine Romanin. Aber ich beginne meine genealogische Rechtfertigung auf des Vaters Seite, nämlich mit der Feststellung, daß ich 1886 in dem Dorf Mansfeld (Westprignitz) im Pfarrhaus als Sohn des damaligen Pfarrers geboren bin, in den gleichen Zimmern, in denen 1857 mein Vater, Gustav Benn, ebenfalls als Sohn eines Pfarrers dort geboren war. Hinter diesem, meinem Großvater, kommt eine Reihe von Vorfahren, die Hofbesitzer und Vollbauern waren und deren Stamm sich im Kirchenbuch ihres Heimatdorfes Rambow bei Perleberg bis zum Jahre 1704 zurückverfolgen läßt. Die Benns wohnen noch jetzt in den Dörfern jener Gegend, der alten Wendengegend zwischen Putlitz, Perleberg und Lenzen, es ist die Gegend der Wendenschlachten, 929 Sieg der Deutschen unter Heinrich I. bei Lenzen über die Redarier, 1066 Ermordung des christlichen Wendenfürsten Gottschalk an den Stufen des Altares in Lunkini, Lenzen. Diese Herkunft aus dem Wendengebiet erwähne ich, weil der anstößige Name Benn vielleicht wendischen Ursprungs ist. Nach einer Familientradition soll er früher Wenn geheißen haben; von Wenn wäre es dann nicht weit bis zu dem spezifisch wendischen Wort Fenn, die Wenden brachten ja das Urfennentum, das heißt Urfischertum, in die deutschen Breiten und stellten den Typ des Urfischers neben die beiden vorhandenen, den Urbauern und den Urjäger[6]. Ich entnehme dies aus Merkenschlagers Buch: Rassenordnung, Rassenmischung, Rassenwandlung. Jedenfalls hat der Name Benn mit der hebräischen Silbe ben (Sohn) überhaupt nichts zu tun, die obenerwähnte Instinktphilosophie[7] ist reiner Dilettantismus. Ich habe hierüber den Ordinarius für orientalische Sprachwissenschaften an der Berliner Universität um seine Meinung gebeten, und seine gutachtliche Äußerung geht dahin, daß Benn vom hebräischen ben abzuleiten nicht etwa schwierig, sondern absolut ausgeschlossen sei.[8] Es gibt auf der ganzen Welt keine Juden, die Benn heißen, und das hebräische ben stand niemals und in keiner Literatur irgendeines orientalischen Volkes jemals, ohne daß ein Name darauf folgte. Sich vorzustellen, daß man einen Juden nur ben nennte, wäre genauso, als wenn man bei uns jemanden Herrn „von" nennte ohne nachfolgenden Hauptnamen. Dieser Sprachforscher hält den Namen Benn für keltischen Ursprungs. Diese Meinung findet eine Unterstützung in folgendem: Auf der Weinkarte des Weinhauses Kempinski in Berlin steht ein Wein verzeichnet, der heißt „Dürkheimer Benn". Ich habe mit Hilfe dieser Firma, dann der Deutschen Weinzeitung in Mainz und schließlich des Bürgermeisteramts von Dürkheim festgestellt, daß Benn dort eine bestimmte Höhenlage bezeichnet; es gibt dort auch noch die Bezeichnung „Hochbenn". Nun geht der Wein[9] von Gallien bis an den Rhein auf die Iberer und Kelten zurück, und der keltische Sprachstamm ist in vielen Weinausdrücken nachweisbar. Diese Kelten wiederum, einst weitverbreitetes Volk, indogermanischer Abkunft, kamen von den britischen Inseln, und dort wohnen ihre Reste noch heute. Ben: Gipfel, Spitze, in den schottischen Bergnamen (Ben Clough, Ben Lormond, Ben Nevis) ist keltisch-gälisch. Ferner gibt es nun auch heute noch in England zahlreiche, darunter sehr namhafte Benns, in der Preußischen Staatsbibliothek in Berlin sind von drei englischen Benns Werke vorhanden, nämlich von Alfred William –; Geo –; und Sir Ernest John Pickstone –; letzterer ist derjenige, mit dem mich mein Zeitungsausschnittbüro öfters in tragischer Weise verwechselt; er schrieb ein Buch: „Bekenntnisse eines Kapitalisten", das auch in Deutsch erschienen ist. Ich habe durch Bekannte in England feststellen lassen, daß auch die englischen Benns Arier sind.

Was also das Genealogische angeht, stamme ich von seiten meines Vaters aus einem rein arischen und, was das Geistig-Züchterische angeht, aus einem Milieu, in dem seit über hundert Jahren die protestantische Theologie ihre Stätte hatte. Ich habe in verschiedenen Aufsätzen der letzten Jahre[10] auf das eigentümliche Erbmilieu dieses protestantischen Pfarrhauses hingewiesen, eigentümlich nicht nur, weil es statistisch in den vergangenen drei Jahrhunderten Deutschland weitaus die meisten seiner großen Söhne geschenkt hat, nämlich, wie von Schulte nachwies, weit über fünfzig Prozent, sondern weil es eine ganz bestimmte Art von Begabung war, die das Pfarrhaus erbmäßig produziert hat und die in seinen Söhnen zutage trat. Es war die Kombination von denkerischer und dichterischer Begabung, die so spezifisch für das deutsche Geistesleben ist und in dieser Prägung bei keinem anderen Volk vorkommt.[11] Will man sich die Resultate dieser moralischen und intellektuellen Erbprägung vorstellen, die vier Jahrhunderte lang das deutsche Geistesleben befruchtete, ja tragend repräsentierte, denke man an die letzte Jahrhundertwende, bei der mit Burckhardt, Nietzsche, van Gogh, Hermann Bang, Björnson, Selma Lagerlöf, die alle zu unserem Milieu gehören, das evangelische Pfarrhaus Deutschlands und der protestantischen Nordstaaten einen großen Teil des genialen Europas um 1900 stellte. Und fügt man für unser Land noch die Namen Dilthey, Harnack, Mommsen, Wilhelm Wundt, Kuno Fischer, Wilhelm Ostwald, Albert Schweitzer, Friedrich Naumann hinzu, so kann man sagen, daß aus dem Erbmilieu des evangelischen Pfarrhauses tatsächlich ein enormer Teil der gesamten geistig produktiven, kulturschaffenden Macht des deutschen Volkes hervorgegangen ist.

In dieses Erbmilieu nun brachte meine Mutter hundertprozentiges, unverfälschtes, noch nie durchkreuztes romanisches Blut. Sie stammte aus einem kleinen Ort der französischen Schweiz, dicht an Frankreichs Grenze, mit Namen Fleurier, in den Bergen des Juras. Dort war sie geboren und aufgewachsen, aus einer alten welschen einheimischen Familie, sie kam erst mit zwanzig Jahren nach Deutschland. Sie sprach infolgedessen die deutsche Sprache immer mit Akzent, gewisse deutsche Worte wollten ihr ihr Leben lang nicht gelingen, und sie sang ihre vielen Kinder mit französischen Liedern ein. Sie schenkte ihrem neuen Vaterland sechs Söhne, von denen fünf in den Krieg zogen; ich war der älteste, aber sie starb früh.[12] Genealogisch war sie reine romanische Rasse, Jurarasse, Rasse der jodarmen Landschaft mit den nahen Beziehungen zur Schilddrüse, und in der Tat litt sie an Basedow und hatte die Wuchsform und Konstitution der alpinen Rasse. Von Stand stammte sie aus der Schweizer Uhrmacherindustrie, dem gleichen Gewerbe und der gleichen Landschaft, der Rousseaus Vater zugehörte. Aber um das Wichtigste und den Ausgangspunkt meines Aufsatzes nicht zu vergessen: ich verfüge über alle Dokumente und Papiere ihrer Heimatbehörde, dahin lautend: que tous les ressortissants de la famille Jequier de Fleurier sont d'origine Suisse et de religion protestante-calviniste.

In der Ehe meiner Eltern vereinigten[13] sich also das Germanische und das Romanische, diese beiden maßgeblich gewordenen Komponenten der europäischen Bevölkerung; man kann auch sagen, das Deutsche und das Französische. Es entstand also eine Mischung, aber es entstanden keine Mischlinge, eine Kreuzung, aber keine Bastarde, auf jeden Fall entstand eine arische Mischung, eine in Deutschland vielfach legitimierte, es ist die Mischung der Refugiés: Fontane, Chamisso, Du Bois-Reymond haben sie ausgewiesen,[14] es gab eine Zeit, wo die Bevölkerung Berlins zu einem Fünftel aus Refugiésfamilien bestand. Ich las in den Rassestudien von Kretschmer, daß auch Friedrich der Große französisches Blut gehabt habe durch die Mesalliance eines welfischen Vorfahren mit einem französischen Fräulein Eleonore d'Olbreuse.[15] Es kreuzten sich in dieser Ehe aber auch die beiden tiefen typologischen Gegensätze der Kretschmerschen Konstitutionslehre: mein Vater körperlich leptosom: streng, hager; meine Mutter pyknisch, alpin untersetzt. Ergänzt und nochmals aufgenommen in den Merkenschlagerschen beiden Grundtypen der europäischen Bevölkerung: mein Vater durchaus[16] der Felsbezwinger, transzendent und tierfremd, Züge des Urjägers der eiszeitlichen Megalithkultur; meine Mutter irdisch, allem Lebendigen nah, die Gärten, die Felder säend und gießend: Ackerbautyp, Pfahlbürgertyp, mit dem realen Sein voll Lächeln und Tränen. Aus solcher Mischung in diesem Fall entstand der Beitrag zur dritten Generation des neunzehnten Jahrhunderts, der in den achtziger Jahren ins Leben trat.

Um kurz meine weiteren Rassen- und Milieubeziehungen klarzustellen: Als ich ein halbes Jahr alt war, zogen meine Eltern nach Sellin in der Neumark; dort wuchs ich auf. Ein Dorf mit siebenhundert Einwohnern in der norddeutschen Ebene, großes Pfarrhaus, großer Garten, drei Stunden östlich der Oder. Das ist auch heute noch meine Heimat, obgleich ich niemanden mehr dort kenne, Kindheitserde, unendlich geliebtes Land. Dort wuchs ich mit den Dorfjungen auf, sprach Platt, lief bis zum November barfuß, lernte in der Dorfschule, wurde mit den Arbeiterjungen zusammen eingesegnet, fuhr auf den Erntewagen in die Felder, auf die Wiesen zum Heuen, hütete die Kühe, pflückte auf den Bäumen die Kirschen und Nüsse, klopfte Flöten aus Weidenruten im Frühjahr, nahm Nester aus. Ein Pfarrer bekam damals von seinem Gehalt noch einen Teil in Naturalien, zu Ostern mußte ihm jede Familie aus der Gemeinde zwei bis drei frische Eier abliefern, ganze Waschkörbe voll standen in unseren Stuben, im Herbst jeder Konfirmierte eine fette Gans. Eine riesige Linde stand vorm Haus, steht noch heute da, eine kleine Birke wuchs auf dem Haustor, wächst noch heute dort, ein uralter gemauerter Backofen lag abseits im Garten. Unendlich blühte der Flieder, die Akazien, der Faulbaum. Am zweiten Ostermorgen schlugen wir uns mit frischen Reisern wach, Ostaras Wecken, alter heidnischer Brauch; Pfingsten stellten wir Maien vor die Haustür und Kalmus in die Stuben. Dort wuchs ich auf, und wenn es nicht die Arbeiterjungen waren, waren es die Söhne des ostelbischen Adels, mit denen ich umging. Diese alten preußischen Familien, nach denen in Berlin die Straßen und Alleen heißen, ganze Viertel, die berühmten friderizianischen und dann die bismarckischen Namen, hier besaßen sie ihre Güter, und mein Vater hatte einen ungewöhnlichen seelsorgerischen Einfluß gerade in ihren Kreisen. Alle diese Geschlechter der Schwedter Dragoner und der Fürstenwalder Ulanen, die Traditionshäuser der Bonner Preußen und der Heidelberger Sachsenpreußen, ihre Söhne waren der zweite Schlag, mit dem ich großwurde, später zum Teil in gemeinsamer Erziehung, und mit dem mich noch heute eine vielfältige Freundschaft verbindet.

Brandenburg[17] blieb auch weiter meine Heimat. Das Gymnasium absolvierte ich in Frankfurt an der Oder, zum Glück ein humanistisches, studierte dann auf Wunsch meines Vaters Theologie und Philologie zwei Jahre lang entgegen meiner Neigung; endlich konnte ich meinem Wunsch folgen und Medizin studieren. Es war das dadurch möglich, daß es mir gelang, in[18] die Kaiser-Wilhelm-Akademie für das militärärztliche Bildungswesen in Berlin aufgenommen zu werden, an[19] der namentlich Söhne von Offizieren und Beamten zu Sanitätsoffizieren herangebildet wurden. Eine vorzügliche Hochschule, alles verdanke ich ihr! Virchow, Helmholtz, Leyden, Behring waren aus ihr hervorgegangen, ihr Geist herrschte dort mehr als der militärische, und die Führung der Anstalt war mustergültig. Ohne den Vater stark zu belasten, wurden für uns all[20] die sehr teuren Kollegs und Kliniken belegt, die die Zivilstudenten hören mußten, dazu bekamen wir die besten Plätze, nämlich vorn, und das ist wichtig bei den naturwissenschaftlichen Fächern, bei denen man sein Wissen mit Hilfe von Experimenten, Demonstrationen, Krankenvorstellungen in sich aufnehmen muß. Dazu hatten wir aber noch eine Fülle von besonderen Kursen, Repetitorien, hatten Sammlungen zur Verfügung, Modelle, Bibliothek, bekamen Bücher und Instrumente vom Staat geliefert. Dazu bekamen wir eine Reihe von Vorträgen und Vorlesungen über Philosophie und Kunst und allgemeine Fragen und die gesellschaftliche Bildung des alten Offizierkorps. Für jedes Semester, das man studierte[21], mußte man ein Jahr aktiver Militärarzt sein. Im übrigen war das Leben dort das vollkommen freier Studenten, wir hatten keine Uniform.

Rückblickend scheint mir meine Existenz ohne diese Wendung zur Medizin und Biologie völlig undenkbar. Es sammelte sich noch einmal in diesen Jahren die ganze Summe der induktiven Epoche, ihre Methoden, Gesinnungen, ihr Jargon, alles stand in vollster Blüte, es waren die Jahre ihres höchsten Triumphes, ihrer folgenreichsten Resultate, ihrer wahrhaft olympischen Größe. Und eines lehrte sie die Jugend, da sie noch ganz unbestritten herrschte: Kälte des Denkens, Nüchternheit, letzte Schärfe des Begriffs, Bereithalten von Belegen für jedes Urteil, unerbittliche Kritik, Selbstkritik, mit einem Wort die *schöpferische Seite des Objektiven.* Die kommenden Jahrzehnte konnte man ohne sie nicht verstehen, wer nicht durch die naturwissenschaftliche Epoche hindurchgegangen war, konnte nie zu einem bedeutenden Urteil gelangen, konnte gar nicht mitreifen mit dem Jahrhundert –: Härte des Gedankens[22], Verantwortung im Urteil, Sicherheit im Unterscheiden von Zufälligem und Gesetzlichem, vor allem aber die tiefe Skepsis, die Stil schafft, das wuchs hier.

Um zu Ende zu kommen: Nachdem ich approbiert und promoviert hatte, kam ich als Militärarzt erst zum Infanterieregiment 64 nach Prenzlau, dem Regiment von Mars-la-Tour[23], dann zum 3. Pionier-Bataillon nach Spandau, dem Bataillon vom Übergang nach Alsen. Mit der Waffe hatte ich beim 2. Garderegiment zu Fuß gedient. Ich mußte jedoch schon im ersten Jahr meiner Dienstzeit wieder ausscheiden, da sich bei einer Korpsübung, bei der ich den ganzen Tag im Sattel sitzen mußte, ein angeborener Schaden herausstellte, der mich sowohl feld- wie garnisondienstunfähig machte. Ich nahm den Abschied. In diesem Jahr meiner aktiven Offizierszeit erschien mein erster Gedichtband: „Morgue", bei Alfred Richard Meyer in Wilmersdorf, der im gleichen Jahr, 1912, Marinetti, Carossa, Lautensack mit ihren ersten Veröffentlichungen herausbrachte. Schon diese erste Gedichtsammlung brachte mir von seiten der Öffentlichkeit den Ruf eines brüchigen Roués ein, eines infernalischen Snobs und des typischen[24] – heute des typischen jüdischen Mischlings, damals des typischen – Kaffeehausliteraten, während ich auf den Kartoffelfeldern der Uckermark die Regimentsübungen mitmarschierte und in Döberitz beim Stab des Divisionskommandeurs im englischen Trab über die Kiefernhügel setzte.[25] Ich nahm den Abschied und dachte, es sei für immer; ich sah nicht voraus, wie bald ich den Waffenrock mit den Äskulapstäben wieder würde anziehen und vier Jahre lang ununterbrochen würde tragen müssen: am 1. August 1914.

II. Ihre Erscheinungsformen

a) Rönne

In Krieg und Frieden, in der Front und in der Etappe, als Offizier wie als Arzt, zwischen Schiebern und Exzellenzen, vor Gummi- und Gefängniszellen, an Betten und an Särgen, im Triumph und im Verfall verließ mich die Trance nie, daß es diese Wirklichkeit nicht gäbe. Eine Art innerer Konzentration setzte ich in Gang, ein Anregen geheimer Sphären, und das Individuelle versank, und eine Urschicht stieg herauf, berauscht, an Bildern reich und panisch. Periodisch verstärkt, das Jahr 1915/16 in Brüssel war enorm, da entstand *Rönne,* der Arzt, der Flagellant der Einzeldinge, das nackte Vakuum der Sachverhalte, der keine Wirklichkeit ertragen konnte, aber auch keine mehr erfassen, der nur das rhythmische Sichöffnen und Sichverschließen des Ichs und der Persönlichkeit kannte, das fortwährend Gebrochene des inneren Seins und der, vor das Erlebnis von der tiefen, schrankenlosen mythenalten Fremdheit zwischen dem Menschen und der Welt gestellt, unbedingt der Mythe und ihren Bildern glaubte.

Ich wollte die Stadt erobern, nun streicht ein Palmenblatt über mich hin – so faßt Rönne die Summe seiner Erfahrungen zusammen, die Stadt konnte er nicht erobern, seine Lage ließ es nicht mehr zu, vielmehr: *Er wühlte sich in das Moos: am Schaft, wasserernährt, meine Stirn, handbreit, und dann beginnt es. Bald darauf ertönte eine Glocke. Die Gärtner gingen an ihre Arbeit; da schritt auch er an eine Kanne und streute Wasser über die Farren, die aus einer Sonne kamen, wo viel verdunstete.* Also nach der zentralen Zerstörung das Vegetabilische.

Rönne wollte nach Antwerpen fahren, aber wie ohne Zer-

rüttung? Er konnte nicht zu Mittag kommen. Er mußte angeben, er könne heute nicht zu Mittag kommen, er fahre nach Antwerpen. Nach Antwerpen hätte der Zuhörer gedacht? Betrachtung? Aufnahme? Sich ergehen? Das erschien ihm ausgeschlossen. Es zielte auf Bereicherung und den Aufbau des Seelischen.

Bereicherung und Aufbau des Seelischen – das betrieb um ihn die Alte Welt unberührt noch von dem weitausholenden Zusammenbruch der Epoche, der ihn schon schwächte, sie saß noch im Kasino, aß, wie wir gleich sehen werden, von einer Tropenfrucht, führte Kriege, aber an ihr teilzuhaben vermochte Rönne nicht mehr. In einem Zeitalter, wo die Flugraketen beiläufig an den Sternen tanken und Cook für seine Korsofahrten den Urwald asphaltiert, die Polentfernung auf Teilstreckentarif zusammenschrumpft und Himalajatouren zu den Matronenwettspielen gehören, setzt Rönne seinen Reisetendenzen inneren Widerstand entgegen.

Ich muß nun im folgenden eine längere Stelle aus den Rönne-Novellen anführen, obschon sie in der heutigen Stunde etwas Kompromittierendes und Bizarres bedeuten, ich muß es tun aus Wahrhaftigkeit und weil ich bestimmte geschichtliche und erkenntnismäßige Bemerkungen an den Rönne-Typ knüpfen will.

Rönne also will nach Antwerpen fahren, und *nun stellte er sich vor, er säße im Zug und müßte sich plötzlich erinnern, wie jetzt bei Tisch davon gesprochen wurde, daß er fort sei; wenn auch nur nebenbei, als Antwort auf eine kurz hingeworfene Frage, jedenfalls aber doch so viel, er seinerseits suche Beziehungen zu der Stadt, dem Mittelalter und den Scheldequais.*

Erschlagen fühlte er sich, Schweißausbrüche. Eine Krümmung befiel ihn, als er seine unbestimmten und noch gar nicht absehbaren, jedenfalls aber doch so geringen und arm-

seligen Vorgänge zusammengefaßt erblickte in Begriffen aus dem Lebensweg eines Herrn.
Ein Wolkenbruch von Hemmungen und Schwäche brach auf ihn nieder. Denn wo waren Garantien, daß er überhaupt etwas von der Reise erzählen könnte, mitbringen, verlebendigen, daß etwas in ihn träte im Sinne des Erlebnisses?
Große Rauheiten, wie die Eisenbahn, sich einem Herrn gegenübergesetzt fühlen, das Heraustreten vor den Ankunftsbahnhof mit der zielstrebigen Bewegung zu dem Orte der Verrichtung, das alles waren Dinge, die konnten nur im geheimen vor sich gehen, in sich selber erlitten, trostlos und tief.
Wie war er denn überhaupt auf den Gedanken gekommen, zu verlassen, darin er seinen Tag erfüllte? War er tollkühn, herauszutreten aus der Form, die ihn trug? Glaubte er an Erweiterung, trotzte er dem Zusammenbruch?
Nein, sagte er sich, nein. Ich kann es beschwören: nein. Nur als ich vorhin aus dem Geschäft ging, nach Veilchen roch man wieder, gepudert war man auch, ein Mädchen kam heran mit weißer Brust, es erschien nicht ausgeschlossen, daß man sie eröffnet. Es erschien nicht ausgeschlossen, daß man prangen würde und strömen. Ein Strand rückte in den Bereich der Möglichkeiten, an den die blaue Brust des Meeres schlug. Aber nun zur Versöhnung will ich essen gehn.
Das Problem, das Rönne diese Qualen bereitet, heißt also: Wie entsteht, was bedeutet eigentlich das Ich? Bedarf es einer Reise nach Antwerpen, des Studiums des Mittelalters und der Betrachtung der Scheldequais, ist es auf solche Eindrücke angewiesen, ist es auf die eventuellen Eindrücke von dem Matsys-Brunnen und dem Plantin-Moretus-Haus als Baustücke angewiesen, liegen für solche Reisen also innere konstitutive Gründe vor,[26] oder ist es gar noch ein Drittes:

Hybris, Ausschweifung, Übersteigerung? Ist das Ich schicksalhaft festgelegt, dann darf es nie seine Form verlassen, seinen Pflichtenkreis nie überschreiten, seine Prägung nie gefährden, sein Antlitz auch nie enthüllen, dann ist eine Reise Auflösung, Gefahr, Unglaube innerhalb der strengen Frage nach Freiheit und Notwendigkeit, und dann kann sie überhaupt nur zur Bestätigung tiefster Zerrüttung führen. *Bedarf es denn des Einzelfalles?* An das Primäre können diese Dinge mit Zeitcharakter doch nicht anknüpfen, und wiederum die Voraussetzungen für Historisches besaß er nach Erfahrung und Anlage nicht. Alles schwebte also aneinander vorbei und ermüdete nur mit seinen Gewalten. Es mußte etwas Drittes eintreten, eine Vermischung, und der strebte er unaufhörlich zu, etwas, was gleichzeitig eine Aufhebung war und eine Verschmelzung, aber das gab es nur für Momente, in Fallkrisen, von Durchbruchscharakter, und das war immer der Vernichtung nahe. Aber nicht immer war man dazu fähig, und so sehen wir ihn nach diesem tastenden Vorstoß in das Vage zu einer ungünstigen Stunde, vormittags, zurückschrecken, sich selbst entfliehen und zunächst noch einmal sich der Norm versichern. Er geht also in das Kasino essen und:

Durch Verbeugung in der Türe anerkannte er die Individualitäten. Wer wäre er gewesen? Still nahm er Platz. Groß wuchteten die Herren.

Nun erzählte Herr Friedhoff von den Eigentümlichkeiten einer tropischen Frucht, die einen Kern enthalte von Eigröße. Das Weiche äße man mit einem Löffel, es habe gallertartige Konsistenz. Einige meinten, es schmecke nach Nuß. Er demgegenüber habe immer gefunden, es schmecke nach Ei. Man äße es mit Pfeffer und Salz. Es handelte sich um eine schmackhafte Frucht. Er habe davon des Tages drei bis vier gegessen und einen ernstlichen Schaden nie bemerkt.

Hierin trat Herrn Körner das Außerordentliche entgegen. Mit Pfeffer und Salz eine Frucht? Das erschien ihm ungewöhnlich, und er nahm dazu Stellung.

Wenn es ihm doch aber nach Ei schmeckt, wies Herr Mau auf das Subjektive des Urteils hin, gleichzeitig etwas wegwerfend, als ob er seinerseits nichts Unüberbrückbares sähe. Außerdem so ungewöhnlich sei es doch nun nicht, führte Herr Offenberg zur Norm zurück, denn zum Beispiel die Tomate? Wie nun vollends, wenn Herr Kritzler einen Oheim aufzuweisen hatte, der noch mit siebzig Jahren Melone mit Senf gegessen hatte, und zwar in den Abendstunden, wo derartiges bekanntlich am wenigsten bekömmlich sei?

Alles in allem: Lag denn in der Tat eine Erscheinung von so ungewöhnlicher Art vor, ein Vorkommnis sozusagen, das die Aufmerksamkeit weiterer Kreise auf sich zu lenken geeignet war, sei es, weil es in seinen Verallgemeinerungen bedenkliche Folgeerscheinungen hätte zeitigen können, sei es, weil es als Erlebnis aus der besonderen Atmosphäre des Tropischen zum Nachdenken anzuregen geeignet war?

So weit war es gediehen, als Rönne zitterte, Erstickung auf seinem Teller fand und nur mit Mühe das Fleisch aß. Ob er aber nicht doch vielleicht eine Banane gemeint habe, bestand Herr Körner, diese weiche, etwas mürbe und längliche Frucht?

Eine Banane, wuchs Herr Friedhoff auf? Er, der Kongokenner?? Der langjährige Befahrer des Moabangi? Nein, das nötigte ihm geradezu ein Lächeln ab! Weit entschwand er über diesen Kreis. Was hatten sie denn für Vergleiche? Eine Erdbeere oder eine Nuß, vielleicht hie und da eine Marone, etwas südlicher. Er aber, der beamtete Vertreter in Hulemakong, der aus den Dschungeln des Jambo kam?

Jetzt oder nie, Aufstieg oder Vernichtung, fühlte Rönne, und: wirklich nie einen ernstlichen Schaden bemerkt? tastete er sich beherrschten Lautes in das Gewoge, Erstaunen malend und den Zweifel des Fachmanns: Vor dem Nichts stand er; ob Antwort käme?
Aber saß denn nicht schließlich auf dem Stuhl aus Holz er, schlicht umrauscht von dem Wissen um das Gefahrvolle der Tropenfrucht, wie in Sinnen und Vergleichen mit Angaben und Erzählungen ähnlicher Erlebnisse, der schweigsame Forscher, der durch Beruf und Anlage wortkarge Arzt? Dünn sah er durch die Lider, vom Fleisch auf, die Reihe entlang, langsam erglänzend. Hoffnung war es noch nicht, aber ein Wehen ohne Not. Und nun eine Festigung: mehreren Herren schien in der Tat die nochmalige Bestätigung dieser Tatsache zur Behebung von etwa aufgestiegenen Bedenken von Wert zu sein. Und nun war kein Zweifel mehr: einige nickten kauend.
Jubel in ihm, Triumphgesänge. Nun hallte Antwort mit Aufrechterhaltung gegenüber Zweiflern, und das galt ihm. Einreihung geschah, Bewertung trat ein; Fleisch aß er, ein wohlbekanntes Gericht; Äußerungen knüpften an ihn an, zu Ansammlungen trat er, unter ein Gewölbe von großem Glück; selbst Verabredung für den Nachmittag zuckte einen Augenblick lang ohne Erbeben durch sein Herz.
Aus Erz saßen die Männer. Voll kostete Rönne seinen Triumph. Er erlebte tief, wie aus jedem der Mitesser ihm der Titel eines Herrn zustieg, der nach der Mahlzeit einen kleinen Schnaps nicht verschmähte und ihn mit einem bescheidenen Witzwort zu sich nimmt, in dem Ermunterung für die andern, aber auch die entschiedene Abwehr jeglichen übermäßigen Alkoholgenusses eine gewisse Atmosphäre der Behaglichkeit verbreitete. Der Eindruck der Redlichkeit war er und des schlichten Eintretens für die eigene Überzeugung;

aber auch einer anderweitigen Auffassung gegenüber würde er gern zugeben: da ist was Wahres dran. Geordnet fühlte er seine Züge; kühler Gelassenheit, ja Unerschütterlichkeit auf seinem Gesicht zum Siege verholfen, und das trug er bis an die Tür, die er hinter sich schloß.

Wir erblicken also hier einen Mann, der eine kontinuierliche Psychologie nicht mehr in sich trägt. Seine Existenz innerhalb und außerhalb des Kasinos ist zwar eine einzige Wunde von Verlangen nach dieser kontinuierlichen Psychologie, der Psychologie des *Herrn, der nach der Mahlzeit einen kleinen Schnaps nicht verschmähte und ihn mit einem bescheidenen Witzwort zu sich nimmt,* aber er findet aus konstitutionellen Gründen nicht mehr zurück. Höchstens stoßweise und aus Abgründen, herausbeschworen[27] und in Vernichtung erkämpft. Die naive Vitalität, die auch den psychischen Prozeß bis zu einer in unserem Jahrhundert ziemlich genau angebbaren Stunde und bis zu einem an Thematik ziemlich genau zu beschreibenden Umfang umschloß, trug, durchblutete, durchpulste, reicht für die weiteren Grade der psychischen Sublimierung in Europa nicht mehr aus. In Rönne hat die Auflösung der naturhaften Vitalität Formen angenommen, die nach Verfall aussehen. Aber ist es wirklich Verfall? Was verfällt denn? Nicht vielleicht doch nur eine historisch überlagernde, jahrhundertelang unkritisch hingenommene Oberschicht, und das andere ist das Primäre? Das Rauschhafte, das Ermüdbare, das schwer Bewegbare, ist das vielleicht nicht[28] die Realität? Wo endet der Eindruck und wo beginnt das Unerkennbare, das Sein? Wir sehen, die Frage nach der anthropologischen Substanz liegt unmittelbar hier vor, und sie ist identisch mit der Frage nach der Wirklichkeit. Das ungeheure Problem der Wirklichkeit und ihrer Kriterien eröffnet sich hier vor uns.

Manchmal eine Stunde, da bist du; der Rest ist das Geschehen. Manchmal die beiden Welten[29] *schlagen hoch zu einem Traum,* sagt Rönne. Welche beiden Welten also? Das Ich und die Natur. Was ergeben sie? Im Höchstfall einen Traum. Das ist natürlich ein Irrealitätsprinzip, dies Rönnesche Prinzip, und wann ist es in Wirkung, wann *rauscht* es? *Wenn du zerbrochen bist.* Ein andermal erkennt er: *Welches war der Weg der Menschheit gewesen bis hierher? Sie hatte Ordnung herstellen wollen in etwas, das hätte Spiel bleiben sollen. Aber schließlich war es doch Spiel geblieben, denn nichts war wirklich. War er wirklich? Nein; nur alles möglich, das war er.*

Erkenntnis ist ein schönes Mittel zum Untergang, und in der Tat geht es von hier aus wieder zur Vermischung: *Tiefer bettete er den Nacken in das Maikraut, das roch nach Thyrsos und Walpurgen. Schmelzend durch den Mittag kieselte bächern das Haupt.*

Er bot es hin: das Licht, die starke Sonne rann unaufhaltsam zwischen das Hirn. Da lag es: kaum ein Maulwurfshügel, mürbe, darin scharrend das Tier.

Das Tierische und der immer nackter sich sublimierende Gedanke: gibt es noch für beides ein gemeinsames Prinzip? Für das Leben und die Erkenntnis, die Geschichte und den Gedanken, gibt es in der abendländischen Welt noch ein solches monistisches Prinzip? Für die Bewegung und den Geist, für die Reize und die Tiefe – gibt es noch einen Zusammenschluß, eine Betastung, ein Glück? Ja, antwortet Rönne, aber weither, nichts Allgemeines, fremde, schwer zu ertragende, einsam zu erlebende Bezirke: *In sich rauschte der Strom. Oder wenn es kein Strom war, ein Wurf von Formen, ein Spiel in Fiebern, sinnlos und das Ende um allen Saum –:* er erblickt die Kunst.

b) Pameelen

Neben Rönne tritt Pameelen, ebenfalls Brüssel 1916, in zwei Stücken, „Der Vermessungsdirigent", erkenntnistheoretisches Drama, und „Karandasch", ein rapides Drama. In Pameelen tritt die Frage nach der Wirklichkeit noch direkter auf, noch grausamer, noch bodenloser. Hier ist tatsächlich Zersetzung der Epoche. In diesem Hirn zerfällt etwas, was seit vierhundert Jahren als Ich galt und wahrhaft legitim für diesen Zeitraum den menschlichen Kosmos in vererbbaren Formen durch die Geschlechter trug. Nun ist dies Erbe zu Ende. Pameelen hofft anfangs durchaus, sich noch Welt in diese morschen Formen holen, Einzeldinge bis zur Weiterführung und Bearbeitung zu: Erfahrung, innerem Aufbau, gemütvollem Erleben: eben „Persönlichkeit" im alten Sinne, „Innerlichkeit" fassen zu können. Er überprüft dazu das Unwahrscheinlichste, mißt alles ab, daher Vermessungsdirigent, aber es zerrinnt. Er bekämpft den Zerfall, er will Positives, er will „Ansammlung", aber nur sporadisch und künstlich gerufen tritt sie auf. Die Linie, die so großartig im cogito ergo sum als souveränes Leben, das seiner Existenz nur im Gedanken sicher war, begann, in dieser Figur geht sie schauerlich zu Ende. Erotik, Physiologie, Vater-Sohn-Verhältnis, alles wird nur auf seine logische Unantastbarkeit geprüft, in die zähneknirschende Tollwut des Begrifflichen verwoben und dabei in seiner funktionellen Austauschbarkeit unausdrückbar nihilistisch erlebt. Ja, Tollwut des Begrifflichen: schon der Anblick von Wasser macht bei dieser Art Krankheit Schlundkrämpfe, die jedem Tropfen den Eintritt in die ausgedörrten Zellen verwehren: Sterben, unausweichliches, qualvolles, langdauerndes, bewußtes – alles wird Krampf, Zusammenziehung, Verdichtung, verwehrte Passage, versagter Trank – ja, Tollwut des

Begrifflichen! Ungeheurer Verrat der Zeit! Denn das Begriffliche, das Logische, das Homosapienshafte war es ja doch, das durch so viele Jahrhunderte von der Religion, vom philosophischen Idealismus, von der Aufklärung, vom Humanismus als das große Menschliche, Göttliche, Europäische in Tausenden von Dokumenten hochgetrieben und gepriesen war, und nun war also auch das Irrtum, Qual, Krampf, Röcheln, Delirium, wohin nun also der Mann als Träger[30] der objektiven Welten, ausgeschlossen von den Zucht- und Euteraufgaben körperlich andersgebauter Menschheitsschichten (Frauen)? Eine außerordentlich tiefreichende und spezielle Fragestellung! Das Drama beginnt mit einem Auftritt, in dem sofort die ganze überraschende Lage in Erscheinung tritt, denn während in der übrigen Weltliteratur zwischen körperlichen Elementen überall Szenen stattfinden können, wo der Autor sie installiert, muß hier die Szene selbst, die Aktion, die Figuren, ja sogar der Autor, in fortwährendem Anbau erschaffen, nämlich kausal legitimiert und erkenntniskritisch jeden Moment neu begründet werden.

Die Szene ist die Einleitungsszene, ein Gespräch zwischen Pameelen und einer imaginären Stimme.

Vorspiel

Pameelen betritt den Flur eines Prostituierten-Krankenhauses

P a m e e l e n : *Ich habe hier absolut nichts zu suchen. Ich komme von ganz woanders her. Aber ich will euch einbeziehen in mein Dasein. Hinzutreten sollt ihr zu meiner Gesamtkonstitution. O Grauen vor Erlebnisunfähigkeit! O Erweiterung des Ichs! Also: ein kahler Gang mit einer Uhr. Nun gut, wo sind die Huren?*

Eine Stimme: Ein kahler Gang mit einer Uhr? Tiefer! Hinbreitung! Erweichung! Die Pförtnerwohnung? Haarnadeln am Boden? Rechts der Garten? Nun?

Pameelen (markiert): Ich kenne ein ganz ähnliches Haus wie das eben von Ihnen beschriebene, Herr Doktor! Ich trat ein an einem warmen Frühlingsmorgen, es kam zunächst ein kahler Gang mit einer Uhr, rechts die Pförtnerwohnung, Haarnadeln lagen am Boden, höchst spaßig, und rechts war ein kleiner Garten, ein Rosenbeet in der Mitte, zwei Hämmel weideten angepflockt im Gras, wahrscheinlich die Wassermannhämmel.

Die Stimme: Das mit den Hämmeln ist sehr gut, eine fernliegende Assoziation, dabei sich auf den Sinn des Krankenhauses beziehend und mit einer leicht humoristischen Nuance. Den Frühlingsmorgen können Sie sich schenken. Weiter!

Pameelen: Müde!

(Peitschenknall.)

Pameelen: Sie haben gut reden! Zunächst muß man doch einen Gesichtspunkt haben, einen Erlebniswinkel.

Die Stimme: Quatsch. Die natürliche Heiterkeit der Sinne, die allgemeine Aufnahmefähigkeit des Geistes – meinetwegen reduzieren Sie auf Gemütswert!

Pameelen (zerknirscht): Steige auf, Erde, erbarme dich, kahler Gang, rausche, Pförtnerwohnung! Kleine Dinge, kleine, kleine Dinge, sammelt euch in meinem Auge! Oh, es nähert sich, liebe Alte, Großmütterchen mit dem Stecken! Jawohl, also (markiert): Die Mutter des Pförtners, um noch dies zu sagen, war eine erstaunliche Person. Total blind, aber total, sage ich Ihnen, sah Ihnen die Hand vor Augen nicht und schlich mit einem Stecken den kahlen Gang entlang, jämmerlich.

Die Stimme: Gut, die Blindheit hätten Sie noch etwas

lebhafter ausmalen können: mit erloschenem Blick, ausdruckslosen Augenhöhlen und ähnlichem, aber es war leidlich. Bitte weiter!

P a m e e l e n : *Aber es kommt doch auch darauf an, zu wem man sich zu äußern hat!*

D i e S t i m m e : *Es kommt nur darauf an, daß Sie sich ansammeln. Also die Haarnadeln!*

P a m e e l e n : *Haarnadeln! O lieber Gott, was läßt sich von einer Haarnadel ansammeln. Am Boden lagen sie – jawohl, am Boden – am Fußboden – im Staub des kahlen Gangs – kann ich die Haarnadeln nicht fortlassen?*

D i e S t i m m e : *Ausgeschlossen! Weltumspannung!*

P a m e e l e n *(markierend): Da lagen Haarnadeln am Boden, nicht eine einzelne etwa, das hätte ja Zufall sein mögen, nein, mehrere und von verschiedener Größe. Ein Kampf? Waren zwei Nebenbuhlerinnen unter den Buhlerinnen zusammengeraten? Hatte die Liebe sie entzweit? Oder deuteten sie auf die Gründlichkeit der untersuchenden Ärzte, die auch das Haar lösten zur Sicherstellung der Diagnose, oder – darf man vielleicht noch tiefer gehen? – weil der Mitteleuropäer zum Kausaltrieb neigt? Jedenfalls, eins schien mir sicher, in diesen Haarnadeln sahen mich die ganz großen Dinge des Daseins an: die Leidenschaften und der Kampf, der Hunger und die Liebe; der Wahrheitsdrang, der in uns schwachen Menschen ruht und uns höher und höher treibt bis in das Firnenlicht, bis in das große Leuchten.*

D i e S t i m m e : *Meisterhaft! Der Anfang mit der Zahl ist primitiv, aber der Aufstieg in sechs Zeilen zum großen Leuchten unter Herausarbeitung des Kausaltriebs – alle Achtung! Nun zu den Damen!*

P a m e e l e n *(legt die Hand auf die Türklinke, läßt sie wieder sinken): Oh, dies Verwelken der Welt in meinem*

Hirn! Schon diese peripheren Ermüdungen, vor allem aber dies kortikale Verblühn ...

(Peitschenknall; Pameelen öffnet die Tür. Er sieht in ein Untersuchungszimmer.)

Kortex = Hirn[31]: das kortikale Verblühen der Welten, der bürgerlichen Welten, der kapitalistischen Welten, der opportunistischen, prophylaktischen, antiseptischen Welten, erschlagen von den Wolkenbrüchen des Politischen und der Umschichtung der Macht, im Grunde aber aus der substantiellen Krise des abendländischen Seins heraus entstanden. Zerfetzt der innere Mensch, zerfetzter als je der äußere von Würmern und Granaten: faulig, sauer, vergast, im Gepäcknetz noch einige oxydierte Stichworte. Die Götter tot, die Kreuz- und die Weingötter, mehr als tot: schlechtes Stilprinzip, wenn man religiös wird, erweicht der Ausdruck. Was aber gehalten und erkämpft werden muß, das ist: der Ausdruck, denn ein neuer Mensch schiebt sich herein, nicht mehr der Mensch als affektives Wesen, als Religiosität, Humanität, kosmische Paraphrase, sondern der Mensch als nackte formale Trächtigkeit. Eine neue Welt hebt an, es ist die Ausdruckswelt. Das ist eine Welt klar verzahnter Beziehungen des Ineinandergreifens von abgeschliffenen Außenkräften, gestählter und gestillter Oberflächen –; Nichts, aber darüber Glasur; Hades, aber statt der Fähre Pontons; Unerinnerlichkeit an das letzte Europäische: Primitivität, das sind die kalten Reserven.

Keine Welten mehr zu leben, keine Wirklichkeiten mehr zu fühlen, keine Erkenntnisse mehr zum Glauben, dabei ewig gereizt der in diesen Breiten nächst dem Hunger brutalste Trieb, die Einheit des Denkens herzustellen, dieser Trieb nach Definition, qualvoller als der Hunger und erschütternder als die Liebe, kehrend sich gegen das sogenannte eigene Ich.

Mit der allgemeinen logischen Funktion des Urteils und Vergleichens, mit der ganzen foudroyanten Methodik naturwissenschaftlicher Betrachtung, mit kausaler Analyse, mit Transplantationen, mit allen Derniers cris aller Psychologien versucht er sich daran, dies Ich experimentell zu revidieren.

Seine Grenzen sucht er abzutasten, seinen Umfang zu bestimmen. Wo ist der große Staatsanwalt, ruft er einmal aus, der ihm die Schranken weise, wo trete der Kreuzzug auf, der ihn erreiche, ein andermal.

Aber das Uferlose ist es, an dem er altert und zugrunde geht. Daß ihn irgend etwas einmal begrenze, ist seine Qual, für die er sich blendet; in einer Hütte lebt er, der Don Juan nach einer Niederlage, doch ewig bleibt er unbefruchtet.

Alles also mißt er ab, alles zerstört er. Immer sucht er das Notwendige, das neue Notwendige, die Schwerkraft wird erweichen, die Fallgesetze sich verwirren, die Wärmelehre sich verkehren, das Sternall wanken, wenn nicht bald das Notwendige gefunden wird, das neue Notwendige – was ist dies Notwendige?

Erst sterbend – *(Totengräber, noch nicht! später! aber erwarten Sie keine Zitate. Es liegt nicht vor, daß ein achtbarer Herr das Zeitliche segnet. Ein armes Luder ohne Formel und Sich-Umfassung ist bald von stillen Dingen zugedeckt, dreimasternd im Taifun des Unbewußten)* sterbend, sein erblindetes, schmutziges, entleertes Antlitz dem Mann am Fenster zuwendend, schwer röchelnd, letzten Atems erblickt er die neue Welt:

P a m e e l e n: Und die Ausmessung?? Picasso, letzter Bruder, alle Stunden der Verzweiflung rufe ich auf, da Sie mit mir rangen nach der Reinigung – daß wir endlich weiß

würden (zeigt) wie diese Marmorstufe hier: so hingebreitet, so wirklich, so erkenntlich – –
(Flehend): Picasso!
(Langsam, sakramental): Mar-mor-stufe – Sehen Sie nicht, Picasso, wie klar, herbstlich und gestillt sie daliegt nach diesem ungeheuren Ausbruch in die Wirklichkeit, spüren Sie selber nicht die Versöhnung, weil Sie sie logisch so tief erschöpfen konnten?
Picasso (ist mit der Frau aus dem Fenster gestiegen): Alter Vermessungsdirigent!

„Weil Sie sie logisch so tief erschöpfen konnten – ": das ist die Reinigung, das ist Aufbruch in eine neue Wirklichkeit! Genug dieses gewalttätigen Nachinnenziehens, Tollwut des Begrifflichen, epileptischer Logik, verkappten Monotheismus, kurzschlüssig Wackeren, biedermännisch Engen – genug der Sicherungen – *genug der Wahrheit* – Formales möge kommen, Flüchtiges, Tragschwingen mögen kommen, flach und leicht gehämmert, Schwebendes unter Azur, Aluminiumflächen, *Oberflächen –: Stil* – ! – kurz, die neue, nach außen gelagerte Welt.
In diesem grundlegenden Gefühl für die anthropologische Erlösung im Formalen, für die Reinigung des Irdischen im Begriff beginnt die *neue* Epoche, das neue Notwendige, beginnt in Pameelen über der faustischen die Form- und Beziehungs-, beginnt die *Ausdruckswelt.*

c) Das lyrische Ich

Manchmal die beiden Fluten schlagen hoch zu einem Traum, ist der Traum vollkommen und spricht er sich aus, panisch sowohl wie abgemessen, entsteht das Gedicht. In ihm sammelt sich die Rasse, in ihm ruht und atmet für Augenblicke die gestillte menschliche Natur. Nicht in jedem Jahrzehnt und erst, wenn ein Volk reif ist, entsteht dies Gedicht. Im Jahrhundert sind das nicht viele, betrachtet man sie, sind sie olympisch oder lethisch, alles Mittelmaß ist hier gemein. Viele sind bruchstückartig, manche Generation liefert nur eine Strophe, fast alles scheint von Gefesselten zu stammen, von Angeschmiedeten, nur von Felsen die Schreie klingen tief, durchdringend, und ihr Echo hallt.

Meine Generation war lyrisch, über ganz Europa hing dieser Kode expressiver Typen, was von ihnen bleiben wird, steht dahin. Ich spreche im folgenden mehr vom Methodischen, von der Entstehungsart des Gedichts. Wahrscheinlich wird das lyrische Ich immer in zwei Formen erlebt, einer zersprengenden und einer sammelnden, einer brutalen und einer stillen, die Rauschmethode kennen beide, man sinkt ins Bodenlose, ins Blutlose, und dann kommen die Andränge mit der Erprobung der Vision. Vorstudien liegen vielfach vor, aber die hätten auch anders verwertet werden können, nun aber kommt die Stunde und belädt sich mit den Bildern. Als ich die „Morgue“ schrieb, mit der ich begann und die später in so viele Sprachen übersetzt wurde, war es abends, ich wohnte im Nordwesten von Berlin und hatte im Moabiter Krankenhaus einen Sektionskurs gehabt. Es war ein Zyklus von sechs Gedichten, die alle in der gleichen Stunde aufstiegen, sich heraufwarfen, da waren, vorher war nichts von ihnen da; als der Dämmerzustand endete, war ich leer, hungernd, taumelnd und stieg schwierig hervor aus dem großen Verfall. An ein anderes Vorkommnis erinnere ich mich aus Brüssel. Ein Septembertag, ich war Oberarzt am Gouvernement und mit einem Auftrag zu einer anderen Behörde geschickt. Die Straße zu gehen war kurz, doch von den Horizonten brach das Dionysische, die Stunde war zerstückt und bronzen, Verbranntes überall, auf ihrer Kuppe hatte ein Feuer gewütet, Jahr und Leben hinüber, das Vorspiel war aus, das Ende nahte, das Opfer, aber man mußte sich fassen –: nur einen Blick noch aus diesem Licht, einen Atem noch aus dieser Stunde – und:

Sieh dieses Sommers letzten blauen Hauch
auf Astermeeren an die fernen
baumbraunen Ufer treiben; tagen
sieh diese letzte Glück-Lügenstunde
unserer Südlichkeit
hochgewölbt –

(Karyatide)

Also auch hier ein durchbrochenes Ich, unter Stundengöttern, fluchterfahren, trauergeweiht. Immer wieder stoßen wir auf eine Form des Ichs, das für einige Augenblicke sich erwärmt und atmet und dann in kaltes amorphes Leben sinkt. In den folgenden Darlegungen (1927) stoßen wir geradezu systematisch auf gewisse fremdartige Begriffe, Komplexe, *ligurische Komplexe*, geprüft auf ihren *Wallungswert*, eben Rauschwert, durch die die *Zusammenhangsdurchstoßung*, das heißt die Wirklichkeitszertrümmerung, vollzogen werden kann, um Freiheit zu schaffen für das Gedicht. Keine kranke, eine primitive Form des Ichs, krank kann nicht sein, was so der Methode des Allgemeinen ähnelt: der Schwellungscharakter der Schöpfung ist evident, in den Fluten, in den Phallen, in der Ekstase, im Produktiven wird es aufgenommen vom lyrischen Ich:

Es gibt im Meer lebend Organismen des unteren zoologischen Systems, bedeckt mit Flimmerhaaren. Flimmerhaar ist das animale Sinnesorgan vor der Differenzierung in gesonderte sensuelle Energien, das allgemeine Tastorgan, die Beziehung an sich zur Umwelt des Meers. Von solchen

Flimmerhaaren bedeckt stelle man sich einen Menschen vor, nicht nur am Gehirn, sondern über den Organismus total. Ihre Funktion ist eine spezifische, ihre Reizbemerkung scharf isoliert: sie gilt dem Wort, ganz besonders dem Substantivum, weniger dem Adjektiv, kaum der verbalen Figur. Sie gilt der Chiffre, ihrem gedruckten Bild, der schwarzen Letter, ihr allein.

– Der Chiffre, der schwarzen Letter –: also einem Kunstprodukt! Wir sehen also eine Zwischenschicht zwischen Natur und Geist, wir sehen etwas selber erst vom Geist Geprägtes, technisch Hingebotenes hier mit im Spiele. Verwandelte Welt gegenüber dem Mond, der Busch und Tal füllte und in einer anderen Generation vor zweihundert Jahren das Naturgefühl entdecken ließ! Heute: Stundengötter, Stunden-Ichs unter einer ganz neuen Schöpfungserkenntnis: *die formfordernde Gewalt des Nichts:*
Nun ist solche Stunde, manchmal ist es dann nicht weit. Bei der Lektüre eines, nein zahlloser Bücher durcheinander, Verwirrungen von Ären, Mischung von Stoffen und Aspekten, Eröffnung weiter typologischer Schichten: entrückter, strömender Beginn. Nun eine Müdigkeit aus schweren Nächten, Nachgiebigkeit des Strukturellen oft von Nutzen, für die große Stunde unbedingt. Nun nähern sich vielleicht schon Worte, Worte durcheinander, dem Klaren noch nicht bemerkbar, aber die Flimmerhaare tasten es heran. Da wäre vielleicht eine Befreundung für Blau, welch Glück, welch reines Erlebnis! Man denke alle die leeren, entkräfteten Bespielungen, die suggestionslosen Präambeln für dies einzige Kolorit, nun kann man ja den Himmel von Sansibar über den Blüten der Bougainville und das Meer der Syrten in sein Herz beschwören, man denke dies ewige und schöne Wort! Nicht umsonst sage ich Blau. Es ist das Südwort

schlechthin, der Exponent des „ligurischen Komplexes", von enormem „Wallungswert", das Hauptmittel zur „Zusammenhangsdurchstoßung", nach der die Selbstentzündung beginnt, das „tödliche Fanal", auf das sie zuströmen, die fernen Reiche, um sich einzufügen in die Ordnung jener „fahlen Hyperämie". Phäaken, Megalithen, lernäische Gebiete – allerdings Namen, allerdings zum Teil von mir sogar gebildet, aber wenn sie sich nahen, werden sie mehr. Astarte, Geta, Heraklit – allerdings Notizen aus meinen Büchern, aber wenn ihre Stunde naht, ist sie die Stunde der Auleten durch die Wälder, ihre Flügel, ihre Boote, ihre Kronen, die sie tragen, legen sie nieder als Anathemen und als Elemente des Gedichts.

Worte, Worte – Substantive! Sie brauchen nur die Schwingen zu öffnen und Jahrtausende entfallen ihrem Flug. Nehmen Sie Anemonenwald, also zwischen Stämmen feines, kleines Kraut, ja über sie hinaus Narzissenwiesen, aller Kelche Rauch und Qualm, im Ölbaum blüht der Wind und über Marmorstufen steigt, verschlungen, in eine Weite die Erfüllung, oder nehmen Sie Olive oder Theogonien – Jahrtausende entfallen ihrem Flug. Botanisches und Geographisches, Völker und Länder, alle die historisch und systematisch so verlorenen Welten hier ihre Blüte, hier ihr Traum – aller Leichtsinn, alle Wehmut, alle Hoffnungslosigkeit des Geistes werden fühlbar aus den Schichten eines Querschnitts von Begriff.

Ach, nie genug dieses einen Erlebnisses: das Leben währet vierundzwanzig Stunden und, wenn es hoch kommt, war es eine Kongestion! Ach immer wieder in diese Glut, in die Grade der plazentaren Räume, in die Vorstufe der Meere des Urgesichts: Regressionstendenzen, Zerlösung des Ichs! Regressionstendenzen mit Hilfe des Worts, heuristische Schwächezustände durch Substantive – das ist der Grund-

vorgang, der alles interpretiert: Jedes ES das ist der Untergang, die Verwehbarkeit des Ichs; jedes DU ist der Untergang, die Vermischlichkeit der Formen. „Komm, alle Skalen tosen Spuk, Entformungsgefühl" – das ist der Blick in die Stunde und die Glücke, wo die „Götter fallen wie Rosen" – Götter und Götterspiel.

Schwer erklärbare Macht des Wortes, das löst und fügt. Fremdartige Macht der Stunde, aus der Gebilde drängen unter der formfordernden Gewalt des Nichts. Transzendente Realität der Strophe voll von Untergang und voll von Wiederkehr: die Hinfälligkeit des Individuellen und das kosmologische Sein, in ihr verklärt sich ihre Antithese, sie trägt die Meere und die Höhe der Nacht und macht die Schöpfung zum stygischen Traum: „Niemals und immer."

III. Die Probleme

a) Die Kunst

Ich behaupte nun, daß in diesen Bruchstücken, so absurd, so unvollkommen sie als Maßstab für Talent, Begabung, gedankliche Weite, sprachliches Können sein mögen, die Problematik des ersten Drittels des zwanzigsten Jahrhunderts enthalten ist. Es gibt drei Themen, die das Jahrhundert bis heute durchziehen: die Wirklichkeit, die Form und der Geist. es ist alles die gleiche Frage, aus ihr spricht die Stimme unserer Epoche, sie ist in allen europäischen Ländern vernehmlich da, unser abendländischer[33], biologischer Kern hat sie entkeimt und aufgeworfen – hier sind sie: die deutsche bürgerliche Literatur aber nennt das Intellektualismus.
Ich behaupte weiter, daß diese Bruchstücke nicht sind, aber hinweisen auf einen ganz bestimmten Begriff, dem klar ins Auge zu sehen diese selbe bürgerliche Welt immer wieder ausweicht: Kunst. In diesen beiden Begriffen liegen die Entscheidungen der Zeit, und ich will mich ihnen aus der Lage meiner Generation, meinen eigenen Arbeitserfahrungen und mit einigen psychologischen und historischen Daten nähern.
Ich bin zunächst der Meinung, daß man einmal scharf zwischen zwei Erscheinungen unterscheiden muß, nämlich der des *Kunstträgers* und der des *Kulturträgers.* Ich bin der Meinung, daß in der Stunde, in der der objektive Geist so unmittelbar sein Wassertreten, sein Treten auf der Stelle, aufgibt, um ganz klar aus einer neuen geschichtlichen Form zu wirken, es notwendig ist, diesen Tatsachenbestand zu klären. Kunst ist nicht Kultur, Kunst hat eine Seite nach der Bildung, der Erziehung, der Kultur, aber nur, weil sie eben das alles nicht ist, sondern das andere, eben Kunst. Die Prägungsvehemenz unserer Zeit sollte man wahrnehmen,

um diese bürgerlichen Schlammbestände zu lichten und diese beiden Begriffe einmal typologisch zu erhellen. Der *Kulturträger:* seine Welt besteht aus Humus, Gartenerde, er verarbeitet, pflegt, baut aus, wird hinweisen auf Kunst, sie anbringen, einlaufen lassen, aber prinzipiell verarbeitet er, verbreitert, lockert, sät, weitet aus, er ist horizontal gerichtet, Dauerwellen sind seine Bewegung, er ist für Kurse, Lehrgänge, glaubt an die Geschichte, ist Positivist. Der *Kunstträger* ist statistisch asozial, weiß kaum etwas von vor ihm und nach ihm, lebt nur seinem inneren Material, für das sammelt er Eindrücke in sich hinein, das heißt zieht sie nach innen, so tief nach innen, bis es sein Material berührt, unruhig macht, zu Entladungen treibt. Er ist ganz uninteressiert an Verbreiterung, Flächenwirkung, Aufnahmesteigerung, an Kultur. Er ist kalt, das Material muß kaltgehalten werden, er muß ja die Idee, die Räusche, denen die anderen sich menschlich überlassen dürfen, formen, das heißt härten, kalt machen, dem Weichen Stabilität verleihen. Er ist zynisch und behauptet auch gar nichts anderes zu sein, während die Idealisten unter den Kulturträgern und Erwerbsständen sitzen. Nahe stehen sich von den Kunstträgern die Romanschriftsteller mit den Kulturträgern, beiden eignet das Pflegliche und das In-die-Breite-Gehen, auch das Einträgliche, während der Lyriker ein ausgesprochener Kunstträger ist. Unendlich klar ist daher die Linie der Ablehnung, die von Platon bis ins zwanzigste Jahrhundert in der Öffentlichkeit gegen den Kunstträger besteht; in einen geordneten Staat, in einen Staat, der auf eine untadelige Verfassung hält, gehört er nicht hinein, in die Religion gehört er auch nicht, mit dem hochdotierten Wissenschaftler steht er in dem Verhältnis, daß sie sich beide für Vorstufen und Kuriositäten halten, es ergibt sich, der Kunstträger ist aus seinem natürlichen Wesen heraus eine gesonderte Erscheinung.

Geht man von der Kunst selber aus, ergibt sich mit der gleichen Deutlichkeit das Größte an Fragwürdigkeit und Rätsel. Kunst wächst auf paradoxem Boden, und das Logische und Biologische versagt vor ihr. Rousseau, der das berühmteste und überdauerndste Werk der europäischen Literatur über Erziehung schrieb, in dem er seitenlang von der Kost der Ammen handelt: ohne Fleisch, das wird ihre Milch nicht erhitzen, und über die Konsistenz der Unterbetten, wie den Zeitpunkt des Weckens, damit ihnen das Erlebnis des Sonnenaufgangs am Johannistag nicht entgeht, ließ die fünf unehelichen Kinder, die ihm Thérèse Levasseur geboren hatte, sämtlich ins Findelhaus bringen, ohne sich auch nur eine Stunde je um sie zu kümmern. Schuberts Winterreise, heute die lichte Zugabe ondulierter Kehlkopffavoriten, entsprang unsagbaren Qualen und einer tiefen, ausgesprochen klinischen Depression. Die Reihe der Paralytiker unter den Genies ist enorm, die der Schizophrenen trägt die größten Namen, und das alles nicht beiläufig supplementarisch, hinzukommend, sondern als Geschick, Wesen, Blut und Boden des Schöpferischen, Tränke des Geistes, Prägung und Verflechtung in die gezeichnete Gestalt. Unter den hundertfünfzig Genies des Abendlandes finden wir allein fünfzig Homoeroten und Triebvarianten, Rauschsüchtige in Scharen, Ehelose und Kinderlose als Regel, Krüppel und Entartete zu hohen Prozenten, das Produktive, wo immer man es berührt, ist durchsetzt von Anomalien, Stigmatisierungen, Paroxysmen. Natürlich sind Goethe und Rubens da, reich, stabil, nahezu rausch- und giftfrei, wenn man sich Götter vorstellen wollte, hier sind sie, aber sie sind die Ausnahme, es ist nachweislich klar, statistisch klar, der größte Teil der Kunst des vergangenen Halbjahrtausends ist Steigerungskunst von Psychopathen, von Alkoholikern, Abnormen, Vagabunden, Armenhäuslern, Neurotikern, Degenerierten,

Henkelohren, Hustern –: das war ihr Leben, und in der Westminsterabtei und im Pantheon stehen ihre Büsten, und über beidem stehen ihre Werke: makellos, ewig, Blüte und Schimmer der Welt. Das war die Kunst, und das bedeutet keinen Freibrief für Schweine und Schnorrer; nur den Rüssel vorzeigen, das ist kein Ausweis, er ist keine Schwinge, und wir sprechen von Flug. Es ist noch weniger eine Belehrung für irgendwen, es ist nur ein Gedanke an das Schmerzliche und Zarte, das um diese Welten liegt, das öffentlich Zweideutige und menschlich Vergebliche, das sie umlagert. Es ist eine Erkenntnis, und es ergibt sich aus ihr, daß der Kunstträger in Person irgendwo hervortreten oder mitreden *nicht* solle, „unter Menschen war er als Mensch unmöglich" – seltsames Wort von Nietzsche über Heraklit – das gilt für ihn.

Das war die Kunst – und in diesen Vorstellungen wuchs meine Generation auf: die Kunst höchsten Ranges und isolierten Wesens, was gab es denn noch außer ihr? Der Mensch, der dicke, hochgekämpfte Affe der Darwinschen Ära, als Preis bezahlte er eine gestörte innere Sekretion. Von Moral war er ein Wesen, das einem mehr und lieber schadete als ein Löwe, reif wurde er erst bei langen Mähnen und Klauen: nicht aus dem Samenunflat der Zwanzigjährigen, aus fettwerdenden Leibern kam Erkenntnis. Von der Weltgeschichte lagen ganz bestimmte Eindrücke nicht vor, definitive Resultate waren gerade aus Kriegen nicht zu erhalten, und so entstanden diese ein bis zwei Generationen, die, dem ganzen sinnwidrigen Umfluß der Historie ausweichend, den ganzen femininen Apparat des Schlüsseziehens aus ihr und der Perspektivenabtastung den Fachleuten überlassend, nur ihr eigenes Leben ordneten, abgrenzten, ausarbeiteten, um das kurze, einsame, schmerzliche zu steigern. So entstanden diese Generationen, die alles tranken, was an Stoffen die Zersetzung bot, und die durchaus nicht immer zu dem gestirnten Himmel den strahlenden Menschenblick erhoben, sondern in deren Innern sich drachengesät die Chimären und die Dämonen befetteten und säugten, und die bei ihren Formaufstürzen und dann wieder Lethargien allen zerebralen Räuschen der Zeit erlagen: Destruktion war auch Erlebnis, Abbau unter Morgenröten. „Nihilismus ist ein Glücksgefühl", und das strömte alles in die Arbeiten unverhohlen ein, daraus entstanden sie, das verwandte man methodisch zu ihrer Herstellung, denn daß die Kunst alles rechtfertige, das war das Gesetz, das unantastbare ihres Lebens.

Um es zu wiederholen: was gab es denn außer ihr? „Die Kunst als die letzte metaphysische Tätigkeit innerhalb des europäischen Nihilismus", der Satz aus dem „Willen zur Macht" stand allem zuvor. Und dann die Wendung des Abendlandes zur Triebpsychologie. Die Philosophie, nicht mehr was sie ausdrückt, sondern was sie verbirgt: den Menschen, die Bestie, die Eingeweide, die Triebe, alles, was man aus Scham verdeckt und daher mit seinen Verdrängungssystemen überzieht. Die Kunst nicht mehr das moralische Problem des Helden, nicht mehr die Ideale, die er zum Schluß verkündet, sondern die Maßnahmen des Künstlers selbst, sich auszudrücken, also sein Konstruktives, seine Genialität in den Mitteln des Mitreißens, der Spannung, der Ich-Auflösung, seine bewußte Anwendung von Prinzipien des Baus und des Ausdrucks, die Bewußtmachung alles dessen, was nach Akt aussieht, schöpferischem Akt und dessen Steigerung. Das wurde tatsächlich die Identität der Zeit, es wurde wahrhaftig, großartig und grauenvoll, und es war nicht im geringsten das, was das bürgerliche Deutschland vom ersten Augenblick an bis heute verächtlich „Artistik" nennt und nannte, sondern es war tief, religiös und sakramental. Man bedenke noch einmal diese Welt in der seltsamen Begegnung, die Dauthendey mit George schildert, über die die Literaturgeschichten berichten.

Dauthendey hatte dem Herausgeber der „Blätter für die Kunst“ ein Gedicht als Beitrag eingesandt, er erhielt einige Tage danach eine briefliche Einladung, sich zu einer Besprechung über einige Fragen, die sich auf seine Gedichteinsendung bezögen, im Café Bauer einzufinden, wohin der Herausgeber und George kommen wollten; es war im Februar 1893. Als sich Dauthendey um halb zehn Uhr abends im oberen Saal des Cafés Bauer einfand, begrüßte ihn dort ein Herr, er war im Zylinder und englischen Gehrock erschienen, und er sagte ihm: Herr Stefan George wünsche ihn wegen einiger Punkte und Kommas, die in dem Gedicht vermieden werden sollten, zu sprechen. Dann kam nach einer Weile ein schlanker, gleichfalls mit Gehrock und Zylinder bekleideter Herr an den Tisch: George. Wir sprachen dann, fährt Dauthendey fort, über einige, wie es mir schien, ganz belanglose Dinge, über Satzzeichen, und schließlich stellte sich heraus, George wünschte in dem fraglichen Gedicht die Fragezeichen, wie es in der spanischen Literatur üblich sei, an den Anfang der Sätze gestellt zu sehen.

Fragezeichen an den Anfang der Sätze gestellt und dazu eine feierliche Zusammenkunft von drei Herren wie zu einem Duell oder einem Staatsakt, das war in gar keiner Weise Manier, auch in gar keiner Weise überspannt, es war der tiefste Ernst Europas beim Ausgang des Jahrhunderts, es war männlich, ja mönchisch, es war Schicksal. Es war Gesetz aus jenem Evangelium der Kunst, das im „Willen zur Macht“ verkündet war, dem Artistenevangelium von der Kunst als der letzten europäischen Metaphysik.

Das Halten der Ordnung, das Erkämpfen der Form gegen

den europäischen Verfall! Der europäische Nihilismus: der animalische Entwicklungsgedanke ohne die Ergänzung durch eine anthropologische Herrschaftsidee, letztes Stadium der geschichtlichen Bewegung, deren erstes das Abschiednehmen vom Fühlen und Sehen der Welt in Klassen, Arten und Ordnungen war, von den sieben Tagen, an denen das einzelne geschaffen wurde, immer wieder: „Ein jegliches nach seiner Art." Jetzt die Auflösung von Arten, Rängen, Graden unter populärem Gestammel von Müttern, rauschloser Flucht zu den Sumpfsymbolen, Keltern aller Samen und Säfte in einen Urbottich, kurz: Verwischung des hochrangigen Prinzips der Form, Unterdrückung des Willens zu Züchtung und Stil, Übermacht niederer, nutzbringender Aufstiegs- und Aufbauformationen – nach der imperialen Militärtranszendenz der Antike, dem religiösen Realismus des Mittelalters jetzt das Plausible, Flache, die Wissenschaft als die theoretische Interpretation der Welt – die Nietzschelage.

Innerhalb dieser Lage begann meine Generation. Sie sah Rilke weich werden und sich treiben lassen von jeder Schwermut zu jedem Reim und zum lieben Gott, aber George lagerte und baute, übte Herrschaft aus, forderte geistiges Gesetz. Zu diesem Gesetz gehören die spanischen Fragezeichen. Sie gehören in die Entscheidung Europas gegen die Natur und für den Geist. Diese neue Entscheidung, die jetzt erst auf breiten Fronten gefallen ist: Das Leben ist ergebnislos, hinfällig, untragbar ohne Ergänzung, es muß ein großes Gesetz hinzutreten, das über dem Leben steht, es auslöscht, richtet, in seine Schranken weist. Es gibt heute zwei Gesetze, die sich in Europa gegen das Leben erhoben haben: die Rasse und die Kunst. Beide sind Forderungen, beide unerbittlich strenge Gesichte, beide liegen im Geist. Geist = anthropologischer Geist, arthaftes Prinzip, Entelechie, Ursein, Bewußtsein, bewußt formender Geist. An dieser Entscheidung Europas für den Geist hat meine Generation mitgearbeitet durch ihre Loslösung von den individuellen Inhalten und Substanzen und durch ihren jeder Verachtung trotzenden Einsatz für den formalen Geist. Dies macht die Kunst zu einer ganz neuen Erscheinung und gibt ihr ein völlig neues Gesicht. Natürlich bekämpft die bürgerliche Literatur diesen Prozeß, weil sie an ihm keinen Anteil hat.

b) Intellektualismus

Intellektualismus ist die kalte Betrachtung der Erde, warm ist sie lange genug betrachtet worden, mit Idyllen und Naivitäten und ergebnislos. Intellektualismus ist der kriegerische Angriff auf die zersetzte menschliche Substanz, ihre Dränage und die Abwehr von Leichenfledderern. Intellektualismus ist innerhalb unseres Themas die kaltschnäuzige Behauptung, daß Balladen und historische Romane allein nicht das gesamte Gebiet der deutschen Schicksalhaftigkeit umgreifen. Intellektualismus ist, historisch gesehen, *Hegel,* wenn er sagt: „... nichts in der Gesinnung anerkennen zu wollen, das nicht durch den Gedanken gerechtfertigt ist.“ *Kant,* der von der Erlebniswelt die Begriffswelt schied. *Nietzsche,* der ganze, vor allem jener, der das bewußte und willentliche Element, das konstruktive Element, das formsetzende, abbrechende, bändigende und bildende Element des Schöpferischen schildert. Intellektualismus heißt einfach: denken, und es gibt nichts, vor dem es haltzumachen hätte, mit der einen Einschränkung, die das Denken selber setzt und die sich auf schwache Denker bezieht. Intellektualismus also heißt, keinen anderen Ausweg aus der Welt finden, als sie in Begriffe zu bringen, sie und sich in Begriffen zu reinigen, und das gehört nicht zu einem bestimmten politischen oder moralischen System, sondern ist anthropologischer Grundtrieb, Rassenweisung. Historisch ergänzt, wir befinden uns als Zugehörige der europäischen Menschheitsgemeinschaft mitten in einer Epoche ungeheuer intensiver Formulierungszwänge, einer extravaganten Begriffsepoche, die mit Hilfe von Formeln sich verteidigt und zum Funktionellen, zur gedanklich abgekürzten Beziehung rassengesetzlich, schicksalhaft greift. Es ist ein neues Erdzeitalter, und Typen, die dieser Mutation nicht gewachsen sind, werden ausscheiden. Ein Erlebnis der Welt „natürlich", wie es beispielsweise den echten Primitiven beschieden war: rauschhaft und getränkeartig, oder wie es den heutigen Talmiprimitiven vorschwebt, ohne Fremdwort und mit Vergißmeinnicht und Obstkuchen, wird es innerhalb des Abendlandes für niemanden mehr geben. Aber der neue, der mutierte Typ wird das zu erwartende gesteigerte Denken als vital empfinden, menschlich und ereignisreich.

Vorgerückte Zivilisationen sind gleichbedeutend mit harten Problemen, schreibt Ortega. Das trifft die Sache; von vorgerückter Zivilisation kann man im zwanzigsten Jahrhundert wohl reden; daher sind es überall harte, komplizierte, vielfach ventilierte, hochgetriebene, eben intellektualistische Probleme, die einem entgegentreten. Es sind psycho-physisch verknotete, komplexe Probleme, und es müssen hochgezüchtete Gehirne sein, die sie bearbeiten. Die Botaniker beleuchten unsere Lage mit einer sehr merkwürdigen Feststellung ganz neu: gezüchtete Pflanzen sind härter, vitaler, widerstandsfähiger gegen Schäden, kurz erbfähiger als natürliche; Züchtung, Zwischenschichtung des Bewußtseins, Einschaltung des Geistes in den Naturprozeß festigt also die Erbmasse, stärkt die Art, schafft Biopositives, keine Rede von Abstieg, Verweichlichung, Degeneration, allen diesen moralischen Vorstellungen, die der Bürger mit dem Wort

Züchtung verbindet, sondern im Gegenteil Unterbrechung von Degeneration, Weiterführung von sonst dem Untergang Geweihtem. Dies ist offenbar der Ausdruck eines allgemeinen Gesetzes, das sich nähert, und dieses Zeitalter, das Blut und Boden sagt, wird ein Zeitalter der Züchtung, der Form und des gesteigerten Geistes werden, ein intellektualistisches, das heißt ein spezifisch europäisches, wahrscheinlich ein anthropologisch bedeutendes unter Gesetzen des Bewußten. Verdichtung der Vitalität, Aufgang des Abendlandes stünde bevor, und das Volk wird die Führung übernehmen, das diesem Gesetz am klarsten Rechnung trägt.

Wer Intellektualismus weiter im kleinbürgerlichen Sinn ansieht, wird sowohl lächerlich, wie geschichtlich ausgeschaltet werden. Es ist hauptsächlich die bürgerliche Literatur, die hieran versteckt oder offen mitarbeitet, diese prima Epiker, Anekdotenschnurrer, Balladenbarden, notorische Nachspieler, stigmatisierte zweite Besetzung, Chargenkomiker für Gartenlokale, getarnter neuer Staat, in Wirklichkeit die stupiden alten Herren –: Mittelstand als Vampirismus. Am liebsten möchten sie alles, was überhaupt noch seine Anschauungen in prägnante Formen bringt, Formeln, die das Gemeinte unverwechselbar und schonungslos ausdrücken, was gleichbedeutend ist mit: es nachprüfbar, diskussionsfähig, geschichtsfähig machen, als fremdstämmig, unrassisch, undeutsch denunzieren; schon der Drang zur Form, das ist mediterran; Klarheit widernatürlich; Begriffsleben unreligiös; am liebsten würden sie eine Notverordnung für Deutschland sehen: Denken ist zynisch, es findet hauptsächlich in Berlin statt, an seiner Stelle wird das Weserlied empfohlen.

Man muß sich das einmal vorstellen: da sitzt also jemand und kann sich etwas abdestillieren, geistig, bei bürgerlicher

Lebenshaltung und hinter verschlossenen Türen, Obstbäume vorm Fenster und Filz um die Telefonglocke, daß es nicht schrillt. Mehrere Jahrzehnte, die Holz- und Faserindustrie nimmt es ab, bei Geburtstagen wird dann dem Volk eingeredet, das sei sein Fleisch und Blut, unter geistigen Drohungen und Unverstandenheitserklärungen. Hauptsache, es ist in Kapitel eingeteilt; bleibt einiges dunkel: Schriftsteller, die ihrem Weltbild sprachlich nicht gewachsen sind, nennt man in Deutschland Seher – das ist dann kein Markenartikel mehr, sondern weit über den Einzelfall hinaus und fällt schon unter farbenglühend. Das ist die Kunst der bürgerlichen Ära, und wenn man das abgestanden findet, dann ist man ein Intellektualist.

Es muß eine merkwürdige Vorstellung vom Menschen sein, die dahintersteht, von seiner Art und wie er hochgekommen ist, unter Marienliedern offenbar, und sein Schöpfungsakt vollzog sich milde im Schutz von Milchglasscheiben. Ein ziemlich ungeschütztes Wesen aber, dieser Vorfahr, die Haare fielen ihm auch noch aus, als er aus dem Quartär trat, und rings um ihn die riesigen Echsen, er aber hatte nichts als die Waffe des Bewußtseins: den Gedanken, die sich sammelnde Erfahrung: den Begriff. Dessen Lautwerdung im Wort deutete bestimmt nicht auf historische Romane und farbenglühende Gemälde des Mittelalters, sondern vertrat Gewalt, und er selbst, der Begriff, war nie ein pazifistisches Gleitmittel, Kaffeeklatsch, kapitalistische Zwischensubstanz, um zwei faule Geschäfte aneinanderzukleben, sondern er schied Welt von Chaos, trieb die Natur in die Enge, schlug die Tiere, sammelte und rettete die Art. Schlägt bis heute: Drillbohrer gegen naturalistisches Gewäsch und ideologischen Dilettantismus, Aufbrecher der Wahrheit, Einbrecher in die andere, die allgemeine, die unsichtbare Welt, zwingend deren Dauer in die Nichtigkeit des Seins. Der große Mensch nimmt „die Anstrengung des Begriffs“ auf sich, sagt Hegel, in der Tat: eine Anstrengung, zu seiner Herstellung bedarf es einer ungeheuer tragenden Verantwortung vor Vergangenem, eines außerordentlichen Wissens um Beziehungen und Sachverhalte und einer ungeheuren Intuition für Annäherung und Morgenröten, denn er prägt sowohl als er auch deutet, er ist gesetzlich und alles Kriminelle bekämpft ihn von Natur. Alles Feminine flieht sein Licht, denn er zerstört schonungslos das Weiche, das Subjektive, und über gewisse Eitelkeiten wirft er leicht einen Donner von Gelächter. Er ist der *objektive Geist,* und es ist klar, daß alle Stimmungsprofiteure gegen ihn nässen, seine Proportionen gefährden ihre Maße, ihre Seitenzahlen, darum muß er von jeher und zu allen Zeiten seine Schritte immer wieder aus ihrem Geifer und aus ihrem Fusel ziehen.

Aber sein Haupt bleibt oben, einsam und verwittert – die kleinen Hirnblasen schmelzen sich ihre Assoziationen zu, nicht jeder darf denken. Für viele ist der Filz um die Telefonglocke und der Obstbaum vorm Fenster gut. Nur der darf zugelassen werden zum Denken, der diese ungeheuerliche Kraft einer einzigen späten, massenmäßig geringen Art auch durch die äußerst erreichbare Formulierung, die gespannteste Wendung bändigt und stählern begrenzt, der das Gefühl hat für diese Grenze und die Ergebenheit vor dieser Grenze. Es ist wie in der Kunst. Der äußerst erreichbare Ausdruck muß erkämpft und gehalten werden mit einer Schärfe, die aufs rücksichtsloseste alles teilt und scheidet, aber man muß wissen, ob man zu weiteren Formulierungen noch berufen ist. Verliert man den Instinkt hierfür, wird man titanisch, statt *formverfallen* und *ausdrucksverschworen;* man wird rückfällig in die vorpameelensche, in die infantile faustische Welt.

IV. Die neue Jugend

Dies ist vielleicht eine Art historischer Zusammenfassung, die meine Generation der neuen Jugend hinterläßt, und vielleicht ist mancher nicht damit einverstanden, mich bei dieser Tätigkeit zu sehen. Aber jeder darf wohl ein Vermächtnis hinterlassen, wenn er es ohne Erwartung einer Antwort tut, und wenn er seine Bestände rein erworben hat, ohne Bestechung. Das habe ich nachweislich getan, schwer habe ich um jeden Satz gekämpft, jeden Vers, jedes Urteil, langsam ist alles geworden, immer wieder im Werden von mir abgehalten, kritisch entfernt, organisch überprüft, ja wörtlich: mit den Organen überprüft. Langsames, lautloses Hervortretenlassen und dann Sichschichten, lautloses Hervortretenlassen aus dem Eingeborenen, dem Vitalbestand, der Gene, langsames Sichschichtenlassen um eine Strophe oder einen Gedanken, um dies sich herausbildende geistige wortwerdende Ich. Auch im Äußeren verlief es nicht hell, niemand hat es mir erleichtert, keine Hand, konnte es nicht, von früh an nicht. Ich habe mein Studium mit Schulden beenden müssen und meinen Koffer nicht bezahlen können, mit dem ich zum Regiment abfuhr, ich habe sie später abgezahlt. Ich habe dem Staat in Krieg und Frieden nur gedient, ihm keine Lasten bereitet. Ich habe nie einen Preis bekommen, keine Zuwendungen aus irgendwelchen Stiftungen, keine Hilfe von Verlagen, kaum Vorschuß, und wenn, dann geringen, und ich habe ihn durch Arbeit unverzüglich zurückgezahlt. Ich veröffentlichte zu meinem vierzigsten Geburtstag eine Berechnung darüber, daß ich bis dahin aus meiner Literatur – „aus der gesamten Holz- und Faserindustrie“ – insgesamt im Durchschnitt monatlich vier Mark fünfzig verdient hätte, und damit war ich in mehrere europäische Sprachen übersetzt, heute wäre der Durchschnitt etwas höher, aber zum Leben auch unter den einfachsten Bedingungen zu gering. Ich habe nie ein Gehalt bekommen, außer im Krieg, nie Pension, ich habe immer aus meiner ärztlichen Praxis gelebt, schwer, aber es ging, oft in naher Beziehung zu Vollstreckungsbeamten, aber sie waren menschlich[34].

Ich habe noch nie in meinem Leben länger als zwei bis drei Wochen im Jahr mich frei machen können für Ferien oder Arbeit, die meisten Jahre aber gar nicht. Das klingt alles zusammen äußerst moralisch und puritanisch, ist aber natürlich das Äußerste an Luxus und Freiheit, das es heute in Europa gibt. Ich habe für mich gelebt, außerhalb von kapitalistischen Betrieben, Behörden, Presse, Literatur, Vortragssälen, ich habe allein gelebt. Früh streifte der Tod alles von mir ab, woran sich meine Jugend gebunden hatte, es kostete Blut und Tränen, aber dann war ich allein. Allein mit einer Tochter, die in einem anderen Land lebt. Allein –: wahrscheinlich gibt es kein Wort darüber, allein und unverbittert in die Stunden des Dunkelwerdens sehen, dem will ich die Krone des Lebens geben.

Die neue Jugend, die unter Hitlers Stern angetreten ist, wird diese persönlichen Sätze nicht mehr begreifen. Es sind die Sätze einer ausklingenden Zeit, die auf inneres Spüren und Sammeln im einzelnen angelegt war, in der Vertiefung galt und Reifen, Behutsamkeiten des Gefühls, alles Farben und Klänge der alten europäischen Welt, die die germanisch-romanischen Völker trotz aller Kriege gemeinsam geschaffen hatten.[35] Ich, der ich nach Herkunft und Lebensdauer durchaus der alten Epoche verpflichtet bin, muß das Bekenntnis ablegen, daß mich die Geschichte weder berauscht noch ängstigt, die weiße Rasse ist so groß gewesen, müßte sie zugrunde gehen, es käme unmittelbar aus ihr.[36] Ich bin von der Generation, die Frankreich noch ganz besonders empfunden hat, seinen Reiz, seine Größe, durch Nietzsche wirkte es mit Stendhal und Flaubert auf uns, durch George mit Baudelaire und Verlaine, in den letzten Jahrzehnten kam der Impressionismus dazu,[37] kurz vor dem Krieg lasen wir Claudel und Gide, Bergson und Suarez, und es war ein großer Geist, der aus Frankreich kam – wird es Europa noch einmal führen[38]? Frankreich hätte nach dem Sieg noch einmal führen können, und alle hätten seine Führung anerkannt, auch Deutschland, die wirkliche Führung eines Volkes, das so großartig und legitimiert das Abendland miterschaffen hatte[39] – wird es mit uns in die Zukunft gehen?

Meine Generation und die Jugend: noch einmal tritt der Gedanke vor uns, der das ganze Buch durchzieht: Kunst und Macht. Wenn man unter diesen beiden den ganzen Züchtungs- und Zukunftskomplex betrachtet, so brauchte man eine germanische und nordische Kunst nicht erst zu züchten, in Dürer und Bach, in Goethe und Kleist war sie in Deutschland da, in Rubens, Shakespeare, Hamsun in den anderen nordischen Ländern. Sie hat sich ausgesprochen, reifte und ging von der nordischen Erde zu den Sternen, oder was man so nennt, ich meine die wahrscheinlich ewigen Räume, zu denen die Unsterblichkeit der kurzen menschlichen Geschichte zieht. Ich habe in einem Aufsatz über den Expressionismus davon gesprochen, daß meine Generation die letzte sein würde, die von dieser Art Kunst herkommt, von ihr spricht, wahrscheinlich für immer. Die neue Jugend gehört der Macht –[40] möge sie in ihre Bestimmung gehen. Möge der Strom der Rasse sie durch ihre Jahre tragen, durch ihre Häuser, ihre Äcker, ihre Thingplätze, ihre Gräber, bis die eine Gestalt kommt, die zu den alten unauslöschlichen deutschen Gestalten hinzutritt und die das Neue sein wird, das heute erst in uns dämmert und erst verwirrt aus unseren inneren Forderungen spricht. In deren Werk wird von Angesicht zu Angesicht davon sein, was wir heute nur in einem dunklen Wort erblicken, in dem Nietzsche-Wort von der Rechtfertigung der Welt allein als ästhetisches Phänomen.

V. Die Lehre

Wenn man nun das, was meine Generation und ich in ihr erlebte, in ihren Arbeiten ausdrückte und zur These erhob, weiter Formalismus nennen will, mag man es tun. Die zentrale Bedeutung des Formproblems für Europa und besonders für Deutschland[41] habe ich immer wieder dargestellt. Man kann es aber auch als genau das Gegenteil bezeichnen, nämlich als die erkämpfte Erkenntnis von der Möglichkeit einer neuen Ritualität. Es ist der fast religiöse Versuch, die Kunst aus dem Ästhetischen zum Anthropologischen zu überführen, ihre Ausrufung zum anthropologischen Prinzip. Es hieße ins Soziologische gewendet: in den Mittelpunkt des Kultischen und der Riten das anthropologische Prinzip des Formalen zu rücken,[42] der reinen Form, des Formzwanges, man kann auch sagen: die Unwirklichmachung des Gegenstandes, seine Auslöschung, nichts gilt die Erscheinung, nichts der Einzelfall, nichts der sinnliche Gegenstand, alles gilt der Ausdruck, alles die gesetzgeberische Umlagerung zu Stil.

Wenn man aber lehrte, den Reigen sehen und das Leben formend überwinden, würde da der Tod nicht sein der Schatten blau, in dem die Glücke stehen – diese frühe Rönne-Lehre, die wäre das Prinzip, das nie den Stoff verläßt (Stein, Ton, Wort) und doch nur der Schöpfung folgt und ihrem transzendenten Ruf, ein Prinzip, das die allein den höchsten Völkern der menschlichen Art eingeborene Macht zum Kanon erhöbe, konstruierte und formal erarbeitete Dinge aus sich herauszustellen, sich in ihnen zu lösen, Qual und Dränge in ihnen zu erlösen, sie dann persönlich zu verlassen, sie dann sich selber zu überlassen, aber so geladen mit arthafter Spannung und so weittragendem und unzerstörbarem Sinn, daß andere Geschlechter dieser Menschenart noch nach Jahrtausenden an ihnen die Epochen messen und in ihnen sich, ihre Rätsel, ihr ewig verschleiertes Wesen, ihr ganzes katastrophenunterlagertes Sein bindend erkennen. Schauer und Geheimnis noch einmal hier vor dem letzten Verfall!

Denn nach meiner Meinung fängt die Geschichte des Menschen heute erst an, seine Gefährdung, seine Tragödie. Bisher standen noch die Altäre der Heiligen und die Flügel der Erzengel hinter ihm, und aus Kelchen und Taufbecken rann es über seine Schwächen und Wunden. Jetzt beginnt die Serie der großen unlöslichen Verhängnisse seiner selbst, Nietzsche wird nur das Vorspiel davon gewesen sein, Vorspiel der neuen Symbole, der neuen Imperien, *weiße Erde von Thule bis Avalun,* aber auch das Vorspiel der letzten nihilistischen Zerstörungen.

Hinan, hinab, weiter, weiter, aber wohin? Amor fati – aber aus welchem Seinsgrund stammt dieser letzte Ruf, auf was deutet er, auf welches Vergessen? *Das Leben ist ein tödliches Gesetz und ein unbekanntes, der Mann heute wie einst vermag nicht mehr, als das Seine ohne Tränen hinzunehmen* – ein Wort aus dem „Urgesicht", aber wie lange wird er es tränenlos ertragen? Weiter, weiter, aber wohin? Der Mensch hat einen getrübten Blick rückwärts, vorwärts gar keinen. Er ist ja nur ein halbgelungenes Wesen, ein Entwurf, das Werfen nach einem Adler, schon riß man die Federn, die Flügel nieder, aber die ganze Gestalt schlug noch nicht um – wird sie einmal ganz umschlagen, so, daß ihr Herz unmittelbar am Herzen der Dinge ruht? Also weiter, weiter – Völker, Rassen, Erdzeitalter – Stein-, Farren- und Tiergeruch: aus Dämmer steigend, arthaft fest und doch in einer unausdenkbaren Verwandlung: in ihr wird auch dieser menschliche Quartärtyp wieder vergehen, aber solange er da ist, ist er gezeichnet, stark gezeichnet, ja imperialistisch stark gezeichnet, was für ein Zeichen –: Es ist das irreale Zeichen Rönnes, das konstruktive Zeichen Pameelens, seine Lehre lautet: es gibt keine Wirklichkeit, es gibt das menschliche Bewußtsein, das unaufhörlich aus seinem Schöpfungsbesitz Welten bildet, umbildet, erarbeitet, erleidet, geistig prägt. In dieser Fähigkeit gibt es Grade und Stufen, vor allem Vorstufen. Die oberste aber lautet: es gibt nur den Gedanken, den großen, objektiven Gedanken, er ist die Ewigkeit, er ist die Ordnung der Welt, er lebt von Abstraktion, er ist die Formel der Kunst. Durch ihn geht die Kette der Rassen und Völker, er ist die Kette, er richtet den Lauf – er wird sich auch ihm entgegenwerfen, dem Abgrund, über den Abgrund. Wenn das Intellektualismus ist, dann will ich ihm dienen als Versuch und Aufgabe, wo er aber vollkommen ist, macht er allein die menschliche Rasse groß. Alle Zerrüttung, die er dem einzelnen bringt, alle Opfer, die er verlangt, alles Leben, das er fordert, ihm sei es in dieser zeitgebundenen Klarheit, also blind, gebracht –: wem anders sollte man es denn sonst noch bringen? Ihm mit des Hyperboreers Qual: „Traum ist die Welt und Rauch vor den Augen eines ewig Unzufriedenen" – ihm mit des Tao Schweigen, das Abwartende zu pflegen und das Auswirkenlassen des Seins – ihm das tiefste Westöstliche der großen Völker: gib dich hin.

DOPPELLEBEN

1. Schatten der Vergangenheit

Dieser Teil I erschien im Frühjahr 1934 in einem Essayband, der vergriffen ist. Ich habe nur einige wenige Sätze fortgelassen oder verändert, die sich auf eine der jetzigen Besatzungsmächte bezogen, übrigens keineswegs ausfällige oder beleidigende Sätze. Ich fahre nun fort.

Ich blieb also 1933 in Deutschland, und zwar zunächst in Berlin. Sofern dies Verbleiben in Deutschland einer Begründung bedarf – hier sind einige Begründungen.

1. Den Begriff der Emigration gab es damals in Deutschland nicht. Man wußte, Marx, Engels hatten sich ihrer Zeit nach London begeben, um ihre Stunde abzuwarten. In neuerer Zeit waren einige Spanier nach Paris gereist, um den politischen Verhältnissen in ihrer Heimat zu entgehen. Man kannte politische Flüchtlinge, aber den massiven, ethisch untermauerten Begriff der Emigration, wie er nach 1933 bei uns gang und gäbe wurde, kannte man nicht. Man kannte natürlich auch die russischen Emigranten, aber bei denen lag Flucht vor gegenüber Ermordetwerden, das war eine vitale Reaktion, kein gesinnungshafter Protest gegen eine andere Gesinnung – und wer war 1933 fähig und bereit, den 30. Januar in Berlin mit dem 8. November 1917 in Petersburg zu vergleichen? Wenn nun also Angehörige meiner Generation und meines Gedankenkreises Deutschland verließen, emigrierten sie noch nicht in dem späteren polemischen Sinne, sondern sie zogen es vor, persönlichen Fährnissen aus dem Wege zu gehen, die Dauer und die Intensität dieses Fortgehens sah wohl keiner von ihnen genau voraus. Es war mehr eine Demonstration als eine Offensive, mehr

ein Ausweichen als eine Aktion. Emigration als Führerfronde war kein bei uns bekannter Begriff. Wobei mir übrigens einfällt, daß die meisten, die damals Deutschland verließen, keineswegs sich als Kameraden der russischen Emigranten fühlten, vielmehr im Gegenteil als Kameraden derer, vor denen jene flohn. Ich persönlich hatte keine Veranlassung, Berlin zu verlassen, ich lebte von meiner ärztlichen Praxis und hatte mit politischen Dingen nichts zu tun.

2. Was heute die Staatsrechtslehrer, Politiker, Philosophen über die Angelegenheit denken, weiß ich nicht, aber daß sie überhaupt darüber argumentieren, beweist die Schwierigkeit der Position – ich jedenfalls und viele andere mußten die neue Regierung als legal zur Exekutive gekommen betrachten. Gegenargumente lagen eigentlich gar nicht vor. Der vom Volk gewählte Reichspräsident hatte, offenbar nach sehr schweren inneren Bedenken, die neue Regierung ernannt, sie war ihrer Zusammensetzung nach in keiner Weise totalitär, Zentrum und Konservative waren im Kabinett, der Reichstag bestand weiter, die Presse erschien, die Gewerkschaften waren noch im Gange. Ob der Reichspräsident ein kluger und weitsichtiger Mann war, oder ein unkluger und unweitsichtiger, wie man es heute behauptet, wurde damals nicht erörtert, es stand nirgends zur Diskussion. Auch hatte das Vorspiel zu diesen Vorgängen im Jahre 1932 mit einer Entscheidung des Reichsgerichts in Leipzig geendet, eine höhere Instanz war in Deutschland hierzu nicht bekannt. Also, es war eine legale Regierung am Ruder, ihrer Aufforderung zur Mitarbeit sich entgegenzustellen lag zunächst keine Veranlassung vor.

3. Das Parteiprogramm. Ich hatte es nie bis zu Ende studiert, war auf keiner der NS.-Versammlungen gewesen, hatte weder vor noch nach 1933 eine NS.-Zeitung oder

-Zeitschrift abonniert, aber ich wußte natürlich, es enthielt unter seinen zahlreichen Punkten einen üblen antisemitischen, aber wer nahm politische Parteiprogramme ernst? Es gab, glaube ich, zweiundzwanzig Parteien, also ebensoviel Parteiprogramme, alle beschimpften sich untereinander und gegeneinander, sehr fein war keines, und wie sich dann später zeigte, das Senecasche Qui potest mori, non potest cogi – galt für keins. Daß die Parteiprogrammpunkte verwirklicht würden, das konnte man nach den Erfahrungen mit den politischen Verhältnissen überhaupt auf keinen Fall erwarten. Zum Beispiel enthielt das NS.-Parteiprogramm auch jenen Punkt: „Brechung der Zinsknechtschaft" – und die Zinsen spielten dann doch eine größere Rolle als je, und die Kapitalien und Investitionen wurden reichlich verteilt und ausgenutzt und durch Schlösser und Brillanten ergänzt, und was gebrochen wurde, war etwas ganz anderes, aber nicht der Zins – also wörtlich konnte man diese Parteiproklamationen doch wirklich zunächst nicht nehmen, zunächst – dann allerdings, als sie ihre Rassentheoreme praktizierten, schauerten einem die Knochen, aber das war noch nicht 1933.

Der Antisemitismus ist eine so ernste Frage, daß ich mir erlaube, ihm einige weitere Sätze zu widmen. Ein „Judenproblem" hatte ich nie gekannt. Es wäre völlig ausgeschlossen gewesen, daß in meinem Vaterhaus ein antisemitischer Gedanke gefaßt oder ausgesprochen worden wäre, ein Gedanke gegen ein Volk, aus dem Christus hervorgegangen war, und mein Vater hielt, um 1900, den „Vorwärts", kein Stöckersches Blatt – den „Vorwärts" in einem Dorf Ostelbiens, damals ein starkes Stück! Auf der Schule, während des Studiums war es nicht anders. Auf der militärärztlichen Akademie, der ich meine Ausbildung verdanke, gab es nicht wenige „Mischlinge", aber man erfuhr das erst nach 1933.

als sie aus den Listen der Sanitätsoffiziere gestrichen werden mußten, vorher hatte sich niemand um diese Herkunftsfragen gekümmert. (Bei dieser Gelegenheit und nebenbei, ich hatte während meiner zweiten Dienstzeit Gelegenheit, die Ehrenliste der im Ersten Weltkrieg gefallenen Sanitätsoffiziere einzusehen, die erst während der Nazizeit als Prachtband erschienen war, die Namen waren alphabetisch geordnet, und es fanden sich acht Cohns.)

In den entscheidenden Jahren hatte ich dann in Berlin viele jüdische Bekannte. Derjenige Arzt, dem ich körperlich und seelisch die meiste Hilfe verdanke, war eine jüdische Ärztin. Der einzige Mensch, der mir in den Jahren um 1930 wirklich nahestand, mit dem ich am häufigsten meine damaligen Junggesellenabende verbrachte, der einzige, den ich vielleicht als Freund bezeichnen könnte, war ein Jude, auch während meiner Wehrmachtsjahre hielt das an, und heute – von New York aus – ist es nicht anders. Betrachte ich das Judenproblem statistisch, würde ich sagen, während meiner Lebensperiode sah oder las ich drei Juden, die ich als genial bezeichnen würde: Weininger, Else Lasker-Schüler, Mombert. Als Talente allerersten Ranges würde ich nennen: Sternheim, Liebermann, Kerr, Hofmannsthal, Kafka, Döblin, Carl Einstein, dazu Schönberg, und dann kam die unabsehbare Fülle anregender, aggressiver, sensitiver Prominenten, von denen ich einige kennenlernte: S. Fischer, Flechtheim, Cassirer, die Familie Ullstein – meine Auswahl ist gering und unzulänglich, ich verkehrte nicht viel in hohen Kreisen. Von Büchern lebender jüdischer Autoren, die mich aufs stärkste beeindruckt haben und meinen inneren Weg bestimmten, nenne ich: Semi Meyer, Probleme des menschlichen Geisteslebens; Erich Unger: Mythos, Wirklichkeit, Erkenntnis; Levy-Bruhl: Das Denken der Primitiven.

Zusammenfassend: Ich hatte nie daran einen Zweifel und bezweifele es auch heute nicht, daß die Periode meines Lebens ohne den nichtarischen Anteil an der Zeit völlig undenkbar wäre. Der Glanz des Kaiserreichs, sein innerer und äußerer Reichtum, verdankte sich sehr wesentlich dem jüdischen Anteil der Bevölkerung. Die überströmende Fülle von Anregungen, von artistischen, wissenschaftlichen, geschäftlichen Improvisationen, die von 1918–1933 Berlin neben Paris rückten, entstammte zum großen Teil der Begabung dieses Bevölkerungsanteils, seinen internationalen Beziehungen, seiner sensitiven Unruhe und vor allem seinem todsicheren Instinkt für Qualität. Alles dies durch politische Regelungen oder gar Gewaltmaßnahmen auslöschen oder gar ausrotten zu wollen oder zu können erschien 1933 wohl nicht nur mir ausgeschlossen. Das hieß, Europa ausrotten, die Geschichte blockieren, den Kulturkreis destruieren – dies traute man 1933 keiner Macht der Erde zu. Das liberale Zeitalter, schrieb ich, „konnte die Macht nicht sehen“, sie[1] sah ihr nicht ins Auge, sie[2] sah von ihr weg, und in diese Bemerkung schließe ich mich ein. Dann aber sah es die Macht, und ich sah sie auch.

Das Vorstehende ist die Einleitung zu einem Thema, das ich in meiner Lebensgeschichte nicht umgehen will. Es handelt sich um jene „Antwort an die literarischen Emigranten“, die im Frühjahr 1933 durch Presse und Rundfunk ging, im In- wie Ausland besondere Beachtung fand und mir bis heute vorgehalten wird. Der Anlaß zu dieser Stellungnahme von mir war ein Brief von Klaus Mann gewesen, den ich im folgenden veröffentliche. Klaus Mann stand mir in gewisser Hinsicht nahe, besuchte mich gelegentlich, er war ein Mensch von hoher Intelligenz, weitgereist, tadellos erzogen, von besten Formen, und er hatte die schöne ausgestorbene Eigenschaft, bei Unterhaltungen dem Älteren immer einen gewissen Respekt einzuräumen. Diesen Brief hatte ich seit fünfzehn Jahren nicht wieder gelesen, und als ich ihn heute wieder vornahm, war ich vollkommen verblüfft. Dieser Siebenundzwanzigjährige hatte die Situation richtiger beurteilt, die Entwicklung der Dinge genau vorausgesehen, er war klarerdenkend als ich, meine Antwort, aus der ich Teile anführen werde, war demgegenüber romantisch, überschwenglich, pathetisch, aber ich muß ihr zugute halten, sie enthielt Probleme, Fragen, innere Schwierigkeiten, die auch heute noch für uns alle akut sind, und auf die ich zu sprechen kommen werde. Ich veröffentliche den Brief auch als Ehrung für den Verstorbenen, für den ich trotz aller schweren Angriffe, die von ihm und seinem Kreise dann gegen mich vorgetragen wurden, immer ein freundliches Erinnern bewahrte. Die im Brief genannten Namen lasse ich fort, da sie zum Teil noch Lebende betreffen, die auch heute noch oder wieder eine öffentliche Rolle spielen. Dieser schöne Brief lautet:

KLAUS MANN Le Lavandou, den 9. 5. 33

Lieber und verehrter Herr Doktor BENN

erlauben Sie einem leidenschaftlichen und treuen Bewunderer Ihrer Schriften mit einer Frage zu Ihnen zu kommen, zu der ihn an sich nichts berechtigt, als eben seine starke Anteilnahme an Ihrer geistigen Existenz? Ich schreibe diese Zeilen nur in der Hoffnung, daß Sie mich als verständnisvollen Leser Ihrer Arbeiten etwas legitimiert finden, eine offene Frage an Sie zu richten. – In den letzten Wochen sind mir verschiedentlich Gerüchte über Ihre Stellungnahme gegenüber den „deutschen Ereignissen" zu Ohren gekommen, die mich bestürzt hätten, wenn ich mich hätte entschließen kön-

nen, ihnen Glauben zu schenken. Das wollte ich keinesfalls tun. Eine gewisse Bestätigung erfahren diese Gerüchte durch die Tatsache, die mir bekannt wird, daß Sie – eigentlich als EINZIGER deutscher Autor, mit dem unsereins gerechnet hatte – Ihren Austritt aus der Akademie NICHT erklärt haben. Was mich bei der protestantischen ... nicht verwundert und was ich von ..., der seine Rolle als der Hindenburg der deutschen Literatur mit einer bemerkenswerten Konsequenz zu Ende spielt, nicht anders erwartet hatte, entsetzt mich in Ihrem Falle. In welcher Gesellschaft befinden Sie sich dort? Was konnte Sie dahin bringen, Ihren Namen, der uns der Inbegriff des höchsten Niveaus und einer geradezu fanatischen Reinheit gewesen ist, denen zur Verfügung zu stellen, deren Niveaulosigkeit absolut beispiellos in der europäischen Geschichte ist und von deren moralischer Unreinheit sich die Welt mit Abscheu abwendet? Wie viele Freunde müssen Sie verlieren, indem Sie solcherart gemeinsame Sache mit den geistig Hassenswürdigen machen – und was für Freunde haben Sie am Ende auf dieser falschen Seite zu gewinnen? Wer versteht Sie denn dort? Wer hat denn dort nur Ohren für Ihre Sprache, deren radikales Pathos den Herren ... und ... höchst befremdlich wenn nicht als der purste Kulturbolschewismus in den Ohren klingen dürfte? Wo waren denn die, die Ihre Bewunderer sind? Doch nicht etwa im Lager dieses erwachenden Deutschlands? Heute sitzen Ihre jungen Bewunderer, die ich kenne, in den kleinen Hotels von Paris, Zürich und Prag – und Sie, der ihr Abgott gewesen ist, spielen weiter den Akademiker DIESES Staates. Wenn Ihnen aber an Ihren Verehrern nichts liegt – sehen Sie doch hin, wo die sich aufhalten, die Sie Ihrerseits auf so hinreißende Art bewundert haben. Heinrich Mann, dem Sie wie kein anderer gehuldigt haben, ist doch mit Schanden aus eben derselben Organisation ge-

flogen, in der Sie nun bleiben; mein Vater, den Sie zu zitieren liebten, wird in dem Lande nur noch beschimpft, für dessen Ansehen in der Welt er allerlei geleistet hat – wenn auch nicht so viel, wie seine neuen Herren nun wieder zu zerstören wußten. Die Geister des Auslands, die doch auch Ihnen wichtig gewesen sind, überbieten sich in den schärfsten Protesten – denken Sie doch an André Gide, der gewiß nie zu den platten „Marxisten" gehört hat, die Sie so schrecklich abstoßend fanden.

Da sind wir ja wohl beim entscheidenden Punkt. Wie gut habe ich Ihre Erbitterung gegen den Typus des „marxistischen" deutschen Literaten (fatalster Vertreter: ...) immer verstanden, und wie sehr habe ich sie oft geteilt. Wie blöde und schlimm war es, wenn diese Herren in der Frankfurter Zeitung, im Börsencurier oder in ihren verschiedenen Linkskurven Dichtungen auf ihren soziologischen Gehalt hin prüften. Das war ja wirklich zum Kotzen, und niemand hatte mehr unter denen zu leiden als ich. Mit Beunruhigung aber verfolgte ich schon seit Jahren, wie Sie, Gottfried Benn, sich aus Antipathie gegen diese aufgeblasenen Flachköpfe in einen immer grimmigeren IRRATIONALISMUS retteten. Diese Haltung blieb rein geistig und hatte für mich eine große Verführungskraft, wie ich gestehe – aber das hinderte nicht, daß ich ihre Gefahren spürte. Als ich unlängst in der Weltbühne den Aufsatz über Sie und Ihre „Flucht zu den Schachtelhalmen" las, konnte ich dem, der da gegen Sie polemisierte, beim besten Willen so ganz unrecht nicht geben – ja: wenn ich genau nachdachte, fiel mir ein, daß ich eigentlich recht ähnliche Dinge ziemlich viel früher über Sie geschrieben hatte. Es scheint ja heute ein beinah zwangsläufiges Gesetz, daß eine zu starke Sympathie mit dem Irrationalen zur politischen Reaktion führt, wenn man nicht höllisch genau achtgibt. Erst die große Gebärde gegen die „Zivilisation" – eine Gebärde, die, wie ich weiß, den geistigen Menschen nur zu stark anzieht –; plötzlich ist man beim Kultus der Gewalt, und dann schon beim Adolf Hitler. – Ist es nicht doch ein bißchen so, wie ein geistreicher Autor (KEIN „Marxist") an dieser Küste neulich zu mir sagte: „Der Benn hat sich einfach so viel über den ... geärgert, daß er schließlich Nazi darüber wurde." Ich verstehe ja sehr gut, daß man sich ausgiebig über den ... ärgern kann, aber doch nicht gleich bis zu dem Grade, daß man den Geist überhaupt darüber verrät. Mich könnte kein ..., kein ... je so weit bringen. Im Gegenteil: Während der ... heute Mittel und Wege findet, sich so ein bißchen faschistisch umzufrisieren – und vielleicht wird morgen schon bei ihm die „Nation" stehen, wo gestern das „Klassenbewußtsein" stand –, weiß ich nun so klar und so genau wie nie, wo mein Platz ist. Kein Vulgärmarxismus kann mich mehr irritieren. Ich weiß doch, daß man kein stumpfsinniger „Materialist" sein muß, um das Vernünftige zu wollen und die hysterische Brutalität aus tiefstem Herzen zu hassen.

Ich habe zu Ihnen geredet, ohne daß Sie mich gefragt hatten; das ist ungehörig, ich muß noch einmal um Entschuldigung bitten. Aber Sie sollen wissen, daß Sie für mich – und einige andere – zu den sehr wenigen gehören, die wir keinesfalls an die „andere Seite" verlieren möchten. Wer sich aber in dieser Stunde zweideutig verhält, wird für heute und immer nicht mehr zu uns gehören. Aber freilich müssen Sie ja wissen, was Sie für unsere Liebe eintauschen und welchen großen Ersatz man Ihnen drüben dafür bietet; wenn ich kein schlechter Prophet bin, wird es zuletzt Undank und Hohn sein. Denn, wenn einige Geister von Rang immer noch nicht wissen, wohin sie gehören –: die dort drüben wissen ja ganz genau, wer nicht zu ihnen gehört: nämlich der GEIST.

Ich wäre Ihnen dankbar für jede Antwort.

Meine Adresse:
Hotel de la Tour, SANARY s. m. (VAR)

Ihr

Klaus Mann

Dies ist der Brief, niemand wird ihn ohne Rührung lesen. Daß ich ihn trotzdem ablehnen mußte, zeigt die innere Bedrängnis, in der ich stand. Ich glaubte an eine echte Erneuerung des deutschen Volkes, die einen Ausweg aus Rationalismus, Funktionalismus, zivilisatorischer Erstarrung finden würde, die Europa dienen, dessen Bildung, seine kritischen Maßstäbe einschließen, Religionen und Rassen das lassen und sich zu Nutzen übernehmen würde, was das Beste an ihnen war. Aus meiner Antwort bringe ich zunächst aus dem Schlußteil unverändert zwei Abschnitte.

Schließlich richtet sich aber Ihr Brief auch unmittelbar an meine Person. An diese richten Sie Fragen, Warnungs- und Prüfungsfragen hinsichtlich der Besonderheit ihres radikalen Sprachgefühls, das mir auf der anderen Seite nur Hohn und Spott eintragen würde, schließlich nach ihrer Verehrung bestimmter literarischer Köpfe, die jetzt auf Ihrer Seite sich befinden. Ich antworte Ihnen: Ich werde weiter verehren, was ich für die deutsche Literatur vorbildlich und erzieherisch fand, ich werde es verehren bis nach Lugano und an das Ligurische Meer, aber ich erkläre mich ganz persönlich für den neuen Staat, weil es mein Volk ist, das sich hier seinen Weg bahnt. Wer wäre ich, mich auszuschließen, weiß ich denn etwas Besseres – nein! Ich kann versuchen, es nach Maßgabe meiner Kräfte dahin zu leiten, wo ich es sehen möchte, aber wenn es mir nicht gelänge, es bliebe mein Volk. Volk ist viel! Meine geistige und wirtschaftliche Existenz, meine Sprache, mein Leben, meine menschlichen Beziehungen, die ganze

Summe meines Gehirns danke ich doch in erster Linie diesem Volke. Aus ihm stammen die Ahnen, zu ihm kehren die Kinder zurück. Und da ich auf dem Land und bei den Herden großwurde, weiß ich auch noch, was Heimat ist. Großstadt, Industrialismus, Intellektualismus, alle Schatten, die das Zeitalter über meine Gedanken warf, alle Mächte des Jahrhunderts, denen ich mich in meiner Produktion stellte – es gibt Augenblicke, wo dies ganze gequälte Leben versinkt, und nichts ist da als die Ebene, die weite, Jahreszeiten, Erde, einfache Worte –: Volk. So kommt es, daß ich mich denen zur Verfügung stelle, denen Europa, wie Sie schreiben, jeden Rang abspricht.

Schließlich noch etwas, über das Sie im Ausland, wenn Sie das Vorstehende lesen, sicher Bescheid wissen wollen: I c h g e h ö r e n i c h t z u d e r P a r t e i, h a b e a u c h k e i n e B e z i e h u n g z u i h r e n F ü h r e r n, i c h r e c h n e n i c h t m i t n e u e n F r e u n d e n. Es ist meine fanatische Reinheit, von der Sie in Ihrem Brief so ehrenvoll für mich schreiben, meine Reinheit des Gedankens und des Gefühls, das mich zu dieser Darstellung treibt. Ihre Grundlagen sind dieselben, die Sie bei allen Denkern der Geschichte finden. Der eine sagte: die Weltgeschichte ist nicht der Boden des Glücks (F i c h t e); der andere: Völker haben bestimmte große Lebenszüge an den Tag zu bringen, und zwar völlig ohne Rücksicht auf die Beglückung des einzelnen, auf eine möglichst große Summe von Lebensglück (B u r c k h a r d t); der dritte: die zunehmende Verkleinerung des Menschen ist gerade die treibende Kraft, an die Züchtung einer stärkeren Rasse zu denken. Dazu: eine herrschaftliche Rasse kann nur aus furchtbaren und gewaltsamen Anfängen emporwachsen. Problem: wo sind die Barbaren des zwanzigsten Jahrhunderts (N i e t z s c h e). Das alles hatte die liberale und individualistische Ära ganz vergessen, sie war auch geistig gar nicht in der Lage, es als Forderung in sich aufzunehmen und es in seinen politischen Folgen zu übersehen. Plötzlich aber öffnen sich Gefahren, plötzlich verdichtet sich die Gemeinschaft, und jeder muß einzeln hervortreten, auch der Literat, und sich entscheiden: Privatliebhaberei oder Richtung auf den Staat. Ich entscheide mich für das letztere und muß es für diesen Staat hinnehmen, wenn Sie mir von Ihrer Küste aus zurufen: Leben Sie wohl.

Andere Partien meiner Antwort würde ich heute nicht mehr schreiben, sie sind romantisch, haben einen unangenehmen Schwung und sind erfüllt von einer Art „Schicksalsrausch" – ich bitte dieses Wort im Gedächtnis zu behalten, es stammt aus dem Arsenal eines Erfahreneren, ich komme gleich darauf zu sprechen. Alles in allem ist aber meine Antwort weniger ein Plädoyer für den NS. als für ganz etwas anderes, und jetzt nähern wir uns dem Kernpunkt des Problems: nämlich für das Recht eines Volkes, sich eine neue Lebensform zu geben, auch wenn diese Form anderen nicht zusagt, und ich analysierte die Methode, mit der sich eine solche neue Lebensform ankündet und durchsetzt trotz aller rationalen und moralischen Einwände gegen sie. Dieser Teil meiner Darlegungen ist auch heute aktuell und ich werde sie von neuem diskutieren. Die Stelle lautet:

Aber, und so lautet meine Gegenfrage, wie stellen Sie sich denn nun eigentlich vor, daß die Geschichte sich bewegt? Meinen Sie, sie sei in französischen Badeorten besonders tätig? Wie stellen Sie sich zum Beispiel das zwölfte Jahrhundert vor, den Übergang vom romanischen zum gotischen Gefühl, meinen Sie, man hätte sich das b e s p r o c h e n? Meinen Sie, im Norden des Landes, aus dessen Süden Sie mir jetzt schreiben, hätte sich jemand einen neuen Baustil erdacht? Man hätte abgestimmt: Rundbogen oder Spitzbogen; man hätte debattiert über die Apsiden: rund oder polygon? Ich glaube, Sie kämen weiter, wenn Sie endlich diese novellistische Auffassung der Geschichte hinter sich ließen, um sie mehr als das elementare, das stoßartige, das unausweichliche Phänomen zu sehen; ich glaube, Sie kämen den Ereignissen in Deutschland näher, wenn Sie die Geschichte nicht weiter als den Kontoauszug betrachteten, den Ihr bürgerliches Neunzehntes-Jahrhundert-Gehirn der Schöpfung präsentierte – ach, sie schuldet Ihnen ja nichts, aber Sie ihr alles, sie kennt ja Ihre Demokratie nicht, auch nicht Ihren vielleicht mühsam hochgehaltenen Rationalismus, sie hat ja keine andere Methode, sie hat ja keinen anderen Stil, als an ihren Wendepunkten einen neuen menschlichen Typ aus dem unerschöpflichen Schoß der Rasse zu schicken, der sich durchkämpfen muß, der die Idee seiner Generation und seiner Art in den Stoff der Zeit bauen muß, nicht weichend, handelnd und leidend, wie das Gesetz des Lebens es befiehlt. Natürlich ist diese Auffassung der Geschichte nicht aufklärerisch und nicht humanistisch, sondern metaphysisch, und meine Auffassung vom Menschen ist es noch mehr. Und damit stehen wir vor dem Kern unseres alten Streites: Ihr Vorwurf, ich kämpfte für das Irrationale.

Treten wir nun zurück von Klaus Mann und mir im Jahre 1933 – schreiben wir das heutige Datum, es gibt etwas, das sie beide verbindet, es ist: das Dilemma der Geschichte. Die Geschichte! Das Abendland betet sie an. Bezieht aus ihr den größten Teil seiner Standardideologien: Tapferkeit, Ehre, Virtus, Vaterland(sverrat), Mannesmut, Treue, Selbstbehauptung, wer rastet, der rostet – allen Gewalten zum Trotz sich erhalten – die ganzen Jiu-Jitsu-Begriffe des Nationalismus. Auch innerhalb des weitverzweigten philosophischen und künstlerischen Gewebes der letzten Jahrtausende liegen diese Worte und Vorstellungen als Kernbegriffe vor: Wallenstein, Tellheim, Prinz von Homburg, in Frankreich der Jeanne-d'Arc-Mythos, in England die Königsdramen, bei den Hellenen die Perser, der Parthenonfries, die Ilias – D'Annunzios Fiume – und wie steht es mit den Drei Grenadieren von Heinrich Heine? Was ist Pindar, der die Olympioniken besingt – die Nibelungen, die Edda, die Alexanderschlacht und Platons Staat? Hinter allem steht eine einheitliche Figur: der Mann, der sich für eine geschichtliche Idee einsetzt, siegt und fällt, steht die Tapferkeit des Mannes, oft die gesetzesverleugnende, moralumschaffende Tapferkeit des Mannes – so kam es auf uns.

Gehen wir den beiden Quellen unseres Bildungsbesitzes nach, bestätigt sich diese These: das Römertum, keinesfalls das Ideal reiner Menschlichkeit vertretend, sondern allein das der Größe des neuentstehenden Roms, und das Griechentum, auf das wir unseren Humanismus zurückführen – („Humanismus als der Gedanke an den Adel des Menschen", Bultmann – „der griechische Weg zum Menschen, den wir als Humanismus bezeichnen", Werner Jäger – „das griechische Bildungsideal, das wir weitertragen", Eduard Norden) –, also diese Griechen, was schrieben sie dem Äschylos auf seinen Grabstein? Nichts vom Dichterischen, keinen Vers aus seinen Tragödien –: „Marathons Hain noch spricht von der Kraft des ruhmreichen Streiters" – sie gedachten seiner allein als des Marathonkämpfers. Und Europa fand es der Bewunderung wert.

Marathon, die Tapferkeit, die Virtus, also die Geschichte, der wir mit Salamis die Entstehung und mit Tours und Poitiers die Erhaltung des Abendlandes verdanken – wie ist ihr Weg? Die Ostindische Kompanie, die Bastille, Cortez – welches ist die Methode, die zu Resultaten führte? Wir müssen es kurz und modern ausdrücken: sie verfährt nicht demokratisch, sie verfährt mit Gewalt. Aber damit treten wir schon wieder vor eine neue unlösliche Frage, nämlich was heißt eigentlich Gewalt, wo beginnt sie, was bestimmt ihr Wesen? Auch Geburt ist Gewalt, auch Eiszeit ist Gewalt. Auch Tierschlachten ist Gewalt. Verbrecher ausrotten ist Gewalt. Jeder Verkehrspolizist ist Gewalt. Jede Ordnung ist Gewalt. Also das Nicht-Sanfte und Nicht-Kontemplative ist vorhanden und geht seinen Weg, und von da ist nur ein Schritt zu der Frage, könnte sich der Geist überhaupt erhalten, formen, seine Bahnen ziehen ohne diesen Kontrapunkt? Das Dilemma der Geschichte! Es wird noch größer, wenn man seine Betrachtungen von einer weiteren Perspektive nicht zurückhalten kann: wenn die Religion der Demut und des Hinhaltens der linken Wange, nachdem die rechte genügend geschlagen ist, wenn das Christentum unbezweifelbar mit seinen Religionskämpfen, Kaiser- und Papstkriegen, Dreißigjährigem Krieg, Inquisitionen, Hexenprozessen, Edikten, Hussiten, Calvin weit mehr Menschen als Opfer forderte als die beiden letzten Weltkriege zusammen – was dann? – Es ist unlösbar. Man kommt den Dingen mit Gedanken nicht mehr nahe.

Das Vaterland, der Krieg, die Macht – ich kann es mir nicht versagen, auf der Suche nach Zeugen und Vorbildern des Verhaltens gegenüber diesen Fragen den von mir mein Leben lang gefeierten und hochverehrten Thomas Mann in die Diskussion zu ziehen. Vor mir liegt sein „Lebensabriß“, erschienen 1930 in der „Neuen Rundschau“, Juniheft. Es handelt sich um sein Verhältnis zum Krieg 1914–1918. Da lesen wir: *Ich teilte die Schicksalsergriffenheit eines geistigen Deutschtums, dessen Glaube so viel Wahrheit und Irrtum, Recht und Unrecht umfaßte und so furchtbaren, ins Große gerechnet aber heilsamen, Reife und Wachstum fördernden*

Belehrungen entgegenging. Ich habe diesen schweren Weg zusammen mit meinem Volke zurückgelegt, die Stufen meines Erlebens waren die des seinen und so will ichs gutheißen. So will er's gutheißen! Also nichts von Pazifismus. Ferner lesen wir: *Die Betrachtungen eines Unpolitischen waren ein Gedankendienst mit der Waffe, zu welchem, wie ich im Vorwort sagte, nicht Staat und Wehrmacht, sondern die Zeit selbst mich eingezogen hatte.* Eingezogen! Dann reiste er in das besetzte Brüssel, um einer Aufführung seiner „Fiorenza“ in einem durch die Deutschen besetzten Theater beizuwohnen. Frühstückte beim deutschen Gouverneur im Kreis seiner Offiziere, „schmucker und liebenswürdiger Leute“, ein Kammerherr redet ihn später brieflich „Herr Kriegskamerad“ an. Nach 1918 erlebte er „den Verfall einer *unzweifelhaft echten,* wenn auch politisch unberatenen und historisch irrigen Erhebung“, er durchlebt „das widerwärtig entnervende Gefühl des Ausgeliefertseins an die Fremden“. Und dann folgt der sehr bemerkenswerte Satz: *Das Gefühl epochaler und zeitalterscheidender Wende, die auch in mein persönliches Leben unweigerlich tief eingreifen mußte, war von Anfang an sehr stark in mir gewesen, es war der Grund des S c h i c k s a l s r a u s c h e s, der meinem Verhältnis zum Krieg den d e u t s c h - p o s i t i v e n C h a r a k t e r verlieh.*

Seltsam erregende Sätze! Ich erlaube mir, einige dieser Wendungen mit Stellen aus meiner „Antwort an die literarischen Emigranten“ in inhaltliche Beziehung zu setzen. Im übrigen bin ich sicher, daß Thomas Mann keinen dieser Sätze heute korrigieren oder zurücknehmen würde. Es nützte ja auch nichts. Die Probleme bleiben bestehen. Ein Künstler, ein Geist, ein hochkultivierter Mann, seiner Natur nach unpolitisch und Antimilitarist, wird mit in diesen Mahlstrom hineingezogen und muß ihn bestehen. Eine definitive Antwort weiß er weder für sich noch für uns andere, sein Verhalten ist düster, notgedrungen oder, um einmal ein Wort zu gebrauchen, das ich nicht sehr liebe: tragisch. Demgegenüber sind eigentlich die Schilderungen Goethes über seine Teilnahme an Schlacht- und Kriegshandlungen von Heiterkeit erfüllt, einseitig persönlich und noch ohne Vorkenntnis von den vernichtenden Perspektiven, in die die Urenkel dann gelangen sollten.

Ja, sie wurden vernichtend oder sagen wir lieber, sie wurden immer komplizierter. Politische Apathie wird verurteilt, aber politische Handlungen sind nur möglich unter Macht- und Expansionsaspekten. Nun sagen die Fachleute, die Macht solle in die Hände der Besten gelangen, der Aristoi, darum gehe der Kampf. Aber wer sind die Aristoi? Jeder wird sich etwas anderes darunter vorstellen. Und wie verfahren die Aristoi, wenn sie an die Macht gelangt sind? Und will man sich orientieren, sieht man, es gab und gibt so viele Staaten, die das schufen, was auch bei uns als Ziel vorschwebt: Innerlichkeit und Kultur, aber diese Staaten hatten ganz andere Aristoi als unseren Philosophen vorschweben würde. Immer wieder also und überall das persönliche affektbestimmte konstitutionelle Motiv und danach dann die Qualifikation und die Ausrichtung der Werte. Oder was soll man zu folgendem Erlebnis sagen: In diesem Sommer besuchte mich ein deutscher Emigrant, er ist Professor der Philosophie in USA. Wir unterhielten uns zwei Stunden, auch über Politik. Dabei sagte er: „es geht eben nirgends mehr ohne Diktatur, das erfordern die Verhältnisse." Ich war konsterniert, dies von einem Amerikaner zu hören, der Deutschland wegen einer Diktatur verlassen hatte. Ich bat ihn um nähere Erklärung. Er zögerte, sagte dann: „es gibt eben gute und schlechte Diktaturen", und er bezog die östliche mit ein. Gute und schlechte Diktaturen – nein, da kann ich nicht mehr mit, da stehn wir wieder im Aufmarschgebiet der Ideologien, und gab es je eine, die sich nicht für die beste der Welten hielt? Man kann schon gar nicht mehr darüber nachdenken. Manchmal hat man schon das Gefühl, mit dem Gedanken ist es vorbei. Jeder Gedanke ruft sofort seinen Gegengedanken hervor, man denkt ihn, man schreibt ihn, und im selben Augenblick ist schon der Gegenstoß da und reißt ihn um. Man vergleiche die Blätter am Baum: So dünn und zart sie sind, solange Sommer ist, reißt sie kein Sturmwind ab, kein Wolkenbruch, aber im Herbst fallen sie von selber. Im Dialektischen ist offenbar Herbst, die Gedanken fallen vom Atemzug des eigenen Schöpfers, er erzeugt sie und er verschlingt sie in das Aufgehobensein, in seinen Dunst. Wenn Dinge sehr lange gedacht werden, fallen sie ins Nichts. So die Dinge der Macht und des Geistes, der Ordnung und des Chaos, des Staates und der Freiheit. Man muß anhalten, sonst fällt man selber mit.

Ich will daher nur noch auf einige konkrete Punkte aus dem Brief von Klaus Mann eingehen, zunächst auf den Vorwurf, daß ich in der Akademie blieb. Es handelt sich um die damalige Preußische Akademie der Künste, der 1926 eine Abteilung für Dichtkunst angegliedert worden war. Etwa fünfundzwanzig der bedeutendsten Schriftsteller dichterischer Richtung und Substanz waren die Mitglieder. Als ich 1932 hineingewählt wurde, war Max Liebermann Präsident der Gesamtakademie, Heinrich Mann Abteilungs-Präsident für die Dichtung. Die Wahl war damals eine außerordentliche Ehre, die größte, die einem Schriftsteller innerhalb des deutschen Sprachraums zuteil werden konnte. Die Aufgabe der Akademie bestand in Ausstellungen, Konzerten, Vortragsabenden, Gutachten für den Kultusminister, Verleihung von Preisen und Unterstützung verdienter Künstler. Die Lage im verworrenen Frühjahr 1933 war nun so, daß nach dem

Fortgang der berühmtesten Träger der Abteilung hier ein knappes halbes Dutzend Mitglieder zurückblieb, die sich dem Ansturm gewisser völkischer und volkhaft ausgerichteter Autoren gegenübersahen, die die alte Gruppe eliminieren und alle kulturellen Positionen besetzen wollten. Uns hielten sie alle mehr oder weniger für Kulturbolschewisten. Die Vorgänge spielten sich für uns im Dunkeln ab, niemand wußte, woran er war, und es standen nicht nur ideelle Fragen zur Debatte, sondern auch materielle. Nicht für mich, ich habe nie einen Pfennig aus irgendeinem dieser Fonds bezogen oder irgendwelche anderen Vorteile gehabt. Aber die Akademie hatte einen Etat, Personal, Sekretäre, Angestellte, die ihr Gehalt weiterbeziehen wollten; Loerke erhielt als Sekretär der Abteilung für Dichtung ein Gehalt, das für ihn wichtig war (natürlich nicht so wichtig, daß es ihn zu irgendwelchen Konzessionen innerer Art je hätte bewegen können); Stucken bekam einen monatlichen Ehrensold, ohne den er nicht leben konnte; Fulda wollte aus persönlichen Gründen wissen, woran er war und wie weit die Aggression gegen die als gefährdet anzusehenden Mitglieder schon vorgeschritten war. Also hielten wir zusammen, besonders auch im Hinblick darauf, daß die Verhandlungen mit den abwesenden Mitgliedern, die vom Gesamt-Präsidenten, der damals Max von Schillings war, geführt wurden, noch nicht abgeschlossen waren und noch manche Hoffnung in uns übrigließen. Bei dieser Lage nahm ich im Auftrag der hiesigen Mitglieder an einer Sitzung bei Rust teil, der der Kurator der Akademie geworden war. Da saß ich als einziger und wenig angesehener Vertreter der Belasteten, den, wie ich wußte, Rust wegen seiner gelegentlichen Mitarbeit an der „Weltbühne“ schon auf dem Strich hatte, recht schweigsam da und hörte mir an, wie die neue Front sich ihrer kolossalen internationalen Beziehungen rühmte und ganz Europa in ihre Strömungen einzubeziehen sich anheischig machte. In der Diskussion gebrauchte ich einmal die Wendung von „veränderten politischen Verhältnissen", Rust lief rot an und: „es handelt sich nicht um politische Veränderungen, sondern um eine geschichtliche Wende", verwies er mich. Unmittelbar nach dieser Sitzung traf ich mich verabredungsgemäß mit den alten Mitgliedern, es waren soweit ich mich erinnere Loerke, von Molo, Stucken, Fulda, in einem Lokal, und ich berichtete ihnen von dem niederschmetternden Eindruck, den die Zusammenkunft auf mich gemacht hatte. Damit endete meine persönliche Tätigkeit für die Akademie. Dann nahm ich, wie alle anderen noch hiergebliebenen Mitglieder, an der Sitzung vom 6./7. Juni 1933 teil, die Rust eröffnete und Herr von Schillings leitete. Johst und Blunck wurden zu Vorsitzenden gewählt und lauter neue Senatoren ernannt. Ich blieb völlig im Hintergrund, doch erinnere ich mich sehr deutlich, wie es einige der neuen Mitglieder kaum über sich gewinnen konnten, mir bei der Begrüßung die Hand zu geben. Seit dieser Sitzung habe ich nichts mehr von der Akademie gesehen und gehört. Ob sie getagt hat, was sie getan hat, weiß ich nicht. Ich will noch hinzufügen, daß ich im Sommer 1933 zunächst von ihr beauftragt war, aus Anlaß des Todes von Stefan George eine Gedächtnisrede auf ihn zu halten, ich hatte sie fertig, aber mein Auftreten wurde untersagt. Ich weiß nicht von wem, ich habe mich auch nie darum gekümmert. Also schon 1933 war es mit mir in dieser Hinsicht aus.

Ich stelle das Vorstehende so ausführlich dar, weil Klaus Mann ferner in seinem Roman „Mephisto", den er mir 1937 mit einer reizenden und melancholischen Widmung zusandte, und der mich auch erreichte, und der ja bekanntlich in gewisser Weise ein Schlüsselroman ist, auch mich einführt und glossiert. Nämlich als jenen „höchst anspruchsvollen, schwer begreifbaren, auf dunkle Art hinreißenden Lyriker" namens Pelz, dessen Körperlichkeit er auch unverkennbar treffend nach mir schildert. Dieser Pelz also, angeblich Vizepräsident der Akademie, von Haus aus ein wenig weltfremd, wie der Autor bemerkt, wurde nun sehr schnell gesellschaftsfähig und gewandt und ging in Hendrikshall und in allen Häusern der Prominenten aus und ein, in denen der Whisky und die Marmelade direkt aus London bezogen wurden, wo man in Geld schwamm und es toll herging. Das alles, muß ich bemerken, ist eine dichterische Freiheit des Autors. Ich ging nirgends aus und ein, wurde auch nirgends eingeladen, betrat kein Ministerium und kein Palais, keine Soirée und keinen Empfang, besuchte keine der Veranstaltungen der Reichskulturkammer und auch nie den Tag des Buches in Weimar oder sonstwo. Außer Rust in jener Sitzung war die höchste Parteiinstanz, mit der ich zu tun hatte, der Blockwart, wenn er an der Korridortür die mannigfachen Kollekten einkassierte.

Ich fasse zusammen: ich behaupte, daß viele von denen, die damals blieben und ihre Posten weiterführten, es darum taten, weil sie hofften, die Plätze für die, die fortgegangen waren, freihalten zu können, um sie ihnen zu übergeben, wenn sie wiederkamen. Ich sage das nicht aus Verteidigungsgründen für mich und andere, dafür ist die Zeit vorbei, sondern ich berichte die Tatsache, daß es so war. Es ist nicht so, daß man uns nicht glauben kann. Wir waren nicht alle Opportunisten. Wir haben genauso unsere inneren Überlegungen gehabt, unsere Hoffnungen und dann unsere Zweifel durchgekämpft und dann mit unseren inneren und äußeren Niederlagen bezahlt wie jene, die sich von uns trennten. Wir haben uns in dieser Form erlebt; jene in einer anderen. Immer alles gewußt zu haben, immer recht behalten zu haben, das alleine ist nicht groß. Sich irren und dennoch seinem Inneren weiter Glauben schenken müssen: – das ist der Mensch – sagt einer meiner „Drei alten Männer" –, und jenseits von Sieg und Niederlage beginnt sein Ruhm. Der Ruhm nämlich, das auf sich genommen zu haben, was der uns zugemessene Teil, was die Moira, man kann natürlich auch sagen der Zufall und die Gegebenheit, uns bestimmte. Opportunismus ist das nicht. Aus Opportunismus erhält sich kein schöpferischer Mensch. Man muß tiefere und verfänglichere Schichten aufsuchen, um zu Urteilen zu gelangen. Und wenn Döblin mich jetzt öffentlich und privat einen Schuft nennt, so weiß ich wirklich nicht, warum, und er muß das mit sich allein abmachen.

Aber noch einen Gedanken muß ich aussprechen, er ist mir zu oft gekommen, wenn ich an 1933 zurückdachte: Wenn die, die dann Deutschland verließen und noch heute so sehr auf uns herabsehen, so klug und weitsichtig waren, wie es Klaus Mann ja ohne Zweifel war und wie es viele von den anderen vielleicht auch waren – warum haben sie das Unheil nicht von sich und von uns abgewendet? Ihnen gehörte die Öffentlichkeit, die Öffentlichkeit hörte ihnen zu, sie hatten Beziehungen zu Braun, Severing, Brüning, ihnen standen Teile der prominenten Presse zur Verfügung, ebenso Theater, gewisse Botschaften und internationale Gremien, aber außer dem berühmten Vortrag von Thomas Mann in der Berliner Philharmonie 1932 entsinne ich mich keiner tatsächlichen Aktion von ihrer Seite – warum haben sie, wenn sie Bescheid wußten, das Unheil nicht abgewendet von sich, von uns, von Europa, von der ganzen Welt, konnten vielleicht auch sie die Macht nicht sehen, wie ich das unter Nr. 3 dieser Vorbemerkung darstelle, oder sollte das dann Kommende doch tatsächlich unabwendbar, eine Art Geologie, gewesen sein?

II. Leier und Schwert

Zunächst also war ich noch in Berlin, und der Umschmelzungsprozeß der Nation ging weiter, aber meine inneren und äußeren Verhältnisse wurden so, daß ich an Veränderung dachte. Vom nationalsozialistischen Ärztebund hatte ich nichts Gutes zu erwarten. Der hatte mich schon 1933 von einer Liste gestrichen, auf der die Ärzte standen, die bestimmte Atteste ausstellen durften. Ich wandte mich in energischer Form dagegen und bat um Erklärung. Da rief mich eines Nachmittags während meiner Sprechstunde jemand an – es war, wie ich dann hörte, der Vorsitzende des NS.-Ärztebundes, er wurde später im Röhmputsch erschossen – und sagte: „Wer sind Sie denn, Männeken, haben Sie mitgekämpft, machen Sie sich bloß nicht mausig – und dann sehe ich auf Ihrem Fragebogen, Ihre Mutter war eine geborene Jequier, soll wohl ausländisch sein, heißt aber auf gut deutsch Jacob, also jüdisch, Sie machen mir nichts vor." Ich hing erstaunt an, das war bisher nicht der Ton gewesen, in dem Ärzte miteinander verkehrten. Dann kamen die Schulungsabende, an denen jeder teilnehmen mußte, der seine Praxis behalten wollte. Ein Thema war das Rassenproblem. „Stellen Sie sich vor, ein Daimler-Benz-Kompressor soll in einen kleinen Opel einmontiert werden, das geht nicht, das paßt sich nicht" – damit sollten uns Argumente gegen die Ehe von Ariern mit Nichtarierinnen an die Hand gegeben werden. Dann das Thema Freimaurerei. Da wurde die alte Legende aufgetischt vom Oberstleutnant Hetsch, durch den wir die Marneschlacht verloren hätten, da er als deutscher Logenbruder die Armee von Bülow und Kluck an die belgischen und französischen Freimaurer verraten hätte. Das mußten wir alten Leute uns anhören und Beifall klatschen. Am Schluß eines solchen Schulungsabends ließ mich der Leiter einmal kommen und sagte: „Sie sind doch der Dichterling, Schriftsteller, na schreiben Sie doch mal was für die Presse über unsere Schulungsabende, kleines Stimmungsbild." Nun hatte ich mich ja in gewissem Sinne entschieden gehabt, mich der Volksgemeinschaft anzuschließen, aber doch nicht in diesem Sinne. Ich hatte nicht erwartet, daß die Intelligenz an dem Punkt traktiert werden sollte, ganz unten, von wo aus sie vielleicht einmal begonnen hatte. Also was war zu machen? Ich schildere das Vorstehende nicht aus Ressentiment gegen den Nationalsozialismus, der liegt am Boden und ich schleife Hektor nicht. Ich erwähne es für die jungen Deutschen, nämlich mit der Bitte, jene Neigung zu bekämpfen, wenn man am Zuge ist, gleich allzu großmäulig und tausendjährig zu werden und sich zu überspielen, es wird auch unter ihnen immer einige geben, die sehen sie mit ruhigen und nachdenklichen Augen an.

Nicht anders verhielt es sich in der Literatur. Auch hier waren Leute an die Führung gekommen, die teils mit Literatur gar nichts zu tun hatten, teils sie zu eigener Bereicherung verwandten. Auch ganz üble Subjekte spielten sich hoch. Ich will nicht persönlich werden. Wenn ich heute an diese Dinge denke, sage ich mir, es gehört ein ungeheurer Charakter, ein ungeheurer innerer Brand dazu, in sich verschlossen zu bleiben, über sich zu wachen, wenn sich die äußere Möglichkeit bietet, expansiv, geltungsreich und materiell gewinnfähig zu werden – dem einen ist es gegeben, dem anderen nicht. Ich will sogar bemerken, daß ein oder zwei der meistgenannten die ganzen Jahre über sich nicht ohne Fairneß verhielten, ihre literarische Art, ihre Gefühlswelt stand dem noch erträglichen Teil des nationalsozialistischen Wesens so nahe, daß man ihre persönliche Lauterkeit nicht bezweifeln konnte. Ich nenne zum Beispiel Werner

Beumelburg. Er trat mir nicht näher, er konnte mir auch nicht helfen, als es bei mir dann kritisch wurde, aber er war eine sympathische Erscheinung unter reichlich unsympathischen. Auch Johst ist – ich muß der Wahrheit die Ehre geben – mir gegenüber immer fair gewesen, nur war er schwach und den übergeordneten Kulturlenkern nicht gewachsen. Aber wir sind noch bei 1933–34, und da war eine gewisse Hoffnung noch berechtigt, daß die Korruption, der Ehrgeiz und die Aufgeblasenheit, die jetzt an die Tete kamen, vorübergehen würden und die Zurückgebliebenen der alten Garde ihre Maßstäbe würden durchsetzen können. Und es waren ja doch eine ganze Menge von Erscheinungen unbestreitbaren Ranges im Lande noch vorhanden. Es waren hiergeblieben Käthe Kollwitz, Renée Sintenis, Kolbe, Scheibe, Pechstein, Hofer, Marcks, Schmidt-Rottluff, E. R. Weiß. Es lebten weiter in Deutschland Barlach, Hauptmann, Ricarda Huch, Richard Strauß, Pfitzner, Loerke, R. A. Schröder, Edschmid, Carossa, Binding, es blieben Voßler, Jaspers, Spranger, E. R. Curtius, Planck, Meinecke, Heidegger, Spengler, es blieben drei Weltberühmtheiten und ließen sich sogar den Nobelpreis verbieten, es blieben Löbe, Grimme, Brüning, Adenauer – alle diese Genannten waren, soweit ich unterrichtet bin, keine Pg.s und wurden weder verhaftet noch persönlich verfolgt. Also völlig aussichtslos war die Lage zunächst noch nicht. Aber sie war andererseits auch nicht so, daß ich ihr weiter meinen Namen überlassen wollte.

Um mich zurückzuziehen, gab es für mich nur einen Weg, er lautete: die Armee. Die Kollegen und Kameraden, mit denen ich zusammen studiert hatte, waren zum Teil nach dem Ersten Krieg im Hunderttausendmann-Heer geblieben und jetzt in maßgeblichen Stellungen. Ich trat mit ihnen in Verbindung und fragte an, ob ich wieder eintreten könnte.

Ich wollte aus Berlin heraus und aus den Verbindungen, die meine Stellung in der Literatur mit sich brachte. Das war möglich unter gewissen Voraussetzungen und Risiken. Darunter war die größte, daß ich ein halbes Jahr in Zivil Probezeit absolvieren mußte, ohne sicher zu sein, dann übernommen zu werden. Also ich mußte meine Praxis aufgeben, meine Wohnung in Berlin, meine materielle Grundlage und ins Ungewisse ziehen. Damals prägte ich das Wort, das bis 1945 im Oberkommando umlief, ohne daß allerdings glücklicherweise noch jemand wußte, von wem es stammte: „Die Armee ist die aristokratische Form der Emigration." (Bruno E. Werner erwähnt in seinem Roman „Die Galeere" dies Wort von mir, es ist authentisch.) Sein Inhalt traf zu. Er galt bis zu dem Zeitpunkt, an dem Keitel an die Spitze kam, also Frühjahr 1938. Bis dahin waren von fünf Offizieren vier anti-hitlerisch, und zwar ungeniert. Als ich mich im März 1935 in Berlin von meinem Protektor im Oberkommando verabschiedete, fragte ich: „Bitte noch eines, wenn ich in ein Büro komme, muß ich da ‚Heil Hitler' sagen oder ‚guten Morgen'?" „Murmeln Sie ‚Morjen', das genügt", war die Antwort. Noch 1937 zeigte ich meinem Kommandeur, einem General, früher Kadett, Page der Kaiserin und Gardeoffizier, den offenen Brief von Thomas Mann an die philosophische Fakultät der Universität Bonn, die ihm den Ehrendoktor aberkannt hatte. Der General las und war begeistert. Also ich fuhr Ende März 1935 in meine neue Garnison, nach Hannover, und schrieb am 1. April den Brief nach Berlin, für den ich das alles unternommen hatte, nämlich daß ich infolge meines Eintritts in die Wehrmacht alle Verbindungen zu anderen Körperschaften zu lösen hätte und in keiner literarischen Stellung mehr tätig sein könnte. Ich erwähne ausdrücklich, daß auch die „Union nationaler Schriftsteller", der P. E. N.-Club-Ersatz (dem Klub hatte ich nicht angehört), in deren Vorstand ich 1933 gewählt war, solange ich diesem Vorstand angehörte, noch ihre jüdischen Mitglieder besaß.

Ebenso will ich bei dieser Gelegenheit gleich erwähnen, daß ich trotz meiner Reaktivierung kein Militarist und Kriegstreiber war, meine Tätigkeit bei der Wehrmacht spielte sich seit 1937 bei der sogenannten Versorgung ab, das heißt ich war mit der wissenschaftlichen Begutachtung von Wehrdienstbeschädigungen, später Einsatzbeschädigungen genannt, beschäftigt, ich hatte zu beurteilen, wieviel Prozent Rente einer zu beanspruchen hatte, wie hoch seine Versehrtheitsstufe war, ob er eine Badekur bekommen konnte, ob seine Heilfürsorge genügend war, es standen orthopädische Fragen, Zahnersatzprobleme zur Erörterung, kurz meine Tätigkeit begann erst bei den Entlassenen und den Folgezuständen der Feldzüge und Schlachten. Eine durchaus interessante wissenschaftliche Tätigkeit, die mich durch Einholung von Obergutachten aus den führenden Universitätskliniken mit vielen mir bis dahin fremden Problemen in Beziehung brachte und meine ärztlichen Kenntnisse wesentlich bereicherte. So blieb es auch während des Krieges.

Das Offizierkorps, in das ich nun 1935 eintrat, war das sogenannte E-Offizierkorps, E hieß Ersatz, es waren die Reaktivierten, die Alten, sie trugen besondere Uniformen und die aktive Truppe nahm sie nicht für voll, ließ sich zwar zum Gruß herab, aber meistens sehr zögernd. In diesem Teil des Offizierkorps herrschten im wesentlichen noch die Grundsätze der alten preußischen Dienstvorschriften („je mehr Luxus und Wohlleben um sich greifen, um so mehr muß der Offizier auf Einfachheit der Sitten und Schlichtheit der Lebensführung halten"), und es fiel mir, der ich aus dem andersgearteten Berlin kam, vor allem auf, wie rigoros namentlich in bezug auf Liebe und Ehe die

Ansichten waren. Seine Frau etwa hintergehen, war völlig indiskutabel, es war ehrlos. Frivolitäten in der Unterhaltung waren unmöglich. Ich war der einzige Unverheiratete in diesem Kreis und bekam über Sonnabend-Sonntag manchmal Besuch aus Berlin, mit dem ich dann in eines der wenigen gang und gäben Lokale essen ging. Am Montag hieß es dann: Herr Doktor, Sie sind verlobt? Nein, sagte ich, ich hatte Besuch. Darauf betretenes Schweigen.

Ich muß diese Verhältnisse erwähnen, um den Eindruck charakterisieren zu können, den es hervorrief, als nun sehr bald gegen mich die öffentlichen Angriffe begannen, die sich gegen meine schriftstellerische Tätigkeit unter Hervorhebung meiner Unmoralität richteten. Im „Schwarzen Korps“ vom 7. 5. 1936 hieß es in einem langen Artikel gegen mich: Du Schwein – Ferkeleien – warme Luft – widernatürliche Schweinereien – scher Dich doch dahin, wo Deine Genossen Kerr, Tucholsky, Kästner sitzen. Und der „Völkische Beobachter“ vom gleichen Tag griff diesen Artikel auf. Dies „Schwarze Korps“ hing überall öffentlich aus, ich hatte in der fraglichen Woche dienstlich in Göttingen zu tun und da hing es am Schwarzen Brett der Universität, und die Studenten drängten sich davor, ich stellte mich zu ihnen und mir war recht beklommen. Denn es war nach damaliger Auffassung völlig ausgeschlossen, diesen Vorgang zu verschweigen oder zu verschleiern, und es blieb mir nichts übrig, als ein Exemplar davon meinem Kommandeur auszuhändigen und um die Entscheidung zu bitten, ob er mich weiter in seinem Kreis behalten wolle oder nicht. Dieser Kommandeur war der früher erwähnte General, ein strenger Mann, der uns die weißen Handschuhe wieder beibrachte und daß ein Anstandsbesuch bei einem Vorgesetzten nicht länger als fünf Minuten dauern dürfe, Säbel und Mütze werden mit in den Salon hineingenommen –

aber er war ein ungewöhnlich gebildeter und kluger Mann und aus der alten Schule. Er sagte, lassen Sie mir diese Zeitung da, geben Sie mir einige Ihrer Bücher und andere Kritiken über Sie und melden Sie sich in achtundvierzig Stunden bei mir zur Entgegennahme meiner Entscheidung. Diese Entscheidung lautete: Das „Schwarze Korps“ ist ein solches Saublatt, es kann einen Offizier gar nicht beleidigen – wenn es Sie lobte, wäre es anders – der Fall ist erledigt. Sie bleiben.

In Hannover schrieb ich das „Weinhaus Wolf“, erschienen 1949 in dem Band „Der Ptolemäer“, und eine Reihe von Gedichten, die jetzt in den neuen Sammlungen stehen: Anemone – Einsamer nie – Wer allein ist – Die Gefährten – Astern – Tag, der den Sommer endet – in Hannover war Landschaft um mich herum, die habe ich immer als notwendige Voraussetzung für Lyrikproduktion empfunden. Alles in allem waren es keine schlechten zwei Jahre, die ich dort verbrachte. Der Dienst war nicht schwer und dauerte nicht lange, ich war ungemein pünktlich und korrekt, ich wollte mir ja meine Aufnahme in die Wehrmacht verdienen und dann eine baldige Beförderung zu einer höheren Gehaltsklasse. Unmittelbare Geldsorgen hatte ich nicht, ich bekam dreihundert bis vierhundert RM, ich wohnte wieder wie als Student in einem möblierten Zimmer und kochte mir selbst. Sonntags fuhr ich mit den großen Reiseomnibussen in mir bis dahin unbekannte Gegenden der Weser, der Heide, des Sollings oder in mir fremde Städte, wie Hameln, Celle, Wolfenbüttel, alles interessante Orte. Von Politik war hier überhaupt nichts zu spüren. Keilereien zwischen SA. und Offizieren warfen gelegentlich die Frage nach dem alten Ehrenkodex auf und wurden hinhaltend applaniert. Die Frage, ob eine Dame mit unehelichem Kind Offiziersfrau werden könne, erforderte Überlegungen, und sie wurde, soweit ich mich

erinnere, damals, 1936, negativ entschieden – das Volksheer war noch nicht perfekt.
Schließlich aber hielt ich es in einer Provinzstadt nicht mehr aus, Berlin war seit 1904 meine Heimat, ich, der ich Paris und New York gut kannte, fand zum Wohnen doch Berlin die beste aller Städte. Und ich betrieb meine Zurückversetzung dorthin. „Lieber in Pankow oder Niederschönhausen mein Leben lang mustern – aber bitte zurück nach Berlin", schrieb ich meinen Gönnern, und sie erfüllten meine Bitte.

In Berlin empfing mich aber dann sofort eine neue, sehr unangenehme Affäre, bei der für mich wieder alles davon abhing, wie die Wehrmacht sich zu ihr stellte. In München gab es den Verlag J. F. Lehmann. Er war der führende Verlag für alle Veröffentlichungen aus Naturwissenschaften und Medizin. Bei ihm erschien die „Münchener Medizinische Wochenschrift", die im In- und Ausland stark gelesen wurde, erschienen grundlegende Werke der Heilkunde und Biologie, es war ein hochangesehener, streng wissenschaftlicher Verlag, allerdings verlegte er dann auch die Rassenbücher von Günther. Dieser Verlag hatte plötzlich ein Buch ganz außerhalb seiner sonstigen Thematik auf den Markt geworfen: „Säuberung des Kunsttempels." Der Verfasser war, wie ich dann feststellte, ein SS.-Mann schärfster Prägung, von Beruf Maler, von Rang ein obskurer Dilettant, er malte Helden und weizenblonde Weiber. Aus diesem Tempel nun wurde ich gründlich mit hinausgesäubert als Kulturbolschewist, als Rassenschänder, an den Else Lasker-Schüler obszöne Liebesgedichte gerichtet hatte und so weiter – kurz es ging völkisch-idealistisch hoch her. Ich selber hatte dies Buch nicht zu Gesicht bekommen, aber mein höchster Vorgesetzter hatte es, der Heeressanitätsinspekteur. Dieser Inspekteur war ein Bayer, den Münchener kulturellen Institutionen besonders nahestehend und dem Verlag Lehmann dadurch verbunden, daß auch viele Werke der Sanitätsmedizin bei ihm erschienen waren. Als Person war dieser Chef ungewöhnlich liberal und tolerant, sah wenig militärisch aus, aber jeder Untergebene war seines Wohlwollens sicher. Der also ließ mich kommen und sagte: Hören Sie mal, die Sachen über Sie müssen 'raus. Den Verlag Lehmann kann man in unseren Kreisen nicht ignorieren. Ich gebe Ihnen hiermit den Befehl, dafür zu sorgen, daß in der nächsten Auflage die Sätze über Sie fehlen. Ich erwiderte sofort, das sei unmöglich, ich kennte allmählich diese Art Leute, ich würde das nie erreichen. Er erwiderte: Im Interesse des Sanitätsoffizierkorps, dem Sie angehören und dessen Chef ich bin, muß ich auf diesem Befehl bestehen.

Also ich schrieb nun an den Inhaber des Verlags, einen Dr. Lehmann, zunächst höflich und bat in diesem Sinne. Die Antwort war schroff und beleidigend. Ich erwiderte, er erwiderte – schließlich nahm der Briefwechsel einen Ton an, der für jemanden, der sich bei der Wehrmacht halten wollte, nicht mehr möglich war. Ich hatte ihm ungefähr geschrieben: Wenn Sie in bezug auf Ihre wissenschaftlichen Publikationen ein ebensolcher Ignorant und Tölpel wären, wie Sie es offenbar in Kunstdingen sind, wären Sie längst bankrott. Er antwortete ungefähr: Wenn Sie wüßten, daß Ihre Bücher in der Münchener Staatsbibliothek unter besonderem Verschluß gehalten werden und nur an solche herausgegeben werden, die nach parteiamtlichem Ausweis als Beruf das Studium künstlerischer Entartung und geistiger Perversitäten betreiben, würden Sie wohl den Mund halten. Herr Lehmann konnte so schreiben, er war, wie ich dann hörte, Blutordensträger und ging auf dem Obersalzberg aus und ein.[2a]

Also brach ich die Korrespondenz ab und mußte meine Niederlage melden. Den Brief an den Heeressanitätsinspekteur lasse ich im Original folgen.

DR. BENN Berlin. den 18. August 1937
Oberstabsarzt

Bezug: Der Heeres-Sanitätsinspekteur
Nr. 1271/37 g. S. In. I v. 14. VII. 37.
Betrifft: „Säuberung des Kunsttempels“
J. F. Lehmanns Verlag.
19 Anlagen:
Dem Herrn Heeres-Sanitätsinspekteur
durch den Herrn Korpsarzt III. Armeekorps
Berlin

mit der Meldung, daß ich dem Befehl der Bezugsverfügung folgend, versucht habe, eine Bereinigung der Angelegenheit zu erreichen. Ich lege in der Anlage vor:

1. *Schreiben des Präsidenten der Reichsschrifttumskammer mit Stellungnahme im Original, ferner ein zweites Schreiben desselben, das einige Tage später bei mir einging.*
2. *Den Schriftwechsel mit dem Verleger Lehmann, aus dem hervorgeht, daß ich eine befriedigende Lösung bei ihm nicht erreichen konnte.*

Zu diesem Briefwechsel bitte ich folgendes melden zu dürfen:

a) Ich mußte in meinem Schreiben auf meine militärische Stellung Bezug nehmen, um überhaupt einer Antwort sicher zu sein. Ich habe zwei ebenfalls in dem Buch angegriffene Künstler gesprochen, beides bedeutende Namen, von denen der eine persönlich, der andere durch einen Rechtsanwalt an den Verlag geschrieben hatte. Der eine hat gar keine Antwort erhalten, der andere ein Schreiben mit einem Satz, daß keine Veranlassung bestände, auf seinen Brief einzugehen.

b) Ich mußte mit äußerster Schärfe und mit Fristsetzung vorgehen, da einerseits die Art des Angriffs gegen mich diese Schärfe erforderte, andererseits ich aus Erfahrung weiß, daß sonst eine unabsehbare Verschleppung der Angelegenheit eintreten würde. Ich bin mir klar, daß die Schroffheit der Lehmannschen Antwort wahrscheinlich zum Teil durch mein Vorgehen hervorgerufen ist. Aber dies ist mir lieber als eine ausweichende und verschleierte Antwort.

c) Die parteiamtliche Prüfungskommission, die jetzt angeblich das vorliegende Buch im Manuskript begutachtet hat, hat vor noch nicht einem Jahr meinem Verlag erklärt, daß künftig Angriffe gegen mich und mein Werk unterbleiben sollten, ebenso eine persönliche Kränkung gegen mich nicht beabsichtigt sei. Eine Bestätigung hierfür lege ich als Anlage 3 bei. Trotzdem ist das Verhalten glaubhaft, die Kultur bearbeitenden Dienststellen sind völlig chaotisch, unzuverlässig und werden von Dilettanten geführt.

d) Der Autor des Buches ist ein gänzlich unbekannter Maler, der durch seine Werke niemals irgendeine Aufmerksamkeit erregte. Ich habe ihn infolgedessen überhaupt nicht beachtet. Ich durfte dies um so mehr, als nach den neuen Grundsätzen des Verlagswesens der Verleger persönlich die Verantwortung für seine Bücher trägt.

e) Dr. Lehmann hatte seinem Schreiben vom 14. 8. 37 einige Anlagen beigelegt mit Zitaten aus meinen Büchern, die von neuem meine zweifelhafte Persönlichkeit beleuchten sollten. Ich lege nur einen Teil davon als Anlage 2 g dieser Vorlage bei. Ich kann mich nicht entschließen, alle diese Dinge, die aus einer anderen Epoche meines Lebens und auch aus einer anderen Epoche der Zeitlage stammen, aus dem Zusammenhang gerissen und bösartig dargestellt, aufleben zu lassen und gegen mich verwendet zu sehen. Aus den beigelegten Proben ist ersichtlich, daß es sich um literarische Probleme handelt, vielleicht von abwegigem, vielleicht auch von Auflösungscharakter, aber jedenfalls überall handelt es sich um reines künstlerisches Ausdrucksuchen, tiefe innere Spannung und geistige Antithetik.

f) Ich bitte zum Schluß nochmals darauf hinweisen zu dürfen, daß das ganze Sachgebiet, das den Anlaß zu diesen neuen Angriffen gibt, in keinem Land der Erde und bis vor kurzem auch bei uns nicht, mit Kriminalität und Ehrlosigkeit von vornherein gleichgesetzt wurde. Als meine Generation begann, galt Literatur als Ausdruck von Talent, als Anregung, ja als Entwicklungselement der Nation. Daß es heute beim Ausgang meiner Generation anders ist, damit hat sie sich abgefunden, aber schuldhaft ist sie nicht.

Ich bitte um Befehl, ob ich die Angelegenheit als erledigt betrachten, oder wie ich sie weiter verfolgen soll.

Benn
Oberstabsarzt.

Aus diesem Brief an den Heeressanitätsinspekteur vom 18. 8. 37 ergibt sich, daß ich mich sehr unverblümt über die kulturellen Verhältnisse im neuen Deutschland aussprach, bemerkenswerter aber noch ist, daß sich diese sehr hohen Dienststellen, in deren Hände dieses Schreiben gelangte, keineswegs davon distanzierten. Nach einiger Zeit erhielt ich die dienstliche Nachricht, der Fall würde als erledigt angesehen, aber ich hätte dafür zu sorgen, daß der Ausdruck „Kulturbolschewist“ in der nächsten Auflage fehle. Nun, das erschien mir ein platonischer Befehl, eine zweite Auflage war ja wohl in weiter Ferne, und ich ließ die Dinge zunächst auf sich beruhen und wandte mich wieder meinen versorgungsärztlichen Gutachten zu.

Aber es war kaum ein halbes Jahr vergangen, da ging es wieder los, und jetzt kam der Hauptschlag. Im März 1938 bekam ich eines Morgens einen eingeschriebenen Brief vom Präsidenten der Reichsschrifttumskammer mit der Mitteilung, daß ich aus der Reichsschrifttumskammer ausgeschlossen und mir das Schreiben verboten sei. Im Übertretungsfalle müßten die Strafbestimmungen des Reichskulturkammergesetzes gegen mich in Anwendung gebracht werden.

Zunächst wußte ich nicht, was das bedeuten sollte, ich hatte ja seit Jahren überhaupt nichts mehr veröffentlicht, ich nahm an, es läge ein Irrtum vor und schrieb an den Präsidenten, ich bäte um Angabe der Gründe. Zunächst aber lege ich das Ausschlußschreiben im Original vor.

Der Präsident der
Reichsschrifttumskammer
II — W

Berlin-Charlottenburg 2,
den 18. März 1938
Hardenbergstr. 6

Herrn
Dr. med. Gottfried Benn *Einschreiben!*
Berlin-Wilmersdorf
Kaiserallee 28/IV

Im Einvernehmen mit dem Herrn Reichsminister für Volksaufklärung und Propaganda schließe ich Sie auf Grund des § 10 der Ersten Durchführungsverordnung zum Reichskulturkammergesetz vom 1. November 1933 (R. G. Bl. I, S. 797) mit sofortiger Wirkung aus der Gruppe Schriftsteller meiner Kammer aus, da ich mich nicht mehr in der Lage sehe, Ihnen die für die Ausübung der schriftstellerischen Tätigkeit erforderliche Eignung zuzubilligen.

Auf Grund dieses Beschlusses verlieren Sie das Recht zu jeder weiteren Berufsausübung innerhalb des Zuständig-

keitsbereichs der Reichsschrifttumskammer. Im Übertretungsfalle müßten die Strafbestimmungen des Reichskulturkammergesetzes gegen Sie in Anwendung gebracht werden.

(Stempel:) Reichskulturkammer
Reichsschrifttumskammer

Im Auftrage
Ihde

Der Präsident antwortete mir höflich, der Ausschluß sei der Form nach in Ordnung, und was die Gründe anginge, so würde ich ja wohl inzwischen erfahren haben, daß der Reichsmarschall ein Ehrengerichtsverfahren gegen mich eingeleitet habe, mit dem Ziel der Ausstoßung aus dem Offizierkorps. Der Reichsmarschall – mir wankten die Knie, aber der Reichsmarschall und ein Oberstabsarzt – das erschien mir unproportioniert. Auch war ich nicht Luftwaffe, sondern Heer, und bis dahin reichte sein Arm nicht ohne weiteres. Und die Gründe? Gedichte, die ich vor dem Ersten Weltkrieg geschrieben hatte und von denen einige immerhin in mehrere Kultursprachen übersetzt waren, konnten es doch wohl kaum sein. Andere Gründe persönlicher oder literarischer Art lagen keinesfalls vor, und die entartete Kunst alleine, zu der ich als Expressionist natürlich von vornherein zählte, schien mir auch kein genügender Grund. Aber es blieb mir nichts anderes übrig, als nun wieder zu meinen Vorgesetzten zu laufen und ihnen die Affäre darzustellen. Allmählich, sagte ich mir, müssen sie es ja wirklich satt haben, sich immer wieder mit Lyrik, Expressionismus und ästhetischen Finessen zu befassen, sie hatten wirklich anderes zu tun. Außerdem konnten derartige Dinge nicht von der Heeressanitätsinspektion allein beurteilt werden, sie gingen an das Heerespersonalamt und wurden von den dortigen Offizieren, Generalen, Sachbearbeitern entschieden. Generale sollten sich meinetwegen mit Lyrik befassen, ihnen wesensfremd und sicher contre coeur, sicher Halbwelt in ihren Augen, sentimentaler Firlefanz, und dies in einer politisch sehr gespannten Zeit. Also einfach war diese neue Angelegenheit für mich nicht.

Es stellte sich dann zunächst heraus, daß das mit dem Ehrengerichtsverfahren nicht zutraf, niemand wußte etwas darüber, der Präsident der Reichsschrifttumskammer war offenbar einer Mystifikation zum Opfer gefallen. Aber der Ausschluß aus einer Reichskammer war natürlich ein offizieller Akt, den die Wehrmacht nicht ignorieren konnte. Wochen vergingen, keine angenehmen Wochen, denn daß mir der NS.-Ärztebund die Praxis wieder gestattet hätte, war unwahrscheinlich. Aber schließlich fiel die Entscheidung. Die Heeressanitätsinspektion konnte mich auch jetzt noch halten. allerdings war ich aus der höheren Laufbahn ausgeschlossen, konnte keine Kommandeurstellen bekommen und keine Personalfragen bearbeiten. Aber dahin ging mein Ehrgeiz auch nicht. Ein intelligenter Vorgesetzter, Sanitätsoffizier, teilte mir das mit und sagte: „Das sind ästhetische Fragen. Kommt das Vierte Reich, sollen wir wieder alle Offiziere und Ärzte 'rausschmeißen, die andere künstlerische Ansichten haben, das tun wir nicht." Nun, es kam kein Viertes Reich mehr, das wieder 'rausschmeißen konnte, aber man sieht, daß es noch eine ganze Reihe von Männern in der Armee gab, die ihre Meinung gegen die Parteilinie behaupteten und ihren Untergebenen, wie hier, die Existenz retteten. Sehr viel bei diesen Krisen verdanke ich einem ehemaligen Studienkameraden, der eine sehr hohe Stellung innehatte und in Personalfragen mit entscheiden konnte. Er hat Krieg und Gefangenschaft überstanden, und ich statte ihm hiermit meinen Dank ab: Professor Walter Kittel in Wiesbaden.

Ein Wort noch zu dem Vorgehen der Reichsschrifttumskammer. Ich hatte seit Mai 1936 nichts mehr veröffentlicht.

keine Anfrage von Zeitungen und Zeitschriften anders beantwortet als mit dem Hinweis, daß ich als Wehrmachtsangehöriger jede Publikation eingestellt habe. Ich war bei keiner öffentlichen Veranstaltung erschienen, war in keine Polemik verwickelt, hatte mich literarisch und politisch völlig ausgelöscht und erhalte nun eines Tages, zwei Jahre nach der letzten Publikation, diesen Ausschlußbrief, der sofort wirksam war und weitere Tätigkeit mit Strafe bedrohte. Hätte ich von meiner Schriftstellerei leben müssen, hätte ich Frau und Kinder gehabt, wären mir nur zwei Dezi Morphium oder Gas übriggeblieben. Ich glaube nicht, daß es auf der ganzen Welt irgendeine Berufsgenossenschaft, Gewerkschaft, Handwerkskammer geben kann, die mit ihren alten, nicht kriminell gewordenen Mitgliedern so verfahren wäre. Die hätten vielleicht geschrieben: Werter Kollege, wir müssen Sie leider aus politischen Gründen aus unseren Reihen ausschließen, kommen Sie bei uns vorbei zur Rücksprache, wir wollen sehen, ob wir Ihnen weiterhelfen können. Wir haben auch erreicht, Ihren Ausschluß so weit hinauszuschieben, bis Sie vielleicht eine neue Stellung und Arbeitsmöglichkeit gefunden haben. So die Handwerkskammer. Nicht so die Kulturkammer – ein eingeschriebener Brief, keine Begründung, dafür ein Minister, ein Präsident oder wenigstens dessen Schreibpapier und gleich Strafandrohung. Sie glaubten eben, sich wirklich alles erlauben zu können. Ich notierte in mein Notizbuch:

EXPRESSIONIST!

Eine Münze wird man dir nicht prägen,
wie es Griechenland für Sappho tat,
daß man dir nicht einschlägt deinen Brägen,
ist in Deutschland schon Kultur-verrat.

III. Lyrisches Intermezzo

Die Jahre vergingen. Bekannte hatte ich kaum noch in Berlin, Briefe kamen wenig. Der einzige aus der früheren Epoche, den ich manchmal zu sehen das Vergnügen hatte, war Renée Sintenis, die immer von großer Kameradschaftlichkeit war, andere hatten sich von mir zurückgezogen, da ich als belastet galt. Und dann war die Witwe von Ringelnatz da, genannt Muschelkalk, die sich mit einem ungewöhnlich charmanten jungen Augenarzt wiederverheiratet hatte. Der stammte aus Traben-Trarbach, hatte dort noch eine Besitzung und stand mit einer Weinfirma in Beziehung, die schon fünf Generationen in der gleichen Familie war. Von da kam manchmal guter Mosel, wir trafen uns alle paar Wochen am Sonnabendnachmittag und schlürften. Wir waren vier: Muschelkalk, ihr Mann, meine junge Frau und ich, wir vergaßen für ein paar Stunden das ganze Elend, das uns bis zum Halse stand, es waren die einzigen Stunden, wo wir lachten. Von den vieren kamen dann die beiden Jüngeren, der Kollege und meine Frau, 1945 beim Einmarsch der Russen um.

Dann sah ich manchmal Hans Flesch, den früheren Intendanten des Berliner Rundfunks, Schwager von Hindemith, von Haus aus Arzt. Der hatte einen „Webefehler", wie man damals sagte, war erst in einer Schuhfabrik tätig, dann, als die Not groß wurde, setzte ihn die Ärzteschaft als Kassenarztvertreter in der Provinz ein. Flesch hatte nie eine Praxis ausgeübt. Als er das erste Mal abreiste, rief er mich an und sagte: was soll ich bloß mit den Hautfällen machen, die kann man doch gar nicht unterscheiden, Sie sind doch Spezialist, wissen Sie keinen Rat? Keine Beunruhigung, sagte ich, Sie brauchen gar nicht hinsehn, Sie verschreiben für alles Tumenol-Ammonium mit Zinkpaste, das hilft. Als er wieder mal in Berlin war, rief er an und sagte: ein großartiger Rat! Alles heilt, ich bin der größte Hautarzt in der Gegend.

Das klingt alles gemütlich, war es aber nicht. Die Stadtteile sanken, die Häuser fielen und brannten, nach den Angriffen wurden die Leichen an den Füßen über die Straßen in die Wohnungen geschleift. Kein Wasser tagelang, kein Licht, kein Gas. Sirenen: Bomberströme aus dem Raum Hannover-Braunschweig, das waren die großen Amerikaner, und nachts die kleinen Mosquitos, die aus London kamen. Und immer weiter die Propaganda und Kolberg und der Alte Fritz und die Führergelöbnisse und zum Schluß auch noch der Deutsche Gruß, den die Wehrmacht – es ist kein Zweifel – zähneknirschend schlucken mußte.

1940 saß ich in einem Büro in der Bendlerstraße, Oberkommando, und erstattete Gutachten über Dienstbeschädigungen und bearbeitete die Akten über die Selbstmorde in der Wehrmacht. Ein interessantes Gebiet! Die meisten Selbstmorde finden im Frühjahr statt, und nur für die wenigsten findet sich selbst bei genauester Analyse von Persönlichkeit, Milieu, Familie ein klar erkennbarer Grund. Nur in etwa zwanzig Prozent aller Selbstmordfälle – und ich habe Tausende durchstudiert – liegt ein sachlich feststellbares Motiv vor wie Ehekonflikte, Furcht vor Strafe. Geschlechtskrankheit, Liebeskummer – in den übrigen Fällen bleibt das Motiv völlig dunkel. Ich habe daraufhin, da ich für diese Fragen Spezialist in der Versorgung wurde, die ganze sehr umfangreiche Literatur der ganzen Welt durchstudiert und fand meine Beobachtung bestätigt. Die meisten Selbstmorde sind Spontanhandlungen, oft unter Alkoholeinwirkung, selten vorher bedacht. Offenbar sind wir den Reizen zum Selbstmord innerlich viel näher, als

wir vermuten und bei der Art unserer moralischen Selbstaufrüstung zugeben wollen.
Also ich saß in der Bendlerstraße, und zwischen Akten und Gutachten kehrte ich gelegentlich zur Lyrik zurück. Ich veröffentliche im folgenden einige Verse, die ich in der berühmten Straße, in der Keitel. Fromm, Canaris ihre Dienststellen hatten, verfaßte und die in keine der neueren Gedichtsammlungen von mir übernommen sind. Sie zeigen, wie ich damals, auf der Höhe der Siege, dachte. Ich publizierte sie in einem kleinen Gedichtheft, das ich im August 1943 auf eigene Kosten drucken ließ unter dem Titel „22 Gedichte" und das ich an meine Bekannten verschickte. Ich könnte dies Heft als Beweis meiner illegalen antifaschistischen Tätigkeit vorlegen, aber diesen Ehrgeiz habe ich nicht. Da aber manche meiner Bekannten, die sie damals lasen, sie in den jetzigen Sammlungen vermissen, stehen sie hier. Auch könnte man andernfalls sonst vielleicht denken, daß ich sie wegen neuerer „veränderter politischer Verhältnisse" unterdrückte.

MONOLOG

Den Darm mit Rotz genährt, das Hirn mit Lügen –
erwählte Völker Narren eines Clowns,
in Späße, Sternelesen, Vogelzug
den eigenen Unrat deutend! Sklaven –
aus kalten Ländern und aus glühenden,
immer mehr Sklaven, ungezieferschwere,
hungernde, peitschenüberschwungene Haufen:
dann schwillt das Eigene an, der eigene Flaum,
der grindige, zum Barte des Propheten!

Ach, Alexander und Olympias Sproß
das wenigste! Sie zwinkern Hellesponte
und schäumen Asien! Aufgetriebenes, Blasen
mit Vorhut, Günstlingen, verdeckten Staffeln,
daß keiner sticht! Günstlinge: – gute Plätze
für Ring- und Rechtsgeschehn! Wenn keiner sticht!
Günstlinge, Lustvolk, Binden, breite Bänder –
mit breiten Bändern flattert Traum und Welt:
Klumpfüße sehn die Stadien zerstört,
Stinktiere treten die Lupinenfelder,
weil sie der Duft am eigenen irre macht:
nur Stoff vom After! – Fette
verfolgen die Gazelle,
die windeseilige, das schöne Tier!
Hier kehrt das Maß sich um:
die Pfütze prüft den Quell, der Wurm die Elle,
die Kröte spritzt dem Veilchen in den Mund
– Halleluja! – und wetzt den Bauch im Kies:
die Paddentrift als Mahnmahl der Geschichte!
Die Ptolemäerspur als Gaunerzinke,
die Ratte kommt als Labsal gegen Pest.
Meuchel besingt den Mord. Spitzel locken
aus Psalmen Unzucht.

Und diese Erde lispelt mit dem Mond,
dann schürzt sie sich ein Maifest um die Hüfte,
dann läßt sie Rosen durch, dann schmort sie Korn,
läßt den Vesuv nicht spein, läßt nicht die Wolke
zu Lauge werden, die der Tiere Abart,
die dies erlistet, sticht und niederbrennt –
ach, dieser Erde Frucht- und Rosenspiel
ist heimgestellt der Wucherung des Bösen,

der Hirne Schwamm, der Kehle Lügensprenkeln
der obgenannten Art – die maßverkehrte!

Sterben heißt, dies alles ungelöst verlassen,
die Bilder ungesichert, die Träume
im Riß der Welten stehn und hungern lassen –
doch Handeln heißt, die Niedrigkeit bedienen,
der Schande Hilfe leihn, die Einsamkeit,
die große Lösung der Gesichte,
das Traumverlangen hinterhältig fällen
für Vorteil, Schmuck, Beförderungen, Nachruf,
indes das Ende, taumelnd wie ein Falter,
gleichgültig wie ein Sprengstück nahe ist
und anderen Sinn verkündet –

– Ein Klang, ein Bogen, fast ein Sprung aus Bläue
stieß eines Abends durch den Park hervor,
darin ich stand –: ein Lied,
ein Abriß nur, drei hingeworfene Noten
und füllte so den Raum und lud so sehr
die Nacht, den Garten mit Erscheinungen voll
und schuf die Welt und bettete den Nacken
mir in das Strömende, die trauervolle
erhabene Schwäche der Geburt des Seins –:
ein Klang, ein Bogen nur –: Geburt des Seins –
ein Bogen nur und trug das Maß zurück,
und alles schloß es ein: die Tat, die Träume . . .

Aus einem Kranz scharlachener Gehirne,
des Blüten der verstreuten Fiebersaat
sich einzeln halten, nur einander:
„unbeugsam in der Farbe“ und „ausgezähnt
am Saum das letzte Haar“, „gefeilt in Kälte“

zurufen, gesalzene Laken des Urstoffs:
hier geht Verwandlung aus! Der Tiere Abart
wird faulen, daß für sie das Wort Verwesung
zu sehr nach Himmeln riecht – schon streichen
die Geier an, die Falken hungern schon –!

IV. Block II, Zimmer 66

Dies war die Bezeichnung des Quartiers, das mir für eine Reihe von Monaten angewiesen war. Die Kaserne lag hoch, burgartig überragte sie die Stadt. Montsalvat, sagte ein Oberleutnant, der offenbar Opern gehört hatte, und in der Tat, unnahbar war sie zum mindesten den Schritten von Müßiggängern: hundertsiebenunddreißig Stufen mußte man steigen, wenn man von der Bahnhofstraße endlich an den Fuß des Hügels gelangt war.

Nichts Träumerischeres als eine Kaserne! Zimmer 66 geht auf den Exerzierplatz, drei kleine Ebereschen stehn davor, die Beeren ohne Purpur, die Büsche wie braunbeweint. Es ist Ende August, noch fliegen die Schwalben, doch zu den großen Zügen schon versammelt. Eine Bataillonskapelle übt in einer Ecke, die Sonne funkelt auf Trompeten und Schlagzeug, Die Himmel rühmen spielt sie und Ich schieß den Hirsch im wilden Forst. Es ist das fünfte Kriegsjahr, und hier ist eine völlig abgeschlossene Welt, eine Art Beguinage, die Kommandorufe sind etwas Äußerliches, innerlich ist alles sehr gedämpft und still. Eine Stadt im Osten, über ihr dies Hochplateau, darauf unser Montsalvat, hellgelb Gebäude und der riesige Exerzierplatz, eine Art Wüstenfort. Auch die nächste Umgebung voll Seltsamkeiten. Straßen, die Hälfte im Grund, die Hälfte auf Hügeln, ungepflastert; einzelne Häuser, an die kein Weg führt, unerfindlich, wie die Bewohner hineingelangen; Zäune wie in Litauen, moosig, niedrig, naß. Ein Zigeunerwagen als Wohnhaus hergerichtet. Ein Mann kommt gegen Abend, eine Katze auf der linken Schulter, die Katze hat einen Bindfaden um den Hals, steht schief, möchte herunter, der Mann lacht. Niedrigziehende Wolken, schwarz und violettes Licht, kaum helle Flecken, ewig regendrohend, viel Pappeln. Vor einer Häuserwand, gärtnerisch unmotiviert, leierhaft angeordnet, drei blaue Rosen. Morgens über der Siedlung ein besonders weiches, aurorenhaftes Licht. Auch hier überall das Unwirkliche, Gefühl des Zweidimensionalen, Kulissenwelt.

Um den Exerzierschuppen die Wohnblocks: Träume. Nicht die Träume des Ruhms und der Siege, der Traum der Einsamkeit, des Flüchtigen, der Schemen. Das Wirkliche ist in die Ferne gerückt. Am Kopf des Eingangsblocks, der sogenannten Ehrenhalle, steht groß der Name eines Generals: „General-von-X-Kaserne." Ein General des Ersten Weltkrieges. Drei Tage lang fragte ich jedesmal beim Passieren den präsentierenden Posten: nach wem heißt diese Kaserne? Wer war der General von X.? Nie eine Antwort. Völlig unbekannt General von X. Verschollen. Gesunken sein Wimpel, seine Autostandarte, sein Gefolge von Generalstäblern, das ihn umschwirrte. Es wirkt nicht über zwei Jahrzehnte. Sehr fühlbar hier der Mörtel, das Ephemere, die falschen Wertungen, das Verzerrte.

Die Blöcke werden durchflutet von den Wellen Eingezogener. Zwei Sorten unterscheiden sich: die Sechzehnjährigen, unterernährt, dürftig, armselige Arbeitsdiensttypen, ängstlich, ergeben, beflissen, und die Alten, die Fünfzig- bis Sechzigjährigen aus Berlin. Am ersten Tage sind diese noch die Herren, tragen Zivil, kaufen sich Zeitungen, flotter Gang, der besagt: wir sind Syndikusse, selbständige Handelsvertreter, Versicherungsagenten, haben hübsche Frauen, Zentralheizung, dieser vorübergehende Zustand berührt uns nicht, sogar ganz humoristisch – am zweiten Tag sind sie eingekleidet und der letzte Dreck. Jetzt müssen sie durch die Gänge flitzen, wenn ein Unteroffizier brüllt, auf dem Kasernenhof springen, Kasten schleppen, Stahlhelme aufquetschen. Die Ausbildung ist kurz, zwei bis drei Wochen; interessant dabei, sie lernen schon vom zweiten Tag an schießen, früher begann das erst nach vier bis sechs Wochen. Dann, eines Nachts, wird angetreten mit Tornister, zusammengerolltem Mantel, Zelttuch, Gasmaske, Maschinenpistole, Gewehr – fast ein Zentner Gewicht –, und fort geht es zur Verladung, ins Dunkle. Dieser Abmarsch im Dunkeln ist unheimlich. Eine Kapelle, die man nicht sieht, führt vorneweg, spielt Märsche, flotte Rhythmen, hinter ihr der lautlose Zug, der für immer ins Vergessen zieht. Das Ganze geht sehr schnell, es ist nur ein Riß in Schweigen und Schwarz, dann liegt das Plateau wieder in der dunklen, erde- und himmellosen Nacht. Am nächsten Morgen kommen Neue. Auch diese gehen wieder. Es wird kälter draußen, beim Exerzieren. Jetzt erhalten sie Befehl, die Handflächen zu reiben, mit den Fäusten auf die Knie zu schlagen, Anregung der Zirkulation, das Leben wird wachgehalten, militaristische Biologie. Die Blöcke stehn, die Wogen rauschen. Immer neue Wogen von Männern, neue Wogen von Blut, bestimmt, nach einigen Schüssen und Handgriffen in Richtung sogenannter Feinde in den östlichen Steppen zu verrinnen. Unbegreiflich das Ganze, stände dahinter nicht so eindrucksvoll der General, hinreißend in seinem Purpur und Gold, und der schießt und läßt schießen, sein Ruhegehalt ist noch nicht unmittelbar bedroht. Mittags treffen sich die Offiziere bei Tisch. Einen Unterschied im Essen zwischen Offizier und Mann gibt es seit Kriegsbeginn nicht mehr. Ein Oberst erhält wie der Grenadier wöchentlich zwei Kommißbrote, dazu Margarine und Kunsthonig auf Papierstreifen zum Mitnehmen, mittags auf tiefem Teller Kohlsuppe oder einen Haufen Pellkartoffeln, diese muß man sich auf der Tischplatte schälen (Wachstuch darauf, soweit es das noch gibt, sonst „organisiertes“ Bettlaken), man legt die gepellten Kartoffeln neben sich und wartet auf die Suppe oder die Sauce.

Der Oberst, der meine Abteilung führt, erscheint eines Tages – unrasiert. Es gibt keine Klingen mehr, auch nichts zum Schleifen. Einer weiß in Berlin einen Ort, wo es in dieser Richtung etwas zu organisieren gibt. Ein österreichischer Kamerad trägt die Erzählung bei, daß in der k.u.k. Armee nur die Windisch-Grätzer Dragoner das Recht hatten, glattrasiert zu gehen – Erinnerung an Kolin, wo die eben eingetroffenen Rekruten, die Milchbärte, die Schlacht entschieden. Ein Stück Rasierseife muß vier Monate langen. In der Mannschaftsfriseurstube darf nicht mehr rasiert werden aus Materialmangel. In Amerika wird im Liegen rasiert – typisches faules Plutokratenpack.

Die Gespräche sind die von netten, harmlosen Leuten, von denen keiner ahnt, was ihm und dem Vaterland droht. Badoglio ist ein Verräter, der König ein rachitisch verkürzter Schuft. Dagegen fand sich in einem holsteinischen Grabhügel eine germanische Festmütze, die von der hochentwickelten Mützenmacherkunst unserer Ahnen vor dreitausendfünfhundert Jahren zeugte. Auch die Griechen waren Arier. Prinz Eugen überlebte seinen Ruhm, was er zum Schluß in Frankreich tat, war nicht sehr doll. Wer den neumodischen kurzen Dolch trägt, ist Demimonde – Kavallerie trägt immer noch den langen Säbel – Kavallerie! – alles jetzt Radfahr-Schwadron – Rittmeister – das war einmal, jetzt Radmeister.

Alle diese Leute, so zackig sie sich geben, denken im Grunde nur daran, wie sie ein Gericht Pilze ihrer Frau mitbringen können, wenn sie auf Urlaub gehen, ob der Sohn in der Schule mitkommt, und daß sie nicht wieder auf die Straße fliegen wie 1918, falls – dies ist der Ausdruck, der manchmal fällt und den sie sich gestatten – falls „es schiefgeht“. Es sind fast alles Offiziere der alten Armee, den Jahren nach um die Fünfzig herum, Weltkriegsteilnehmer. In der

Zwischenzeit waren sie Vertreter von Zigaretten- oder Papierfirmen, landwirtschaftliche Beamte, Stallmeister von Reitervereinen, haben sich alle durchgeschunden. Jetzt sind sie Majore. Keiner spricht eine fremde Sprache, sah ein fremdes Land außerhalb der Kriege. Allein der k.u.k.-Bundesbruder, immer wach und mißtrauisch, nicht als voll angesehen zu werden, ist etwas weiträumiger, wohl infolge der Adria- und Balkanbeziehungen Altösterreichs. Abends lesen sie Skowronnek, sie debattieren darüber: „Interessant gehalten." Obschon es keine große geistige Welt erschließen konnte, versuchte ich, in meine Umgebung mit Aufmerksamkeit einzudringen. Wen beschäftigte sie nicht unaufhörlich, die eine Frage, wie es möglich gewesen sei und heute noch möglich war, daß Deutschland dieser sogenannten Regierung unentwegt folgte, diesem halben Dutzend Krakeeler, die seit nunmehr zehn Jahren dasselbe Geschwätz in denselben Sälen vor denselben grölenden Zuhörern periodisch abspulten, diesen sechs Hanswürsten, die glaubten, daß sie allein es besser wüßten als die Jahrhunderte vor ihnen und als die Vernunft der übrigen Welt. Spieler, die mit einem trüben System nach Monte gereist waren, um die Bank zu sprengen, Bauernfänger, so töricht, anzunehmen, die Mitspieler würden ihre gezinkten Karten nicht bemerken – Saalschlacht-Clowns, Stuhlbeinheroen. Es war nicht der Traum der Staufer, der Norden und Süden vereinigen wollte, nicht die immerhin solide kolonisatorische Idee der Ordensritter, die nach dem Osten zogen, es war reiner Ausfall an Wurf und Form, primärer Regenzauber, der vor requirierten Särgen Heinrichs des Löwen nächtlichen Fackeldunst zelebrierte.

Das war deutlich erkennbar die Regierung, und nun ist das fünfte Kriegsjahr, das düster daliegt mit Niederlagen und Fehlberechnungen, geräumten Erdteilen, torpedierten Schlachtschiffen, Millionen Toten, ausgebombten Riesenstädten, und trotzdem hört die Masse weiter das Geschwätz der Führer an und glaubt es. Darüber kann eine Täuschung nicht bestehn. Zumindest die außerhalb der gebombten Städte glauben fest an neue Waffen, geheimnisvolle Revancheapparate, todsichere Gegenschläge, die unmittelbar bevorstehn. Hoch und Niedrig, General und Küchensoldat. Eine mystische Totalität von Narren, ein prälogisches Kollektiv von Erfahrungsschwachen – etwas sehr Germanisches zweifellos und nur in diesem ethnologischen Sinn zentral zu erklären. Periphere ethnologische Erklärungen drängen sich vielleicht zwei auf, erstens, daß die mittelgroßen Städte und das Land selbst heute wenig vom Kriege merken, sie haben zu essen, organisieren das Weitere hinzu, Bombenangriffe haben sie nicht erlebt, stimmungsmäßig liefert Goebbels alles für Stall und Haus, und das Wetter spielte auf dem Land immer eine größere Rolle als Gedankengänge. Zweitens, Familienverluste werden viel leichter verschmerzt, als die Nation es wahrhaben will. Tote sterben schnell, und je mehr sterben, um so schneller werden sie vergessen. Zwischen Vater und Sohn bestehen außerdem wohl grundsätzlich ebensoviel Antipathien wie ihr Gegenteil, sie sind ebenso von Haß in Spannung gehalten wie durch Liebe verbunden. Ja, gefallene Söhne können im Fortkommen behilflich sein, bringen Steuererleichterungen, machen das Alter wichtig. Dies die Jugend zu lehren, wäre gut und erzieherisch, sie würde sich dann das Nötige dabei denken, wenn sie von der Unsterblichkeit der Helden und dem Dank der Überlebenden später etwas vorgesetzt bekommt.

An Einzelheiten war folgendes festzustellen: Die Armee im fünften Kriegsjahr wird von zwei Dienstgraden getragen, den Leutnants und den Feldmarschällen, alles andere ist Detail. Die Leutnants, hervorgegangen aus der HJ., also mit einer Erziehung hinter sich, deren Wesen systematische

Ausmerzung von gedanklichem und moralischem Lebensinhalt aus Buch und Handlung war und deren Ersatz durch Gotenfürsten, Stechdolche – und für die Marschübungen Heuschober zum Übernachten. Ferngehalten von etwa noch gebildeten, im alten Sinne geschulten Eltern, Erziehern, Geistlichen, humanistischen Kreisen, kurz Bildungsträgern irgendwelcher Art, und zwar dies schon im Frieden: bewußt, zielgerecht, und gut durchdacht, übernahmen sie so wohlausgerüstet die Erdteilzerstörung als arischen Auftrag. Über die Feldmarschälle nur ein Wort: es ist wenig bekannt, daß sie lebenslänglich ihr Marschallgehalt bekommen, und zwar ohne Steuerabzug, ferner für immer einen Stabsoffizier als Adjutant und beim Ausscheiden aus dem aktiven Dienst ein Landgut oder ein fair proportioniertes Grundstück im Grunewald. Da der Marschallernenner in unserem Rechtsstaat auch der Marschallentzieher ist und in letzterer Funktion kräftig mit Entziehung von Titeln, Orden, Versorgungsansprüchen und positiv mit Sippenhaftung um sich spuckt, stehen die Marschälle als gute Familienväter nahezu gerechtfertigt da, für Dämonen wird sie sowieso keiner gehalten haben.

Wenn man über diesen Krieg und den vorhergehenden Frieden nachdenkt, darf man eines nicht außer acht lassen: die ungeheure existentielle Leere des heutigen deutschen Mannes, dem nichts gelassen war, was den inneren Raum bei anderen Völkern füllt: anständige nationale Inhalte, öffentliches Interesse, Kritik, gesellschaftliches Leben, koloniale Eindrücke, echte traditionelle Tatsachen – hier war nur Vakuum mit geschichtlichem Geschwätz, niedergehaltener Bildung, dummdreist politischen Regierungsfälschungen und billigem Sport. Aber Uniform tragen, die die Blicke auf sich lenkt, Meldungen entgegennehmen, sich über Karten beugen, mit Gefolge durch Mannschaftsstuben und über weite Plätze traben – verfügen, besichtigen, bombastisch reden („ich befehle nur einmal", es handelte sich um Latrinenreinigen), das schafft die Vorstellung von Raumausfüllung, individueller Expansion, überpersönlicher Auswirkung, kurz jenen Komplex, dessen der durchschnittliche Mann bedarf. Die Kunst verboten, die Zeitungen ausgerottet, eigene Meinung durch Genickschuß beantwortet – menschliche und moralische Maßstäbe an die Raumausfüllung anzulegen, wie es die Kulturvölker taten, dazu waren die Voraussetzungen im Dritten Reich nicht mehr gegeben. Hier herrschte die Raumvortäuschung; bei Übergängen über Pontonbrücken, kurz vor Sprengungen, vor Zielfernrohren fühlte sich der Individualist als unmittelbare kosmische Katastrophe.

Beim Oberkommando der Wehrmacht gibt es eine Presseabteilung, die die „wehrgeistige Führung" lenkt. An der Spitze natürlich ein General. Mitarbeiter zahlreiche Schriftsteller aus System- und Nazizeit. Ich verfolge ihre Produktion aufmerksam, diese „Mitteilungen an die Truppe", „Mitteilungen für das Offizierkorps", „Vorlage für Unterrichtszwecke", „Anweisungen für Kompaniebesprechungen" und dergleichen. Übrigens erscheint dies alles öffentlich. Als Ganzes gesehen ist diese Abteilung eine Filiale des Goebbelsschen Ministeriums, spezialisiert auf soldatische Kraftausdrücke: Lump, Hundsfott, Schweinehund, Scheißkerl – das ist die eigene geistige Zutat und bezieht sich auf jene, die etwa anders denken könnten. Da also tauchen regelmäßig die „jungen Völker" auf, denen der Sieg gebühre. Junge Völker! Selbst das Oberkommando wird wohl schon von Cäsar gehört haben, der im Jahre 44 vor Christus ermordet wurde, unter ihm war dies junge Volk damals schon recht kräftig. Wenn nicht alle Völker gleich alt sind, ist das heutige russische jedenfalls erst siebenundzwanzig Jahre alt, muß also nach der Nazi-Hypothese schon aus diesem Grunde besonders siegen. Die Japaner traten 660 vor Christus aus der Sage heraus, sie sind uralt, ihre heute herrschende Shinto-Religion verliert sich in mystische Ferne. USA. ist auf jeden Fall rassisch wie staatlich erst im siebzehnten Jahrhundert entstanden, zu der Zeit also, als in Italien das Hochbarock verklang und in Deutschland Leibniz bereits eine Geschichtsphilosophie entwickelte. Also reines Geschwätz dies mit den jungen Völkern, berechnet auf den staatlich gezüchteten deutschen Bildungsschwund. Sich selbst bezeichnet diese wehrgeistige Führung als „königliche Kunst", die „die edelsten und stolzesten Charakterwerte im Deutschen anspricht", schon der dienstliche Gruß habe zu sein „die Ehrenbezeugung vor der Idee des wehrhaften Deutschlands" und so weiter. Andere Themen sind: „dem Sieg der Waffen folge ein Sieg der Wiegen!", „die Nürnberger Gesetze nicht nur ein Schutz des deutschen Bluts, sondern der deutschen Ehre"; ferner die „tödliche Gefahr", in der wir uns befanden und die „Rettungsaktion des Führers in letzter Stunde". Diese wehrgeistige Führung allein befähigt den Soldaten, selbst wenn er in Gefangenschaft gerät, der Feinde „geistigen Terror" zu brechen. Selbstverständlich ist die jüdisch-bolschewistische Revolverpresse auszurotten; vor allem (im Dezember 1943) ist den Soldaten klarzumachen („so einfach wie möglich und so plastisch wie möglich"), „daß Stalin in den letzten zehn Jahren einen großen politischen Rückschlag erlitten hat". Ferner wird geistig geführt: *Italien:* Verräter, schamloses Tun, Lumpenhunde, die *Russen:* Meeting der Rache, perverser Sadismus, Haßräusche der Steppe; Uhren, Geldbörsen, Füllfederhalter stehlen den Verwundeten die *Amerikaner.* Stalin, die Echse, der Bankräuber aus Tiflis, Roosevelt, Chief-Gangster, der mit „Sechsschüssigen" Ekuador und Bolivien in den Krieg treibt; Churchill, Whiskysäufer, der schon als Jüngling ein ehrbares englisches Bürgermädchen sitzenließ, um eine amerikanische Plutokratin zu kapern. Bloß nicht auf die „sanfte Tour" einlassen: Witzeerzähler anzeigen; selbst Tischdamen sofort verhaften lassen; Rundfunkabhörer, Scheißkerl, Genickschuß!

Es gibt aber trotzdem auch eine sanfte Tour, die arbeitet mit Hölderlin und Rilke. Es ist äußerst interessant, zu verfolgen, wie stark diese beiden Lyriker in der gesamten politischen Propaganda der letzten Jahre Verwendung finden. „Dir ist, Liebes, keiner zuviel gefallen" ist das am häufigsten gebrauchte Zitat des einen, dazu bei Hinweisen auf erwünschte Staatsumstürze: „auch hier sind Götter." Während hinsichtlich Rilkes die Einführung eines Kornetts in den Kreis der Armen, der Mönche und der weißen Fürstinnen das Sanfte und Fromme des übrigen Werks in einem günstigen Licht erscheinen läßt. Hören wir: in der Marine-Rundschau vom November 1943 (Verlag Mittler & Sohn, Herausgeber natürlich ein Admiral), die hier in den Blocks durchläuft, behandelt ein Professor für Kirchen- und Völkerrecht an einer bayerischen Universität Seekriegsfragen (ein Kirchenrechtler?), und zwar „militärisch, ökonomisch, politisch, geistig-moralisch". Zu ersterem: „Als Dauergewinn muß uns für alle Zeiten gesichert werden die Möglichkeit freien Zuganges zum Atlantik und damit die Gewähr blühenden Wirtschafts- und Kulturlebens für uns wie für Europa. Wir erinnern uns hier an das Wort Hölderlins: ‚Es beginnet nämlich der Reichtum im Meere.'" Zu letzterem: „Die neue Lehre ist gelebtes Leben. Den einen oder den anderen wird es interessieren, daß vor der Wissenschaft auf seine Weise bereits ein Künstler die neuen Gesichter entworfen hat. Rainer Maria Rilke in seinen Duineser Elegien." An dieser Bemerkung ist interessant die Floskel „auf seine Weise", das heißt natürlich so gut er es eben kann, halt ein Künstler, die Wissenschaft kann es besser. Über das „gelebte

Leben" als neue Lehre an dieser Stelle kein Wort. Dagegen, die Duineser Elegien kann man bestimmt von vielen Seiten betrachten, so vielfältig sind sie, aber sie in irgendeinem auch noch so versteckten Sinne militaristisch zu deuten, rückt sie in eine schiefe Beleuchtung. Der Bezug auf Rilke ist also eine reine Bauernfängerei für die, wie der Professor mit Recht annimmt, allmählich schwachsinnig gewordene deutsche Intelligenz.

Der Herbst um die Blöcke war wie im ganzen Reich gefährlich trocken, die Felder sind zerfressen von Mäusen, die Kartoffelernte ist katastrophal, die Rüben enthalten zu wenig Zucker. Der Verlust der Ostgebiete bedeutet für die Ernährung Ausfall von zwei Monaten Brot, einem Monat Fett, einem Monat Fleisch. Die Rationen werden gekürzt. Es gibt keine langen Stiefel mehr, es fehlt an Leder; es gibt keine Kunstglieder mehr für die Versehrten, das Material ist zu Ende. Es gibt keine Schnürsenkel mehr und keine Gebisse, keine Mullbinden und keine Uringläser; es fehlt an Ärzten, ganze Divisionen rücken ohne einen Chirurgen ins Feld, die Zivilbevölkerung ist stellenweise mit fünfundzwanzigtausend Einwohnern auf eine Ärztin angewiesen, und die hat kein Benzin. Aber der Führer verleiht Ärmelstreifen, bestimmt die Breite der Kranzschleifen für Militärbegängnisse, verbietet den Soldaten Heirat mit Ausländerinnen, auch den skandinavischen: „die edelste nordische Frau" bleibt „rassisches Treibgut" gemessen am Großdeutschen. Die Verwesung steigt aus allen Poren, aber die Propaganda läuft auf hohen Touren. Wir schlagen die Illustrierten auf: Nera und Sehra, die „Heinzelmännchen aus Mostar", sind so glücklich, endlich in der großen Organisation Todt arbeiten zu dürfen: Goebbels lächelt sein weißes Gebiß Verwundeten vor; Göring kommt als Weihnachtsmann – das Märchen spinnt uns ein.

An einem Tag im November muß ich dienstlich nach Berlin. Es ist die Zeit, wo Reisen zu den stärksten sportlichen Strapazen rechnet. Ein regelmäßiger Bahnverkehr besteht nicht mehr. Nachts um zwei Uhr auf meinem Abfahrtsbahnhof hält ein wunderbarer Zug: acht Schlafwagen, vier Wagen 1. und 2. Klasse, nahezu leer, hinten ein Wagen mit Flakmannschaft. Ich steige ein. Ein SS.-Mann holt mich umgehend wieder zurück. Ich verstehe nicht. Er meldet, es ist der Zug aus dem Führerhauptquartier nur für Herren höchster Stäbe. Ich begreife, in meiner Aktentasche könnte sehr wohl eine Eierhandgranate sein. Ich steige in den nächsten Zug, das heißt quetsche mich in eine Toilette 3. Klasse, ich in Oberstenuniform, zwischen Ostarbeiter. Die Toilette steht offen, Frauen und Kinder müssen sie benutzen, die Tür ist nicht zu schließen, ein Rücken ist unmöglich, niemand stört das. Ich muß umsteigen. Im nächsten Zug gelange ich in ein Abteil 2. Klasse, in dem ich stehen muß. Drei junge Schnösel in Parteiuniform, kräftige Burschen, räkeln sich auf den Polstern. Frauen mit weißem Haar, Frauen mit Kindern stehen mit mir im Gang. Die Herrenrasse zieht eine Flasche mit Kognak hervor, dazu einige Bündel Zigarren (die Volksgemeinschaft erhielt pro Tag eine Zigarre, keinen Kognak) und stärkt sich drei Stunden lang bis Berlin für die kommenden Parteiaufgaben („Genesungsbewegung"). Am gleichen Tage stand in allen Zeitungen ein Aufsatz des Inhalts, daß die Ritterkreuzträger und die Gefallenen in weit höherem Prozentsatz aus den Reihen der Partei kämen als aus dem übrigen Volk. Uk-Stellungen gäbe es überhaupt nicht. Es fand sich der Satz: „das gegenteilige optische Bild, das sich gelegentlich bietet, ist ausgesprochen irreführend." Offenbar gehörten die drei Reisegenossen in dies optische Bild.

Von Block II aus versteht man das Nebel- und Niflheim der germanischen Mythologie: ewig Dunst und Schwaden und

das Bedürfnis nach Bärenhäuten – der „alten prächtigen Germanen", wie sie eben im Rundfunk genannt wurden; Taine würde von hier die primäre nationale Fremdheit gegenüber Klarheit und Form, man kann auch sagen gegenüber Ehrlichkeit, geophysisch ableiten. Im Dezember 1943, also zu einer Zeit, in der die Russen uns fünfzehnhundert Kilometer vor sich hergetrieben und unsere Front dutzendfach durchlöchert hatten, sagt ein Oberstleutnant, klein wie ein Kolibri und sanft wie ein Kaninchen, mittags bei Tisch: „Hauptsache, die Schweine brechen nicht durch." Durchbrechen, Aufrollen, Säubern, bewegliche Kampfführung – was für eine Gewalt haben diese Worte, positiv, um zu bluffen und negativ, um sich Tatbestände zu verschleiern. Stalingrad: ein tragischer Unfall; die Niederlage der U-Boote: eine zufällige kleine technische Entdeckung der Engländer; daß Montgomery den Rommel von El Alamein bis Neapel viertausend Kilometer vor sich herjagte: Verrat der Badoglio-Clique. – Zu gleicher Zeit hat eine Parteigröße bei der Dienststelle zu tun und erscheint bei Tisch. Mein Oberst, alte Schule, Kavallerist, Johanniter, der mit Monokel Hürden reitet und mit ihm schlafen geht, vertauscht das Einglas mit einer schwarzen Hornbrille, um das Gefühl der Volksgemeinschaft beim Bonzen nicht zu verletzen und die eigene Zukunft nicht zu gefährden („furchtlos und treu" „Semper talis" –: Helmspruch der alten preußischen Garde).
Ich habe Zeit zum Lesen. Der Zufall gibt mir ein französisches Buch in die Hand über den Aufenthalt Berninis im Jahr 1665 in Paris, wo er den Louvre-Neubau entwerfen sollte. Dies siebzehnte Jahrhundert! Diese Romanen! Bernini erzählt: Archimedes sagt zum König, der ihn belohnen wollte für die Verbrennung der Schiffe: „Gebt Euer Gold den Göttern, weil sie dem Menschen den Kreis geschenkt haben und den Zirkel, um ihn zu ziehen." Ferner erzählt er:

„Solche Monumentalwerke muß man zunächst in Massen, alle macchie, komponieren, wie wenn man Figuren ausschneidet und ohne einheitliche Bildidee in verschiedene Gruppen verteilt, um die Komposition ins Gleichgewicht zu bringen. Später setzt man dann die Zwischenräume sorgfältig mit Füllfiguren aus und steigt herab bis ins Detail. Das ist der einzige Weg, eine Komposition groß und durchdacht aufzubauen. Anders gelingt es einfach nicht, weil das Detail sich sonst aufdrängt und somit gerade das, worauf es am wenigsten ankommt." Also man darf das Gehirn benutzen! Das sind Beruhigungen, die aus lange gültigen Gesetzen steigen, den maßgebendsten, soweit wir sehn.

Und inzwischen nähert sich das Weihnachtsfest. Es gibt hundert Gramm Streichmettwurst als Sonderzuteilung und zum Wochensatz Fleisch fünfundzwanzig Prozent Bratlingspulver. Ferner, wer auf dreißig Gramm Margarine und hundert Gramm Zucker verzichten will, kann eine Stolle bestellen. Ich trage mich in die Liste ein. Weihnachtslieder sind verboten, Wintersonnenwendbetrachtungen dienstlich erwünscht mit Betonung der Erneuerung des Lichts aus dem Schoß der Allmutter Natur, die Kommandeure haben dementsprechend zu verfahren. Von Erneuerung ist vorläufig nichts zu bemerken. Ich stehe am Fenster von Zimmer 66, der Kasernenhof liegt in einem grauen Licht, ein Grau aus den Flügeln von Möwen, die in alle Meere tauchten. Das Fest ist da. Am Morgen war ein großer Angriff auf Berlin; man fragt sich, ob die Wohnung noch steht, und was von den wenigen Bekannten, die noch dort leben, übriggeblieben ist. Dann ist es Abend, die Verpflegung wird gebracht. Ich frage die Ordonnanz, was sein Asthma macht, er ist schwerhörig, die Verständigung stößt auf Schwierigkeiten. Ich blicke weiter über den Platz, über ihn hinweg in die Niederung, die Steppe, den Osten – alles so nah, alles so gegenwärtig, alle diese schauerlichen Scharen von Geschlechtern, die zu keiner Klarheit über sich selber kamen. Und dann sinkt sie hernieder, des Jahres 1943 Heilige Nacht.

Bald nach Weihnachten traf der Befehl ein, die Blöcke zu räumen, aus dem Osten zurückflutende Truppen sollten hinein, wir ziehn weiter, ich mit. Aktiv, passiv – die Laus im Pelz, der Wolf im Schafskleid, der Bock als Pfleger von Spitzen und Schoten: ziehn, handeln sie mit? Was für ein aufgebauschter Begriff: Handeln! Unter Zwang stehn und Subsidien beziehen müssen – es mag Handeln sein, aber Handeln und Denken einheitlich zu wollen – was für eine hinterwäldlerische Idee! Man stelle sich vor, ein moderner Physiker wolle seine Berechnungen, seine Berufsausübung im Leben zum Ausdruck bringen, mit dem Leben in Einklang bringen, „verwirklichen", oder Bachofen seine Mutterreichtheorie oder Böcklin seine Toteninsel – welche Komik! Wenn einer zufällig, durch die Zeitereignisse gezwungen, innerhalb der geschichtlichen Welt lebt, also zwischen Scharfschützen und Schiebern, Fallenstellern und Hasendieben, sollte das ihn veranlassen, aus sich herauszutreten und tatkräftig Ansichten zu äußern?

Gibt es eine Menschheitsidee? Es gab wohl Zeiten, da lag eine solche im Bewußtsein aller vor. Aber heute gehören Ansichten zur Konstitution wie Migräneanfälle – ein Erbübel. Es könnte einer die Ansichten eines Propheten besitzen und brauchte deswegen doch keine grüne Fahne zu stiften und nicht mit Adler und Schlange ins Hochgebirge zu ziehn. Daß prophetische Ansichten die Menschen nicht ändern, bessern, ausrichten, hat der Mißerfolg des jüngsten Dionysos erwiesen, die blonde Bestie raste sich aus. Ansichten – nur um die Peristaltik der geschichtlichen Welt in Bewegung zu bringen, als Gleitmittel – welcher gehaltvolle Mann träte deswegen heute öffentlich hervor? Geschichtliche Welt –

frech gewachsen und schnell aus der Hand verschlungen, im Rang sitzen die Fetten mit ihren Kebsen und Günstlingen, und vor den Mördern spielen die Geigen beschwingte Musik, im Dunkeln aber verrinnen die namenlosen Opfer und werden verhehlt, die darin erwürgt sind – nein, hier ist nichts zum Hervortreten und nichts zum Bekämpfen, nicht mit der kleinen Schleuder und nicht mit der großen Posaune – laßt sie ruhig mit ihrem Dreschwagen über den Kümmel gehn!

Das, was lebt, ist etwas anderes als das, was denkt, dies ist eine fundamentale Tatsache unserer Existenz und wir müssen uns mit ihr abfinden. Möglich, daß es einmal anders war, möglich, daß in einer unerahnbaren Zukunft eine siderische Vereinigung heranschimmert, heute lebt die Rasse in dieser Form. Das, was in mir dachte, bewegte sich in einem eigenen Raum; das, was von mir lebte, war innerhalb des mir zugewiesenen Milieus entgegenkommend, von guten Formen und aufrichtig kameradschaftlich. Das, was dachte, war ohne Falsch, es frug niemanden aus, es frug in niemanden etwas hinein, es trat überhaupt nicht in Erscheinung, es war gelassen, konnte es sein, so sicher war es, daß es recht hatte und die Wahrheit besaß gegenüber allen Lebensfakten innerhalb der von uns gemeinsam bevölkerten Kaserne. „Wer glaubt, der flieht nicht", ruft Jesaja. Es ist natürlich naheliegend zu sagen, dieser Glaube müsse bekannt werden; wer so denkt, wer die Dinge so sieht, wie sie im vorstehenden dargestellt sind, müsse eingreifen, aufhalten, Revolution machen oder sich erschießen lassen. Dieser Ansicht bin ich nicht. Es gibt hinsichtlich dieser Dinge keinen allgemeinen Beweis, es gibt nur existentielle Gründe. Bei mir liegen diese Gründe in meinem persönlichen Unglauben an eine Bedeutung der geschichtlichen Welt. Ich habe es nicht weiter gebracht, etwas anderes zu sein als ein experimenteller Typ, der einzelne Inhalte und Komplexe zu geschlossenen Formgebilden führt, der unter Einheit von Leben und Geist nur das gemeinsame sekundäre Resultat verstehen kann: Statue, Vers, hinterlassungsfähiges Gebilde – ich gehe das Leben an und vollende ein Gedicht. Alles, was sonst das Leben betrifft, ist fragwürdig und unbestimmt; eine Verbindung mit dem Religiösen empfinden wir nicht mehr als tatsächlich, von der Verbindung mit dem sogenannten Nationalen ganz zu schweigen, als tatsächlich empfinden wir nur seine Fügung in ein ausdrucktragendes ästhetisches Werk. Die biologische Spannung endet in Kunst. Kunst aber hat keine geschichtlichen Ansatzkräfte, sie hebt die Zeit und die Geschichte auf, ihre Wirkung geht auf die Gene, die innere Erbmasse, die Substanz – ein langer innerer Weg. Das Unterhaltende und Politische einiger Spezialitäten zum Beispiel des Romans täuscht, das Wesen der Kunst ist unendliche Zurückhaltung, zertrümmernd ihr Kern, aber schmal ihre Peripherie, sie berührt nicht viel, das aber glühend. Existentielle Gründe sind keine kausalen, sie sind konstitutionell, verpflichten niemanden, sie gelten nur für den, in dem sie sich als Tatsächlichkeiten erweisen, vielleicht sind sie mutative Varianten, Versuche, die sich verstärken oder wieder verschwinden, oder wie oben gesagt: Experimente. Sie sind nicht übertragbar, auch nicht nachprüfbar, sie suchen sich ihre Legitimationen in der Ununterdrückbarkeit der Ausdruckswelt, sie, die es nicht unterläßt, auch diese Blöcke zu umschreiten, ja die vor diesen Blöcken eine besondere Notwendigkeit sah, ihre eigenen Grundlagen nachzuprüfen.

Die Blöcke werden diese Beziehung entschieden ablehnen. Was so spricht, werden die Blöcke antworten, ist der Gedanke, der kalte unfruchtbare Gedanke, der das warme natürliche Leben bedroht, der wildernde Intellekt, feind dem vaterländischen Impulse, der Reichsidee, den Erntedankfesten und Schneewittchen und den sieben Zwergen. Sahen wir doch erst heute in der Zeitung für die Anspruchsvollen eine Fotografie „Künstlerisches Schaffen an der Front" mit der Unterschrift: „Der Flottenchef gibt dem Betreuungsoffizier sein Urteil über das Bild ‚Feindfahrt' ab" – also? Ja, der Flottenchef! Bestimmt ein Admiral – und der Sturm peitscht die Wogen und der Leichter oder der Frachter und der Minenleger oder der Zerstörer stampfen oder dampfen, und an Gischt ist auch kein Mangel – Feindfahrt, Freundfahrt – dieser ganze hingeduckte geschichtliche Siegeswahn – jawohl. Der von mir vertretene Gedanke ist demgegenüber das Erbarmungslose – ohne zu fragen, wohin es führt, dies ist meine Feindfahrt, Freundfahrt, das ist mein primäres Menschentum, alles andere ist Verbrechen!

Nun ist allerdings schon dem Gedanken selbst der Gedanke gekommen, daß ein Etwas in die Welt kam, um das Absolute zu erlösen, die Liebe, und daß der Sanfte gesandt wurde, um den Gedanken zu bewegen, sich freiwillig niederzubeugen – wie gesagt, aber: die Liebe, nicht die Sturheit; – wo die Liebe und der Gedanke in- und gegeneinander spielen, wird immer die hohe Welt sein, um die auch der Mensch in seinem Ausdrucksstreben ringt. Doch dies Erdzeitalter ist der Gedanke, er erarbeitet das Maß der Dinge, den Ausdruck, die Züge, den Mund, damit endet seine irdische Berufung.

Die Liebe allerdings soll auch noch den Verbrechern gebühren, aber doch wohl nicht zu jeder Stunde. Rodja gebührte sie, als er Sonja an sich nahm und litt, Rodja Raskolnikow, der erst alles wagte, allen ins Gesicht zu spucken, alle Macht an sich zu reißen, auch den Mord wagte – sie gebührte ihm, als Sonja sagte: komm sofort mit, bleibe am Kreuzweg stehn, küsse die Erde, die du besudelt, vor der du gesündigt hast, verneige dich dann vor aller Welt und sage

dann allen laut: ich bin der Mörder. Willst du? Kommst du mit? – Und dieser kam mit.
Und dann kam im Osten das Ende. Wenn man am 27. 1. 45 beim Stadtkommandanten vorsprach und fragte, was machen wir denn mit unseren Sachen, die wir mühsam seinerzeit aus Berlin hierhergeschleppt hatten, wenn die Russen kommen, antwortete der Adjutant, ein SS.-Hauptmann: wer so fragt, wird an die Wand gestellt, die Russen kommen nicht durch, möglich, daß mal ein Spähpanzer in der Ferne sichtbar wird, aber die Stadt wird gehalten, und wer etwa seine Frau nach Berlin zurückschickt, wird ebenfalls erschossen. In der folgenden Nacht um fünf Uhr war dann Alarm, Artilleriebeschuß, und wir liefen mit einer Aktenmappe im Schneesturm bei zehn Grad Kälte zu Fuß nach Hause auf den vereisten Chausseen, verstopft von den endlosen Reihen der Trecks mit ihren Planwagen, aus denen die toten Kinder fielen. In Küstrin wurden wir in einen offenen Viehwagen verfrachtet, der uns die sechzig Kilometer nach Berlin in zwölf Stunden unter Fliegersalven zum Bahnhof Zoo brachte. So verlief das Ende des ganzen Ostens, Stadt für Stadt. In der Wohnung waren dann fremde Leute, die Stuben leer, wir deckten uns mit meinem Soldatenmantel und Zeitungspapier zu, um aufzuwachen, als die Sirenen heulten. So klang es aus – das Blockleben, Zimmer 66.

In dieser Kaserne schrieb ich: „Roman des Phänotyp“, viele Teile aus „Ausdruckswelt“, darunter „Pallas“, und aus den „Statischen Gedichten“, zum Beispiel „Ach, das ferne Land“, „September“, „Dann –“, „Statische Gedichte“ und andere.

V. *Literarisches*

a) Absolute Prosa

Der „Roman des Phänotyp" (in meinem Buch „Der Ptolemäer", 1949) ist reichlich unverständlich, ganz besonders dadurch, daß ich ihn als Roman bezeichne. Eine Folge von sachlich und psychologisch nicht verbundenen Suiten – jeder mit einer Überschrift versehene Abschnitt steht für sich. Wenn diese Arbeit ein Problem bietet, ist es das Problem der absoluten Prosa. Einer Prosa außerhalb von Raum und Zeit, ins Imaginäre gebaut, ins Momentane, Flächige gelegt, ihr Gegenspiel ist Psychologie und Evolution.

Ich habe diesem Thema der absoluten Prosa manche Studie in meinen Essays gewidmet. Ich fand die ersten Spuren bei Pascal, der von Schönheit schaffen spricht durch Abstand, Rhythmus und Tonfall, „durch Wiederkehr von Vokal und Konsonant" – „die Schwingungszahl der Schönheit", sagt er und: „Vollkommenheit durch die Anordnung von Worten." Dann wurde diese Lage durch Flaubert berühmt, den der Anblick einiger Säulen der Akropolis ahnen ließ, „was mit der Anordnung von Sätzen, Worten, Vokalen an unvergänglicher Schönheit erreichbar wäre", in Wahrheit nämlich glaubte er nicht, daß es in der Kunst ein Äußeres gibt. Aus der modernen Literatur nenne ich Carl Einstein mit seinem Roman „Bebuquin" (1912) und Gide mit „Paludes". Ihnen schwebte offenbar etwas Ähnliches vor: die Möglichkeit nämlich von geordneten Worten und Sätzen als Kunst, als Kunst an sich.

Betrachten wir nun meine Arbeit. Der Roman ist – ich bitte den jetzt folgenden Ausdruck zu beachten – *orangenförmig* gebaut. Eine Orange besteht aus zahlreichen Sektoren, den einzelnen Fruchtteilen, den Schnitten, alle gleich, alle nebeneinander, gleichwertig, die eine Schnitte enthält vielleicht einige Kerne mehr, die andere weniger, aber sie alle tendieren nicht in die Weite, in den Raum, sie tendieren in die Mitte, nach der weißen zähen Wurzel, die wir beim Auseinandernehmen aus der Frucht entfernen. Diese zähe Wurzel ist der Phänotyp, der Existentielle, nichts wie er, nur er, einen weiteren Zusammenhang der Teile gibt es nicht.

Also der Existentielle ist da, in unserem Fall in einer Kaserne, lebt dahin, denkt dahin, spaltet sich in Gedanken und inneren Beobachtungen auf, sammelt sich aber zugleich zu Ausdrucksversuchen, zu Schöpfertaten. Er blättert in einem Werk aus einem Kunstverlag: „Die Schönheit des weiblichen Körpers" – herrliche Bilder aus allen Epochen der Malerei – welche unbeschreibliche Fülle von Exterieurs, Bewegungen, Gewändern, Begleitpersonen, Mythen, Vorfällen, Göttertaten. *Hier sind Einzelheiten:* Tauben, Hunde, Barken, Muscheln, Schwäne! Hier braucht das Auge wirklich nur *abzulesen,* Worte finden dafür, schmeichelnde Sätze, der Schönheit der Vorgänge und Versunkenheiten gemäß. Eine Trunkenheit kommt über ihn – *schon summarisches Überblicken, Überblättern schafft manchmal einen leichten Rausch* – so beginnt es. Welten im Strom und Welten in Bannung gleichzeitig der Wirklichkeit wie der Überhöhung. Und immer wieder Details, die man sonst mühsam zusammensuchen müßte, notieren, vielleicht nie fände. Und nun beginnt der Prozeß, von vielleicht halbstündiger Dauer. Hier ist die Stelle:

Schon summarisches Überblicken, Überblättern schafft manchmal einen leichten Rausch. Venusse, Ariadnen, Galatheen erheben sich von ihren Pfühlen, unter Bögen, sammeln Früchte, verschleiern ihre Trauer, lassen Veilchen fallen, senden einen Traum. Venus mit Mars; Venus mit

Amor, hingelagert, ein weißes Kaninchen an der Hüfte, zwei Tauben, eine helle und eine dunkle, zu Füßen vor einer Landschaft, die sich weit verliert. Prokris stürzt aus dem Gebüsch, schlägt flach zu Boden, über ihr Kephalos mit einem langen geschlitzten Ohr, der Jäger, er glaubte das Rauschen von verstecktem Wild zu hören, er ist der Gatte und nun durch den geworfenen Jagdspieß der Mörder; ihre Sandalen sind brezelartig verschnürt und ausgestanzt, an ihnen trauert der dunkle schöne Hund.

So erheben sich die Welten. Andromeden, Atalanten, schlafend oder erwartend, nackt oder unter Fellen, behängt mit Perlen, Blumen und vor Spiegeln. Weiße Üppige mit aufgestützten Schenkeln, oft dicht an ihren Rettern, deren Brünnen glänzen. Aber die meisten sind sehr einsam, sehr in sich verborgen, gehn aus dem blassen gewölbten Fleisch nicht über; sie erwarten, aber sie zögern vor jeder Röte und vor jeder Lust. Sehr Verhaltene: Ceres mit dem Weizenkranz, schweigsam wie die Samenkörner; und bäuerlich eine Herbstin mit Hacke, Trauben, Weinzweigen, keineswegs trunken, sehr gesenkten Blickes, eines Blickes bitter und unerfüllt.

Galatheen landen mit Delphinen, verlassen die große Muschel, teils betreten sie allein das Ufer, teils mit Wasserjungfrauen und Zentauren. Und immer wieder die Tauben, auch die Schlangen, auch die Muscheln und dort der Pfau und dort die Barke, an allen Stränden, an allen Hängen – säumen und vergehn.

Das unmittelbare Erleben tritt zurück. Es brennen die Bilder, ihr unerschöpflicher beschirmter Traum. Sie entführen. Der körperliche Blick reicht nur über den Platz bis an die Burgen – aber die Trauer reicht weiter, tief in die Ebene hinein, über die Wälder, die leeren Hügel, in den Abend, das Imaginäre, sie wird nicht mehr heimkehren, dort ver-

weilt sie, sie sucht etwas, doch es ist zerfallen, und dann muß sie Abschied nehmen unter dem Licht zerbrochener Himmel – – diese aber entführen, führen weit und führen heim.

Man beachte: am Schluß wird dann zurückgegangen auf die Stimmung des Phänotyps, die momentane, in diesem Fall seine eigene Melancholie, das ist sein Aggregatzustand in dieser Stunde, das deckt sich mit dem Überblick über die Bilder – flüchtig die Ekstase, Arien des Glücks und Arien der Verdammnis, alles Augenblicke nur, nahe das Ende, alle diese Frauen dahin, ihr Glanz, ihre Liebe, ihre glühenden oder sich senkenden Wege –: Aber nun ist es erlebt, der Rausch zu Ende, das Stück ist fertig. Kann man das anders ausdrücken? Ich sage: nein! „Das unmittelbare Erleben tritt zurück, es brennen die Bilder, ihr unerschöpflicher beschirmter Traum." Warum sind sie unerschöpflich, warum brennen sie – weil der Phänotyp sie in die Ordnung von Worten brachte, in abwägend gebaute Sätze aus dem Prozeß des Absoluten – so erheben sie sich noch einmal – die Venusse und die Ariadnen und die Galatheen und an ihnen die Pelze und die Perlen und die Tauben.

Für das Ganze beachte man nochmals: *orangenförmig – Orangenstil.*

b) Doppelleben

Unser Kulturkreis begann mit Doppelgestalten: Sphinxen, Zentauren, hundsköpfigen Göttern und befindet sich mit uns in einer Kulmination von Doppelleben: wir denken etwas anderes als wir sind, oder, wie die „Drei alten Männer" es ausdrücken: *Wir lebten etwas anderes, als wir waren, wir schrieben etwas anderes, als wir dachten, wir dachten etwas anderes, als wir erwarteten und was übrig-*

bleibt, ist etwas anderes, als wir vorhatten. Die Einheit der Persönlichkeit ist eine fragwürdige Sache. Man stelle sich vor, der Schöpfer der Relativitätstheorie solle diese Theorie in seinem Privatleben ausdrücken, oder einem Sanskritforscher solle man seine Hieroglyphen bei Tisch anmerken, oder einen Existentialisten müsse seine Philosophie hindern, Hockey zu spielen, auch das tagelange Angeln sehr aktiver Politiker ist bekannt. Ich sah 1914 in der Metropolitan-Oper den kleinen, dickbäuchigen Caruso, der seine freien Abende bekanntlich nicht mit Mythen und Mysterien, sondern mit Patiencelegen verbrachte, und ich hörte seine wahrhaft arielhafte, arionschöne Stimme – auch eine Diskrepanz! Oder Rousseau, der Zöllner, klebt am Schlagbaum statutengemäß die Zettel auf die Koffer – und sonntags die schönen Wahnsinnsbilder! Kurz, Denken und Sein, Kunst und die Gestalt dessen, der sie macht, ja sogar das Handeln und das Eigenleben von Privaten sind völlig getrennte Wesenheiten – ob sie überhaupt zusammengehören, lasse ich dahingestellt.

Ich bin also Dualist, Anti-Synthetiker oder, um nochmals die „Drei alten Männer“ zu zitieren, ich halte „vor dem Unvereinbaren“, mein Streben nach Einheit beschränkt sich auf das jeweilig in meinen Händen zur Bearbeitung befindliche Blatt – „heute und hier“, wie es in „Pallas“ heißt, ihr Befehl an Odysseus; keine Allgemeinheiten, keine Meerfahrten – heute und hier holst du den Bogen des Philoktet! Heute und hier, keine Allgemeinheiten und siderischen Dränge – das ist eine gute Grundlage für Doppelleben, und mein eigenes Doppelleben war mir nicht nur immer sehr angenehm, ich habe es sogar mein Leben lang bewußt kultiviert. Das wurde mir nicht schwergemacht, ich sah aus wie ein Unteroffizier, und meine Bücher waren immer nur in sehr kleinen Kreisen bekannt. Einer meiner ärztlichen Chefs, bei dem ich zwei Jahre Assistent gewesen war, schrieb mir nach einiger Zeit, ich lese manchmal in den Zeitungen Ihren Namen – sind Sie das wirklich? Ich hätte es für vollkommen unmöglich gehalten, daß man sich mit Ihnen über was anderes unterhalten kann als über Krebsstatistik oder Bauchfellücken. – Als ich schon Mitglied der Dichterakademie war, saß ich eines Abends bei einem Kollegen am Eßtisch, es waren noch einige andere anwesend, da beugte sich plötzlich eine Dame mit liebreizendem Lächeln zu mir herüber und sagte: „Herr Doktor, ich höre, Sie besteigen auch den Pegasus?" Ich errötete, ja, ich bestieg ihn, ich versuchte ihn zu besteigen. – Auch mein sechzigster Geburtstag brachte mich nicht in die Zwangslage, mich für Blumenarrangements und Telegramme umständlich bedanken zu müssen, ich aß wie immer mit meinem Dienstmädchen in der Küche, und sie unterhielt mich darüber, daß an ihrem neuen Kostüm die Rückenfalte noch nicht säße und nochmals aufgetrennt werden müßte. – Noch heute muß ich in dem Bezirk, in dem ich niedergelassen bin, Nachtdienst mitmachen. Nachtdienst heißt, von abends acht Uhr bis morgens sieben Uhr in einer Baracke zubringen, die sich schlecht heizt – Telefonanrufe etwa zwölf die Nacht, keine Straßenschilder, die Hausnummer nicht erkennbar – Hinterhöfe, Keller, Trümmerstätten, während der Blockade unbeleuchtet, in der linken Hand eine Kerze, in der rechten eine Injektionsspritze – dort ein alter Mann mit Herzanfall, hier eine Alkoholvergiftung bei einem Kellner, ein Hirntumor in extremis, ein Typhus, der ins Krankenhaus muß, eine Frau, die blutet – wenn man in dem großen Bezirk für eine Tour ein Auto haben will, muß man es selbst bezahlen – kurz kein lyrisches Idyll. Aber alles das muß sein, es ist gemäß und ich möchte es nicht missen.

Bei diesem Verfahren gibt es etwas, das man streng vermeiden muß, man darf sich nicht decouvrieren. Aber es gibt auch etwas, das ich über alles hasse: Dilettantismus, bei einem Mann gibt es überhaupt keine Entschuldigung dafür. Ich war also auch in der Medizin immer up to date. Ich bin fachärztlich zuständig für drei Spezialgebiete: Pathologie (ich war Leiter eines kleinen pathologischen Instituts), dann für Dermatologie und Venerologie und drittens, wie man aus diesem Buch ersieht, auch für Versorgungsmedizin. In allen diesen drei Disziplinen habe ich wissenschaftliche Arbeiten verfaßt, die in den entsprechenden Fachzeitschriften und Büchern veröffentlicht wurden, und zwar keine geisteswissenschaftlichen Feuilletons dazu, sondern nüchterne statistische, kasuistische Elaborate – eine besondere Form der Tarnung.

Doppelleben in dem von mir theoretisch behaupteten und praktisch durchgeführten Sinne ist ein bewußtes Aufspalten der Persönlichkeit, ein systematisches, tendenziöses. Hören wir dazu den „Ptolemäer" – sein Geschäftsbetrieb ist *Schönheitsinstitut einschließlich Krampfadern* – mehr nicht, denn:

In diese Richtung hatte ich auch meine berufliche Seite gelenkt. Mein Haus hieß „Lotos" – Appell an den Schönheitssinn, gleichzeitig mythologisch anklingend – Lotophagen, Lotosesser, wer von den Früchten aß, brauchte kein anderes Brot, er konnte hoffen und vergessen. Aber darüber hinaus bedeutete mein Institut schon an sich eine selektive Haltung, eine ideeliche Beschränkung: Körperpflege einschließlich Krampfadern – gut, so weit ging es, das war auch noch kein Handeln, aber Gesamtschau, Totalitätsbetreuung, Lebenseinheit, Harmonie – das lehnte ich ab. Wir alle leben etwas anderes, als wir sind. Dort wie hier Bruchstücke, Reflexe; wer Synthese sagt, ist schon gebrochen. G e l e g e n h e i t e n – das war es! Im Rhythmus des vier-

zehntägigen Haarschnitts oder im Zyklus des vierwöchigen Kopfwaschens –: Auftauchen, nur im Akt vorhanden sein und wieder versinken –: das war der ideologische Inhalt meines Instituts.

In diesem Institut nun sind Handeln und Gedanken streng separiert, Leben und Geist zwei völlig verschiedene Dinge, hören wir zunächst an, was dieser Institutsinhaber über „das Leben" denkt, diesen Begriff, mit dem so stark operiert wird, vor dem alles haltmacht, die Hände faltet und den Finger an den Mund legt. Er sagt:

Das Leben – dies Speibecken, in das alles spuckte, die Kühe und die Würmer und die Huren –, das Leben, das sie alle fraßen mit Haut und Haar, seine letzte Blödheit, seine niedrigste physiologische Fassung als Verdauung, als Sperma, als Reflexe –, ferner: *das Leben – hier standen wir an dem Grundbegriff, vor dem alles haltmachte, der Abgrund, in den sich alles in seiner Wertverwahrlosung blindlings hinabwarf, sich beieinander fand und ergriffen schwieg –,* dazu: *Das Leben als Mulattenstadt: Zuckerrohr kauen, Rumfässer wälzen, mit zehn Jahren defloriert werden und Cancan, bis die Hintern wackeln – –* kurz, dies Leben scheint ihm gar nicht wert, daß man sich groß in es hineinwuchtet – *das Geschäft und die Halluzinationen,* so trennt er sauber seine Strebungen, das ist sein Motiv, und von hier kommt auch seine ständige Nörgelei gegen die „Geschichte", in der sich angeblich etwas verwirklicht, eine Idee oder dergleichen – das tut sie nämlich, wie jeder beobachten kann, nicht. Sie betreibt ihre Geologie, ihre Lebensgeologie, aber daneben und hinter ihr erhebt sich für ihn jene Welt, von der er sagt, daß sie sich mit Raum und Zeit nur flüchtig verschleiere.

So weit seine Einstellung zu: Leben. Nun sein Verfahren

diesem inneren Tatbestand gegenüber, seine Verhaltensweise, sein gestaltliches Gebaren:
Anordnungen geben über Bähungen mit heißen Tüchern, Ratschläge erteilen hinsichtlich eines abgesprungenen Fingernagels, Kämme beurteilen, Birkenbalsam anpreisen und innerlich zerstörte und zerstörende Dinge denken, diese Paradoxie hatte ich zu Virtuosentum entwickelt. Heute, während ich mit Brillantine – aus Benzoe, gereinigtem Schweinefett und Gardenien zusammengerieben – einen Langschopf modellierte, betrieb ich meine geistigen Versionen. Riesige verfaulte Fangzähne hatte Li-Hung-Tschang, die er bei seinem unheimlichen Lachen sehen ließ, ein hochgewachsener Mann mit ausgelassenen jovialen Manieren – das war ein Angelpunkt, einer im Fernen Osten. Iswolski soll klein gewesen sein, seine Füße staken immer in Lackschuhen, die Anzüge aus Savile Row stammend hatten einen weißen Streifen an der Weste, er schüttelt die Hand und blickt dabei fort, ein leichter Duft von Violet de Parme strömte immer von ihm aus. Dann Caruso: der erste Akt ist vorüber, Gatti-Casazza, der Geschäftsführer der Metropolitan, besucht ihn, küßt ihn ernst und würdevoll auf beide Wangen, jeden Abend. Caruso greift nach der Phiole mit Salzwasser, die er in jeder Tasche trägt, Garderobiere und Diener stehen zu seinen beiden Seiten, der eine reicht ihm ein winziges Glas Whisky, gleich danach die andere ein kleines Glas perlendes Wasser, worauf ein Viertel eines Apfels gegessen wird. Immer Lampenfieber! Der Cold Cream zum Abschminken wird von einem eigens von ihm ausgebildeten Apotheker für ihn allein hergestellt und darf kein Glyzerin enthalten. Also er gibt Anordnungen über Bähungen mit heißen Tüchern, läßt aber gleichzeitig seine innere Fontäne springen, er preist Birkenbalsam an, macht aber im Augenblick die halbe Welt zu Lametta.

Hören wir ihm noch an einer anderen Stelle zu:
Das Geschäft, das Hochhaus, die see- und wälderzerblokkende Metropole: hier hatte ich mein Leben gegründet, hier wollte ich seinen Abschluß bestimmen mit der genauen Verfügung, die Hälfte meiner Asche in den Septemberwind zu streuen und die andere Hälfte in eine leere Büchse von Nescafé zu bergen! Gesteigertes, provoziertes Leben – Spannungen, Extraits! An den Dingen bleiben, sie genau erkennen, und dann zersprengen – und in gewissen Stunden erschien es mir sehr leicht. Das war eine Fontäne von notierten Sachen, studierten Einzelheiten, und dann schleuderte ich sie hin. Das war Leben! Und hier an Ort und Stelle, in der Härte des Raums, inmitten von Angestellten und Kunden entwickelten sich die Dinge! Innerhalb der sozialen Welt – mein Gott, diese soziale Welt – wer jonglieren konnte und Maske machen, schlüpfte ihr noch immer durch die Maschen! Ich salbte und knetete, aber ich blickte um mich, ich füllte meine Blicke, ich sättigte meine Stunden, immer bildete ich mich um. Eine Dame in Schwarz, sie will ihre Schritte ins Ausland lenken, verlangt die gekräuselte amerikanische Coiffüre, schon sinkt die Haube – tel est mon plaisir –, die Hände an Pflege und Hochzeitsflug, aber der Geist zertritt die biologische Schwemme, er verwüstet das Erstarrte, es entsteht die Glut. Was sind die Lehren, was ist die Geschichte – Bonmots, Arabesken, kleine Strudel im Panta rhei! Kleine Wendungen: Kublai verlegt die Hauptstadt von Karakorum nach Peking, Chinesierung der Mongolen, Sieg der Observatorien und Raupenzüchtereien über die Jagdzelte aus Pantherfellen, Großvater Dschingis-Khan dreht sich im Grab herum, in seinem Grab im dürren Gras der Tatarei! Kleine Wendungen: die Schatten der Schlacht von Plassey, die Clive 1757 schlug und in der er die Gallier endgültig aus Bengalen verjagte, diese Schatten, die vom

Khaiberpaß über die Heimat des Schnees bis in die Tigerdschungeln des Südens reichten, lösen sich auf ins Ungewisse, und der große Rubin aus der letzten Kaiserkrone kehrt zurück nach Rangoon, von wo er kam. Hier ein gelungenes Abenteuer und dort ein mißverstandener Befehl – Patrouillen, Schwadronen, Geisterdivisionen, Generale, Gouverneure, Bathordensträger, Vliesvergoldete, Maltesérkommodore verbeugen sich, salutieren, fallen à toutes les gloires, und zum Schluß gehen zwei Zivilisten langsam eine Treppe hinunter, die große Treppe aus einem großen Schloß, betreten den Park, stehn vor den Heliotropbeeten und den Forellenbecken, stehn, schweigen – es sind zwei Engländer, für sich und müde.

Kublai, Dschingis-Khan, zum Schluß auch noch zwei Engländer, die Schlacht bei Plassey, der Khaiberpaß – alles hier an Ort und Stelle, in der Härte des Raums, inmitten von Angestellten und Kunden – hier: *entwickeln sich die Dinge!* Er salbt und knetet, aber sein Geist zertritt die biologische Schwemme, er verwüstet das Erstarrte, es entsteht die Glut. Er will sagen, Geist und Leben sind bei mir zwei völlig getrennte Welten, ich bearbeite die Dame, aber in mir ist Oktoberfest – und ich befinde mich außerordentlich wohl dabei, jedenfalls viel wohler als in früheren Lebensperioden, in denen ich diese innere Technik noch nicht besaß, als ich noch im lebensüblichen Sinne: litt. Leiden – was ist das überhaupt? Du hast Stauungen – öffne deine Schleusen; dir gefällt die Zeit nicht –: ein Plakat auf deinen Schreibtisch, groß beschriftet: das ist nicht anders! Haltung! Dir geht es gut – außen verdienst du dir dein Geld und innen gibst du deinem Affen Zucker, mehr kann nicht sein, das ist die Lage, erkenne sie, verlange nicht, was unmöglich ist! *Sich abfinden und gelegentlich auf Wasser sehn,* sagt er am Schluß, aber auch das ist keine Resignation, das wird überstrahlt von seinem dionysischen Motiv: *das Geschäft und die Halluzinationen,* das führt er durch – und schließlich stellt er noch mit Befriedigung fest: *trage unauffälligen Binder, Anzug jedoch von tadellosem Schnitt, das Äußere ein Earl, das Innere ein Paria, niedrig, zäh, gefeit und sie dürfen jedes Fleisch essen.* Das alles zusammen ergibt immer wieder seine Hauptmaxime: *erkenne die Lage* – das heißt, passe dich der Situation an, tarne dich, nur keine Überzeugungen *(Kunden gegenüber ist man mit Privatmeinungen zurückhaltend, dem einen stimmt man zu und dem nächsten stimmt man wieder ab)* – andererseits aber mache ruhig mit in Überzeugungen, Weltanschauungen, Synthesen nach allen Richtungen der Windrose, wenn es Institute und Kontore so erfordern, nur: *halten Sie sich den Kopf frei, darin muß immer ein Hohlraum sein für die Gebilde. Hier konzentriert sich das Reale, modelliert sich, so entstehn die Formen. D i e F o r m e n* – darauf allein kommt es an, das ist seine Moral. Was die eigentlich sind, muß offenbleiben, aber sichtlich sind sie etwas ganz Primäres: Rhythmus, Spannung, *Prozeß* – auch der Ptolemäer weiß nichts Näheres darüber. Aber das beunruhigt ihn keineswegs –: *alles ist, wie es sein wird, und das Ende ist gut,* so schließt er. Dionysos – einschließlich Krampfadern! Das ist die Lage – 1950 – erkenne sie! Soweit über Doppelleben.

c) Stil und Entartung

Das Folgende ist eine Stelle aus dem „Phänotyp" über eine Frage, die vermutlich jeden beschäftigt, der ästhetisch arbeitet, produktiv oder kritisch, die Frage nach der Stilverwandlung. Phänotyp ist bekanntlich ein Begriff aus der Erblehre, aufgestellt von dem Dänen Johannsen. Der Phänotyp ist das Individuum einer jeweiligen Epoche, das die charak-

teristischen Züge dieser Epoche evident zum Ausdruck bringt, mit dieser Epoche identisch ist, das sie repräsentiert. Sein Gegenbegriff ist der Genotyp, das ist die Sammlung aller Möglichkeiten der Art im Kern, ist die Latenz aller Phänotypen, die sich der Entelechie nach aus der Art im Laufe der Zeiten entwickelt haben oder entwickeln können. Neben dem Phänotyp laufen natürlich durch alle Zeitalter die allgemein ephemeren Typen, jene, die die innere Repräsentation des Zeitalters nicht zum Ausdruck bringen. Die Stelle lautet:
Wo immer das Innere des Phänotyps sich einen ästhetischen Ausdruck sucht, wird ihn die Umwelt als fragwürdig empfinden. Dies sein Suchen umschließt viele Probleme, vor allem das der Peripherie. Wo verwandelt sich der Mensch, wann, aus welchen Ursprüngen und mit welchen Methoden?

Um 500 trat bei den Griechen die perspektivische Zeichnung auf, während die Ägypter den Körper in gerader Draufsicht sahen. Bei Giotto war eine ähnliche Verwandlung des Blicks, dann bei Cézanne. Man kann kaum bezweifeln, daß die Zeitgenossen diesen Vorgang als Entartung empfanden. Ebenso, als sich der etwas sture dorische Klotz in die korinthische Säule veränderte, sagte man sicher etwas von Degeneration. Oder bei der Auflösung des früheren antiken Gesamtblattes in das byzantinische Akanthus: immer werden die Zeitgenossen urteilen, das trifft nicht zu, das geht zu weit.
Hiermit treten wir vor das Thema von der peripheren Verwandlung, vom Nagen und Lecken der Wellen am Strand, wobei es im Dunkel bleibt, was Welle und Strand bedeuten, aber sie bilden gemeinsam die Konturen der Kontinente. Aber dabei gibt es Ausgleiche und Ablenkungen, nicht jedes Nagen hinterläßt eine Spur. Selbst bei Goethe gibt es viele Sätze und Verse, die auch heute noch dunkel und keineswegs eingängig sind, ihr Inhalt bleibt selbst dem Fortgeschrittenen

nicht erlebbar, man ist also über sie hinausgeschritten, ohne sie zu assimilieren, zu integrieren, aber sind sie deswegen sinnlos, überflüssig, Marotte, keineswegs, sie gehören in das Thema der Peripherie, sie gehören in das Gebiet der V e r - w a n d l u n g s z o n e , die nicht immer in einer eindeutigen Richtung verläuft, nicht immer in eine Entfaltung von allgemeinwerdenden Formen und Ausdrucksverfahren mündet. Übrigens wird auch hinsichtlich der Natur ihr Experimentiercharakter, ihr Hervorbringen von Formen, die dann wieder fallengelassen werden, von den beschreibenden Wissenschaften immer mehr beachtet.

Der menschliche Körper beharrt erstaunlich konsequent innerhalb dieses quartären Erdzeitalters, aber der Geist differenziert sich in immer neuen Ausdrücken, Ausbrüchen, neuen Auswegen seiner selbst, man hat den Eindruck, die ganze Mutationsfähigkeit und Variabilität der Art ist in ihm allein tätig geblieben. Der Grundriß des Lebens bleibt: Jagd und Feuermachen und am Feuer das mit den Frauen, aber darüber erhob sich der Ausdruck, der Gedanke und gab allem seine artifizielle Beleuchtung, er wob seine Nebel, er schwelte seine Dämpfe, ließ einige höhere Strahlen hindurch, um sie aber gleich wieder zu verschleiern, und ließ bis heute die Grundfrage unentschieden: ist der Mensch ein moralisches Wesen oder ein denkerisches, beides zusammen kann er kaum sein, und augenblicklich spricht alles dafür, daß er das letztere sei.

Der letzte Satz des angeführten Ausschnitts enthält schon wieder eine neue Problematik, die ich jedoch an dieser Stelle nicht zur Diskussion bringe. Mir liegt nur daran, die „Verwandlungszone" als Gegenstand des Nachdenkens einzuführen. Verwandlungszone – experimentelle Ansätze des Geistes, Variationen zunächst ohne klar erkennbare Richtung, man kann auch sagen: Ruhelosigkeit, Mißstände, Ungemütlichkeiten – so bewegt sich die Gestaltungssphäre der homininen Art. In manchen Rassen ruht sie jahrtausendelang, China, Südseevölker, Indien, bei den Völkern des europäischen Kreises ruht sie einige Generationen, dann aber tritt die Unruhe wieder auf. Neue Phänotypen! Und ich bringe diese zitierten, für manchen vielleicht viel zu einfachen Bemerkungen vor allem in die Richtung der jüngeren Generationen. Wenn die heutigen jüngeren Generationen beispielsweise den Ausdruck Expressionismus auf sich zukommen sehn in Zeitungsartikeln, Seminaren, Literaturgeschichten, befällt sie eine Abneigung, ein unangenehmes Gefühl so, als ob sie einer besonders monströsen Entartung, einer verbalen Unentwirrbarkeit und einem besonders ernsten charakterlichen Verfall gegenübertreten müßten. Dies ist ein Irrtum und ich möchte ihm begegnen. Der Expressionist drückt nichts anderes aus als die Dichter anderer Zeiten und Stilmethoden: sein Verhältnis zur Natur, seine Liebe, seine Trauer, seine Gedanken über Gott. Expressionismus ist kein Ku-Klux-Klan, er ist etwas absolut Natürliches, soweit Kunst und Stil etwas Natürliches sind und mit der Einschränkung, daß Gott und Natur für jede Generation etwas anderes werden. Alles Weitere gehörte dann in das Gebiet der Stilanalyse – wenn wir eine hätten.

Aber auch hierüber habe ich mir schon gelegentlich gewisse Gedanken gemacht. Darunter den, daß unsere Literaturgelehrsamkeit, die sogenannte Literaturhistorie, keine eigenen Methoden entwickelt hat, wie es die Kunstgeschichte durch Wölfflin, Pinder, Worringer getan und wie es Taine für die Literatur in Frankreich besorgte. Sie hat keine Grundlagenthetik zu schaffen vermocht, keine Grundbegriffsoperationen durchgeführt, sie nimmt sich ihre Begriffe aus fremden Disziplinen: Philologie, Psychologie, Moral, Politik, Geschichtswissenschaften, und aus diesem Sammelsurium entstehn dann Urteile, die dem Dilettantismus sehr nahestehn. Wenn sie „Zusammenhänge" glaubt feststellen zu können, dann ist das Glück schon groß, notabene thematische und biographische Zusammenhänge – stilistische, sprachliche, sprachtechnische, syntaktische, metaphorische Probleme erörtert sie kaum. Mir ist nur ein einziges Werk aus den letzten Jahrzehnten bekannt, in dem literarische Ausdrucksverfahren als ästhetische Formen durch eine lange Zeitperiode hin untersucht und dargestellt wurden, das Werk von E. R. Curtius: „Europäische Literatur und lateinisches Mittelalter." Dies Buch zeigt für viele literarische Stilhaltungen und Ausdrucksabstufungen die genotypische Beharrungs- und die phänotypische Verwandlungszone.

Die Verwandlungszone – der Bewegungsart der geistigen Existenz nachzudenken, ist erzieherisch und erweitert den Blick. Es macht nachsichtig gegen die, denen auferlegt ist, an der Peripherie zu arbeiten, und bewahrt gleichzeitig den Zuschauer und Kritiker vor Erstarrung, indem es ihn mit hineinzieht in den Prozeß. Dem diene die vorstehende Zitierung.

d) Knut Hamsun: „Auf überwachsenen Pfaden"

Dies Buch ist süß und albern wie viele seiner Bücher, menschenfreundlich und gleichzeitig zynisch, ganz ernst kann man keinen seiner Sätze nehmen, und er selber nimmt sie offenbar auch nicht ernst. Er kommt mir vor wie ein großer alter Löwe, der verächtlich durch das Gitter auf das Zoopublikum blinzelt, und wenn er darunter einen Rechtsanwalt oder Arzt vermutet, spuckt er in die Richtung durch die Stangen.

„Pan", „Mysterien", „Hunger" erregten uns tief und rissen

uns die letzten Reste von Achtung vor den Zivilisationserscheinungen aus dem Leibe. Die Romane seiner mittleren Periode, der großen epischen Periode, wie „Stadt Segelfoß“ zeigten seine Substanz und Methode noch klarer: eine überwältigende Fülle menschlicher Gestalten, ja, man muß wohl menschlicher Gestalten sagen, aber man könnte auch sagen von Käfern und Milben in menschlicher Gestalt – er hebt sie einen Augenblick auf, dreht sie um, besieht sie hinten und vorn und setzt sie dann wieder ab, sowohl human wie riesig gleichgültig und geht weiter. Wenn ihn damals Thomas Mann „den größten Lebenden“ nannte, stimmten wir ohne Einschränkung zu.

Dann geschah irgend etwas Politisches, was es im einzelnen war, ist weder aus dem Buch noch aus Dokumenten in Deutschland zu erfahren, und nun kommen die Leute und sagen, dieser ganze Mann ist schamlos und bringt Gefahren, und wir wollen das nicht wissen. Er beachtet nicht, was wir politisch erlebt haben und als unseren Lebensinhalt uns nicht rauben lassen wollen, wir hätten ja dann gar nichts mehr, nichts zum Vorbringen und nichts zum Weitermachen, wir wären ja gar nicht so bedeutungsvoll, wie wir sein möchten und gar nicht so tragisch, wie wir gern gesehen werden wollen – also fort mit ihm.

Diese Haltung ist interessant, denn sie führt vor ein entscheidendes Problem. Diese Haltung führt vor die große Trennung, die durch die abendländische Welt geht: einerseits die Kunst und alles, was mit ihr zusammengehört, und andererseits das gute, warme, pausenlose Familienleben, gestützt durch Versicherungspolicen, Renten, „Ansprüche“ bis zu den Lebensabenden, garantiert und wohltemperiert von einer Art Bierwärmer: dem Staat. Auch das letztere ein Standpunkt, der sich durchaus hören läßt und der vertretbar ist, wenn er konsequent, nämlich ehrlich zum Ausdruck gebracht wird. Aber einerseits verkünden, wir wollen Kunst, aber andererseits wollen wir auch im Wohlstand leben, denn nur wer im Wohlstand lebt, lebt angenehm – das ist nicht ehrlich und nicht auf lange Sicht gedacht. Kunst ist kostbarer als das belanglose Schicksal von irgendeinem, und Kunstmachen ist, anthropologisch gesehen, schöpfungsgerechter als die Vorwürfe dagegen von einigen, weil ihr Privatleben nicht erwartungsgemäß verlief.

Eine störungsfreie und ausgerichtete Kunst – so banal würden sie sich natürlich nicht ausdrücken, sie verschleiern es mythologisch und sagen verächtlich: Pan. Aber dieser Pan schweigt, höchstens nimmt er die Flöte, bläst ein neues Schilflied – er spitzt noch nicht einmal die Ohren, und das ärgert sie dann doppelt und um so mehr. Nun wird Kant angerufen und sein Königsberger Traum, und plötzlich ist das moralische Gesetz ohne Zäsur und ohne Krisen – jedoch die Breitengrade und die Geographie und der Wandel der Kulturkreise lassen in dieser Richtung gewisse Fragen offen. Dann kommt „das Rad der Geschichte“, das soll die Kunst drehn – aber unsterblich soll sie auch sein und zeitlos und kollektiv – welche Kinder! Schließlich: „die höchsten Richter seines Landes haben ihn verurteilt“ – aber diese höchsten Richter haben wir auch schon in zu vielen Schattierungen gesehn. Kurz: ein Schulfall! Was der politische Mensch gar nicht sehn kann, das ist Einsamkeit, Askese, Mönchstum – Kunst. Aber wenn die Menschheit das nicht hätte, wäre sie keine. Dagegen kann sie entbehren und hat schon oft entbehrt gewisse zivilisatorische Errungenschaften wie Rache zu Zensur gestaltet und persönliches Ressentiment als kritische Richtschnur.

VI. 1886

(mein Geburtsjahr – was schrieben damals die Zeitungen,
wie sah es aus?)

Ostern am spätesten Termin,
an der Elbe blühte schon der Flieder,
dafür Anfang Dezember ein so unerhörter Schneefall,
daß der gesamte Bahnverkehr
in Nord- und Mitteldeutschland
für Wochen zum Erliegen kam.

Paul Heyse veröffentlicht eine einaktige Tragödie:
Es ist Hochzeitsabend, die junge Frau entdeckt,
daß ihr Mann einmal ihre Mutter geliebt hat,
alle längst tot, immerhin
von ihrer Tante, die Mutterstelle vertrat,
hat sie ein Morphiumfläschchen:
„störe das sanfte Mittel nicht“,
sie sinkt zurück, hascht nach seiner Hand,
Theodor (düster, aufschreiend):
„Lydia! Mein Weib! Nimm mich mit dir!“ –
Titel: „Zwischen Lipp’ und Kelchesrand.“

England erobert Mandalay,
eröffnet das weite Tal des Irawadi dem Welthandel;
Madagaskar kommt an Frankreich;
Rußland vertreibt den Fürsten Alexander
aus Bulgarien.

Der deutsche Radfahrbund
zählt fünfzehntausend Mitglieder.
Güssfeld besteigt zum ersten Mal

den Montblanc
über den Grand Mulet.
Die Barsois aus dem Perchinozwinger
im Gouvernement Tula,
die mit der besonders tiefbefahnten Brust,
die Wolfsjäger,
erscheinen auf der Berliner Hundeausstellung,
Asmodey erhält die Goldene Medaille.

Turgenjew in Baden-Baden
besucht täglich die Schwestern Viardot,
unvergeßliche Abende,
sein Lieblingslied, das selten gehörte:
„wenn meine Grillen schwirren"
(Schubert),
oft auch lesen sie Scheffels Ekkehard.

Es taucht auf:
Pithekanthropos,
Javarudimente,
die Vorstufen.
Es stirbt aus:
der kleine Vogel von Hawai,
genannt der Honigsauger,
für die königlichen Federmäntel
einen gelben Flaumstreif an jedem Flügel.

Kampf gegen Fremdwörter,
Luna, Zephir, Chrysalide,
eintausendachtundachtzig Wörter aus dem Faust
sollen verdeutscht werden.
Agitation der Handlungsgehilfen
für Schließung der Geschäfte an den Sonntagnachmittagen.

sozialdemokratische Stimmen
bei der Wahl in Berlin: 68 535.
Das Tiergartenviertel ist freisinnig.
Singer hält seine erste
Kandidatenrede.
Dreizehnte Auflage von Brockhaus'
Konversationslexikon.

Die Zeitungen beklagen die Aufführung
von Tolstois „Macht der Finsternis",
dagegen ist Blumenthals „Ein Tropfen Gift"
eines langen Nachklangs von Wohllaut sicher:
„Über dem Haupt des Grafen Albrecht Vahlberg,
der eine geachtete Stellung in der hauptstädtischen Gesellschaft
einnimmt,
schwebt eine dunkle Wolke" –
Zola, Ibsen, Hauptmann sind unerfreulich,
Salammbo verfehlt,
Liszt Kosmopolit,
und nun kommt die Rubrik
„Der Leser hat das Wort",
er will etwas wissen
über Wadenkrämpfe
und Fremdkörperentfernung.

1886 –
Geburtsjahr gewisser Expressionisten,
ferner von Dirigent Furtwängler,
Bundesbruder Kokoschka,
Generalfeldmarschall von W. (†),

Kapitalverdoppelung
bei Schneider-Creuzot, Krupp-Stahl, Putiloff.

VII. Zukunft und Gegenwart

Lebensweg eines Intellektualisten – ein Intellektualist, das ist wohl jemand, der etwas kühl im Menschlichen ist, klare Worte liebt und zur Verteidigung Begriffe, scharf wie Brotmesser. Er ist wohl noch ein unausgeglichener Anfang eines Sapiens-Typs, für dessen spätere Form das Affektive, Humane, auch das Geschichtliche keine Probleme mehr sind, da er in Gesetzen der Ordnung und Regulierung denkt und in ihnen seine Aufgabe fühlt. Fühlt und erfüllt unter der Ägide großer überstaatlicher Verflechtungen, relativ gerechter, aber ohne Sentimentalität. Das muß erst heranwachsen, und hoffentlich ist Europa dann dabei mit am Zug.
Das vergangene Jahrhundert barst von der Vorstellung und dem Wort Kollektiv – das mythische sei zu Ende, lehrten die Vorzeitforscher; das soziale beginne, meinten die Gesellschafts-Wissenschaftler; nein, das völkische, raunzte das Dritte Reich; das aktive sollerfüllende fortschrittliche aufbauende, transparentierte das östliche Büro – man wußte schon gar nicht mehr wohin vor lauter Kollektiv – dieser Traum ist ausgeträumt, Kollektiv, das war eine reine Illusion, eine Fabel, um die unsägliche Leere unserer Roboterexistenz zu füllen. und war die Erklärung des Unvermögens, einen modernen Staatsbegriff zu praktizieren. Nun brachen die Staaten zusammen, Siege und Niederlagen arbeiteten sich Hand in Hand, und die neuen überstaatlichen Verflechtungen bedürfen dieser Hilfskonstruktion nicht mehr, die entleeren und verwickeln das Individuum in andere Richtungen und füllen es mit anderen Notwendigkeiten auf.

Aber das sind mehr oder weniger Zukunftsfragen, und die Zukunft ist, wie ich oft schrieb, für den Lebenden nicht wichtig, sein Ernst gehört der Gegenwart, dem in ihm Seienden –

sich. Darum überblicke ich noch einmal meine Kreise, ich werde es in Aphorismen tun.

1. Meine Generation hatte noch gewisse literarische Residuen von den vorausgegangenen, an die sie anknüpfen konnte: Vater-Sohn-Probleme, Antikes, Abenteuer, Reisen, Soziales, Melancholie des Fin de siècle, Ehefragen, Liebesthemen – die heutige hat nichts mehr in Händen, keine Substanz und keinen Stil, keine Bildung und kein Wissen, keine Gefühle und keine formalen Strebungen, überhaupt keine Grundlage mehr – es wird lange dauern, bis sich wieder etwas findet.
Zusatz: Verworrensein und nicht schreiben können, ist noch kein Surrealismus.

2. Eigentlich hat alles, was meine Generation diskutierte, innerlich sich auseinanderdachte, man kann sagen: erlitt, man kann auch sagen: breittrat – alles das hatte sich bereits bei Nietzsche ausgesprochen und erschöpft, definitive Formulierung gefunden, alles Weitere war Exegese. Seine gefährliche stürmische blitzende Art, seine ruhelose Diktion, sein Sichversagen jeden Idylls und jeden allgemeinen Grundes, seine Aufstellung der Triebpsychologie, des Konstitutionellen als Motiv, der Physiologie als Dialektik – „Erkenntnis als Affekt", die ganze Psychoanalyse, der ganze Existentialismus, alles dies ist seine Tat. Er ist, wie sich immer deutlicher zeigt, der weitreichende Gigant der nachgoetheschen Epoche.

Zusatz: Nach Nietzsche Spengler. Nicht wegen seiner Untergangsvermutung, sondern wegen seiner Aufstellung des Begriffs der Morphologie für die Kulturkreise, das war nicht nur ein interessanter, sondern ein weiterführender ordnender Gedanke in der konfusen geschichtlichen Welt.

3. Man kann die Wissenschaft bezweifeln und verspotten, auch die Genetik, auch die Paläontologie, aber die Wissenschaften sind Fernrohre, wir halten sie gelegentlich ans Auge und dann sehen wir dies: es gab Unendlichkeiten von menschlichen und außermenschlichen Stufungen und Gestaltungen vor uns, außer uns, fern von uns. Das bißchen Breitengrad, das bißchen Klima, die Kleidung, die Ernährung unseres augenblicklichen kleinen Erdteils und unsere Wertungen, Stimmungen, Strebungen, unsere Ideale, unsere Philosophie – wie verhält sich dies? Was ich vermisse, ist die Schrift über den häuslichen Charakter der Axiome und die Geographie der Apriori, die klimatische Entschuldigung für so viel Staub.

4. Die Naturfremdheit. Die Natur ist eine seltsame Umgebung, verläßt man sein Zimmer, schon die gewöhnliche Luft hat fremdartigen Charakter. Ein Strauch mit Blüten in einer Stadtstraße – das genügt, oder ein andermal ein Blick zum Himmel, zu einem grauen Himmel, gegen den ein Vogel fliegt, kein feiner, ein Star – und dann beginnt die Nacht. Wir sind aus Riesenstädten, in der City, nur in ihr, schwärmen und klagen die Musen.

5. Im Anfang war das Wort. Erstaunlich und mir viel Nachdenken kostend, daß dies am Anfang war. Im Anfang, als der Animismus und der Totemismus und das Höhlenauswerfen und Tiere und Zaubermasken und Rasselstäbe das Feld, die Welt behaupteten – die Juden waren wohl sehr alt, als sie das sagten und wußten viel. In der Tat, im Wort sammelt sich die Erde, es gibt nichts Verräterischeres als das Wort. Es war mir immer ungeheuer interessant zu beobachten, wie Fachgelehrte, auch tiefe Philosophen plötzlich dem freien Wort gegenüberstanden, dem, das keine Tira-

den und Systeme und Sachverhalte äußerer Beobachtung, historisch gesichert, bringen kann, keine Kommentare, sondern: Gestalt. Wie sie da operieren! Ein völliger Zusammenbruch! Kleine Idylliker, Heimchen, Buas. Im Anfang, in der Mitte und am Ende ist das Wort.
Zusatz: Es ist heute tatsächlich so, es gibt nur zwei verbale Transzendenzen: die mathematischen Lehrsätze und das Wort als Kunst. Alles andere ist Geschäftssprache, Bierbestellung.

6. Wie viele gute Anfänger sah man schnell versacken. Erst großer Avantgardist, auch wirklich Begnadete – und dann mit vierzig machen sie mit Familie einen Tramp durch Andalusien und detaillieren die Stierkämpfe oder gelegentlich einer Lloydreise entdecken sie die indische Introversion. Meiner Beobachtung nach ist es ein zu früher Ruhm, das Sichfestlegenlassen von Kritik und Bewunderern auf den bestimmten Typ, als der sie begannen – das zerbricht sie. Nur sich selbst zerbrechen, immer wieder, sich vergessen, weitergehen und dafür zahlen, unter Belastungen leben, sich keine Gelegenheit zum Schreiben aufreden lassen, sich selber Grund zum Schreiben schaffen – dann, dann vielleicht, dann, wenn vieles andere hinzukommt an Niederschlägen und Selbstentäußerung und Verlassenmüssen – dann hat man zum Schluß die Säulen des Herkules vielleicht um einige Regenwurmlängen weitergerückt – vielleicht.

7. Ein Werk entsteht nur in geschlossenem Raum. Was die Leute dynamisch nennen, worunter sie sich etwas Revolutionäres, Fortstürmendes, Grenzeneinreißendes vorstellen, das gehört in andere Seinsbereiche, das sind Voraussetzungen – Kunst ist statisch. Ihr Inhalt ist ein Ausgleichen zwischen Tradition und Originalität, ihr Verfahren die Balance

zwischen Masse und Stützpunkt. Diese Tatsache erklärt die eigentümliche Nähe aller Kunstdinge innerhalb des ganzen Kulturkreises von der frühägyptischen Plastik bis zu den Zeichnungen Picassos, von den Hymnen des Mittleren Reichs und den hebräischen Psalmen bis zu den Gedichten von Ezra Pound. Diese Tatsache aber trennt die Kunst von allen übrigen Bereichen – diese These tritt immer stärker hervor, diese These kann gar nicht streng genug hervortreten, um das Folgende aufzunehmen.

Das Folgende entstand aus einem Interview mit einem Herrn vom Rundfunk und einem Herrn der Presse. Sie beide fragten mich, was ich zu den zahlreich eingehenden Kritiken über meine neuen Bücher sagte. „Welche Einwände erheben Ihre Kritiker gegen Sie und wie stehn Sie Ihrerseits dazu?" Meine erste Antwort lautete: ich bewundere meine Kritiker sehr, sowohl da, wo sie mir ihre Zustimmung bekunden wie da, wo sie mir entgegentreten, es ist nämlich kaum einer unter ihnen, der nicht das Wesen meiner literarischen Art deutlich erfaßt, der nicht die Richtung meines Stils und meiner Ansichten aufzunehmen seinen Blick einstellt. Ich schließe daraus mit Überraschung, daß die inneren Strömungen, denen ich Ausdruck zu geben versuche, innerhalb der europäischen Literatur weit allgemeiner verbreitet sind, als obenhin angenommen wird – daß innerhalb der produktiven Sphäre des heutigen abendländischen Menschen gewisse Spannungen einen Kondensationsgrad und einen Entladungsdrang erreicht haben, die bald auch den Fernerstehenden und nicht aktiv an künstlerischer Arbeit Teilnehmenden unerwartete Wesensänderungen des Psychischen nahebringen werden.

Das Weitere fasse ich wieder aphoristisch zusammen, ich bin mir der besonderen Schärfe meiner Formulierungen bewußt, auch daß ich einiges wiederhole, was bereits im ersten Teil dieses Buches, dem von 1934, ausgesprochen ist. Was die Schärfe angeht, bin ich der Meinung, daß in der geistigen Welt durch Schwammigkeit mehr Unheil entstand als durch Härte.

1. Die Grundlagenkrise

Ein Gedanke begegnet dem anderen, der marxistische dem westeuropäischen, der faustische dem mittelmeerischen, der kollektive dem isolationistischen, der biologische dem geisteswissenschaftlichen, der kritische dem empirischen, der soziale dem aristokratischen – alle diese Begegnungen können aufs äußerste erregend sein, spannend, erschütternd, aber es bleibt das gleiche Milieu, ein Milieu aus Dialektik, Ratio und Ideologie. Der heute angreifende Gedanke ist morgen der geschlagene, die heute mit der Zeit identische Idee ist bei der nächsten Gegenbewegung die abgelebte und entleerte, einige Motive halten sich Jahrhunderte, ja Jahrtausende, wie das nazarenische oder das antike, aber sie bleiben das dialektische defensiv-offensive Milieu. Das Gefühl für diese Relativierung, Relativierbarkeit der europäischen Gedankenwelt, der Verlust des Bestimmten und Absoluten ist das augenblickliche Stigma des Kulturkreises. Dieses Gefühl ist ungemein verbreitet und allgemein, es ist schon populär. Überall sehen Sie Gesellschaften, die darüber diskutieren, Kreise, die eine Stadt finanziert, um die Erörterungen darüber zu betreiben; Akademien schießen wie Pilze aus der Erde; Klubs debattieren über die verzweifelte Lage – überall ein Kaninchengedränge von Analysen und Prognosen, ein Kaninchengedränge von Innerlichkeiten und Beschwörungen, auch von Ausflüchten und Verfaulungen über den ganzen Erdteil – können Sie es da einem verdenken, wenn er sagt: schön, alles in Ordnung, muß wahrscheinlich alles so sein, aber bitte ohne mich, für die kurze Spanne meiner

Tage bitte ohne mich, ich kenne nämlich eine Sphäre, die ohne diese Art von Beweglichkeit ist, eine Sphäre, die ruht, die nie aufgehoben werden kann, die abschließt: die ästhetische Sphäre.

2. *Artistik*

Sie versprachen mir bei der Ankündigung Ihres Besuches, mich nicht zu fragen, ob ich Nihilist sei. In der Tat, diese Frage ist genauso inhaltlos, wie es die Frage wäre, ob ich Schlittschuhläufer sei oder Briefmarkensammler. Es kommt nämlich darauf an, *was man aus seinem Nihilismus macht.* Sonja Henie und Maxi Herber bei den Pas des Patineurs – die goldene Suaheli in der Philatelie – und der Ausdruck in der geistigen Welt – immer das Reinste, immer das, wo die Vollendung am nahesten. Stil ist der Wahrheit überlegen, er trägt in sich den Beweis der Existenz. Form: in ihr ist Ferne, in ihr ist Dauer. „Der Gedanke ist immer der Abkömmling der Not", sagt Schiller, bei dem wir ja ein sehr bewußtes Umlegen der Achse vom Moralischen zum Ästhetischen wahrnehmen – er meint, der Gedanke steht immer sehr nahe bei den Zweckmäßigkeiten und der Triebbefriedigung, bei Äxten und Morgenstern, er ist Natur – und Novalis fährt dann fort: „Kunst ist die progressive Anthropologie."

Die Zeitalter enden mit Kunst und das Menschengeschlecht wird mit Kunst enden. Erst die Saurier, die Echsen, dann die Art mit Kunst. Hunger und Liebe, das ist Paläontologie, auch jede Art von Herrschaft und Arbeitsteilung gibt es bei den Insekten – diese, wir, machten Götter und Kunst, dann nur Kunst. Eine späte Welt, untermauert von Vorstufen, Frühformen des Daseins, alles reift in ihr. Alle Dinge wenden sich um, alle Begriffe und Kategorien verändern ihren Charakter in dem Augenblick, wo sie unter Kunst betrachtet werden, wo sie sie stellt, wo sie sich ihr stellen. Eine neue Haltung, eine neue Affektation. Von Homer bis Goethe ist eine Stunde, von Goethe bis heute vierundzwanzig Stunden, vierundzwanzig Stunden der Verwandlung, der Gefahren, denen nur der begegnen kann, der seine eigenen gesetzlichen Dinge betreibt. Man hört jetzt oft die Frage nach einem „richtigen" Goethebild, das wird es nicht geben, man muß sich damit begnügen, daß hier etwas ins Strömen geraten ist, das verwirrt, nicht zu verstehen ist, aber an die Wüste gewordenen Ufer Keime streut –: das ist die Kunst.

3. Das Religiöse und die Demut

Eine neue große Woge von Frömmigkeit geht über den Erdteil. Döblin, einst großer Avantgardist und Franz Biberkopf vom Alexanderplatz, wurde streng katholisch und verkündet Ora et labora, Toynbee ist christlich, Eliot ebenso, Jünger gibt sich christlich-humanistisch – alles Rückgriffe, schöne Haltung, aber Stilentspannung, Konformismus. Ich versage mir diese Rückgriffe[2], ich kann auch diese Frage nur artistisch sehn. „Gott ist ein schlechtes Stilprinzip", schrieb ich früher einmal, ferner: „Götter im ersten Vers ist etwas anderes als Götter im letzten Vers" – nämlich entweder extrovertiere ich mein Inneres oder ein anderer tut es, beides geht nicht. Würden Sie mich fragen: glauben Sie, würde ich sagen, Glauben stellt mich schon außerhalb der Substanz, in der ich arbeite, trennt mich also schon von der Grundsubstanz meines Auftrages und meiner Bindung, welcher Art dieser Auftrag und diese Bindung ist, ist mir dunkler als je. Ich finde Gebet und Demut arrogant und anspruchsvoll, es setzt ja voraus, daß ich überhaupt etwas bin, aber gerade das bezweifele ich, es geht nur etwas durch mich hindurch. Eine katholische Zeitung, die mich im einzelnen sehr gerühmt hatte, sagt zum Schluß: Fort mit diesem Mann, er findet

Gott lächerlich und verachtet die Religionen. Welche Verkennung! Ich verachte die Menschen, die mit ihren eigenen Dingen nicht fertig werden und nun eine andere Stelle um Aushilfe angehn, eine Stelle, die sie doch kaum kennen kann, diese Schatten aus Nichts, Hasen, Wermutstropfen, die in ihrem Grunde stehngeblieben sind und für zehn Pfennig schon gut werden und deren größte Hoffnung sein müßte, bald ins Grab zu sinken, um dem Blick des Großen Wesens bald aus dem Auge zu gehn. Dieses Große Wesen – ein Thema für sich! Man überlege doch einmal, was es mit uns alles angerichtet hat, es hat mich doch keineswegs so reich beschenkt, daß ich mich durchfände, es hat viel verschleiert, was für mich wichtig wäre, ich muß viel herunterschlucken und bin am Ende so schlau, wie ich am Anfang war. Ergebnis: ich muß durch alles allein hindurch, durch meine Zerrüttungen, durch das Studium meiner selbst, durch die Phänomenologie meiner Ichbestände – soll ich da plötzlich an entscheidender Stelle demütig werden und sagen, das war ja alles nicht so schlimm gemeint – wo bleibt da der Individualismus, von dem doch angeblich das Abendland lebt, wenn er sich plötzlich die Fassade absägte und hinwürfe und sich demütigte – Demut: als Erweiterungsmotiv, als Stimmung, als Hohlraum zwecks Schleusenöffnung und Einströmungsnovität – gut, aber als moralistische und religiöse Überwölkung schafft sie nur stilistische Verwirrung. Dies Große Wesen – es hätte unbedingt seine Situation klarer herausarbeiten müssen, bevor es Forderungen präziser Art erhebt.

4. Die Prinzipien der Kunst

können nicht agoral und politisch verallgemeinert werden. Es ist provinzielle Unentwickeltheit des Künstlers zu erwarten, daß die Öffentlichkeit sich für ihn interessiert, ihn ökonomisch unterstützt, seinen sechzigsten Geburtstag mit Banketts und Blattpflanzen feiert. Er wütet in sich herum – wer müßte ihm das danken? Durchdenken Sie vielleicht auch, wieviel Egmont- und Leonoren-Ouvertüren über den Stammpolitiker hinweggebraust sind bei Eröffnungen und Festakten, ohne ihn verändert zu haben. Ich stimme daher der Monetschen Sentenz zu: il faut décourager les arts – und James Joyce variiert einen Talmudspruch: „Wir Juden sind wie die Olive, wir geben unser Bestes, wenn wir zermalmt werden, wenn wir unter der Last unserer Fronden zusammenbrechen –", das gilt nach seiner Meinung für die Künstler. Das sind gesunde Ideen! Man unterscheide doch endlich zwischen Kunstträgern und Kulturträgern, das schlug ich schon in einem meiner Bücher vor fünfzehn Jahren vor. Der Kunstträger ist statistisch asozial, lebt nur mit seinem inneren Material, er ist ganz uninteressiert an Verbreiterung, Flächenwirkung, Aufnahmesteigerung, an Kultur. Er ist kalt, das Material muß kaltgehalten werden, er muß ja die Idee, die Wärme, denen sich die anderen menschlich überlassen dürfen, kalt machen, härten, dem Weichen Stabilität verleihen. Er ist meistens äußerst nüchtern und behauptet auch gar nichts anderes zu sein, während die Idealisten unter den Kulturträgern und Erwerbsständen sitzen. So schrieb ich vor etwa fünfzehn Jahren, die Zukunft wird noch ganz andere Dinge offenbaren.

5. *Der Stil der Zukunft*

wird der Roboterstil sein, Montagekunst. Der bisherige Mensch ist zu Ende, Biologie, Soziologie, Familie, Theologie, alles verfallen und ausgelaugt, alles Prothesenträger. Das Getue in den Romanen, als ob es an sich weiterginge und etwas geschähe, mit dem altmodischen Begriff des Schicksals oder dem neumodischen einer autochthonen gesellschaftlichen Bewegung, ist Unfug, es geht nichts an sich weiter und geschieht nichts, der Mensch stockt und arbeitet – der Künstler ist es, der weitermuß, sammelt, gruppiert – ländlich-großväterlich mit Hilfe von zeitlich-räumlichen Kategorien, aktuell-neurotisch durch absolute transzendente Schwerpunktsbildungen, Fesselungen, Drehpunktskonstituierungen – nur so schafft er etwas jenseits von Relationen und Ambivalenz. Diese Technik selbst ist das Problem und man soll sie ruhig bemerken.

Eine Dame, offenbar etwas Kluges, schrieb mir über ein Bild von Gauguin im neuen Folkwangmuseum, jetzt in einem alten Wasserschloß im Ruhrtal, es lag, wie sie hervorhob, eine Jardins-sous-la-Pluie-Stimmung um das Haus: „Eine Insulanerin, für sich allein, bis in den graziös vorgehaltenen Fächer den Ausdruck des Gemaltwerdens wiedergebend, nur die Augen träumen" – das ist es: der Ausdruck des Gemaltwerdens muß immer hervortreten, man muß suchen und wissen, was zusammengehört, was wirklich zusammengehört, und das muß man nehmen. Wenn Sie nämlich einmal darüber nachdenken, werden Sie zu dem Resultat kommen, wir bewegen uns mehr in unserer zerebralen Sphäre als in unserer sexuellen oder intestinalen oder muskulären. Uns beschäftigen Gedanken, die brennen. Wir kommen auf sie zurück auch während praktischer Tätigkeiten, kaufmännischer, wir fahren aus dem Schlaf auf und sie sind sofort wieder da. Es ist fraglich, ob das immer so war, heute ist es jedenfalls die Lage.

Der Mensch muß neu zusammengesetzt werden aus Redensarten, Sprichwörtern, sinnlosen Bezügen, aus Spitzfindigkeiten, breit basiert –: *Ein Mensch in Anführungsstrichen.* Seine Darstellung wird in Schwung gehalten durch formale Tricks, Wiederholungen von Worten und Motiven – Einfälle werden eingeschlagen wie Nägel und daran Suiten aufgehängt. Herkunft, Lebensablauf[3] – Unsinn! Aus Jüterbog oder Königsberg stammen die meisten, und in irgendeinem Schwarzwald endet man seit je[4]. Jetzt werden Gedankengänge gruppiert, Geographie herangeholt, Träumereien eingesponnen und wieder fallengelassen. Nichts wird stofflich-psychologisch mehr verflochten, alles angeschlagen, nichts durchgeführt. Alles bleibt offen. Antisynthetik. Verharren vor dem Unvereinbaren. Bedarf größten Geistes und größten Griffs, sonst Spielerei und kindisch. Bedarf größten tragischen Sinns, sonst nicht überzeugend.[5] Aber wenn der Mann danach ist, dann kann der erste Vers aus dem Kursbuch sein und der zweite eine Gesangbuchstrophe und der dritte ein Mikoschwitz und das Ganze ist doch ein Gedicht. Und wenn der Mann nicht danach ist, dann können die Ehegatten ihre Frauen und die Mütter ihre Söhne und die Enkel ihre Großtanten im Lehnstuhl oder im Abendfrieden vielstrophig anreimen und selbst der Laie wird bald merken, daß das keine Lyrik mehr ist. (Namen: Perse, Auden, Comte de Lautréamont, Palinurus, Langston Hughes, Henry Miller, Elio Vittorini, Majakowski [ohne Bolschewismus], einige junge Deutsche aus dem Freiburger Kreis.)

Bezeichnung für den Stil, von mir geprägt: PHASE II – nämlich Phase II des expressionistischen Stils, aber auch Phase II des nachantiken Menschen.

Interessant – das ist ein wichtiges Wort! Interessant – das führt nicht in diese undurchsichtige quälende familiäre „Tiefe", nicht sofort zu den „Müttern", diesem beliebten deutschen Aufenthalt – interessant ist keineswegs identisch mit unterhaltend – übersetzen Sie es wörtlich: inter-esse: zwischen dem Sein, nämlich zwischen seinem Dunkel und seinem Schimmer – „Olymp des Scheins". Nietzsche.

Die ewigen Dinge, das sogenannte Zeitlose, das sickert ja überall durch, das ist selbstverständlich, aber die phänotypischen, an denen muß man arbeiten:[6] Gott ist Form. Das Gen werden wir nie erkennen, aber das Phänotypische läßt sich als Bild erarbeiten. Nach meiner Theorie müssen Sie Verblüffendes machen, bei dem Sie am Schluß selber lachen. („Das nenne ich eine schlechte Weisheit, bei der es nicht ein Gelächter gab", Nietzsche.) Sie müssen alles selber wieder aufheben: dann schwebt es. Scharlatan – das ist kein schlimmes Wort,[7] es gibt schlimmere: historisch und grundsuppig.

Und die Einladungen und die Blumen auf dem Tisch und das Gemüt? Ich persönlich besitze nichts davon. Ich besitze Müdigkeiten, Melancholie, produktives Aufbrausen, Zögern, Zaudern, Zaubern – das kann ich eine Stunde durchhalten, aber Gemüt, was fange ich damit an? Übrigens, wenn man vier[8] Jahrzehnte geschrieben hat und liest dann jetzt zusammenfassende Rückblicke, Studien, da faßt man sich an den Kopf. Das kann man doch nicht sein! Woher stammen denn diese Zitate? Verse von mir? Unmöglich![9] Wenn mir jemand sagte, daß ich eine Tabakfirma verträte und zeit meines Lebens Zigaretten hinter dem Ladentisch verkauft hätte, würde ich es auch glauben.

6. *Soziologisch*

Ein Bedürfnis, in der Art wie ich zu denken, liegt, soziologisch gesehen, bestimmt nicht vor, andererseits sind mir auch keine Gesetze bekannt, die es verbieten. Es sind individuelle Versuche, den inneren Strömungen, die in gewisser Weise die Strömungen der Zeit sind, Ausdruck zu verleihen. Daß dabei vielleicht einige Fremdkörper mit Zeitzündung unterlaufen,[10] die einige Weihnachtspakete in einer kommenden Adventszeit in die Luft gehen lassen könnten, ist möglich, aber das betrifft die anderen. Ich blicke nicht in die Zukunft, meine Gedanken ergreifen und begreifen sich nur als eine regional begrenzte, phänotypische, höchstens drei Jahrzehnte repräsentative Zwangslage einer Generation. Nur keine Ausstrahlungen universalistischer Art! Darum sage ich immer wieder: „Stein, Vers, Flötenlied“, nämlich abschließbare und abgeschlossene Gebilde: Kunst – diese sagt nur sich selbst, ist ohne Idee und ist vollendet. Nun schreibt zwar Egon Vietta in der „Welt“: „Damit enden wir also mit G. B. wieder bei den Schwächen Oscar Wildes und der Ästhetik Mallarmés“ – nun ich meine, wenn solche Kapazitäten auf dieser Linie liegen, wird etwas an ihr dran sein –, und Vietta fährt dann mit einem Heideggerschen Gedanken als Einwand fort: „Auch der Stil ist nur eine vorübergehende Form des geschichtlichen Seins.“ Das ist etwas zu allgemein, antworte ich, denn was ist nicht vorübergehend für ein Weltgefühl, das sogar die Kulturkreise, die acht solaren Spenglers oder die zweiunddreißig Toynbees vorübergehen sieht – aber überhaupt diese Drohung mit der Geschichte! Ich habe mit dieser Geschichte nichts zu tun, den Vogel der Minerva locke ich nicht in meinen Bunker – mich nützt nichts der Ausblick und das Versprechen auf angebliche Geistzusammenhänge, ideelle Befruchtungen, Verzweigungen, Integrationen oder Auferstehungen, ich schreite meinen Kreis ab, Moira, ich schreite nicht die Geschichte ab, ich prüfe meine Aufgaben, meine Bindungen, zerre auch vielleicht an ihnen, aber der Kreis ist in mir beschlossen, ich blicke nicht über mich hinaus, ich versage mir diese Erleichterung, ich arbeite, ich suche Worte, ich zeichne meine Morphologie, ich drücke mich aus. Vierzig Jahre, vierzig Jahre[11] unter Zwang, einem Zwang, nach dessen Wesen ich allerdings vergeblich fragte. Aber ahnen Sie, wer jetzt die Phase II in so vielen geographisch weit auseinanderliegenden Gehirnen so nachdrücklich in die Wege leitet?[12]

Zum Schluß eine Frage an Sie. Glauben Sie, daß sich unsere

geistige Lage durch Rückgriffe, Rückblicke sanieren läßt? Ich persönlich glaube nicht an Restauration. Die geistigen Dinge sind irreversibel, sie gehn den Weg weiter bis ans Ende, bis ans Ende der Nacht, sie haben eine Vehemenz, die die der physikalischen Dinge übertrifft. Darum müssen Sie Ihre Gedanken auf das rücksichtsloseste formulieren, immer wieder die Äste absägen, auf denen Sie nisten, immer wieder des Messers Schneide zur Hand halten, um die Tischtücher alle zu zerfetzen – dann fallen die anderen über Sie her, die, die sich von den Ästen auf den Stamm retteten und die von den mit Tischtüchern beflaggten Tafeln – sie fallen über Sie her, aber auch das ist eine Vereinigung, aus der das Weitere hervorgeht, in dem Sie dann vertreten sind nach Maßgabe Ihrer Sätze. Aber was Sie nicht aussprechen, das ist nicht da, denken Sie also ruhig alles aus sich heraus – Sie machen sich Feinde, Sie werden allein sein, eine Nußschale auf dem Meer, eine Nußschale, aus der es zirpt mit fragwürdigen Lauten, klappert vor Kälte, zittert von Ihren eigenen Schauern vor sich selber – aber geben Sie nicht SOS – erstens hört Sie keiner, und zweitens wird Ihr Ende sanft sein nach so viel Fahrten.

VIII. Noch einiges Private

Von außen gesehen, verlief mein Leben nicht ohne Glück. Ich kam auf ein *humanistisches* Gymnasium und konnte trotz wirtschaftlicher Schwierigkeiten und vieler Geschwister, die auch ihr Recht beanspruchten, das studieren, was meiner Neigung entsprach: Medizin und Naturwissenschaften, also die Disziplinen, die im spezifischen Sinne das letzte Jahrhundert erkenntnismäßig bestimmten. Und das in einer Zeit, wo man noch wirklich studierte: mit Muße, mit Abschweifungen, mit „Nebendingen". Vieles, was dann kam, verdanke ich mehr meiner Indifferenz als meinem Charakter. Ich war in keiner Partei und nicht in der Loge, obschon ich in gewissen Zeiten zu ihr Beziehungen hatte, was sich dann als Vorteil erwies. In den Kriegen kam ich wie durch ein Wunder aus mancher Patsche heil heraus, auch aus Verhaftungen und Flurstreifen und Kommissaren. Als Arzt war ich in heillosen Situationen, aber sie gingen günstig aus. Jeder Arzt, auch der vornehmste und korrekteste, und zu denen kann ich mich nicht einmal rechnen, kommt durch seine engen Verpflichtungen gegenüber seinen Patienten und deren Familien einerseits und andererseits den vielfach im einzelnen strengen Gesetzen und Verordnungen in schwierige Lagen, und wenn sie unglücklich enden, ist ihm Anklage und Strafe sicher. Weiter: als ich als Schiffsarzt bei der Hapag fuhr, ging ich mit einem Segler nach Wladiwostok *nicht* auf große Fahrt, da meine Neigung zur Seekrankheit schon auf Passagierschiffen so groß und unbeeinflußbar war, daß ich mich scheute – und der Segler kam nie zurück. Ich war immer so gesund, daß ich als Arzt mein Geld schlecht und recht verdienen konnte.

Einmal, etwa um 1930, hatte ich einen Patienten, dem ich das Angenehmste verdanke, nämlich mehrere große Reisen.

Er war Kunsthändler, Inhaber einer bekannten Gemäldegalerie, wir fuhren in seinem großen Horch von Berlin über Paris, Biarritz nach Spanien, aber vor allem in Südfrankreich herum und in den Pyrenäen. Es waren Geschäftsreisen. Wir gingen dann in den kleinen Orten in die entsprechenden Etablissements, auch in Schlösser und mit besonderer Vornehmheit in einige Klöster, und dann begann unsere Litanei: „Nous cherchons des antiquités surtout des Primitifs et des tableaux de grande valeur" – sah mein Bekannter dann etwas, was ihm gefiel, wovon er sich etwas versprach, und in seiner Karriere hatte er einige kostbare Trouvaillen gemacht, schlenderte er zunächst weiter durch die Räume, kritisierte dies und das, drehte dies und jenes hin und her, und schließlich, schon in der Tür, sagte er, ich habe Sie so lange aufgehalten, ich will nicht ganz ohne etwas fortgehen, tun Sie mir bitte das in meinen Wagen – und wie gesagt, hin und wieder – er war ein großer Experte – stellten sich dann in Berlin die schönsten Seltenheiten heraus. Reisen, die ich mir nie selber hätte leisten können – unvergeßliche Tage am Atlantik, in den Monts Maudits und an der Méditerranée.

Unterhaltlich bin ich kein Matador, ging nie auf Fêten, nicht aus Ablehnung, sondern aus einem physiologischen Grunde, der mein ganzes Leben so beherrschte, daß ich ihn erwähne: eine Müdigkeit von hohen Graden, eine gehirnliche Schwere innerer und äußerer Art, die ich geradezu als Widerstand gegen Eindrücke bezeichnen muß – ich versuchte es mit allen Mitteln zu bekämpfen, aber meistens vergeblich. Ich lebte also so dahin in Wohnungen mäßigen bis mittleren Grades ohne viel Verbindungen, aber 1932 trat jener Herr Oelze aus Bremen in mein Leben, den ich selten sah, in dessen Haus ich nie war, mit dem ich, mit dem wir beide gegeneinander hinsichtlich des Privaten immer „die Regeln wahrten", der mich aber brieflich hoch- und wachhielt und in jenen Jahren Balsam in meine Schrunden träufelte. Literarisch spezialisiert war der Grund seines ersten Besuches bei mir mein Aufsatz über „Goethe und die Naturwissenschaften", der in dem dann berühmt gewordenen Heft der „Neuen Rundschau" im April 1932 stand – in seinem Alt-Bremer Patrizierhaus war Goethe seit Generationen sehr gepflegt. Aus diesem Besuch entwickelte sich eine Korrespondenz, immer wachsend, die sich heute auf nahezu zweitausend Briefe belaufen wird, und vieles von dem, was in meinen neuen Büchern steht, fand sich als Keim und Setzling in unseren schriftlichen Gesprächen auf jenen blauen Bogen, die er wie ich benutzten. Ich habe ihm daher die erste Arbeit, die nach 1936 wieder erschien, „Die drei alten Männer", in Dankbarkeit gewidmet. Und dann fand ich noch in späten Jahren, nach viel Unglück und Tod und Trauer in dieser Richtung, eine dritte Frau, eine Generation jünger als ich, die nun mit zarter und kluger Hand die Stunden und die Schritte und in den Vasen die Astern ordnet.

Schlußworte

Die erste Hälfte des Jahrhunderts ist zu Ende, die vier Jahrzehnte, in denen ich geistig tätig sein konnte, sind dahin. Und wenn man das Ganze überdenkt, überblickt, kommen Stunden, wo man müde wird, stumpf, von Apathie bedrängt. Man war im günstigsten Fall ein Chargenspieler, ein Sonderfall, ein Spezialist – große Rollen, abendfüllende Figuren fielen einem nicht zu. Sechzig Jahre – und des Lebens Verfall und Verwahrlosung in einige Prosasätze bündeln oder in ein paar Verse balancieren – wenn das alles ist, gibt es offenbar nur eins: Nicht alt werden, nicht so alt, daß man noch seine eigene Leiche liegen sieht und über sie lacht. Das war meine Stimmung. Da schrieb mir Freund Oelze, haben Sie das letzte Heft des „Merkurs" gelesen, da sind drei ausgezeichnete Sachen drin, und er nannte sie. Ich hatte das Heft wohl bekommen, aber beiseite gelegt, wie viele Bücher, die damals kamen, nichts gelesen, alles von mir abgehalten, was meine Verzweiflung nur vermehren konnte. Da nahm ich das Heft und las. In der Tat, das waren gute Sachen. Alle die Dinge waren ernst genommen, die einen selber das Leben lang so brennend beschäftigt hatten. Formulierungen, die weiterführten, Geist, der nicht nur erörtert und lamentiert, sondern Fakten schafft. Weitsichtige Blicke über Fragen der Produktion, Erfahrungen, wirkliche Erfahrungen, die sich aus dem Inneren bildeten, nur in langer Arbeit, nur in strenger einsamer Zucht. Dann war eine Studie da über einen Prosaiker in Frankreich, von dem kurze Sätze zitiert wurden, aber Sätze der Zusammenfassung echter innerer Ereignisse, Sätze, die halten, die unzerreißbar sind, Sätze der Trance, aber auch der Realität. Also diese Welt ist da, es ist gar nicht zu leugnen, daß sie da ist, verschwiegen, aber grundsätzlich und fundamental, sie hat ihre Ordnung und sie wird weitergegeben. Das erhob mich aus meiner Apathie. Dieser Kulturkreis schuf große Männer, Wachende über diese geheime Welt. Dieser auch von mir oft verlästerte Kulturkreis ist angeschlossen an jenes Etwas, daß es nie enden kann, das macht es groß. Es gibt fast unerträglich viel, das wir nicht wissen, und der Gründe zum Klagen und Verzweifeln sind Legion. Aber es wird so sein müssen, und es wird unsere Aufgabe bleiben, die Stunde dieser geistigen Welt, solange sie dauert, weiter mit unseren menschlichen Bildern zu erfüllen, so trauerüberladen, so untergangssicher, so monologisch oder so hybrid sie sind. Der undurchsichtigen Stellung des Geistes in unserer Welt, der uneuphorischen Haltung ihm gegenüber, die wir einnehmen müssen, gilt der letzte Prosasatz dieser Betrachtungen, er ist aus dem „Weinhaus Wolf": „Du stehst für Reiche, nicht zu deuten, und in denen es keine Siege gibt", aber ich ergänze ihn durch eine Strophe aus meinen Gedichten, man möge sie weder als militant noch als nihilistisch ansehn, sie ist nur ernst und versucht tapfer zu sein:

und heißt dann: schweigen und walten,
wissend, daß sie zerfällt,
dennoch die Schwerter halten
vor die Stunde der Welt.

NEBEN DEM MIKROSKOP

Ein alter Schreibtisch steht bei mir im Mittelpunkt. Das Ganze sieht folgendermaßen aus: Ich verfüge nur über ein Zimmer für meine ärztliche Praxis und meine Schriftstellerei. Auf diesem Schreibtisch (73 cm zu 135 cm) liegen große Bündel von Briefen (die ich nicht beantwortete), von zugesandten Manuskripten (die ich noch nicht las), von Zeitschriften, Büchern, Probesendungen von Medikamenten, Stempelkissen (für die Rezepte), drei Kugelschreiber, zwei Aschbecher, ein Telefonapparat. Es ist eigentlich kein Raum zum Schreiben da, trotzdem ermögliche ich es durch Fortschieben der Massen mit Hilfe der Ellenbogen. Hier kritzele ich mit einer schwierigen Handschrift, die ich selber nicht lesen kann, bis es soweit ist, daß ich an die Schreibmaschine gehe, die auf dem Mikroskopiertisch steht.

Dies Zimmer ist parterre und liegt nach dem Hof. Es blickt auf eine Kaninchenbucht mit einem weißen Kaninchen (es gehört meiner Hauswartin), dann auf Wäscheleinen, meistens behangen, dann auf Hortensien, von denen ich schon öfter schrieb, daß sie bis zum November blühen. Sein Abschluß wird gebildet von der gegenüberliegenden Häuserhinterfront, grau, abgemörtelt und zerfallen. Es ist ein Zimmer, und es ist ein Schreibtisch, von dem sich schon mancher gebildete Mensch mit Erstaunen abwandte.

Hier entwickeln sich seit 1945 die gewissen Dinge. Sie sind allerdings geistig vorbereitet durch einen dritten Tisch vom Abend vorher: in meinem Stammlokal (zwei Stunden), Bierlokal, wo ich an einem bestimmten Platz lese, sinne, Radio höre, die Briefe von den drei Leuten, mit denen ich in Verbindung stehe, nochmals studiere.

Also drei Tische. Der entscheidende ist der mit der Schreibmaschine, nur das maschinell Geschriebene ist dem Urteil zugängig, bereitet das Objektive vor, die Rückstrahlung vom einfallsbeflissenen zum kritischen Ich. Alles etwas beengte Tische – ich stand neulich vor einem Innendekorations- und Antiquitätengeschäft, dabei fiel mein Blick auf einen Schreibtisch: zwei Meter zu drei Meter, dunkel gebeizt, spiegelnd, nichts drauf – von dem hätte sich, sagte ich mir, natürlich Raumgreifenderes gestalten lassen.

1956

Ich erinnere mich der Silvesternacht, in der das jetzige Jahrhundert sich erhob. Diese Nacht lag über einem Dorf jenseits der Oder-Neiße-Linie. Es war für die damalige so glückliche Welt eine Sensation, daß ein neues Jahrhundert begann. Alles wachte, alles feierte, die Kirchenglocken läuteten um Mitternacht, man erwartete irgend etwas ganz Besonderes, eine Art Anbruch des Paradieses innen und außen. Mein Vater trat aus seinem Pfarrhaus und umarmte den Dorfschulzen, einen großen reichen Bauern, alles umarmte sich, es war eine schnee- und regenlose Nacht, es war ein großes Ereignis.

Ich erinnere mich an eine Silvesternacht im Ersten Kriege. Wir waren in einer glänzenden eleganten Stadt, einer Hauptstadt. In der berühmten wunderbaren weißen Kathedrale fand die Mitternachtsmesse statt. Das Land war katholisch, der Dom war überfüllt, die meisten mußten stehen, wir fremden Soldaten standen in Uniform zwischen ihnen, und alles gehörte in dieser Nacht zusammen.

Ich erinnere mich an eine Silvesternacht im Zweiten Krieg. In einer kleinen Stadt im Osten, im Warthegau. Es war in einer Kaserne. Ein schneereicher Dezember war gewesen, ungewöhnliche Kälte herrschte seit Wochen, Frost – und wir hatten nichts zu heizen. Wir hatten hundert Gramm Streichmettwurst als Sonderzulage erhalten und Bratlingspulver. Damals feierte man nicht Weihnachten sondern Wintersonnenwende, und die Kommandeure hatten in der Neujahrsparole über Erneuerung des Lichts zu sprechen. Am Morgen war ein schwerer Angriff auf Berlin gewesen, und man fragte sich, ob die Wohnung noch stünde und was von den wenigen Bekannten, die dort lebten, übriggeblieben war.

1900, 1914, 1944, drei Silvesternächte! Drei Silvesternächte, alle in diesem Europa, in diesem Abendland, tief und gleisnerisch, universal und abstrakt, Olymp und Golgatha, Leda und Maria. Drei Silvesternächte, sie umschließen zwei Generationen, zwei verwundete Generationen, denen alles fraglich wurde, für die es zwar wieder Komfort, aber keinen Inhalt mehr gibt. Ich überblicke am heutigen Neujahrsmorgen 1956 diese alten Silvesternächte, ihre geschichtliche Silhouette, ihr menschliches Geschehen. Welche Flüge der Dämonen, welche Gespinste der Parzen! Ich überblicke sie im Geiste und im Sinne eines bedeutenden, Deutschland sehr verbundenen Ausländers, dessen Tod wir gerade betrauern. Er hatte ein sehr ernstes Anliegen an diese Generation und ihr Geschick. Er schrieb am Schluß seines Lebens über ihre Lage: „Das archaische Heimweh nach der Herde setzt ein, man strebt zum Hirten, zum Wachhund hin. Der Staat ist der Hirte, und vom Hirten müssen wir wegstreben, wenn wir wieder wirklich Europäer, freie nach den höchsten Zielen strebende Individuen werden wollen. Der Geist darf nicht als öffentliche Angelegenheit verwaltet werden, der geistige Mensch, wenn er seine Aufgabe erfüllen will, muß sich wieder absondern." Soweit dieser Autor. Sich absondern – das klingt vielen nicht gut, das klingt vielen provokatorisch und wahlurnenfeindlich, ist es aber nicht, es handelt sich vielmehr um etwas Innerliches, das man lange vergaß: Im Anfang war das Wort und nicht das Geschwätz, und am Ende wird nicht die Propaganda sein, sondern wieder das Wort. Das Wort, das bindet und schließt, das Wort der Genesis, das die Feste absondert von den Nebeln und den Wassern, das Wort, das die Schöpfung trägt. Der Autor, dessen Sätze ich zitierte, ist Ortega y Gasset, und ich schließe mich mit allen Hoffnungen für das neue Jahr diesen seinen Sätzen hiermit an.

VERMISCHTE SCHRIFTEN

GESPRÄCH

In einem Erker, der zu einem Restaurantzimmer gehört. Durch die weiten Fenster sieht man einen See und Wälder um seine Ufer. An einem Tisch, dicht an den Scheiben, sitzen Gert und Thom.

GERT: Da setzen sich wirklich schon welche draußen hin.

THOM: Ja, wirklich. Ein bissel gewagt, nicht?

GERT: Das schon; aber nun werden sie nach Hause gehn und werden sagen: nun ist es aber wirklich Frühling; wir haben schon draußen gesessen.

THOM: Und das ist dann, als ob sie sagten: es ist uns allen etwas sehr Freundliches geschehen. Da hast du recht. Und schließlich ist es das doch auch. Wenn ich eine Novelle schreiben würde, die heute begönne, würde ich auch so anfangen: An einem Nachmittag mitten im hellen Frühling.

GERT: Eigentlich ist es ja mehr Balladenwetter, weißt du. Alles kühl und straff und blau und gold; aber wie würdest du weiter schreiben?

THOM: Das ist eben die Frage. Sieh mal, was jetzt da draußen geschieht, das ist doch einfach das, daß es Abend wird, nicht wahr? Wenn du das sagst, weiß jeder, was gemeint ist. Wie würdest du das nun aber ausdrücken, wenn du es gewissermaßen künstlerisch sagen wolltest? Neu? Eigentümlich?

GERT: Du meinst das in dem Sinne, wie Flaubert Maupassant lehrte? Aber ich kann dir da wirklich jetzt keine Antwort geben.

THOM: Überlege es dir doch, bitte, mal. Siehst du es denn nicht auf irgendeine besondere Weise?

GERT: Ich glaube nicht. Aber vielleicht – warte mal – so: Es ward Abend; große graue Vögel kamen aus den Wäldern und flogen über den See und über das Land; und auf allem, das sie überflogen hatten, blieb ein Schatten zurück. Weißt du, ich würde es vielleicht so malen können: große Vögel, reiherähnlich, rauchgrau an Brust und Hals, brechen aus einem Gehölz; auf ihren Flügeln müßte etwas liegen von dem Schatten der Wälder, die sie durchflogen haben, und das gleitet nun gewissermaßen herab; das müßte man eben darstellen, so das Sinkende, Niederrieselnde von ihren Flügeln, daß man es glaubte, wenn hinter ihnen alles Land in Schatten läge. Nun, und du?

THOM: Ich würde wohl einfach sagen müssen, was geschieht: Die Wälder wurden uns ferner; von Nebeln eine dünne Haut legte sich über den See; das Licht wurde zarter und durchsichtiger und nahm an Fülle ab.

GERT: Das ist allerdings auch schöner.

THOM: Gar nicht schöner. Nur eine Zuflucht.

GERT: Vor wem?

THOM: Vor der Lächerlichkeit. Sieh mal, wenn man heutzutage von jemandem sagt: der macht Gedichte oder schreibt Novellen, so ist das beinahe so, als ob man sagte, er habe einen unreinen Teint. Das kompromittiert seinen Geschmack und stellt seine Lebensart in Frage. Wenn man es aber doch nicht lassen kann, bleibt nur die Zuflucht, die Dinge und Geschehnisse auf ihren rein tatsächlichen Bestand zurückzuführen, sie auf eine wissenschaftliche Basis zu stellen.

GERT: So wie du es eben getan hast? Das hieße also, ehe man einen Roman oder ein Gedicht schreiben wollte, müßte man Chemie, Physik, experimentelle Psychologie, Atomistik, Embryologie studieren?

THOM: Du drückst es etwas verwegen aus; aber ich sage: ja.

GERT: Dann könntest du die ganze bisherige Literaturgeschichte auf einem Briefbogen abhandeln!

THOM: Sage mal, kennst du Jacobsen?

GERT: Jens Peter? Den Dänen? Gewiß kenne ich ihn.

THOM: Ist dir nie etwas aufgefallen, wenn du dir dessen Leben ansahst?

GERT: Was meinst du denn?

THOM: Er war nämlich ein großer Naturwissenschaftler, weißt du das? Aber gibst du überhaupt zu, daß seine Kunst etwas ganz Außerordentliches für jeden von uns Heutigen geworden ist? Nein? Also für viele! Und denke mal, dieser Mensch hat sich auf eine ganz seltsame und eindringliche Art mit den Naturwissenschaften befaßt. Gar nicht so als Dilettant sich rasch an einem kosmischen Problemchen aufgeregt. Nein. Er schrieb zum Beispiel eine Arbeit über die Desmediazeen Dänemarks. Weißt du, was Desmediazeen sind?

GERT: Wahrscheinlich ein Fremdwort für Hyazinthen oder Heliotrop oder eine Rosenart.

THOM: Eben nicht. Desmediazeen haben mit Gräsern, Kräutern oder gar Blumen nichts zu tun. So weit versteigen sie sich nämlich nicht. Höre: Desmediazeen sind Zellen, meist einzeln lebend, in der Mitte eingeschnürt oder mit symmetrisch verteiltem Protoplasma, deren Vermehrung durch Teilung vor sich geht. Du wirst also nicht sagen, daß sie an sich irgendeinen Stimmungswert enthielten.

GERT: Und darüber hat Jacobsen geschrieben?

THOM: Eine lange, preisgekrönte Arbeit. Oh, eine ganze Botanik von Dänemark wollte er schreiben!

GERT: Und du willst sagen, das hätte Beziehungen zu

seiner Kunst? Das war doch vielleicht nur ein Jugendgedanke von ihm und später sah er selber ein, daß es für ihn ein Abweg gewesen wäre.

THOM: Meinst du? Stelle dir doch einmal vor, was heißt das denn eigentlich: Dichten, und um was handelt es sich, wenn man irgend etwas beschreiben will? Feiner, flüchtiger, noch nie gesagter Dinge will man doch habhaft werden und sie so aufbewahren, daß sie den Schmelz nicht verlieren, den sie trugen, als sie zu uns kamen. Du mußt also eine ganze Heerschar von Worten und Bildern und Vorstellungen haben, denen du gebieten kannst; und du mußt sie zusammenpassen und du mußt sie ändern, sie müssen ganz geschmeidig vor dir sein, und meinst du, du vermöchtest dies, ohne ganz genau zu wissen, woher sie eigentlich kommen und was denn in ihnen steckt? Meinst du, du könntest irgend etwas anfangen mit hergelaufenen Worten, die blaß und matt und müde zu dir kommen? Sieh dir Jacobsen an: der wohnt in der Heimat aller dieser Worte; unter Dingen, von denen andere nur den Namen wissen, lebt er sein Leben; glaubst du nicht, daß dieser Dinge Namen für ihn nun etwas ganz anderes bedeuten, viel mehr Inhalt und Beziehungen haben? Und zwar handelt es sich um Worte, die für die Beschreibung sehr wichtig sind; um Worte über Gerüche, Farben und Geräusche, über Leibliches und Tierisches; die sind nun bei ihm und können ihm helfen, sooft er etwas Neues, etwas Lebendiges, Bewegliches beschreiben will. Er hob sie ja von lauter lebendigen, beweglichen, miteinander spielenden Dingen. Glaubst du noch, daß das ein Abweg war?

GERT: In dem, was du sagst, ist ja sicher Wahres; aber es hat doch immerhin einige Dichter von Ruf gegeben, die keine Ahnung von Naturwissenschaften hatten.

THOM: Keine Ahnung? Ich weiß nicht. Ich will gar nicht verallgemeinern; ich sage ja nur, daß das Spezifische in Jacobsens Kunst mit seinen naturwissenschaftlichen Neigungen ganz sonderbar eng zusammenhängt. Er war auch ein leidenschaftlicher Darwinianer. Er übersetzte die Abstammung des Menschen und die Entstehung der Arten ins Dänische, und seine ersten Schreibereien als junger Student galten der Popularisierung Darwinscher Ideen.

GERT: Also Jacobsen meinte, daß wir . . .

THOM: Ich bitte dich, Gert; laß doch diese alberne Affenabstammungsgeschichte. Laß die doch einmal ganz aus dem Spiel. Der Darwinismus bedeutet ja doch schließlich etwas ganz anderes. Er bedeutet doch nur, daß alles, was ist, dem Gesetz der Entwicklung unterstellt ist; daß unser Leben verknüpft ist mit vielen anderen Leben, ja daß wir verwandt sind mit allem, das überhaupt Leben heißt. Die Kiefernäste da draußen und die Blumen hier auf dem Tisch und das Mädchen da mit dem Kettenarmband, um die handelt es sich. Und kannst du dir nicht vorstellen, daß Jacobsen, um das Leben zu begreifen, das ihm in den Menschen so vielfältig und verschlungen entgegentrat, es bis dahin zurückverfolgen mußte, wo es sich ihm in seinen primitivsten Formen zeigte, gewissermaßen nur als ein Schema des Lebens, als eine steile Projektion des Lebens? . . . Sieh mal, das ganze Chaos von Geschehnissen, das sich aus den Beziehungen der Menschen zueinander ergibt, alle je träumbaren Träume und je erleidbaren Sehnsüchte, das läßt sich doch schließlich alles restlos auf einige ganz wenige Funktionen zurückführen, die eben die Funktionen des Lebens an sich sind und die in jeder Zelle stumm sich abspielen. Überkommt dich nicht bei diesem Gedanken ein Gefühl, als glättete sich allerhand bis dahin Unruhvolles in dir und als sähest du um allerhand Verworrenes jetzt klare große Umrisse? Ich muß dir gestehen, in mir entsteht immer eine Empfindung von ganz eigentümlichem Gefühlston, wenn ich mir Jacobsen vorstelle, wie er mit einem Mikroskop an der Arbeit ist und eine Zelle studiert: wie das Leben, aufgegipfelt in eines seiner subtilsten Exemplare, in dem das Seelische, das Zerebrale sich aufgefasert hat in seine feinsten und äußersten Vibrationen, sich über ein anderes Leben beugt: dumpf, triebhaft, feucht, alles eng beieinander, und wie doch beide zusammengehören und durch beide die *eine* Welle läuft und wie beide leibsverwandt sind bis in die chemische Zusammensetzung ihrer Säfte.

GERT: Und du meinst, so hätte Jacobsen die Naturwissenschaften betrieben? Von diesem Gesichtspunkt aus?

THOM: O ganz gewiß! Und hier gehört vielleicht auch noch ein Zug her, der gegen Ende bei seinem Niels Lyhne auftritt; ich meine jene Freude an körperlicher Arbeit, jenes Glück an körperlicher Müdigkeit. Ich glaube, eine Stelle heißt so: „Oft konnte man ihn sitzen sehen, wie sein Vater gesessen, an einer Heckentür oder auf einem Grenzstein, in seltsam vegetativer Ergriffenheit auf den güldenen Weizen oder den ährenschweren Hafer starrend." Bitte, stelle dir das deutlich vor: Da sitzt er nun, Niels, der ausgezogen war, um ein großer Künstler zu werden, der seine Seele hatte durchrütteln lassen von allen Sensationen moderner Kultur und Wissenschaft, da sitzt er nun und fühlt mit Behagen in seinen Gelenken und Muskeln die Müdigkeit, die aus körperlicher Arbeit kommt, und starrt wie mit ausgelöschten Hirnfunktionen auf die rhythmisch wogenden Kornfelder. Es ist wie ein Kreis, der sich schließt: das Resultat millionenjähriger Entwicklung, das Hirntier, das Zerebralgeschöpf, nun wird es zurückgezogen zum Vegetativen, Pflanzlichen, zu allem, das anheimgegeben ist an Tag und Nacht und Glut und Frost; nun sitzt es da, wie nie aufgestört aus der Seligkeit gehirnloser Urahnen, wie heimgekehrt, müde des weiten Wegs, still in der Sonne – eine Raumausfüllung.

GERT: Aber legst du da nicht Jacobsen vielleicht Empfindungen unter, die er gar nicht gehabt hat? Gegen die er vielleicht sogar sich wehren würde?

THOM: Bitte, lies ihn doch noch einmal. Lies seine Briefe, ich habe sie bei mir, ich will sie dir geben; lies sein Tagebuch, das er das Tagebuch eines begabten jungen Mannes nennt, lies Mogens, aber lies vor allem noch einmal Niels Lyhne. Weißt du, sein ganzer Stil ist ja absolut naturwissenschaftlich. Ich meine die Art, wie er die Dinge sieht. Für ihn gibt es nichts Zuständliches; er sieht alles kommen von weither und seinen Weg gehen und über einen Moment dieses Weges sagt er schnell ein Wort. Und wenn er zwei Menschen zusammenführt in seinen Büchern, so gehen sie wohl eine Strecke zusammen und leben ein Stück Leben zusammen, aber bald gehen sie auseinander und nehmen kaum Abschied. Bitte achte einmal darauf, wenn du Niels Lyhne liest. Wo bleiben sie eigentlich alle: Herr Bigum, Frau Boyl und die arme Fennimore? Man erfährt es nicht. Seine Empfindungen sind ganz durchdrungen von dem Gefühl des ewigen Flutens und Weitermüssens und Aufsteigens in neue Formen. er weiß, „daß alles gleitet und vorüberrinnt“, und daß es dieselben Flüsse nicht mehr sind, auch wenn wir in dieselben Flüsse steigen ... Damit du nicht wieder sagst, ich phantasierte, will ich dir eine Stelle vorlesen aus seinen Briefen, wenn du sie anhören willst. Sie heißt so: „Ich habe nie etwas Abgeschlossenes in einem Verhältnis zwischen Menschen gesehen. Wenn sie auch sieben mal siebenundsiebzig mal abschließen, so fährt es doch fort weiterzuleben und kann kommen und verlangen, noch einmal abgeschlossen zu werden." Wie stellst du dich jetzt dazu?

GERT: Ja, aber, wer sagt, daß er nicht diese Art einfach als ein Gesetz in sich getragen hat? Vielleicht war es einfach sein künstlerischer Instinkt, der ihn so sehen ließ?

THOM: Möglich wäre es. Vielleicht! Aber ich kann dir beweisen, daß es sich so nicht verhält. Ich kann dir zeigen, daß er bewußt diese Art zu schauen und zu schildern als Methode aus den Naturwissenschaften in die Kunst hinübergenommen hat.

GERT: Das allerdings wäre interessant.

THOM: Dazu mußt du mir aber noch einen Augenblick Gehör schenken, – ich glaube, ich werde noch so viel sehen können; vielleicht finde ich den Brief gleich; wenn ich nicht irre, war er an Eduard Brandes, – ja hier steht es, höre bitte: „Es ist in den Naturwissenschaften in der letzten Zeit Mode geworden zu sagen, daß zuviel Gewicht auf die Entwicklungsgeschichte gelegt worden sei. Diese Beschuldigung kann nicht mit Recht auf Works of fiction hinausgeschleudert werden. Denn hier ist fast immer bloß von fertigen Zuständen die Rede; selbst wo Versuche gemacht sind, ist es niemals wirkliche Entwicklung, es ist nur eine gewisse feste Form, die Bogen auf Bogen reich und reicher nuanciert wird, mehr und mehr unterstrichen wird. Es sind nicht Möglichkeiten in ihnen zu allem Möglichen; dadurch gewinnen sie natürlich an Festigkeit, doch nicht an Leben. Die wirkliche Entwicklungsgeschichte (voir venir les choses) ist es, auf die nun Gewicht zu legen ist von jenen, die können, selbst auf die Gefahr hin, daß die Charaktere des Zusammenhangs zu ermangeln scheinen." Also du siehst mit dem Gesetz und dem Instinkt? Ich muß dir offen gestehen, daß mir diese Rede vom Instinkt und Rausch, aus dem der Künstler seine Werke gebiert, immer ein wenig lächerlich vorkam. Meinst du nicht, daß auch sie ganz bitterlich ringen, nicht anders, als wie Jakob rang mit einem fremden starken Mann, bis er ihn segnete? Aber es ist spät und dunkel. Es sind schon alle fort.

GERT: Und das willst du ganz fortlassen, das Intuitive, Spontane, mit einem Wort das Schöpferische, das sich in Werken zu entladen drängt? Diesen kosmischen Unterton willst du ganz leugnen? Einer, den du auch liebst, hat doch gesagt: Dichten heißt die Welt wie einen Mantel um sich schlagen und sich wärmen. Thom, die Welt!

THOM: Du kannst den ganzen Kosmos durch dich fluten fühlen und brauchst doch nur ein Schwätzer zu sein. Ich halte mich an Rodins hartes Wort, daß es überhaupt keine Kunst gibt, sondern nur ein Handwerk. Vielleicht gibst du mir noch einmal recht.

SCHÖPFERISCHE KONFESSION

Ich finde nämlich in mir selber keine Kunst, sondern nur in der gleichen biologisch gebundenen Gegenständlichkeit wie Schlaf oder Ekel die Auseinandersetzung mit dem einzigen Problem, vor dem ich stehe, es ist das Problem des *südlichen Worts.*

Wie ich es einmal versucht habe darzustellen in der Novelle „Der Geburtstag" (Gehirne); da schrieb ich: „da geschah ihm die Olive", nicht: da stand vor ihm die Olive, nicht: da fiel sein Blick auf eine Olive, sondern: da geschah sie ihm, wobei allerdings der Artikel noch besser unterbliebe. Also, da geschah ihm „Olive" und hinströmt die in Frage stehende Struktur über der Früchte Silber, ihre leisen Wälder, ihre Ernte und ihr Kelterfest.

Oder an einer anderen Stelle derselben Novelle: „groß glühte heran der Hafenkomplex", nicht: da schritt er an den Hafen, nicht: da dachte er an einen Hafen, sondern: groß glühte er als Motiv heran, mit den Kuttern, mit den Strandbordellen, der Meere Uferlos, der Wüste Glanz.

Oder in einer anderen Novelle schreibe ich weichliche Freudengrüße über: „Anemonenwald". Allen Leichtsinn, alle Wehmut, alle Hoffnungslosigkeit des Geistes enthülle ich oder trachte ich zu enthüllen als Schichten dieses Querschnittes von Begriff. Da sollte einer sein, der ging durch diese kleinen Blumen, im Wald, durch die verwehenden Gebilde, er dachte, das ist noch nicht so weit, wir brauchen uns noch nicht so zu beunruhigen, es ist ja bis zum Abschluß noch sehr weit, dies ist nur „zwischen den Stämmen feines, kleines Kraut; anderes würde kommen bis in das Unendliche hinein, Anemonenwälder und über sie hinaus Narzissenwiesen, aller Kelche Rauch und Qualm, im Ölbaum blühte der Wind und über Marmorstufen stieg, verschlungen, in eine Weite die Erfüllung". – Dann aber nach Jahren eben des Lebens Jahren, sah er, „dies war der Anemonenwald gewesen, um ihn gebreitet, am Saum den Hauch".

Mich sensationiert eben das Wort ohne jede Rücksicht auf seinen beschreibenden Charakter rein als assoziatives Motiv und dann empfinde ich ganz gegenständlich seine Eigenschaft des logischen Begriffs als den Querschnitt durch kondensierte Katastrophen. Und da ich nie Personen sehe, sondern immer nur das Ich, und nie Geschehnisse, sondern immer nur das Dasein, da ich keine Kunst kenne und keinen Glauben, keine Wissenschaft und keine Mythe, sondern immer nur die *Bewußtheit,* ewig sinnlos, ewig qualbestürmt –, so ist es im Grunde diese, gegen die ich mich wehre, mit der südlichen Zermalmung, und sie, die ich abzuleiten trachte in ligurische Komplexe bis zur Überhöhung oder bis zum Verlöschen im Außersich des Rausches oder des Vergehens.

PLAGIAT

Zu: Rahel Sanzara, Das verlorene Kind

Durch die Zeitungen gehen Bemerkungen, daß sich ein literarischer Skandal von seltener Spannung vorbereite. Ein Plagiatfall. Von dem so schnell berühmt gewordenen Roman: „Das verlorene Kind“ der Frau Rahel Sanzara wird behauptet, daß die Verfasserin große Teile gar nicht ihr geistiges Eigentum nennen dürfe. Sie seien im einzelnen und im allgemeinen entlehnt, auch die Quelle wird angegeben: „die Jahreszahl der entlehnten Begebenheit des neuen Pitaval hat Frau Sanzara wohlweislich und bezeichnenderweise ausgemerzt, während sie es andererseits nicht für der Mühe wert hielt, die vorkommenden Namen zu verändern.“
Also auch so inkonsequent! Frau Sanzara, die, um es gleich zu sagen, mir persönlich und außerhalb ihres Romans völlig unbekannt ist, hat also nicht nur plagiiert, sondern es auch noch träge und tolpatschig getan und gleichzeitig noch herausfordernd, da sie es nicht für der Mühe wert hielt, die Namen zu verändern. Dies wird festgestellt und behauptet von einer „Reihe bekannter literarischer Persönlichkeiten“ – sonderbare Persönlichkeiten müssen das wohl sein, sonderbare Vorstellungen müssen sie beherrschen über Stoff und Dichtung, sonderbare Gefühle, sonderbare Nerven müssen sie mitbringen für die Eindrücke, die sich ergeben aus dem Verhältnis von Material und Form!
Denn es ist ja keine Frage der Gesinnung oder des Rechts, die durch Vergleichen, Silbenzählen, Interpunktionsmusterung, Namen- und Zahlenkontrolle sich beantworten ließe, sondern es ist eine Frage ganz ausschließlich des literarischen Urteils, der affektiven Impression, der persönlichen Über-

wältigung, die das Buch ausübt oder nicht. Wer nur bis Zahlen und Namen kommt, dem wird die Gabe fehlen, sich überwältigen zu lassen selbst von diesem Buch, dessen Berückungsmacht ganz unvergleichlich ist in seiner Einheitlichkeit von Sprache und Gefühl, die keine Lücke läßt, in seiner Geschlossenheit persönlicher Struktur, die etwas Fremdes zu dulden sich gar nicht in der Lage sieht.

In der Tat, mir scheint, die Behauptung, in diesem Buch sei irgend etwas unverarbeitet liegengeblieben, quellenmäßig übernommen, entlehnt oder gestohlen, entspringt einem Mangel an Gaben. Es wäre genauso richtig und genauso sinnlos zu sagen das Auge habe das Protoplasma bestohlen oder die Träne die Elemente, weil sie Chlornatrium enthält. Jeder Ursprung ist schließlich materieller Art, aber was den neuen Pitaval angeht, so kommt er in diesem Buch schlecht weg: wo immer in ihm das Thematische sich nähert, wird es aufgelöst in den konstruktiven Affekt, das Kasuistische des Vorgangs in die Ordnung eines transzendent Notwendigen, wo immer man die Seiten aufschlägt, tragen sie den Schein einer Schönheit, die ohne Makel, und die Gesetzmäßigkeit eines Ablaufs, die die volle Wahrheit ist.

Was heißt demgegenüber Entlehnung, was Plagiat oder Herkunft des Materiellen, man vergesse doch nicht, daß diese Begriffe in Sphären liegen, die ohne Raum und ohne Atem sind. Seit es Welten gibt, wo immer sich Reiche des Geistigen bildeten, gab es nur eine einzige Sphäre, in der alle Begriffe des Seelischen Maß und Halt, Verurteilung oder Rechtfertigung erhielten, die Sphäre des Schöpferischen, die Kunst. Man sollte also nicht diese Begriffe an das Buch, sondern dies Buch an jene Begriffe anlegen und, wenn sie sich als albern oder langweilig herausstellen, sollte man sie abbauen oder übergehen. Begriffe wie Menschen, alles was nicht fühlt, daß dieses Buch jenseits der Nachprüfung steht und aller literarischen Intellektualismen. Daß von ihm jene erregende Sicherheit ausgeht, daß sich etwas Notwendiges und Neues unausweichlich auf einen zubewegt, jenes „Lawinengefühl", wie ich es nennen möchte, das aufsteigt aus der großen mythischen Epik, sei es „Segen der Erde" oder dem russischen Roman. Ob dabei die Namen aus dem Pitaval oder aus dem Nibelungenlied stammend, das tritt wohl ganz vor dem zurück, daß jeder Ruf und jeder Zug durchatmet und durchströmt wird vom Herzen einer großen Schöpferin.

DIE EINWIRKUNG DER KRITIK AUF DEN SCHAFFENDEN

Ich selbst bin mit meinen Kritiken zufrieden. Wenn ich aber auf das Prinzipielle der Kritik eingehen soll, so muß ich folgendes sagen: Die Berliner Tageszeitungen haben ausgezeichnete, fachlich vorgebildete Theater-Referenten. Auf die Theaterkritik kann man sich verlassen. Diese erfreuliche Sachlichkeit und Fachlichkeit der Theaterpresse findet man jedoch schon nicht mehr bei der Besprechung von Vorträgen. Zu Vorträgen werden sehr häufig Referenten, nicht weil sie geeignet sind, sondern weil sie gerade in der Redaktion herumstehen, geschickt. Noch schlimmer ist es bei der Besprechung von Gedichtbüchern. Die Feuilleton-Chefs werden ja bekanntlich tagtäglich von schreibwütigen Leuten bestürmt, und allzu häufig geschieht es, daß man dann, um sie loszuwerden, ihnen Gedichtbücher zur Besprechung anvertraut. Die Kritiken sind dann von keinerlei Sachkenntnis getrübt. Andererseits läßt man lyrische Bücher sehr oft in den Regalen verstauben. So passierte es, daß Rainer Maria Rilkes Sonette in der Feuilleton-Redaktion einer großen Berliner Zeitung drei Jahre liegenblieben, bevor man sie einem geeigneten Beurteiler übergab.

WIE MISS CAVELL ERSCHOSSEN WURDE

Ich melde mich zum Wort in Sachen der Miß Edith Cavell, die im Herbst 1915 von den Deutschen als englische Spionin in Brüssel erschossen wurde. Ich habe sie damals wiederholt gesehen und gesprochen, befand mich in dienstlicher Eigenschaft bei ihrem Prozeß, war als Arzt zu ihrer Hinrichtung kommandiert, habe ihren Tod konstatiert und sie in den Sarg gelegt. Ich weiß nicht, ob noch jemand lebt, der beides, sowohl den Prozeß wie die Hinrichtung, mit eigenen Augen gesehen hat; nicht der Gouverneur, der die Exekution befahl, nicht der Diplomat, der sich um die Begnadigung bemühte, haben die Vorgänge persönlich gesehen und gehört. Veranlassung, mich zu melden, ist die Aufführung des Cavell-Films in London, die bei allen Staaten die Erinnerung an sie wachrufen wird. Kein Zweifel, sie wird als legendäre Gestalt durch die Geschichte der Siegerstaaten ziehen. Ihre Legende wird sich bilden unabhängig von den historischen, den materiell effektiven Tatsachen des Vorgangs, in dem sie eine Rolle spielte, und es liegt mir daher von vornherein nichts ferner als die Annahme, ich könnte irgend etwas richtigstellen, aufklären oder die Sage ihres Landes korrigieren, ich werde nur erzählen, wessen ich mich erinnere. Und ich erinnere mich ihrer, um es gleich zu sagen, als einer Handelnden, die für ihre Taten büßte, als der kühnen Tochter eines großen Volkes, das sich mit uns im Krieg befand.

Ich war Oberarzt am Gouvernement Brüssel seit den ersten Tagen der Besetzung. Eines Abends im Spätherbst 1915 erhalte ich den Befehl, am nächsten Morgen an einer bestimmten Stelle auf ein Auto zu warten und an einen unbenannten Ort zu fahren. In das Auto steigen außer mir zwei Kriegsgerichtsräte, einer dienstlich, der andere aus Interesse. Wir fahren durch die dunklen Straßen zum Tir national, dem Scheibenstand der Brüsseler Garnison an die Peripherie der Stadt. Das Auto hält. Das Terrain senkt sich. Wir steigen eine Mulde hinunter, in der Soldaten Spalier stehen. Am Ende der Mulde stehen zwei Gruppen von je zwölf Mann in zwei Gliedern, gerichtet auf die abschließende Wand, den Kugelfang, grasbewachsen. Vor ihm zwei frische Pfähle, weiße Latten, in die Erde gerammt.

Wir stehen und warten. Nun fährt ein Auto heran. Ihm entsteigt ein Belgier, Zivilist, mit einem katholischen Pfarrer. Der Belgier ist etwa vierzig Jahre, Ingenieur, verheiratet, Vater von zwei Kindern, gedrungen gebaut, lebhafte Bewegungen, ungefesselt, Schiebermütze auf dem Kopf – Komplize von Edith Cavell. Mit einer Lebendigkeit ohnegleichen, mit einer fast gelösten Leichtigkeit schreitet er den Hang hinunter, wo die Soldaten stehen, zieht die Mütze, stellt sich mit einer unnachahmlich chevaleresken Bewegung vor die Gruppe, die ihn erschießen wird, sagt die Worte: „bon jour, Messieurs, devant la mort nous sommes tous des camarades" – wird vom diensthabenden Kriegsgerichtsrat unterbrochen, der wahrscheinlich eine aufreizende Rede fürchtet. Von nun an bleibt der Delinquent stehen, ruhig, todesgewiß, in der Haltung vollkommen.

Nun kommt das zweite Auto. Miß Cavell steigt aus, neben ihr ein evangelischer Pfarrer, ein bekannter Berliner Geistlicher, der ihr die letzte Nacht zur Seite gestanden hat. Edith Cavell ist vielleicht zweiundvierzig Jahre alt, hat graues bis weißes Haar, keinen Hut auf, blaues Schneiderkleid an, dürres maskenhaftes Gesicht, steifer stotternder Gang, schwere muskuläre Hemmungen, aber ohne Zaudern, ohne Stocken geht sie abwärts, wo die Pfähle stehen. Ein Augenblick Halt, sie und der Pfarrer; einige Meter ab von der weißen Latte; sie spricht leise mit dem Pfarrer, was hat sie ihm gesagt, er hat es mir später erzählt: sie stirbt gern für England und läßt Mutter und Brüder grüßen, die in der britischen Armee im Felde stehen. Andere Frauen bringen größere Opfer: Männer, Brüder, Söhne, sie gibt nur ihr eigenes Leben – o Vaterland, drüben über dem Meer, o Heimat, die sie grüßen läßt. Ruhiger Abschied von dem Pfarrer.

Letzter Akt. Er dauert kaum eine Minute. Die Kompanie präsentiert, der Kriegsgerichtsrat liest das Todesurteil vor. Der Belgier und die Engländerin bekommen eine weiße Binde über die Augen und die Hände an ihren Pfahl gebunden. Ein Kommando für beide: Feuer, aus wenigen Metern Abstand, und zwölf Kugeln, die treffen. Beide sind tot. Der Belgier ist umgesunken. Miß Cavell steht aufrecht am Pfahl. Ihre Verletzungen betreffen hauptsächlich den Brustkorb, Herz und Lunge; sie ist vollkommen und absolut momentan tot; ganz verkehrt zu sagen, daß sie angeschossen sich gequält habe und durch einen Fangschuß am Boden getötet worden sei. Sie war vielmehr noch während des Rufes Feuer unbezweifelbar tot. Nun schreite ich an den Pfahl, wir nehmen sie ab, ich fasse ihren Puls und drücke ihr die Augen zu. Dann legen wir sie in einen kleinen gelben Sarg, der abseits steht. Sie wird sofort beigesetzt, die Stelle soll unbekannt bleiben. Man befürchtet Unruhen wegen ihres Todes oder eine nationale Prozession aus der Stadt, darum Eile und dann Schweigen und Geheimnis um ihr Grab. –

Der politische Hintergrund zu dieser Hinrichtung war folgender: Die Lage der deutschen Besatzungsarmee in Belgien war während der ersten Monate außerordentlich schwierig.

Ein dichtbevölkertes Reich, die schnellgeschlagene, nach England abtransportierte aktive Armee war klein gewesen, also waren die Männer im Land. Noch war kein Stellungskrieg, noch Bewegungskämpfe, richtiger Feldzug hin und her, Kanonendonner von der flandrischen Front, mal näher, mal weiter, jeden Augenblick konnten die Alliierten zurückkommen, auf des Messers Schneide jede Stunde. Eine geringe Besatzung von Landsturmmännern die Aachen-Brüsseler Bahn entlang, die einzige Zufuhrstrecke für Etappe und kämpfende Armeen. Eine schwache, inaktive deutsche Truppe hielt die Hauptstadt, die schöne impulsive, aufgeregte, haßerfüllte Hauptstadt; an ihrer Spitze ein Oberbürgermeister, der offen gegen die Verordnungen des deutschen Kommandanten handelte; die Bevölkerung von absolut unverdeckter Feindschaft; die nationalen Farben und Kokarden handtellergroß an Hut und Knopfloch, an Schirm und Schlips; Überfälle nachts, Gefahr in den Straßen, Verbot für Soldaten, allein auszugehen, Angriffe auf Eisenbahnen, Sprengungen von Tunnels, Attentate auf Truppentransporte, also unsichere Lage, unentschiedener Krieg.

Das Land durchzogen von Organisationen der feindlichen Macht. Zur Beobachtung des Gegners, zur Sammlung der nationalen Kräfte, zu aktiver Operation. Dazu ein geheimer Nachrichtendienst von unerklärlicher Präzision: jeder Schritt der deutschen Front vorwärts oder rückwärts schon nach Minuten bekannt und auf den Mienen der Flanierenden abzulesen, jeder Vorgang bei uns, jedes militärische Ereignis der Etappe unverzüglich zu den Alliierten weitergefunkt. Vor allem aber die Tätigkeit der Sammlung, Werbung und Organisation der wehrfähigen Belgier und ihr nächtlicher Transport in Etappen über die holländische Grenze bis zu den Ententedepots.

Zahllose Spionageprozesse von seiten der deutschen Kriegsgerichte, und immer stellte es sich heraus: Frauen hatten gehandelt, Frauen angeblich die Pläne ersonnen, die Taten vollbracht. Frauen wurden nicht erschossen, Frauen wurden nach Aachen gebracht, mit Arbeit beschäftigt, und bei Kriegsende stand ihnen Belohnung und Heldenruhm bevor. Die Männer waren immer harmlos und hatten die Küche besorgt. In den Frauen glühte das Feuer, sie waren die Häupter der Organisation. Das schwache Geschlecht – konnte man die Strafe gegen sie vollstrecken?
Der Prozeß gegen Edith Cavell galt etwa zwanzig Angeklagten, an ihrer Spitze die Engländerin. Sie waren eine dieser Organisationen. Ihre spezielle Tätigkeit hatte darin bestanden, die aus den Herbstschlachten 1914 in Nordfrankreich und Belgien zurückgebliebenen, teils verwundeten, teils flüchtigen Engländer und Franzosen zu sammeln, zu pflegen, zu verbergen und mit den wehrfähigen Belgiern zusammen nach Holland zu transportieren. Sie waren ein eingearbeitetes System. Seine Zentrale war die Wohnung von Miß Cavell in Brüssel gewesen. Miß Cavell, als Engländerin seit langem von den deutschen Behörden aus Belgien ausgewiesen, blieb in der Stadt und blieb der organisatorische Impuls. Miß Cavell wohnte schon seit Jahren in Brüssel, war von Beruf Lady nurse, hatte Kindergärtnerinnen ausgebildet, war eine Zeitlang Pflegerin im Krankenhaus St. Gilles gewesen und hatte bei Kriegsausbruch unter der Firma einer Rote-Kreuz-Ambulanz ihre Behausung zu diesen politischen Zwecken eingerichtet und ausgebaut. Ihre verbotene Tätigkeit erstreckte sich vom August 1914 bis zum Sommer 1915, wo sie verhaftet wurde.

Nun begann der Prozeß. Interessante Verschwörer, soziales Durcheinander: die belgische Prinzessin Croy, die französische Gräfin Belleville, Intellektuelle, Rechtsanwälte, ein Apothekerpaar aus Namur, Ingenieur Baucq[1], dessen Erschießung ich vorhin schilderte, schließlich armselige Kohlenarbeiter aus der Borinage, die man für ein paar Francs pro Nacht gemietet hatte, die Gruppen durch die Wälder zu führen. Abenteuerlust, Patriotismus, frechster Hohn gegen uns, die Boches, Anklagen der Verschwörer unter- und gegeneinander, Verzweiflung, Ohnmacht, nationale Verhetzung, alles spielte sich während der zwei Tage der Verhandlung vor uns ab.

Es wurde erwiesen durch: Agenten unserer Gegenspionage, durch Beschuldigungen der Angeklagten untereinander, durch schriftliche Originalien, es wurde zugestanden von der Angeklagten Miß Cavell, und ich hörte es aus ihrem eigenen Munde: daß diese, ihre Organisation etwa dreihundert feindliche Soldaten und wehrfähige Belgier im Laufe der Monate gesammelt, ausgerüstet und über die belgisch-holländische Grenze geschafft hatte. Dieser Prozeß war keine kriegsgerichtliche Erpressung, vielmehr standen den Angeklagten Verteidiger ihrer Wahl, also belgische Rechtsanwälte, zur Seite. Der Tatbestand war gar nicht zu bezweifeln. Wie erinnere ich mich der bitteren und verzweifelten Rufe der mitangeklagten Arbeiter, die durch Bestechung und die Drohung, sie den nationalen Komitees zu denunzieren, von den Hauptbeklagten, insonderheit Miß Cavell, verführt worden waren, die obengeschilderten Dienste zu übernehmen. Wie erinnere ich mich der glänzenden Plädoyers der belgischen Anwälte, die zum Teil deutsch sprachen, den objektiven Vorgang gar nicht bestritten, sondern unter erstaunlichen Hinweisen auf die preußische Geschichte die Reinheit der Beweggründe betonten und um Gnade baten. Miß Cavell selbst, von vielen Seiten ihrer Mitbeschuldigten schwer belastet, verhielt sich äußerst reserviert, sprach leise und wenig, trug immer ihr starres undurchdringliches Gesicht, wirkte nicht sehr lebendig. Andere, die Gräfin Belleville, waren an Haß, Beleidigungen gegen das Gericht, an Nationalismus das Fanatischste, das ich erlebt habe.

Sieben Angeklagte wurden zum Tode verurteilt, der Rest mit schweren Zuchthausstrafen bedacht. Vollstreckt wurde das Urteil an Miß Cavell und dem Ingenieur Baucq, der noch von einem anderen Prozeß her bereits zum Tode verurteilt war. Ich war zu der Verhandlung kommandiert worden, da man bei der großen Anzahl von Angeklagten, der voraussichtlich langen Dauer des Prozesses und den zu erwartenden hohen Strafen eine sanitäre Hilfe zur Stelle haben wollte. Ich trat nur einmal in Funktion, um eine Frau aus einer Ohnmacht zu erwecken. Die übrige Zeit hörte ich zu und sprach in den Pausen mit den Angeklagten. Soweit die Tatsachen.

Wie ist die Erschießung von Miß Cavell zu beurteilen? Formell ist sie zu Recht erfolgt. Sie hatte als Mann gehandelt und wurde von uns als Mann bestraft. Sie war aktiv gegen die deutschen Heere vorgegangen, und sie wurde von diesen Heeren zermalmt. Sie war in den Krieg eingetreten, und der Krieg vernichtete sie. Auch die Franzosen haben eine Frau als Spion erschossen. Ich glaube, daß die Frau von heute für diese Konsequenz nicht nur Verständnis hat, sondern sie fordert.

Hätte sie nun begnadigt werden sollen? Aus der Logik des militärischen Systems konnte es nicht geschehen. Man denke diese dreihundert feindlichen Soldaten, die nun drüben standen. Man denke diese kriegsstarke Kompanie, die auf unsere Soldaten schoß. Man denke dreihundert Gewehre an der Yser oder bei Langemarck, von Edith Cavell aufgestellt, mähten in unsere Linien hinein. Welches Kriegsgericht hätte sie nicht zum Tode verurteilen müssen, welcher

Gouverneur, der sich für seine Truppe verantwortlich fühlte, sie begnadigen können?[2]

Es ist in liberalen Kreisen üblich, die Hinrichtung von Edith Cavell als die grausame Tat rachsüchtiger Militaristen hinzustellen. Im vorigen Sommer gelegentlich der Hinrichtung von Sacco und Vanzetti schrieb ein Berliner Blatt, dieser Justizmord in Amerika sei ebenso zu verwerfen wie der deutsche an Miß Cavell. Ich meine aber, was unseren Fall angeht, man kann nicht den Krieg bekämpfen[3], aber das Leben lang die Dynastie feiern, der Armee ihre Gehälter bewilligen, die Heeresberichte besingen und dann den General denunzieren, der die Kanone bedient, und den Gouverneur, der das Feuer befiehlt, das ist unverständig, wo immer es geschieht, bei uns oder drüben.

Und schließlich, um der tapferen Tochter des englischen Volkes, die nun in London zwischen den Königen ruht und nach der in Amerika die Felsen heißen, auch die letzten Maßstäbe nicht schuldig zu bleiben: wie dächte sie selber über eine Geschichte, die sich innerhalb der liberalen Atmosphäre und der bürgerlichen Humanität bewegt? Das große Phänomen des historischen Prozesses, sowohl als Ganzes tief und widersinnig wie im einzelnen tragisch und absurd, könnte es geschaffen und getragen werden von einer Menschheit, die mit Begnadigung rechnet? Nein, die Weltgeschichte ist nicht der Boden des Glücks, und die Pfosten des Pantheons sind mit Blut bestrichen derer, die handeln und dann leiden, wie das Gesetz des Lebens es befiehlt.

ÜBER DEN AMERIKANISCHEN GEIST

Ich werde mich darauf beschränken über Literatur zu sprechen. In ihr ist der Einfluß, soweit es das Nachkriegs-Deutschland angeht, enorm. Es gibt eine Gruppe von Dichtern, die glauben, sie hätten ein Gedicht verfaßt, indem sie „Manhattan" schreiben. Es gibt eine Gruppe von Dramatikern, die glauben, sie manifestierten das moderne Drama, wenn sie die Handlung in einem Blockhaus in Arizona spielen lassen und wenn eine Flasche Whisky auf dem Tisch steht. Die ganze junge deutsche Literatur seit 1918 arbeitet mit dem Schlagwort Tempo, Jazz, Kino, Übersee, technische Aktivität, bei betonter Ablehnung aller seelischen Probleme. Der Einfluß des Amerikanismus ist so enorm, weil er in mancher Hinsicht anderen Geistesströmungen ähnelt, die den jungen Deutschen heute formen: Marxismus, die materialistische Geschichtsphilosophie, die rein animalistische Gesellschaftsdoktrin, Kommunismus, deren niveaulose Angriffe gegen das individualistische und das metaphysische Sein gerichtet sind.

Ich persönlich bin gegen Amerikanismus. Ich bin der Meinung, daß die Philosophie des rein utilitaristischen Denkens, des Optimismus à tout prix, des „keep smiling", des dauernden Grinsens auf den Zähnen, dem abendländischen Menschen und seiner Geschichte nicht gemäß ist. Ich hoffe, daß der Europäer, wenigstens in den reinen Typen seiner Künstler, immer das bloß Nützliche, den Massenartikel, den Kollektivplan verschmähen und nur aus seinem inneren Selbst leben wird.

BÜCHER, DIE LEBENDIG GEBLIEBEN SIND

Prinzipiell bin ich, was Bücher angeht, anderer Meinung wie Sie. Man kann die Allgemeinheit wohl nicht entwickeln oder beeinflussen; ein Buch hat wohl auch gar nicht die Aufgabe, einem möglichst großen Bevölkerungsteil Erkenntnisse oder Eindrücke zu übermitteln. Je älter ich werde, um so mehr bilde ich mir die Vorstellung, daß es Vermittlungen zwischen produktiver und rezeptiver Menschheit nicht gibt, und daß geistige Größe historisch unwirksam ist. Anderseits, was das Buch angeht, weiß wohl der elementare und seelisch ruhelose Mensch von vornherein und instinktiv, wo er seine Nahrung findet, und man braucht ihn nicht zu beraten. Ich kann Ihnen daher nur biographisch mitteilen, welche Bücher *ich* immer wieder lese, Bücher, die mich überall begleiteten, Bücher, mit denen ich alterte. Es sind etwa folgende: *Heinrich Mann, Die Göttinnen; Jens Peter Jacobsen, Niels Lyhne* (in der Reclam-Übersetzung, mit dem schönen Vorwort von *Theodor Wolff* aus dem Jahre 1889); *Hamsun, Stadt Segelfoß; D'Annunzio, Feuer.* Von allgemeineren Werken: *Taine, Philosophie der Kunst; Burckhardt, Zeit Konstantins des Großen; Weininger, Geschlecht und Charakter; Kerr, Das neue Drama; Bertram, Nietzsche.* Aus den letzten Jahren: *Conrad, Lord Jim* und *Herz der Finsternis* (aus dem Band *Jugend*).

GRUSS AN KNUT HAMSUN

Die ersten und die letzten Sätze seiner Bücher sind so unvergeßlich. „In den letzten Tagen dachte und dachte ich an des Nordlandsommers ewigen Tag" ist ihr Anfang; „und draußen im Süden singen die wilden Schwäne ihr Lied" ihr Ende. Seine großartigsten Figuren sind diese aufgeblasenen Ladenschwengel mit ihrem Staat an Fingerringen und ihrer Pracht von Schleifen an den Schuhen: „bei uns ist ja ein Umsatz in großem Stil" sagen sie, und: „wir haben im Sinn, eine Ordre von zwanzig- bis dreißigtausend Kronen zu geben" und legen dabei ein Paket Gelatine und einen Meter Fliegengaze Frau Leuchtturmwächter vor. O Sirilund, Wasser und Feste; Siebenhügelstadt aus Heringstrockenplätzen, Genesis vom Lofotenmeer: „Kleines und Großes geschieht, ein Zahn fällt aus, ein Mann aus den Reihen heraus, ein Sperling auf die Erde herunter."

ÜBER DIE ROLLE DES SCHRIFTSTELLERS IN DIESER ZEIT

Sehr geehrter Herr Gerhart Pohl, wie ich aus dem Septemberheft der „Neuen Bücherschau" ersehe, haben Sie indirekt durch mich zwei Ihrer alten Redaktionsmitglieder verloren. Herr Kisch und Herr Becher traten aus Ihrem Redaktionskomitee aus, weil Sie im Juli einen Aufsatz von Max Herrmann über mich veröffentlichten. Beider Opposition, die sie in Briefen an Sie darlegen, richtet sich nach zwei Seiten: erstens gegen gewisse Formulierungen von Max Herrmann, zweitens gegen mich persönlich, meine literarische Erscheinung, meine geistige Position. Über dies letztere erlauben Sie mir, einige Bemerkungen zu machen, auch wenn sie Ihren persönlichen Ansichten nicht entsprechen sollten.

Ich beginne damit, Herrn Kisch vorzuhalten, daß er mich fahrlässig zitiert. Er wirft mir „widerliche Aristokratie" vor, die aus jeder meiner Zeilen „stinkt" und fährt begründend fort: „er (Benn) zitiert sogar zustimmend die Wehklagen, ‚daß Fürsten im Rinnstein und Landstreicher Diktatoren sind' (Wo liegen Fürsten im Rinnstein, und wenn schon!) und daß sich die Zeit mit der Lächerlichkeit eines Kampfes ‚um eine Stundenlohnerhöhung von zwei Pfennigen abgibt'." Richtiger Unsinn! Nicht um mich zu verteidigen, sondern um festzustellen, wie unzuverlässig und unreell ein solcher literarischer Angriff basiert ist, führe ich die fragliche Stelle an. Sie steht in einem Aufsatz „Urgesicht", der im Märzheft der „Neuen Rundschau" stand, und lautet folgendermaßen:

„Jedenfalls, da stand er also vor mir: der Biologe, der Keimblattmarxist, der Anilinexporteur, der Villenzusammenforscher, der als Lamm entstieg und als Drache sprach. Das Zeitalter Bacons, das Mannesalter des Denkens, das gußeiserne Säkulum, das nicht Götter mit dem Beil machte, aber Teufel mit den Erzen: vierhundert Millionen Individuen auf einen winzigen Kontinent zusammengepfercht, fünfundzwanzig Völkerschaften, dreißig Sprachen, fünfundsiebzig Dialekte, inter- und intranationale Spannungen von Ausrottungsvehemenz, hier Kampf um Stundenlohnerhöhung von zwei Pfennigen, dort Golfmatch des Carlton-Club im blütendurchfluteten Cannes, Fürsten im Rinnstein, Landstreicher als Diktatoren, Orgie der Vertikaltrusts, Fieber der Profite: die begrenzten Reichtümer des Erdteils ökonomisch, das heißt mit Aufschlag zu verwerten."

Es kann kein Zweifel darüber sein, daß hier im einzelnen überhaupt keine Stellungnahme vorliegt, vielmehr im ganzen eine Schilderung. Eine Schilderung nämlich der Widersinnigkeit, der Monstrosität, des Chaos unserer Zeit. Das Mittel der Schilderung ist das der Kontrastierung. Ich stimme keinen Wehklagen zu hinsichtlich der Fürsten, noch viel weniger erlaube ich es mir lächerlich zu finden, daß Kämpfe um Stundenlohnerhöhungen stattfinden, vielmehr wird jeder den Tenor heraushören, es sei unfaßlich, es sei nahezu erschütternd, es bedürfe dringend einer Feststellung, daß Arbeiter für eine Erhöhung ihres Stundenlohns um zwei Pfennige kämpfen müssen im gleichen Augenblick, wo ein Golfmatch im Carlton-Club des blütendurchfluteten Cannes die kapitalistische Welt in Atem hält. Ist also der Abschnitt aggressiv, dann ist er antizivilisatorisch, antikapitalistisch. Jeder hört das, sonderbar, daß ein so populärer Schriftsteller wie Herr Kisch, der die bürgerlichen Zeitungen beliefert, es nicht wahrgenommen haben sollte.

Im übrigen aber nehme ich die Aristokratie meiner schriftstellerischen Art durchaus für mich in Anspruch und, wenn sie einem Journalisten von, wie er sich uns eben darstellte, so oberflächlichem Hinsehn des Herrn Kisch widerlich erscheint, nehme ich sie um so freudiger an mein Herz. Denn wenn meine geringe Art zu schriftstellern überhaupt eine bestimmte Tendenz vertritt, so allerdings ganz ausgesprochenermaßen die, den Typ des unfundierten Rum- und Mitläufers, des wichtigtuerischen Meinungsäußerers, des feuilletonistischen Stoffbesprengers, des Verschleuderers des Worts, des Schmocks und Schwätzers, dessen Persönlichkeit ihren Talenten und Energien nach gar nicht danach ist, irgendeinen Gedanken historischen oder erkenntnismäßigen Charakters zu Ende denken zu können, in seiner ganzen Nebensächlichkeit empfinden zu lassen – zugunsten eines reservierten Typs, der mit eigenem geistigen Besitz, durch ältere Herkunft legitimiert, in längerer Arbeit an sich selbst gezüchtet, in einem immer wieder zu sich selber zurücklaufenden Rhythmus stilisiert, aus der unheimlichen Gebundenheit des Ich immer von neuem produktive Vorstöße versucht in ein Weites und Allgemeines, das wahrscheinlich der einzige wirklich kollektivistische Besitz des menschlichen Geschlechts ist; eines Typs, der zögert, weil er von Unübersehbarem weiß; eines Typs, der Grenzen sucht, und dessen Äußerungen daher nicht im Schnalzen und Schnaufen des rasenden Reporters vor sich gehen, sondern im Tempo jener „zärtlichen Langsamkeit", hinsichtlich derer es keinem freisteht, Ohren zu haben, sondern hinsichtlich deren es ein Vorrecht ohnegleichen ist, Hörer zu sein.

Und in ähnlicher Richtung gehen meine Gedanken betreffend die „schöne Seele", mit der Herr Becher mich herabzusetzen meint. Es ist doch wohl kein Zweifel, Schönheit ist ein menschliches Faktum, genau wie Stundenlohnerhöhung oder Klassenkampf, auch nicht weniger real, und man kann sich schon entschließen, ihr ergeben zu sein. Ich meine mit Schönheit allerdings nicht jene wolkige, mulmige, ölige Irisierung, die über politischen Phrasen, kindischen Utopien, kosmischen Morgenröten, Menschheitsdämmerungen und den Wunschträumen hinsichtlich einer allgemein zugänglichen, international garantierten Behäbigkeit und Behaglichkeit der menschlichen Gemeinschaft liegt – ich denke an eine härtere Schönheit, an eine Schönheit aus anderen Kategorien, an „jene Augenblicke und Wunder, wo eine große Kraft freiwillig vor dem Maßlosen und Unbegrenzten stehenblieb, wo ein Überfluß an feiner Lust in der plötzlichen Bändigung und Versteinerung, im Feststehen und sich Feststellen auf einem noch zitternden Boden genossen wurde". Ich meine jenes Goldene und Kalte, welches alle Dinge zeigen, die sich vollendet haben. Ich meine eine Schönheit, die sich mischt aus einem Gehirn, das sich selbst erlebte, und einem Gefühl, das sich selbst erlitt – vor eine solche schöne Seele trete ich hin.

Aber verlassen wir die Personen, betrachten wir die Sache. Becher und Kisch gehen davon aus, daß jeder, der heute denkt und schreibt, es im Sinne der Arbeiterbewegung tun müsse, Kommunist sein müsse, dem Aufstieg des Proletariats seine Kräfte leihen. Warum eigentlich? Soziale Bewegungen gab es doch von jeher. Die Armen wollten immer hoch und die Reichen nicht herunter. Schaurige Welt, kapitalistische Welt, seit Ägypten den Weihrauchhandel monopolisierte und babylonische Bankiers die Geldgeschäfte begannen, sie nahmen zwanzig Prozent Debetzinsen. Hochkapitalismus der alten Völker, der in Asien, der am Mittelmeer. Trust der Purpurhändler, Trust der Reedereien, Import-Export, Getreidespekulation, Versicherungskonzerne und Versicherungsbetrug, Fabriken mit Arbeitstaylorismus: der schneidet das Leder, der näht die Röcke, Mietswucher, Wohnungsschiebungen, Kriegslieferanten mit Befreiung der Aktionäre vom

Heeresdienst – schaurige Welt, kapitalistische Welt und immer die Gegenbewegungen: mal die Helotenhorden in den kyrenischen Gerbereien, mal die Sklavenkriege in der römischen Zeit, die Armen wollen hoch und die Reichen nicht herunter, schaurige Welt, aber nach drei Jahrtausenden Vorgang darf man sich wohl dem Gedanken nähern, dies sei alles weder gut noch böse, sondern rein phänomenal.

Es fragt sich also, ist es überhaupt vernünftig, ist es heroisch, ist es radikal, dem armen Teil der Menschheit vorzuspiegeln, daß sie es als Ganzes besser haben kann? Das „brillante Narrenspiel der Hoffnung“, von dem Burckhardt einmal spricht, das man den Völkern vorgaukelt, spielt es nicht hier? Das Leben eine Orange, die im Baum hängt, und wer eine Leiter hat, die hoch genug reicht, der kann sie pflücken rund und golden und abgeschlossen in seine Hand, ist das noch Erkenntnis? Ich las kürzlich – und ich spreche im folgenden nicht von der Armut, der ungerechten Verteilung der Güter, sondern von einem Propagandakomplex der politischen Bewegung – ich las bei einem englischen Nationalökonomen, daß der Arbeiter in England heute komfortabler und mondäner lebt als in früheren Jahrhunderten die Großgrundbesitzer und die Herren der Schlösser. Er führt das im einzelnen aus an den Wohnungen, die früher dunkel und eng waren und nicht zu heizen; an der Nahrung, man mußte alles Vieh zu Martini schlachten, da man es die Wintermonate nicht ernähren konnte; an den Krankheiten, denen man ohne Wehr gegenüberstand. Also heute leben die Arbeiter wie die Reichen vor drei Jahrhunderten, und heute und in drei Jahrhunderten wird wieder das gleiche Verhältnis sein und immer so fort und immer geht es weiter hinan und empor und mit Sursum corda und per aspera ad astra und mit Menschheitsdämmerungen und Morgenröten – das alles ist doch schon gar nicht mehr individuell erlebbar, das ist doch ein funktioneller Prozeß der Tatsache der menschlichen Gesellschaft, das ist extrahuman, wie kann ich denn verpflichtet sein, mich einem Prozeß zuzuwenden, dessen ideologische Aufmachung ich als erkenntniswidrig empfinde und dessen menschlicher Ursprung, weit vor mir und weit fort von mir aus eigenen Kräften seinen Lauf begann und seine Richtung nahm?

Nein, mir kommt der Gedanke, ob es nicht weit radikaler, weit revolutionärer und weit mehr die Kraft eines harten und fiten Mannes erfordernder ist, der Menschheit zu lehren: so bist du und du wirst nie anders sein, so lebst du, so hast du gelebt und so wirst du immer leben. Wer Geld hat, wird gesund, wer Macht hat, schwört richtig, wer Gewalt hat, schafft das Recht. Die Geschichte ist ohne Sinn, keine Aufwärtsbewegung, keine Menschheitsdämmerungen; keine Illusionen mehr darüber, kein Bluff. Die Geschichte ist der Schulfall des Fragmentarischen, ein Motiv Orient, eine Mythe Mittelmeer; sie übersteht den Niagara, um in der Badewanne zu ertrinken; die Notwendigkeit ruft und der Zufall antwortet. Ecce historia! Hier ist das Heute, nimm seinen Leib und iß und stirb. Diese Lehre scheint mir weit radikaler, weit erkenntnistiefer und seelisch folgenreicher zu sein als die Glücksverheißungen der politischen Parteien. Ja, es erscheint mir geradezu angebracht, nach den zehn Jahren, die wir hinter uns haben, und nach allem, was man aus Rußland hört, dem einmal ins Gesicht zu sehen: dem Typischen des proletarischen Prozesses, der Immanenz des revolutionären Schocks, dem reinen Umschichtungscharakter der neuen Machtlage bei gleichgebliebener imperialistischer und kapitalistischer Tendenz. Aber dazu gehört natürlich mehr Mut, als den Nachklängen der Französischen Revolution zu lauschen, sich mit den Spätfarben des Darwinismus zu drapieren, die Zukunft zu belasten und Träume zu beschwören, die doch andere verwirklichen sollen. Denn die Herren, von denen wir ausgingen, die schreiben doch höchstens Gedichte und Feuilletons, die Visage hinhalten wenn es losginge, das müßten doch die Trimmer, die Kumpels, die Proleten, während jene die Anfeuerung besorgten aus ihren Etagenwohnungen oder ihrem Luftkurort.

Die Völker und ihre politischen Führer! Die Völker, die jeden kreuzigen und bespeien, auch wenn sie ihn später als ihren Retter rufen, sei es Christus, sei es Clemenceau. Die Führer, die nichts um des Volkes willen tun, alles nur aus Eitelkeit, aus Machtgier, im idealsten Fall aus Fanatismus zu einer fixen Idee. Erblicken Sie irgendeinen Sinn darin, zu ihnen überzugehen? Ich erblicke keinen Sinn, ich höre keine Stimme, ich sehe keine Figur. Ich halte die Tiefe für unerforscht, aus der sie beide stammen und zu der sie beide treiben, aber schon daß Sie die Tiefe fühlen, trennt Sie von beiden gleich. Natürlich höre ich die große Frage der Zeit: Ich oder Gemeinschaft, Hingabe an den sozialen Verband oder Selbstgestaltung, Politisierung oder Sublimierung, wie weit ist es erlaubt sich abzusondern, sich zurückzuziehen, seiner Aristokratie zu leben, sich auf die Spitze zu treiben – aber ich habe keine andere Antwort darauf als die, die das Dasein mich lehrte: es ist alles erlaubt, was zum Erlebnis führt. Einziges Kriterium der Wahrheit und des Sinns! Ob es allgemeingültig ist, steht nicht bei mir. Das Leben geht keinen Schritt, ohne andere zu schlagen. Das Leben der andern nicht, ohne mich zu schlagen; mein Leben nicht, ohne andere zu schlagen: vulnerant omnes, ultima necat (alle verwunden, die letzte tötet) – las ich auf den Stunden einer Sonnenuhr.

Wenn also Herr Kisch in dem Brief an Sie schreibt, daß für ihn der literarische Lieferant politischen Propagandamaterials turmhoch über dem überlegenen Weltdichter steht, so fühlen wohl einige, daß dies keine Erfassung des Weltprozesses bedeutet, sondern die Formulierung einer niedrigen Funktion. Aber es ist die Stimme der Zeit. Es würde nichts nützen, ihr die Erinnerung an die großen Kulturphilosophen des vorigen Jahrhunderts wachzurufen, die in der Arbeit eines Lebens gefunden zu haben glaubten, daß die historischen Wendepunkte aus dem Nichts hervorträten, die großen schöpferischen Akte geschähen jäh. Sie bedürfen keiner literarischen Lieferanten und keines politischen Propagandamaterials, auf dem Wege des Fortschritts und mit der Länge der Zeit geschähen sie nicht. Soziale Kämpfe, Klassenbewegungen, Machtverschiebungen, Typenwertungen seien ihre Begleiterscheinungen, ihre Ursachen nie. Ihre Ursache läge im Irrationalen, das kein Dogma erreicht, das nur das Ich erschließt. Es würde nichts nützen. Auch gibt es Dinge, die es verdienen, daß man niemanden von ihnen überzeugt.

Sie werden also alleinstehen. Gut, keine Schande. Sie müssen es hinnehmen, Sie können mit nichts rechnen. Zwischenreich, stumme Gefährten; Abart, Introversion. Zitternder Boden, über den manchmal ein Schatten fällt, eine zarte Gestalt, Traum eines Meisters, den Sie wie ich verehren, eine Hirtin, die herniedersteigt, Mnais, „den windigen Morgen auf ihren spiegelnden Hüften, hoch und allein“.

KÖNNEN DICHTER DIE WELT ÄNDERN?

Rundfunkdialog

A.: Sie haben in zahlreichen Aufsätzen[1] hinsichtlich der Figur des Dichters einen Standpunkt vertreten, der ungefähr folgendes besagt: der Dichter hat keine Wirkung auf die Zeit, er greift in den Lauf der Geschichte nicht ein und kann seinem Wesen nach nicht eingreifen, er steht außerhalb der Geschichte. Ist das nicht ein etwas absoluter Standpunkt?

B.: Wünschten Sie, ich hätte geschrieben, der Dichter solle sich für das Parlament interessieren, die Kommunalpolitik, die Grundstückskäufe, die notleidende Industrie oder den Aufstieg des fünften Standes?

A.: Es gibt doch aber eine Reihe namhafter Schriftsteller, die Ihre ablehnende Stellung nicht teilen und aus der Anschauung heraus arbeiten, daß wir an einer Wendung der Zeit stehen, daß ein neuer Menschentyp sich bildet und daß der Weg in eine gänzlich veränderte und bessere Zukunft beschrieben werden kann?

B.: Natürlich können Sie eine bessere Zukunft beschreiben, es gab immer Erzähler der Utopie, zum Beispiel Jules Verne oder Swift. Was die Wendung der Zeit angeht, so habe ich schon wiederholt meine Untersuchungen darauf gerichtet, daß die Zeit sich immer wendet, immer ein neuer Menschentyp sich bildet und daß Formeln wie Menschheitsdämmerung und Morgenröte schon allmählich Begriffe von einer geradezu mythischen Solidität und Regelmäßigkeit darstellen.

A.: Sie halten also jede Beteiligung des Dichters an der Diskussion von Zeitfragen für abwegig?

B.: Für Liebhaberei. Ich sehe, daß eine Gruppe von Schriftstellern für Abschaffung des § 218 eintritt, eine andere für Beseitigung der Todesstrafe. Das ist der Typ von Schriftstellern, der seit der Aufklärung seine sichtbare Stellung in der Öffentlichkeit einnimmt. Sein Gebiet sind lokale Ereiferungen, freigeistige Bestrebungen, in denen der berühmte Kampf Voltaires für Calas und das j'accuse Zolas unverkennbar nachklingt.

A.: Und Sie nehmen diese Richtung der Schriftstellerei in die Grenzen der Dichtung nicht auf?

B.: Erfahrungsgemäß befindet sie sich selten innerhalb dieser Grenzen. Schriftsteller, deren Arbeit auf empirische Einrichtungen der Zivilisation gerichtet ist, treten damit auf die Seite derer über, die die Welt realistisch empfinden, für materiell gestaltet halten und dreidimensional in Wirkung fühlen, sie treten über zu den Technikern und Kriegern, den Armen und Beinen, die die Grenzen verrücken und Drähte über die Erde ziehen, sie begeben sich in das Milieu der flächenhaften und zufälligen Veränderungen, während doch der Dichter prinzipiell eine andere Art von Erfahrung besitzt und andere Zusammenfassungen anstrebt als praktisch wirksame und dem sogenannten Aufstieg dienende.

A.: Sie sagen: der Techniker und der Krieger. Die also allein, meinen Sie, verändern die Welt?

B.: Was sich an ihr verändern läßt. Ja, ich meine allerdings, daß der diesen beiden übergeordnete Begriff, nämlich der des Wissenschaftlers, der eigentliche und prinzipielle Gegenspieler des Dichters ist, der Wissenschaftler, der einer Logik lebt, die angeblich allgemeingültig sein soll, aber doch nur lukrativ ist, der einen Wahrheitsbegriff durchgesetzt hat, der den populären Vorstellungen von Nachprüfbarkeit, allgemeiner Erfahrbarkeit, Verwertbarkeit weitgehend entgegenkommt, und der eine Ethik propagiert, die das Primat des Durchschnitts sichert. Ich begreife, daß ein Volk, das nichts anderes gelernt hat, als Kunst und Wissenschaft immer in einem Atem zu nennen, gierig die Weisheit der Aufklärung in sich aufnehmen mußte, die die beiden Figuren immer nebeneinanderstellt, ganz besonders in einem Jahrhundert, in dem die Wissenschaft wirklich einen Elan hatte, der sich als schöpferisch gab. Aber ich begreife noch mehr: fahren Sie an einem Sonntag hundert Kilometer nördlich von Berlin in die Gegend des Großen Kurfürsten, Fehrbellin, und die friderizianischen Orte: eine Landschaft kärglich und dürr, gar nicht zu beschreiben, Ortschaften, die Armut und Notdurft[2] in Person, wahre Brutstätten von Kausaltrieb, da wird es sich für Sie erklären, warum der Dichter der „Penthesilea" immer eine peinliche und arrogante Figur bleiben mußte in einem Volk, dem aus der Erscheinung des Ackerbürgers und Ortsvorstehers die praktische Nützlichkeit als Grundlage seiner farblosen Empfindungen[3] anerzogen wurde.

A.: Sie wollen also sagen: Die „Penthesilea" ist eine große Dichtung, aber sie hat nicht die geringste Wirkung ausgeübt, weder politisch noch sozial noch in der Bildungsrichtung.

B.: Genau das will ich sagen. Und ferner, daß vor unseren Augen das Beispiel der nächsten großen deutschen Dichtung nach „Penthesilea", nämlich „Die kleine Stadt" von Heinrich Mann, genausowenig irgendeine Wirkung ausgeübt hat, nicht einmal eine stilistische. Man kann es nicht anders ausdrücken: Kunstwerke sind phänomenal, historisch unwirksam, praktisch folgenlos. Das ist ihre Größe.

A.: Das ist doch aber eine vollkommen nihilistische Auffassung von der Dichtung?

B.: Wenn gesellschaftlicher Fortschritt positiv ist, unbedingt. Sehen Sie die Reihe von Kunstwerken, die Ihnen die Geschichte hinterließ, in einem Zug an sich vorüberziehen.

Nofretete und den Dorertempel, Anna Karenina oder den Nausikaagesang der Odyssee – nichts an ihnen weist über sich hinaus, nichts bedarf einer Erklärung, nichts will wirken außerhalb seiner selbst, es ist der Zug in sich versunkener Gestalten, schweigsamer und vertiefter Bilder, wenn Sie das nihilistisch nennen wollen, ist es der besondere Nihilismus der Kunst.

A.: Sie sehen diesen Zug der schweigsamen Gestalten – ich zeige Ihnen einen anderen Zug. Sechsunddreißigtausend offene Tuberkulöse leben in Berlin und finden keine Stätte, vierzigtausend Frauen sterben in Deutschland jährlich an den Folgen eines verbotenen Eingriffs; infolge jenes von Ihnen zitierten Paragraphen. Gedenken Sie des unsäglichen und rührenden Kampfes um Bildung, den die Mehrzahl unserer Volksgenossen kämpft. Gedenken Sie der Arbeitslosen, junge Männer, Dreißigjährige, die in der Stadt keine Beschäftigung und keinen Lohn finden, aber dafür in ihrer Wohnung Schlafburschen und Ratten. Hören Sie folgendes Dokument: ein elfköpfiger Haushalt, der Vater trinkt, die Mutter erwartet die Niederkunft des zehnten Kindes, die Vierzehnjährige kauft sich für einen Groschen Rinderblut beim Schlächter, gießt es sich über die Brust, um mit Hilfe dieses fingierten Blutsturzes aus der überfüllten Wohnung in eine Lungenheilstätte zu gelangen. Das ist doch Kummer, das sind doch Tränen, schuldloser Jammer, Bastardierungen des Glücks – da sieht der Dichter zu?

B.: Ich zögere nicht einen Augenblick: ja, da sieht der Dichter zu. Nicht der, der die Zivilisationslektüre verfaßt und für den Abend die geistigen Vorwände für die Kulissenverschiebungen, der beim Bankett neben dem Minister sitzt, die Nelke im Frack und fünf Weingläser am Gedeck: der unterschreibt Aufrufe gegen die Notstände der Zeit. Aber der sieht zu, der weiß, daß der schuldlose Jammer der Welt niemals durch Fürsorgemaßnahmen behoben, niemals durch materielle Verbesserungen überwunden werden kann. Hygienische Wunschräusche kurzbeiniger Rationalisten: hab Rente im Herzen und Höhensonne im Haus. Eine Schöpfung ohne Grauen, Dschungeln ohne Bisse, Nächte ohne Mahre, die die Opfer reiten – nein, der Dichter sieht zu in der vor keinem Tod zu verleugnenden Überzeugung, daß er allein die Substanz besitzt, das Grauen zu bannen und die Opfer zu versöhnen: so sinke, ruft er ihnen zu, so sinke denn, aber ich könnte auch sagen: steige.[4]

A.: Merkwürdige Substanz! Aber ich möchte demgegenüber –

B.: Demgegenüber! Sie meinen, daß jeder, der heute denkt und schreibt, es im Sinne der Arbeiterbewegung tun müsse, Kommunist sein müsse, dem Aufstieg des Proletariats seine Kräfte leihen. Warum eigentlich? Wie begründen Sie das? Soziale Bewegungen gab es doch von jeher. Die Armen wollten immer hoch und die Reichen nicht herunter. Schaurige Welt, kapitalistische Welt, seit Ägypten den Weihrauchhandel monopolisierte und babylonische Bankiers die Geldgeschäfte begannen, sie nahmen zwanzig Prozent Debetzinsen. Hochkapitalismus der alten Völker, der in Asien, der am Mittelmeer. Trust der Purpurhändler, Trust der Reedereien, Import-Export, Getreidespekulation, Versicherungskonzerne und Versicherungsbetrug, Fabriken mit Arbeitstaylorismus: der schneidet das Leder, der näht die Röcke, Mietswucher, Wohnungsschiebungen, Kriegslieferanten mit Befreiung der Aktionäre vom Heeresdienst – schaurige Welt, kapitalistische Welt, und immer die Gegenbewegungen: mal die Helotenhorden in den kyrenischen Gerbereien, mal die Sklavenkriege in der römischen Zeit, die Armen wollen hoch und die Reichen nicht herunter, schaurige Welt, aber nach drei Jahrtausenden Vorgang darf man sich wohl dem Gedanken nähern, dies sei alles weder gut noch böse, sondern rein phänomenal.

Es fragt sich also, ist es überhaupt vernünftig, ist es heroisch, ist es radikal, dem armen Teil der Menschheit vorzuspiegeln, daß sie es als Ganzes besser haben kann? Das „brillante Narrenspiel der Hoffnung“, von dem Burckhardt einmal spricht, das man den Völkern vorgaukelt, spielt es nicht hier? „Mit der Menge listen“, das Lassallesche Wort, versucht man es nicht hier? Das Leben eine Orange, die im Baum hängt, und wer eine Leiter hat, die hoch genug reicht, der kann sie pflücken rund und golden und abgeschlossen in seine Hand, ist das noch Erkenntnis? Ich las kürzlich – und ich spreche im folgenden nicht von der Armut, der ungerechten Verteilung der Güter, sondern von einem Propagandakomplex der politischen Bewegung – ich las bei einem englischen Nationalökonomen, daß der Arbeiter in England heute komfortabler und mondäner lebt als in früheren Jahrhunderten die Großgrundbesitzer und die Herren der Schlösser. Er führt das im einzelnen aus an den Wohnungen, die früher dunkel und eng waren und nicht zu heizen; an der Nahrung, man mußte alles Vieh zu Martini schlachten, da man es die Wintermonate nicht ernähren konnte; an den Krankheiten, denen man ohne Wehr gegenüberstand. Also heute leben die Arbeiter wie die Reichen vor drei Jahrhunderten, und heute und in drei Jahrhunderten wird wieder das gleiche Verhältnis so sein und immer so fort und immer geht es weiter hinan und empor und mit Sursum corda und per aspera ad astra und mit Menschheitsdämmerungen und Morgenröten – das alles ist doch schon gar nicht mehr individuell erlebbar, das ist doch ein funktioneller Prozeß der Tatsache der menschlichen Gesellschaft, das ist extrahuman, wie kann ich denn verpflichtet sein, mich einem Prozeß zuzuwenden, dessen ideologische Aufmachung ich als erkenntniswidrig empfinde und dessen menschlicher Ursprung weit vor mir und weit fort von mir aus eigenen Kräften seinen Lauf begann und seine Richtung nahm?

Nein, mir kommt der Gedanke, ob es nicht weit radikaler, weit revolutionärer und weit mehr die Kraft eines harten und fiten Mannes erfordernder ist, der Menschheit zu lehren: so bist du und du wirst nie anders sein, so lebst du, so hast du gelebt und so wirst du immer leben. Wer Geld hat, wird gesund, wer Macht hat, schwört richtig, wer Gewalt hat, schafft das Recht. Das die Geschichte! Ecce historia! Hier ist das Heute, nimm seinen Leib und iß und stirb. Diese Lehre scheint mir weit radikaler, weit erkenntnistiefer und seelisch folgenreicher zu sein als die Glücksverheißungen der politischen Parteien. Ja, es erscheint mir geradezu angebracht, nach den zehn Jahren, die wir hinter uns haben, und nach allem, was man aus Rußland hört, dem einmal ins Gesicht zu sehen: dem Typischen des proletarischen Prozesses, der Immanenz des revolutionären Schocks, dem reinen Umschichtungscharakter der neuen Machtlage bei gleichgebliebener imperialistischer und kapitalistischer Tendenz. Aber dazu gehört natürlich mehr Mut, als den Nachklängen der Französischen Revolution zu lauschen, sich mit den Spätfarben des Darwinismus zu drapieren, die Zukunft zu belasten und Träume zu beschwören, die doch andere verwirklichen sollen. Denn die Herren, von denen wir ausgingen, die schreiben doch höchstens Hymnen und Feuilletons, die Visage hinhalten, wenn es losginge, das müßten doch die Trimmer, die Kumpels, die Proleten, während jene die Anfeuerung besorgten aus ihren Etagenwohnungen oder ihrem Luftkurort.

A.: Direkt gefragt: Sie sind also im wesentlichen mit dem herrschenden Wirtschaftssystem einverstanden?

B.: Direkt geantwortet: Ich halte Arbeit für einen Zwang der Schöpfung und Ausbeutung für eine Funktion des Lebendigen.

A.: Reichlich kosmisch!

B.: Aber ich lasse Ihnen ja Ihre Techniker und Krieger, Wissenschaft, Wirtschaftstheorien[5] und Literatur – das ganze freischwebende Gemecker der Zivilisation, ich fordere für den Dichter nur die Freiheit, sich abzuschließen gegen eine Zeitgenossenschaft, die zur Hälfte aus enterbten Kleinrentnern und Aufwertungsquerulanten, zur anderen aus lauter Hertha- und Poseidonschwimmern besteht: er will seine eigenen Wege gehen.

A.: Artistik.

B.: Nein, Moral. Undurchdringlicher Modder der Zivilisationsgesinnung, Ethos nur als Regelung sozialer Bindungen zu sehen. Der Künstler, der hat kein Ethos, das ist ein Freibeuter, ein Schnorrer, ein Ästhet. Der schmiert sich alles aus dem Handgelenk zusammen, ein dummer August, gestern ein Barfüßerdrama und morgen ein promethidisches Pamphlet. Ach, wem soll man es klarmachen: sieben Jahre, so schrieb einer, sieben Jahre kämpfte ich einsam in Stadt und Land, sieben Jahre, wie Jakob um Rahel rang, rang ich um eine Seite Prosa, um einen Vers! Wen soll man hinweisen auf jenen Essay von Heinrich Mann, er handelt von Flaubert, es wird geschildert, wie Flaubert, nachdem er so viel Kunst geschrieben hatte, etwas anderes schreiben wollte, etwas menschlich Gutes, etwas Sympathisches, die Sorgen des Alltags, das Glück aller, aber ganz unmöglich, gar nicht in die Technik zu fassen, gar nicht in die novellistische Erkenntnis zu bannen, er mußte immer weiter im Stil, immer weiter im Joch der Sätze, immer wieder in das sagenhafte Bett, das Kopf und Glieder verstümmelt: Kunst. Oft auch denke ich, wie ungeheuer ein so zarter Mann wie Nietzsche gelitten haben muß, als er den Satz schrieb: wer fällt, den soll man auch noch stoßen, dies harte, dies brutale Wort. Aber er hatte keine Wahl, er mußte das Schiff besteigen, Mittag schlief auf Raum und Zeit und nur ein Auge sah ihn an: Unendlichkeit. Es gab für ihn keine andere Moral als die Wahrheit seines Stils und seiner Erkenntnis, denn alle ethischen Kategorien münden für den Dichter in die Kategorie der individuellen Vollendung.

A.: Eigentlich schauerlich. Aber haben nicht doch die Künstler seit Urzeiten der Menschheit gedient, indem sie durch Nachbildung und dichterische Darstellung den beunruhigenden Erscheinungen das Erschreckende und Furchtbare genommen haben?

B.: Das ist durchaus das, was ich vorhin gelegentlich der Substanz andeutete. Der Dichter, eingeboren durch Geschick in das Zweideutige des Seins, eingebrochen unter acherontischen Schauern in das Abgründige des Individuellen, indem er es gliedert und bildnerisch klärt, erhebt es über den brutalen Realismus der Natur, über das blinde und ungebändigte Begehren des Kausaltriebes, über die gemeine Befangenheit niederer Erkenntnisgrade und schafft eine Gliederung, der die Gesetzmäßigkeit eignet. Das scheint mir die Stellung und Aufgabe des Dichters gegenüber der Welt. Sie meinen, er solle sie ändern? Aber wie sollte er sie denn ändern, sie schöner machen – aber nach welchem Geschmack? Besser – aber nach welcher Moral? Tiefer – aber nach dem Maßstab welcher Erkenntnisse? Woher soll er überhaupt den Blick nehmen, mit dem er sie umfaßt, das Wissen, um sie zu führen, die Größe für Gerechtigkeit gegenüber ihren Zielen – auf wen sollte er sich denn überhaupt stützen – auf sie, „die in lauter Kindern lebt“, wie Goethe sagt, „aber die Mutter, wo ist sie?“

A.: Er nimmt also die Maßstäbe allein aus sich selbst, verfolgt keine Zwecke und dient keiner Tendenz?

B.: Er folgt seiner individuellen Monomanie. Wo diese umfassend ist, erwirkt sie das äußerste Bild von der letzten dem Menschen erreichbaren Größe. Diese Größe will nicht verändern und wirken, diese Größe will sein. Immer beanstandet von der Stupidität des Rationalismus, immer bestätigt von den Genien der Menschheit selbst. Einer Menschheit, die, soweit ich ihr Schicksal übersehe, nie Überzeugungen folgte, sondern immer nur Erscheinungen, nie Lehren, sondern immer Bildern, und die sich von zu weit her verändert, als daß unsere Blicke sie verfolgen könnten.

A.: Also schreibt der Dichter Monologe?

B.: Autonomien! Es arbeitet hier, um ein Schillersches Wort zu gebrauchen, die regellos schweifende Freiheit am Bande der Notwendigkeit. Diese Notwendigkeit aber ist transzendent, nicht empirisch, nicht materiell, nicht opportunistisch, nicht fortschrittlich. Sie ist die Ananke, sie ist das Lied der Parze: aus Schlünden der Tiefe gerechtes Gericht. Sie ist das Geheimnis des Denkens und des Geistes überhaupt. Sie trifft nur wenige, und Dichter und Denker sind in ihrer letzten Form vor ihr identisch. Wie jene Skulptur von Rodin: der Denker, die über dem Eingang zur Unterwelt steht, ursprünglich der Dichter hieß, ihnen beiden gilt der Spruch am Sockel des Steins: der Titan versunken in einen schmerzlichen Traum. Wie ihnen beiden das gar nicht zu übertreffende Bild von Nietzsche in seinem Aufsatz „Die Philosophie im tragischen Zeitalter der Griechen" gehört: „keine Mode kommt ihnen hilfreich und erleichternd entgegen"; ein Riese, schreibt er, ruft dem anderen durch die öden Zwischenräume der Zeiten zu und ungestört durch mutwilliges lärmendes Gezwerge, welches unter ihnen wegkriecht, setzt sich das hohe Geistergespräch fort.

KÜNSTLERS WIDERHALL

Selbst der moderne Lyriker expressionistischer Herkunft findet gelegentlich einen Widerhall, und zwar aus Kreisen, von denen er es am wenigsten erwarten durfte. So schrieb vor einiger Zeit eine Studienrätin von einem Mädchengymnasium in Mainz einen Brief an mich, in dem sie mich um die Auslegung eines bestimmten Verses in meinem Gedicht „Der junge Hebbel" bat. Sie habe, so schrieb sie, beim letzten Abiturientenexamen ihren Schülerinnen unter drei Aufsatzthemen auch dies: die stilkritische Darstellung jenes obengenannten Gedichtes gegeben und vier von den Kandidatinnen hätten sich mit größter Bravour dieser Aufgabe entledigt.

Nicht weniger überraschend war ein Aufsatzheft, das ich aus einem Neuköllner Gymnasium geschickt bekam. Das Thema eines Aufsatzes hieß: „Meine Bekanntschaft mit einem modernen Dichter und seinem Werk", und ein Primaner hatte mich erwählt. In einem vierzehn Seiten langen Essay von erstaunlicher Begabtheit erörterte er meine Arbeiten. Ich sah das Original des Aufsatzes mit den roten Strichen des Lehrers, der in der freimütigsten Weise alle Zitate, selbst aus der realistischsten Periode meiner schriftstellerischen Existenz, unbeanstandet passieren ließ. Einmal hatte der Primaner geschrieben: „Dies Gedicht las ich das erstemal in der Mathematikstunde und war berauscht." Der Lehrer schrieb mit roter Tinte an den Rand: „Sehr begreiflich, aber hören Sie doch lieber zu!" Sein Urteil lautete, daß es in hohem Maße anerkennenswert sei, sich mit einem schwierigen modernen Geist zu befassen, der Aufsatz sei gut. Das scheint mir doch wirklich liberal und modern und war mir eine große Überraschung in bezug auf Widerhall. –

Eine besondere Art von Widerhall bietet die Berliner Gesellschaft. Ich unterscheide sogenannte Pegasus-Gesellschaften, das sind Gesellschaften, bei denen die Dame des Hauses bei Tisch zu einem herüberruft: „Nun, Herr Doktor, ich höre, Sie besteigen auch den Pegasus" und bei denen das Wesen, das man führt, sofern jemand verlauten läßt, daß er einen am Radio vernommen habe, äußert: „Nanu, Sie sind wohl Rezitator?"

Unter Widerhall muß man es wohl auch rechnen, wenn bei einer Gelegenheit, bei der man vorgestellt wird, ein Herr ganz ungeniert zu seinem Nachbar bemerkt: „Der sieht doch aber ganz normal aus!"

Das Happy-End aber erlebte ich kürzlich nach einem Radiovortrag am Berliner Sender. Der Widerhall bestand in einem Strauß von fünfundzwanzig Rosen und einer Karte, auf der mit einer ungewöhnlich angenehmen Damenhandschrift ohne Namen und ohne Unterschrift stand: „Il n'y a que vous."

ROMAN DES GESCHÄFTSREISENDEN

Zu: Otto Roeld, Malenski auf der Tour

Unter den Büchern, die ich in letzter Zeit gelesen habe, hat mich dies besonders berührt. Es schildert ein Milieu, das mir bisher aus Büchern nicht bekannt war, und hinter dem Helden als Einzelerscheinung steht neu und melancholisch eine etwas bedrängte soziale Schicht. Malenski ist Reisender, Handlungsreisender, Vertreter. Mit Galanteriewaren befährt er die böhmischen Mittel- und Kleinstädte. Trikotagen, Schuhbänder, Gummiartikel sind sein Ressort, Zigarrenspitzen, Peitschenstäbe, Taschenspiegel notiert er für die Firma, zweitausenddreihundertunddreißig Artikel enthält seine Kollektion, die Musterkoffer wiegen hundertachtzig Kilo. Montag früh geht es los, schon tags zuvor packt man die Reisetasche, hält Kleingeld für den Kofferträger parat, „guten Morgen. Herr Malenski", grüßt der Schaffner und öffnet die Coupétür; zuerst wird das Handgepäck versorgt, der Musterkoffer wird als Begleitgut abgefertigt, den Zettel verwahrt man in der Brieftasche, dann reguliert man die Heizung oder öffnet das Fenster, bereitet das zweite Frühstück vor, das Kundenverzeichnis wird vorgenommen. Auf den Hauptstrecken ist für die Geschäftsreisenden ein eigener Waggon reserviert, das ist die „Handelskammer", „wen haben Sie?" ist der Fachausdruck für die Frage, welches Haus man vertritt. Nun fährt man, fährt, fährt, immer die gleiche Landschaft, kennt jeden Baum, jeden Bach, steigt gerädert aus, jagt durch die Straßen nervös, weil auch ein Konkurrent in dieser Gegend arbeitet, muß die Fahrtanschlüsse berücksichtigen, den Wochen- und Jahrmärkten ausweichen, den Kirchweihfesten, da an solchen Tagen die

Kaufleute nicht empfangen; tappt durch Dreck und Schnee: keine Fahrgelegenheiten auf die Dörfer; dann das Hotelzimmer: nicht sauber, nicht warm; dann das Essen: jeden Tag anderes Bier, anderes Fett, andere Zubereitung; schließlich geht man zu Bett, die Bettwäsche ist naßkalt, man liegt mit offenen Augen da, könnte vielleicht einschlafen, aber unten im Bierausschank beginnt ein Höllenlärm, Gegröle, Gläserklirren, Zeter und Mordio – ein nicht endender Radau.

Gehetzte Existenzen. Am Anfang der Karriere ist man portalscheu, steht zögernd vor den Häusern, später tritt man rüstig ein. Malenski seinerseits betritt den Laden nicht zu hastig, nicht erschreckend, ein Besuch ist kein Überfall, wünscht verbindlich einen guten Morgen, er fragt: wie ist das werte Befinden? Wo sind die Kinderchen? Frau Gemahlin verreist? Herr Vater noch leidend? Doch wohl schon besser? Der Herr Sohn in der Stadt? Die Prüfung bestanden? Und was erzählt man dann, um ein Menschenherz zu erfreuen: daß der Sohn des Konkurrenten im Laden gegenüber ein Wechselreiter ist, die Tochter, die in der Großstadt erzogen wird, sich nicht des besten Rufes erfreut; schließlich bewundert man ein Regal, konstatiert, daß die Auslagekästen frisch gestrichen sind, daß der kleine Erich beträchtlich gewachsen ist seit dem letzten Sommer, damals, als man die Partie Wollwesten so billig an Hand hatte – apropos die Wollwesten! – der Anschluß ist gefunden, das Eis gebrochen, nun kann man die Preisliste hervorziehen und das Orderbuch aus der Tasche.

Zigeuner; Zigeuner ohne Freiheit und ohne Rechte. Kein leichtes Gewerbe, Miseren auf Schritt und Tritt. Abweisungen von den unkonservativ gewordenen Firmen, man muß verzichten, man ballt die Fäuste, man beißt die Zähne zusammen und geht, verzieht keine Miene: „ein andermal vielleicht, grüß Gott, es hat mich gefreut." Man muß grinsen und freundlich tun, das gehört zum Geschäft, und weiter geht der Kampf, der Kampf mit Wind und Wetter, der Kampf mit den Kunden. Scharfbemessene Reisespesen, aber man muß sich halten, muß immer nach oben liegen, in den Hotels, wo man regelmäßig absteigt, nicht der Geizkragen sein. Der Herr Malenski! Bestellt nicht Butterbrot und Käse zum Abendessen, sagt nicht, wie manche tun: „ich darf vor dem Schlafengehen keine Fleischspeisen essen, – Ober, zwei kernweiche Eier!" Nein, das tut er nicht. Malenski genehmigt mitunter ein Kompott nach der Mahlzeit, liebt auch Musik, wiegt sich gern in ihre Melodien ein, schlägt den Takt mit und deshalb läßt er auch die Musikanten leben, täuscht nicht Eile vor, wenn er an dem Teller vorübergeht. So vergeht die Woche und wenn sie zu Ende läuft, wenn man halbtot, verstaubt und atemlos im Kontor erscheint, beginnt der Kampf mit dem Chef: „wie ist es Ihnen ergangen", sagt er – wie ist es mir ergangen, meint er; der Chef, der alles besser weiß, kopfschüttelnd die Aufträge kritisiert, die Preise seiner Verkaufsliste für konkurrenzlos niedrig ansieht und das Renommee seiner Firma für eine lockende Flamme hält, in die sich die Kunden, wehrlos wie die Motten, stürzen müssen.

„Ein Geschäftsreisender", sagt Santos-Achilles Löwenbein, der in Kaffee fährt, „führt ein Doppelleben: mit den Füßen ist er auf der Tour und mit dem Kopf ist er zu Hause." Auch Malenski führt ein Doppelleben, zu Hause ist Adele, seine Frau. Adele ist eine ganz außerordentlich, ganz hervorragend sonderbare Frau, ganz anders als die anderen Frauen, anders als die Frauen der Kollegen, eine Frau, die man nicht so betrachten darf, wie man eben Ehefrauen betrachtet.

Was Wunder also, daß man manchmal Petronides bei ihr

trifft, wenn man von der Tour zurückkommt, einen Griechen, etwas ungelichteter geschäftlicher Leistung, wohl Teppichhändler, der Malenski immer mit großen Weisheiten versieht: „ich beneide Sie“, sagt er, „ ich beneide Menschen, die ein begrenztes, aufzuarbeitendes Weltbild haben“, er selber hat offenbar nichts aufzuarbeiten, bleibt in der Stadt die Woche über. Nun, er ist ein Freund des Hauses, er ist klug, gebildet, erfahren, klüger als der abgehetzte Malenski, kennt die Welt, sieht die Welt, ist aufklärend, anregend, – Adele schätzt Petronides' Art. Es gibt Gutes und Böses auf Erden, nur nicht gleich Gedanken, nicht gleich Theosophie. Auch ein Geschäftsreisender soll sich in diesen trüben Zeitläufen den Sinn für das Schöne, für das Höhere, das Angenehme nicht ganz untergraben lassen, er soll sich an Tatsachen halten, man ist Vertreter, hat Geschäfte abzuschließen, den Kundenkreis zu erweitern und auf den Umsatz zu sehen.

Dies alles steht in dem (bei Erich Reiss erschienenen) Buch, das der deutsche Autor, dessen Name mir bisher unbekannt war, in einem gespannten kurzsätzigen Stil geschrieben hat, der wie unmittelbar vom Vorgang abgelesen wirkt und den Charakter des jahrelang Erlebten und Schicksalgewordenen trägt. Kein Buch, über das man etwas Lautes sagen müßte, etwa, daß es die Kunst oder die Weltgeschichte reformiert. Ein Buch, das ganz durchdrungen ist von einer großen sozialen Melancholie, aber gleichzeitig auch von einem Kampf gegen eine unzweckmäßige Trauer darüber. Apropos die Wollwesten, Malenski ist bei den Kunden beliebt und angesehen, die Provisionsabrechnung für die letzten sechs Monate betrug achtzehn Seiten, man muß verzichten können, Bitterkeit wäre Sünde. Man ist Geschäftsreisender, nur keine Theatralik, man muß sich an Tatsachen halten, man ist auf Tour: hier taucht ein Wärterhäuschen auf, hier rast der

Gegenzug vorbei, hier hält man fünfzehn Minuten, hier steigt jeden Dienstag der Getreidehändler Bergius ein. Hier lebt man einen Tag, einen Vormittag – morgen ist man schon über alle Berge: wieder auf Reisen, immer auf Reisen – plötzlich ist alles vorüber, wird alles vorüber sein, kommt Nacht, kommt Tod, die letzte Station –.

Die letzte Station innerhalb der sozialen Maschinerie, die uns alle rammt, des Kampfes um die Existenzmittel, der uns allen die Knochen schleift, wer kämpft ihn nicht, wir hier, Malenski dort, wer brächte es weiter als er –: „froh sein, wenn man täglich den vorgeschriebenen Umsatz erreicht, wenn man abends nach getaner Arbeit zufrieden die Stiefel vor die Tür stellen kann" – nun, wer wünschte solche Stiefel nicht, wir alle, Malenski, alle Vertreter, alle auf Tour.

REISEEINDRÜCKE

Die speziellen Eindrücke meiner Reisen in Frankreich habe ich im vorigen Jahr in einem Aufsatz für Sie beschrieben. Aber es gibt noch andere Reiseeindrücke, Eindrücke allgemeinerer und dunklerer Art: Schauer der Fremde, landschaftliche oder ozeanische Berauschungen, Einbrüche aus Stätten, die waren und vorüberziehen, wiederholt habe ich aus solchen Zuständen Material für meine Verse oder Sätze gewonnen.

EINE GEBURTSTAGSREDE UND DIE FOLGEN

Über den Aufsatz als Ganzes kann ich mich kaum äußern, er erschien mir bei einmaliger Lektüre reichlich ziellos und verworren. Seine Quintessenz söllte wohl sein: Architekt Hegemann als Denker und Goethe als Vorkämpfer des Versicherungswesens: das sei das wahre intellektuelle Pathos, das sei der zeitgemäße deutsche Gewinn – nun, ich habe nichts dagegen, wessen Bedingungen so sind, der mag die Dinge so sehen.

Drei Sachen blieben mir im Gedächtnis. Erstens der Versuch des Verfassers, Heinrich Mann und den Schutzverband zu veranlassen, von mir und meiner Rede öffentlich abzurücken, da sie Heinrich Mann nicht als Politiker, sondern, unzeitgemäß und nebensächlich, als Künstler gefeiert hätte. Ich vermöchte das nicht zu verhindern, aber die Voraussetzungen waren so, daß ich vom Schutzverband, dessen Mitglied ich nicht bin, gebeten war, die Rede zu halten, und zwar, wie Dr. Eloesser, der Präsident des Bundes, es bei unserer Unterhaltung darüber bei mir als selbstverständlich voraussetzte, ohne standespolitische Gesichtspunkte, seine Worte waren: „als Dichter über einen Dichter“. Das habe ich versucht nach Maßgabe meiner Kräfte zu tun, das habe ich so getan, wie jeder, der mich kennt, wußte, daß ich es tun würde. Und wenn man das in Deutschland und auf einem Fest der schriftstellerischen Welt nicht mehr tun kann, ohne von den Kollektivliteraten in dieser ungemein dreisten Weise öffentlich angerempelt zu werden, so stehen wir allerdings in einer neuen Metternichperiode, aber in diesem Fall nicht von seiten der Reaktion, sondern von einer anderen Seite her.

Das Zweite ist die Kritik an meiner prinzipiellen Stellung zu der Frage Kunst und Sozialismus, Kunst und Politik. Da kann ich mich kurz fassen, ich habe mich oft genug dazu geäußert. Wer meine Arbeiten zu lesen geneigt war, wird in ihnen die Zustimmung finden für jede menschliche Güte, jeden Sozialismus der Tat, jede Hilfe des Erbarmens der öffentlichen wie der individuellen Hand. Aber daneben lasse ich allerdings dem Gedanken sein eigenes Recht und sein eigenes Reich nicht nehmen und gestehe zu, lieber in seinen, vielleicht einsamen und schwer zugänglichen Regionen zu atmen, als zwischen Wendekreisen des aufklärerischen Dilettantismus und des politischen Gewäschs. Ich darf ganz besonders im Augenblick dazu schweigen, als in dem „Tagebuch", das heute diese Angriffe gegen mich verstattet, vor wenigen Wochen Ludwig Marcuse in einem Essay: „Der Reaktionär in Anführungsstrichen" meine Gedankengänge untersucht hat mit dem Resultat, daß er es als unstatthaft erklärt, jemanden nur deswegen einen Reaktionär zu nennen, weil er gewisse, im Schwang befindliche soziale Theorien und Schlagworte nicht anerkennt oder nicht für so ausschlaggebend wichtig ansieht. Ich könnte höchstens heute hinzufügen, daß ich die Kunst für viel radikaler halte als die Politik: in *einer* Gestalt führt sie eine Gesellschaftsschicht zu Ende, mit *einem* Satz übergibt sie ein Jahrhundert seinem nächsten Ziel, sie allein, nicht die Politik, ist ohne Kompromiß, sie allein, nicht die Politik, reicht bis in jene seelischen Schichten hinein, in denen die wirklichen Verwandlungen der menschlichen Gesellschaft sich vollziehen, die Verwandlungen des Stils und der Gesinnung.

Das Dritte ist etwas Neues und das Interessanteste. Wessen geistiges Fundament man nicht erfassen kann, den denunziert man politisch. Einer steht nicht in der Reihe –, das ist verdächtig; einer hört den aktivistischen Phrasen schweigend zu – das wird ein Spitzel sein! Also denunziert Hegemann mich und meine Gedankengänge als faschistisch und bringt Redensarten von Hitler an, die er als vom gleichen Geist neben die meinen stellt. Hegemann arbeitet hier nicht allein, er hat, wie ich vernommen habe, geistige Hilfe erhalten. Aber sie alle zusammen fördern keine einzige Tatsache für ihre Behauptung herbei, sie weben, sie murmeln, schaffen heran, irgend etwas wird schon hängenbleiben. ja: Läuse aufs Kapitol, Stiefelwichse auf Sonnenschirme zu manipulieren, ist die besondere synthetische Produktivität des Pamphletisten. Um ihnen kurz und bündig entgegenzutreten, verweise ich auf das faschistische Organ „Der Angriff" vom 30. März, in dem ich wegen derselben Rede, wegen der mich diese braven Biedermänner des Common sense antölpeln, als zugehörig zum portugiesischen Mischvolk angesprochen werde, als Kurfürstendammjournaille, als Defaitist, als Zugehöriger zu der Liga für Menschenrechte. Es hat sich also entweder noch nicht bis in die höheren Stellen herumgesprochen, daß ich Faschist bin, oder die Begriffswelt meiner Denunzianten ist ungeklärt und Hegemann ist nicht der Kopf, sie zu entwirren. Armselige Gehirne, die jeden, der seinen Blick einmal rückwärts richtet, als Reaktionär verschrein, jeden, der nach der Herkunft oder dem Hintergrund auch geschichtlicher Bewegungen fragt, als feudalistischen Marodeur bezeichnen, jeden, der einmal vom plumpesten Materialismus fort seine Gedanken ins Dialektische oder Metaphysische wendet, als abgetakelte Epoche begeifern. Armselige, stumpfe, unerfahrene Gehirne, die schon die Diskussion des Irrationalen nicht mehr scheiden können von den geistigen Schwammigkeiten des parteimäßig organisierten Somnambulismus. Nicht Führer der Stunde scheinen mir diese zu sein, sondern nur Führer gegen die Stunde, in der doch alles darauf ankäme, die politisch verrotteten Begriffe wieder durch geistige zu klären und an geistige zu binden, statt die noch ein wenig bewahrten Dinge der Zeit ins Politische zu zerren und sie denunziativ bei der Roheit zu verdächtigen.

Das Ganze scheint mir eine Frage des inneren Niveaus und der bildnerischen Kräfte zu sein. Jeder kann nur mit den Kräften arbeiten, mit denen die Natur ihn bemittelt hat. Der eine arbeitet tatkräftig am Versicherungswesen, und der andere wird es sich nicht nehmen lassen, bei der nächsten Festrede wieder davon auszugehen, daß alles zu Versichernde nur ein Gleichnis ist, und daß in einem Zeitalter, in dem die Religionen der Götter zunichte gehen, während der Sozialismus längst nicht alle Tränen trocknet, die Kunst die besondere Aufgabe des Lebens ist, die Transzendenz, die metaphysische Tätigkeit, zu der es uns verpflichtet.

FANATISMUS ZUR TRANSZENDENZ

Da meine Väter über hundert Jahre zurück evangelische Geistliche waren, durchdrang das Religiöse meine Jugend ganz ausschließlich. Mein Vater, jetzt emeritiert, war ein ungewöhnlicher Mann: orthodox, vielleicht nicht im Sinne der Kirche, aber als Persönlichkeit; heroisch in der Lehre, heroisch wie ein Prophet des Alten Testaments, von großer individueller Macht wie Pfarrer Sang aus dem Drama von Björnson, das man in meiner Jugend spielte: Über die Kraft.

So gewiß ich mich früh von den Problemen des Dogmas, der Lehre der Glaubensgemeinschaft entfernte, da mich nur die Probleme der Gestaltung, des Wortes, des Dichterischen bewegten, so gewiß habe ich die Atmosphäre meines Vaterhauses bis heute nicht verloren: in dem *Fanatismus zur Transzendenz*, in der Unbeirrbarkeit, jeden Materialismus historischer oder psychologischer Art als unzulänglich für die Erfassung und Darstellung des Lebens abzulehnen. Aber ich sehe diese Transzendenz ins Artistische gewendet, als Philosophie, als Metaphysik der Kunst. Ich sehe die Kunst die Religion dem Range nach verdrängen. Innerhalb des allgemeinen europäischen Nihilismus, innerhalb des Nihilismus aller Werte, erblicke ich keine andere Transzendenz als die Transzendenz der schöpferischen Lust.

Ob die evangelische Kirche noch einmal die Macht gewinnt, das menschliche Sein, statt es zu verengen, es streng und unduldsam zu machen, zu einer großen geistigen Entfaltung zu bewegen, übersehe ich nicht. Ich sehe eigentlich mehr, daß die Religionen der Götter zunichte gehn, während der Sozialismus längst nicht alle Tränen trocknet, und daß *nur die Kunst* bestehen bleibt als die eigentliche Aufgabe des Lebens, seine Idealität, seine metaphysische Tätigkeit, zu der es uns verpflichtet.

DAS LAND, IN DEM ICH LEBEN MÖCHTE

Auf Ihre Rundfrage antworte ich Ihnen, daß ich nirgends anders wohnen möchte als in der Belle-Alliance-Straße, alles andere ist für meine Jahre Utopie. Auch ein anderes Zeitalter mir auszusuchen, erfordert mehr Teilnahme, Phantasie und Selbstgefälligkeit, als ich diesem Gegenstand gegenüber aufbringen kann. Lassen wir es also bei diesem April und dem Südwesten von Berlin.

FRIEDE AUF ERDEN

Der ewige Friede auf Erden, der ewige Frühling am Nordpol, der ewige Friede unter einem Geschlecht, das sich entwickelt und trägt durch Spannungen, Spaltungen, Exzesse. Destruktion und alle paar Jahrhunderte einmal durch einen – meistens etwas kranken – Geist: Nein, auch nicht unter dem Weihnachtsbaum kann ich mir einreden, daß sich die Geschichte demokratisch gibt, daß sie ein anderes Sein hat als ihre Wirklichkeit, andere Methoden als die der Macht und der Gewalt, anderes Gericht über die Völker als Entfaltung oder Untergang. Ich bin daher statt für Pazifismus für gegenständlichere Dinge, was den Augenblick angeht für ein starkes, tankgesichertes, betonuntermauertes Militärbündnis mit Frankreich, das würde wenigstens für einige Generationen die Welt im Arm wiegen wie ein Wickelkind. Dies zu verwirklichen erscheint mir der hohen Vernunft dieser beiden führenden Menschheitsvölker würdig, aber vom ewigen Frieden träumen, das kommt mir vor wie der Nachhall einer Herderschen Stimmung von den Völkern in Liedern, des Schillerschen moralisierenden Weltbürgerpathos, schwäbischer Pfarrhauslyrik, ja sogar eines verschneiten Stielerschen Idylls.

ANTWORT AN DIE LITERARISCHEN EMIGRANTEN

Sie schreiben mir einen Brief aus der Nähe von Marseille. In den kleinen Badeorten am Golf de Lyon, in den Hotels von Zürich, Prag und Paris, schreiben Sie, säßen jetzt als Flüchtlinge die jungen Deutschen, die mich und meine Bücher einst so sehr verehrten. Durch Zeitungsnotizen müßten Sie erfahren, daß ich mich dem neuen Staat zur Verfügung hielte, öffentlich für ihn eintrete, mich als Akademiemitglied seinen kulturellen Plänen nicht entzöge. Sie stellen mich zur Rede, freundschaftlich, aber doch sehr scharf. Sie schreiben: was konnte Sie dahin bringen, Ihren Namen, der uns der Inbegriff des höchsten Niveaus und einer geradezu fanatischen Reinheit gewesen ist, denen zur Verfügung zu stellen, denen das ganze übrige Europa gerade diesen Rang bestreitet? Was für Freunde tauschen Sie für die alten, die Sie verlieren werden, ein? Wer wird Sie dort verstehen? Sie werden doch immer der Intellektuelle, das heißt der Verdächtige, bleiben, und niemand nimmt Sie dort auf. Sie stellen mich zur Rede, Sie warnen mich, Sie fordern von mir eine unzweideutige Antwort – „Wer sich in dieser Stunde nicht zu uns bekennt, wird von heute an und für immer nicht mehr zu uns gehören –". Also hören Sie bitte meine Antwort, und die muß natürlich unzweideutig sein.
Ich muß Ihnen zunächst sagen, daß ich auf Grund vieler Erfahrungen in den letzten Wochen die Überzeugung gewonnen habe, daß man über die deutschen Vorgänge nur mit denen sprechen kann, die sie auch innerhalb Deutschlands selbst erlebten. Nur die, die durch die Spannungen der letzten Monate hindurchgegangen sind, die von Stunde zu Stunde, von Zeitung zu Zeitung, von Umzug zu Umzug,

von Rundfunkübertragung zu Rundfunkübertragung alles dies fortlaufend aus unmittelbarer Nähe miterlebten, Tag und Nacht mit ihm rangen, selbst die, die das alles nicht jubelnd begrüßten, sondern es mehr erlitten, mit diesen allen kann man reden, aber mit den Flüchtlingen, die ins Ausland reisten, kann man es nicht. Diese haben nämlich die Gelegenheit versäumt, den ihnen so fremden Begriff des Volkes nicht gedanklich, sondern erlebnismäßig, nicht abstrakt, sondern in gedrungener Natur in sich wachsen zu fühlen, haben es versäumt, den auch in Ihrem Brief wieder so herabsetzend und hochmütig gebrauchten Begriff „das Nationale" in seiner realen Bewegung, in seinen echten überzeugenden Ausdrücken als Erscheinung wahrzunehmen, haben es versäumt, die Geschichte form- und bilderbeladen bei ihrer vielleicht tragischen, aber jedenfalls schicksalbestimmten Arbeit zu sehen. Und mit diesem allen meine ich nicht das Schauspielhafte des Vorgangs, das impressionistisch Fesselnde von Fackeln und Musik, sondern den inneren Prozeß, die schöpferische Wucht, die in der Richtung wirkte, daß sie auch einen anfangs widerstrebenden Betrachter zu einer weitertreibenden menschlichen Umgestaltung führte.

Schon aus diesem Grunde werden wir uns kaum verstehen. Aber die Verständigung scheitert auch noch an einem anderen Problem, das seit Jahren als theoretischer Streit zwischen Ihrer Gruppe und mir stand, das sich nun aber plötzlich von so schroffer Aktualität erweist, daß es jeden vor eine direkte ausgesprochene Lebensentscheidung führt. Wir nähern uns diesem Problem am besten, wenn wir das Wort Barbarei betrachten, das in Ihrem Brief wiederholt auftaucht und auch in anderen Äußerungen die an mich gelangten. Sie stellen es so dar, als ob das, was sich heute in Deutschland abspielt, die Kultur bedrohe, die Zivilisation bedrohe, als ob eine Horde Wilder die Ideale schlechthin der Menschheit bedrohe, aber, und so lautet meine Gegenfrage, wie stellen Sie sich denn nun eigentlich vor, daß die Geschichte sich bewegt? Meinen Sie, sie sei in französischen Badeorten besonders tätig? Wie stellen Sie sich zum Beispiel das zwölfte Jahrhundert vor, den Übergang vom romanischen zum gotischen Gefühl, meinen Sie, man hätte sich das *besprochen*? Meinen Sie, im Norden des Landes, aus dessen Süden Sie mir jetzt schreiben, hätte sich jemand einen neuen Baustil *erdacht*? Man hätte *abgestimmt*: Rundbogen oder Spitzbogen; man hätte *debattiert* über die Apsiden: rund oder polygon? Ich glaube, Sie kämen weiter, wenn Sie endlich diese novellistische Auffassung der Geschichte hinter sich ließen, um sie mehr als das elementare, das stoßartige, das unausweichliche Phänomen zu sehen; ich glaube, Sie kämen den Ereignissen in Deutschland näher, wenn Sie die Geschichte nicht weiter als den Kontoauszug betrachteten, den Ihr bürgerliches Neunzehntes-Jahrhundert-Gehirn der Schöpfung präsentierte, – ach, sie schuldet Ihnen ja nichts, aber Sie ihr alles, sie kennt ja Ihre Demokratie nicht, auch nicht Ihren vielleicht mühsam hochgehaltenen Rationalismus, sie hat keine andere Methode, sie hat ja keinen anderen Stil, als an ihren Wendepunkten einen neuen menschlichen Typ aus dem unerschöpflichen Schoß der Rasse zu schicken, der sich durchkämpfen muß, der die Idee seiner Generation und seiner Art in den Stoff der Zeit bauen muß, nicht weichend, handelnd und leidend, wie das Gesetz des Lebens es befiehlt. Natürlich ist diese Auffassung der Geschichte nicht aufklärerisch und nicht humanistisch, sondern metaphysisch, und meine Auffassung vom Menschen ist es noch mehr. Und damit stehen wir vor dem Kern unseres alten Streites: Ihr Vorwurf, ich kämpfte für das Irrationale.

In Ihrem Brief lautet die Stelle so: „Erst kommt das Bekenntnis zum Irrationalen, dann zur Barbarei, und schon ist man bei Adolf Hitler.“ Das schreiben Sie in dem Augenblick, wo doch vor aller Augen Ihre opportunistische Fortschrittsauffassung vom Menschen für weiteste Strecken der Erde Bankerott gemacht hat, wo es sich herausstellt, daß es eine flache, leichtsinnige, genußsüchtige Auffassung war, daß nie je in einer der wahrhaft großen Epochen der menschlichen Geschichte das Wesen des Menschen anders gedeutet wurde als irrational, irrational heißt schöpfungsnah und schöpfungsfähig. Verstehen Sie doch endlich dort an Ihrem lateinischen Meer, daß es sich bei den Vorgängen in Deutschland gar nicht um politische Kniffe handelt, die man in der bekannten dialektischen Manier verdrehen und zerreden könnte, sondern es handelt sich um das Hervortreten eines neuen biologischen Typs, die Geschichte mutiert und ein Volk will sich züchten. Allerdings ist die Auffassung vom Wesen des Menschen, die dieser Züchtungsidee zugrunde liegt, dahingehend, daß er zwar vernünftig sei, aber vor allem ist er mythisch und tief. Allerdings denkt man hinsichtlich seiner Zukunft so, daß man ihn unten am Stamm okulieren muß, denn er ist älter als die Französische Revolution, schichtenreicher als die Aufklärung dachte. Allerdings empfindet man sehr weitgehend ihn als Natur, ihn als Schöpfungsnähe, man erlebt ja, er ist weit weniger gelöst, viel wundenvoller an das Sein gebunden, als es aus der höchstens zweitausendjährigen Antithese zwischen Idee und Realität erklingt. Eigentlich ist er ewiges Quartär, schon die letzten Eiszeiten feuilletonistisch überladener Hordenzauber, diluviales Stimmungsweben, tertiäres Bric à Brac; eigentlich ist er ewiges Urgesicht: Wachheit, Tagleben, Wirklichkeit: locker konsolidierte Rhythmen verdeckter Schöpfungsräusche. Wollen Sie, Amateure der Zivilisation und Troubadoure des westlichen Fortschritts, endlich doch verstehen, es handelt sich hier gar nicht um Regierungsformen, sondern um eine neue Vision von der Geburt des Menschen, vielleicht um eine alte, vielleicht um die letzte großartige Konzeption der weißen Rasse, wahrscheinlich um eine der großartigsten Realisationen des Weltgeistes überhaupt, präludiert in jenem Hymnus Goethes „An die Natur" –, und wollen Sie auch das noch in sich aufnehmen: über diese Vision entscheidet kein Erfolg, kein militärisches oder industrielles Resultat, wenn zehn Kriege aus dem Osten und aus dem Westen hereinbrächen, um diesen deutschen Menschen zu vernichten, und wenn zu Wasser und zu Lande die Apokalypse nahte, um seine Siegel zu zerbrechen, der Besitz dieser Menschheitsvision bliebe vorhanden, und wer sie verwirklichen will, der muß sie züchten, und Ihre philologische Frage nach Zivilisation und Barbarei wird absurd vor so viel Legitimation als geschichtliches Sein.

Aber verlassen wir die Philosophie und gehen wir zur Politik über, wenden wir uns von der Vision ab und stellen uns vor die Tatsachen der Erfahrung. Da sitzen Sie also in Ihren Badeorten und stellen uns zur Rede, weil wir mitarbeiten am Neubau eines Staates, dessen Glaube einzig, dessen Ernst erschütternd, dessen innere und äußere Lage so schwer ist, daß es Iliaden und Äneiden bedürfte, um sein Schicksal zu erzählen. Diesem Staat und seinem Volk wünschen Sie vor dem ganzen Ausland Krieg, um ihn zu vernichten, Zusammenbruch, Untergang. Es ist die Nation, deren Staatsangehörigkeit Sie besitzen, deren Sprache Sie sprechen, deren Schulen Sie besuchten, deren Wissenschafts- und Kunstpflege Sie Ihren ganzen geistigen Besitz verdanken, deren Industrie Ihre Bücher druckte, deren Theater Ihre Stücke spielte, der Sie Namen und Ruhm verdanken, von der Sie möglichst viel Angehörige zu Ihren Lesern wünschten und die Ihnen auch jetzt nicht viel getan hätte, wenn Sie hiergeblieben wären. Da werfen Sie nun also einen Blick auf das nach Afrika sich hinziehende Meer, vielleicht tummelt sich gerade ein Schlachtschiff darauf mit Negertruppen aus jenen sechshunderttausend Kolonialsoldaten der gegen Deutschland einzusetzenden berüchtigten französischen Forces d'outremer, vielleicht auch auf den Arc de Triomphe oder den Hradschin, und schwören diesem Land, das politisch nichts will als seine Zukunft sichern, und von dem die meisten unter Ihnen geistig nur genommen haben, Rache. Sie schreiben in Ihrem Brief, jetzt erst, nun aber vollends seien Sie zum „wahren Marxisten" geworden, kein Vorwurf von „Vulgärmarxismus" oder „Materialismus" könne Sie abhalten, unsere „hysterische Brutalität" zu bekämpfen, Sie ständen auf seiten „des Geistes" und zögen mit in den Krieg gegen „die politische Reaktion". Ich weiß zwar gar nicht, was Sie mit diesen Ausdrücken eigentlich sagen wollen, es klingt mir alles wie aus einem anderen Erdzeitalter, ich könnte Sie auch fragen, ob Sie auch von hysterischer Brutalität gesprochen haben, als der Staat, in dem Ihr Marxismus siegte, die zwei Millionen bürgerlicher Intelligenz erschlug. Aber ich will annehmen, Sie meinen Sozialismus, und die bedeutendsten der jetzt im Ausland lebenden deutschen Intellektuellen sind ja in den letzten Jahren oft für die Rechte des deutschen Arbeiters eingetreten, am aufrichtigsten und in der sichtbarsten Form und zu wiederholten Malen jedenfalls Thomas *Mann*. Denen also würde ich mitteilen, daß es dem deutschen Arbeiter heute besser geht als zuvor. Sie wissen, daß ich als Arzt mit vielen Kreisen, als Kassenarzt mit vielen Arbeitern in Berührung komme, auch mit früheren Kommunisten und Angehörigen der SPD, es kann gar nicht zweifelhaft sein, ich höre es von allen, daß es ihnen besser geht als zuvor. Sie werden in ihren Betrieben besser behandelt, die Aufsichtsbeamten sind vorsichtiger, die Personalchefs höflicher, die Arbeiter haben mehr Macht, sie sind besser geachtet, sie arbeiten in besserer Stimmung, in Staatsbürgerstimmung, und was die sozialistische Partei ihnen nicht erkämpfen konnte, gab ihnen diese neue nationale Form des Sozialismus: ein sie bewegendes Lebensgefühl. Seien Sie auch fest überzeugt, daß die Eroberung der Arbeiterschaft durch die neue Macht weiterschreiten wird, denn die Volksgemeinschaft in Deutschland ist kein leerer Wahn, und der Erste Mai war kein getarnter kapitalistischer Trick, er war höchst eindrucksvoll, er war echt: die Arbeit trug plötzlich nicht mehr ihren Makel als Joch, ihren Strafcharakter als proletarisches Leid, den sie die letzten Jahrzehnte trug, sondern sie stand da als Grundlage einer neu sich bildenden, die Stände auflösenden Gemeinschaft, es ist kein Zweifel, für keinen, der es sah, dies Jahr 1933 hat vielem, das seit Jahrzehnten an Sozialismen in der europäischen Luft lag, ein neues festes Gesicht gegeben und einen Teil der Menschenrechte neu proklamiert. Falls Sie also mit Ihrem Ausdruck politische Reaktion um Arbeiterrechte kämpfen wollten, müßten Sie dem neuen Staat beitreten, nicht ihn diffamieren.

Schließlich richtet sich aber Ihr Brief auch unmittelbar an meine Person. An diese richten Sie Fragen, Warnungs- und Prüfungsfragen hinsichtlich der Besonderheit ihres radikalen Sprachgefühls, das mir auf der anderen Seite nur Hohn und Spott eintragen würde, schließlich nach ihrer Verehrung bestimmter literarischer Köpfe, die jetzt auf *Ihrer* Seite sich befinden. Ich antworte Ihnen: ich werde weiter verehren, was ich für die deutsche Literatur vorbildlich und erzieherisch fand, ich werde es verehren bis nach Lugano und an das Ligurische Meer, aber ich erkläre mich ganz persönlich für den neuen Staat, weil es mein Volk ist, das sich hier seinen Weg bahnt. Wer wäre ich, mich auszuschließen, weiß ich denn etwas Besseres – nein! Ich kann versuchen, es nach Maßgabe meiner Kräfte dahin zu leiten, wo ich es sehen möchte, aber wenn es mir nicht gelänge, es bliebe mein Volk. Volk ist viel! Meine geistige und wirtschaftliche Existenz, meine Sprache, mein Leben, meine menschlichen Beziehungen, die ganze Summe meines Gehirns danke ich doch in erster Linie diesem Volke. Aus ihm stammen die Ahnen, zu ihm kehren die Kinder zurück. Und da ich auf dem Land und bei den Herden großwurde, weiß ich auch noch, was Heimat ist. Großstadt, Industrialismus, Intellektualismus, alle Schatten, die das Zeitalter über meine Gedanken warf, alle Mächte des Jahrhunderts, denen ich mich in meiner Produktion stellte, es gibt Augenblicke, wo dies ganze gequälte Leben versinkt, und nichts ist da als die Ebene, die Weite, Jahreszeiten, Erde, einfache Worte –: Volk. So kommt es, daß ich mich denen zur Verfügung stelle, denen Europa, wie Sie schreiben, jeden Rang abspricht. Dies Europa! Das hat wohl Werte, – wo es nicht bestechen und schießen kann, da steht es wohl recht kläglich da! Jetzt flüstert es Ihnen ins Ohr, es sei nicht das Volk, das sich hinter Hitler stellte, nur seine „Schafe“, wie es Lady Oxford in „News Chronicle“ eben schrieb. Eine große Täuschung! Es ist das Volk! Vergleichen Sie einmal die beiden Geister Hitler und Napoleon. Napoleon war wohl sicher das große individuelle Genie. Nichts trieb Frankreich als Volk, die Pyramiden zu erobern und Europa mit seinen Heeren zu überziehen, dahin trieb es allein dies riesige militärische Genie. Heute und hier aber können Sie immer wieder die Frage hören: schuf Hitler die Bewegung oder die Bewegung ihn? Diese Frage ist bezeichnend, man kann sie beide nämlich nicht unterscheiden, da sie beide identisch sind. Es liegt hier wirklich jene magische Koinzidenz des Individuellen und des Allgemeinen vor, von der *Burckhardt* in seinen

Weltgeschichtlichen Betrachtungen spricht, wenn er die großen Männer der historischen Weltbewegung schildert. Die großen Männer – alles ist da: die Gefahren des Anfangs, ihr Auftreten fast immer nur in schrecklichen Zeiten, die ungeheure Ausdauer, die abnorme Leichtigkeit in allem, namentlich auch den organischen Funktionen, dann aber auch die Ahnung aller Denkenden, daß er es sei, um Dinge zu vollbringen, die nur ihm möglich und dabei notwendig sind. Beachten Sie wohl, ich sagte: aller Denkenden, und Sie wissen, wie über alles ich den Gedanken stelle. Es ist ein großer Eigensinn, der Eigensinn, der dem Menschen Ehre macht, nichts in der Gesinnung anerkennen zu wollen, was nicht durch den Gedanken gerechtfertigt ist, mit diesem Hegelwort überprüfte ich von je mein politisches Gefühl. Wollen Sie mir also glauben, wollen Sie sich also nicht täuschen, was auch immer Europa Ihnen zuflüstert, hinter dieser Bewegung steht friedliebend und arbeitswillig, aber, wenn es sein muß, auch untergangsbereit, das ganze Volk.

Schließlich noch etwas, über das Sie im Ausland, wenn Sie das Vorstehende lesen, sicher Bescheid wissen wollen: *ich gehöre nicht zu der Partei, habe auch keine Beziehung zu ihren Führern, ich rechne nicht mit neuen Freunden.* Es ist meine fanatische Reinheit, von der Sie in Ihrem Brief so ehrenvoll für mich schreiben, meine Reinheit des Gedankens und des Gefühls, das mich zu dieser Darstellung treibt. Ihre Grundlagen sind dieselben, die Sie bei allen Denkern der Geschichte finden. Der eine sagte: die Weltgeschichte ist nicht der Boden des Glücks *(Fichte)*; der andere: Völker haben bestimmte große Lebenszüge an den Tag zu bringen, und zwar völlig ohne Rücksicht auf die Beglückung des einzelnen, auf eine möglichst große Summe von Lebensglück *(Burckhardt)*; der dritte: die zunehmende Verkleinerung des

Menschen ist gerade die treibende Kraft, an die Züchtung einer stärkeren Rasse zu denken. Dazu: eine herrschaftliche Rasse kann nur aus furchtbaren und gewaltsamen Anfängen emporwachsen. Problem: wo sind die Barbaren des zwanzigsten Jahrhunderts (*Nietzsche*). Das alles hatte die liberale und individualistische Ära ganz vergessen, sie war auch geistig gar nicht in der Lage, es als Forderung in sich aufzunehmen und es in seinen politischen Folgen zu übersehen. Plötzlich aber öffnen sich Gefahren, plötzlich verdichtet sich die Gemeinschaft, und jeder muß einzeln hervortreten, auch der Literat, und sich entscheiden: Privatliebhaberei oder Richtung auf den Staat. Ich entscheide mich für das letztere und muß es für diesen Staat hinnehmen, wenn Sie mir von Ihrer Küste aus zurufen: Leben Sie wohl.

DAS VOLK UND DER DICHTER

Zu 1: Ich habe die Wahrnehmung gemacht, daß meine Bücher, von denen keines Auflagen erreichte und für die kein Verlag Reklame machen konnte, weit intensiver in die Allgemeinheit gewirkt haben, als ich nach den statistischen Tatsachen annehmen konnte. Heute im Augenblick, wo ich infolge meiner politischen Ansichten ungemein viel Zuschriften bekomme, sehe ich zu meinem Erstaunen, daß sich viel mehr Menschen, als ich annahm, offenbar eingehend mit meinen Arbeiten befaßt haben, vor allem sehe ich, daß einzelne mich auf Verse und gedankliche Erlebnisse in meinen Schriften in einer so interessanten und bedeutungsvollen Weise anreden, wie sie nur ein wirklich vertiefter, aus innerer Notwendigkeit stammender Umgang mit einem Buch mit sich bringen kann. Meine Erfahrung geht also dahin, daß Bücher sehr intensiv in Teile der Volksgemeinschaft dringen können, auch wenn sie an Auflagen und äußeren Erfolgen gar nichts aufzuweisen haben.

Zu 2: Ich kann auch heute nicht umhin, eine „stärkere praktische Annäherung zwischen Volk und Dichtung" nur in der Richtung zu wünschen, daß nicht die Dichtung populärer und allgemeinverständlicher wird, sondern daß der Staat öffentliche Einrichtungen, Akademien, Hochschulen, Seminare dazu hergibt, die Nation damit zu durchdringen, in der Dichtung die wahre eigengesetzliche Transzendenz, die tiefe geheimnisvolle Hieroglyphe des eigentlichen Volkswesens zu sehen. Ein Staat, der das versuchte, wie es der neue deutsche Staat versucht, auch wenn es mißlänge, behielte dauernden Ruhm. Aber man muß sich klar sein, daß offenbar ganz ungeheuer komplizierte Beziehungen zwischen Volk und Dichtung bestehen, viel kompliziertere als mit allen anderen Künsten, seit je, die Geschichte lehrt es.

Man bedenke, daß in dem großartigsten Jahrhundert des europäischen Seins, dem grundlegenden Jahrhundert des Abendlandes, auf das wir noch heute täglich zurückblicken, Äschylos, Gigant des Dichterischen bis zu uns, Marathonkämpfer, Olympiadichter, immer wieder und im ganzen dreimal, überhört und einsam, sein Volk verließ und fern von ihm starb; daß Goethe noch um 1800 herum sich von seinem Verleger vorrechnen lassen mußte, daß seine Bücher in dreihundert bis vierhundert Exemplaren verkauft würden, während der Räuberroman seines Schwagers Vulpius: Rinaldo Rinaldini in hohen Auflagen ging. Es muß nicht so sein, aber etwas sich Wiederholendes drückt sich darin aus. Es ist das Charakteristische nicht, aber es scheint zum Wesen und zum Umkreis des Dichterischen zu gehören. Ich möchte es ihm auch nicht nehmen lassen. Die Symbole der Größe errichten sich schwer und auf lange Sicht, und es wird ein Volk bilden, zu sehen, daß sich sein Höchstes nicht gleich belohnt. Nicht daher in der Propagierung und Plakatierung gewisser im Moment besonders brauchbarer und augenfälliger Erscheinungen von Dichter und Werk erblicke ich einen nationalen Sinn; sondern, daß es ein kleiner Efeu- und Fichtenzweig war, mit denen ein unsterbliches Zeitalter seine höchsten Sieger krönte; daß die Parzen singend die Spindel der Notwendigkeit drehen; daß nichts Beschwerliches und Unbehilfliches bleibt, wo sie sich nähert: die Vollendung; daß alles leicht und zart ist bei der unbegrenzten höchsten, der geistigen Macht –: *diese geheimen Gesetze zu künden,* die keine artistischen sind, sondern moralische und bedingungsmäßig schöpferische, in *der* Richtung erblicke ich die Aufgabe und die Tiefe einer stärkeren Annäherung zwischen Volk und Dichtung, in dieser Richtung zu lehren die seelische Grundlegung einer dichterischen Volksgemeinschaft.

SEIN UND WERDEN

Zu: Julius Evola, Erhebung wider die moderne Welt

Das Folgende ist ein kurzer Hinweis auf ein im Erscheinen begriffenes Werk, aus dem Italienischen übersetzt, dessen außerordentliche Bedeutung sich in diesem Jahr und in den nächsten klar erweisen wird. Es ist ein Buch, dessen Idee samt ihrer Begründung die Horizonte nahezu aller europäischen Probleme in etwas bisher Unbekanntes und Unsichtbares weiterrückt; wer das Buch gelesen hat, wird Europa anders sehen. Es ist dazu die erste weitgezogene Darstellung eines der geistigen Grundtriebe, der im Europa von heute wirksam ist, wirksam heißt: Epoche prägend, umfassend, das Weltgefühl zerstörend, wendend und ausrichtend, es ist der Grundtrieb gegen die Geschichte. Schon insofern ist es ein für Deutschland eminent wichtiges Buch, denn die Geschichte ist ein spezifisch deutsches Problem, die Geschichtsphilosophie eine erklärt germanische Form der Selbstbetrachtung. Goethe ist wohl der einzige große Deutsche, der nie eine Systematik des geschichtlichen Prozesses unternahm, an kein historisches Thema seine wissenschaftliche Arbeit vergab. Aber denken wir an Schiller, den klassischen Historiendichter und -denker, an die Versuche zur Geschichtsdeutung bei den Romantikern, an Hölderlins sehnsüchtige und epochebeladene Träume, an Kleists politische Aufsätze und Briefe, an Herder, Hegel, Ranke, Treitschke, und schließlich an die berüchtigte Reihe moderner Kulturphilosophen, so werden wir Nietzsches Ausdruck von dem „verzehrenden historischen Fieber“ verstehn, das uns ergriffen habe, oder wir werden aus einer anderen Stimmung heraus Oncken recht geben, der bei einer Betrachtung des neunzehnten Jahrhunderts kürzlich in einem Vortrag sagte, daß im deutschen Nationalstaat der Historismus in Wissenschaft und Kunst zu einem aufbauenden Element wie kaum bei einem anderen Volke geworden sei.

Und nun plötzlich ein Grundtrieb *gegen* die Geschichte? Wie ist das zu verstehn? Betrachten wir zwei berühmte deutsche Aufsätze zu diesem Thema, nämlich zunächst Schillers Antrittsrede in Jena: „Was heißt und zu welchem Ende studiert man Universalgeschichte" aus dem Jahre 1789. Schiller ist ganz Evolutionist: einst rohe Völkerstämme – heute unsere fortgeschrittene Kultur, traurige und beschämende Bilder des Anfangs unseres Geschlechts: „Der Mensch fing verächtlich an" – „diese Wilden" –, nämlich: Sklaverei, Dummheit, Aberglauben, gesetzlose Freiheit, roher Geschmack, „selbst seine Tugenden uns erfüllend mit Ekel und Mitleid": „*so waren wir*" –; und heute: Genuß und Arbeit, friedlicher Besitz, volkreiche Städte, weise Gesetze, gefüllte Scheunen, Wunder des Fleißes, „welches Licht auf allen Feldern des Wissens" –, „endlich unsere Staaten, mit welcher Innigkeit, mit welcher Kunst sind sie ineinander verschlungen", „die europäische Staatengesellschaft scheint in eine große Familie verwandelt", und dies alles verdanken wir der Geschichte, dies alles lehrt uns die Geschichte, sie „hält den verdienten Olivenkranz frisch und zerbricht den Obelisken, den die Eitelkeit türmte" –, „sie heilt uns von der übertriebenen Bewunderung des Altertums und von der kindischen Sehnsucht nach vergangenen Zeiten, sie bringt einen vernünftigen Zweck in den Gang der Welt", sie hat uns geführt vom „ungeselligen Höhlenbewohner" zum „geistreichen Denker", zum „gebildeten Weltmann", sie hat uns geführt in diese Stunde, die uns hier vereint, in „unser menschliches Jahrhundert" – es war 1789.

Halten wir dagegen das Jahr 1873 und Nietzsches Aufsatz

„Vom Nutzen und Nachteil der Historie für das Leben". Hier ist die Wendung gegen die Geschichte da. „Wir Deutschen empfinden in Abstraktion, wir sind durch die Historie verdorben." Wir haben „die historische Krankheit". Wir sind „die Historisch-Kranken". Es herrscht „die historische Bildung, die nur das Wort ‚Werden' kennt", zur „parodischen Mißgestalt" vermummt, eine „groteske Fratze". Es herrscht „der im Fluß des Werdens ertrunkene moderne Fanatiker des Prozesses", aber es wird die Zeit kommen, „wo niemand mehr das Wort Weltprozeß über seine Lippen wird schlüpfen lassen, ohne daß diese Lippen lächeln" – diese „Ausschweifungen des historischen Sinns". Das Unhistorische und Überhistorische seien die natürlichen Gegenmittel gegen die Überwucherung des Lebens durch das Historische. Finden wir in der Schillerschen Vorlesung den für unsere heutige Problemlage so äußerst interessanten Satz: „Die Weltgeschichte geht also von einem Prinzip aus, das dem Anfang der Weltgeschichte entgegensteht" – womit er als dieses Prinzip den Gedanken, den geistigen Ordnungsdrang meint, den er für das Höhere hält wie die rein naturhafte Bewegung des Geschehens, der „Geschichte" –, so finden wir bei Nietzsche die umgekehrte Wertung: die Geschichtswissenschaft bedarf einer höheren Aufsicht und Überwachung: durch die Gesundheitslehre des Lebens: „Soll das Leben über das Erkennen, soll das Erkennen über das Leben herrschen? Niemand wird zweifeln: Das Leben ist die höhere, die herrschende Gewalt." Zwei völlig entgegengesetzte Auffassungen also. Aber wir wollen sie nicht gegeneinander abwägen, wir wollen nicht an dieser Stelle die Nietzscheschen Begriffe des Lebens und der Gesundheit einer Kritik unterziehn, diese Begriffe, die er sich und seiner Philosophie als Grenze setzte, während wir sie heute nur noch bei ihm achten und beachten, da er sie mit seinem Werk für unsere Epoche ad absurdum führte –; wir wollen auch das denkerisch Anstößige der Schillerschen Kulturphilosophie hier außer acht lassen, vorgetragen wie immer bei ihm in der großartig bilderreichen Prosa, für die es innerhalb der deutschen Essayistik überhaupt keine Vergleiche gibt, wir wollen beide Aufsätze nur als bemerkenswerte Ausdrücke einer Stellung zum Geschichtsproblem nehmen, als Blicke auf die Geschichte, und nun einen dritten anfügen, den von Evola aus dem Jahr 1935.

„So waren wir", sagt auch Evola, aber er meint das genaue Gegenteil wie Schiller. Für Evola ist das, was bei Schiller und Nietzsche Geschichte heißt, positiv kaum noch vorhanden, es ist das, was Europa im Abstieg als Geschichte duldet. Geschichte, das ist bereits das Ende. Es ist die moderne Welt. Sie beginnt nach Evola zeitlich zwischen dem siebten und sechsten vorchristlichen Jahrhundert. Was vorher liegt, nennt er *die Traditionswelt.* Machen wir uns den Zeitpunkt klar. Es ist die Zeit zwischen Homer und der griechischen Tragödie, vor Salamis. Im Osten wäre es das Jahrhundert von Lao-tse. Er setzt den Abstieg also noch früher wie Nietzsche an, nach dem der Verfall der Seele bei Sokrates (470–399) beginnt: „Meine alte Abneigung gegen Platon, als antiantik, die ‚moderne' Seele war schon da" (Bd. 11, S. 71). Vor dem Verfall liegt nach Evola das dunkle Zeitalter des Orients, das eiserne des klassischen Altertums, das Zeitalter des Wolfs in den nordischen Ländern. Das ist die Traditionswelt. Dann beginnt die Moderne, die Relaisstationen innerhalb des Verfalls sind der Sturz des Römerreichs und Anbruch des Christentums, dann der Untergang der feudalistisch-kaiserlichen Welt, dann der Humanismus und die Reformation. Evola unterscheidet ganz scharf zwischen diesen beiden Epochen der Menschheit, der ersten mit dem Geist der Universalkultur, der zweiten nach der „Verdunkelung der Götter", Ragnarök, die Welt mit der Profankultur, der Pöbelideologie, der Kadaverweisheit, die Welt des alten, hinfälligen, erschöpften, des Dämmermenschen, des letzten Menschen. Er führt diese Zweiteilung auch formal durch, sein Buch gliedert sich in diese beiden Teile. Es ist eine anthropologische Theorie von so scharfem Dualismus, wie wir sie bei uns von Schelling her kennen, für den die ganze Weltgeschichte in zwei große Perioden zerfällt, in die zentrifugale und die zentripetale. Schelling wird von Evola öfter zitiert.

Die Traditionswelt – was ist das also? Zunächst eine neue beschwörende Vorstellung, kein naturalistischer, historischer Begriff, sondern eine Vision, eine Setzung, ein Zauber. Sie beschwört die Welt als universal, überirdisch und außermenschlich, und diese Beschwörung kann nur von da ausgehn und dahin wirken, wo noch Reste dieser Universalität vorhanden sind, also schon sich ihr nähern, sie erfassen, ist Ausnahme, Elitismus, Rang. In diesem Begriff befreien sich die Kulturen vom Menschlichen und Geschichtlichen und übertragen ihre Entstehungsprinzipien auf eine metaphysische Ebene, wo sie nun im freien Zustand zu rekonstruieren sind und das Bild des frühen, hohen, des transzendenten, des Traditionsmenschen ergeben, des Menschen, der die Überlieferung trägt. Die Lehre nun dieses frühen Menschen ist so, daß sie dem heutigen Europäer, soweit er überhaupt die Mittel besitzt, sich ihr geistig zu nähern, als völlig katastrophal, abnorm und destruktiv erscheinen muß, denn sie lautet: es gibt zwei Ordnungen, eine physische und eine metaphysische; zwei Naturen: eine niedere und eine hohe; die niedere ist das Werden, die hohe ist das Sein. Die Bewegungsformen der niederen sind Strömung, Unruhe, Bedürftigkeit, begierdehaftes Einswerden, Ohnmacht sich zu vollenden; die des Seins: Zucht, Reinigung, Fasten, in sich selbst Sein, Weihen. Mit anderen Worten, sie gibt das Bild des ursprünglichen, des Traditionsmenschen, prinzipiell des Menschen so: Der Mensch ist Geist, einsamer, unentrinnbarer Geist. Das ist zunächst, wie ich sagte, die Vision, der Zauber des Buches, aber das Epochale an ihm ist die materielle Unterlegung dieser Vision, die morphologische Sicherung dieser Vision durch die Kulturen hin –: in der Tat: das ist der Mensch, nichts anderes.

Die Tradition, die die Schöpfung dem Menschen zu tragen übergab, heißt: Geist. Unwandelbarer, unreduzierbarer Geist, Geist ohne Werden. Panta rhei – das ist Natur; der Mensch das Maß aller Dinge, das ist Geist. Das Maß aller Dinge: verwahrt im Ritus, anerkannt im Opfer, inkarniert in den Kasten, Konstruktionsprinzip der Sonnenthrone, darauf die königlichen Göttlichkeiten ruhn als Mittelpunkt, Achse, Dreher des Rades. Das sind die Herrscher der Frühe, Solare, Olympier, fremd ihnen Liebe, Nächstenliebe, Demut, Mitleid, in der Weite ihrer geistigen Kräfte ist noch kein Ich, nichts ist „Werden“, nichts ist „Wirken“, Abgeschlossenheit, Abgeschiedenheit sind ihre Attribute, die Prinzipien der geistigen Zentralität.

Es gibt zwei Ordnungen, eine geistige und eine naturhafte: der Geist, das ist die Askese und die Form; die Natur, das ist der Mangel an Begrenzung. Es gibt zwei Ränge: der Geist, das ist die Lehre der Adligen, „den Gemeinen unzugänglich“. Der Geist nennt sich in der Überlieferung „frei“, „Kenner“, „herrlich“, „Souverän“, er ist unnahbar, aus ihm steigen die Welten. Der Überlieferungslose, der Nichtgeist, der Moderne federt in den Welten herum, alles zu erforschen, zu bereisen, zu berieseln, zu beriechen –: Cook-Universalismus, als faustisch und prometheisch von den Sleepingcar-Mormonen hochgeredet, am Geist gemessen animalisch, Proletenmanier, Unterwelt, Hirnschwund. Der Traditionsmensch ist „schlaflose Geistnatur“; Sonnenzeichen, uranische Regionen, Wesenheiten aus Feuer und Licht sind seine Verbildlichungen, Inseln und Bergeshöhen werden ihm als Gesichte.

„So waren wir.“ Der Abstieg war ein potentieller: die Spannung zur überbiologischen Welt gab nach, es äußerte sich moralisch: Verfeinerung, Glück, Humanität waren es, die uns verführten, abwärtsführten. Hierin deckt sich Evola mit Nietzsche, doch seine geschichtsanalytische Perspektive ist eine andere. Die europäische Geschichte ist also für ihn nicht wie bei Schiller die endlich glorreich vollendete Blüte des Weltenfrühlings, nicht wie bei Nietzsche die biologische Arena der Titanen, das Trieb- und Treibhaus der großen einzelnen, sondern was Europa als Geschichte ausgibt, beruht, um es kurz zu sagen, auf einer Konvention. Diese Konvention heißt: Laßt uns international nicht an gewisse Fragestellungen rühren, auf die wir doch keine Antwort mehr haben und auf deren Nichtbeantwortung doch schließlich das Glück der meisten beruht. Schonen wir das Glück und die Ruhe. Denn diese Konvention beiseite gerückt, würde die Geschichte so aussehen, daß ein Prätendent auf einen Thron kommt wie ein Kosak in einen Sattel, höchst natürlich durch Fang, Erbe oder Gewalt, nichts mehr von den Motiven der Traditionswelt, Konsekration, Heiligung und Weihe, aber dafür eilen die Zeitgeister, die Abstiegsgeister, Wortverschleuderer herbei und verbrämen ihn mit einer Ideologie. Der Prätendent tritt in die Begriffswelt ein, die Wirtschaftsformen weben ihn in ihre Motive, die Propagandisten bemächtigen sich seiner, die Kulturphilosophen erweisen an ihm ihre Talente. Alexander wußte gewiß nichts weiter, als daß er mit seinen Soldaten über einen Fluß setzte, nichts träumte er weniger als den perikleischen Traum, aber nach dem Sieg kamen die Stoiker aus Alexandrien herbei und lieferten ihm die Redensarten für seine Schlachten, und was nun siegte, war die panhellenische Idee. Karl der Große bricht den Vertrag von Quierzy, also die Abmachungen mit dem Papst, stellt sich außerhalb der Lehre, begeht Brudermord, Ehebruch, Verstoßung der Gattin, aber dann erobert er Pavia, und nun kommen die langobardischen Theologen und bekunden, daß die großfränkische Macht dem augustinischen Gottesstaat entspräche, und der arnulfingische Imperialismus wird zum prädestinierten christlich-abendländischen Sieg. Erst die Eroberung, dann der Idealismus. Aber auch noch nicht einmal das immer: der französische Fall, der Korse hat es nicht einmal zu einer neuen Ideologie gebracht: „toutes les gloires de la France" stand schon vor ihm auf den Schloßflügeln von Versailles; ein paar Boulevarddurchbrüche in der Hauptstadt und die breiten Militärstraßen im Land, das blieb, der Rest zerstob als extravagante Physiologie. Also was ist: dort regieren die Alten und hier die Jungen, rechts die Androgynen und links die Prohibitionisten – hin und her, Siege und Verluste, Zufall und Notwendigkeit, Raube und Redensarten, Pulver und Plakate –: zwei Jahrtausende Betäubung, zwei Jahrtausende Abstieg, zwei Jahrtausende „Geschichte". Davor stellt Europa sich und seine Konvention, drapiert sich mit den Schillerschen Fiktionen, verschleiert sich mit dem Nietzscheschen Biologismus, verschleiert seinen Sturz aus der überbiologischen Welt, seinen Verlust am Keim, sein sinnloses Peripherieren, seine Leere, sein Nichts, seine nackte Gewalt. In der Traditionswelt gab es eine reale Beziehung zwischen Geist und Wirklichkeit, zwischen Geist und Macht, der Sieg war nie Zufall, der Unglückliche immer schuldig; hier bei dieser Sorte von „Geschichte" ist alles menschlich, triebhaft, erklärbar, entschuldbar oder, um die sublimste Verschleierung des neunzehnten Jahrhunderts zu gebrauchen: dialektisch.

Hernieder beides, die Geschichte und ihre Deutung, sie ist zu viel gedeutet, nicht zu tief. Was uns heute bleibt, ist nur eins: Elitismus, Orden und Schweigen, so etwa lehrt dies exklusive, aristokratische Buch. Man ist versucht, heraus- oder hineinzulesen, das Bewußtsein sei überhaupt nur erschienen, um Rangunterschiede herzustellen, um Hoch und Niedrig zu erkennen. Es gibt niedriges Leben und es gibt hohes Leben, es gibt werte Existenz und es gibt unwerte Existenz, eine allgemeine „geschichtliche" Existenz gibt es überhaupt nicht. Hohes und wertes Leben, das ist immer Leben mit Bezug auf Universalität, Leben mit Sicherheit im Sein, Unbeirrbarkeit des inneren Besitzes bei tiefem Verwandlungswissen; autonomes Leben, gleichgültig gegenüber dem Menschlichen; altes Leben; rückgewendetes Leben. Niedriges Leben, das ist immer gieriges Leben, entmännlichtes Leben, „Werden", vorwärtsgerichtet und nützlich, gestützt auf die Positionen der Macht –: *Verwirklichungsleben.* Diese Rangdifferenz geht durch die ganze Anthropologie, auch durch die Beziehung zwischen Mann und Frau: tödliche Hingabe, also Liebe, bereit zu allen Vernichtungsschlägen, hier – und dort Es, das Eine, das in sich selbst ist, zeptertragend und aus Eis und Licht – sakral nur zwischen hohen Typen, das Herumgestöhne der Kleinen aneinander ist ranglos, ungesetzliche Abirrung, pervers.

Also: Ein transzendentes und ein Verwirklichungsleben! Ja oder nein! Es gibt zwei Welten. Europa wird es erkennen müssen. Verwirklichung des Geistes gibt es in dem Zustand nicht mehr. Das wäre wie Rückbildung von Wärme, dagegen steht das Gesetz der Entropie. Größe –, das ist Erinnern, nicht Handeln. Es gibt nur den betrachtenden und den leidenden Geist. Heute und hier. Denken ist Leiden. Dies Buch macht es evident. Nietzsche faßte es noch nicht ins Auge oder er verschleierte es, vielleicht seinem Übermenschen zuliebe, seinen Traum nicht zu stören, den letzten Traum vom europäisch „Sieghaften“. Aber es war nicht sieghaft, der Prozeß lief rapide weiter, der Dualismus hat sich nur verschärft, er wird sich weiter verschärfen, die Auflösung ist da. Agonie der Völker, Finalperiode der Erde. Die vorletzte Stufe ist betreten. Wahrheit und Macht der niedrigsten der alten Kasten zieht herauf, die Massenwelt, das dunkle Zeitalter –: Kaliyuga. Was werden die Völker tun? Nun, sie werden weiter Geschichte machen. Moderne Welt. Verdunkelung der Götter.

Aber könnte es denn anders sein? In den Bewegungen des Faschismus und des Nationalsozialismus, da sie ihr rassisch religiöses Axiom zur Geltung bringen, sieht Evola Möglichkeiten einer frischen Bindung der Völker an die Traditionswelt, Ansätze zur Produktion echter Geschichte, neuer Legitimierung für die Beziehungen zwischen Geist und Macht (ja, auf dem Hintergrund der Evolaschen Lehre sieht man die Tiefe und das Epochemachende dieser Bewegungen ganz besonders klar); aber über diese einzige Hoffnung hinaus – könnte es denn anders sein? Da der Mensch offenbar hervorgerufen wurde von einer Schöpfung, die ihm zu viel vertraute, nur wenig Zeichen hinterließ, wenig Spuren, und diese weisen rückwärts? Und dem Blick rückwärts, was antwortet ihm, was sieht herauf? Ein unheimlich dunkles Gesicht sieht herauf aus der Traditionswelt, über den Rand der Dinge, über das Brachfeld, über die katalaunischen Gefilde: etwas Menschlich-Warmes, Göttlich-Gütiges –? – nein: Sphinx! Ein Schweigen steigt herauf, ein Verhalten von Lust und Odem, Dunst der Vorwelt, uraltes Eis, Schauer aus Zyklen ohne Zahl und ohne Ferne –, was spricht aus diesem Schweigen –: ertrunkene Laute der Lust, Genuß, Glück, Zweideutigkeiten, Menschlichkeiten –?, nein, etwas Absolutes: Geist!

Zentralität –, Ens realissimum des Descartes, absoluter Besitz des Ich, absoluter nackter Besitz, Wirklichkeit schlechthin, Mensch: seiend, einfach, abgesondert, erschreckend, vor dem die Götter vergänglich sind. Todfeind der Geschichte, ungezeichnet, namenlos –: Zelle, reiner Geist. Das sieht herauf und das werden die retten, die im Orden, die im Elitismus, in der Askese, die im Fasten sind. In Klöstern, schwarze Mönche, wenige, in einem unauslöschlichen Schweigen, in einer unumstößlichen Passivität, dagegen Trappisten würden wie Derwische wirken. Dort erleben sie das Ende, die Mitternacht. Dort vollführen sie das Amt der Verbindung und der Übertragung von den Keimen der Lebenden von einem Zyklus zu dem andern. Dank ihnen ist die Tradition trotz allem gegenwärtig, die Flamme brennt. Sie sind die Wachenden, und wenn die Zeiten gekommen sind, lenken sie die Kräfte der Auferstehung. Das ist nicht bildhaft, sondern im Sinne und im Hinblick auf die Methoden der Tradition real gemeint. So etwa endet das Buch. Wer es gelesen hat, wird verändert sein. So sind wir und in wessen Namen wir sterben, wollen wir nicht fragen, in wessen Namen wir lebten, sehen wir hier: im Namen der Tradition, der Überlieferung aus tiefen Welten, der fernen Zyklen, des großen Reichs. „So waren wir" – und so werden wir sein.

ÜBER DIE KRISE DER SPRACHE

Die Sprache macht eine Krise durch, weil der weiße Mensch eine Krise durchmacht. Darin ist nichts Geheimnisvolles oder Dunkles. Es ist das klar erkennbare Verfahren der Schöpfung, zuweilen die Arten anzugreifen und kleinere oder größere Mutationen hervorzurufen. Der menschliche Geist erfährt eine Metamorphose, und wenn seine Emotionen, seine innere Balance, seine Vision, seine geschichtlichen Bestände sich verwandeln, ist es evident, daß sich auch in seiner Metaphysik und Sprache, die seine Funktion in der räumlichen Sphäre ist, ein Wandel vollziehen muß. Ich sehe keine Krise der Sprache, die über diesen besonderen Wandel hinausgeht.

Die Sprache verändert sich heute in der Weise, in der sie sich immer verändert hat: an der Peripherie, außerhalb der bürgerlichen Gesellschaft und ihrer Sicherheiten; sehr häufig unter den Vertretern der Rasse, die zu weit vorausstürzen oder sich zu weit rückwärts orientieren. Die Sprache wächst wieder aus dem Keim, erfährt einen bruchstückhaften Wiederaufbau, ist durchsetzt mit einzelnen Erregungsherden, die sie innerlich erneuern – alles dies gehört zur organischen, formalen Metamorphose von Wort und Sprache. Eine grundlegende Veränderung der Sprache oder gar eine künstliche wird sich niemals ereignen: dieser Glaube entspringt einer mechanistischen Weltsicht.

Alles ist monistisch, alles ist transzendent. Der Mensch ist ein Wesen, dessen Schöpfung nur ein halber Erfolg war. Er ist nur ein Entwurf von etwas. Ein Adler war gedacht: die Federn und Flügel waren bereits skizziert, aber die ganze Form wurde nicht vollendet. Die Sprache ändert sich gemäß diesen Phasen. Sie drückt sie aus. Wenn sie, erregt und kontrolliert zugleich, eine anthropologische Lage vollkommen ausdrückt, ist das Gedicht geboren. Im Gedicht ist die Sprache zur Ruhe gebracht, und der Mensch lebt, gestillt, für einen Augenblick im Schweigen. Großer Schaden in der Betrachtung all dieser Dinge wurde angerichtet, als man den Romanciers gestattete, an den Diskussionen über Kunst teilzunehmen. Ihre Stunde ist endlich vorüber. Ihr albernes Geschwätz diente nur dazu, die Dinge in Schatten zu verwandeln. *Nur der Lyriker, der wahrhaft große lyrische Dichter weiß, was das Wort wirklich ist.* Lyrische Dichtung ist entweder olympisch oder sie kommt von Lethe. Die Sprache des Romanciers ist immer reaktionär, daß heißt, sie beschwört eine Situation, wie sie vor dreißig Jahren, also vor einer Generation, bestand. Scheiden wir endlich aus allen Diskussionen über die Dichtung, das Wort, die Syntax und ihren Hintergrund das korrupte Geschwätz jener kapitalistischen Kulturgrößen aus! Dann wird uns das Problem der Sprache als die große tragische Frage des Menschen überhaupt erscheinen, seiner inneren Gestalt, seiner schöpferischen Kraft, seines kurzen Glückes, das selbst auf seinem Gipfel so zweifelhaft ist – so zweifelhaft wie die tragische Frage seiner unerkennbaren kosmischen Bestimmung.

FIGUREN

Keyserling

Ich habe zwei Tage und eine Nacht mit dem neuen Buch von Keyserling verlebt, und es hat mich in große Spannung gebracht. Welche unermeßliche Beweglichkeit des Urteils, welch Fangarm-Paroxismus in immer neue Tiefen und Untiefen der Welt, welche nie sich wiederholenden Variationen über seine Grundthemen – wahrlich ein luxuriöser Synthetiker! Wenn ich aber genau über ihn nachdenke, erscheint mir das Seltsamste an ihm zu sein, daß auch die äußersten Entscheidungen, die er trifft, Vorschläge bleiben, Andeutungen, eher Möglichkeiten als Wirklichkeit. Die eben genannte enorme Wendigkeit, das blitzartige Zucken seiner Ideen, der einzigartige Reichtum seiner Einfälle läßt die harte Konsolidierung einer Perspektive nicht zu.

Seine primäre Entscheidung tritt völlig klar hervor: der Geist ist über der Natur. Er trifft diese gefährliche tiefe Entscheidung, an der heute die großen und die mittleren Kulturdenker sich scheiden; aber dadurch, daß er sie debattiert, beleuchtet, „ins rechte Licht rückt", argumentiert, dient er ihr eigentlich wenig, man fühlt nicht, daß er ihr *wesenhaft* erliegt. Er stellt diese Entscheidung als Erleuchtung, als artmäßig richtig, als physiologisch und politisch menschheitsgerecht dar, er *empfiehlt* sie, und das schwächt ihren Übertragungs- das heißt Kern- und Härtungscharakter. Das, was man heute *existentiell* nennt, also vom Keim ausgehend und auf ihn zurückweisend mit der Richtung auf eine und mit dem Hintergedanken an eine Keimmutation – dieser Eindruck geht sonderbarerweise von diesem bedeutenden Geist nicht aus. Er weiß alles und verwendet alles, was alle großen

Geister um ihn herum als die Erkenntnisse ihres Lebenskampfes erlitten und zusammenbrachten, er verwendet es nicht illegitim, entlehnt, epigonesk, keineswegs, er hat davon in sich, kein Zweifel, er hat daran teil, und trotzdem verliert das ganz Große im Zusammenhang seiner Sätze vielfach Zauber und prägenden, geistig züchtenden Charakter. Das ist höchst seltsam; hier hat das Schicksal einen ganz großen Mann angelegt, aber es läßt ihn nicht hinauf dorthin, wo mit Lorbeer- oder Essigkränzen seien es die Helden oder die Genien stehn. Er „wirkt" und er will „wirken", wahrscheinlich ist das seine konstitutionelle Erbkrankheit, die abendländische, er will vereinen, was in diesem Äon vereinigen zu wollen blind macht: Wirken und Geist, Idee und Geschichte, er stammt von der totalen Linie; die Goethesche „Natur": „nichts ist außen, nichts ist innen" noch nicht amputiert. Er rundet alles ab, er überhäutet, er sieht überall Eidechsenschwänze, die nachwachsen und sich regenerieren. Heute sprechen aber *wirklich* nur die Verstümmelten, die ihre Wunden offen lassen, die Stunde der Vernarbung ist noch weit.

Ich maße mir nicht an, mit diesen Randbemerkungen nach kurzer Beschäftigung mit dem neuen Buch der Bedeutung Keyserlings auch nur im entferntesten gerecht zu werden, zumal ich ihm und seinem Kreis nie nahestand. Es bleibt ja auch ohne weiteres bestehen, daß ein Buch von unendlichem Reiz wieder an die Öffentlichkeit gebracht ist, von bewundernswerter Ausdrucksfähigkeit und vor allem ein Buch, das mit nie erlahmenden Hinweisen auf den einsamen, inneren Geist, der die Zelle des Menschen ist, allein im Schund der vielen Neuerscheinungen steht. Ich finde auch die häufig wiederkehrende Formel vom *Termitismus* und Insektismus, in den die Epoche mit ihrer Glorifizierung des Gemeinschaftsgedankens unweigerlich abgleitet, ganz hervorragend.

Die Einleitung finde ich überhaupt, polemisch gesehen, brillant.

Thomas Wolfe

Ein neues Buch von Wolfe, vierzehn Novellen, kleine Arbeiten, sehr lehrreich. Vierzehn Unternehmungen, eine Seinsrealität aufzustellen, zu umreißen, mit ihr in einer bestimmten Richtung zu wirken, sie abzurunden, sie zu beenden. Alles gegenwärtige Dinge; die Lagerung ist meistens so: erstens etwas Bestehendes, ein Milieu, etwas schon Allgemeines, sozial und individuell Typisches, geschichtlich Angelagertes und zweitens das andere, das noch Lücken und Schwächen hat, auch noch Kindlichkeiten, das noch erlebt. Dies wird nicht zu Konflikten verarbeitet, Problemen, Entwicklungsabläufen und ähnlichen Buchvorwänden, sondern die Kontraste ergeben sich aus dem Ausdruck der inneren Grundlage, aus dem Stil. Aus der Art, wie geschrieben wird, ergibt sich die Krise, sie ist die Krise. Wie die Dinge angegangen werden, das enthüllt die Abgründe der Zeit und der Überzeit; die Methode des Schreibens, die Aneinanderreihung der Sätze, ihre Wiederholung, ihre Geladenheit, ihr Überschwang –: das selber ist die Ruhe und die Zerstörung.

Mit anderen Worten, Wolfe ist es gegeben, Kunst zu machen und zwar im Epischen, was in Europa doch kaum noch jemandem gegeben ist. Der Roman, Europas Schöpfung, die 1800 ansetzte, Nachfolger der Komödie, drüben gewinnt er noch einmal großen Stil, in Faulkner, Dos Passos, Wolfe –: jede ihrer Seiten rafft und splittert in hohen Pressen und Fontänen die Erde, das Geweb aus Erde, noch einmal zusammen, dann lassen sie es sinken über Gräber, über Glücke, in Schatten.

Eigentümlich wie bei diesen Romanciers Lyrik entsteht! In diesen zu Norm und Typik drängenden Romanen, Großstadtromanen, zwischen konzentrierten Asphaltdarstellungen, Citysachlichkeiten, Beziehungsnüchternheiten, fast statistisch –: plötzlich steigt ein Satz an, hebt sich über die Erde, löst sich, schwebt, schweigt ins Tiefe, ins Atemlose. Sätze reiner Lyrik! Das enthält an sich die Tatsache, daß diese Bücher keine Bildungsbeflissenheit kennen und keine Unterhaltung für bürgerliche Schichten sind. Gut, daß in einem der Länder, wo Literatur geschaffen wird, wieder zutage tritt, daß Kunst den bürgerlichen und kommunalen Schichten nicht entstammt. Überall bei Wolfe trennen sich die Welten: die der materiellen Anreicherung, der Geltung, der irdischen Schönheit, der Macht und die des Geistes. Keine Übergänge anderer Art, als daß sie sich gegenübertreten, sich ins Auge sehen und dann blicken sie fort. Dies Fortblicken hat noch nicht die Schärfe der europäischen Wendungen, es ist noch biologisch weicher, jugendlicher, auch schwärmerischer, es liegt alles noch im Zeitalter der sozialen Färbungen, noch nicht in dem der dialektischen und antithetischen, diese sind erst die Finallage.

Wer aus dem Vorstehenden annehmen zu müssen glaubt, daß es sich um komplizierte und intellektuelle Dinge handele, täuscht sich. Bei Wolfe handelt es sich um einfache Dinge, sie sind leicht zu lesen, allerdings schwer zu schaffen; zu schaffen sind sie nur aus der allem Deklamatorischen und Programmatischen unerreichbaren Sphäre einsamer geistiger Macht.

Julius Schmidhauser: Das Reich der Söhne

ein Brief

Ich schlage das Buch auf und lese auf seinen ersten und auf allen beliebigen Seiten folgende Verbindungen von Adjektiv und Hauptwort: der ganze Mensch – das volle Leben – der heiße Atem – das erkaltende Herz – der wagende Mut – die mächtige Schwinge – das große Gesetz – das gelebte Leben – der vorgeschriebene Gang – der bemessene Lauf – der geschlossene Kreis – die offene Bahn – der unbekannte Gott – das kleine Dasein – die schwere Erde – der freie Mensch – die junge Sonne – der schützende Schoß – also lauter bekannte Verbindungen. Was bedeuten vom Produktiven aus diese Verbindungen? Sie bedeuten eine konventionelle Sprache, eine Verwendung von grammatikalischen Fertigfabrikaten, auswärts entstandener Vorstellungspaarung, Aufbau mittels bewährten, gang und gäben, aus dem öffentlichen Verkehr übernommenen Materials. Der Einwand, diese Prüfmethode sei artistisch-intellektualistische Spielerei, ist hinfällig. Der Glaube, es vermöchte sich auch nur die allergeringste geistige Leistung oberhalb der Wortwurzel zu vollziehen, könnte nur auf Unkenntnis beruhen.

Ich betrachte nun die Personen, die organischen und die ideellen, die Angerufenen des Pathos, die Träger der dialektischen Bewegung. Ich finde: die Väter, die Mütter, die Söhne, die Töchter, die Erben, das Lebendige, das Schöpferische, den Samen, den Schoß, den Träger, den Gott; dabei der Sohn mit der Abwandlung in: das „absonderlich Sohnliche“ und das „Unsohnliche“ (S. 110). Dies mit dem Sohn scheint eigenes Material zu sein. Im übrigen sind es aber wieder bekannte Bestände; Gestalten, die ohne viel

Einführung übernommen werden können, Staffagen, die bereits ihre Literatur und ihr Publikum haben.
In Bewegung gehalten nun wird dies Milieu durch eine Methode, die sich bauschig und schaumig gibt, mit „immer“ und „alle“ und jede und jetzt, mit rückwärts und vorwärts und mit Flammenschwert und urgewaltig und mit Schicksal und „sehr“ und mit „viel“. Dies wird mit den obengenannten Personen in bequemen Wiederholungen erschöpft, in billigen Arrangements verkittet, und, was die Syntax angeht, im Dithyrambisch-Bewährten vorgetragen. Nirgends etwas, das weiterdrängt, mitreißt, zeugt. Eine Sprache ohne Verdichtung, das heißt eine Sprache ohne Rang. Nichts großartig, nichts vernichtend. Kaum überraschend, daß, was dieser Grad von Vermögen an zu Druckendem bringt, Sätze von einer Eigentümlichkeit sind, die man beleuchten darf. Zum Beispiel: „Denn es schwächt kein heiler Bezug: Treue zum Quellgrund ist Macht der Quellung“ (S. 93). Was soll das heißen? Oder (S. 63): „Der junge Mond der Mädchen, der zum Schoß der Liebe Bestimmte, wurde zur blitzenden Schärfe von doppelseitigen Äxten.“ Und weiter: „Diese Monde zerschnitten die Nabelschnur zu den Müttern und bissen blutig die Männer.“ Also, der junge Mond, zum Schoß der Liebe bestimmt, wird zur blitzenden Schärfe von doppelseitigen Äxten, dann zerschneidet er die Nabelschnur zu den Müttern und beißt die Männer blutig. Das geht, scheint mir, zu weit, davor verschließt sich das Verständnis. Das ist auch nicht etwa poetisch oder könnte für den Standpunkt des Autors als Ansturz von Visionen, unabwehrbarer Andrang und Verhaftung im Strömungsunflat der Bilder gedeutet werden, sondern das ist nur lächerlich und planlos, Wortverknüpfung ohne Einsatz, Sprachfügung ohne existentielle Härte, Begriffssetzung ohne kategorialen Grund, außerhalb der Struktur von Anankasmen.

Ich kann daher in dem, was ich Ihnen bisher vortrug, kaum etwas Schöpferisches erblicken. Ich wende mich jedoch nun zu den inneren Strebungen dieses Buches, die wohl menschlich-erneuernder Natur und metaphysisch-erziehender Zielsetzung sind. Hierfür sollen „die Träger" erscheinen und sie werden aufgerufen. Das Buch wähnt sich im Urgrund der Art, spricht sich zu, sie in Keim und Samen zu erfühlen, gibt sich beauftragt, ihre regenerativen Kräfte zu beschwören. Aber auch bei dieser Tätigkeit und in dieser Zielsetzung vermag ich dem Autor nicht zu folgen. Die revolutionären Kräfte des neuen Deutschlands scheinen mir in anderen Keimen zu ruhn. Die revolutionären und regenerativen Kräfte eines zu erhoffenden Deutschlands scheinen mir nämlich weit mehr in die Richtung des Künstlerisch-Konstruktiven als des Gesinnungshaft-Pathetischen zu gehn, mehr in die Richtung von Ordnungsgesetzen als in die von Schwung. Die Welt als ästhetisches Phänomen, dies Nietzsche-Wort, scheint mir grundlegend und scheint mir die Lage zu umschreiben. Seine Auslegung kann nur bedeuten, daß die Regeneration nicht vom Ethischen herkommt, sofern Ethos mit Psalmodieren und unklaren ruckweisen Sätzen identisch sein sollte. Der Weg der Regeneration ginge über die zu unvergleichlich strengerer Moral verpflichtende Bindung an die Form, an das schweigsam erarbeitete, erbittert überprüfte Angleichen seiner Inhalte an den der Öffentlichkeit zugewandten Ausdruck, an den Satz, an das Wort, an den Ton. Ein Schriftsteller, der in Deutschland und der die Deutschen und insonderheit die Jugend Ethos lehren wollte, müßte bei sich selber beginnen, nämlich im Angleichen des ihn Bewegenden an sein Sprachvermögen, ein Vorgang, der sich in Frankreich in seinem siebzehnten Jahrhundert vollzog. Der Rhapsode als solcher ist nicht erzieherisch, den Stein meißelt man nicht mit Schwämmen, und der einzige

Zarathustra war das Ejakulat eines riesigen Genies, aber selbst dies muß heute mit seinem Namen dafür büßen, daß es die reine Vision verließ und dynamisch, das heißt in damaligem Sinne biologisch-darwinistisch, wurde. Ein großer arbeitender Geist, kann man vielleicht ganz allgemein sagen, wird kaum das Sein verlassen zugunsten des Werdens, sein Instinkt weiß, daß dies in der Kategorie des Unbegrenzbaren liegt; für die mittleren Personen dagegen ist es die Domäne: in bezug auf das Werdende kann man sowohl dunkel wie liebhaberisch-utopisch sein. Das ewige Gerede von den Söhnen und Enkeln. wo Sie es finden, enthüllt einen erklärten Mangel an Eigenem, der Verpflichtung zu Eigenem und der Machtgewinnung über dies. Man kann es vielleicht auch so ausdrücken: es gibt für das heutige Bewußtsein nur zwei Dinge: einerseits die geistige Realität, die wir in uns tragen, und andererseits die Formung ihrer Themen zu abhebbaren, für sich stehenden, selbständig sich erklärenden Gebilden. Synthese ist nicht Schwarm, sondern Arbeit. Das anthropologische Prinzip heißt nicht Hohlheit, sondern Stil.

Insofern kann ich in dem, was das Buch bietet, nur Vorstufen erblicken, Züge der existentiell-identischen Art zeigt es nicht. Dieser Art, die die geistige Kontinuität der Schöpfung trägt, durchkämpft, weiterverarbeitet, die in Verhaltung, Schweigen und über sich selbst gebeugtem Zaudern langsam das menschliche Gesetz verwirklicht: losgelöste, abhebbare Formen zu schaffen, hinterlassungsfähige Gebilde, notwendige, mit klar umrissenen Beziehungen im System. Dies Buch bleibt pathetisch, das heißt bequem und unvollendet; für die Zukunft Deutschlands scheint es mir eher eine Gefahr zu bedeuten als einen Sieg.

Dies ist meine Meinung, ich erwarte nicht, daß ihr jemand folgt. Ich würde sie auch nicht ausgesprochen haben, wenn

Sie mich nicht unmittelbar nach ihr gefragt hätten, und wenn nicht zwischen Ihnen und mir die Gemeinsamkeit einer Beziehung zur Preußischen Akademie der Künste bestünde, zu deren Obliegenheiten Erörterungen dieser Art gehörten, die nichts Persönliches an sich haben.

Fontane

Um mich dem Preußentum und seinem Wesen auch von der guten Seite aus zu nähern, las ich Fontane. Gleichzeitig wollte ich überprüfen, warum mir dieser Autor, außer in einigen Balladen, immer gegen mein Empfinden war. Es ergab sich: es ist das Pläsierliche. Dies Pläsierliche, das nicht identisch ist mit Happy-End, und mit dem sich wirklich witzige Bemerkungen, echte humoristische Sätze, tatsächlich geistreiche Pointen gut vertragen und das doch als Ganzes, als existentieller Stoff medioker bleibt. Dieser Autor hat Sicherheit, Kontur und Überlegenheit, er wird mit seinem Thema fertig, er ist innerhalb der deutschen Romaninferiorität eine große Leuchte, er ist vaterländisch, ohne dumm zu sein, er ist märkisch und trotzdem betreibt er das Geschäft der Musen, aber dies Pläsierliche, das das ganze epische Oeuvre durchspinnt, vielmehr: trägt und bindet, entzieht ihm den Rang. Es tritt so sehr hervor in jedem seiner Sätze, in jeder seiner weltanschaulichen und politischen Äußerungen, daß es ganz offenbar für ihn das Mittel war, um zu Ausdruck zu gelangen, das Mittel, mit dem allein er seine märkische Welt erfaßte. Er gehört, so empfindet man heute, zu den drei großen Brandenburgern des neunzehnten Jahrhunderts, er ist liberaler als Kleist und gebildeter als Dehmel und steht mit ihnen zusammen gewiß für einige Zeit noch da, doch wird man ihn wahrscheinlich früher als die anderen beiden nur noch aus historischen und städtekundlichen Gründen lesen. Das Pläsierliche, ein Präservativ der Moral, eine Hemdsärmeligkeit des Charakters, eine fritzischfreiheitliche Form des Stils, exerziert nach allround und Commonwealth, ist schwer zu durchschauen: dies gleiche Pläsierliche, das zum Beispiel bei Thomas Mann, zu dem verwandtschaftliche Beziehungen bestehen und der seinerseits ein großes Attachement für den Märker bekundet, den Rang nicht mindert, flüchtig betrachtet wohl darum, weil bei diesem fühlbar umfassend hinter allem das Unpläsierliche steht, dem Fontane durchgehends causierend und vielfach redensartlich sich entzieht. Fontane wurde beruhigt durch die Geschichte, und die Geschichte beruhigte in seinen Augen alles; was trotzdem noch wankte und litt, stand außerhalb seines prussifizierten Herzens, jedenfalls hatte es keine Beziehungen zum Rhiner Luch, zu Apotheker Gießhübler und Vionville.

Freiherr von Herzeele

Da unser Denken eine Konvention ist, keine spielerische und demimondäne, sondern eine bestimmte, aber da es doch ein Denken ist, dessen Hauptcharakteristikum nicht das ist, daß es unmittelbar und fortwirkend mit der oder mit einer Wirklichkeit übereinstimmt, sondern höchstens das, daß es ihr nicht überall und grundsätzlich widerspricht, ist der Gedanke nicht von vornherein abwegig, daß unsere heutigen Lehren über das zeitliche und kausale Verhältnis von Organischem und Anorganischem anderen Auslegungen weichen könnten.

Anlaß zu dieser Bemerkung gibt ein kürzlich erfolgter Hinweis auf einige verschollene Schriften aus den Jahren 1876 bis 1893, von denen sich nur noch in einer Besprechung wenige Seiten nachweisen lassen, aber diese wenigen Seiten genügen, um gewisse Vorstellungen umzustürzen. Es handelt sich um Arbeiten des Freiherrn von Herzeele aus Hannover über „Die Entstehung unorganischer Stoffe". Sein Gedanke ist der, daß die Erde aus den Pflanzen stammt; er hat dies durch Wägungen von Pflanzensamen auf sterilen Porzellanschalen, die mit destilliertem Wasser ernährt wurden, nachgewiesen. Es lagen fünfhundert Analysen solcher Aschen von ihm vor. Seine Methode war die wissenschaftlich-experimentelle, die analytische. Also er sagt: „Wo wir Kalk und Magnesia finden, da war eine Pflanze, der diese Bestandteile ihren Ursprung verdanken." „Das erste Milligramm Kalk ist nicht älter als die erste Pflanze." Seine Folgerung, vielmehr wohl seine Idee, die ihn bewog, war: „Die Schöpfungsimpulse wirken zuerst immer im Organischen, im Organismus." Und daran schließt er einen Satz von wirklicher Größe: „Das Lebendige stirbt, aber das Tote wird nicht geschaffen."

Die Materie ist das Endergebnis; die Erde „das Ende der Wege Gottes". Also das Feststehende schwankt, ist schon hinabgesunken, über seine Züge gleiten die Verströmungsdränge der Blüten mit ihren Gesetzen der Verdünnungen, der Enfleurage, Rosen. Gewöhnt an die Schöpfungsmythen der Genesis erscheint uns das widersinnig, aber am Sinn ist viel Gewohnheit, und die Menschen sind, das wird täglich von neuem offenbar, ein widersinniges Geschlecht: oben brennt der Dachstuhl und unten begießen sie die Balkonpflanzen, und es gibt höchst wissenschaftliche Nationen, die haben Augenblicke, in denen sie ihre eigene Substanz analysieren und überzeugt feststellen, daß sie aus nichts weiter bestehen als aus Rasse und Turnschuhen.

Von Uexküll

Die Uexküllsche Umweltlehre. Sie ist ein neuer Gedanke gegenüber Darwin, hebt dessen moralische und politische Kampflehre auf, sie ist stellenweise von großer Schönheit und echtem Schwung, aber man darf nicht übersehen, daß sie in bezug auf das menschliche Problem einen weit größeren Nihilismus darstellt als die Darwinsche Theorie. Diese letztere sieht im Menschen zwar ein naturalistisches Ergebnis, aber das höchste prinzipielle Ergebnis einer langen Deszendenz. Von Uexküll instrumentiert den Menschen in die Klaviatur der zahllosen Umwelten, auf der die Natur ihre überzeitliche und überräumliche Bedeutungssymphonie spielt, eine Symphonie, in der alle Umwelten prinzipiell gleichgeordnet sind und vor der es ein eigentliches anthropologisches Problem nicht gibt. Der übergeordnete Begriff bleibt die Natur, der Geist ist ein Versuch, neben dem Pieplaut der Fledermaus und der Ansprechbarkeit der Zecke auf den Buttersäuregeruch. Übergeordnet bleibt vor allem der von Uexküll aufgestellte und ausgebaute Begriff der *Umwelt,* der Geist ist eines ihrer Fenster, die auf den Garten gehen, es gibt Lichtfenster, Tonfenster, Duftfenster, Geschmacksfenster, und hier ist also ein Geistfenster – und das Ganze ist eine allgemeine musikalische Promiskuität. Darin ist der Geist eine Melodie an Seite der Melodie der Hummel und der des Löwenmauls und „immer gleitet die Meisterhand weiter und gestaltet neue Lebensmelodien in Hunderten von Variationen“. Eine riesenhafte Klaviatur, vor der Himmel und Erde Umwelten vergangener und kommender Geschlechter sind. Eine großartige Vision, aber hinsichtlich des Menschen eine Art orphischer Zynismus an der Grenze des Jovialen, der unserer Lage grundsätzlich keine Rechnung trägt und sie nicht weiterführt.

Bei dieser Gelegenheit ist es interessant zu beobachten, wie eine Art von Naturwissenschaftlern, auch Uexküll und Bergman, sich auf Goethe beruft. Zweifellos sah Goethe das Ganze der Welt in einem Zustand schließlicher Ordnung, in olympischer Lage und in einer Aufhebung der existentiellen Gegensätze, wie er sie namentlich in der „Novelle" zur Geltung bringt. Vielleicht sah er den Grund auch mütterlich. Aber er sah es so, weil er es eines großen Mannes für würdig hielt, für allein würdig hielt, das Ganze im Ausgleich der Schwierigkeiten zu erblicken, wenn er sich zum Wortführer des Ganzen machte, wenn er sprach. Die primäre Jovialität der Biologen und Insektenspezialisten, ihre konstitutionelle Harmlosigkeit lag ihm völlig fern, und daneben darf man es vielleicht als sein größtes persönliches Glück betrachten, daß sein Leben endete, bevor der neue Stoß der progressiven Zerebralisation begann, der die nach ihm kommenden Bewußtseine zerriß. Wobei es noch ein besonderes Licht auf die Fatalität des Geistes und seinen außernatürlichen Charakter wirft, daß selbst diese alpine Goethesche Schöpfungsmacht nicht vermochte, diesen Stoß abzufangen oder seine Kreise zu begrenzen.

Rivera

Es ist der Sturm gegen die weiße Rasse. Gottes Antlitz ist schwarz oder milchkaffeebraun. Diego de Rivera, der große indianische Maler in Mexiko, stellt die Verhältnisse einprägsam dar. Es ist einleuchtend, wie sehr die übrigen von diesen depigmentierten gereizten Albinos befreit sein möchten. Es handelt sich um die Fresken des Cortez-Palastes in der Präsidentenresidenz Cuernavaca, betitelt: „Geschichte

Mexikos, insbesondere seiner Eroberung durch Cortez" (1930). Vier Jahrhunderte weißer Herrschaft, also Mord, Raub, Folterung, Schändung. Fünfundfünfzig Gesichter und Figuren, handelnd und leidend, in mehreren übereinanderlaufenden Streifen – à la Rubens, Grosz, Dix –; Rubens: der schräge Aufbau; Grosz: das gemeine Nichts der Visagen; Dix: die pralle Räumlichkeit, Bäuchlichkeit der Backen, Büsten, nackten oder bekleideten Beine. Zusammengehalten von einem Röhrensystem, baumartig, wohl Explosionsmotor, offenbar Dampf, Dieselöl, Preßluft in Verzweigungen nach oben strömend. Unüberbietbare geduckte Wucht der Gier, der List, Peitsche, Pfähle, Taue, Brandeisen, Beischlafpritschen, Ausströmungen des weißen Mannes. Über eine frisch genotzüchtigte Mestize beugt sich die Gestalt Las Casas', des großen Freundes und Wohltäters der Indianer. die Sterbende zieht sein Haupt herab und küßt es. Las Casas' Haupt ist breit, bronzefarben, angeschwollen vor Scham. Offenbar handelt es sich um einen der größten Maler des Jahrhunderts, es gibt in Europa kaum ein Bild, das an Ausdruck diesem gleichkommt.

Es ist das Thema der Kolonisation. Der weiße Sahib hebt und bekehrt die Roten und die Schwarzen. Seine Anschauungen sind gespaltener und unfruchtbarer als die der Eingeborenen, seine Glaubensbekenntnisse farbloser, das evangelische ist anschaulich überhaupt nicht zu erfassen; in seiner Heimat fällt draußen etwas Schnee, dort exerzieren Soldaten, dort schreit ein Kind, hier werden Brotrinden aufgekauft, da durchbohrte Perlen verschachert – alles Zufälle und Einzelheiten – alles fällt auseinander, nichts hat mehr ein kollektives Zentrum, nichts mehr einen frühen animistischen Sinn. Damit kolonisiert der Sahib, aber sein Zauber verliert an Wirkung. Kriege als letzte rassische Bestimmung, Volk als Darwinismus ist nicht archaisch und mythisch, es ist die Ratlosigkeit, es ist das Ende. Rußland zu Asien gerechnet, stirbt der Weiße schon aus.

Rilke

Rilke konnte allerdings noch die Seiten seiner Briefe mit Namen von Edelleuten füllen, die eine sehr schöne Sammlung von – denk nur – alten Livres d'heures besitzen und Ländereien und ein Schloß in der Ukraine und ein Gestüt, wo sie arabische Pferde ziehen, das klang noch nicht so fade, obschon es an lauter Gräfinnen ging und aus lauter Schlössern stammte oder zum mindesten aus der Villa des Brillants, Meudon-Val Fleury (Seine et Oise), mit Datum und Tagesstunde präzisiert. Oder die Ergiebigkeit seiner Natur, aus der bekanntlich seine Korrespondenz strömte, konnte die Angabe erfordern: „Ich habe am Sonnabend, dem 1. Juni, mein erstes Hamam-Bad genommen mit ganzem Genuß und ohne irgend Unbehagen. Es war herrlich, in der guten Wärme zu sitzen, auf die ich ja durch unsere Wärme da unten vorbereitet war, ich wünschte sogar, es gäbe auch außerhalb des Hamam davon." Ein warmes Bad, Meudon, und dann ist auch das noch zu rauh – eine kleine schöpferische Krise und drei Monate Viareggio oder Capri sind dem Künstler gestaltbar, die er in Kniehosen, also „gewissermaßen barbeinig" verlebt und: „da wollte ein kleines Klingen in mir anheben, vielleicht ein ganz kleines nur nach so langer Zeit, und da erschien es mir nicht gut, mit diesem Klangkeim in die große Eisenbahn und dann zu neuen Eindrücken in Genua und Dijon zu fahren und wichtig, die, wenn auch noch so kleine, Niederkunft hier abzuwarten." Ein ganz Kleines nur und eine gute Wärme, Gemisch von männlichem Schmutz und lyrischer Tiefe, bezärtelt von Duchessen, hingeströmt in Briefen an die breithüftige Ellen Key – das ist die Größe von 1907. Glückliches Vaterland! Schließlich reimt sich alles, und es findet sich immer noch ein gräfliches Schloß, von dem aus man die Armen bedichtet; Gott erhört und die Federn geraten in Bewegung! Diese dürftige Gestalt und Born großer Lyrik, verschieden an Weißblütigkeit, gebettet zwischen die bronzenen Hügel des Rhonetals unter eine Erde, über die französische Laute wehn, schrieb den Vers, den meine Generation nie vergessen wird: „Wer spricht von Siegen – Überstehn ist alles!“

BERLINER BRIEF, JULI 1948

an den Herausgeber einer süddeutschen Monatsschrift

Berlin, Sommer 1948

. . . Zu Ihrem Anheimstellen eines Beitrages von mir für den Merkur erlaube ich mir folgendes zu bemerken: Ich bin in der besonderen Lage, seit 1936 verboten und aus der Literatur ausgeschlossen zu sein und auch heute weiter unverändert auf der Liste der unerwünschten Autoren zu stehen. Ich kann mich daher nicht entschließen, mit einem beliebigen Beitrag nach so langer Zeit wieder in der Öffentlichkeit zu erscheinen, der vielleicht in den Rahmen einer festgefügten Zeitschrift und in den Geschmack eines innerhalb bestimmter geistiger Grenzen lizenzierten Herausgebers passen könnte. Ich selber müßte den Beitrag nach Art und Umfang genau bestimmen können und darauf sehen, daß er meine neuen Ideen vertritt . . .

Denn ich habe in den zurückliegenden Jahren einige neue Bücher geschrieben, die mich selbst zu erweiterten Erfahrungen gebracht haben, die aber im deutschen Literatur- und Kulturbetrieb nicht gefällig wirken würden . . . Damit Sie nicht auf falsche Gedanken kommen, füge ich hinzu, daß mein Fragebogen in Ordnung ist, wie zahllose Recherchen und Nachprüfungen innerhalb meiner ärztlichen Sparte ergeben haben, ich gehörte weder der Partei an noch einer ihrer Gliederungen, ich falle nicht unter das Gesetz – um so schwerwiegender wird dadurch die Argumentation der Kreise, die mich nicht wieder in der Literatur zulassen wollen.

Ich weiß nicht, wer zu diesen Kreisen gehört und ich habe keinen Schritt unternommen, um mit ihnen in Berührung zu kommen. Der Ruhm hat keine weißen Flügel, sagt Balzac; aber wenn man wie ich die letzten fünfzehn Jahre lang von den Nazis als Schwein, von den Kommunisten als Trottel, von den Demokraten als geistig Prostituierter, von den Emigranten als Renegat, von den Religiösen als pathologischer Nihilist öffentlich bezeichnet wird, ist man nicht so scharf darauf, wieder in diese Öffentlichkeit einzudringen. Dies um so weniger, wenn man sich dieser Öffentlichkeit innerlich nicht verbunden fühlt. Ich meinerseits habe es nämlich nicht unterlassen, die literarische Produktion der vergangenen drei Jahre auf mich wirken zu lassen und mein Eindruck ist folgender: Innerhalb des Abendlandes diskutiert seit vier Jahrzehnten dieselbe Gruppe von Köpfen über dieselbe Gruppe von Problemen mit derselben Gruppe von Argumenten unter Zuhilfenahme von derselben Gruppe von Kausal- und Konditionalsätzen und kommt zu derselben Gruppe von sei es Ergebnissen, die sie Synthese, sei es von Nicht-Ergebnissen, die sie dann Krise nennt – das Ganze wirkt schon etwas abgespielt, wie ein bewährtes Libretto, es wirkt erstarrt und scholastisch, es wirkt wie eine Typik aus Kulisse und Staub. Ein Volk oder das Abendland, das sich erneuern möchte, und manches läßt darauf schließen, daß es sich auch noch erneuern könnte, ist mit dieser Methode nicht zu regenerieren.

Ein Volk regeneriert sich durch Emanation von spontanen Elementen, nicht durch Pflege und Hochbinden von historisierenden und deskriptiven. Diese letzteren aber füllen bei uns den öffentlichen Raum. Und als Hintergrund dieses Vorgangs sehe ich etwas, das, wenn ich es ausspreche, Sie als katastrophal empfinden werden. Das Abendland geht nämlich meiner Meinung nach gar nicht zugrunde an den totalitären Systemen oder den SS-Verbrechen, auch nicht an seiner materiellen Verarmung oder an den Gottwalds und Molotows, sondern an dem hündischen Kriechen seiner Intelligenz vor den politischen Begriffen. Das Zoon politikon, dieser griechische Mißgriff, diese Balkanidee – das ist der Keim des Untergangs, der sich jetzt vollzieht. Daß diese politischen Begriffe die primären seien, wird von dieser Art Intelligenz der Klubs und Tagungen schon lange nicht mehr bezweifelt, sie bemüht sich vielmehr nur noch, um sie herumzuwedeln und sich von ihnen als tragbar empfinden zu lassen. Dies gilt nicht nur für Deutschland, das sogar in dieser Hinsicht in einer besonders schwierigen, fast entschuldbaren Lage ist, sondern ebenso für alle anderen europäischen Intelligenzen, allein aus England hört man gelegentlich eine andere Apostrophierung.

Werfen wir nun einen kurzen Blick auf diese politischen Begriffe und ihren Gehalt an degenerierender und regenerativer Substanz – zum Beispiel Demokratie, als Staatsprinzip das beste, aber zum Produktiven gewendet absurd! Ausdruck entsteht nicht durch Plenarbeschlüsse, sondern im Gegenteil durch Sichabsetzen von Abstimmungsergebnissen, er entsteht durch Gewaltakt in Isolation. Oder das Humanitäre, ein Begriff, den die Öffentlichkeit geradezu mit numinosem Charakter umkleidet – natürlich man soll human sein – aber es gab hohe Kulturen, darunter solche, die uns sehr nahestehen, die diesen Begriff überhaupt nicht realisierten, Ägypter, Hellenen, Yukatan –, sein Sekundärcharakter im Rahmen des Produktiven, sein antigenerativer Zug ist evident. Alles Primäre entsteht explosiv, später erfolgt die Finessierung und Applanierung – eines der wenigen unanfechtbaren Ergebnisse der modernen Genetik. Diskontinuierlich, nicht historisch mutiert die Entelechie. Das ist ein allgemeines Gesetz. Wo aber immer bei uns sich im Geistigen etwas Primäres andeutet, ein vulkanisches Element, greift die Öffentlichkeit ein mit Abtreibung und Keimzerstörung; erscheint die obengenannte Gruppe mit ihren Klubdebatteuren, Round-table-Vor- und Beisitzern, Versammlungsmatadoren, ruft auf, sammelt Unterschriften im Namen von Vergangenheit und Zukunft, von Geschichte, von Enkelversorgung, von Mutter und Kind; – die Kulturphilosophen, Kulturdeuter, Krisenphänomenologen strömen zusammen, denunzieren, eliminieren, rotten aus – und natürlich auch die Herren Chefredakteure in ihren großen Presse-Limousinen als die beruflichen Dammrißflicker, leider heute, wie meistens, vor der Geburt – und alles dies zum Schutz von Demokratie und Humanität – was soll also eigentlich das ganze Gerede vom Abendland und seiner Erneuerung und seiner Krise, wenn man sich doch nur das erneuern lassen will, was schon längst da ist, in seinem Rahmen nützlich, aber als Regenerationsprinzip in Ausgangs- oder Umschlagsstunden nur Atrophie und Formentspannung in seinem Schoße bergen kann.

Die Lage ist bedauerlich, denn neue Elemente sind vorhanden, das Abendland möchte einen neuen Absprung wagen. Es ist für mich kein Zweifel, daß eine zerebrale Mutation im Anzug ist, niedergehalten von allem, was Öffentlichkeit heißt, unter Führung der staatlich geregelten Ausrottung alles Wesens. Und hier beginnt die Tragödie. Die Öffentlichkeit hat recht, sie hat geschichtlich recht. Denn die Elemente deuten auf ein Wesen, das zerstörerische Züge trägt, neue, und das sind immer neue erschreckende Züge des depigmentierten Quartärs – der Mensch ist etwas anderes, als die vergangenen Jahrhunderte dachten, als sie voraussetzten, und in seinen neuen Gedankenkonstruktionen wird er der abendländischen Idee von Geschichte keinen anderen Ort zuweisen als dem Wodukult oder dem Schadenzauber der Schamanen.

Gegen diese Öffentlichkeit meine eigenen tragischen Gedanken halten, ist nicht mein Beruf. Ich trage meine Gedanken alleine; zu ihrem Gesetz gehört, daß einer, der seine eigene innere Grenze überschreitet und ins Allgemeine möchte, unberufen, unexistentiell und peripher vor dieser Stunde erscheint. Ich trage auch die Einwände gegen sie alleine. Ästhetizismus, Isolationismus, Esoterismus – „der Kranichzug der Geistigen über dem Volk" – in der Tat, für diesen Vogelzug bin ich spezialisierter Ornithologe, für diesen Zug, der niemanden verletzt, zu dem jeder aufblicken kann, nachblicken kann und ihm seine Träume übergeben. Sie richten sich also gegen den tierischen Monismus, daß alles zusammenpassen muß, alles für jeden dasein ohne inneres Erarbeiten, ohne Rückschläge, ohne das Erleben von Versagen, ohne haltungsbestimmende Resignation. Und dann zielen sie auf einen Vorgang, der sich mir zu nähern scheint: das kommende Jahrhundert wird die Männerwelt in einen Zwang nehmen, vor eine Entscheidung stellen, vor der es kein Ausweichen und keine Emigration gibt, es wird nur noch zwei Typen, zwei Konstitutionen, zwei Reaktionsformen zulassen: diejenigen, die handeln und hochwollen und diejenigen, die schweigend die Verwandlung erwarten, die Geschichtlichen und die Tiefen, Verbrecher und Mönche – und ich plädiere für die schwarzen Kutten.

Und damit endet mein Brief, für dessen Länge und Art ich um Entschuldigung bitte. Sie winkten mir freundlich mit einem Handschuh und ich erwidere mit etwas wie einer Nilpferdpeitsche. Aber ich wiederhole nochmals, ich verallgemeinere nichts, ich erweitere meine Existenz nicht über meine Konstitution. Sie sollten nur aus meinen Zeilen entnehmen, daß meine Besorgnis, nicht wieder gedruckt zu erscheinen, keine große sein kann – mein Nihilismus ist universal, er trägt – er weiß die unausdenkbare Verwandlung.

Und damit leben Sie wohl und nehmen Sie Grüße aus dem blockierten, stromlosen Berlin, und zwar aus dem seiner Stadtteile, der in Konsequenz jenes griechischen Mißgriffs und der sich aus ihm herleitenden geschichtlichen Welt nahe am Verhungern ist. Geschrieben in einem schattenreichen Zimmer, in dem von vierundzwanzig Stunden zwei beleuchtet sind, denn ein dunkler, regnerischer Sommer nimmt zusätzlich der Stadt die letzte Chance eines kurzen Glücks und legt seit dem Frühjahr einen Herbst über ihre Trümmer. Aber es ist die Stadt, deren Glanz ich liebte, deren Elend ich jetzt heimatlich ertrage, in der ich das zweite, das dritte und nun das vierte Reich erlebe und aus der mich nichts zur Emigration bewegen wird. Ja, jetzt könnte man ihr sogar eine Zukunft voraussagen: in ihre Nüchternheit treten Spannungen, in ihre Klarheit Gangunterschiede und Interferenzen, etwas Doppeldeutiges setzt ein, eine Ambivalenz, aus der Zentauren oder Amphibien geboren werden. Danken wir zum Schluß General Clay, daß seine Skymasters diesen Brief hoffentlich bis zu Ihnen befördern werden[1].

ARZT, GESELLSCHAFT UND MENSCHLICHES LEBEN

Zu: Maxence van der Meersch, Leib und Seele

Zunächst ist es notwendig zu betonen, es handelt sich um einen Roman. Der deutsche Titel „Leib und Seele" ist nicht glücklich, er führt den deutschen Leser zwangsläufig zu der Vorstellung von der ihm so geläufigen, philosophisch-erkenntnistheoretischen Antithese, die seit hundert Jahren von Psychologie und Biologie bis zum Überdruß und so erfolglos bearbeitet wird. Der französische Titel „Corps et Ames" sagt etwas anderes. Dieser Plural enthält etwas Spirituelles und Lyrisches, er läßt das Schweben dieser beiden Welten umeinander ahnen, und er erhält das Sublime, das in der Tat diese fünfhundertunddreißig Seiten trotz ihrer ungeheuerlichen Realität durchzieht.

Das Thema des Romans sind die Ärzte, die heutigen französischen Ärzte, ihre Ausbildung, ihre Karriere, ihre Moral, ihre finanzielle Lage. Die Zeit ist die zwischen den beiden Kriegen, die Zeit von „la Crise", 1929 stand die Aktie der Bank von Frankreich auf fünfundzwanzigtausend Francs, zwei Jahre später nur auf siebentausend Francs. Aber um es gleich zu sagen, es handelt sich um nichts Politisches, nichts Programmatisches, das Leben blüht, die Panhards funkeln, und die Lufttaxis werden zu Fahrten nach La Plage und La Baule bemüht. Der Ort, in dem das meiste geschieht, ist eine Universitätsstadt der Provinz, Angers, zwischen Tours und Nantes; dann erleben wir wunderbare Landschaften bei Aix les Bains in den Savoyischen Alpen und Landschaften in der Charente, zum Atlantik gelegen, in der Nähe von Rochelle. Auch Paris ist da, aber am Rande. Im zweiten

Teil befinden wir uns in einem ziemlich düsteren Industriezentrum des Nordens, da wird Michel Doutreval, eine der Hauptfiguren und Lebensanschauungsvertreter des Autors, „kleiner Praktiker, Vorstadtarzt".

Die ärztlichen Themen werden um zwei Lebenskreise gruppiert, den der großen Universitätskoryphäen in Angers und den ihrer Schüler, Assistenten, Mitarbeiter, die sich dann in die eigenen Lebensläufe verlieren. Also eine Gruppenstudie das Ganze, aber unprogrammatisch und untendenziös, alles verflochten in die allgemeinen Strömungen der Zeit, ihrer gesellschaftlichen Formen, in das Familiäre, ja sogar in die Liebe. Die Liebe mit den Unterabteilungen: die Folgen der Liebe und die Berechnungen der Liebe. Wir befinden uns in einem Lande, in dem die Mitgift noch eine ausschlaggebende Rolle spielt, die Väter verhandeln, der der jungen Dame gibt sechshunderttausend Francs, der des Mannes soll achthundertfünfzigtausend Francs geben, das ist zuviel – oder die eine Gattin brachte aus einer chemischen Fabrik zwei Millionen Francs mit und nun kann der Professor sein wissenschaftliches Institut begründen, natürlich stellt die Dame im Verlauf der Ehe dann Forderungen, und der Alte kann nicht mehr, wie er will. Das ist weder Kapitalismus noch Antikapitalismus – das ist das gesellschaftliche Leben um diese Zeit.

Die ärztlichen Fragen werden ungeheuer ernst behandelt, und hier offenbart sich die Originalität des Verfassers und das Einzigartige dieses Buchs. Es enthält Schilderungen des klinischen Betriebs, exakte Darstellungen von Operationen, protokollarische Aufnahmen von Experimenten zu neuen, sensationellen Behandlungsmethoden, wie sie mir aus der Literatur nicht bekannt sind. Und alles bleibt Roman, menschliche Bewegung, Transzendenz. Die Konvulsionstherapie der Schizophrenie, die Auslösung von Krämpfen durch Einspritzung von Mitteln, erst nahm man Kampfer dann ein Methylderivat, dann kombinierte man es mit Curare – das wird so gewissenhaft dargestellt, als ob es in eine Habilitationsschrift gehörte, es füllt Seiten dieses merkwürdigen Buchs, es durchzieht, verknüpft mit den menschlichen und privaten Ereignissen der handelnden Personen, das ganze Werk und bleibt doch Schritt für Schritt bemerkenswert, großartig, ja erregend.

Keine Lektüre für zarte Nerven! Lues, Tuberkulose, Karzinom, Armut, Abtreibung, Prostitution, Pennbrüder – von jedem etwas, und von manchem etwas viel. Aber über allem ein unbeirrbarer Ernst, eine ungeheure Verantwortung, über allem ein großes ärztliches Gewissen. Aber auch das größte ärztliche Gewissen kann nicht verhindern, daß in dem Wohlfahrtshospital „Egalité" das Leben bitter ist und das Sterben ohne Weinlaub im Haar. Leben heißt: Schmatzen, die Brühe ausschlürfen, das Fleisch lutschen, Messer gibt es nicht, Hände, Bärte, Betten werden fettig von der Sauce – und Sterben heißt: erst die spanische Wand, dann die Fliegen (eine Stunde vor dem Tod, „dies Zeichen ist untrüglich") und dann vulgär: „seinen Flohstall ausräumen" – eine Stunde nach dem Tod merken die Flöhe das Schwinden der Körperwärme und kriechen aus den Haaren hervor. Egalité – das heißt splitternackt vor den Augen von zwanzig Studenten liegen und die Witze über die Busen der Kleinen anzuhören, und tot sein heißt: in der dunkel gehaltenen Kapelle von den Angehörigen nur von fern mit Weihwasser besprengt werden wegen der verbotenen Sektion, allerdings unter Schonung des Kopfes. Das ist das Leben, das ist die Wissenschaft mit ihren Prinzipien der Forschungen und des Fortschritts, das ist der Kulturkreis, genannt das Abendland – ein Umbiegen oder eine Regression in andere Seinssphären ist nicht mehr möglich.

Das Buch führt vor die Frage nach der abendländischen Medizin. Die abendländische Medizin arbeitet peripher mit Messern, Kanülen, Pipetten, Infusionen, Fütterungen, sie arbeitet unter Hochdruck, ein Jagdgeschäft fix und finalistisch – die Arbeitsunfähigkeitstage werden gezählt. Andere Medizinen arbeiten durch Realisieren und Zentralisation. Die abendländische Medizin arbeitet sich an das Körperliche heran, will alles nah und deutlich sehen, alles topographisch vor sich haben – der Joga bevorzugt eine schematische Vorstellung des Leibesinnern. Der abendländische Arzt steigert seine Sinne durch Mikroskop, Hörrohre, elektrische Ströme, abgeleitet nach außen auf berußte Trommeln, der Inder versenkt sich in die Zentren. Hier das Lokalisatorische, dort das Universale. Das sind geographische und rassemäßige Entwicklungen im Zusammenhang der historischen, kulturellen Perspektiven, die irreversiblen Charakter tragen. Unser Autor ist im wesentlichen abendländisch mit einer leichten Neigung zum Medizinreformatorischen, zum Naturheilkundigen, manchmal hat man den Eindruck, er treibt etwas Propaganda für die Schweizer Ernährungsgrundsätze (Bircher-Benner), für Homöopathie, für religiöse Therapie, für substantielle Reorganisationen, aber die Psychosomatik, dieser wunderbare Anlaß zu neuen Kongressen und Lehrstühlen, dies wahre Geschenk des Himmels an die Professoren, tritt bei ihm schlicht als Hilfsbereitschaft und Menschlichkeit bis zum Honorarverzicht in Erscheinung. Dann, namentlich im ersten Teil, hat man den Eindruck, der Autor selber wird immer wieder hingerissen von der Faszination des Instrumentellen, von den chirurgischen Schlagern, den blendenden operativen Sensationen, und dann folgt eine neue geradezu klassische, kinomäßig exakte Darstellung einer dieser Meistertaten.

Aus dieser Stimmung erwächst eine unvergleichliche Szene

dieses Buchs, die Darstellung eines Kaiserschnitts. Auf dem Tisch liegt eine bezaubernde junge Frau, Tochter einer der Universitätskoryphäen – zu enges Becken. Der Operateur ist der weltberühmte Experte aller technischen Möglichkeiten, aller instrumentellen Tricks, der mit halben Sekunden rechnet, Professor Géraudin, er hat nicht seinesgleichen, auch nicht in Paris. Von ihm stammt die Methode, zwischen zwei Herzschlägen aus dem Herzen einen Fremdkörper, einen Metallsplitter oder dergleichen zu entfernen, kein Glückszufall mehr – eine Methode. Aber seit einiger Zeit fühlt er gelegentlich ein Stechen im Nacken, eine Sekunde Schwärze vor den Augen, er ist in den Sechzigern. Aber niemand hat es bisher bemerkt, kein Assistent, kein Konkurrent, kein einweisender Arzt, der bei der Operation seiner Patientin zusieht. Aber Géraudin empfindet, seitdem er das zum erstenmal bemerkt hat, eine gewisse Unruhe. Also er tritt an den Tisch, darauf liegt die Frau, nackt, die Hände über dem Kopf festgeschnallt, zwei Spreizer klemmen die Arme, zwei andere die Oberschenkel. Erst der Hautschnitt, dann die Schere. Etwas stimmt nicht, die Eingeweide drängen immer wieder vor. Géraudin bekommt einen merkwürdigen Ausdruck, sein Gesicht scheint in einer unvorstellbaren Spannung erstarrt. Verdammt, sagt er und stößt die Eingeweide mit Gewalt in den Bauch zurück. Auf dem Grund erscheint jetzt die bis zum äußersten gespannte, von Blut überfüllte Gebärmutter, rund herum Klammern, Klammern, Massen von Klammern und die Tücher voll Blut. Géraudin hält einen Augenblick inne, er atmet tief und keuchend wie ein erschöpfter Renner. Alles in Ordnung? Alles in Ordnung! Aber der Puls ist nicht gut. Jetzt wird die Gebärmutter eröffnet, dann die Fruchtblase, ein Kind kommt zutage, aber Géraudin hat mit dem aufgeschnittenen Leib zu tun. Alles in Ordnung? Alles in Ordnung! Aber das Blut ist nicht zu stillen, es blutet zu stark, viel zu stark, viel mehr, als er es jemals erlebt hat, im allgemeinen ist ein Kaiserschnitt keine derartig blutige Angelegenheit, irgend etwas ist nicht normal dabei. Und jetzt kommt das Stechen im Nacken, Nebel vor den Augen, die Schwester muß ihm immer wieder den Schweiß von der Stirn wischen – und das Blut überflutet die Bauchhöhle – „Kompressen, Kompressen!" ruft er – aber er sieht nicht mehr klar – „Nadeln!" ruft er, aber alles tanzt ihm vor Augen, er wühlt und tastet in der roten Flut – jede Sekunde ist unersetzlich, aber er ist nicht mehr fähig zu einer ruhigen Überlegung, er tupft das Blut, er schleudert die blutdurchtränkten Kompressen in den Eimer, auf den Fußboden, aber das Blut rinnt weiter über den Körper, über den tieferliegenden Kopf, in das Haar – Géraudin reißt die Handschuhe herunter, arbeitet weiter mit bloßen Händen, er sucht nach den Bändern, um die Gefäße abzuklemmen, aber er findet sie nicht mehr. Die Kranke röchelt, alles steht fassungslos, gelähmt daneben – er blutbedeckt, rot befleckt, von den Füßen bis zum Kopf, Mantel, Maske, Mütze, Bart, Stehkragen, Ärmel – es ist vorbei, der Kampf ist aus, Géraudin läßt sich auf einen Stahlrohrsessel nieder und vergräbt den Kopf in die blutigen Hände. Auch das Kind ist tot.

Dies sind nur Andeutungen dessen, was die Szene enthält. Die Schilderung eines solchen klinischen Vorgangs in dieser Meisterschaft ist mir aus der ganzen Weltliteratur nicht bekannt. Denn wohlgemerkt, das ist kein Naturalismus, das ist reine Spannung, eine darstellerische Intensität von solchen Graden liegt über diesen Partien, daß man denkt, die Seiten müßten noch im Buche glühn. Der Stoff ist explosiv, und die Sätze fassen diese Explosionen.

Aber sehen wir nun einen Augenblick vom Ärztlichen ab, noch unter einem anderen Gesichtspunkt ist das Buch äußerst fesselnd. Es ist politisch und kulturgeschichtlich ungewöhnlich aufschlußreich. Man sieht hier in ein Frankreich, dem man literarisch sonst nicht begegnet. Céline ist zu katilinarisch, er repräsentiert nicht sein Land, er trägt seine eigene Last. Gide ist zu intellektuell und geistig hochgezüchtet, um zu nackten Daseinsfragen Stellung zu nehmen. Claudel zu mystisch und artifiziell. Die Dramatiker alle so auffallend antik thematisiert. In unserem Buch erblicken wir ein populäres Frankreich, und die Mittel, mit denen es dargestellt wird, stehen den anderen nicht nach.

Ein populäres und modernes Frankreich und ein politisches dazu. Der Autor ist sehr offenherzig. Trotzdem fühlt und gibt er sich in keiner Weise revolutionär, aus ihm spricht ein idealistischer Bürger, Student, Soldat, Familienvater.

Greifen wir einige seiner Bemerkungen heraus, sie ließen sich beliebig vermehren.

Von einem Deputierten und Arzt wird gesagt: „Da er wegen seines politischen Einflusses der Straflosigkeit sicher war, trug er seine Verachtung der Gesetze offen zur Schau." Ein Bürgermeister soll aus hygienischen Gründen eine Kneipe schließen. Eine Kneipe? Kommt nicht in Frage! „Der Kneipwirt ist entscheidend für die Wahlen! Frankreich ist eine Kneipendemokratie. In unserem Stadtrat sitzen achtzehn Kneipwirte!" Zu einem anderen Thema: „Nichts wäre leichter, als die Abtreibung zu verhindern, aber die Behörden wollen das gar nicht, weil die Wähler dagegen sind." „In Wirklichkeit ist es so, daß das Gericht den Anweisungen der Regierung folgen muß und die Regierung von der Gnade der Wähler lebt." In einem Krankenhaus – einem herrlichen alten Kloster – werden die roten Backsteine, Mauern, Säulen, Kapitäle, das Rund der Bogen immer wieder von oben bis unten mit einer dicken öligen braunen Farbe aus Teer angepinselt, denn – „wie es der Zufall nun einmal will" –

Herr Chatelnay, der Bürgermeister, ist Vertreter einer Farbenfabrik – „daher wurde so reichlich gepinselt".
Die Redaktion einer großen Pariser Zeitung sagt einem neu eintretenden Journalisten: „Sie sind ein freier Schriftsteller. Schreiben Sie, was Sie wollen. Aber nicht gerührt wird an die Armee, die Kirche, den Alkoholismus und die Frage der reglementierten Prostitution." „Die Scheinherrschaft des Volkes, bei der in Wirklichkeit das Volk durch die Mächtigen des Geldes und der Presse gegängelt wird" – mit dieser bewegten Wahlklage treten wir vor Olivier Guerran, Minister – immer mal wieder, in fünf Kabinetten –, ein Minister im „Aufstieg", „wenn es sich um seine Freunde handelt, kann er jederzeit eine großzügige Beihilfe flottmachen", „wenn die Regierung nur ein paar Monate bleibt, ist die Sache gemacht" – dieser Minister, der eine tragende Rolle in dem Buch spielt – im Zivilberuf Rechtsanwalt, natürlich sind es hauptsächlich Kunden mit steuer-, zoll- und verwaltungsrechtlichen Sorgen, wo er seinen „Einfluß" geltend machen kann, „in neun von zehn Fällen rühmte er sich, seine Klienten kampflos zum Erfolg zu bringen" – also auch dieser Guerran ist keineswegs mit Aggression geschildert, er ist wohl auch im bürgerlichen Sinne nicht kriminell, aber vor lauter Empfängen, Händedrücken, Kammersitzungen, Kranzniederlegungen, Ferngesprächen, Frühstücken, Syndikatssitzungen, über neue Orden bis zum Käsehandel ist er, der politische Mensch, vor allem feige, hundsföttisch feige und bei aller Geschäftigkeit innerlich leblos, schlaff, weder zerrissen noch gesammelt – einfach leer, fahl und leer.

Wer ist dieser Autor, ich habe bisher nicht von ihm gehört. Dem Namen nach könnte er Flame sein, und ein großer Teil des Buches spielt an der französisch-belgischen Grenze. Aber er könnte auch Holländer sein, die Schilderung von Amsterdam, wo die beiden unglücklichen Männer das Schicksal von Mariette erfahren, ist so eindrucksvoll und so erfühlt – auch hier könnte seine Wiege, ein Teil seiner Wiege gestanden haben. Aber in dem Buch ist er reiner Franzose. Es ist charakteristisch, daß man sich danach fragt. Es gibt Bücher, nach deren Lektüre möchte man den Verfasser kennenlernen, ihn mal sehen, wie er aussieht, der durch sich so viel hat hindurchgehen lassen – dies ist ein solches Buch. Nach seinen inneren Erfahrungen und äußeren Erlebnissen muß er über fünfzig sein.

Das Buch als Ganzes kommt eher von Zola als von Flaubert, es ist mehr emphatisch als stilistisch bestimmt. Aber es ist bewußt und sicher komponiert, das Ärztliche und Romanhafte ist geschickt ineinandergestellt, Situationen, Landschaften, Stimmungen, Einzelporträts, Idyll und Drama im gleichmäßig einfachen Fluß einer nachzeichnenden Prosa immer spannend dargestellt, es wird auch den Leser, der kein Arzt ist, selten ermüden. Die Vorsprüche des Werkes sind von Augustin und von Johannes, der Schluß gehört dem Evangelisten allein. Aber auch daraus spricht kein Pietismus, kein religiöser Sozialismus mit irgendwelchen politischen Unterströmungen, es erwächst vielmehr natürlich aus der ganzen Haltung des Buches, es wirkt schön. Viele unserer zerstörten und verlorenen Leben werden es aufnehmen und sich dem beugen. Denn: „Opfer“ – das ist die immer wiederkehrende Innerlichkeit dieser Seiten. – „Glauben und Hoffen“, sagt der Autor, das gilt nach seiner These für den einzelnen; und hinsichtlich des Mitmenschen lehrt er trotz Feindschaft, Sünde und Rache: „Retten oder Untergehn.“ Die Körper und die Seelen – unser Autor vereinigt sie in dieser Trauer und in dieser Gläubigkeit.

Nachsatz: Eben höre ich von maßgeblicher französischer Seite in Berlin, van der Meersch sei kein Arzt. Das wäre dann allerdings das Erstaunlichste, ja Unglaubhafteste an diesem Buch.

AN WALTER VON MOLO

Lieber Herr von Molo,

es ist mir nicht gegeben, Festartikel zu schreiben, aber ich möchte nicht unter denen fehlen, die Ihnen zu Ihrem siebzigsten Geburtstag öffentlich gratulieren. Erinnerungen an Lebende und Tote werden uns immer verbinden, auch Erinnerungen an die Sitzungen der ehemaligen Preußischen Akademie der Künste, von deren Abteilung für Dichtung Sie Präsident waren und in die mich mithineinzuwählen Sie die Freundlichkeit hatten – Erinnerungen an jene Zeiten, als Sie noch in Zehlendorf wohnten, als wir jung und einige Jahre auch glücklich waren.
Ich kenne den See nicht, an dem Sie jetzt leben, und nicht den Hof, den Sie bestellen, aber es werden an Ihrem Geburtstag von hier Grüße und Gedanken zu Ihnen gehn – aus unserem gemeinsamen Berlin, das zu halten und neuerstehn zu sehn, wie ich weiß, einer Ihrer besonderen Wünsche ist. Vielleicht kommt der Tag, an dem Sie und Ihre Gattin zurückkehren, und dann werden wir uns wiedersehn.

Ihr Gottfried Benn

MEIN SCHMERZENSKIND

Alle dichterischen Kinder sind Schmerzenskinder, ein besonders schmerzliches habe ich nicht. Wenn ich eine Arbeit erscheinen lasse, ist sie fertig als Ausdruck meiner gegenwärtigen Stimmung und im Rahmen dessen, was mir möglich war. Es kann lange dauern, bis etwas fertig ist. Die Produktion des Lyrikers ist selten strömend, vielmehr häufiger stockend und voll Unterbrechungen. In meinem Gedichtband „Statische Gedichte" ist ein Gedicht, das besteht nur aus zwei Strophen, aber beide Strophen liegen zwanzig Jahre auseinander – so lange brauchte ich, bis ich die zweite Strophe fand, es ist das Gedicht „Welle der Nacht". Aber das ist nicht schmerzlich, das gehört zu den Problemen der Produktion, die ein innerer Prozeß ist und mit Erfolg oder Nichterfolg der fertigen Arbeit gar nicht rechnet.

DIE EHE DES HERRN MISSISSIPPI

Ist dies noch ein Stück? Ist dies noch Theater? Dies Durch- und Nebeneinander von Kino, Hörspiel, Kasperle-Szenarium, zeitlichen Verkürzungen, Vor- und Rückblenden, Sprechen ins Publikum, Selbstprojektionen der Figuren in einem imaginären Raum, Auferstehen von den Toten und weiterdiskutieren –: Ist das vielleicht das zukünftige Theater?

Einige Szenen sind meisterlich gebaut, thematisch spannend, dialogisch präzis – gleich die erste, die zwischen Mississippi und Anastasia, die Grundszene, aus der sich das Weitere ergibt –, hier ist Substanz des alten Theaterstils, aber mit Andeutungen des neuen montagehaften. Aber dann geraten die Szenen vielfach ins Schwimmen im Weltanschaulichen und Politischen, nicht sehr originellen, im Erotischen nicht gerade sehr sublimen – am besten gelingen dem Autor die Einblendungen auf das Ethische, er nimmt nämlich weder das Moralische noch das Amoralische ernst, obschon er seinen Helden dafür auftreten läßt, das Gesetz Moses zu erneuern.

Die Helden unseres Stückes deuten sich meistens selbst, sprechen vor ihrem Tode wie nach ihrem Tode theoretisch über sich und ihre Verläufe. Außerdem signalisieren sie mit Bildnissen, diese schweben herauf, diese sinken hernieder, auch mit Porträts, schwarzumflorten. Diese unsere Helden steigen ein, steigen aus vom Garten in den ersten Stock, auch durch Standuhren – wie bei Pionierübungen. Das soll vermutlich surrealistisch sein, aber es wirkt befremdend, denn so wie der Mensch heute ist, erscheinen ihm der dreidimensionale Raum und die Keplerschen Gesetze für das Bühnenstück und den Bühnenraum unerläßlich. Diese Technik bedroht das Zwanghafte, anthropologisch Verkettete, das Dumpfe der alten tragischen Helden. Man steht vor dem Eindruck, den neuen Helden fehlt die charakterliche Ursubstanz, das Belastete, mit einem Wort: Die antithetische menschliche Wirklichkeit, die nur innerhalb von Raum und Zeit ihre exemplarischen Tragödien entbindet.

Nun sind allerdings Wirklichkeit und Raum und Zeit für uns kritische Begriffe. Für uns bleibt alles offen, Lösungen sind Bindestriche, Religionen Thesen, Schicksale Kuriositäten – das wissen wir ja nun schon lange aus uns selbst und aus so vielen modernen Büchern, das ist unser bitteres Lebenselixier. Aber es gibt zwei Welten: Das Leben und die Kunst. Und wie steht es nun mit der Kunst, in unserem Fall mit der Bühnenkunst? Kunst ist das einzige Geschäft, das seine Dinge abschließen muß, abdichten muß, nach sieben Tagen oder sieben Akten muß die Erde stehen, rund und fertig. Kunst ist etwas Hartes, wenn sie wirklich Kunst ist, bringt und fordert sie Entscheidung. Wie steht es mit der Entscheidung unseres Autors? Ist es möglich, die innere Lage des heutigen Menschen, seine beiden Grundzüge, den des Individuellen und den des von der Schöpfung gegebenen Zwangs, auf der Bühne zum Ausdruck zu bringen, wenn man Zeit und Raum atomisiert und sich sogar geographisch nicht entscheiden kann, nämlich ob für den Süden mit der Zypresse oder für den Norden mit dem Apfelbaum? Man muß so dringend fragen, denn es handelt sich beim vorliegenden Stück nicht um eine Komödie, um einen Jux, sondern, wie der Schluß deutlich macht, um eine existentielle Tragödie. Und da muß man antworten, daß vielfach die Trennung zwischen dem relativierenden und diskutierenden Autor und seinen Figuren nicht ganz vollzogen ist.

Trotzdem bleibt es ein interessantes Stück. Bestimmt kein Stück ins völlig Unbetretene, historisch gesehen wurde dieser Weg betreten von Grabbe mit „Scherz, Satire, Ironie und tiefere Bedeutung", auch von Gorsleben in seinem „Restaquär", von Anouilh, O'Neill, Auden. Sie zeigen die Krise des alten Theaters, die Auflösung des durch Jahrhunderte gestützten Theaterstils, gegen den sich auch die in so vielen Städten entstehenden Zimmertheater erheben, in denen gar nicht mehr agiert, sondern nur noch gesprochen wird. Und so führt uns auch dieses interessante Stück vor die Frage, gibt es eine absolute Bühnenkunst, wie es absolute Malerei und absolute Prosa gibt? Wird das Theater weiter agieren mit schwebenden Porträts, Giftzucker, Salven, auferstandenen Toten, die dann weiterdiskutieren, mit Perücken und Toilettenwechsel, kurz das betreiben, was man Handlung nennt, oder wird man auf ihm nur noch sprechen, wobei das Wort dann eine besondere Form des Monologes wird oder mehrerer nebeneinanderlaufender Monologe, um gewissermaßen stehend und schweigend dem menschlichen Schicksal und seiner Verwandlung zu begegnen?

DIE SACKGASSEN

Zu: Thea Sternheim, Sackgassen

Die Autorin dieses Romans war die Lebensgefährtin von Carl Sternheim, auch seine Mitarbeiterin. In Sternheims Novellenband „Mädchen“ – erschienen 1917 im Kurt Wolff-Verlag, Leipzig – stammte die erste Novelle „Anna“ von dieser seiner Frau. Das war bekannt, und in einer ungarischen Übersetzung des folgenden Jahres wurde es ausdrücklich authentisch gemacht. Aus dieser Novelle „Anna“ entwickelte sich dann das vorliegende Werk, erwuchs in fünfunddreißig Jahren ein großer Roman. Es ist der Autorin einziges Werk, ein wahres Lebenswerk, die Summa ihrer Produktion.
Im Ersten Weltkrieg und schon Jahre vorher wohnten Sternheims in Belgien. Im Winter 1917 luden sie mich auf ihre Besitzung La Hulpe bei Brüssel ein, ich stand damals als Arzt bei der deutschen Besatzungsarmee. Auf diese Weise lernte ich den ungewöhnlichen, waldumgebenen, reichen Herrensitz und seine Bewohner kennen, er lag in dem Ort Groenendael, der in unserem Roman sehr lebendig wird. Seitdem blieben wir in Verbindung, Frau Sternheim lebt seit 1932 in Paris; seit Jahrzehnten gehörte zu ihren engsten Freunden André Gide.
„Anna“, 1917, ist noch ganz Sternheimsche Schule: streng im Stil, im eigentümlichen Sternheimschen Stil, begrenzt in der Thematik, präzis im Gedanklichen, doch schon mit der der Autorin besonderen Note, dem Esoterischen, das dann bei Anna, 1952, in den „Sackgassen“ stärker hervortritt. Was die Autorin vorlegt, ist eine Lebensarbeit, aber beileibe keine Biographie, es ist ein in sich geschlossenes Buch mit zahlrei-

chen Figuren, ein ausgereiftes Objekt, eine durchgegliederte Epik von hohem Rang.

Die Hauptfigur ist Anna, 1880 in Frankfurt am Main geboren, Waise, bei kleinbürgerlichen Verwandten erzogen, erste seraphische Liebe ein Kaplan, erste erotische Verführung ein aufgeblasener Schriftsteller – eine große Belanglosigkeit das Ganze, meint Anna – sie verläßt früh die Heimat, gelangt nach Belgien, wo sie in Brüssel ihr eigenes Leben anfängt, aufbaut und verliert. Um sie herum agiert ein halbes Dutzend weiterer höchst ungewöhnlicher Mit- und Gegenspieler, sie schaffen die weite Verzweigung der alten europäischen Welt etwa zwischen 1910 und 1920, einer Welt, die noch Bildung, innere Forderungen und vor allem noch Kapital besaß. Innerhalb dieser Verzweigung stehen wir vor der deutschen Welt, von Brüssel und Paris aus betrachtet, erleben den Ersten Weltkrieg unter französisch-belgischem Gesichtspunkt, und als Nebenbefund sind wir heute eigentlich verblüfft zu sehen, welche Reaktionen, welche Krisen, welche seelischen Katastrophen schon dieses für uns nahezu verblichene, gemessen an späteren Kataklysmen klassische Ereignis für die Helden unseres Buches mit sich bringt.

Ich sagte, ungewöhnliche Figuren umspielen Anna, und in der Tat, der Leser muß sich auf durchaus absonderliche Arten und Abarten gefaßt machen. Da ist der alte, menschlich wunderbar vertiefte Psychiater aus Lyon, David; neben ihm ein homoerotisches Freundespaar Freddy und Durtin, der letztere übersetzt die deutschen Mystiker Suso und Eckehart ins Französische. Dann erblicken wir Maldeghem, den Gatten Annas, etwas schwach, etwas farblos als Mann und Charakter, er ist ein großer Sammler von Stundenbüchern und Cruikshankstichen. Schließlich durchzieht Nadja, eine junge Russin, als Ereignis das ganze Buch – es ist überhaupt eine

Vorliebe für das Russische, das alte Russische, bei der Autorin unverkennbar. Vor allem aber fällt immer wieder unser bewundernder Blick auf Marie, geboren in Lyon, die Mutter ist Inhaberin eines berühmten Luxusrestaurants, Marie, die Amazone, die Schmetterlingssammlerin, „gesund, schön, schimmernd", sie liegt mit unter dem Kopf verschränkten Armen auf dem Teppich, „mit ihren langen, aufgestellten Beinen, die alle Merkmale eines wunderbar ausgeklügelten Fortbewegungswerkzeugs aufweisen, für alle Phasen der Flucht oder des Überholens gemacht", halb Pallas, die Unberührbare, halb Daphne, die sich in Lorbeer verwandelt, wenn sich der Überwältiger naht – Marie, im Zeichen der Jungfrau geboren, fünfundzwanzigjährig, einzig darauf bedacht, den angebeteten alten Freund und Lebenslehrer, der längst zu alt und zu weise für die Liebe wurde, immer von neuem geistig zu verführen. Es hält sie jedoch nicht davon ab, Annas Mann, den sie eben zufällig im Café de la Régence kennenlernte, sofort in ihre dekorativen Appartements mit nach Hause zu nehmen. Man kann nicht auslassen zu erwähnen, daß die Schilderung von Marie an der Bahre ihres alten Freundes ganz unvergleichlich ist: trauererregend und interessant, hinreißend und ungewöhnlich, sie stellt sich Szenen der besten modernen Romane ebenbürtig an die Seite.

Die Sprache des Buches bietet gewisse Besonderheiten. Sie enthält einige Rudimente der Sternheimschen Wortstellungspedanterie, verwendet nie: *sondern*, immer statt dessen: *doch* („nicht du, *doch* ich habe das Feld geräumt", „Maldeghem möchte nicht gegenüber, *doch* auf der Bank neben ihr Platz nehmen"). Diese Sprache hat vielfach eine den Vorgang mit weiten Bögen umziehende Diktion, sie wirft ein weitgeschwungenes Lasso aus, um von dem gleich zu schildernden Vorgang ein Stück Allgemeines herauszuholen und ihn von da aus ins Spezielle zu entwickeln. Dieser Stil macht die Lektüre vielleicht manchmal etwas schwierig, aber wenn man sich hineingelesen hat, wirkt auch diese Diktion persönlich und apart. Sehr ungewöhnlich sind die langen Mono-Dialoge, die die einzelnen Personen, namentlich Anna, mit sich selber führen: Frage und Antwort, These und Replik, oft seitenlang, diese wirken in hohem Maße zwiespältig, versponnen und visionär.

Die Haltung des Buches ist von großem Ernst. Das schließt nicht aus, daß es witzige, funkelnde, ja schmissige Partien enthält. Aber ein gewisser asketischer Zug prägt sich so oft aus, daß man ihn als verbindlich ansehen muß. „Im Absterben der Sinne reift der Sinn" –, „ehe ich mich nicht zur Entsagung entschließe, wird mein Herz keine Ruhe finden." Dieser Zug steht neben dem religiösen, der in unserem Buch allgegenwärtig ist: „Ach der der ganzen Welt zugedachte Kuß ist nicht nur nie zustande gekommen, sondern auch der Vater ist in der Versenkung verschwunden. Ist aber des Vaters Vorhandensein erst einmal in Frage gestellt, wird auch die Brüderlichkeit nicht mehr zu verwirklichen sein. Wie sollen Brüder ohne gemeinsamen Vater sich ihre Sohnschaft beweisen? Daß sie Atem vom gleichen Atem, Geist seines Geistes, vom sinnvoll Gewollten das Sinnvollste aber auch das Verletzbarste sind?" „Man ist mit zweiundzwanzig Jahren nicht reif, das Gesetz zu verstehen, das von Gott zum Menschen, über den Menschen zum Mitmenschen, uns wieder zu Gott drängt. Es zu verstehen, brauchen die Jungen Zeit, wie wir Zeit hatten, Gott, mein Gott, laß ihm Zeit!" Und so häufig, daß man etwas nachdenklich wird, so regelmäßig, fast so programmatisch kommt die Wendung vom „Entscheidenden", von der „Bestimmung", vom „Gemäßen", von der „unwiederbringlichen Einmaligkeit", vom „Wesentlichen", vom „Unveränderlichen", vom „höchst Einmaligen".

auf das Bezug zu nehmen wir berufen und verpflichtet sind. Man wird etwas nachdenklich, meinte ich, aber man sagt sich auch gleich, womit soll man eigentlich das Innerliche, wenn man es vertreten will, den Zug zum Inneren, mit welchen Worten und Metaphern soll man es bringen, wenn nicht mit diesen so vielsagenden und bewährten?

Und was sind nun die Sackgassen? Das Wort Sackgasse kommt im Buch nur einmal vor. Da lesen wir: „hört man dich reden, sagte Anna, könnte man meinen dieser zermürbende Leerlauf, die dumpfen Sackgassen, in denen wir stets nur auf uns selbst stoßen, hätten doch einen Ausweg." Aber das ist eine rhetorische Floskel, nein, sie finden keinen Ausweg. Es ist die Ichbezogenheit, das Monologische, das Vergebliche des Aufbruchs in einen anderen, das Starre, Eingemauerte, das Atheistische, in das alles mündet. Keine Gemeinschaft mehr von Rang, oder, wo sie dargestellt ist, wie in der Beziehung zwischen Marie und David, erkennt der Überlebende sie erst am Ende. Alles ist festgefahren. Du willst ein Ich sein, gut, aber das heißt, du bist ummauert, eingemauert, die Gitter zu. Du kommst von der Liebe, vom Geschäft, vom Nationalismus, vom Defaitismus – überall nur das frigide Herz, gehe weiter, laß sie stehen, nimm einen Hund in den Arm. „Offenbar ist es leichter, zwei Körper so innig zusammenzuschließen, daß ein Kind daraus wird, als zwei Seelen auch nur einigermaßen in Einklang zu bringen." Du kommst vom Idealismus, vom Kapitalismus, von der Mystik: „Immer von neuem opfert ein vom Tatendrang besoffener Agamemnon die Augenweide Klytämnestras für günstigen Wind, wirft sich die rasende Niobe dem Mörder ihrer Kinder entgegen, oder ringt, Mater dolorosa, die Hände unter dem Kreuz." Kein Ausweg – nicht nur der Mann ist das unfruchtbare Tier, auch die Frau. Fin de race – trage es, verweile in dir, geh

alleine zu Ende. Das meint, soweit ich es übersehe, die Autorin mit dem Titel „Sackgassen".
Ein bedeutendes, ein lebendiges, ein spannendes Buch, spannend im Geistigen, aber auch im Thematischen, ganz abgesehen davon, daß es in den Schlußkapiteln tatsächlich eine Art krimineller Zutat gibt. Ein Buch mit vielen Schichten, einige heiter, einige kritisch, viele politisch, viele esoterisch. So gemischt zieht der Zug der Figuren in einem von Bewußtheit, Wissen und Selbstbesinnung beinahe harten Licht an uns vorüber. Kein optimistisches Buch. Leib und Seele, Leben und Geist, verschlungen und wieder entwirrt, gespielt, zerdacht oder meistens erlitten – sie prägen uns, sie hinterlassen Male, aber das Ganze endet für die beschriebene Generation in Sackgassen. Das Ganze! Aber im einzelnen sendet es auch ihnen Stunden, in denen jenes Unbegreifliche mit Liebe und Tod, mit Küssen und dann mit Tränen ihr ganzes Wesen erfüllt und dann allerdings sich weiterbewegt, um sich nirgends zu enthüllen.

ERWIDERUNG AN ALEXANDER LERNET-HOLENIA

Lieber Herr Lernet, erlauben Sie mir, weiter die Abkürzung Ihres Namens zu gebrauchen, die ich vor zehn Jahren anwandte. Wenn ich inzwischen an Sie dachte, Sie vor mir sah, sah ich Herrn Lernet, der in meine Wohnung kam, ein Buch aus meinem Regal[1] zog, flüchtig darin blätterte, offenbar gerade mit einer neuen eigenen Arbeit beschäftigt (wie sich dann später herausstellte, war es Der Graf von St. Germain) und der immer etwas zurückhaltend wurde, wenn man ihn nach seiner Tätigkeit fragte, die er unter dem Zwang der Lage, wie wir alle, als äußerst unangenehm empfand. Also, lieber Herr Lernet, ich danke Ihnen für Ihren Brief, den die Neue Zeitung am 27./28. 9. veröffentlichte. Dieser Brief rührt an einige allgemeine und an einige sehr persönliche Dinge, und ich erlaube mir zu erwidern:

Am meisten hat mich Ihre Bemerkung betroffen gemacht, Nietzsche sei gescheitert (an seiner Einsamkeit – darüber später). Ist Nietzsche gescheitert? Ich meine, er hat sich aufgebaut, aufgerichtet von den Brandmauern bis zur Fahnenstange, vom Zimmer, wo er seine Wurststullen aß, deren Pellen am Morgen herumlagen, bis zur Brücke in brauner Nacht, dazwischen Venedig und die Höhlen mit dem Adler und der Schlange. Wenn er aber gescheitert ist, können solche Leute etwas anderes auf sich zukommen sehen, etwas anderes ertragen als – scheitern? Wollen solche Leute denn triumphieren, Pomade im Haar aus Happy-End und Konformismus, wollen sie siegen? Gibt es für solche Leute einen anderen Sieg als zum Schluß zu sagen: Rings nur Welle und

Spiel, was je schwer ward, sank in blaue Vergessenheit? Nein, solche Leute sehen sich nicht um.

Er sei an seiner Einsamkeit gescheitert, schreiben Sie dann weiter. Ich schüttle mir das nicht aus dem Ärmel, was ich jetzt sage, ich habe jahrelang darüber nachgedacht, ich habe jahrelang über den Vers nachgedacht: „Wer das verlor, was du verlorst, macht nirgends halt." Anfangs dachte auch ich, was er verloren habe, sei die Gemeinschaft mit den Menschen, die Gemeinschaft mit Mann und Frau, die Gemeinschaft mit all und jedem, aber diese Gemeinschaft kann es nicht sein, auf die der Vers sich bezieht. Es ist eine andere Gemeinschaft, die er verloren hatte, es ist die Gemeinschaft mit der Substanz, mit allem, was einmal in den vergangenen Jahrhunderten als Substanz galt, als menschliche Substanz, als menschlicher Inhalt, also Philosophie, Philologie, Theologie, Biologie, Kausalität, Erotik, Wahrheit, Schlüsseziehen, Sein, Identität – alles das hatte er zerrissen, die Inhalte zerstört, sich selbst verwundet und verstümmelt zu dem einen Ziel: Die Bruchflächen funkeln zu lassen auf jede Gefahr und ohne Rücksicht auf die Ergebnisse – „sein inneres Wesen mit Worten zu zerreißen, das war seine Existenz" – diese Formel gebrauchte ich ja auch in meiner Rede in Knokke, die in Ihrer Gegenwart zu halten mir eine besondere Freude war.

Ja, er sprach natürlich zum Schluß nur noch mit sich selbst, mit wem sollte er denn sprechen? Die Stunde Gottes war nicht mehr da, die Uhr schlug nicht mehr, und Menschen waren auch nicht mehr da, es gab ja keinen Menschen mehr, nur noch seine Symptome, es gab nur noch einen Menschen in Anführungsstrichen, einen ferngerückten Menschen mit Angst und inneren Quälereien, tausendmal philosophisch und literarisch prostituiert, tausendmal ausgestöhnt, von dem hatte er sich entfernt (und wir mit ihm) – was sollte er also tun, sollte er vielleicht philologisch werden, das hatte er hinter sich, nein, er blieb ungeschichtlich, er blieb nur er selbst, nämlich wahrhaftig: „Wahrhaftig so heiße ich den, der in götterloser Wüste geht und sein verehrendes Herz zerbrochen hat" – „aber", fügte er hinzu, „daß ich zerbreche, dies mein Zerbrechen ist echt." Ich meinerseits würde das aber nicht scheitern nennen, sondern dafür ein anderes Wort suchen, und ich sehe im ganzen Umkreis unseres Sprachbereichs nur eines, das stichhielte, eines von antikem Klang, es heißt: Verhängnis. (Falls Sie diesen Andeutungen nachgehen wollen, nehmen Sie bitte meine Rede Nietzsche – nach fünfzig Jahren in die Hand.)

Nietzsche also dachte ungeschichtlich, und nun einen weiten Schritt abwärts in armseligere Bezirke. Auch mir werfen Sie vor, ich dächte ungeschichtlich und damit käme man in solche niederen Regionen, wie sie sich in meinen Dialogen offenbaren. Ich dächte ungeschichtlich und ohne Bezug auf die Gemeinschaft. Aber, lieber Herr Lernet, Sie wissen ja selbst, auch die Gemeinsamkeit hat ihre offenen Fragen. Aus welchem Antrieb sitzen die Menschen so viel zusammen, aus welchem Antrieb essen sie zusammen und reden bei Tisch so viel? Der afrikanische Häuptling, dem niemand bei der Nahrungsaufnahme zusehen darf, hat auch sein Heiliges. Und kann man nicht manches auch schnattern nennen, was sich als Gemeinsamkeit gibt? Ich weiß natürlich nicht weniger als Sie, daß die Menschheit als Ganzes, sie allein, die fulminante Latenz ist, aus der unser bißchen zeitgenössischer Sprühregen stammt, das Menschheitskollektiv alleine gewährt uns das bißchen individuelle Vermögen, etwas auszusagen und den Phänomenen des heutigen Typs Ausdruck zu verschaffen. Ja also der ganzen Welt diesen Kuß, aber der Gemeinschaft gegenüber doch eine gewisse Reserve! Auch ist dies alles meiner Erfahrung nach eine Angelegenheit der Nerven und der Konstitution, auch der Ermüdbarkeit, ich habe in mehreren Büchern mir die etwas saloppe Bemerkung erlaubt: Ich bin kein Menschenfeind, aber wenn Sie mich besuchen wollen, bitte kommen Sie pünktlich und bleiben Sie nicht zu lange, aber das ist nicht weltanschaulich gemeint, nicht misogyn. Ich sitze abends lieber allein in meinem Lokal, trinke, die Wände sind abgerückt, es ist mehr Kulisse da als in meiner Wohnung, das Radio spielt, erweitert noch die Szene, ich sehe die Dinge vor mir, lockerer, schattenvertiefter, manches verschlingt sich miteinander, meine Notizen rücken sich näher – auf was soll ich mich da noch beziehen? Publikum, Öffentlichkeit, Ruhm, Nation – alles ist irrelevant, in diesem Moment bin ich unsterblich. Es hat aber diese Einsamkeit überhaupt keinen kritischen Inhalt und keine metaphysische Vertretung, sie ist eine Methode, mit deren Hilfe man die Sachen, die, wenn sie fertig sind, einzelne vielleicht ansprechen und ihnen für einen kleinen Zeitraum gefallen, besser zustande bringt, als es durch Unterhaltung, Aussprache, Extroversion und gemeinsames Spazierenlaufen geschähe. Man ist doch, das wissen Sie, immer hinter sich her, und das während der siebzig Jahre, die man höchstens zu leben hat, durch Gemeinsamkeiten zu unterbrechen, erschiene mir unverantwortlich.

Sie geben mir dann freundschaftlich den Rat, nur zu dichten, keine Essays und Dialoge zu verfertigen. Seien Sie sicher, daß ich mir selber oft dies Verhalten vorgeschlagen habe. Aber Gedichte sind, ich möchte sagen keine private, vielmehr eine universale Sache. Für jedes neue Gedicht braucht man eine neue Orientierung, jedes neue Gedicht ist eine neue Balance zwischen dem inneren Sein des Autors und dem äußeren, dem historischen, dem sich mit dem Heute umwölkenden Geschehen. Die Auseinandersetzung zwischen diesen beiden Polen als Vorarbeit ist der nichtlyrische Versuch. Man braucht Ausblicke, man sucht Bestätigung oder Warnung. Man braucht auch Angriffe, man muß etwas über seine Grenzen erfahren, man ist nach einer meiner früheren Formulierungen „ein Don Juan nach Niederlagen". Man braucht die Komplikationen, die einem aus seinem Inneren erwachsen, auch die Niederschläge, man muß hindurch. „Sich irren und dennoch seinem Inneren weiter Glauben schenken müssen, das ist der Mensch, und jenseits von Sieg und Niederlage beginnt sein Ruhm", sagt einer meiner Drei alten Männer – also Amor fati oder, wie der Psalmist sagt: „Ich bin, der ich sein werde", auch da, wo es zum Scheitern und zu Scheiten führt. Ein Gedicht hält sich lange im Hintergrund, und in diesem Zusammenhang bitte ich eine Bemerkung machen zu dürfen zu meinem letzten Produkt, der Stimme hinter dem Vorhang, das bei vielen, so auch bei Ihnen, großes Ärgernis erregte. Ich will diese Arbeit nicht glorifizieren, aber diese Stimme hinter dem Vorhang spricht etwas aus, was mich mein Leben lang verfolgt hat, ein Motiv, das immer wieder in meinen Gedanken war, diese Stimme lehrt als letzte Maxime und Ausflucht: „Im Dunkel leben, im Dunkel tun, was wir können" – es ist eine ernste Stimme, dies ist ihre Bergpredigt. Sie will sagen, laßt doch euer ewiges ideologisches Geschwätz, euer Gebarme um etwas „Höheres", der Mensch ist kein höheres Wesen, wir sind nicht das Geschlecht, das aus dem Dunkel ins Helle strebt – wohin wir streben, weiß ich offen gestanden nicht, aber was wir erreichten, war in weitem Umfang das Überhebliche, das Hybride, auch das Dumme – also ein gewisser Abbau dieser unserer Arroganz schien am Platze, ein kurzer Aufenthalt im Dunkel, auch im Gemeinen, schien dieser Stimme moralisch angebracht. Dieser Art war es, was mir immer wieder die Schwalbe sang (sie sang allerdings auch noch anderes). Ich will mit diesem Absatz hinsichtlich des Gedichtes nur sagen, es quillt ja nicht immer alles nur herauf, man muß es heraufziehen, aufsuchen, ihm auf vielen Wegen entgegengehen.

Schließlich, lieber Herr Lernet, rufen Sie mich in wahrhaft brüderlicher Weise auf, doch zum Glauben hinzufinden, der für Sie das Gute ist, und zu Gott. Glaube, ich meine religiöser Glaube, ist aber, wie Sie wissen, ein Geschenk, man kann ihn nicht beziehen; und sich an ihn herankämpfen kann doch auch nur der, der das innere Bedürfnis danach hat. Ist nun aber ein Mensch, der dieses Bedürfnis nicht hat, völlig wertlos, abgehängt und rechnet unter die Versager? Ein Jesuitenpater, der die Freundlichkeit hatte, mir zu schreiben, sagte: Ein Mensch, der Gott so unabhängig und so in der Ferne sieht wie Sie, ist mir lieber als einer, der sich immer so nahe auf ihn bezieht und alles mögliche von ihm erwartet. Ich füge hinzu, niemand ist ohne Gott, das ist menschenunmöglich, nur Narren halten sich für autochthon und selbstbestimmend. Jeder andere weiß, wir sind geschaffen, allerdings alles andere liegt völlig im Dunklen. Die Frage ist also gar nicht, ob Gott oder Nicht-Gott, die Frage ist nur, ob man Gott in sein Leben verarbeitet, ob man ihn verwertet, ihn unmittelbar für seine Lebensart benötigt. Er verlangt es bestimmt nicht, er sagt: Seid fruchtbar und mehret euch und füllet die Erde, er sagt nicht: verzweifelt ohne mich, macht Kotau vor mir, erwartet, daß ich euch die Schuhe besohle, er sagt nicht: Ihr dürft nicht allein fertig werden, demütigt euch vor mir – dieser Demütigungsparoxysmus ist wohl überhaupt nur ein Akzidens der letzten zweitausend Jahre, er reicht nicht bis in den Kern der Gene und der Arche des menschlichen Typs herab. Diese Distanz zu Gott, wie sie mir vorschwebt, ist eine reine Ehrfurcht vor dem großen Wesen. Ihn fortgesetzt mit

Blicken und Lippen anzustarren, ist in meinen Augen ein großer Frevel, es setzt ja voraus, daß wir überhaupt für ihn etwas sind, während meine Ehrfurcht annimmt, er geht nur mit etwas, einem geringen Etwas, durch uns hindurch, und dann geht es auch zu etwas anderem. Auch zu diesem Thema könnten Sie in meinen Büchern Bekenntnisse solcher Art finden.

Zum Schluß aber sehe ich, daß wir im Kern unseres Wesens völlig übereinstimmen. Sie prägen das schöne Wort: Das Ich und das Du ist dasselbe. So wird es sein, ich bezweifle es nicht. Das Ich ist vom Du bestimmt zu sprechen, es spricht nicht von sich selbst, es spricht vom Du. Das Ich kann aber nur in dem Stil sprechen, den ihm die heutige Stunde auferlegt, die – jetzt will ich selbst das Wort gebrauchen – die geschichtliche Stunde auferlegt. Wer da ausweicht, war allerdings nicht bestimmt. Darum sage ich immer wieder und sagte auch in Knokke: Moira – der dir zugewiesene Teil. Wabere nicht ins Allgemeine, treibe keinen Feuerzauber mit dem Fortbestand des Höheren, schreite deinen Kreis ab, suche deine Worte, zeichne deine Morphologie. Drücke dein Ich aus, dann gibst du dein Leben weiter an das Du, dann gibst du deine Einsamkeit weiter an die Gemeinschaft und die Ferne.

Haben Sie Dank, daß Sie mich anregten, mich nochmals zu diesen Themen zu äußern, und leben Sie wohl.

Immer

Ihr Gottfried Benn

BEMERKUNGEN ZU DREI GEDICHTBÄNDEN

Der Zufall vereinigte in den letzten Wochen drei Gedichtbände auf meinem Schreibtisch, einen alten, zwei neue, zwei von Toten, einen von einem Lebenden, und dieser letztere hat mein Nachdenken erregt.

Der alte Band ist eine Rarität: Er ist von Carl *Sternheim*, sein frühestes Werk, es heißt *Fanale* und wurde 1901 bei Pierson gedruckt. Die Älteren von uns erinnern sich vermutlich daran, wer Pierson war. E. Pierson Verlag Dresden und Leipzig, der brachte alles heraus, was die Autoren bezahlten, das war die einzige Voraussetzung für das Erscheinen. Man kann sich denken, wie die Produktion aussah. Auch wer wie ich Sternheim gut kannte, ahnte nicht, daß er je Gedichte hatte erscheinen lassen, auf jeden Fall, vermute ich, war es ihm später äußerst fatal. Es handelt sich um Liebesgedichte, offenbar unter Dehmels Einfluß, sehr amouröse Gedichte „Für Annemarie", „Ich pflückte sie", heißt es im Vorwort, „und lege sie lächelnd in die Hände eines jungen Weibes, das Anlaß war." So Sternheim, neunzehnjährig. Ein Satz in diesem Vorwort ist aber so bezeichnend, daß ich ihn zitieren möchte, er lautet: „Mag einem, dem Natur das Talent in die Wiege gab, auch die Möglichkeit nicht genommen sein, in starkem Erleben die angestammte Herrlichkeit in genialer Größe zu vervollkommnen" – die angestammte Herrlichkeit und die geniale Größe, nämlich seine, davon war Sternheim immer überzeugt, von der Wiege bis zur Bahre, von der Wiege in Leipzig (1882) bis zum Grabe in Brüssel-Ixelles (1942).

Der zweite Band ist der jetzt viel in der Presse besprochene erste, einzige und letzte Band von dem jungen *Forestier*

„Ich schreibe mein Herz in den Staub der Straße". Wunderbar zarte, gedämpfte, melancholische Verse, Wanderverse eines Soldaten, der durch viele Länder kam, Verse eines Heimatlosen, der zu ahnen schien, daß er auf all das Besungene nur einmal seinen Blick zu werfen die Bestimmung hatte. Er fiel als Fremdenlegionär in Indochina, und mich persönlich berührt die Bemerkung in der kurzen, vom Verlag angefügten Biographie: „Seine letzten Verse finden sich zwischen Gedichtblättern Gottfried Benns in einer kleinen schmutzigen Kladde, die er einem Kameraden übergibt, bevor seine Truppe im Herbst 1951 erneut in Marsch gesetzt wird. Seit diesem Zeitpunkt fehlt von ihm und seiner Truppe jede Spur." „Schlaf, Du großes Vertrauen an ein Nichts", lautet einer seiner Verse, ja, er durfte diesem Schlaf vertrauen, er selber sah seinen Ruhm nicht mehr, auch nicht dessen ersten so lockenden Schein, aber sein Name wird angeschlossen sein an die Reihe der Zarten und Schönen, der Frühbezwungenen, in die sich Aphrodite und Persephone, in die sich das Lichte und die Schatten teilen.

Der dritte Band ist der von dem Lebenden, nämlich von Hans Egon *Holthusen, Labyrinthische Jahre*, der Titel ist gut, wir betreten labyrinthisches Gelände, und ich weiß nicht, ob ich Theseus bin, der sich herausfindet. Zwei Arten von Gedichten enthält der Band, einen Abschnitt mit gereimten, zwei Abschnitte mit gestrophten Versen, jenen langzeiligen Versen, die Eliot modern machte, die vor ihm bei uns Stadler, bei den Belgiern Verhaeren, bei den Amerikanern Whitman verwandten und die jetzt drüben in Auden und Marianne Moore großer Stil sind. Während die langstrophigen, erhabenen „8 Variationen über Zeit und Tod" mit dem Vers beginnen: „Nun und nimmermehr sind wir im Fleisch", sind die gereimten Gedichte sehr von Fleisch, und das Fleisch bekommt ihnen gut – „Die Drogistin", „Die

Dame am Strand", „Ein Mann der Tat", sind äußerst fesselnde, smarte, gekonnte Gedichte. Aber wie mir scheint wird der Autor die langstrophigen pastoralen für wesentlicher halten. Betrachten wir sie.

Um es gleich zu sagen, sie funkeln von Geist, von blendenden Überschneidungen, überraschenden, oft faszinierenden Synkopen, Nahes ist mit Peripherem verkoppelt, innere Erlebnisse durch banale empirische Aktualitäten kontrastiert – wir sehen eine bewundernswerte Fähigkeit, das heutige Ich zu porträtieren und mit diesen Strichen den Leser zu sensibilisieren. Und um auch dies gleich zu sagen, die vierte Variation ist vollkommen, sie ist das Schönste des ganzen Buches, eine wunderbare Könnerschaft spricht aus dieser Seite. Aber welcher sozusagen geistige Mittelpunkt hält sie zusammen? Variationen über Zeit und Tod – die Klage über das Vergehen, diese Klage, die sich in so vielen lyrischen Produkten aller Zonen und Zeitalter ausgesprochen hat, abgesehen nur davon, daß das Wort Zeit bei Holthusen eine ganz überbetonte Rolle spielt.

In der einen Variation handelt es sich um „die Geschichte": „Seltsam in Taten und Leiden verwickelt ist die Geschichte, furchtbar und wie umsonst" – ja, in der Tat, das ist sie, und diese Variation wiederholt das Umsonst noch einmal eindringlich, aber sehr schön waren schon die Verse kurz nach 1600 aus England: „Der große Cäsar, tot und Lehm geworden, verstopft das Spundloch einer Tonne Bier", schon hier war ein sehr eindringlicher Hinweis auf das Umsonst. Eine andere der Variationen befaßt sich mit der Liebe, „die sich zeitlich ereignet", „eine selige Notenschrift, die aber niemand spielen kann" – der Autor hat vollkommen recht, die Liebe kann nicht jeder spielen, auch kann sie vergehen, davon hat man schon gehört, es wurde sogar vor vierzig Jahren schon ein Walzer daraus „quand l'amour meurt", aber, ich muß es nochmals sagen, man liest das alles in der Holthusenschen Fassung mit Spannung und Genuß an neuem Detail. Vielleicht ist es auch des Autors artistische Absicht, etwas Vages, Unbestimmtes, ja manchmal Schaumiges um das Ganze zu legen, so daß sich viel andeuten, anschlagen, präludieren läßt, ohne irgendeinen Charakter zu enthüllen. Er streut die Dinge um sich, eine Art Säertätigkeit, irgendwo werden sie einschlagen, Fuß fassen, wenn nicht durch die Kraft des Wurfes, dann, weil sie Korn sind. Korn dieser Breiten, in denen sie erfahrungsgemäß Gedeihen finden.

Es handelt sich um einen bedeutenden Lyriker mit einer weit sich verzweigenden Empfindlichkeit für alle Strömungen, Erschütterungen, Beben der inneren und äußeren Welt; da es sich aber auch um einen sehr kritischen Kopf handelt und einen fesselnden Essayisten, erscheint es sehr reizvoll, auch auf gewisse weiche Stellen in dem Band hinzuweisen. In „Sommermorgen im Wallis" lesen wir: „Weißer Rittersporn, die kleine Dame in des Ballkleids jugendlicher Blust" – das ist wohl etwas neckisch. Oder in „Dame am Strand" steht: „Dort brachte man dem Gott der Geschwindigkeit sein Trankopfer dar mit Öl und Gasolin" (offenbar handelt es sich um eine Tankstelle) – aber der Gott der Geschwindigkeit erinnert mich als Metapher etwas zu sehr an den in Sportberichten oft erwähnten „König Fußball". Oder: „Nun will die Welt sich himmelhoch erheitern" – mit diesem „will sich" einen Naturvorgang zur Darstellung heranzuziehen, ist eine etwas bequeme Methode. Ich zitiere diese Stellen nur, weil sie bei einem so hochsensiblen Lyriker auffallend sind. Aber dann kommt eine Stelle, die wir eingehend betrachten und beachten müssen. „Früh im Herbst" schließt mit den beiden Reihen: „Ist uns auch nichts als nur ein Schmerz zu eigen, fremd ist die Welt, doch wohnen wir gern

darin." Wir wohnen also gerne darin – und dies scheint mir nicht bloß eine weiche Stelle, sondern ein wunder Punkt. Also wir wohnen gerne darin – Zeit und Tod und Abschiedsbrief und Selbstmord und sterbende Liebe, es ist alles nicht so schlimm, wir wohnen gerne darin – kein Abgrund, keine Unbehausung, kein Labyrinth, kein Désastre – was, frage ich, trennt dies noch vom Konformismus?
Oder wenn wir vielfach auf diese etwas vagen Formulierungen stoßen wie: „Gutes ist mit Gutem ganz durchdrungen", oder: „Ein paradiesisch holdes Ungefähr", oder „Alles durchsinnt sich mit unaussinnbarem Sinn" – sind das Verse oder ist das Weltanschauung oder ist das Lesegottesdienst?

Kein Zweifel, Holthusen neigt zum Konformismus, zur Glättung, das ist seine Gefahr. Vielfach nimmt er die Schläge seines Inneren nicht hin, sondern legt sich etwas frühzeitig auf die Bretter. Noch mehr tritt diese Neigung in den vielen ausgesprochen religiösen Stimmungen hervor, die in den Versen auftauchen. Eine Tendenz, aus seinem Labyrinth unter ein Kirchendach zu treten, ist unverkennbar. „Nur mit Händen, die beten, zehn Fingern, die sich verschränken, können wir begreifen", oder: „Nirgends werden wir als im Gebet unser Dasein behaupten", – „offen liegt das ewiglich Gewisse", „wir wissen, die Seele ist in Sicherheit" – manche ähnliche Stellen ließen sich finden. Aber Holthusen ist, wie gerade dieser Band zeigt, nicht Paul Gerhardt, auch nicht Rudolf Alexander Schröder, Holthusen ist ein morbid gebauter, raffinierter, kritischer Kopf, der, man muß es so ausdrücken, viele Gedichte christlich ausklingen läßt. Warum tut er es? Bedarf er dessen, um aus seinem Labyrinth zu entkommen und seiner selbst wieder gewiß zu werden – aber gibt es für den Künstler eine andere Möglichkeit, seiner selbst gewiß zu werden als durch sein Werk? Warum schrickt er vor sich selbst zurück? Sein ist die Lyrik, das sind seine zehn Finger. Er, der so klug und orientiert ist, ein kunst- und geisterfahrener Mann, hat er sich nicht vielleicht selbst schon einmal die Frage vorgelegt, ob dieses so oft erörterte Abendland wirklich allein durch die Christianisierung zu Glanz und Tiefe kam, ob nicht vielleicht die vulkanischen, rebellischen, die heidnischen Geister seine Entfaltung mit erschufen, mindestens mit ebensoviel Ehrlichkeit und ebensoviel Leiden wie die religiösen?

Nun, ich sage bei dieser Gelegenheit weder zu dem einen noch zu dem anderen ja. Ich empfinde nur einige Bruchstellen in diesem faszinierenden Versbuch, Stellen, an denen es wie Flucht vor einer Haltung aussieht, die vielleicht zu Resignation führen könnte. Ich sage es, weil unser Autor alle in diesem Jahrhundert in Deutschland geborenen Lyriker weit überragt, alle diese lyrischen Cliquen, die sich gegenseitig emporrühmen, um zu was zu kommen. Diesen rühmen seine Verse selbst, und ich wünschte ihm, daß er allein aushielte, daß er den „nackten weinbekränzten Tigerritt" der Kunst ohne Furcht bestünde. Er weiß, um was es geht: Sich selbst bestehen! Er weiß es, da er an Rilkes Grab den Vers schrieb:

„Dichter hat die Welt geborgen
Aus dem stumm gelebten Sein.
Alles zwischen heut und morgen
Trinkt von seinem Wein."

GELIEBTE GEDICHTE

Drei Gedichte, die ich während meines Lebens immer wieder gelesen und immer wieder bewundert habe, zu denen meine Gedanken und Studien in den verschiedensten Situationen zurückkehrten, sind:

1. Goethe, Lied der Parzen;
2. Schiller, Das Glück;
3. Platen, Sonett LX („Wer wußte je das Leben recht zu fassen").

LIED DER PARZEN

Es fürchte die Götter
Das Menschengeschlecht!
Sie halten die Herrschaft
In ewigen Händen
Und können sie brauchen,
Wie's ihnen gefällt.

Der fürchte sie doppelt,
Den je sie erheben!
Auf Klippen und Wolken
Sind Stühle bereitet
Um goldene Tische.

Erhebet ein Zwist sich:
So stürzen die Gäste,
Geschmäht und geschändet,
In nächtliche Tiefen
Und harren vergebens,
Im Finstern gebunden,
Gerechten Gerichtes.

Sie aber, sie bleiben
In ewigen Festen
An goldenen Tischen.
Sie schreiten vom Berge
Zu Bergen hinüber;
Aus Schlünden der Tiefe
Dampft ihnen der Atem
Erstickter Titanen,
Gleich Opfergerüchen,
Ein leichtes Gewölke.

Es wenden die Herrscher
Ihr segnendes Auge
Von ganzen Geschlechtern
Und meiden, im Enkel
Die ehmals geliebten,
Still redenden Züge
Des Ahnherrn zu sehn.

So sangen die Parzen;
Es horcht der Verbannte
In nächtlichen Höhlen,
Der Alte, die Lieder,
Denkt Kinder und Enkel
Und schüttelt das Haupt.

Johann Wolfgang von Goethe

DAS GLÜCK

Selig, welchen die Götter, die gnädigen, vor der Geburt schon
Liebten, welchen als Kind Venus im Arme gewiegt,
Welchem Phöbus die Augen, die Lippen Hermes gelöset
Und das Siegel der Macht Zeus auf die Stirne gedrückt!

Ein erhabenes Los, ein göttliches, ist ihm gefallen,
Schon vor des Kampfes Beginn sind ihm die Schläfen bekränzt.
Ihm ist, eh er es lebte, das volle Leben gerechnet,
Eh er die Mühe bestand, hat er die Charis erlangt.
Groß zwar nenn ich den Mann, der, sein eigner Bildner und Schöpfer,
Durch der Tugend Gewalt selber die Parze bezwingt;
Aber nicht erzwingt er das Glück, und was ihm die Charis
Neidisch geweigert, erringt nimmer der strebende Mut.
Vor Unwürdigem kann dich der Wille, der ernste, bewahren,
Alles Höchste, es kommt frei von den Göttern herab.
Wie die Geliebte dich liebt, so kommen die himmlischen Gaben,
Oben in Jupiters Reich herrscht wie in Amors die Gunst.
Neigungen haben die Götter, sie lieben der grünenden Jugend
Lockigte Scheitel, es zieht Freude die Fröhlichen an.
Nicht der Sehende wird von ihrer Erscheinung beseligt,
Ihrer Herrlichkeit Glanz hat nur der Blinde geschaut;
Gern erwählen sie sich der Einfalt kindliche Seele,
In das bescheidne Gefäß schließen sie Göttliches ein.
Ungehofft sind sie da und täuschen die stolze Erwartung,
Keines Bannes Gewalt zwinget die Freien herab.
Wem er geneigt, dem sendet der Vater der Menschen und Götter
Seinen Adler herab, trägt ihn zu himmlischen Höhn.
Unter die Menge greift er mit Eigenwillen, und welches
Haupt ihm gefället, um das flicht er mit liebender Hand
Jetzt den Lorbeer und jetzt die herrschaftgebende Binde,
Krönte doch selber den Gott nur das gewogene Glück.
Vor dem Glücklichen her tritt Phöbus, der pythische Sieger,
Und der die Herzen bezwingt, Amor, der lächelnde Gott.

Vor ihm ebnet Poseidon das Meer, sanft gleitet des Schiffes
Kiel, das den Cäsar führt und sein allmächtiges Glück.
Ihm zu Füßen legt sich der Leu, das brausende Delphin
Steigt aus den Tiefen, und fromm beut es den Rücken ihm an.
Zürne dem Glücklichen nicht, daß den leichten Sieg ihm die Götter
Schenken, daß aus der Schlacht Venus den Liebling entrückt;
Ihn, den die Lächelnde rettet, den Göttergeliebten beneid ich,
Jenen nicht, dem sie mit Nacht deckt den verdunkelten Blick.
War er weniger herrlich, Achilles, weil ihm Hephästos
Selbst geschmiedet den Schild und das verderbliche Schwert,
Weil um den sterblichen Mann der große Olymp sich beweget?
Das verherrlichet ihn, daß ihn die Götter geliebt,
Daß sie sein Zürnen geehrt und, Ruhm dem Liebling zu geben,
Hellas' bestes Geschlecht stürzten zum Orkus hinab.
Zürne der Schönheit nicht, daß sie schön ist, daß sie verdienstlos
Wie der Lilie Kelch prangt durch der Venus Geschenk.
Laß sie die Glückliche sein, du schaust sie, du bist der Beglückte,
Wie sie ohne Verdienst glänzt, so entzücket sie dich.
Freue dich, daß die Gabe des Lieds vom Himmel herabkommt,
Daß der Sänger dir singt, was ihn die Muse gelehrt.
Weil der Gott ihn beseelt, so wird er dem Hörer zum Gotte,
Weil er der Glückliche ist, kannst du der Selige sein.

Auf dem geschäftigen Markt, da führe Themis die Waage.
  Und es messe der Lohn streng an der Mühe sich ab.
Aber die Freude ruft nur ein Gott auf sterbliche Wangen,
  Wo kein Wunder geschieht, ist kein Beglückter zu sehn.
Alles Menschliche muß erst werden und wachsen und reifen,
  Und von Gestalt zu Gestalt führt es die bildende Zeit.
Aber das Glückliche siehest du nicht, das Schöne nicht werden,
  Fertig von Ewigkeit her steht es vollendet vor dir.
Jede irdische Venus ersteht wie die erste des Himmels,
  Eine dunkle Geburt aus dem unendlichen Meer.
Wie die erste Minerva, so tritt, mit der Ägis gerüstet,
  Aus des Donnerers Haupt jeder Gedanke des Lichts.

Friedrich von Schiller

SONETT

Wer wußte je das Leben recht zu fassen,
Wer hat die Hälfte nicht davon verloren
Im Traum, im Fieber, im Gespräch mit Toren,
In Liebesqual, im leeren Zeitverprassen?

Ja, der sogar, der ruhig und gelassen,
Mit dem Bewußtsein, was er soll, geboren,
Frühzeitig einen Lebensgang erkoren,
Muß vor des Lebens Widerspruch erblassen.

Denn jeder hofft doch, daß das Glück ihm lache,
Allein das Glück, wenn's wirklich kommt, ertragen.
Ist keines Menschen, wäre Gottes Sache.

Auch kommt es nie, wir wünschen bloß und wagen:
Dem Schläfer fällt es nimmermehr vom Dache,
Und auch der Läufer wird es nicht erjagen.

August Graf von Platen

Eine Begründung für die Anhänglichkeit an diese Gedichte kann ich kaum geben – es gäbe nur eine sehr persönliche Begründung, nämlich den vermessenen Wunsch, sie selber verfaßt zu haben. Dagegen könnte ich Ihnen einige Gedichte ersten Ranges nennen und begründen, warum ich sie nicht genannt habe.

GESANG WEYLAS

Du bist Orplid, mein Land!
Das ferne leuchtet;
Vom Meere dampfet dein besonnter Strand
Den Nebel, so der Götter Wange feuchtet.

Uralte Wasser steigen
Verjüngt um deine Hüften, Kind!
Vor deiner Gottheit beugen
Sich Könige, die deine Wärter sind.

Eduard Mörike

Da weiß ich erstens nicht, wer Weyla ist und habe es nie gewußt. Zweitens enthält die erste der beiden Strophen den Vers: „Den Nebel, so der Götter Wange feuchtet“, und in der zweiten Strophe: „vor deiner Gottheit beugen sich Könige, die deine Wärter sind“. In der ersten Strophe sind also Götter und in der zweiten ist eine Gottheit (nämlich

Weyla), also zwei verschiedene Götterarten. Natürlich sind Götter und Gottheit etwas anderes, aber irgend etwas stimmt dabei innerhalb eines Gedichts, das nur aus zwei Strophen besteht, nach meinem Gefühl nicht.

HÄLFTE DES LEBENS

Mit gelben Birnen hänget
Und voll mit wilden Rosen
Das Land in den See,
Ihr holden Schwäne,
Und trunken von Küssen
Tunkt ihr das Haupt
Ins heilignüchterne Wasser.

Weh mir, wo nehm ich, wenn
Es Winter ist, die Blumen, und wo
Den Sonnenschein,
Und Schatten der Erde?
Die Mauern stehn
Sprachlos und kalt, im Winde
Klirren die Fahnen.

Friedrich Hölderlin

Da stört mich das „und" in der fünften Reihe der ersten Strophe. Reihe vier und fünf lauten: „Ihr holden Schwäne *und* trunken von Küssen" (von Trunkenheit und Küssen ist in den vorhergehenden Reihen nicht die Rede, sondern von Birnen und Rosen und allerdings von einem See). Nun sagt der Dichter „ihr holden Schwäne", er findet also wohl Schwäne im allgemeinen hold, dann holt er aus der speziellen aktuellen Situation mit Hilfe von „und" die trunkenen Schwäne heran, kein Zweifel, er sieht sie im Augenblick überzeugend trunken, aber dann ist die allgemeine Schwänebezeichnung „hold" nicht gesehen, sondern konventionell. Außerdem sind Schwäne hold, wenn sie trunken sind, selbst von Küssen? Und warum tunken sie dann ihr Haupt ins heilignüchterne Wasser, wollen sie sich beruhigen, die Trunkenheit der Küsse abkühlen, um wieder „holde" Schwäne zu sein? Mancher wird sagen, man dürfe Heiligtümer der Lyrik nicht so betrachten, ich meine, man darf. Sie bleiben Heiligtümer.

LETHE

Jüngst im Traume sah ich auf den Fluten
Einen Nachen ohne Ruder ziehn.
Strom und Himmel stand in matten Gluten,
Wie bei Tages Nahen oder Fliehn.

Saßen Knaben drin mit Lotoskränzen,
Mädchen beugten über Bord sich schlank,
Kreisend durch die Reihe sah ich glänzen
Eine Schale, draus ein jeder trank.

Jetzt erscholl ein Lied von süßer Wehmut,
Das die Schar der Kranzgenossen sang, –
Ich erkannte deines Nackens Demut,
Deine Stimme, die den Chor durchdrang.

In die Welle taucht ich. Bis zum Marke
Schaudert ich, wie seltsam kühl sie war.
Ich erreicht die leise ziehnde Barke,
Drängte mich in die geweihte Schar.

Und die Reihe war an dir, zu trinken,
Und die volle Schale hobest du,
Sprachst zu mir mit trautem Augenwinken:
„Herz, ich trinke dir Vergessen zu!“

Dir entriß in trotzgem Liebesdrange
Ich die Schale, warf sie in die Flut,
Sie versank, und siehe, deine Wange
Färbte sich mit einem Schein von Blut.

Flehend küßt ich dich in wildem Harme,
Die den bleichen Mund mir willig bot,
Da zerrannst du lächelnd mir im Arme,
Und ich wußt es wieder – du bist tot.

Conrad Ferdinand Meyer

Ein fast unverzeihlich schönes Gedicht! Aber im vorletzten Vers verwendet der Dichter ein Klischee: „in trotzgem Liebesdrange“ und im letzten Vers ebenso: „in wildem Harme“, beidemal sind es die Adjektiva, die etwas starr und übertrieben wirken, nämlich nicht eingeschmolzen in die tiefe Melancholie des Ganzen, nicht abgestimmt auf die unendliche Trauer dieses lyrischen Traums.

In Anbetracht des unvergleichlichen Gewichts, das Worte im Gedicht haben, muß man meiner Meinung nach jedes einzelne so intensiv, ja körperlich, auf sich wirken lassen und sie so prüfen.

PARIS – EINDRÜCKE, BEGEGNUNGEN, ERINNERUNGEN

Sie fragen mich nach meinen Beziehungen zu französischen Büchern und zu französischen Autoren. Der Zufall hat in der letzten Woche zwei französische Bücher auf meinem Schreibtisch zusammengebracht – das eine fesselte mich, das andere bewegte mich tief. Das eine war von H. I. Duteil: *Le voisin allemand* und enthält ein wahrhaft profundes Wissen über alles, was man bei uns denkt, spricht, ißt und trinkt. Der Autor hatte mir liebenswürdigerweise das Buch gesandt und ich habe ihm meinen Dank und meine Bewunderung ausgesprochen. Das andere Buch ist bei Ihnen seit langem berühmt, bei uns in einer billigen Ausgabe bei Rowohlt erst vor kurzem erschienen, es ist *Die kurze Straße* von Thyde Monnier. Hier lernt man ein Frankreich kennen, das man aus den intellektuellen Romanen nicht kennt: ein armes Frankreich, in gewisser Weise ein etwas anrüchiges, moralisch vielleicht anfechtbares Frankreich, aber auch ein Frankreich von einer wunderbaren, fast möchte man sagen: ewigen Menschlichkeit durchtränkt. Und vor einiger Zeit hatte ich den Vorzug, ein französisches Buch durch eine erste Kritik bei dem deutschen Publikum einzuführen: Maxence van der Meersch, *Corps et Ames* –, es wurde bei uns ein großer Erfolg.

In einem meiner früheren Bücher schrieb ich: „ich bin von der Generation, die infolge ihrer Stellung und ihrer Erlebnisse vielleicht besonders befähigt war, Frankreich besonders zu empfinden, seinen Reiz und seine Größe. Durch Nietzsche wirkte es mit Stendhal und Flaubert auf uns, durch George mit Baudelaire und Verlaine, in den letzten Jahrzehnten kam der malerische Impressionismus dazu und kurz vor

dem Kriege lasen wir Claudel und Gide, Bergson und Suarez – und es war ein großer Geist, der aus Frankreich kam." Und in einem meiner letzten Bücher mit dem Titel: *Ausdruckswelt* steht ein kurzes Kapitel: *Franzosen*, das sogar den Beifall von Ernst Robert Curtius fand. Es handelt vor allem von meiner außerordentlichen Bewunderung, die ich für Balzac habe. Persönliche Verbindung mit französischen Schriftstellern hatte ich allerdings nicht viel, aber ich werde nie einen Besuch vergessen, mit dem mich André Gide zwischen den Kriegen hier in Berlin beehrte, und in diesem Jahr lernte ich in Genf als Mitglied der Internationalen Jury für die Verteilung des europäischen Literaturpreises Gabriel Marcel kennen, der ja augenblicklich in Deutschland sehr populär wird.
Einer meiner größten Lehrmeister war Hippolyte Taine. Wie oft habe ich seine *Philosophie der Kunst* und seine *Studien zur Kritik und Geschichte* gelesen, Auszüge aus ihnen gemacht, sie durchgearbeitet. Bis heute: kürzlich las ich seinen Aufsatz aus den *Studien: Die heilige Othilie und Iphigenie in Tauris* und war hingerissen von seinen Gedanken und von seiner Poesie. Ich studiere überhaupt immer wieder mit größter Aufmerksamkeit die Methode, mit der französische Autoren ihre Essays zum Beispiel eine Buchkritik gestalten. Bei uns sind die Feuilletons vielfach etwas bieder und gehn ganz unverblümt auf ihr Ziel los, der Franzose ist beweglicher dem Gegenstand gegenüber, bringt aber die Pointen ebenso sicher heraus. Ich sage nicht, daß wir nun etwa französischer schreiben sollen oder könnten, nichts wäre grausiger, als wenn wir nun plötzlich auch noch Esprit anbringen wollten, aber etwas weniger tiefsinnig, etwas leichter, etwas durchsichtiger zu schreiben könnten wir vielleicht von ihnen lernen. Was mein spezielles Gebiet, die Lyrik angeht, halte ich an meiner oft vertretenen Mei-

nung fest, daß Gedichte nicht zu übersetzen sind. Übersetzungen scheitern an der Chemie des Wortes, das mit seltsamen Nebensinnen und Nebenwirkungen in der eigenen Sprache beladen ist, diese sind nicht übertragbar. Jetzt ist zum Beispiel zum ersten Mal in Deutschland ein Band der Gedichte von Apollinaire erschienen (im Limes Verlag in Wiesbaden), aber so vorzüglich die Übersetzung sein mag, den Eindruck übermittelt sie nicht, daß Apollinaire in Frankreich für bedeutender und einflußreicher gehalten wird als Nietzsche bei uns, eine Ansicht, die auf der Biennale internationale de Poésie vertreten wurde, an der ich im vorigen Jahr in Knokke in Belgien teilnahm.

Und aus diesem Grunde zum Schluß eine politische Bemerkung. Alle europäischen Gedanken haben keinen Sinn, wenn nicht in allen Schulen vom ersten Schuljahr an die großen europäischen Sprachen gelehrt werden, ich wünschte, daß das bald begönne!

OHNE HOFFNUNG

Bei Hoffen denke ich an die Wendung von Jakob Burckhardt „das brillante Narrenspiel der Hoffnung", denke ich an Pascals Satz „Nous ne vivons jamais, mais nous espérons de vivre", also: wir leben gar nicht, wir hoffen nur und reden uns ein, morgen oder übermorgen zu leben. Ich denke ferner an „Wir warten auf Godot" – an die beiden Stromer, die zwei Stunden lang ihre schmutzigen Füße ins Parterre strecken und Mohrrüben kauen, die möchten auch hoffen, aber, hat man den Eindruck, wenn man ihnen fünf Mark in die Hand drückte oder ein warmes Abendbrot servierte, würden sie gar nicht mehr auf Godot warten und brauchten gar nicht mehr zu hoffen – allerdings sind vielleicht ausgerechnet Pennbrüder nicht die Größen, über die Größe, über die Leere und Hoffnungslosigkeit des Daseins lamentieren zu lassen. Kurz, hoffen heißt: Vom Leben falsche Vorstellungen haben, von dem, was es fordert und von dem, was es bieten kann und vor allem von dem, was man ohne Hoffnung zu leisten und zu tragen hat.

AN EMIL PREETORIUS

Sehr verehrter Herr Professor!

Bei der Art meiner Vorbildung, wofür ich auch genausogut bei dem Grad meiner Unbildung sagen könnte, kann ich mich Ihrem eigentlichen Werk, soweit es aus Zeichnungen, Signeten, Exlibris, Bühnenbildern besteht, nicht nähern, ich verbrachte mein Leben in der ausschließenden Aura des Worts. Auch bei der Führung durch Ihre berühmte Sammlung neulich in München, mit der Sie uns auszeichneten, blieb mir vieles von den geheimnisvollen Bildern verschlossen, den dunkelgrünen und den schwarzen, und von den Masken, Stoffen und Keramiken nahm ich nur einzelnes in mich auf. Erst als ich wieder in Berlin war, fing ich an nachzulesen, was ich gesehen hatte, und studierte Ihr Werk „Gedanken zur Kunst“ – zunächst die Arbeiten über Japan und China.

Merkwürdigerweise gerade an dem Tage, als ich Ihre Ausführungen über die Art künstlerischen Geräteschaffens bei den Japanern las und über die seelenhafte Bewältigung stoffgewordener Dinge, geriet ich in einen Vortrag im Radio über das japanische Bogenschießen. Drei Jahre hatte der Deutsche, der darüber sprach, geübt, die Technik beherrschte er vollkommen, er traf mit jedem Pfeil die Strohscheibe, aber sein japanischer Lehrer lachte – nichts, sagte er, nichts haben Sie begriffen. Es handelt sich um ganz etwas anderes, etwas, für das Bogen und Treffen Nebensache sind. Sie sind so gespannt! Lässig, innerlich ganz weich, gebeugt bestehen wir die Handlung. Der Pfeil kommt nicht vom Bogen und der Bogen liegt nicht in der Hand des einzelnen Schützen und die Scheibe hat keine Entfernung – sie alle stehen zusammen, atmen zusammen, beugen sich vereinigt über dem Schuß. Abwesenheit, Ergebenheit, kultisch und entrückt. Nochmals drei Jahre üben, sagte der Lehrer, nochmals drei Jahre sich entspannen – ein Abendländer kann nicht einmal bogenschießen! Dies schien mir eine eindrucksvolle, zufällige Illustration zu Ihren Ausführungen, daß von Japan her eine in seine Kunst geprägte andere Welt, eine Welt schwebender Zustände und gleitender Ordnungen, eine Welt der menschgeborenen und menschbezwungenen Stoffe, Kräfte und Räume seit der Jahrhundertwende nach Europa dringt, ein Vorgang, den Sie als eine Art zweiter künstlerischer Renaissance der ersten, der Rezeption der Antike, gegenüberstellen.

Sie lehren uns, Japan ist europäischer als China, aber was Sie dann selber über China sagen, ist für den Europäer noch erregender und bewegt ihn aufs tiefste. Mir jedenfalls wird nie mehr aus dem Sinn kommen, was Sie über den Raum der Chinesen, den Raum auf ihren Bildern schrieben: Seine Grundlage, sein letztes Element ist die Leere, das „positive Nichts", Raumwissen und Raumfühlen nicht, wie im Abendland geschieden – ein Raum mit „seinem traumhaft leisen Dasein ohne Tiefe", eine „Immerferne", in der Abstraktion und Wirklichkeit ineinandergehen, gelöste Weichheit und sinnliche Gebundenheit, gedämpfte Andeutung und gefaßte Bestimmtheit, gebannt und bannend die hingehauchten Chiffren der Zen-Malerei erfüllen. Eine Kunst uralt, geschichtslos, alterslos, aber noch heute uns, die Dialektiker und Schizophrenen, aufs erregendste berührend und dank Ihrer großen Sammlerarbeit und Ihrer Deutung uns nun unvergeßlich gehörend.

Ihre Gedanken zur Kunst im allgemeinen sind die Gedanken eines Geistes, in dem der Osten und der Westen lebt, und dies in einem Augenblick, in dem der Westen über die Zwiespältigkeit seiner Grundlagen nicht zur Ruhe kommt.

Sie bezeichnen genau den Ort, wo wir halten. „Dunkel verworrenen Formen lassen sich leicht Geheimnisse eindeuten: Das größte Geheimnis bleibt die Klarheit.“ „Zehnmal für den großen Künstler gilt der Satz, daß es keine Tugend gibt, die nicht aus der Gefährdung käme.“ „Linie, Farbe, Form, Gefüge der Komposition: – Das ewige hic Rhodus, hic salta alles künstlerischen Schaffens.“ Und: „Künstlerisches und denkerisches Tun sind artverschieden voneinander: jenes manifestiert sich im Einzelwerk als je und je in sich abgeschlossenes, allgültiges Gebild – dieses geht einen Weg ohne Ende, ist ein sich nie vollendender Prozeß –.“ Die Kunst ist also, wenn ich Ihre Gedanken richtig deute, immer das Außerordentliche, das Aufsehenerregende, ja auch das Aufrührerische, das, was sammelt und ausstrahlt, sich abschließt, aber auch strömt, sie ist das, was vom öffentlichen Leben, Politik, Wissenschaft, ja Kultur den Blick abzieht, ablenkt, um dafür eine sonst nirgends erschaubare Wesenheit zu bieten. Sie ruht latent in den Affären und Affekten, in dem ganzen Wildwest der sogenannten Dinge und Ereignisse, von denen sich das übrige sogenannte Geistesleben niemals trennt, sie ist eine völlig isolierte Art zu denken und eine sich von jeder Propaganda distanzierende Arbeit, in der Farben, Linien, Worte, Chöre innerhalb ihrer selbst agieren. Das klingt, sagen viele, isolationistisch, spezialistisch, aber das kann es ja gar nicht sein, denn dahinter steht eines der merkwürdigsten Worte der Menschen: Vollkommenheit. Ein tragisches Wort! In einem der Romane von Henry Miller, die unter Ausschluß der Öffentlichkeit herausgegeben werden, erscheint, nachdem die ganze Entsetzlichkeit und aller Schmutz der Erde beschrieben wurde, der Satz: „Das Ungeheuerliche ist nicht, daß die Menschen Rosen aus diesem Düngerhaufen hervorgebracht haben, sondern daß sie, aus diesem oder jenem Grunde, nach Rosen verlangen.“ So verlangen sie nach Kunst, so verlangen sie nach Vollkommenheit. Das ist vielleicht nicht ungeheuerlich, aber es ist zweifellos sehr merkwürdig, es ist besonders merkwürdig, wenn man hört, wie es denen ergeht, die diese Vollkommenheit lieferten.

Ich hatte neulich in München den Vorzug, in der Bayerischen Akademie der Schönen Künste, deren Präsident Sie sind, einen Vortrag zu halten, sein Thema war: „Altern als Problem für Künstler". Leider erst nachdem ich meinen Vortrag fertig hatte, bekam ich eine Arbeit in die Hände, in der ich zu diesem Thema des Alterns der Künstler eine wahrhaft tiefsinnige Bemerkung fand. Sie hängt mit dem von mir eben erwähnten Begriff der Vollkommenheit zusammen. Sie findet sich in dem Vortrag, den Hindemith 1950 in Hamburg über Bach hielt. Hindemith spricht zum Schluß von dem alten Bach, von seinen letzten Jahren, dem letzten Jahrfünft, und nun sagt er: „Für dieses Höchsterreichte muß er einen teuren Preis zahlen: Die Melancholie, die Trauer, alle früheren Unvollkommenheiten verloren zu haben und mit ihnen die Möglichkeit weiteren Voranschreitens." „Aus dieser außerordentlichen Ebene endgültiger Ratlosigkeit", sagt er dann weiter, und dann spricht er „von der ausweglosen Situation", in die – was? – die Vollkommenheit ihn führte. Also mit allem, was diese Großen geschaffen haben, schließen sie sich gleichzeitig von diesem allem aus, da sie es nun nicht mehr schaffen können, sie schufen für andere das Vollkommene und bleiben selber zurück in Melancholie und Trauer, „in auswegloser Situation". Ich finde diese Bemerkung von Hindemith ganz ungewöhnlich interessant und möchte sie hier als Ergänzung meines Vortrags anfügen, da Sie die Freundlichkeit hatten, sich diesen meinen Vortrag anzuhören.

Aber ich muß nun Ihren ost-westlichen Diwan verlassen.

seine Spiegelungen und Emanationen, seine Schöpfung und Entwerdung, und ich kann es nicht besser tun als mit einer erneuten Verneigung vor einem Ihrer Sätze, ein Satz, in dem Sie noch einmal unsere heutige Lage, uns mit unserem Historismus und den Resten einer uns selbst fragwürdig gewordenen Promethidenhaftigkeit schildern: „Heute stehen wir außerhalb der Kunst, nicht mehr wie ehemals innerhalb ihrer: heute erst sehen wir sie als solche, und wir leben im Anblick der Kunst aller Zeiten und Völker, bereichert als Erkennende, beschwert als Schaffende." Mögen Sie, Herr Präsident, diese Beschwernis für uns alle noch viele Jahre ertragen.

WER KAUFT EIGENTLICH ANTHOLOGIEN?

Wir befinden uns im Zeitalter der Aphorismen und Anthologien, im Zeitalter der Offerte, des Reizangebots, der Schmackhaftmachung, man kann auch sagen im Zeitalter der Erleichterung der schweren Dinge. Mundgerecht soll alles gemacht werden, keiner soll mehr an einer selbstbestellten und selbstbeurteilten Hauptnahrung herumkauen müssen, die vielleicht seinem Gebiß Schwierigkeiten macht. Zahnkaries ist ja ein stigmatisierender Defekt der Zeit, also: kleine Bissen, vorgekaut, weichgekocht – und damit sind wir bei den lyrischen Anthologien.

Es sind in den zwei bis drei letzten Jahren sieben bis zehn lyrische Anthologien erschienen, von den namhaftesten deutschen (und schweizerischen) Verlagen in bester Ausstattung auf den Markt gebracht. Einige reichen mit ihren Gedichten bis zum Wessobrunner Gebet zurück, die meisten behaupten, unser Jahrhundert zu repräsentieren. Dazu kommen zusätzlich Sonderanthologien: für Schulzwecke, Volksbüchereien, Buchgemeinschaften, Anthologien mit Rundfragen,mit bestimmten Themen, Balladenbücher, Bänkel- und Brettl-Vortragsbücher. Zwei neue Anthologien sind, wie mir bekannt ist, in noch in dieser Richtung leerstehenden Verlagen in Vorbereitung. Ferner ist 1951 in dritter Auflage Rudolf Borchardts „Ewiger Vorrat deutscher Poesie“ erschienen, wann die erste Auflage erschienen war, ist nicht ersichtlich. Ich frage mich nun, ob denn die Verlage diese Sammlungen tatsächlich verkaufen und welche Teile der Öffentlichkeit diese Titel verkraften. Ich frage erst gar nicht, wer eigentlich die große italienische Anthologie deutscher Gedichte kaufen soll, die, fünfhundert Seiten, bei Sansoni in Florenz – auf deutsch! – vor drei Jahren in großartiger Ausstattung erschienen ist, diese Frage kann mir bestimmt niemand beantworten.

Ich denke zurück. Als ich jung war, erschien 1903 die Anthologie von Hans Benzmann „Moderne deutsche Lyrik". Es war das lyrische Zeitalter der Dehmel und Liliencron, der Holz, Mombert, Morgenstern und das der zweiten Garnitur wie Falke, Bierbaum, Schlaf, der beiden Busse, Bethge, Schaukal, Hugo Salus. Der Band hatte sechshundert Seiten und enthielt einhundertfünfundsechzig Autoren. (George hatte abgelehnt, da „es ein Irrtum wäre, ihn zur modernen Literatur zu rechnen"). Die zweite Auflage erschien 1907. Die Epoche, die sie darstellte, reichte etwa von 1880 bis zum Jahrhundertanfang. Else Lasker-Schüler war schon vertreten, der junge Rilke, der junge Hofmannsthal, auch Nietzsche war dabei. Dies war die Anthologie, aus der wir damals das Lyrische in uns aufnahmen, und sie war nicht schlecht, sie enthielt, wie ich heute sehe, erstaunlich viele schöne Gedichte, geschrieben von vielen, die keineswegs zu den Großen zählten, und deren Namen heute keiner mehr kennt. Das war der Benzmann. Dann gab es das „Hausbuch deutscher Lyrik" von Avenarius, ernst und gut, und dann eine sehr reizvolle: „Die Ernte" von Will Vesper. Die beiden letzteren umfaßten die Gesamtheit der deutschen Lyrik. Dies waren die Anthologien der damaligen Jahrzehnte. 1920 erschien dann die „Menschheitsdämmerung" (dreihundert Seiten, dreiundzwanzig Autoren), herausgegeben von Kurt Pinthus. Sie war die Repräsentation des neuen lyrischen Stils, ihr Erfolg war enorm.

Vor der Benzmann-Zeit lagen die Jahrzehnte, in denen die Lyrik ein großes Geschäft war. Rudolf Baumbach mit seinen „Spielmanns-Liedern", Julius Wolff mit den „Vaganten-Liedern", dem „Sülfmeister" und anderen, Scheffel mit dem „Trompeter von Säckingen" hatten Auflagen von weit über hunderttausend, damit war es nun vorbei. Bei Benzmann finden sich die Gedichte aus der stillen Zeit der deutschen Sprache noch diesseits des Wendekreises, den Nietzsche – zunächst unbemerkt – gezogen hatte, den Heinrich Mann mit seinen früheren Romanen zum Phosphoreszieren brachte und hinter dem sich dann der deutsche Expressionismus entfaltete. Dieser hatte für Anthologien nicht viel Sinn, erst heute, wo er aktiv erloschen ist, bemühen sich alle Anthologien um ihn. Dazu halten die dichtenden Nachfahren die Gelegenheit für günstig, jetzt selber vorwärtszukommen. Die Genesis einiger dieser neuen Anthologien läßt sich verfolgen, sozusagen in Statu nascendi. Ein lyrischer junger Mann, der noch nicht recht zur Geltung gekommen ist, plant eine Anthologie. Er sammelt einige Genossen um sich, die ebenfalls über ihre eigene Belanglosigkeit unruhig sind, sie liefern dazu. An einige große Namen muß man sich natürlich wenden (man hält nichts von ihnen), aber die dekorieren. Eine Einleitung, die auf die überragende Bedeutung der jetzigen neuen Generation hinweist, kommt an den Anfang, und damit ist die Sache fertig. Übrigens auch Benzmann hielt sich mit seinem Oeuvre keineswegs hinter dem Berg, er stellte sich ohne weiteres unter das halbe Dutzend Autoren, von denen er zehn oder mehr Gedichte bringt (Dehmel, Mombert, Nietzsche). Interessant hinsichtlich der Psychosomatik der Anthologien.

Mir liegt aber nichts ferner, als etwa gegen Anthologien zu sprechen. Einige der neuen sind vollkommen gelungen, von nichtdichtenden kultivierten Herausgebern zusammengestellt und in fesselnder Weise eingeleitet, sie werden spätere Geschlechter anregen und erziehen. Sie werden einiges retten, das sonst für immer verloren wäre. Ich fand im Benzmann einige Gedichte, die ohne ihn völlig aus dem Gedächtnis der Zeit geschwunden wären, die es aber wert sind, lange zu leben. Zum Beispiel „Ver sacrum" von Emil Prinz von Schöneich-Carolath, „Schwerer Sommertag" von E. R. Weiß, dazu einiges von Vollmöller, von Holzamer, von Leo Greiner. Alles dies sind Autoren, die sicher nie mehr neu aufgelegt werden können. Es ist also kein Zweifel, die lyrischen Autoren müssen den Anthologisten dankbar sein, die etwas vom Namen und vom Werk derer retten, die sich selber nicht mehr vertreten können. Aber ich wiederhole meine Frage: Werden sie eigentlich verkauft? Ich möchte ganz grob fragen: Sind sie eigentlich ein Geschäft? Ich frage nicht aus Neugierde, sondern weil die Antwort Einblicke in Stimmung und Wesen unseres zeitgenössischen Publikums brächte, das doch gegen einen einzelnen Gedichtband sich reichlich ablehnend verhält. Werden sie verkauft oder sind sie idealistische und mäzenatische Investitionen der Verleger, gewissermaßen als Ausgleich für die vielen (sogenannten) epischen, politischen, geisteswissenschaftlichen Werke, dargeboten aus einer Art Trauer über das Schicksal der Dichter, zartfühlend und à fonds perdu?

NICHTS IN SICHT

Zu: Jens Rehn, Nichts in Sicht

Kimm. Die Sonne stieg aus der Kimm. Der Einarmige beobachtete unablässig die Kimm. An der Kimm dunkelte es. Der Orion stand mit einem Fuß auf der Kimm. Immer die Kimm. Das ist aus dem Seemännischen übersetzt: der Seehorizont.

Die See lag unbeweglich. Es war nichts in Sicht. Sie müssen uns morgen unbedingt finden. Es war nichts in Sicht. Der Horizont war klar und frei. Es war nichts in Sicht. Er versuchte noch, die Kimm auszumachen, es war aber nichts in Sicht.

Mit diesen beiden Absätzen sind wir mitten im Drama. Zwei in einem Boot, ein „Eisschrankmensch" und ein „DenkerplusDichterEnkel". Ein Amerikaner und ein Deutscher. Das Boot ist ein Schlauchboot in der Mitte des Atlantik, ein Schlauchboot ist etwa zweieinhalb Meter lang und anderthalb Meter breit. Der Mittelatlantik ist im Verhältnis hierzu so groß, daß seine genauen Maße keine Rolle spielen. Vierundsechzig Zigaretten, eine Flasche Whisky, einige Tafeln Schokolade, etwas Kaugummi sind mit von der Partie.

Der eine ist aus einem deutschen U-Boot, der andere aus einem USA-Bomber, der das U-Boot angriff. Dem einen ist der linke Arm zerschossen, er hängt nur noch an Hautfetzen und wird über Bord geworfen, der andere verdurstet nur. Was dem exakten Leser auffällt, ist ein Widerspruch, der darin besteht, daß dieser Kampf um einen Geleitzug nicht weitab von der Südspitze Grönlands stattfand „oben in Anton-Karl, dieser sauren Gegend, wo es immer Zunder gab", und daß das Schlauchboot, in dem unsere Erzählung spielt, sich dann im Mittelatlantik befindet, wohin es doch erst nach einer wochenlangen Reise hätte gelangen können, zu der aber würden die Vorräte im Boot nicht ausgereicht haben. Hierzu müßte sich der Autor einmal äußern, aber für die Schilderung der letzten Tage dieses Bootes ist dieser Widerspruch ohne Belang.

Kompositorisch ist das Buch auffallend gebaut, es hat fünf Teile, aber der Einarmige stirbt schon am Schluß des ersten Kapitels, die folgenden vier sind dann monologisch konstruiert, wenn man es naturalistisch sieht. Aber der eine lebt weiter im andern, der Tote steigt als Delirium noch einmal in das Boot zurück, ebenso bleiben Betsy mit Brief und Zigarettenetui, und bleibt Maria, als sanfte lyrische Arie, bei dem Verdurstenden zurück. Aber dies Delirante ist nicht phantastisch, illusionistisch angebracht, sondern steht in einer sprachlich hart zusammengefügten Realität bannend vor uns da. Und noch ein ganz besonderes Plus dieses Werks: es ist kein Wälzer von der unerträglichen Art, dies Buch ist kurz.

Also wir befinden uns in einem Schlauchboot, es ist ein Boot, über das man nachdenken muß. Die Sterne schweben in flachem Bogen hernieder, die Sonne steht bereits einen Finger breit über der Kimm, es ist also Morgen. Außerhalb des Schlauchboots die Frühstücksstunde, man trinkt seinen Kaffee im Erker, sieht, daß im Haus gegenüber links die Gardinen abgenommen sind und rechts auf dem Balkon, gerade erkennbar über dem Stiefmütterchenwall, zwei Damen den Toast bestreichen. Gegensätzlichkeiten zwischen Schlauchboot und Nicht-Schlauchboot, die man gar nicht genug bedenkt! In den Damen ist natürlich auch das Ende, aber fraktioniert, abgestuft, mit gelegentlichen Ahnungen, nicht so akut, mit großen Hautfetzen, schön marmoriert, wenn man sie gegen das Licht hält, und fortgeworfenem

Arm im Odem des Universum („da geht er hin und singt nicht mehr").

Leben mit Kaugummi zwischen Gräting und Gummiwulst, gelegentlich eine Qualle, drei Delphine, ihr Kielwasser leuchtet phosphoreszierend. Außerhalb des Schlauchboots sitzt vielleicht gerade „der Kreis" zusammen, nimmt leidenschaftlich teil am geistigen Leben, der gekrümmte Raum ist das Thema, unerschöpflich dieser Kulturkreis, gute Spätlese dazu oder Rum plus Porter, fifty-fifty –, sie gedenken ihrer Heldensöhne.

Der Himmel erschlägt sich mit seinen Farbenspielen olivgrün, violett, rosa und über allen Farben ochsenblutigrot. Aber der Durst verwirrt dem Alleingebliebenen die Gedanken. Ober, wo bleibt mein Bier? Können Sie zehn Dollar wechseln? Vision von vielen Bieren, von der Kühle außen betaut und mit weißen Häubchen – Vorsicht, sagte er, Vorsicht, die Vorstellung von Bier macht mir zu schaffen. Ein kleiner Wind, winzige Böen, das Wasser verliert seinen tödlich unbeweglichen Bleispiegel, aber der Durst verstärkt sich bei dem Gedanken an Regen, das ganze Schlauchboot voll, nicht mehr diese verfluchte Sonne, im Magen hat er ein Gefühl als koche er, er schluckt ununterbrochen.

Der Füllfederhalter funktioniert noch, natürlich, es ist ja ein Parker 21, er fand ihn in der Jackentasche des Einarmigen, als dieser über Bord ging, aber es kommt kein Wind, es kommt kein Regen, aber das Ende kommt, und dieses Ende ist eine große Sache.

Nicht nur aus dem Thematischen ergibt sich, sondern entschieden auch daraus, daß dies die erste Arbeit eines jungen Autors ist, ergibt sich, daß sie Seiten enthält, die rebellisch sind, zynisch, genialisch – ein erster Wurf. „Eine große Hand war aus dem Heiteren gekommen und hatte sein Herz zwischen die Finger genommen. Da war doch jemand, dem diese satanische Hand gehörte. Der Große, der Ganzgroße sieht herab und hat einen grandiosen Spaß an seinem Herumtasten und Sterben. So, wie ein Kind eine Fliege quält, oder sonst irgendein kleines Tier? Ein Bein ausreißen und dann einen Flügel und dann noch ein Bein –.“ „Da sind sie alle: der alte Zeus mit der Leda im Arm, Wotan in germanischen Sockenhaltern, und Jehova mit den blutigen Händen. Allah rasierte sich und Buddha starrte auf seinen Nabel. Manitou mit dem Büffelherzen, und der Negergott vergewaltigte Frau Luna, Schlösser die im Monde liegen, ein Zirkus, alle sind sie immer da, und das endlose Gelächter, die amüsieren sich, diese Schweine, und ich sterbe – – Ihr könnt mich mal!“ Das sind Töne der Jungen von Grabbe bis Brecht.

Aber dann, als es zu Ende geht, „konnte er die Dinge nicht mehr so leichtfertig nehmen, jetzt nicht mehr“. „Natürlich ist etwas in Sicht gewesen, sagte er, nicht wahr, Maria? Ich habe es lange Zeit nicht gewußt.“ Und: „Er fühlte nur, wie die Hand wieder da war und wie der Große das Herz so schön hielt. Eine wunderbare Ruhe hatte sich in ihm ausgebreitet, eine weite, sanfte Fläche. An jedem einzelnen Punkt spürte er diese Ruhe und die Schönheit.“ Dann: „Es war nichts mehr zu tun. Zum ersten Male im Leben war nun nichts mehr zu tun. Nicht einmal mehr der Große wollte etwas. Er ließ nur zu, daß er gesehen werden konnte.“ Schließlich war er nur noch müde. Er schlief ein, als letztes spürte er noch, wie müde er geworden war, die halbgerauchte Zigarette hing immer noch festgeklebt im Mundwinkel, verkohlt und erloschen. Schluß, und das Schlauchboot trieb unmerklich der Nacht entgegen und entfernte sich immer weiter. Der letzte Satz: „Als die Sonne am Abend, wie sie es seit jeher zu tun gewohnt war, wieder im Meer versank, verschwand auch das Schlauchboot über der Kimm, und der

Atlantik war, als wäre nie etwas gewesen. Dann gingen die Sterne wieder auf, plötzlich und zauberhaft."

So wie ich hier im Abriß die Wandlung der inneren Vorgänge schildere, könnte sie vielleicht an Idealistisches denken lassen, aber nichts wäre verkehrter. Wo das Mariamotiv auftaucht, ist es vielleicht gelegentlich etwas lyrisch, aber das Ganze ist bis zum Schluß einheitlich klar und hart, eine Art transzendentes Take it easy, oder etwas, das das dunkle japanische Abschiedswort aufnimmt: Sayonara – „wenn es denn sein muß".

Die Wirkung dieses Buches wird verschieden sein. Weite Teile des abendländischen Lesepublikums werden durch gewisse Kraßheiten schockiert sein, sie wollen das nicht wissen. Wir sollen doch vor allem nett sein und die Netten bekommen ja auch Preise. Schon das „Nichts" im Titel ist Sabotage, wir wollen wieder in Stimmung kommen, keine Extreme, keine Einzelfälle, im Namen des Abendlandes: „gieß deine Sorgen in ein Gläschen Wein." So wahrscheinlich weite Teile des abendländischen Lesepublikums. Aber wer das oft berufene Abendland nicht nur traditionell weiterführen und restaurieren möchte, sondern durch Vorstöße und Impulse eines produktiv gebliebenen, vielleicht allerdings manchmal auch gequälten Gehirns weitergeführt und mit neuen Farben imprägniert sehen möchte, wird sich diesem Buch nicht entziehen können. Vor allem wir alten und älteren Schriftsteller wollen uns freuen, daß ein junger deutscher Autor diese Seiten schrieb und wir wollen diesen Seiten lange nachsinnen.

AN KASIMIR EDSCHMID

Lieber Herr Edschmid!

In unseren jungen Jahren verband uns ein Mann, der uns beide verlegte: Erich Reiss. Er schilderte Sie in Ihrer äußeren Erscheinung so deutlich, daß ich manchmal auf der Straße glaubte, Sie kämen mir entgegen. Aber es vergingen Jahrzehnte, bis wir uns persönlich trafen: In Darmstadt, Ihrem Heimatsort, an jenem 21. Oktober 1951, als ich einen Preis entgegennahm, den auch Sie einmal erhielten und der den Namen Ihres größten Dichterlandsmanns trug. Wir wollen Ihren fünfundsechzigsten Geburtstag nicht feiern, ohne dieses Erich Reiss zu gedenken, mit dem ich auch in den Jahren seiner Emigration in Fühlung blieb, der mir nach dem Krieg das erste Care-Paket schickte und der im Mai des Jahres 1951 in New York starb. Ich bin sicher, auch Sie erinnern sich seiner in großer Freundschaft.

Ich glaubte damals, Ihnen auf der Straße zu begegnen, da ich so erfüllt war von Ihren ersten Büchern, den „Sechs Mündungen" und „Timur" – dem ersten Rauschen jenes Prosasturms, der dann in den allgemeinen Begriff des Expressionismus mit verschmolzen wurde. Döblins Prosa war anderer Art, gigantisch, geladen, dicht, aber sie war nicht so hinreißend wie die Ihre.

Die jungen Leute von heute wissen nichts mehr davon. Sie nehmen es als gegeben an, daß unsere Generation die Sprache des letzten Jahrhunderts sprengte, auseinanderriß, daß wir die Steine weiterwälzten, es versuchten –, und sie wissen noch nicht, was es heißt, im Vers oder in der Prosa die Säulen des Herkules auch nur um einige Regenwurmlängen weiterzurücken – was es heißt und was es kostet. Sie wissen wohl auch kaum noch etwas von dem, was hinter uns stand, auch hinter Ihrer Prosa, sie wissen nichts mehr von Heinrich Mann, D'Annunzio, Oscar Wilde, Huysmans, Maeterlinck – alle diese, die uns beeinflußten, uns banden, aber die wir auch überwinden mußten, um zu uns selber zu gelangen. Merkwürdigerweise sind es allein die großen französischen Lyriker des neunzehnten Jahrhunderts, die auch heute noch lebendig sind. In Ihrem Buch „Die doppelköpfige Nymphe" haben Sie ja diesen Fragen bemerkenswerte Erörterungen gewidmet.

Ich hatte während der letzten Wochen Veranlassung, auf unsere Generation noch einmal zurückzublicken. Ich schrieb die Einleitung zu einer Anthologie, die mein Verlag herausgibt unter dem Titel „Lyrik des expressionistischen Jahrzehnts". Ich blickte dabei nicht auf die Prosa, deren führender Autor in dem Jahrzehnt Sie waren, aber vielleicht umfaßt mein Aufsatz auch einiges von Ihrer Person. Darf ich Ihnen einige Sätze hier anführen: „Es war eine belastete Generation: verlacht, verhöhnt, politisch als entartet ausgestoßen – eine Generation jäh, blitzend, stürzend, von Unfällen und Kriegen betroffen, auf kurzes Leben angelegt. Ich habe mich in den letzten Jahren oft gefragt, welches das schwerere Verhängnis ist, ein Frühvollendeter oder ein Überlebender, ein Altgewordener zu sein. Ein Überlebender, der zusätzlich die Aufgabe übernehmen mußte, die Irrungen seiner Generation und seine eigenen Irrungen weiterzutragen, bemüht, sie zu einer Art Klärung, zu einer Art Abgesang zu bringen, sie bis in die Stunde der Dämmerung zu führen, in der der Vogel der Minerva seinen Flug beginnt. Meine Erfahrung hinsichtlich des Überlebens heißt: Bis zum letzten Augenblick nichts anerkennen können als die Gebote seines inneren Seins. Das heißt, man muß als Künstler auf die Dauer nicht nur Talent, sondern auch Charakter haben und tapfer sein."

Das ist mein Glückwunsch und mein Wunsch zu Ihrem Geburtstag: Versuchen wir Überlebenden, uns zu halten. Auch wenn die Stunde der Dämmerung für uns beginnt.

BERLIN ZWISCHEN OST UND WEST

Politisch kann ich nicht mitreden. Aber auch ein Laie sieht, daß gewisse Dinge auf des Messers Schneide stehen. Berlin ist eine Bastion; wenn seine Mauern fallen, begraben sie uns, aber auch der Westen würde Verluste haben, und in dieser Richtung wäre es gut, wenn sie sich drüben an einiges erinnerten. Ich möchte einen kulturellen Gesichtspunkt zur Geltung bringen, der sich auf Westdeutschland bezieht. Um meine Gedanken in einen prägnanten Satz zusammenzufassen, will ich sagen: Westdeutschland geht kulturell daran zugrunde, daß es Berlin nicht mehr gibt. Ich spreche als einer, der seit fünfzig Jahren hier wohnt und der in den Jahren 1918 bis 1933 Berlin zu einem geistigen Zentrum heranwachsen sah, das sich neben Paris stellen konnte – Talente, Werke, Ausstellungen, Premieren wie nur in wenigen Städten der Welt. Der Föderalismus mag politisch notwendig sein, kulturell hat er seine Schattenseiten.

Wenn man ganz offen sein darf: Wir sehen jetzt drüben Provinzmetropolen mit Lokalgrößen, Theater- und Rundfunk-Konglomerate mit Cliquenkonkurrenzen, Akademien, die sich Aufgaben suchen, die aber nicht da sind – es fehlt der Blick auf ein Regulativ, und das war Berlin. Es fehlt der Blick auf etwas, an dem man Maß nehmen konnte, aus dem man sich Impulse holte, vor allem etwas, vor dem man sich genieren konnte. Jetzt zelebriert jeder seine Messe, Hamburg weiß nichts von München, Düsseldorf nichts von Stuttgart, sie brodeln vor sich hin. Berlin liegt wie Angkor im Urwald, und die Fahrten zu ihm sind Expeditionen, unternommen halb aus Neugier und halb aus Wehmut.

Sie könnten sagen, das war schon einmal so, als wir die vielen Fürstentümer hatten, aber ich muß sagen, die Fürsten dieser Fürstentümer hatten mehr Tradition und Weltblick, allerdings auch mehr Geld als die aus der Armut sich mühsam hervorarbeitenden, politisch vielfach gespaltenen Stadtverwaltungen. Und wenn ich von der Vergangenheit spreche, meine ich nicht bloß München und Dresden, auch Meiningen, Karlsruhe, Kassel, Darmstadt hielten sich hoch und strömten etwas aus. Denn über ihnen und vor ihnen allen lag das kalte, kritische, nüchterne, ich wage das Wort, das preußische Berlin. Wie manches Talent hat man hier gesehen, namentlich des Theaters, das mit enormem Aplomb und großer Reklame aus einer Provinzstadt hier auftauchte, und nach einem Jahr war es wieder verschwunden und kam nie wieder. Es hatte Berlin nicht bestanden. Jetzt bleibt alles zu Hause und sucht sich eine Unterkunft und sonnt sich im Glanze der lokalen Kolumnen. Wir sollen alle nett sein, und die Netten bekommen ja auch Preise. Aber die, die das so oft berufene Abendland nicht nur traditionell weiterführen und restaurieren möchten, sondern durch Vorstöße und Impulse eines produktiv gebliebenen, vielleicht allerdings manchmal auch gequälten und aggressiven Gehirns weiterführen und mit neuen Farben imprägnieren möchten, was geschieht mit diesen? Vor denen sieht man weite Kreise des alten Europas sich zusammenschließen und rufen: „Halt, junger Mann, keine Extreme! Im Namen des Abendlandes: gieß deine Sorgen in ein Gläschen Wein." Das würde Berlin nie mitgemacht haben, und das macht es auch heute nicht mit. Und wenn unsere Kreise drüben am Leben bleiben wollen, müßten sie sich dessen erinnern.

Es ist nun leider wahr, Berlin hat viele seiner schöpferischen Geister verloren durch die Emigration während des Dritten Reichs, dann aber auch nach 1945, als die Lebensbedingungen hier zu hart wurden. Kunstschätze hat man uns genommen. Bilder, Pergamonaltar, wir haben keine Bibliothek mehr, die in Jahrhunderten gewachsen war. Berlin verdient vielleicht im Augenblick nicht, auf großen Rang Anspruch zu erheben. Aber allzuweit dürfte es doch nicht kommen. Ich schildere Ihnen zum Schluß hierzu eine kurze Episode. Ich war auf Reisen und saß eines Abends an einem Tisch mit einem jungen Herrn zusammen, groß, blond, ein guter Tänzer und, wie sich herausstellte, aus wohlhabendem Haus. Wir kamen ins Gespräch. Er sagte, ich höre, Sie sind aus Berlin. Was ist das eigentlich für eine Stadt? Ich antwortete, wissen Sie vielleicht, daß Berlin früher die Hauptstadt des Deutschen Reiches war? – Nein, erwiderte er mir, das wußte ich nicht, darüber habe ich noch nie nachgedacht. – Wie alt waren Sie, fragte ich, als 1945 der Krieg zu Ende war. – Fünf Jahre, antwortete er. Er war also jetzt fünfzehn Jahre, er besuchte das Gymnasium einer nordwestdeutschen Großstadt. Und dann fragte er mich nach Berlin, wie man nach Charbin fragt, einer interessanten und gefährlichen fremden Stadt. So weit ist es also gekommen. Für diese Jugend ist Berlin überhaupt kein Begriff mehr, es ist unbekannt, vergessen, im märkischen Sand versunken wie Palmyra in der Wüste. So weit sollte es doch nicht kommen. Wenn die Kreise von uns drüben am Leben bleiben wollen, dürften sie die klare, kalte und so weltmännische Maxime Berlins nicht ganz vergessen lassen.

WIRKUNGEN DES SCHRIFTSTELLERS

Was meinen Sie mit „Wirkung“ in Ihrer Frage? Die äußere Wirkung ergibt sich ja wohl aus der Auflagenziffer. Für deutsche Romane ist, scheint mir, die große Zeit vorbei. Erfolge wie Jörn Uhl, Biene Maja, Wunschkind, Buddenbrooks, Briefe, die ihn nicht erreichten – um auf meine eigene Lebenszeit zurückzublicken – kann man heute kaum erwarten. Die umfangreichen Romane (dreihundert bis fünfhundert Seiten) erwecken im Betrachter, der sie in die Hand nimmt, ein gewisses Gefühl der Zudringlichkeit, so wichtig sind ja alle diese Familienereignisse heute nicht mehr. Wenn Sie unter Schriftsteller auch die Dichter rechnen wollen, so war ihre äußere Wirkung nie groß: Von zwei namhaften Lyrikern, beide heute tot, wurden von neuen Gedichtbüchern von ihnen, die zwischen den beiden Weltkriegen erschienen, im Jahr zweihundert bis dreihundert Exemplare verkauft, und das galt schon als Erfolg.

Die innere Wirkung des Schriftstellers halte ich heute für sehr groß. Die allgemein gereizte Stimmung, in der sich das deutsche Publikum befindet, macht es sensibel und interessiert. Auch schwierige, gefährliche, ja provokante Arbeiten werden in weiten Kreisen erörtert, nicht nur von der berufsmäßigen Buchkritik, die ja leider eher dazu neigt, die Dinge zu entschärfen, sondern auch in Studentenzeitschriften, kirchlichen Blättern, Standesjournalen, Seminarvorträgen finden sie einen beachtlichen Widerhall. Man kann nicht sagen, daß Schriftstellerei und Bildungsinstitute, Schriftstellerei und Politik, ja auch Schriftstellerei und Wirtschaft völlig auseinanderliegen.

Daß man von der Schriftstellerei als Beruf leben kann, glaube ich nicht. Der gewisse Tiefstand in unserem Schrifttum kommt wohl daher, daß ein Talent sich überspannen. seinen inneren Besitz frühzeitig und wahllos verausgaben muß, um seine Subsidien zu erkämpfen. Andererseits hört man aber auch von Spezialisten, zum Beispiel den Hörspieldichtern, daß sie von einem Hörspiel von einer Stunde Dauer ein Jahr leben und sich sogar Straßenfahrzeuge mit Motorantrieb und Eigenheim beschaffen können. Auch das ist eine Wirkung, und die kannten die Schriftsteller früherer Zeiten nicht.

ZWEI BÜCHER

Meine Lieblingslektüre 1955? Erstens das dritte Stück aus Valery Larbauds „Glückliche Liebende". Es ist zwar Liebe, und von der hat man ja schon ein bißchen viel gehört, aber es ist mehr „plaisir d'amour", und die Schilderung ist verfeinert, reizvoll, raffiniert, nicht so vcll und ganz, wie es manchen Autoren unter uns bei diesem Thema immer gleich ums Herz ist.

Zweitens Friedrich Sieburgs „Nur für Leser". Flöten und Dolche! Thema und Variationen! Das Thema ist die Literatur, die Philosophie, die Kultur und immer wieder: die Literatur. Die Erwähnung des Buches an dieser Stelle ist nur statistischer Natur. Man kann ihm nicht in einer solchen Rundfrage gerecht werden. Die hundertundvierzehn Suren des Stils, ein Brockhaus der literarischen Ereignisse! Neuartig eine Konzilianz auch gegen Autoren, die dem Verfasser wohl nicht am Herzen liegen können. Ja, konziliant, aber man verliert nie den Eindruck, der Autor fühlt sich, nein: er ist durch stilistische und geschmackliche Fehlleistungen geradezu körperlich gefährdet. So entwickelt ist seine Sensibilität gegen Wort und Satz. In der Tat: „Nur für Leser", aber nicht im entferntesten etwa nur für Snobs, eher ein populäres Buch von belehrender Weitsicht und erlesenster literarischer Struktur.

EINLEITUNGEN

G. BARBARIN, DER TOD ALS FREUND

Von den 1500 Millionen lebender Menschen, die die Erde besiedeln, sterben jährlich dreißig Millionen, das sind 82200 täglich, 3425 stündlich, in der Minute siebenundfünfzig, demnach stirbt in jeder Sekunde ein Mensch. Wann ist deine Sekunde? – diese Frage weicht keinen Augenblick aus dem Vorstellungsablauf des abendländischen Menschen, sein Persönlichkeitsgefühl, seine Gedankengeburten, seine handelnden Leistungen sind eingebettet in die Vorstellung des Endes seines Wesens und seines Werkes. Die Menschen der großen asiatischen Rassen haben eine andere Art, dem Tod gegenüberzustehen.

Innerhalb der abendländischen Welt gibt es eine einfache und einschränkende Weise, vom Tod zu sprechen. Sie setzt den Chemismus der letzten Stunden, das klinische Bild der Auflösung gleich Tod und bezeichnet dies als Sterben. Es ist die Ausdrucksweise der Naturwissenschaften. „Der Tod ist eine Kohlensäurevergiftung." „Der Tod ist eine Störung des Schwingungsgleichgewichts." Er ist „die Folge der Emanzipation der lokalen Funktionen". Diese Ausdrucksweise sucht ferner den Tod örtlich, organhaft zu bestimmen: „Die Menschen sterben vom Herzen aus"; „der Tod kommt vom Gehirn"; übrigens ist es die Wissenschaft der Antike, die hier auflebt, die alten Ärzte hatten eine Liste der drei Eingangspforten des Todes aufgestellt: Lunge, Herz, Gehirn.

Wo bedeutende Männer der modernen Medizin und Biologie in die Besprechung dieser Fragen eintraten, in Deutschland zum Beispiel Nothnagel, Perthes, Korschelt, griffen sie dabei auch immer den besonderen Gedanken auf, wie beschaffen sind diese letzten Stunden des Menschen, was bringen sie dem Sterbenden, fühlt er das Ende, leidet er, leidet er körperliche Schmerzen oder seelische im Bewußtsein seines nahen Todes. Und merkwürdigerweise lautet der Bescheid dieser Ärzte, die so viele Kranke sterben sahen, fast einmütig: nein, im allgemeinen leidet er nicht, umhüllt von Schatten der Ohnmacht oder der Bewußtlosigkeit und fast immer des Nichtwissens um das Ende, gleitet er hinüber, erlischt sein Lebenslicht. „Immer besser, immer heiterer", antwortete Schiller am Abend vor seinem Tode auf die Frage, wie es ihm gehe. Und im vorliegenden Buche lesen wir die Geschichte eines Reisenden, der unter den Zug geriet, der ihm beide Beine abfuhr. Während er weggetragen wurde, lächelte er und sagte zu den entsetzten Zuschauern: „Es ist nichts, meine Freunde, es ist nichts." Bei ihm war das Empfindungsvermögen ausgeschaltet, und er starb, ohne daß er seinen Zustand begriffen hatte. Wir hören, schon die Alten waren davon durchdrungen, daß der Tod oft sanft sei, bei Cicero, bei Seneca findet sich eine Ahnung davon, und ein anderer römischer Schriftsteller, der im vorliegenden Buch zitiert wird, man denke, ein Schriftsteller des römischen Kriegsvolks, schrieb den Satz: „Die Trennung der Seele vom Körper vollzieht sich ohne Schmerz, meist, ohne daß man etwas davon bemerkt, und mitunter gar unter Wohlgefühlen."

Es ist demnach ein altes europäisches Nachdenken, das sich mit diesen letzten Stunden beschäftigt, und es ist eine Auffassung, die sich durch die Jahrhunderte erhalten hat, daß die letzten Stunden des Lebens vielfach sanft seien, von Träumen durchzogen und schon von Lethe rettend getränkt. Der Tod als der Bruder des Schlafs: zwei Knaben mit verschränkten oder übereinandergeschlagenen Füßen im Arme der Nacht, der eine weiß, der andere schwarz, der eine schläft, der andere scheint zu schlafen, eine gesenkte Fackel hält der und der den Mohnstengel – das sehen wir auf einem griechischen Totenkasten im Bild. Mort douce – das zweite Bild: unter umschattenden Wipfeln eines Baumes steht die Nacht und verteilt den gliederlösenden Mohn, Götter der Träume und Kinder des Schlafs gehen hinter ihr gebückt und sammeln die ausgestreuten Stengel. Und auf einem dritten Bilde ist die Fähre, der Kahn, Charon reicht dem Alten freundlich die Hand, Merkur führte ihn helfend her, und nun geht es über den Fluß, den stygischen, in das Vergessen.

Mort douce – das hat nun der Doktor Barbarin aus Paris zum Thema seines Buches gemacht, und er verficht diese These durch die Vorlage eines erstaunlich reichen Materials. Er nimmt seine Beweise aus medizinischen Dokumenten wie aus der schöngeistigen Literatur, aus Zeitungsmeldungen, Interviews, Schlachtenschilderungen, Polizeiberichten und fügt den in Deutschland bekannten Tatsachen eine solche Fülle neuer Erfahrungen hinzu, daß schon aus diesem Grunde die Übersetzung uns wertvoll erscheinen muß. Es handelt sich um ein Material aus fremden Sprachen und vorwiegend ausländischen Erlebniskreisen, die sich der einzelne von uns schwer zugänglich machen könnte; nun vermag es den Weg in die deutsche Öffentlichkeit zu finden, die sich vermutlich mit dem gleichen außerordentlichen Interesse mit diesem Buch beschäftigen wird, wie es in den übrigen europäischen Ländern geschah. Das Buch findet seinen Weg aber nicht nur in die deutsche Öffentlichkeit, sondern auch in das deutsche Bewußtsein, und vor dieser Tatsache müssen wir allerdings sofort eine Frage von Grundsätzlichkeit sowohl dem Thema wie der Art der Materialbearbeitung gegenüber aufwerfen.

Der Erstickungstod, der Tod durch Ertrinken, der Tod durch Blitzschlag, Feuer, Gas, Schußwaffen, Abstürze, durch wilde

Tiere, Hinrichtungen, Zugzusammenstöße und der Tod in Sing-Sing –, Rundfragen über den Tod, Beispiele berühmter Sterbefälle, die Meinungen von Henkern und wie die tibetanischen Lamas gegen das Koma ankämpfen –: über dies alles sammelt Barbarin Dokumente und legt sie uns vor. Da können wir natürlich an der Frage nicht vorbei, ist denn dieses *Wie* des Sterbens überhaupt das Todesproblem, ist es nicht nur das Äußerliche des Vorganges, für das so viel Meinung und Beweis aufzubringen sich gar nicht recht lohnt, ist nicht die eingangs erwähnte einfache und einschränkende Art, vom Sterben zu sprechen, eine zu naturhafte, eine periphere Art, das Todesproblem zu sehen?

Von Clémenceau stammt die Bemerkung in bezug auf uns: „Sehen Sie sich doch bloß diese Deutschen an, ihre Literatur! Sie kennen nur den Tod, immer nur den Tod!" Vielleicht sah der Feind hier scharf und sah tatsächlich etwas sehr Deutsches. Für uns ist der Tod kein körperliches Sein, sondern erklärtermaßen ein moralisches und metaphysisches, das uns vielleicht tiefer bewegt als andere Rassen. Darum entsteht in uns diese Frage, die vielleicht für andere Völker nicht die Bedeutung hat. Aber was dies Buch angeht, muß man gerecht sein, auch diese, unsere, Seite des Todes sieht Barbarin, obschon sein Buch als Ganzes mehr auf das Statistisch-Materielle angelegt ist. Wir finden zum Beispiel bei ihm ein so merkwürdiges, außerordentlich des Nachdenkens wertes, aus dunklen Reichen stammendes Wort: „Der Tod ist eine Entscheidung." Dies sagt er und: „Es ist nicht die Todesstunde oder der Tag vorher, wo sich der Geist des Kranken angesichts der Entscheidung aufbäumt. Der entscheidende Schock zwischen Vorstellung und Wirklichkeit findet drei oder acht oder vierzehn Tage vorher statt, oft mitunter noch früher." Ferner an einer anderen Stelle: „Der Tod ist eine Einwilligung." Eine Einwilligung – das kann man nicht anders auslegen als, der Tod ist eine tiefe moralische Pflicht, die der Mensch, der lebte und weil er lebte, zu übernehmen um seiner fremden und fernen Herkunft willen sich entschließen muß. Zweifellos ein großer metaphysischer Gedanke!

Eine Einwilligung, die die Helden sichtbar und freiwillig und frühzeitig übernehmen, die, die den Schierlingsbecher trinken, und die, die die Pelotons in der frühen Morgenstunde der Hinrichtung auf sich gerichtet sehen – fast alle hätten sie ihre Taten unterlassen können, zurücknehmen, überlaufen, praktisch handeln, mit einem Wort: *leben* können, doch sie entschieden sich und fielen um dieser Entscheidung willen, dieser moralischen Entscheidung für ein Ziel jenseits des persönlichen und körperlichen Todes. Ob der Tod sanft ist oder hart, die Helden bleiben. Sie erblicken etwas Größeres, als das Leben und etwas Größeres als den Tod und vereinigen durch ihr Sterben sich und ihr Volk mit dem Allgemeinen.

Die Bereitschaft zum Tod, die Entscheidung zum Tod, das ist die hohe menschliche Aufgabe, das wollen wir über Barbarins These und Barbarins Material nicht einen Augenblick vergessen! Verlassen, was man schmerzlich liebte, verlassen, um was man schmerzlich litt; ohne Erklärungen zu erhalten über die Materie, an die man gebunden war, und ohne begründete Erkenntnis vom Wesen dessen, das einen nun wieder von ihr fordert; von allem die Hände lösen, auch von dem, was unvollendet und unvollbracht war, vielleicht in anderen wiederkehren, vielleicht, aber niemand weiß es – deine Sekunde ist da, du mußt einwilligen, du mußt gehn.

W. H. AUDEN, DAS ZEITALTER DER ANGST

Meine Eindrücke von dem hiermit durch den Limes Verlag erstmalig dem deutschen Publikum vorgelegten Werk stützen sich auf die Übersetzung von Kurt Heinrich Hansen. Ich beherrsche das Englische nicht und konnte Vergleiche mit dem Original nicht anstellen. Aber mir scheint, die Übersetzung ist geeignet, diese Eindrücke zu legitimieren. Ich beziehe mich auch nicht auf die im Ausland umfangreiche, in Deutschland anwachsende Auden-Literatur, ich beschränke mich auf die Betrachtung dieses Werks: *Das Zeitalter der Angst.*

Um mit einem Negativum zu beginnen: warum diese Arbeit das Zeitalter der Angst heißt, ist mir nicht klargeworden. Die vier Menschen, die die Träger der Ereignisse sind, haben meiner Meinung nach nicht mehr Angst, als sie alle Generationen des Quartär empfanden, ja ich vermute, daß die Menschheit beispielsweise um das Jahr 1000, für das der Untergang der Ökumene verkündet war, weit mehr Angst hatten als diese vier Amerikaner. Es ist eigentlich überhaupt keine Angst, die aus ihren Worten spricht, vielmehr eine fundamentale Melancholie vor der panischen Leere und Zerrissenheit des inneren Menschen von heute. Aber da wir diese kritische Lage nun auch schon seit Jahrzehnten in der Literatur, Philosophie, Theologie, Ästhetik genügend erörtert gehört haben, würde auch diese inhaltliche Tatsache Audens Werk nicht so bemerkenswert erscheinen lassen, wenn nicht eines hinzukäme: die sprachliche Handhabung dieser Stimmung durch einen neuen Stil und eine neue Anordnung des Gegenstandes. Und ich muß damit fortfahren nicht zu verschweigen, daß auch der Untertitel *ein barockes Hirtengedicht* mir nicht einleuchtet. Barock, ja, sogar in hohem Maße, aber Hirten – nein, hier ist nichts von Idyll, es wird nichts geweidet, kein Stecken geführt, keine Wolle gestrickt, im Gegenteil, die Trauer dieser vier Personen ist eigentlich, daß sie keine Hirten und keine Herde mehr sind.

Wir stehn vor einem Gedicht, auf vier Stimmen und zahlreiche epische Zwischenbemerkungen verteilt. Die Stimmen gehören: 1) Quant, Witwer, Schreiber in einem Schiffsbüro, 2) Malin, Luftwaffenarzt, 3) Rosetta, Einkäuferin in einem Warenhaus, 4) Emble, ein Marineangehöriger und schöner junger Mann. Vier Amerikaner, einander fremd, es ist während des Zweiten Krieges und am Abend des Allerseelentags. Der Ort ist eine Bar, erst ganz am Schluß verlassen sie sie, um in Rosettas Wohnung zu gehn. Der Weg durch die Sieben Stationen, der dritte Teil, ist rein imaginär, er spielt sich auch von der Bar aus ab. Die epischen Zwischenbemerkungen führen die Personen ein, kommentieren sie, ergänzen die Verse. Die hauptsächlichste Zwischenbemerkung hinsichtlich der Personen heißt immer: *dachte –: Quant dachte, Malin dachte, Rosetta dachte, Emble dachte.* Dann ertönt das Radio, aber es wird weitergedacht. Später sprechen sie, dann schweigen sie, Malin bestellt eine Runde, Emble wirft ein, Quant stimmt zu, Quant stellt das Radio ab, dann verlassen sie die Barhocker und begeben sich in eine intimere Ecke und die Diskussion über die Sieben Lebensalter beginnt, dann endet die Diskussion, Malin bittet um Verzeihung und tritt aus. Von der Ecke aus vollführen sie auch den Gang durch die Sieben Stationen, dann erwachen sie und erkennen, wo sie sich befanden und wer sie waren, die Dunkelheit, die sie in ihrem Traum überkam, fand ihre Erklärung dadurch, daß Lokalschluß war und der Barmixer die Lichter ausknipste. Interessant ist, daß die Verse im Sitzen schöner sind als die im Gehen durch die Sieben Stationen: hier müssen Realitäten miteinbezogen und mitbesungen werden, das stört offenbar den Stil, er wird hier stellenweise deklamatorisch, während er sonst rein halluzinatorisch ist. Nach dem Aufenthalt in Rosettas Wohnung verabschieden sie sich und haben sich sofort vergessen.

Die Art des Autors und seines Werks macht man sich vielleicht am besten klar, wenn man einmal die epischen Bemerkungen zu den dann folgenden Versen in Beziehung bringt. Das Radio mit seinen Kollektivthemen und Massensuggestionen bringt *die vier Fremden . . . einander näher* und Getränke spielen eine Rolle: *wie jeder weiß, entwickeln viele, wenn sie angetrunken sind, Fähigkeiten, von denen sie in nüchternem Zustand keine Ahnung haben . . ., weniger bekannt und viel wichtiger ist jedoch die Tatsache, daß dann unser Glaube an ein anderes Ich sehr gestärkt und auf überraschende Weise gerechtfertigt wird . . ., es entsteht ein Zustand von Einmütigkeit, so als ob alle wie ein einziger Organismus handelten . . ., so war es jetzt, da sie nach jenem Zustand vorgeschichtlichen Glücks trachteten . . .* Das steht in den epischen Zwischenbemerkungen, aber sowohl aus Radio wie aus Getränken ergibt sich nichts. Die nun folgenden Verse sind in keiner Weise unterschieden von den vorhergehenden, keineswegs ekstatischer, rauschhafter, hyperbolischer als die früheren. Das prosaistisch hypostasierte vorgeschichtliche Glück ist eine rein gedankliche Zwischenbemerkung des Autors, deren er sich entledigen muß. Alles ist ein Strom. Das Epische und das Lyrische strömen aus einem Zentrum, aus einer Substanz, die sich nicht ändert, nicht ändern kann, denn das Unbewegliche. Lastende, das dem Kern tragisch Verhaftete ist der Inhalt dieses Werks. In diesen Kern werden die zivilisatorischen Realitäten einmontiert, auf Spalier gezogen, vom Zephir bewegt. Daraus ergeben sich die stilistischen Überraschungen.

die sprachlichen Kollaborate, die seltsamen lyrischen Agglutinationen.

Das Werk ist primitiv konstruiert, aber es ist eine Primitivität von Absicht und Tendenz. Eine Konstruktion nach psychologischen Gesichtspunkten mit dem Ziel von Charakterwandlung, Zusammenprall aus familiären oder weltanschaulichen Gründen, was man Drama nennt, oder nach aristotelischen mit Raum und Zeit – das wäre heute wirklich primitiv. Die Komik der Bühnenstücke, in denen noch durch Stimmodulationen und fibrilläre Muskelzuckungen angeblich was vorgetrieben und weitergebracht wird, verbietet dem Ernstlichen alles von dieser Art. Diese vier sind da, werden durcheinanderbewegt als Schatten, Schemen, singende Figuren. Sie reden aneinander vorbei, grundsätzlich und von Fall zu Fall. Sie bleiben der Schreiber in einem Schiffsbüro, die Einkäuferin, der Marinist, der Militärarzt, nichts bildet sie, nichts bildet sich um. Die einzige Stelle, an der eine Figur unmittelbar eine andere in längerem Inhalt anredet, also dialogisiert, ist jene Szene, wo Rosetta in ihrer Wohnung von Emble die Liebe erwartet, aber er schläft ein. Nun beginnt sie, *traurig, aber auch erleichtert*, eine direkte Anrede, aber sie gilt einem Schläfer, einem, der sie nicht vernimmt.

Obschon Personen, kein Stück, auch kein lyrisches Drama. Es bestehen überhaupt keine Beziehungen zwischen diesen vier außer Bar und Allerseelenabend. Was sich in diesem Werk produziert, ist Introversion, reine Lyrik, monologische Kunst. Unaufhebbare Identität, die sich in Strophen lindert; lastende Mitte, die sich mit Hilfe lyrischer Suiten für kurze Zustände dekompensiert. Großartig sind die Einsätze. Keine Dekoration, keine psychologische Vorbereitung, keine Stimmungsanschleicherei – die Arie beginnt in makelloser Schönheit, senkt sich kaum, immer neue Überraschungen – das sind Perlen, schimmernde Fayencen. So der Nachtangriff der Bomber (Malin), so besonders häufig bei Rosetta, so Quants Erzählung von seiner Wanderung zu der Insel der Venus, die endet:

Primeln, Pfaue und Pfirsichbäume
Schmückten den Vordergrund, doch schöner,
Mit dem ovalen Gesicht einer frühen Madonna
Und geschmeidigen Gliedern saß dort die Göttin,
Lächelnd thronte sie über dem Tal
Dieser Gefallenen; ein winziger Wind
Pflückte von ihren Schenkeln den purpurnen Schleier
Aus Crêpe-de-Chine und enthüllte ein sehr
Träges Geschwür.

Im übrigen spielt die Liebe keine Rolle in diesem Gedicht. sie ist ja auch kein Inhalt mehr, es wird durch sie nichts anders, sie bringt keine Verwandlung, sie ist ein Surrogat für Unproduktive. Diese vier sind *Fertigware, immer am Rande, bereit den persönlichen Anruf aus großer Weite entgegenzunehmen,* sie *suchen stumm und benommen in den Netzen der Zeit ihr Zentrum, . . . das immer bedachte Ding,* sie durchwandern *Regionen ohne Regen, von Schlangen durchschlängelt, Urväter-Wüsten, Länder jenseits der Liebe.*

Wir stehen hier vor einem Typ des Menschen, der seiner Herkunft aus dem Unergründlichen sicher ist, aber – um das aktuelle Canossawort der Psychosomatik: Finalsynthese zu verwenden – auch schon nicht mehr finalsynthetisch denkt, er hat keine Ziele mehr. Es sind Menschen, auf die trifft nichts mehr zu. Man kann sie apokalyptisch nennen, aber auch träumerisch, aber auch *heiter und hutlos,* wie Rosetta von sich sagt. Broterwerbler zwecks Regelung des Tagesablaufs und der Bekleidungsmöglichkeiten, aber sie leben darüber hinweg, vielmehr darunter hin. Doppelleben: *zwischen seiner beruflichen und sozialen Stellung und seinem privaten geistigen Leben gab es keine Beziehung* (Quant) – zahllose solche Stellen ließen sich anführen. Abends auf Barhockern, in Visionen von lieblichen und unschuldigen Landschaften, in denen so reizend extravagante Leute, unabhängig, mit allerlei Steckenpferden wohnen, in imaginären Tälern, auf Paßstraßen, baumlosen Wasserscheiden, zerbröckelnden Grabmauern, vergessenen Grabstätten – überall nur die Nacht, überall nur der Traum. Man könnte dies von vornherein als fragwürdig bezeichnen, romantisch, antihumanistisch, antigoethisch, wenn nicht auf diesem Boden eine Lyrik entstünde, die nirgendwo anders entsteht und die modern und von strahlender Schönheit ist. Fast ein Beweis für die in der europäischen Psychoanalyse heute sich durchsetzende Auffassung, Traum und Rausch nicht mehr allein als Fluchten zu beurteilen, sondern als produktive Mechanismen zum Erleben des Bewußtseins.

Einige Zitate, um das Sprachliche, das ja auch das Gedankliche ist, zu charakterisieren:

Die Küste war steil; die Adler versprachen
Ein Leben ohne Behörden

Ein Morgen, milde und ohne Ehe

Er sagte zu ihr: du bist eine dunkle Wahrheit;
Sie sagte zu ihm: du bist eine leuchtende Lüge;
Beide gingen zum Waschraum und weinten sehr.

In der sanftfüßigen Stunde der Nacht, wenn der Lift
Blondinen zu Junggesellenwohnungen
Fährt und die Nachtschwester den Puls
Des Patienten verändert findet

Vier Weltverbesserer, versammelt zu einem Denkfest

Seine Freunde zu finden, die ferne Elite
Den Kreis der Genies, die Tafelrunde
Der Meisterdenker

Wer läuft
Kann an den Wänden ewige Wahrheiten
Lesen: „Larry wäscht sich nie"
„Ich bin nicht dein Vater, du schlaksiger Schwede",
„Der miese Moses hat Bienen im Bett",
„Dora ist dünner, aber Connie kratzt"

jedoch:

Wer die Augen schließt, sieht die blonden Gefilde
In Sonne gebadet, die Tempel und Türme,
Die Götter im Turnus, die etruskische Landschaft
Der Menschheitserinnerung. Ihre Mythen vom Sein
Sind immer lebendig.

Diese Zitate sollen die Bezeichnung im Untertitel *barock* beleuchten, dazu das vielfach, fast prinzipiell, Bizarre, das, wie wir sehen, mit einer Art esoterischer Antithetik arbeitet. Aber auch das Esoterische hat seine Wahrheit und die Selbstbegegnung ihr transzendentales Axiom. Wenn Wahrheit heißt: einen evidenten Zusammenhang zwischen den Bestandteilen bilden, liegt hier Wahrheit vor auf weiter Fläche, sechzig Seiten, und einbruchssicher.

Sucht man in dem Werk nach einer bestimmten Gesellschaftslehre, sucht man vergebens – *Nettsein ist alles, der Rest ödet an,* der Rest, das ist *eine gefallene Welt, Paarung und Bosheit von Menschen und Tieren* und: *die Hotelwagen und Pullmans sind auch mit parfümierten Mördern besetzt . . . Gib dir mit den Großen Mühe, ignoriere die Nullen . . . Unser wankender Weg: an beiden Enden die weiße Stille der Antisepsis, doch unterwegs ein Babbeln und auch ein klein wenig Scham . . . Die Primärfarben sind alle vermischt, die Zehner zusammengebrochen, die großen Situationen regen uns nicht mehr auf . . . Überlaß Geschichte sich selbst* – nein, aus solchen Erkenntnissen kann sich keine Gesellschaftstheorie entwickeln. Ich hebe das ausdrücklich hervor, weil in einem deutschen Aufsatz über Auden, der mir zu Gesicht kam, zu lesen war, die Götter Audens seien Marx und Freud. Dem kann ich nicht beipflichten, es sei denn, daß man jeden Realitätsbezug als Marxismus und jede Träumerei als Libido bezeichnet, aber damit kommt man ja nicht weiter. Ich finde im Gegenteil zahlreiche Verse, die nur antimarxistisch gemeint sein können. darunter diese interessanten:

Gespannt konferieren vier, die bekannt sind,
Nachts in einem Schloß über Völker.
Sie sind nicht von gleichem Rang: drei
Stehn in Gedanken auf einem dicken Teppich,
Erwarten den vierten, der ihnen befiehlt,
Bis dieser durch eine Wandtür plötzlich
Hereintritt. Lautlos, rasch, unansprechbar
Wie Tod, Schmerz oder Schuld; er grüßt sie
Und setzt sich: Herr über dieses Leben.
Er lächelt, er ist natürlich, er riecht
Nach Zukunft, nach der Zeit ohne Duft, einer Welt

Geplanter Vergnügen und Ausweiskontrollen,
Patrouillen, Beruhigungsmittel, milder
Getränke, gesteuerter Gelder, ein Planet,
Durch Terror gezähmt: Sein Telegramm
Setzt graue Massen in Gang,
Wenn der Morast zu trocknen beginnt.

Damit kann ja wohl nur Jalta gemeint sein. Oder folgendes:

Aber der neue Barbar ist kein bärtiger
Wüstenbewohner; er tritt nicht aus Föhrenwäldern
Hervor: ihn zogen Fabriken auf,
Körperschaften und Stadt-Kollektive
Bemutterten ihn, und viele Journale
Halfen ihm hoch. Hier wurde er geboren.
Die Schießereien, die man jetzt schätzt,
Der Todeskult – sind heimisch in diesen Städten.

oder:

Da Leben um Leben seinem Wesen entfällt,
Und versinkt in einer Presse-belobten
Lüge der Öffentlichkeit, und zu Massenmusik
Alle im Schritt marschieren, geleitet
Von jenem Lügner, dessen Laune ihr Wille ist,
Fort von der Freiheit zu einem Hinterhaus-
dasein von niedriger Spannung.

Kurz, politisch gesehen, ist das Werk extrem individualistisch, abendländisch und ausgesprochen antikollektiv.

Ist Auden fromm, fällt er unter das Kapitel der Rechristianisierung wie Eliot und Toynbee? Zunächst ist die

Art, wie Auden von Gott spricht, keineswegs religiös *seit Urvater mit seinem ersten Gähnen allen Dingen Gestalt gab und den Witz dieser Welt schuf* oder wenn Rosetta sagt: *Gott verstand uns: wenn wir uns wuschen, war er nicht immer über uns bei den Lampen, um uns zu belauern,* oder: *Der namenlos Eine, der lächelnde Meergott ihrer gefährlichen Träume, der schließlich breitschultrig, begeistert und schüchtern dem Schaum entsteigen wird.* Aber es ist kein Zweifel, die Schlußverse, die Malin singt, haben durchaus christliche Färbung, einen betenden und ergebenen Sinn: *Seine Liebe hält Sein ungeheures Versprechen; Seine Sorge ist, während wir wandern und weinen, mit uns bis an das Ende; Er weiß, was wir meinen, unsre geringste Trauer betrübt Ihn, Seine Güte durchströmt, was wir erleben . . .* er, der *all Seine Kinder im Wahn ihres Zweifels umfaßt und sich ihrer erbarmen wird, die unbewußt warten, daß Sein Reich komme.* Das sind die letzten Verse des Stücks –: *Sein Reich komme!* Trotzdem ist es wohl ehrlicher und dem Ganzen des Werks gerechter werdend, wenn man hierin mehr einen lyrisch schönen pathetischen Abschluß sieht als ein Zerbrechen vor dem Retter am Kreuz. Dieser Schlußgesang ist inhaltlich recht unmotiviert und geht aus dem ganzen Habitus des Werkes nicht überzeugend hervor. Heißt es doch noch in demselben Schlußhymnus von Malin: *wir beten ja nicht das Kreuz an, sondern die Totems der Primitiven, die gleichermaßen absurd wie barbarisch sind* und über dem ganzen Gedicht schwebt Rosettas Vers: *du bist zu spät, um glauben zu können,* ja das ist eigentlich die alles umspannende Fuge des Werks, sein Spezifisches. Es ist eine atheistische Melancholie, die alle diese Selbstbegegnungen bewirkt und tränkt mit der besonderen Audenschen Färbung, daß diese Menschen das Ausgelaugte, Ausgewaschne, Höhlenhafte, Kavernöse ihrer Existenz bestimmend fühlen und andererseits doch sicher sind, daß etwas Allgemeines in ihnen lebt und daß sie alle es wissen.

Eine ganz eigentümlich bizarre Abzweigung dieses religiösen Impetus, dieser Sehnsucht nach „Höherem" sind Stellen wie die in dem sogenannten *Grabgesang: es schien ihnen unmöglich, daß sie so lange am Leben geblieben waren, ohne daß nicht irgendein halbgöttlicher Fremder mit übermenschlichen Kräften, irgendein Gilgamesch oder Napoleon, Solon oder Sherlock Holmes von Zeit zu Zeit erschienen wäre, um beide für einen kurzen hellen Augenblick von ihren ungeheuerlichen und zerstörerischen Fehlern zu befreien* – und nun klagen sie um den großen Agrippa, der aus Unkraut gutes Gemüse zog, unsern verlorenen Pa, den reisigen Vater, denn er ignorierte Neurosen, gewann die Flüsterkampagne, verhörte das Rätsel, dämmte die Dummen, die Langweiligen trieb er in ihren Schlamm, in ihre tierischen Tümpel – – und nun liegt unter dem Volk begraben, der uns Gesetze gab, größere Gebeine von bessrem Geschlecht, weiß, unter dem grünen Gras, dem Gras das verwelkt . . .

Das also ist Agrippa, der die Menschen aus der Erstarrung ihres Geistes, der Dürftigkeit und Trockenheit ihrer Seelen, ihrer grenzenlosen Leichtgläubigkeit, ihrer perversen Vorliebe für das Aufdringliche und Geschmacklose erlöste, – auch diese Suite liegt ziemlich weit ab von dem, was man im allgemeinen unter religiös oder konfessionell versteht.

Literarhistorisch, stilanalytisch hat man Auden vielfach mit Eliot verglichen, der Vergleich ist für Eliot nicht günstig. er enthüllt zu sehr dessen Schwächen – Auden ist bestimmt extremistisch, aber verworren ist er nicht. Und ein Stück wie „der Familientag", das vielleicht einige Stilprinzipien wie Auden zur Geltung bringen möchte, wirkt als Ganzes doch als eine so deprimierende Ausnutzung von Kunstformen, daß ich sie Auden nie zutrauen möchte, dazu besitzt er zuviel dichterische Substanz und vor allem zuviel Intelligenz. Ich würde Auden in die Linie Perse, Henry Miller, Ezra Pound stellen, jene stratosphärische Linie, die jeden Fesselballon befremdet. Von älterer Verwandtschaft würde ich Lautréamont aus Frankreich nennen und einzelnes von Ambroise Bierce aus Ohio, und dann bin ich auf einen Engländer des achtzehnten Jahrhunderts gestoßen, der vielleicht der Vater der ganzen nicht-didaktischen und nichterlösungssüchtigen Literatur ist: William Beckford, dessen Roman „Vathek" das Anliegen hat, keine Wege zu geben, sondern konzentrierte Resultate. Man könnte von den Lebenden noch einige erwähnen, zum Beispiel O'Neill, der über eins seiner Stücke schreibt: „ich brauche keine Handlung, die Menschen genügen mir" – und diese Menschen haben „Pipedreams" – Träume beim Rauchen. Mit einem Wort: was früher eine Singularität war in einem einzelnen Land und in einem Jahrhundert, zieht sich jetzt zusammen zu einer verdichteten Erscheinung und diese wirkt als die echte Vergegenwärtigung unserer jetzigen Existenz. Ein neuer Stil – „Phase II" – ein Stil für Asketen und Märtyrer, auf allgemeinen Beifall können sie nicht rechnen. Herrliche Worte hierzu bei Auden über die wenigen, die *außerhalb der negativen Erkenntnis* leben, fern dieser stupiden Welt, wo *Zahnräder Götter sind, außerhalb der konstituierten Epidemie des Effekts, – über den sinnenden Dichter, Kind seiner Klause, der die wahren Bilder der wirklichen Einsamkeit wählerisch bindet, der übertreiben muß, will er existieren und einen Sinn durch Weglassen und Betonen gründet,* – und dann ein großes Wort, ein Abschiedswort: *wir lassen uns lieber zerstören als ändern, wir sterben lieber in unserem Grauen, als daß wir uns dem Augenblick stellten und von unseren Illusionen ließen.* Einige werden so weit sein zu wissen, daß das kein Ästhetizismus ist, sondern das nicht ableitbare Gesetz einer bestimmten Form des intelligiblen Ich.

Die Deutschen werden einen ziemlich weiten Sprung machen müssen, um in diese Sphäre zu gelangen, sie sind in ihrer Prosa durch die Entwicklungsromane, die Sucherromane, die Ehe- und Innerlichkeitsepopöen etwas niedergehalten und in der Lyrik durch Andichtungen und Stimmungsbilder, sie lesen ja selbst aus den Duineser Elegien nur den Engel heraus. Man denkt manchmal, der Deutsche hat eine ganz besondere Neigung, sich die tatsächliche Lage des Menschen von heute zu verschleiern, er sieht lieber fort ins Antik-Humanistische, transplantiert etwas Paulinisches und macht ein klassizistisches Pflaster drauf. Aber ein Volk als Ganzes, das mitreden will, wird sich nichts vormachen dürfen, es wird sich dem immer noch wirksamen Begriff der Dekadenz und der entarteten Kunst entziehn müssen, es wird die Lage erkennen müssen und sie bestehn. Auden ist hierzu ein Weg, er wird nicht nur den Blick in eine andere Richtung führen, sondern er wird auch diesen Blick mit einer neuen Schönheit füllen – allerdings einer Schönheit, die immer im Kampf liegt mit dem Tod und der Trauer, ja mit dem Verfall und der Zerstörung, aber dieser Kampf um die Schönheit wird im Augenblick das einzige sein, das, um mit Auden zu schließen, uns geblieben ist, *das Schöpfertum in Schmerz und Stille noch einmal vor der Selbstzerstörung zu bewahren.*

LYRIK DES EXPRESSIONISTISCHEN JAHRZEHNTS

Die Auswahl der Gedichte für die vorliegende Anthologie ist nicht von mir, sie stammt von dem Verleger des Buches und seiner sehr lyrikerfahrenen Lektorin, Fräulein Marguerite Schlüter. Der Titel sollte ursprünglich lauten: „Lyrik des Expressionismus". In dieser Form erhielt ich Einblick in das Manuskript, und nun begannen die Schwierigkeiten. Ich fand, daß eine große Zahl von den ausgesuchten Gedichten mit Expressionismus nichts zu tun hatten, ja ich wußte selbst bei den aus meiner Produktion ausgesuchten Versen nicht, warum sie expressionistisch sein sollten. „Der Arzt", „Englisches Café", „Der junge Hebbel" – wieso expressionistisch? Hatzfeld, Kasack, Klabund, Lichnowsky, Loerke, Vagts – wieso Expressionisten? Und nun begannen die Schwierigkeiten zu einem Problem zu werden, das den Verleger und mich wochenlang beschäftigte. Der Verleger sagte: Der und der sind in der und der literarhistorischen Abhandlung von dem und dem als Expressionisten bezeichnet. Das und das Gedicht ist von dem und dem Essayisten als typisches expressionistisches Gebilde angeführt. Ich sagte, wissen Sie nun aber daraufhin, was ein expressionistisches Gedicht eigentlich ist? Ich meinerseits weiß es nicht, wäre es nicht vielleicht angebracht, von einem namhaften Experten der modernen Literatur etwa sechs der von Ihnen ausgesuchten Gedichte analysieren zu lassen, um den spezifisch expressionistischen Stil dem Publikum darzustellen? Diese könnten dann als Test gelten. Alles schon geschehen, sagte der Verleger, siehe oben, eine einheitliche Auffassung liegt nicht vor, lassen Sie uns beide weiterstudieren.

Wir studierten also weiter, und zwar vor allem folgende

Arbeiten: F. J. Schneider, Der expressive Mensch und die deutsche Lyrik der Gegenwart; Paul Fechter, Deutsche Literaturgeschichte; H. E. Jacob, Verse der Lebenden; A. Schirokauer, Expressionismus der Lyrik; Kindermann-Dietrich, Lexikon der Weltliteratur; A. Soergel, Im Banne des Expressionismus; Kurt Pinthus, Menschheitsdämmerung; O. Loerke, Formprobleme der Lyrik (im Jahrbuch der Preußischen Akademie der Künste); Alain Bosquet, Surrealismus.

Dies und vieles andere arbeiteten wir durch, um schließlich bei einem Satz von Helmut Uhlig zu enden, der in seinem Essay „Revision des Expressionismus" („Neue Zeitung" vom 11. 7. 54) schreibt: „Durchaus nicht alle mit der Kennmarke Expressionismus versehenen Dichter sind expressiv und nicht nur die expressiven sind repräsentativ für die Epoche." Unser Studium dieser vielfältigen, widerspruchsvollen, zum Teil auch unmethodischen Untersuchungen bestimmte den Verleger dann, den Titel in: „Lyrik des expressionistischen Jahrzehnts" zu ändern. Daß dies das Jahrzehnt von 1910 bis 1920 war, ist wohl allgemein bekannt.

Aber: Expressiv – was ist nun das und was ist der Expressionismus? Gab es ihn überhaupt? Fechter legt in seiner Literaturgeschichte dar, daß der Name einige Zeit nach den beiden Bildausstellungen auftauchte, die die Künstler der „Brücke" im Jahre 1906 und 1907 in Dresden veranstalteten. Im Jahre 1910, sagt Fechter, wurde er „erfunden". 1910, das ist ja in der Tat das Jahr, in dem es in allen Gebälken zu knistern begann. Bei Martini dagegen lesen wir: „Im Jahre 1911 benutzte W. Worringer in der von Herwarth Walden herausgegebenen Zeitschrift ‚Der Sturm' den kurz nach der Jahrhundertwende durch den Maler J. A. Hervé in Frankreich eingeführten Begriff Expressionismus, um eine Formel für die neue Kunst Cézannes, van Goghs und Matisses zu finden." Was die Literatur angeht, so fand sie, soweit ich sehen kann, den ersten programmatischen Ausdruck in Italien. Vor mir liegt das Futuristische Manifest von Marinetti, das am 20. Februar 1909 im Pariser „Figaro" erschien. Dies Manifest enthält erstaunliche Dinge, schon den ganzen Kern der kommenden Woge: Das Antihistorische: „Ein rasendes Automobil ist schöner als die Nike von Samothrake", „Ein altes Bild bewundern heißt, die Aufmerksamkeit auf eine Urne mit Leichenteilen richten", aber auch schon stilistische Ordres werden gegeben, wie „il faut abolir l'adjectif", „détruire le ‚Je' dans la littérature", das Lob des Häßlichen und „les mots en liberté" – kurz Haltungen und Motive, die der deutsche Expressionismus unabhängig von Marinetti spontan und autochthon in seinen Produktionen zelebrierte.

In den deutschen literarhistorischen Werken werden als Vorläufer des Expressionismus von Schneider Mombert (geb. 1872) und Else Lasker-Schüler (geb. 1876) ausführlich analysiert. (Übrigens, was heißt bei einer so fragwürdigen Sache „Vorläufer"? Was für ein Lauf ist das und was für ein Vorlauf?) Andere nennen den Charon-Kreis (1904 gegründet) und namentlich Otto zur Linde (geb. 1873) als Ahnen des neuen Stils. Einige finden bei Rilke (im Gedicht „Der Panther") „Abbiegen von den Pfaden der Eindruckskunst" und halten bei diesem Gedicht „eine expressionistische Auslegung für möglich". Andere weisen auf Bergsons Intuitionismus und Husserls Phänomenologie hin als innere Grundlage der konstruktiven Unruhe in Europa. In einem im Dezember-Heft der Monatsschrift „Merkur" erschienenen interessanten Rückblick über deutsche Lyrik von Heinrich Stammler heißt es: „Der Expressionismus steht in der Schuld Rimbauds und Whitmans. zugleich aber strebte er zurück zum Rhythmus und Pathos des Barock sowohl des

Sturmes und Dranges, Klopstocks und Hölderlins.“ Mit dem Barock muß ein Zusammenhang wohl bestehen, das hat man seit dreißig Jahren öfter gelesen, und diese Darlegungen haben immer etwas Überzeugendes gehabt. Aber im übrigen, was zum Beispiel meine Person angeht, so habe ich von Whitman in meinem ganzen Leben nicht mehr als eine oder zwei Seiten gelesen, und Rimbaud habe ich erst jetzt näher kennengelernt durch die neue Gesamtausgabe im Limes Verlag, 1954. Ich glaube, daß die Beeinflussung von zur Produktion veranlagten jungen Leuten durch die frühere Literatur nicht so groß ist, wie vielfach angenommen wird (wahrscheinlich zum Leidwesen der Literarhistoriker). Ich würde eher sagen, daß sich im Verlauf einer Kulturperiode innere Lagen wiederholen, gleiche Ausdruckszwänge wieder hervortreten, die eine Weile erloschen waren – so wiederholte sich im Expressionismus zwar Sturm und Drang, aber ohne eine bewußte Beziehung auf Klopstock und Hölderlin. Auf gewisse Vorfahren der Expressionisten komme ich zurück.

Was erfahren wir über den Expressionismus sonst aus dem Schrifttum? „Das törichte Wort Expressionismus (Jacob).“ „Das Personsein wird die expressionistische Erbsünde (Fechter).“ „Das grammatische Bild ist das Bild einer Sprengung (Jacob).“ „Soweit die Lyrik Form ist, ist sie nicht Expressionismus (Schirokauer).“ „Das Inbild des Lebens wird wichtiger als das Abbild (Kindermann).“ „Der Expressionismus ist der eigentliche Vollstrecker von Nietzsches Testament (Schneider).“ „Kosmische Entgrenzung (Schneider).“ Und nun wollen wir eine detaillierte Analyse eines Strammschen Gedichts von Schirokauer anhören: „In Stramms Gedicht ‚Menschheit‘ gibt es eine Stelle: ‚Pstn Pstn/Hsstn Hsstn / Winzge Schirre‘ – Da hat ein ekstatisches Gefühl die Körperlichkeit der Vokale gänzlich ausgeschieden. Nur der

Konsonant, der *Mit*töner, ist *Mit*glied einer Gemeinschaft. Der Selbstlauter, der für sich steht, Silben bildet und Besitz an Stimme hat, ist verbannt aus diesem Reiche. Einzig noch i (Winzge Schirre), umschüttet von Spiranten und Affrikaten, selbst zu Übergang von vokalischem Glied in konsonantisches Mitglied (j) bereit, darf bestehen." Hierzu darf ich bemerken, daß ich Spirant und Affrikate noch nie gehört hatte, ich schlug im Knaur nach, Spirant ist „Reibelaut", über Affrikate war nichts zu erfahren*.

Keineswegs einfacher wird die Frage nach dem Expressionismus, wenn man den einzelnen Lyriker betrachtet, zum Beispiel Heym. Er gilt als Vertreter der neuen lyrischen Richtung schlechthin. Man liest über ihn: „Aufgelöste, von Enjambements zerrissene Sonettenform" – „die Schatten einer fieberhaft irren Gespenstigkeit" – „die Spannung einer fast quälerischen Herbe" – „barocke Wucht und Gräßlichkeit seiner Visionen" – also alles Stigmata der kosmischen Entgrenzung und der visionären Ekstase, die man dem Expressionismus zuspricht. Und dann stößt man bei Heym auf ein Gedicht „Letzte Wache": Kein Sturm, kein Drang, keine Satzbauzerrüttung, es ist ein Gedicht aus vier Versen mit je vier Reihen, die zweite und vierte gereimt, es ist ein ganz schlichtes Gedicht, trauervoll, tränenvoll, von einer Melancholie ganz ohnegleichen. Ist er also ein Expressionist oder nicht? Die gleiche Frage kann man bei Johannes R. Becher aufwerfen, dessen erster Versband „Triumph und Verfall" als Prototyp des Expressionismus bis heute gilt und mit dem kritischen Signum „fäkales Barock" versehen wurde. Dann einige Jahre später veröffentlicht er einen Band „Gedichte um Lotte", der sanfte, zarte Liebeslyrik im alten Stil enthält.

* Inzwischen sah ich, daß sich Brockhaus dazu äußert.

Also was ist der Expressionismus? Ein Konglomerat, eine Seeschlange, das Ungeheuer von Loch Ness, eine Art Ku-Klux-Klan? Oder trifft vielleicht zu, was 1934 ein berühmter Balladendichter, der bis 1933 etwas hatte zurücktreten müssen, in einem Verlagsalmanach wörtlich schrieb: „Das Milieu dieser expressionistischen Generation bilden Deserteure, Zuchthäusler und Verbrecher, die mit enormem Spektakel ihre Ware heraufgetrieben haben, wie betrügerische Börsianer eine faule Aktie, von zuchtloser Unanständigkeit", und dann nannte er Namen (darunter auch meinen). Ich möchte schon an dieser Stelle aussprechen, daß es sich nicht so verhält. Der Expressionismus war keineswegs eine besonders monströse Entartung, keine verbale Unentwirrbarkeit und trug nicht die Zeichen eines besonders ernsten charakterlichen Verfalls. Der Expressionismus drückte nichts anderes aus als die Dichter anderer Zeiten und Stilmethoden: sein Verhältnis zur Natur, seine Liebe, seine Trauer, seine Gedanken über Gott. Der Expressionismus war etwas absolut Natürliches, soweit Kunst und Stil etwas Natürliches sind und mit der Einschränkung, daß Gott und Natur für jede Generation etwas anderes werden. Über dies Anderssein später mehr.

Ich werde im folgenden die Bezeichnung Expressionismus unkritisch in dem ihr seit vier Jahrzehnten zugewachsenen Sinn verwenden. Zunächst möchte ich darauf hinweisen, daß dieser Stil – der in anderen Ländern Futurismus, Kubismus, später Surrealismus genannt wurde, in Deutschland die Bezeichnung Expressionismus behaltend, vielfältig in seiner empirischen Abwandlung, einheitlich in seiner inneren Grundhaltung als Wirklichkeitszertrümmerung, als rücksichtsloses An-die-Wurzel-der-Dinge-Gehen bis dorthin, wo sie nicht mehr individuell und sensualistisch gefärbt, gefälscht, verweichlicht verwertbar in den psychologischen Prozeß verschoben werden können, sondern im akausalen Dauerschweigen des absoluten Ich der seltenen Berufung durch den schöpferischen Geist entgegensehen –, dieser Stil schon seine Vorankündigung im ganzen neunzehnten Jahrhundert hatte. Wir finden bei *Goethe* zahlreiche Partien, die rein expressionistisch sind, zum Beispiel Verse jener berühmten Art: „Entzahnte Kiefer schnattern und das schlotternde Gebein, Trunkener vom letzten Strahl" und so weiter, hier ist eine inhaltliche Beziehung zwischen den einzelnen Versen überhaupt nicht mehr da, sondern nur noch eine ausdruckhafte; nicht ein Thema wird geschlossen vorgeführt, sondern innere Erregungen, magische Verbindungszwänge rein transzendenter Art stellen den Zusammenhang her. Eine Unzahl solcher Stellen gibt es im zweiten Teil des „Faust", allgemein im Werk namentlich des alten Goethe. Dasselbe gilt für *Kleist:* „Penthesilea" ist eine dramatisch geordnete, versgewordene reine Orgie der Erregung.

Denn was uns selbst angeht, unser Hintergrund war *Nietzsche:* Sein inneres Wesen mit Worten zu zerreißen, der Drang sich auszudrücken, zu formulieren, zu blenden, zu funkeln auf jede Gefahr und ohne Rücksicht auf Ergebnisse, das Verlöschen des Inhalts zugunsten der Expression – das war ja seine Existenz. Aber auch in *Hölderlins* bruchstückartiger Lyrik finden wir Stellen dieser expressionistischen Emanation: Beladung des Worts, weniger Worte, mit einer ungeheuren Ansammlung schöpferischer Spannung, eigentlich mehr ein Ergreifen von *Worten aus Spannung,* und diese gänzlich mystisch ergriffenen Worte leben dann weiter mit einer real unerklärbaren Macht von Suggestion. In der Moderne kann man bei Carl *Hauptmann* reiche Stücke von Ausdrucksdichtung nachweisen, und wir finden in der Literaturgeschichte von Paul Fechter den interessanten Hinweis auf Hermann *Conradi* (1862–90), bei dem Fechter die *Joyce,*

Proust und *Jahnn* vorgefühlt sieht; „bei Conradi ist die Analyse Selbstzweck", sagt Fechter, er dringe vor zur „inneren Realität". Diese innere Realität und ihr unmittelbares Aufsteigen in formale Bindungen, das ist ja wohl die in Frage stehende Kunst: wir finden sie in der Komposition schon bei Richard *Wagner* in seinen Partien absoluter Musik, „seine Flucht in Urzustände" nannte es Nietzsche. In der Malerei sind *Cézanne, van Gogh, Munch* Vorboten und gleichzeitig auch schon Vollender dieses Stils. Wir können also wohl sagen, daß ein Bestandteil aller Kunst die expressionistische Realisation ist und daß sie nur zu einer bestimmten Zeit, nämlich der eben vergangenen, repräsentativ und stilbestimmend aus vielen Gehirnen in Erscheinung trat.

Ganz primitiv wäre es, diese Bewegung als Opposition gegen den vorangegangenen naturalistischen Stil zu sehen. Dieser naturalistische Stil war ihr vollkommen gleichgültig, aber die *Wirklichkeit,* diese sogenannte Wirklichkeit, die stieß ihr auf. Es gab sie ja gar nicht mehr, es gab nur noch ihre Fratzen. Wirklichkeit, das war ein kapitalistischer Begriff. Wirklichkeit, das waren Parzellen, Industrieprodukte, Hypothekeneintragung, alles, was mit Preisen ausgezeichnet werden konnte bei Zwischenverdienst. Wirklichkeit, das war Darwinismus, die internationalen Steeple-Chasen und alles sonstwie Privilegierte. Der Geist hatte keine Wirklichkeit. Er wandte sich seiner inneren Wirklichkeit zu, seinem Sein, seiner Biologie, seinem Aufbau, seinen Durchkreuzungen physiologischer und psychologischer Art, seiner Schöpfung, seinem Leuchten. Die Methode dies zu erleben, sich dieses Besitzes zu vergewissern, war Steigerung seines Produktiven, etwas indisch, war Ekstase, eine bestimmte Art von innerem Rausch. Aber Ekstasen sind ethnologisch gesehen nicht anrüchig, Dionysos kam in das nüchterne Volk der Hirten, es taumelten diese unhysterischen Bergstämme in seinem orphischen Zug, und später Meister *Eckhart* und Jakob *Böhme* hatten Gesichte. Uraltes Glückbegegnen! Natürlich blieben *Schiller, Bach, Dürer* vorhanden, diese Bodenschätze, diese Nahrung, diese Lebensströme, aber sie trugen eine andere Seinsart, trieben aus einem anderen anthropologischen Stamm, waren anderer Natur, aber auch *hier* war Natur, die Natur von 1910 bis 1920, ja, hier war mehr als Natur, hier war Identität zwischen dem Geist und der Epoche.

Wirklichkeit – Europas dämonischer Begriff: glücklich nur jene Zeitalter und Generationen, in denen es eine unbezweifelbare gab, welch tiefes erstes Zittern des Mittelalters bei der Auflösung der religiösen, welche fundamentale Erschütterung jetzt seit 1900 bei Zertrümmerung der naturwissenschaftlichen, der seit vierhundert Jahren „wirklich" gemachten. Ihre ältesten Restbestände lösten sich auf, und was übrigblieb, waren Beziehungen und Funktionen; irre, wurzellose Utopien; humanitäre, soziale oder pazifistische Makulaturen, durch die lief ein Prozeß an sich, eine Wirtschaft als solche, Sinn und Ziel waren imaginär, gestaltlos, ideologisch, doch im Vordergrund saß überall eine Flora und Fauna von Betriebsmonaden und alle verkrochen hinter Funktionen und Begriff. Auflösung der Natur, Auflösung der Geschichte. Die alten Realitäten Raum und Zeit: Funktionen von Formeln; Gesundheit und Krankheit: Funktionen von Bewußtsein; selbst die konkretesten Mächte wie Staat und Gesellschaft substantiell gar nicht mehr zu fassen, immer nur der Betrieb an sich, immer nur der Prozeß als solcher – ja, diese weiße Rasse lief von alleine: verarmt, aber maniakalisch; unterernährt, aber hochgestimmt; mit zwanzig Mark in der Hosentasche gewannen sie Distanz zu Sils-Maria und Golgatha und kauften sich Formeln im Funktionsprozeß. Das war 1910–1920, das war die untergangsgeweihte Welt, der Betrieb, das war der Funktionalismus, reif für den Sturm, der dann kam. aber vorher waren nur diese Handvoll von Expressionisten da, diese Gläubigen einer neuen Wirklichkeit und eines alten Absoluten, und hielten mit einer Inbrunst ohnegleichen, mit der Askese von Heiligen, mit der todsicheren Chance, dem Hunger und der Lächerlichkeit zu verfallen, ihre Existenz dieser Zertrümmerung entgegen.

Zu einer Zeit, als die Romanschriftsteller, sogenannte Epiker, aus maßlosen Wälzern abgetakeltste Psychologie und die erbärmlichste bürgerliche Weltanschauung, als Schlagerkomponisten und Kabarettkomiker aus ihren Schenken und Kaschemmen ihren fauligsten gereimten Geist Deutschland zum Schnappen vorwarfen, trug der Kern dieser neuen Bewegung, diese fünf bis sechs Maler und Bildhauer, diese fünf bis sechs Lyriker und Epiker, diese zwei bis drei Musiker – trug er die Welt. Die Frage, mit der *Kant* hundertfünfzig Jahre früher eine Epoche der Philosophie beendet und eine neue eingeleitet hatte: wie ist Erfahrung möglich, war hier im Ästhetischen aufgenommen und hieß: *wie ist Gestaltung möglich?* Gestaltung, das war kein artistischer Begriff, sondern hieß: was für ein Rätsel, was für ein Geheimnis, daß der Mensch Kunst macht, daß er der Kunst bedürftig ist, was für ein einziges Erlebnis innerhalb des europäischen Nihilismus! Das war nichts weniger als Intellektualismus und nichts weniger als destruktiv. Als Fragestellung gehörte es zwar in die Zwangswelt des zwanzigsten Jahrhunderts, in seinen Zug, das Unbewußte bewußt zu machen, das Erlebnis nur noch als Wissenschaft, den Affekt als Erkenntnis, die Seele als Psychologie und die Liebe nur noch als Neurose zu begreifen. Es hatte auch

Reflexe von der allgemeinen analytischen Erweichungssucht, die uralten Schranken stummer Gesetzlichkeit zu lösen, die in anderen Menschheitsepochen mühsam erkämpften Automatismen physiologischer und organhafter Art individualistisch zu lockern, immer eindringlicher jenes „Es“ bloßzulegen, das noch bei Goethe, Wagner, Nietzsche gnädig bedeckt war mit Nacht und Grauen. Aber diese Fragestellung war echte Bereitschaft, echtes Erlebnis eines neuen Seins, radikal und tief, und sie führte ja auch im Expressionismus die einzige geistige Leistung herbei, die diesen kläglich gewordenen Kreis liberalistischen Opportunismus verließ, die reine Verwertungswelt der Wissenschaft hinter sich brachte, die analytische Konzernatmosphäre durchbrach und jenen dunklen Weg nach innen ging zu den Schöpfungsschichten, zu den Urbildern, zu den Mythen, und inmitten dieses grauenvollen Chaos von Realitätszerfall und Wertverkehrung zwanghaft, gesetzlich und mit ernsten Mitteln um ein neues Bild des Menschen rang.

Wer fragte denn sonst noch eigentlich nach dem Menschen? Etwa die Wissenschaft, diese monströse Wissenschaft, in der es nichts gab als unanschauliche Begriffe, künstliche abstrahierte Formeln, das Ganze eine im Goetheschen Sinne völlig sinnlose konstruierte Welt? Hier wurden Theorien, die auf der ganzen Erde nur von acht Spezialisten verstanden wurden, von denen sie fünf bestritten, Landhäuser, Sternwarten und Indianertempel geweiht; aber wenn sich ein Dichter über sein besonderes Worterlebnis beugte, ein Maler über seine persönlichen Farbenglücke, so war das anarchisch, formalistisch, gar eine Verhöhnung des Volkes. Es war damals noch nicht die Zeit zu wissen, was jetzt in das allgemeine Bewußtsein dringt, daß die Kunst eine spezialistische Seite hat, daß diese spezialistische Seite in gewissen kritischen Zeiten ganz besonders in Erscheinung treten muß, und daß der Weg der Kunst zum Volk nicht immer der direkte einer unmittelbaren Aufnahme der Vision von der Allgemeinheit sein kann. Was meine Sparte angeht: Von Goethe bis George und Hofmannsthal hatte die deutsche Sprache eine einheitliche Färbung, eine einheitliche Richtung und ein einheitliches Gefühl, jetzt war es aus, der Aufstand begann. Ein Aufstand mit Eruptionen, Ekstasen, Haß, neuer Menschheitssehnsucht, mit Zerschleuderung der Sprache zur Zerschleuderung der Welt. Andere Gestalten, andere Gestalter traten jetzt auf als die Landschaftsbeträumer und Blümchenverdufter, die dem deutschen Publikum als innige Poeten aufgeredet wurden (und heute wieder aufgeredet werden) – sie schlugen ihr Sein in die Gasretorte, und damit es leuchtete, hielten sie sie schräg. Sie kondensierten, filtrierten, experimentierten, um mit dieser expressiven Methode sich, ihren Geist, die aufgelöste, qualvolle, zerrüttete Existenz ihrer Jahrzehnte bis in jene Sphären der Form zu erheben, in denen über versunkenen Metropolen und zerfallenen Imperien der Künstler, er allein, seine Epoche und sein Volk der menschlichen Unsterblichkeit weiht.

Gelang es ihnen? Man kann sich kein Urteil über die Bewegung bilden, wenn man sich nicht fragt, was aus ihr geworden wäre, wenn nicht der Krieg und dann die geschichtlichen Wendungen dieses gesamte Europa unterbrochen hätten. Ihre ersten Opfer brachte sie im Ersten Krieg: Stramm, Stadler, Lichtenstein, Marc, Macke, Rudi Stephan, Lotz, Engelke, Sorge fielen, Trakl wurde ein freiwilliges Opfer des Krieges, andere starben früh. Und wenn sie alt geworden wären? Ich bin sicher, und ich sehe und höre es von anderen, daß alle die echten Expressionisten, die jetzt also etwa meines Alters sind, dasselbe erlebt haben wie ich: daß gerade sie aus ihrer chaotischen Anlage und

Vergangenheit heraus einer nicht jeder Generation erlebbaren Entwicklung von stärkstem innerem Zwang erlegen sind zu einer neuen Bindung und zu einem neuen geschichtlichen Sinn. Form und Zucht steigt als Forderung von ganz besonderer Wucht aus jenem triebhaften, gewalttätigen und rauschhaften Sein, das in uns lag und das wir auslebten, in die Gegenwart auf. Gerade der Expressionist erfuhr die tiefe sachliche Notwendigkeit, die die Handhabung der Kunst erfordert, ihr handwerkliches Ethos, die Moral der Form. Zucht will er, da er der Zersprengteste war; und keiner von ihnen, ob Maler, Musiker, Dichter, wird den Schluß jener Mythe anders wünschen, als daß Dionysos endet und ruht zu Füßen des klaren delphischen Gottes.

Noch aber steht sie da: 1910–1920. Meine Generation! Hämmert das Absolute in abstrakte, harte Formen: Bild, Vers, Flötenlied. Arm und rein, nie am bürgerlichen Erfolg beteiligt, am Ruhm, am Fett des schlürfenden Gesindes. Lebt von Schatten, macht Kunst. Meine Generation – und heute fast alle tot – nur in den bildenden Künsten sind noch einige große Alte da. Nimmt man die Anthologie „Menschheitsdämmerung" zur Hand, die Kurt Pinthus 1920 als erste und einzige Sammlung dieses lyrischen Kreises herausgab, so zeigt sich, es ist auf dem westlichen Kontinent außer mir kaum noch jemand da. Es war eine belastete Generation: verlacht, verhöhnt, politisch als entartet ausgestoßen – eine Generation jäh, blitzend, stürzend, von Unfällen und Kriegen betroffen, auf kurzes Leben angelegt. Ich habe mich in den letzten Jahren oft gefragt, welches das schwerere Verhängnis ist, ein Frühvollendeter oder ein Überlebender, ein Altgewordener zu sein. Ein Überlebender, der zusätzlich die Aufgabe übernehmen mußte, die Irrungen seiner Generation und seine eigenen Irrungen weiterzutragen, bemüht, sie zu einer Art Klärung, zu einer Art Abgesang zu bringen, sie bis in die Stunde der Dämmerung zu führen, in der der Vogel der Minerva seinen Flug beginnt. Meine Erfahrung hinsichtlich des Überlebens heißt: Bis zum letzten Augenblick nichts anerkennen können als die Gebote seines inneren Seins, oder, um mit einem Satz von Joseph Conrad zu enden: „Dem Traum folgen und nochmals dem Traum folgen und so ewig – usque ad finem." Das heißt, man muß als Künstler auf die Dauer nicht nur Talent, sondern auch Charakter haben und tapfer sein.

Also der Expressionismus und das expressionistische Jahrzehnt: einige über den Kontinent verstreute Gehirne mit einer neuen Realität und mit neuen Neurosen. Stieg auf, schlug seine Schlachten auf allen katalaunischen Gefilden und verfiel. Trug seine Fahne über Bastille, Kreml, Golgatha, nur auf den Olymp gelangte er nicht oder auf anderes klassisches Gelände. Was schreiben wir auf sein Grab? Was man über dies alles schreibt, über alle Leute der Kunst, das heißt der Schmerzen, schreiben wir auf das Grab einen Satz von mir, mit dem ich zum letztenmal ihrer aller gedenke: „Du stehst für Reiche, nicht zu deuten, und in denen es keine Siege gibt."

VOR- UND NACHWORTE ZU EIGENEN BÜCHERN

DER NEUE STAAT UND DIE INTELLEKTUELLEN

(Vorwort)

Das Resultat meiner fünfzehnjährigen gedanklichen Entwicklung stelle ich an den Anfang: die beiden Rundfunkreden für den neuen deutschen Staat. Sie haben mir eine Menge Zustimmung, aber auch eine Menge Bedrohungen, Angriffe, Beleidigungen eingebracht. Die Angriffe haben vielfach den gleichen Inhalt: ich sei früher links gewesen, jetzt riefe ich Heil Hitler. Es muß nun an sich schon ein kärgliches Vergnügen sein, das Gelingen, jemandem eine Wandlung „nachzuweisen"; so viel Reste von Mechanität, sturen Produktionsvorstellungen, inneren Verkümmerungsresten sprechen sich darin aus, daß man einem derart Genießenden nur ungern sachlich entgegentritt. Darum will ich auch nur kurz sagen, ich bin nie links gewesen, nicht eine Stunde, die Behauptung ist absurd. Das Schöpferische ist weder rechts noch links, sondern immer zentral. Ich habe immer das Leben gleich angesehen: als tragisch, aber mit der Aufgabe, es zu leben. Ein Satz, den ich vor mehreren Jahren schrieb, spricht es aus: „Das Leben ist ein tödliches Gesetz und ein unbekanntes. Der Mann, heute wie einst, vermag nicht mehr, als das Seine ohne Tränen hinzunehmen!" Dieses an der Antike gebildete Gefühl stand über jeder meiner Stunden.

Es steht auch über diesem Buch, in dem die neueren Arbeiten mit früher erschienenen vereinigt sind, um ein gemeinsames Thema durchzuführen: die seit langem sich vorbereitende Verwandlung des inneren deutschen Menschen, sein letztes Jahrhundert. Alles, was heute politisch und empirisch sichtbar wird und Form gewinnt, ist ja nur der Ausdruck dieser Verwandlung, sie selber ist jenseitig, kausallos, transzendent, eine innere Macht stößt in ihr vor. Antik ist die Härte, mit der ihr Vordringen angesehen wird ohne Rücksicht auf Individuen, Generationen, Leistungen, die sie vernichtet. Was vernichtet werden soll, ist, um es noch einmal ganz banal auszudrücken, der Intellektualismus und die in ihm verwurzelte Zivilisation. Das ist tausendmal ausgesprochen und wird täglich wiederholt. Diese Aufsätze aber sollen auf die innere Anstrengung hinweisen, mit der es erfolgte, und auf die Positionen, von denen aus es geschah; es sind die älteren Positionen, und es stellt sich heraus, daß die älteren die überlegenen sind.

Politisch – geistig – biologisch – es ist alles gar nicht mehr zu trennen –: man kann es auch so ausdrücken, die pastoralen Völker erheben sich gegen die artistischen, die panischen gegen die sublimierten, die primitiven gegen die überschichteten –: halt –: nicht die primitiven, sondern solche, die wieder primitiv werden wollen oder in Anbetracht neuer Wirtschaftsformen wieder primitiv werden müssen –, aber wird ihnen das gelingen nach der Triebaufspaltung durch die kolonialen und kosmopolitischen Jahrhunderte? Was heißt überhaupt primitiv? Ist überhaupt alles Intellektualismus, was im *Begriff* die Grundlage des menschlichen Geistes sieht, ist überhaupt alles *destruktiv,* was sich für das praktische politische Handeln nicht sofort als *konstruktiv* erweist, wo trennt sich der Gedanke von der Rasse und ihrem Recht, wo und wann darf die Geschichte ihn eliminieren –: das alles sind Fragen, alles das sind Kämpfe, das ist die Erschütterung, das ist die Krise, in der jedenfalls die heutige Generation für den Rest ihres Lebens steht. Alle politischen Anstrengungen des neuen Staats gehen daher auf das eine innere Ziel: Anreicherung einer neuen menschlichen Substanz im Volk,

Grundlegung eines neuen opferfähigen Lebensgefühls, eines heroischen, weil es durch Abgründe und Verluste wird gehen müssen –, Anreicherung mittels der modernsten – oder wie wir sehen werden, urältesten – Methoden: Eliminierung und Züchtung. Man kann das alles gar nicht weittragend genug sehen. Ein Mißlingen fiele gar nicht mehr unter den Begriff der Katastrophe, solche Vorstellung gäbe es dann schon nicht mehr. Es müßten sich neue Begriffe bilden, in denen die Vernichtung von Jahrhunderten und die Zermalmung der weißen Rasse liegt. Nur der entschlossenste Ernst darf überhaupt an diese Dinge rühren, sie sind letal. Die vorgelegten Aufsätze versuchen jedenfalls, ununterbrochen diesen Ernst zu dokumentieren.

KUNST UND MACHT

(Vorwort)

Der Nationalsozialismus ist heute eine feststehende geschichtliche Erscheinung; seine Fundamente sind eingelassen in den glanz- und opferdurchtränkten Boden Europas. Er wächst, er richtet sich aus. Er wird Europa geben, und er wird aus Europa nehmen. Er wird die Fluten seiner ahnenschweren Vitalität durch abgelebte europäische Flächen ergießen, aber er wird sich auch einspinnen in dieses Erdteils alte Gesichte, denn seine Kraft ist sowohl treibend wie sammelnd, geschichtsgebunden wie revolutionär, und seine Tendenz im ganzen ungemein synthetisch.
Man ehrt ihn nicht, wenn man ihn nicht so allgemein und fruchtbar sieht. Man zeichnet ihn nicht klarer, sondern nur leerer, wenn man die Probleme klischiert, an die er rührt, die Schwierigkeiten abdämpft, die er hervorruft, kurz, wenn man sich primitiv stellt. Die Zeit und die Epoche ist nicht primitiv. Die meisten Deutschen als Zugehörige eines überalterten Volkes, fast alle Gebildeten, alle Zugehörigen meiner Generation stammen geistig aus der vorhitlerischen Epoche, das heißt aus der Epoche, hinter der bewußt und erzieherisch wirksam die großen weltanschaulichen Mächte der europäischen Vergangenheit standen: die Antike, das Christentum, die Renaissance, der Humanismus, die modernen Naturwissenschaften genau in dem gleichen Maße, wie sie hinter den übrigen europäischen Völkern standen. Davon hörten sie in ihren Elternhäusern, das lernten sie in den deutschen Schulen, das war die Grundlage der Universitäten, auf denen sie sich bildeten, das ist die legitime deutsch-abendländische Erbmasse, die wir tragen, denn diese Mächte waren ja keine zufälligen

und artfremden und aufgezwungenen, sondern durch Jahrhunderte gewachsene, psychologisch motivierte, im Rhythmus des historischen Wandels erlebte, erbhaft erarbeitete, einmalige, tiefe, der depigmentierten Rasse schöpferisch entströmende Gebilde. Ja, meine Generation war noch in einer ganz besonderen Lage: das neunzehnte Jahrhundert, in dessen letztem Drittel sie geburtsmäßig in Erscheinung trat, war ja, europäisch gesehen, geradezu ein deutsches Jahrhundert: Goethe, Schiller und Kleist, Hegel und Schopenhauer, Wagner und Nietzsche, Bismarck und Moltke, Helmholtz, Mendel und Röntgen –: eine so unvergleichliche Reihe hatten die anderen nicht, und mit ihr übernahm unser Land den höchsten Rang innerhalb der europäischen Gemeinschaft. Ahnenmäßig und geistig also hatten wir keinen Marasmus in den Knochen, daß es trotzdem eine Generation und eine Epoche des Ausklangs wurde, ist nur aus dem Irrationalen zu verstehen.

Alle diese deutschen Menschen nun, diese Erbträger, diese Stämme, lassen sich nicht fortdrängen von der Teilnahme an der neuen geschichtlichen Bewegung, sie bringen ihre Vergangenheit an sie heran und sind des Glaubens, ihr damit zu dienen. Wenn die Treue das Mark der Ehre ist, erblicken sie ihre Ehre darin, allem, was in ihnen erbmäßig und schicksalgefügt unter einem wahren, das heißt einem schöpferischen Zwang steht, weiter sich zu beugen, nichts zu verleugnen, alles zu entfalten in der natürlich auferlegten Haltung dessen, der zur inneren Vollendung strebt, ein Streben, das allerdings damit beginnt und endet, mit seinen Grenzen zu rechnen und bei allen geistigen Maßnahmen streng auf die Innehaltung dieser Grenzen zu sehen.

Nur wer hohen Rang hat, kennt Grenzen, lebt in Grenzen, fühlt, was an seinen Grenzen beginnt: das Unabsehbare der neuen deutschen Geschichte. Nur der geistig Arbeitende, nur der bewußt Schöpferische kann überhaupt ermessen, was heute an seine individuellen Grenzen rührt. Nur der kann Umwertungen nachgehen, sie erfassen, sie in sich aufnehmen, wer selber innerhalb seiner Ziele an Prägungen und Wertbestimmungen sein Leben setzt. Insofern ist der Nationalsozialismus keine naive, sondern eine ausgesprochene Angelegenheit der Produktiven.

Die Auflösung des Lebens in neue Werte – das steht an der Grenze und in so hohem Maße, daß man keinen Satz mehr schreiben, keinen Gedanken mehr denken, keine Szene mehr entwerfen, kein Gedicht mehr konstruieren kann, ohne daß diese Auflösung der alten Werte sich einmischt, alles mit neuen Farben, aber auch mit neuen Schatten überzieht. Nicht so wie abendländisch immer: Gestaltung, Umgestaltung – nein, fühlbarer, mehr. Eine ganz abgründige Lage ist entstanden. Die ganzen alten Inhalte sinken ein, aber können doch nicht ganz versinken. Wir räumen sie fort, aber was sollen wir dann mit dem entleerten Raum? Zum Beispiel, die Geschichte kann unser Zeitalter doch nur zynisch sehen, zynisch oder religiös, aber die Religion selber kommt in den Formen der Panik und hat Fallschirmcharakter angenommen, also kann man sie nur zynisch sehen, aber es wird doch nie einen höheren volkhaften Begriff geben als den der Geschichte. Oder die Ratio, das Intellektuelle, die Begriffswelt, das Abstraktive –, mit anderen Worten die Urlehre der europäischen Welt, die Urqual der europäischen Spannung, entbunden zum erstenmal in dem explosiven Ausbruch der platonischen Ideenlehre mit der Bedeutung, die Realität ist immer nur im Einzelfall, also im Unvollkommenen, Zufälligen, Vergehenden, ideal und ewig ist nur der Begriff –: hat etwas Gefährliches angenommen, kommt als Delirium verkappt.

als Neurose, und bleibt als Prinzip doch verbindlich wahr, für die Erde unüberbietbar zwingend, ewiger Rassengrund, unanfechtbares anthropologisches Gebot trotz aller Verwandlungen, trotz aller Mutation, von der jeder etwas in sich spürt, und selbst in Erwartung der physikalisch-tellurischen Katastrophen, die wir wohl alle kommen sehen.

Aber hiermit noch nicht genug: auch der Begriff des Inhalts selbst ist fragwürdig geworden. Inhalte – was soll das noch, das ist ja alles ausgelaugt, ausgelaufen, Staffage –, Bequemlichkeiten des Herzens, Versteifungen des Gefühls, kleine Herde lügenverfallener Substanzen –, Lebenslügen, Gestaltloses, amorphe Vorstufen für den erst alles zu einem menschlichen Geschick erbauenden Gedanken –: was wir heute rassenmäßig verlangen, ist *Form*, ist *Abstraktion*, ist *Ausdruck von Inhalten* –: Ausdruck, der liegt klar zutage, hat Kontur, kann nicht ausweichen, hat keinen Hinterhalt, ist hart, ausgeschliffen, und so sehen wir eine neue Welt mit ungeheurer Wucht sich nähern, eine Welt der Formen, der Beziehungen, der Funktionen, der verzahnten Beziehungen, disziplinärer und agonaler Ordnungen, für die in diesem Buch wiederholt ein neuer Begriff betont verwendet wird: *die Ausdruckswelt.*

Das alles spielt sich innerhalb eines Volkes ab, das sich züchten will – das ergibt eine neue Lage von Verwicklungen und Gewichten. Das bedeutet erstens, wer diese Dinge nicht sieht, soll sich nicht mit ihnen befassen, wer sie aber sieht und verschleiert, ist ein Scharlatan. Das bedeutet zweitens, es sind harte Probleme, die vor dieser Züchtung liegen, nicht nur Probleme des Willens, sondern auch der Erkenntnis, der Einsicht, der Weitsicht, der inneren Tiefe, und zwar sowohl in bezug auf das Sublime wie auf das Monotone. Man wird auf Dinge stoßen, die nach nichts aussehen und sich dann enorm entfalten, auf Ansätze, so triftig, daß sie eine ganz neue Art hervorzustoßen scheinen, und die dann nichts waren als unterlegte Tampons. Auf echte Präludien und auf faulen Zauber –, die Welt mag sie untereinander mischen, aber der Geist, der züchten will, darf nicht zu täuschen sein. Bei der diesjährigen Bilanz der Erde stieß ich auf zwei Prinzipien, die die Gewalt des Züchtungsgedankens zu ertragen scheinen, es sind die Kunst und die Macht oder der Krieger und die Statue oder das Schlachtfeld und die Herme, ich stelle sie dar, wobei ich natürlich offenlassen muß, ob nicht auch sie noch Masken tragen, Schatten sind, Rollen aus dem alten Sphinxspiel zwischen Schein und Wirklichkeit.

AUSDRUCKSWELT

(Vorwort)

Gedankengänge aus den Jahren 1940 bis 1945 – Gedankengänge aus Diensträumen und aus Dienststunden: Oberkommando, Wehrkreiskommando, Lazaretten, Kasernen, – *Gedankengänge* über deutsche Menschen, ihre Handlungen, ihre Ideen, ihre Bücher. Ihr Wert könnte darin bestehen, die durch Nationalsozialismus und Krieg mißbildete Jugend an Probleme heranzuführen, die einmal Europa erfüllten und die meiner Generation geläufig waren, also ihr Wert könnte darin bestehen, dieser Jugend eine Art Anschlußhilfe zu bieten. Erst wenn man alt wird, weiß man, wie sehr man der geistigen Hilfe bedarf, der Hinweise, des früher Gedachten, der zurückreichenden Motive. Große Kunst wird zwar immer aus sich alleine entstehen, aber ein Volk für sie fähig zu erhalten, dazu bedarf es einer gewissen Pflege von Wissen und einer Erziehung zu gedanklicher Aufmerksamkeit, – hierzu als Beitrag könnte das Folgende dienen, demnach als eine Art Nachschlagewerk und Fibel über die Gedankengänge meiner Generation.

Meine Generation – soweit sie am Leben blieb und Zeit hatte, etwas anderes zu betreiben als Aufmärsche und Krieg. Ganz direkt gesagt: soweit sie Zeit hatte, nackte körperliche Zeit, soweit ihr der das ließ, der sich Staat nannte und nichts anderes tat, als Tod und Genickschüsse in sie zu säen und Lügen über das Menschenwesen und eine wahre erbarmungswürdige Notdurft an Sachen und Brot. Als Beispiel dieser Generation erwähne ich meine eigene Familie: drei meiner Brüder fielen auf dem Schlachtfeld, ein vierter wurde zweimal schwer verwundet, die Übriggebliebenen wurden total bombengeschädigt, verloren alles. Mein Vetter ersten Grades, der Schriftsteller Joachim Benn, fiel in der Somme-Schlacht, sein einziger Sohn im letzten Kriege, von diesem Zweig der Familie ist nichts mehr übrig. Ich selbst war folgende Jahre ohne Unterbrechung als Arzt im Krieg: 1914 bis 1918, 1939 bis 1944. Meine Frau kam 1945 in unmittelbarem Zusammenhang mit den Kriegshandlungen um. Dieser Überblick wird ungefähr der Durchschnitt dessen sein, was eine etwas umfangreichere deutsche Familie der ersten Hälfte des zwanzigsten Jahrhunderts an äußeren Schicksalen erlebte. Da blieb nicht viel Muße, diese Zeit im Sinne Hegels in Begriffe zu fassen.

Gedankengänge – gerade in diesem Buch sage ich an vielen Stellen, daß ihr Wert fraglich ist insofern, als ihre Vergänglichkeit so greifbar, ihr Wechsel so ständig, ihre Wahrheit so ablösbar ist im Gegensatz zu den von mir so oft erwähnten „abgeschlossenen Gebilden", den Gebilden der Kunst, die nur sich selber sagen und über die unvollendeten Dinge das Schweigen breiten, – ja gerade hiervon handelt das vorliegende Buch. *Gedankengänge* – auch darum besonders problematisch, als diese ihre Stunde haben, in der ihre Entstehung und ihre Veröffentlichung zusammenfallen müssen, um ihnen wenigstens einen begrenzten Wert zu geben, diese hier aber konnten nicht erscheinen, mußten in Luftschutzkellern und Splittergräben verborgengehalten werden, da mir seit fast zehn Jahren jede Veröffentlichung bei Strafe verboten war. Vieles ist daher überholt, abgelagert und vermutlich rührend. Vieles daher auch zu bösartig und scharf, der damaligen Stunde und Stimmung entsprechend. Das Deutschtum als Ganzes schuf seit tausend Jahren das große Europa mit, krönte es mit einer seiner Kronen am Frauenplan in Weimar, erlitt es für mehr als nur das eigene Volk in Turin und Sils-Maria, überströmte es mit immer neuen Wogen von unvergänglichen Symphonien und Toccaten, – und wenn ihm auch gerade das seine heutigen Kritiker als besonders belastend anrechnen im Hinblick auf sein politisches Verfehlen, so breitet sich doch ganz offenbar und ganz allgemein ein neues Gefühl in der Richtung aus, daß die Geschichte keinen ideologischen und Ideale realisierenden Prozeß bedeutet, sondern daß das Gröbste gemeinsam zu verhindern, die einzige gegen sie gerichtete Möglichkeit ist.

Ich werde also die Veröffentlichung versuchen aus dem Grunde, um offenbar zu machen, daß einige von denen, die 1933 in Deutschland geblieben waren und hier ihr Fortkommen suchen mußten und auch fanden, sehr bald die Lage so sahen, wie sie jetzt vor aller Augen liegt: Deutschland ist in Gefahr und ist eine Gefahr, entweder es ordnet sich Europa ein oder sein Weg ist beendet. Diese einige vermochten das besondere Wesen des Dritten Reichs von nahem und schärfer zu erblicken, als es den im Ausland Lebenden möglich war, wie ihre Veröffentlichungen (vielleicht allein mit Ausnahme derer von Thomas Mann) bewiesen, die es zu allgemein, nämlich im alten Stil als Gegensatz von Geist und Macht empfanden. Wir sahen das Spezifische und Neue an dieser deutschen Kombination, deren Charakterisierung an zahlreichen Stellen dieses Buches versucht wird. Diese Kombination literarisch festzuhalten, ergab sich als die Aufgabe dieser einigen, die geblieben waren.

Das Buch ist aber keineswegs zentral politisch. Eine weitergehende geistesgeschichtliche Betrachtung steht dahinter, sie betrifft unsere metaphysische Lage und lautet: die Situation, in der die weiße Rasse sich befindet, wird nicht den Weg wieder freigeben zu den alten schenkenden und nehmenden Göttern, die neuen Götter heißen Ordnung und

Form und wünschen sich als Arbeit in des Menschen Hand. Hier setzen die Gedankengänge über die „Ausdruckswelt" ein, hinsichtlich der es an einer Stelle heißt: „die Lehre von der Ausdruckswelt als Überwinderin des Nationalismus, des Rassismus, der Geschichte, aber auch der menschheitlichen und individuellen Trauer, die unser eingeborenes Erbteil ist. In irgendeinem inneren Auftrag arbeiten oder in irgendeinem inneren Auftrag schweigen, allein und handlungslos, bis wieder die Stunde der Erschließung kommt." Ferner: *„irgend etwas Bestimmendes liegt vor, darin gibt es eine Beirrung nicht.* Nihilismus als Verneinung von Geschichte, Wirklichkeit, Lebensbejahung ist eine große Qualität, als Realitätsleugnung schlechthin bedeutet er eine Verringerung des Ich. Nihilismus ist eine innere Realität, nämlich eine Bestimmung, sich in der Richtung auf ästhetische Deutung in Bewegung zu bringen, in ihm endet das Ergebnis und die Möglichkeit der Geschichte." Was hier Ausdruckswelt genannt wird, ist also ein Hinweis auf die Reste jener Objektivierungsgewalt der Ursprungsrasse, die in Arbeiten mit künstlichen Stoffen (Töpfern, Weben, Flechten, Fahren, Züchten) innerhalb des fünften Jahrtausends vor Christi Geburt begann, dann Sprache und Begriffe mutativ ans Licht brachte, um in einer künstlichen Stufung des Lebens, in einer geistigen Organisation des Lebens über dem Blut zu enden. Es handelt sich also um das anthropologische Gesetz, das uns bestimmte, eine antinaturalistische Natur zur Geltung zu bringen, eine Wirklichkeit aus Hirnrinde zu erschaffen, ein provoziertes Leben aus Traum und Reiz und Stoff in Ansätzen und Vollendung zu erleben. Diesen Vollendungen vor allem, nämlich der Kunst, wendet sich das Folgende von vielen Seiten und in immer neuen, keineswegs einheitlichen Versuchen unaufhörlich zu.

GOETHE UND DIE NATURWISSENSCHAFTEN

(Nachwort)

Der im folgenden von Herrn Schifferli neu herausgegebene Aufsatz erschien 1932 in dem berühmtgewordenen Aprilheft der „Neuen Rundschau“ (S. Fischer-Verlag, Berlin), an dem zur Feier von Goethes hundertstem Todestag folgende Autoren in folgender Reihenfolge mitgearbeitet hatten: Gerhart Hauptmann, Thomas Mann, ich, Gundolf, Emil Ludwig, André Gide, Hermann Hesse, Jacob Wassermann, Johannes V. Jensen, Ortega y Gasset, Rudolf Kayser. Der Glanz von fünf Nobelpreisträgern liegt über diesem Heft.

Das Thema, das mir zur Bearbeitung von der Redaktion übertragen war, ist heute von neuem aktuell durch die Auseinandersetzung zwischen Prof. E. R. Curtius und Prof. Jaspers, die die gesamte deutsche Öffentlichkeit ungewöhnlich erregt. Nach der Darstellung von Curtius in der Zürcher „Tat“ ist einer der drei Punkte, die Jaspers als Versagen Goethes bezeichnete an erster Stelle: „Ablehnung der modernen Naturwissenschaft (Newton)“. Gerade hiervon handelt der vorliegende Aufsatz. Ohne mich in die Kontroverse so bedeutender europäischer Geister einschalten zu können, da ich dem Thema weder als professioneller Philosoph noch Biologe noch Goetheforscher gegenübertreten konnte, sondern ihm nur als Erleber und darstellender Schriftsteller gerecht zu werden versuchte, habe ich bei der jetzigen Betrachtung der Arbeit doch den Eindruck, als ob sie die in den Erörterungen der beiden Universitätskapazitäten zur Diskussion gebrachte Kardinalfrage nach dem Wesen und der Bedeutung der modernen

Naturwissenschaften nicht völlig verkannt, – und ihre Behandlung liegt, um es gleich zu sagen, in einer Richtung, die der Curtiusschen nahekommt. Darüber hinaus wird aber dem Leser wahrscheinlich gegenwärtig werden, daß es sich um eine Frage handelt, die weder ein Philosoph noch ein Physiker beantworten kann, da es sich um eine jener Fragen handelt, auf die es eine Antwort überhaupt nicht gibt, vor der vielmehr Erlebnis und innere Erfahrung alles ist.

ESSAYS

(Vorbemerkung)

Die vorliegenden Aufsätze entstanden zwischen den beiden Kriegen, treten also heute vor eine völlig veränderte Welt. Sie versuchten damals, einige Ausschnitte von dem darzustellen, was in den zwanziger und dreißiger Jahren in Literatur, Wissenschaft, Moral die Öffentlichkeit beschäftigte. Insofern könnten sie Dokumente von zeitbeschreibendem Charakter sein.

Einige der erörterten Probleme sind weiter gegangen („Aufbau der Persönlichkeit"), jedoch wurde gerade dieser Aufsatz von Sachverständigen als erster zusammenfassender Überblick über auseinanderliegende Erfahrungsgruppen angesehn. Einige haben in mir selbst ihr Gewicht und ihr Gesicht verändert („Genieproblem"). Einige haben ihre Bestätigung durch die Zeit erhalten („Die neue literarische Saison", „Fazit der Perspektiven"). Einige sind überholt („Irrationalismus und moderne Medizin") insofern, als die hier berührten Fragen inzwischen so sehr in den Mittelpunkt öffentlicher Diskussionen und wissenschaftlicher Systematik gerückt sind, daß die Rönne-Überlegungen schon Allgemeingut sind. In einigen Aufsätzen („Dorische Welt") finden sich Formulierungen und Thesen, die als Grundsatz fast durch alle meine Bücher gehn – übrigens wurde die Arbeit angeregt durch die Komposition von Kaminski: Dorische Musik. „Saison" – das war Berlin, aufblühend, halb Chikago und halb Paris, korrupt und faszinierend. Einige Themen laufen weiter, gehn offenbar auch durch die neue Generation und können auch von ihr nicht beantwortet werden („Zur Problematik des Dichterischen").

Für mich war das Schreiben der Aufsätze vielfach nur eine Art von Erprobung auf Produktivität und eine Prüfung von Konstellationen, Lagen, Zusammenhangsfindungen. von denen aus sich wieder zum Gedicht vordringen ließ, es war also eine Art Materialbeschaffung für die Lyrik. die immer mein eigentliches literarisches Anliegen war.

Die Dankrede von Darmstadt für die Verleihung des Georg-Büchner-Preises ist neu eingefügt.

FRÜHE LYRIK UND DRAMEN

(Vorbemerkung)

Diese frühen Gedichte und Dramen jetzt neu herauszugeben, besteht eine besondere Veranlassung nicht. Sie auf sich beruhen zu lassen, wenn man überhaupt literarische Einzelfiguren zur Diskussion stellt, wäre gewissermaßen unsachlich. Mein freundlicher Verleger will ein vollständiges und ungeschminktes Bild von mir entwerfen.

Als ich nach 1945 wieder besprochen wurde, schrieb die „Weltwoche" in Zürich, die „Statischen Gedichte" (1947) seien schwach gegenüber den früheren von 1912–1920. Der Kritiker fügte hinzu, was spricht man eigentlich so viel von Sartres Lebensekel – dreißig Jahre nach Benn? Also ein historischer Hinweis. Übrigens sind von diesen frühen Gedichten bei ihrem Erscheinen einige in verschiedene europäische Sprachen übersetzt, zum Beispiel ins Polnische, Rumänische, Russische und neuerdings einige ins Französische (Les Cahiers de la Pleiade, Hiver 1950/51, Heft XI). Eines ist in eine moderne italienische Anthologie übergegangen (Verlag Sansoni, Florenz, 1950). Und in der jetzt im Herbst 1952 erschienenen internationalen Anthologie „Un demi Siècle de Poésie" (herausgegeben von der Biennale internationale de Poésie, Knokke, Belgien), in der Gedichte von fünfzig Autoren aus allen fünf Erdteilen vereint sind, finden sich von mir auch nur Gedichte aus dieser frühen Periode.

Ich gestehe, um die Korrekturen des vorliegenden Bandes lesen zu können, bedurfte es zahlreicher Apéritifs und Cocktails für Gemüt und Magen, dann allerdings erschien mir das Ganze als Wurf und Wahnsinn gut. Ich dachte zurück. Es muß eine schwere Krankheit gewesen sein, jetzt ist sie ausgeheilt. Ist sie ausgeheilt? Enzephalitische Prozesse, halb lyrische Epilepsie, halb moralische Lethargien – und heute?

Es waren die Jahrzehnte, in denen der Gegensatz von Trieb und Seele, Konstitution und Erkenntnis, Geist und Leben nicht nur Klages, sondern uns alle bedrängte, die Jahrzehnte nach Nietzsche und Freud – merkwürdig entfernt heute alles und fast nur noch eine Erinnerung, eine Erinnerung an Quälendes, an Fesseln und an einen Druck. Vielleicht waren es auch nur die allgemeinen Fesseln der Jugend, heute hat man andere Fesseln, die des Alters, nämlich wie man mit sich fertig wurde und was das alles eigentlich bedeutet.

Im allgemeinen weiß ich nicht, was ich schreibe, was ich vorhabe und wie etwas in mir entsteht, damals wie heute, ich weiß nur, wann das Einzelne fertig ist. Aber das Ganze ist niemals fertig. „Die Krone der Schöpfung, das Schwein, der Mensch", schreibt mein Freund Oelze abratend und bedenklich, sei ein entscheidender Vers in diesem Buch. Er ist nicht nur entscheidend, er ist infernalisch, er ist ungoethisch, er schmeckt nach Schwefel und Absinth, aber ich griff ihn während meines Lebens in meinen Arbeiten immer wieder auf. In einer meiner spätesten Veröffentlichungen lehrt eine Stimme als letzte Maxime und Ausflucht: „Im Dunkel leben, im Dunkel tun, was wir können" – es ist eine ernste Stimme, dies ist ihre Bergpredigt. Sie will sagen, laßt doch euer ewiges ideologisches Geschwätz, euer Gebarme um etwas „Höheres", der Mensch ist kein höheres Wesen, wir sind nicht das Geschlecht, das aus dem Dunkel ins Helle strebt – wohin wir streben, weiß ich offen gestanden nicht, aber was wir erreichten, war das Überhebliche, das Hybride, auch das Dumme – also ein gewisser Abbau dieser unserer Arroganz schien am Platze, ein kurzer

Aufenthalt im Dunkel, auch im Gemeinen, schien dieser Stimme moralisch angebracht –: dieser Art war es, was mir immer wieder die Schwalbe sang (sie sang allerdings auch noch anderes).

„Gedichte" (frühe) – nun werden sich wieder gewisse Schöngeister, die am Busen der (Provinz-) Natur liegen, äußern und sagen: Den Menschen tierisch zu machen, das mag den Gedichten gelungen sein, höhere Pornographie wollen wir dem Autor nicht absprechen, unser aber sind die Fischlein und die leuchtende Anmut und das Beerenmoos und weitere Erinnerungen an tausend weitere gedruckte Gedichte. Ich meinerseits, wenn ich bewundernd die skrupellose Art ansehe, wie die Ausländer ihre Lyrik starten, sei es Mallarmé, sei es Henry Miller, ohne jede Rücksicht auf Schulbuchfähigkeit, Präsidententelegramme, Akademiebelohnungen und -belehnungen, empfinde diese deutschen Bewisperer von Gräsern und Nüssen und Fliegen so, als lebten sie etwas beengt durch wirtschaftliche und moralische Nöte, zwischen Kindern und Enkeln und in Einehen – ich kann sie nicht als die alleinigen Vertreter unserer Lyrik ansehn. Der menschliche Leib ist ein metaphysisches Massiv, aus ihm steigen die Geheimnisse, ohne ihn keine Freiheit und kein Fluidum, ohne ihn keine Erkenntnis, in ihm allein entwickelt der Tod sein Feld. Und was zum Schluß das allgemeine öffentliche Menschheitsbewußtsein und seinen Geschmack angeht, so wird man es beachten dürfen, aber man stößt auch auf Stimmen, die darüber zurückhaltend sprechen und den Verfertiger von Statuen und Gedichten für ausschlaggebend halten. In diesem Sinne und um dem Buch wenigstens durch einen Satz etwas Glanz und etwas Hoffnung zu verleihen, schließe ich mit der großartigen Stelle aus Malraux' „Psychologie der Kunst": „Mögen die Götter am Tage des Gerichts den einstigen

Formen des Lebens das Volk der Statuen gegenüberstellen! Dann wird von der Gegenwart der Götter nicht die von ihnen geschaffene Welt der Menschen Zeugnis ablegen: die Welt der Künstler wird es tun."

NACHTRÄGE

BEITRAG
ZUR GESCHICHTE DER PSYCHIATRIE

In der ersten Hälfte des neunzehnten Jahrhunderts spielte sich innerhalb der Naturwissenschaften ein evolutionärer Prozeß ab, der sowohl seinem Wesen nach, wie in Hinsicht der enormen Veränderung, die er hervorrief, nur verglichen werden kann mit jenem, der sich im achtzehnten und Ausgang des siebzehnten Jahrhunderts in der Philosophie vollzog, der graphisch darstellbar ist in einer Kurve, die mit dem Jahre des Erscheinens von Lockes „Untersuchung über den menschlichen Verstand" beginnt, um über Newton, Berkeley, Hume im Jahre 1781 in der Kritik der reinen Vernunft zu kulminieren. In beiden Fällen handelte es sich um die Absage an eine jahrhundertealte Tradition, in beiden Fällen um die Fixierung eines neuen Standpunktes gegenüber alten Problemen. Beide Wissenschaften waren an dem Versuch gescheitert, „über die Gegenstände a priori etwas durch Begriffe auszumachen, wodurch unsere Erkenntnis erweitert würde", und in beiden vollzog sich der Wandel durch das Hervortreten einer neuen, durch das Hervortreten der gleichen Forschungsrichtung, in beiden Fällen durch die Annahme der Induktion als methodologischen Prinzips.

Erst spät erinnerte sich die Naturwissenschaft daran, diesen Weg einzuschlagen. Zweihundert Jahre waren vergangen, seit in Bacons Novum Organum die neue Zeit ihre Stimme gegen die Herrschaft des alten Organum erhoben und der wahren wissenschaftlichen Induktion „der legitimen Ehe zwischen Erfahrung und Verstand" das Wort geredet hatte. Erst spät begriff sie – um mit Kant zu reden, – „daß die Vernunft nur das einsieht, was sie selbst nach ihrem Entwurf hervorbringt, daß sie mit Prinzipien ihrer Urteile nach beständigen Gesetzen vorangehen und die Natur nötigen müsse, auf ihre Fragen zu antworten, nicht aber sich von ihr allein gleichsam am Leitbande gängeln lassen müsse".

Aber nun hatte sie es begriffen. Nun tauchten Arbeiten auf, die unterschieden sich schon durch ihren Titel merkwürdig von den übrigen. Die meisten Werke der damaligen Zeit zeichneten sich durch Titel aus, in denen völlig inkommensurable Größen in Beziehungsverhältnisse gesetzt waren; zum Beispiel „Wie verhalten sich somatische Krankheiten, psychisches Irresein und Sünde zueinander" (Leupoldt) oder „Versuche einer philosophischen Arzneimittellehre" (Hildebrandt) oder „Verfahren des Idealismus gegen die Meinung, daß der Wahnsinn körperliche Krankheit sei" (Heinroth), und eine Menge ähnlicher Überschriften ließe sich nennen. Nun aber erschienen Bücher, die hießen zum Beispiel so: „Versuche und Untersuchungen über die Eigenschaften und Verrichtungen des Nervensystems bei Tieren mit Rückenwirbeln" (Flourens) oder „Untersuchungen der Brust zur Erkennung der Brustkrankheiten" (Collin) oder: „Sur le siège du sens dans le langage articulé" (Bouillaud) – Titel, die waren reinlich begrenzt und sprachen von einheitlicher Betrachtung eines bestimmten Arbeitsgebietes; Titel, die sagten: wir verzichten auf Metaphysik, wir haben mehr Vertrauen zu Augen, Ohren und Händen. Erst standen sie einzeln, Vedetten vor dem Heer. Aber überraschend schnell folgte das Gros. Und nun begann auf der ganzen Linie ein Sich-bekennen zur induktiven Forschung, zur kausalen Analyse des Experiments; ein Zu-Leibe-Rücken der Natur „mit Hebeln und mit Schrauben", um ihr abzuzwingen, daß sie den Schleier lüfte, der Jahrtausende über ihren Zügen hing.

Die Arbeiten derer, die als die Schöpfer des modernen Experimentes gelten: Magendies und Flourens', befaßten sich mit Fragen über das Nervensystem. Sie gaben den Anlaß zu einer großen Reihe weiterer Versuche auf diesem Gebiet. In Frankreich, Deutschland, England war man an der Arbeit. Was die Resultate in ihrer Gesamtheit bedeuteten, war mehr als eine völlig neue Erkenntnis von der Bedeutung der nervösen Organe; vielmehr handelte es sich um dies: man hatte an Geweben des Körpers experimentiert und hatte Reaktionen bekommen aus dem Gebiet des Seelischen; man hatte sich während der Arbeit mitten im Bereich der Physiologie dem Psychischen gegenübergesehen; man war an eine Stelle gekommen, da waren die beiden Lebensreiche zusammengeknotet und man konnte von hier aus sich in das dunkle rätselhafte Reich des Psychischen tasten. Und damit stand man vor etwas unerhört Neuem in der Geschichte der Wissenschaften: das Psychische, das πνεῦμα das Über- und Außerhalb der Dinge, das Unfaßbare schlechthin ward Fleisch und wohnete unter uns; in der Knechtsgestalt des Leiblichen trat es ganz und gar handgreiflich den forschenden Sinnen entgegen und konnte sich dem nicht mehr entziehen, mit naturwissenschaftlichem Handwerkszeug bearbeitet zu werden.

Uralte Ahnungen waren erfüllt. Was im Hirn des Alkmäon vor zweiundeinhalb Jahrtausenden aufgedämmert und dann vergessen und verloren war, stand nun da: in der Macht einer Tatsache, neu und so groß, daß alles dazu Stellung nehmen mußte.

Die psychophysische Frage war gerade in den ersten drei Jahrzehnten des neunzehnten Jahrhunderts von einer bestimmten Gruppe von Forschern aufs lebhafteste diskutiert worden. Ließ sich im allgemeinen das Verhältnis der gesunden Seele zum gesunden Körper ganz unanstößig so auffassen, daß die Psyche als die Trägerin des Lebens und aller Seelenvermögen galt und man ihr ein substantielles Dasein im stillen wohl zutraute, so bereitete es große Schwierigkeiten bei der Frage nach den Seelenstörungen: Liegt die Ursache im Psychischen selbst oder im Somatischen? Dieses Problem war zur Zeit akut und Friedreich nennt es in seiner Systematischen Literatur der ärztlichen und gerichtlichen Psychologie die wichtigste Frage, „ohne deren genaue Erörterung die Begründung einer wahren Pathologie und Therapie des Wahnsinns unmöglich ist". Da standen sich nun drei Ansichten gegenüber: nämlich eine, die sieht den Ursprung aller psychischen Krankheiten in der Seele selbst (Harper, Heinroth); die zweite Auffassung geht dahin, daß die Seele selbst als solche nicht erkranken kann; die psychischen Krankheiten sind Resultate von körperlichen Abnormitäten, aber trotzdem – meinen die einen: Spurzheim, Nasse, Friedreich, Bird – seien sie als selbständige Krankheitsformen anzusehen; nein, sagen einige ganz aufgeklärte Geister wie Combe und Jacobi, es gibt keine Irrenheilkunde als besonderen Zweig der Arzneikunde, sondern nur eine Kunde von solchen Krankheiten, bei denen Irresein als Symptom auftritt; endlich findet sich noch eine dritte Ansicht, eine vermittelnde Theorie, die Leib und Seele gleichen Anteil zuspricht (Groos).

Die unseren modernen Ansichten nächststehende Auffassung vertritt Jacobi: Irresein als Symptom von Körperkrankheiten; bezeichnenderweise nannte er auch sein Buch, das diese Ansicht entwickelt und im Jahre 1830 erschien: „Beobachtungen über die Pathologie und Therapie der mit Irresein verbundenen Krankheiten." Aber auch dieser moderne Jacobi vermutet keineswegs, daß die körperlichen Krankheiten, als deren Symptom er so richtig das Irresein auffaßt, Krankheiten des Gehirns sind; er sieht vielmehr in den verschiedensten Organen des Körpers, in der Leber und in der Milz, die Möglichkeit zu Erkrankungen solcher Art.

Nun aber änderte sich die Situation. Die Wendung in der Geschichte der Seelenlehre, die sich in Johannes Müllers Doktorthese: Nemo psychologus nisi physiologus ausspricht, warf ein erhellendes Licht auch über die Lehre von den Seelenerkrankungen: Seele – Großhirnrinde; Seelenerkrankung – Großhirnrindenerkrankung, das war die neue Erkenntnis.

Die Möglichkeit einer Psychiatrie als Wissenschaft war gegeben. Ihre beiden Füße: – ein Bild, das Ziehen gebraucht hat – Neurologie und experimentelle Psychologie, wurzeln in dem neugeschaffenen Arbeitsgebiet dieser Zeit. Und wenn Griesinger, dem 1865 der erste Lehrauftrag in der Psychiatrie an der Berliner Universität übertragen war, die Nerven- und Irrenklinik vereinigt, so bedeutet das mehr als das Zusammenlegen zweier Stationen; es hat den tieferen Sinn fortgeschrittener Erkenntnis von der Zugehörigkeit der Psychosen zu den Krankheiten des nervösen Systems.

Das Mittelalter der Medizin reicht bis ins neunzehnte Jahrhundert: aber dieses brachte dann den späten Frühling, der reich war an einzigartiger Fülle und Mannigfaltigkeit neuer Entwicklungen, und führte auch bis in den Sommer gleich. So konnte geschehen, was Nothnagel im Jahre 1875 im Hinblick auf eine Krankheit schrieb: „Die letzten zwanzig Jahre haben uns mit einemmal weiter befördert, als die vorhergegangenen zwanzig Jahrhunderte zusammengenommen." Es zielt dies auf dieselbe Krankheit, von der an einer anderen Stelle gesagt wird: Ihre Entwicklungsgeschichte ist eines der glänzendsten Beispiele, um das bedeutungsvolle Eingreifen des Tierversuches in die Förderung unserer Erkenntnis über einen krankhaften Zustand darzutun. Gemeint ist die Epilepsie. Mit ihr verhält es sich in großen Umrissen so: sie ist und war eine Krankheit von ausgesprochen ubiquitärem Charakter; keine Krankheit, sagt ein sehr genauer Kenner dieser Verhältnisse, hat eine so allgemeine Verbreitung durch Zeit und Raum, keine tritt als ein so konstantes Glied in dem krankhaften Leben der Menschheit hervor; in allen Breiten ist sie zu Hause. Sie ist eine Krankheit mit Erscheinungen so ostentativen Charakters, daß sie nirgends übersehen werden kann. Sie ist eine Krankheit von hervorragendem sozialen und kriminellen Interesse, einmal durch die Häufigkeit ihres Auftretens und dann, da in ihrem Gefolge Zustände auftreten können, in denen die davon Befallenen die schwersten Delikte, namentlich Mord und Körperverletzung, begehen. Sie ist eine Krankheit, die die schwerwiegendsten Folgen für die an ihr Leidenden mit sich bringt; schon früh war die außerordentlich häufige Vererbung der Epilepsie bekannt, ja im Altertum hielt man die Krankheit für so ansteckend, daß – wie Apulejus erzählt – ein Familienglied, das von ihr befallen war, sich für immer von der Familie trennen mußte.

Die Folge war, daß sich aller Scharfsinn von Laien und Medizinmännern aller Zeiten und Kulturen mit der Ergründung dieser Krankheit befaßte. Es gibt gewiß keine Krankheit, über die so viel geschrieben worden ist wie über die Epilepsie. Die Schriften der griechischen Ärzte, die Kompendien der arabischen Medizin strotzen von Bemerkungen und Abhandlungen über Epilepsie, und die abendländische Literatur steht dem nicht nach. Aus den Jahren 1459 bis 1799 finden sich allein über fünfhundert Arbeiten, die von Epilepsie handeln. Sie alle aber wissen nicht mehr über das Wesen der Krankheit, als Hippokrates im Jahre 300 vor Christus von ihr wußte, der die Ursachen der „heiligen Krankheit“ in einer Verschleimung des Gehirns suchte und im übrigen eine sehr dürftige Vorstellung von ihrem Wesen gab. Aber seine Autorität war unbeschränkt bis ins neunzehnte Jahrhundert; ein 1799 erschienenes Buch über Epilepsie von Doussin-Dubreuil, der Arzneigelahrtheit Doktor in Paris, faßt seine Weisheit dahin zusammen: „Hippokrates, der die wahre Ursache der fallenden Sucht am besten gefaßt hatte."

Auch hier wurde ein Fortschritt in der Erkenntnis erst möglich, als die veränderte naturwissenschaftliche Untersuchungsmethode auf diese Fragen Anwendung fand. Mit den experimentellen Untersuchungen zweier Forscher begann es; in einer meisterhaft und mustergültig durchgeführten Versuchsreihe bahnte Kußmaul das Verständnis des epileptischen Anfalls an; Brown-Séquard zeigte durch zahlreiche Tierversuche zum erstenmal einen Weg, auf dem es gelang, der Kenntnis des epileptischen Zustandes näherzutreten. An diese beiden Fundamentalarbeiten schlossen sich im Laufe der folgenden Jahre die Untersuchungen vieler anderer an, die in ihrer Gesamtheit dahin führten, daß heute die Epilepsie in Hinsicht auf Wesen und Ursachen als ergründet gelten darf – soweit sich etwas ergründen läßt, wo der irrationale Faktor des Lebens mit in Rechnung steht.

Die Geschichte der Epilepsie ist nur ein Beispiel des allgemeinen Umformungsprozesses, der sich im neunzehnten Jahrhundert in jeder einzelnen Lehre über eine Krankheit vollzog: Vieles, das vorhergehende Jahrhunderte zu ihr gerechnet hatten, wurde getrennt und anderen Krankheitsbegriffen zugeführt, und vieles scheinbar Fernstehende und Zusammenhangslose zu einem Bild zusammengezogen. Es wurde vieles bis dahin Selbständige in die Gesellschaft eines bis dahin Untergebenen verwiesen, es wurden viele neue Verwandtschaften geknüpft und vernachlässigte Beziehungen wieder aufgenommen.

Wenn man die Geschichte der Epilepsie überblickt, so läßt sich eines daraus nicht anders als in einem Bild sagen: der

Name stand wie ein Dach über einer Hütte, in der allerhand heimatloses Volk kampierte für eine Nacht oder ein paar Nächte. Vieles wurde vertrieben und vieles rückte nach an die leergewordenen Plätze. Dann kam ein Morgen, da wurde alles Gesindel ausgefegt; da gab man einen Herrn hinein und schloß die Tore. Nun ist es ein festes und sicheres Haus.

Das ist etwa die Arbeit des neunzehnten Jahrhunderts daran gewesen.

ZUR GESCHICHTE DER NATURWISSENSCHAFTEN

Cartesius knüpft an Aristoteles an, wenn er noch einmal für die einheitlich gedachte Seele ein einheitliches Organ des Körpers als Wohnstätte annahm. Hatte jener dem Herzen diese Stellung zugeschrieben, so bezichtigte Cartesius ein kleines, erbsengroßes Körperchen des Gehirns: die Zirbeldrüse, daß in ihr der Austausch zwischen dem erkennenden und ausgedehnten Sein vor sich ginge. Die stand nach seiner irrtümlichen Auffassung ohne jede nervöse Verbindung mit dem übrigen Gehirn; über ihre Funktion wußte man damals wie heute nicht das geringste, und außerdem lag sie sehr günstig am Eingang zu den Hirnhöhlen und die standen seit Galens Zeiten in dem Geruch ganz besonders enger Beziehungen zu den seelischen Geschehnissen. Bedeuteten diese drei Tatsachen schon von vornherein eine bemerkenswerte Argumentation, so begnügte sich Cartesius doch nicht mit ihnen. Er verfaßte vielmehr noch eine Art von Anatomiebuch, in dem er aus der Struktur des Gehirns materiell die Richtigkeit seiner Hypothese beweisen wollte. Zwar rühmt er sich darin seiner genauen Kenntnis des Hirnbaues sehr; aber in Wirklichkeit spielen die anatomischen Verhältnisse eine ganz untergeordnete Rolle. Wo irgendwelche Tatsachen nicht zu seinen Voraussetzungen stimmen, erfindet er auf dem Wege geometrischer Konstruktion unverdrossen imaginäre Linien, so daß es ihm nicht schwerfällt, hinsichtlich der Zirbeldrüse das Erforderliche nachzuweisen.

Wissenschaftlich noch einwandfreier im Sinne der damaligen Zeit arbeitete Maria Giovanni Lanzisi, der einige Jahrzehnte nach Cartesius lebte. Er verwarf die Zirbeldrüse und sprach dem Hirnbalken diesen Vorrang zu. Zwar sieht er einen sehr eindringlichen Beweis dafür, daß die Seele gar nicht irgendwo anders als im Balken zu suchen sei, in dem Umstand, daß man bei starken Anstrengungen des Geistes in der Gegend desselben deutlich eine unangenehme Empfindung verspüre. Um jedoch diese Spekulation auf eine absolut unantastbare Basis zu stellen, veranlaßte er den Mathematiker Mazin, durch die Mathematik die Richtigkeit seiner Theorie zu beweisen. Und der tat es dann auch in Korollaren, die unwiderlegbar wären, wenn nicht eben die herangezogenen Prämissen jeder Wahrscheinlichkeit entbehrt hätten.

Um darüber nicht zu lächeln, muß man sich die Situation des damaligen naturwissenschaftlichen Denkens vergegenwärtigen. Eine voraussetzungslose Forschung gab es nicht. Es galt immer etwas zu beweisen: die Vollkommenheit von Organen, die Weisheit Gottes oder irgendeine Hypothese. Ein Studium der Natur an und für sich galt als eitel und fruchtlos. Robert Boyle, ein Irländer des siebzehnten Jahrhunderts, und Christian Sturm, Professor in Altdorf um dieselbe Zeit, wollten selbst das Wort Natur als eine heidnische Fiktion verbannt wissen. Es mußte alles im Schöpfer anfangen und enden. So kam es, daß jedes Reich der Natur, dem sich das naturwissenschaftliche Studium zuwandte, schließlich in einer besonderen Theologie gipfelte. Da gab es: Astrotheologie, Lithotheologie, Insektotheologie, und als im Jahre 1748 – so erzählt Feuerbach – unzählige Scharen von Heuschrecken erschienen, fiel noch im selben Jahr der Pastor primarius zu Diepholz, Rattclef, über sie her und fabrizierte eine eigene Acridotheologie (= Heuschreckentheologie), wo unter anderen Beweisen von dem großen Verstand Gottes auch dieser vorkommt: „Den Kopf hat Gott ihnen also eingerichtet, daß er länglich und das Maul unten ist, damit sie im Fressen sich nicht tief bücken, sondern bequem und geschwinde ihre Nahrung nehmen mögen.“ – Dem menschlichen Körper ging es nicht viel anders; von jedem Organ pries man die „vorzügliche Vollkommenheit“ seines Baues und zog neue Beweise für die Weisheit Gottes aus ihnen; so besingt Herr Anton Michelitz, der Arzneygelahrtheit Professor zu Prag, im Jahre 1783 den Unterleib: „Der Rumpf liegt in der Mitte; die gelindesten Bewegungen gehen daher in ihm vor; er dient zum schicklichsten Behältnis der Eingeweide und zum gemeinschaftlichen Vereinigungspunkt aller Teile; da er in der Mitte aller übrigen liegt, so ist auch der Weg für das Blut, welches aus dem in ihm liegenden Herzen hervorströmt, auf keinem Teile zu viel geworden.“ Hierher gehört auch jene Bemerkung, die ein Herausgeber von Leibniz' Schriften im Vorwort machen zu müssen glaubt: Leibniz habe keineswegs als ein müßiger Zuschauer die Naturerscheinungen betrachtet, sondern nach dem löblichen Beispiele anderer gelehrter Männer in diesem Studium Gott und seine hohe Vollkommenheit bewundert.

Von dieser Bewunderung nun allerdings sah die neue Ära von Naturforschern, die im neunzehnten Jahrhundert auftrat, völlig ab. Die machten Tabula rasa und fegten den Tempel rein. Zweck- und Zielvorstellungen beherrschten sie durchaus nicht mehr. Sie verfeinerten dafür das experimentelle Instrumentarium und drangen auf Exaktheit der Arbeit. Sie anerkannten nur die Beobachtung und erst nach Sammlung von sehr vielen und unter den verschiedensten Bedingungen gewonnenen Erfahrungen zogen sie vorsichtig einen Schluß. Sie prüften nicht mehr die Organe als Träger von Substanzen, sondern sie experimentierten an Geweben hinsichtlich ihrer Funktion. Jedes Erhitzen in religiöser oder ethischer Beziehung fiel fort. Wenn Flechsig und Fritsch mit der Elektrode die Großhirnrinde abtasteten und Bewegungen auslösten, die als der Ausdruck seelischer Regungen galten, so war das für sie absolut nicht gefühlsbetonter, als wenn Pawlow seinem Hund eine Magenfistel anlegte, um das Drüsensekret zu untersuchen. Es interessierte am Gehirn gar nicht mehr der Sitz und das Ergehen der Seele; es war viel wichtiger, daß beim Stich in den vierten Ventrikel Zucker im Harn auftrat und daß bei einer enthirnten Taube bestimmte psychische Funktionen ausfielen und andere bestehen blieben.

Von so kleinen und begrenzten und, wenn man will, unbedeutenden Dingen gingen die modernen Naturwissenschaften aus, um dann hundert Jahre lang hart wie im Krieg zu arbeiten und eine Unsumme von Erfahrungen und Wissenstatsachen zu schaffen, vor der wir heute staunen, um dann in unseren Tagen sich zurückzuwenden auf die allgemeinen und letzten Fragen, oder vielmehr, um sie neu zu fassen und zu erfüllen.

Macaulay sagte, es würde schwer gewesen sein, Seneca davon zu überzeugen, daß die Erfindung einer Sicherheitslampe keine eines Philosophen unwürdige Beschäftigung sei. Ebenso würde Thomas von Aquino schwerlich dazu zu bewegen gewesen sein, das Ersinnen von Syllogismen aufzugeben, um sich mit der Erfindung des Schießpulvers zu befassen. Denn: „Seneca würde nicht einen Augenblick gezweifelt haben, daß die Sicherheitslampe nur durch eine Reihe von Versuchen erfunden werden könnte."

Nun liegt der Zufall vor, daß an der Berliner Universität ein ordentlicher Professor der Naturwissenschaften lehrt, der neben seinen anderen hochbedeutsamen fachwissenschaftlichen Arbeiten eine berühmte Lampe konstruiert hat. Der liest seit einigen Jahren ein Kolleg über „Neuere Atomistik". Seneca und Thomas würden es wohl hören müssen, wenn sie jetzt hier studierten. Es handelt sich nicht allein um die Erklärung aller chemisch-physikalischen Prozesse durch ein großes und einigendes Prinzip, es handelt sich vielmehr um die Zurückführung aller kosmischen Vorgänge überhaupt auf ein Letztes und Schließliches, um eine Zusammenfassung und um einen Abschluß mit allerhand Fernblicken – also ein kosmologisches, ein philosophisches Kolleg. Und es ist jedenfalls erwähnenswert als Ausdruck des veränderten wissenschaftlichen Forschungsprinzips und als Gegensatz zu der Denkweise nahe an uns grenzender Jahrhunderte.

MEDIZINISCHE PSYCHOLOGIE

Körper und Geist, der alte Gegensatz, in den jede Philosophie und jeder Kultus seinen neuen Inhalt füllte, hatte bei uns während des Mittelalters die ausschließliche Bedeutung von ethischen Begriffen der christlichen Religion bekommen und hieß Fleisch und Seele. Als solche standen sie sich feindselig gegenüber; aber durch ihre gemeinsame Beziehung auf die eine, die ethische Kategorie waren ihre Grenzen so deutlich umrissen, daß sie in logisch unkomplizierten Beziehungen zueinander bestehen konnten. Von Pascal wird erzählt, er trug einen Gürtel mit scharfen, eisernen Stacheln auf seinem bloßen Leib: sowie nun etwas seinen Geist, sein Gemüt zu fesseln, sein Wohlbehagen oder seine Eitelkeit und seine Weltliebe rege zu machen drohte, brachte er sich mit einem Stoß durch den Ellbogen gegen diesen Gürtel wieder in das richtige Geleise zurück. In so klarem reziproken Verhältnis standen Fleisch und Seele zueinander.

Das war nun nicht der Fall bei den beiden Begriffen, die die Cartesianische Philosophie neu geschaffen hatte. Cartesius übertrug durch die Gegenüberstellung von einem ausgedehnten und einem erkennenden Sein den alten Gegensatz zunächst ins Erkenntnistheoretische; dann aber wies er ihn durch die Annahme eines räumlich-zeitlichen Verhältnisses zwischen den beiden Größen an die naturwissenschaftliche Forschung zurück und schuf durch die Verquickung dieser beiden Sphären jenes eigentümliche wissenschaftliche Milieu und jene Art, das psycho-physische Verhältnis zu betrachten, die sich in den immer wieder erneuten Versuchen, die Seele zu lokalisieren und eine Psychologie auf der Grundlage der Hirnanatomie zu begründen, bis an die Schwelle des zwanzigsten Jahrhunderts erhalten hat.

Den letzten Vorstoß in dieser Richtung machte vor etwa einem Jahrzehnt ein bekannter Psychiater. Der hatte dem großen Erbe epochemachender hirnphysiologischer Entdeckungen, die ihm sein Jahrhundert namentlich in bezug auf die Lokalisation gewisser „Vermögen“ übergeben hatte, noch einen weiteren sehr wichtigen entwicklungsgeschichtlichen Befund hinzugetan. Er glaubte einwandsfrei festgestellt zu haben, daß den Sinneszentren im Gehirn, das heißt den letzten Endigungsstellen der Sinneserregungen und ersten Ursprungsstellen der Vorstellungen noch gewisse andere Bezirke der Rinde gegenüberständen, die der Art ihrer Entwicklung nach als den anderen übergeordnet angesprochen werden mußten. In ihnen glaubte er nun die Denkzentren gefunden und die ganze bunte vielfältige Seele glatt auf die kahle, graue Rinde festgelegt zu haben. Er vermied es nicht, weitestgehende Folgerungen für eine moralische und soziale Erneuerung auf der Grundlage einer Hirnkultur zu ziehen, und stellte weiter der Psychologie in Aussicht, nun endlich zum Range einer exakten Wissenschaft erhoben zu werden, auf den sie bisher trotz aller Bemühungen noch keinen Anspruch gehabt habe. Und er gab dieser zukünftigen Wissenschaft den Namen: medizinische Psychologie.

Diese medizinische Psychologie gab zu, daß sie eine moderne Phrenologie sei, aber es sei nur ein neuer Glorienschein, den man damit um Friedrich Galls Stirn lege, während andere Richtungen der heutigen Psychologie ihn den unkritischsten aller Nichtphilosophen und den lächerlichen Typus eines überwundenen wissenschaftlichen Denkens nennen.

Wer war Gall? Gall besuchte zum Beispiel 1812 auf seinem Triumphzug, der ihn durch alle europäischen Hauptstädte führte, das Spandauer Gefängnis und kam in eine Frauenabteilung; da fiel ihm eine auf, die genau wie die übrigen gekleidet war und sich ebenso beschäftigte. Gall aber rief: „Weshalb ist diese Frau hier? Ihr Kopf verkündet keinen Hang zum Diebstahl." – „Sie ist die Aufseherin in dieser Abteilung", war die Antwort. Bei einem anderen, namens Troppe, sagte Gall: „Wenn dieser jemals mit einem Theater in nahe Berührung gekommen wäre, so würde er wahrscheinlich Schauspieler geworden sein." Troppe erstaunte darüber und bekannte, daß er sechs Monate lang bei einer herumziehenden Schauspielerbande gewesen war. Bei einem anderen, namens Maschke, fand er das Organ der mechanischen Fertigkeit besonders entwickelt. Und siehe da, er saß wegen Falschmünzerei.

Gall hatte die drei Wolffschen Seelenvermögen auf fünfunddreißig erweitert und am Gehirn lokalisiert. Ausgehend nun von der auch jetzt wieder allgemein geltenden Auffassung, daß das Gehirn sich den Schädel forme, las er aus der Schädelform einfach den Charakter ab. Auf dem Schädel nun stand die Kindesliebe neben dem Einheitstrieb, die Anhänglichkeit neben dem Beifallstrieb, die Hoffnung neben dem Ordnungssinn, das Wohlwollen neben dem Sinn für das Wunderbare. Bestände diese Einteilung zu Recht, sagt Wundt, so müsse ihre Anwendung auch auf die höheren Tiere, namentlich die anthropoiden Affen, gelten. Dann zeichnete sich der Gorilla durch ein ungeheuer entwickeltes Organ der Gottesfurcht aus.

Immerhin bedeutete Gall für seine Zeit etwas ganz Außerordentliches. Wohl selten ist einer wissenschaftlichen Entdeckung so viel Begeisterung und Staunen und unbedingteste Zustimmung auch von seiten der zeitgenössischen Wissenschaft entgegengebracht worden. Selbst Goethes naturwissenschaftlich geschulter und weitsichtiger Blick sah eine glänzende Zukunft für sie voraus und sprach sich zu Eckermann empört über Kotzebues Anwürfe gegen einen so großen Mann aus.

Eine Art Erfüllung war Gall auch jedenfalls; denn die Beziehungen zwischen Medizin und Psychologie drängten schon lange zu einer Synthese. In den psychologischen Wissenschaften des ausgehenden achtzehnten Jahrhunderts ist eine Unsicherheit und Abspannung unverkennbar. Die Seelenlehre hatte in Systembauten und Deduktionen über die Seelenvermögen ihre spekulativen Potenzen erschöpft. Sie sah sich nach neuen Prinzipien der Einteilung und nach Sammlung des Materials unter neue Gesichtspunkte um. Da erschienen Werke wie das von Mauchart, das nicht mehr eine Zusammenfassung mit einem geschlossenen System darbietet, sondern sich zurückhaltend „Materialien zu einer künftigen Seelenlehre“ nennt. Er gibt nur „Phänomene der menschlichen Seele“, deren Bearbeitung er einer späteren und glücklicheren Zeit überlassen will. Da tauchte sogar der Gedanke an eine Experimental-Seelenlehre auf in dem Buch von Krüger aus dem Jahre 1756, das auch insofern bemerkenswert ist, als im Titel dieses Buches zum erstenmal überhaupt jene beiden Worte zu einem Begriffe zusammengefaßt wurden, die später als Name und Programm einer neuen psychologischen Richtung auftraten. Da entsann man sich denn auch „der schwesterlichen Verbindung mit der Arzneygelahrtheit“, und daß den Freunden beider Wissenschaften zu wenig bekannt sei, wie sehr sie zu beider Nutzen zusammenarbeiten könnten (Snell). Man erinnerte sich auch, daß die Wahrnehmungen der Arzneygelehrten den Psychologen solche Begebenheiten an die Hand gäben, die man gewissermaßen als von der Natur selbst angestellte psychologische Experimente ansehen dürfe. Auch das vom Jahre 1782 an erscheinende große Sammelwerk für die damalige psychologische Literatur, das von Moritz herausgegebene „Magazin der Erfahrungsseelenlehre", ist in dieser Hinsicht beachtenswert; nach dem Vorschlag Mendelssohns wurde es nach der in der damaligen Arzneygelahrtheit üblichen Art in Seelennaturkunde, Seelenkrankheitskunde, Seelenzeichenkunde, Seelendiätetik, Seelentherapie eingeteilt.

Daneben hatte sich eine medizinische Seelenlehre selbständig gemacht. Metzger hatte diesen Begriff in seiner medizinisch-philosophischen Anthropologie 1790 aufgestellt, und Nudow übernahm ihn als Titel seines 1791 erschienenen Werkes, in dem er die Psychologie aus den „Wüsteneien der Metaphysik" erretten und der Medizin eingliedern wollte. Und bereits 1777 hatte Hißmann – ganz modern – erklärt: Seele ohne Gehirn gibt es nicht. Der Psychologe solle mehr Physiologe als Philosoph sein und vor allem Hirnanatomie studieren.

Die Geister, die man so allgemein rief, traten dann zunächst in Gall zu einer ziemlich massiven Erscheinung zusammen, um von den folgenden medizinischen Generationen überwunden, verändert und fortgebildet zu werden in einer Entwicklung, die, wie man sah, kurz vor unseren Tagen endet. Diese Entwicklung führte zwar nicht zu dem einst erwarteten Ziele, bedeutete aber eine der folgenreichsten und fruchtbarsten Strömungen im Werdegang der modernen Psychologie und trug ganz wesentlich dazu bei, jene Erniedrigung der Psychologie zu einem Zweige der Biologie zu vollziehen, von der die Philosophie so schmerzlich spricht, ohne die aber doch eine neue Psychologie nicht hätte entstehen können. Die Medizin von heute bekennt sich unumwunden zu dem Standpunkt „bedingungsloser Ablehnung", ihrerseits psychologische Folgerungen aus anatomischen und pathologischen Befunden zu ziehen. Sie hat alle

Hände voll mit anderen Dingen zu tun; sie überläßt die Regelung dieser Fragen der Erkenntnistheorie und der kritischen Psychologie.

REDE IM KOLBE-MUSEUM

Meine Damen und Herren,
Sie befinden sich in einem Haus und in einem Saal, in dem Statuen stehen, und Sie werden jetzt eine Stunde lang in einem Raum sein, in dem Sie Verse und Prosasätze hören. Bitte vergegenwärtigen Sie sich einen Augenblick, in welche ungewöhnliche Welt Sie Ihr Gang hierher geführt hat. Ich sage keineswegs in eine höhere, in eine große Ansprüche erhebende Welt, nur in eine besondere. Der Hersteller von Statuen und Bildern, der Autor von Versen und Prosa ist ein Typ besonderer Art insofern, als er der einzige Typ ist, der seine Dinge fertigmachen muß, sie abschließen muß. Wenn er sie aus der Hand gibt, müssen sie nach Maßgabe seiner Kräfte vollendet sein, er trägt die Verantwortung für sie, er überläßt nichts dem Beschauer oder Leser, seine Dinge müssen rund sein und ihre Maße von ihm erhalten haben.

Der Wissenschaftler erbt seine Themen von der Generation vor ihm, von seinen Lehrern, aus seinen Büchern, er bearbeitet sie, er fügt Erfahrungen und Beobachtungen hinzu und übergibt sie, wenn er am Ende ist, der folgenden Generation. Seine Themen werden nie fertig, sie sind geschützt und getragen von einem Vorher und einem Nachher, sie entstehen unter Aufsicht der wissenschaftlichen Gewerkschaft. Sie eilen oder schleichen weiter durch die Jahrhunderte in Thesen und Antithesen, bis sie übergehen in neue Fragestellungen.

Der Künstler arbeitet allein. In welcher Welt arbeitet er heute allein? Welches ist die heutige Welt, was charakterisiert sie, stigmatisiert sie – gibt es irgendwo einen bedeutenden Begriff, unter dem sie zu betrachten ist? Es gibt einen: es ist die Ambivalenz. Das ist vielleicht nichts Neues. Ich komme auf ihn zu sprechen, da ich kürzlich in einem Aufsatz eines französischen Professors der Philosophie an der Pariser Sorbonne diesen Begriff als einen epochemachenden und epochetragenden dargestellt fand. Der Professor nennt ihn die Perception ambigue und glaubt ihn nachweisen zu können in der Kunst, in der Sprache, der Religion, der Biologie, er sagt, der heutige Mensch erlebt als sein eigenstes Wesen die Kontingenz aller Dinge, im Bösen liegt das Gute, in der Sexualität der Geist, auch in der Politik glaubt der Professor ihn zu finden, Beweis: die Fünften Kolonnen, sie bedeuten, daß der Gegner auch drüben eine Gegenströmung erwartet und als vorhanden ansieht, – kurz gesagt, wir sind überhaupt nicht mehr gebunden vorhanden, wir sind alle nur noch Setzung und Gegensetzung, wir sind seelisch betrachtet völlig chaotisch, haltlos, und dann zitiert der Professor die seltsame, man muß schon sagen großartige Formel von Giraudoux, der den Menschen als eine Karyatide des Leeren bezeichnet.

Die Franzosen haben seit je die Gabe, schon vorhandene Probleme geistreich zu erneuern, Formulierungen zu finden, die einen bekannten Tatbestand faszinierend neu ins Bewußtsein heben, so als ob sie ihn eben entdeckt hätten. Da nun aber dieser Begriff der Ambivalenz wirklich einer der wenigen ist, unter dem man die Lage des heutigen Menschen begreifen und erklären, aber auch stilistisch erfassen kann, erlaube ich mir, Ihnen nun eine kurze Stelle aus einem meiner letzten Bücher vorzulesen. Sie ist aus dem „Roman des Phänotyp", geschrieben 1943, veröffentlicht in dem Band „Der Ptolemäer" 1948. Ich lese diese Stelle nicht um ihrer selbst willen vor, sondern um Ihnen nahezubringen, unter welchen schwierigen Bedingungen der produktive Mensch von heute lebt, und um Ihnen dann hinterher nochmals einen Gedankengang nahezulegen, der den Künstler betrifft.

Phänotyp ist ein Begriff aus der Erblehre. Er bedeutet die Erscheinungsform des heutigen Menschen. Sein Gegenbegriff Genotyp bedeutet die Gesamtheit aller latenten möglichen Erscheinungsformen der Art. Sie können für Phänotyp einfach Individuum setzen.[1]

Das ist also der Mensch und das ist die Lage für den Künstler, mit der er fertig werden muß, wenn er etwas schaffen will. Ströme und Gegenströme, Strebungen und Gegenstrebungen, nichts Sicheres, nichts Festes, wohin er blickt. In der Welt hat jeder und jedes recht, alles fließt, so sinke denn, man kann auch sagen steige – das Menschliche und das Religiöse, das Tierische und das Spirituelle, das Individuelle und das Kollektive – alles hin und her, alles ambivalent. Dagegen erhebt sich sein inneres Gesetz. Er hat seinen Zwang sich auszudrücken, Gebilde zu schaffen: Stein, Vers, Flötenlied. Er muß hindurch. Der Maler muß etwa ein Bild machen, das heißt er muß Ordnung schaffen gegen vage traurige Realitätszufälligkeiten und das Bild oder die Statue muß *alles* enthalten, es gibt für sie kein Vorher und kein Nachher. Oder der Lyriker muß vielleicht in zwölf Reihen eines Gedichts das ganze Sein nicht ambivalent, sondern in Ruhe und Statik bilden, schön, evident und menschentief. Hinterlassungsfähige Gebilde muß er schaffen, fertiggemachte, die von ihm abfallen, so daß Sie um sie herumgehn können, sie in die Hand nehmen, nachmessen können – es müssen wirkliche Dinge sein. Der Künstler kann nicht ambivalent bleiben, er muß handeln, er muß glauben. Die Kunst ist die Wirklichkeit der Götter, vielleicht vielfach aus trüben Quellen genährt, aber wenn sie dasteht, trägt sie die Erinnerung an jene.

Bitte vergegenwärtigen Sie sich das, wenn Sie in diesem Raum voll Statuen sind und hören Sie bitte als Zusammenfassung dessen, was ich sagte, zum Schluß die Strophe eines Gedichtes von mir an:

Form nur ist Glaube und Tat,
die erst von Händen berührten,
doch dann den Händen entführten
Statuen bergen die Saat.

DUNKLER SOMMER

O in so tote Himmel aufzublühn –
Es klafft der Kelch die ganze Röte hin
und schluchzt empor die kleine Schwalbentiefe.
in die die Wolke hängt, und bebt und rinnt –
Und immer nur die Kühle, schon am Schaft,
am glatten Stengel schon beginnt es, branden
die Schauer der verstörten Aufgeburt.

Von hellen Lüften bin ich doch gefleckt.
und bin im Ruf der Flamme; Stürme
aus meilenweiter Bläue, violetten Zion
erkenne ich – nun liegt im Korn der Mohn,
umständlich reif, fast milchig, daß die Zitze
ihm läuft, und honighaft: und dieses in das Blähn
von schleifendem Gekröse, Schafsmisthimmel
tonlosester Zenite.

Du, es ist Mittag! *Ganz* jung ist vorbei!
Und *ganz* voll Geigen hängt kein Himmel mehr
und auch kein anderer gewölbter Raum –
Fromme, erglühte Erde treibt die letzten
Gebete, eh der Frevel sich erhebt!

Antworte! Sprich! Du bist von Flöten,
geliebten Lauten, süßen Balalaiken
ganz unbeschreiblich überhangen!
Wolltest du nur! Sieh: Ich,
und alle Ranke unerwidert!

Oh, gar nicht Echo! Leisen Laut!
Geflüster! Denke auch: Die Aster wächst
schon auf. Sein wird Gesang und Nüsse
und Laub und Nebel über dem Planeten!

Ich stürme, du, ich rase, ich granitne
mir neue Himmel hin, wenn du nicht rufst,
Blut stürzend in die fladenhaften Haufen
verdorrter Räume. die den Glanz verloren.

DER SPÄTE MENSCH

2

Welke Imperien, fallende Armaden.
Pästen der Nacht und tödliches Lagun,
Fiebermaremmen, Vendramin-Arkaden,
da hältst du gern, wo die auf Städten ruhn
Und vom Gebein verwehter Karawane
am Wasserschlauch die tote Hand, vom See
kaspischer Steppen und der Hindostane
immer der Klang der späten Niobe.

DAS ELEND

Lassen Sie mich schildern, welche Beobachtungen sich mir, einem Zugehörigen eines Postamts des Südwestens, Arzt, Privatmann mit einem keineswegs besonderen postalischen Verkehr, in meinen Beziehungen zu dieser Behörde im Zeitraum der letzten zehn Monate aufgedrängt haben.

Ich beginne mit der Schilderung des allgemeinen, des moralischen Fluidums, der Turn-und-Taxis-Atmosphäre im Sinne der Taineschen Milieubedingungen. Innerhalb dieses Milieus verschwand im Dezember ein von mir aufgegebener gewöhnlicher Brief mit fünfunddreißig Mark Inhalt, im März ein eingeschriebener Brief mit hundertundvierzig Mark, im Juli gelangte ein Brief mit zweihundert Mark nicht in meinen Besitz. Demgegenüber erhielt ich Anfang des Jahres einen eingeschriebenen Brief, der gar nicht an mich adressiert war und für den ich auch keine Quittung zu leisten hatte, er lag unauffällig zwischen meiner übrigen Post, er wurde auch keineswegs in grober Form von mir zurückverlangt oder gar bei mir gesucht, ich selber machte das Amt auf den Mißgriff aufmerksam und sandte den Brief zurück. Anders in einem zweiten Fall, wo ich eine Nachnahmesendung als Drucksache zugestellt erhalten hatte, hier mußte die absendende Firma nach einigen Wochen reklamierend eingreifen, ich selbst hatte meine bisherigen postalischen Erfahrungen an diese Sendung nicht herangetragen und den Irrtum nicht bemerkt.

Aber, kann man sagen, das sind Briefe, Beziehungsprozesse von Zeitdauer, protrahierte Äußerungen, Postkastenderivate, die vielleicht kein besonderes Augenmerk der Behörde zu beanspruchen ein Recht haben, auch betrug mein Verlust, da ich für den eingeschriebenen Brief vierzig Mark ersetzt erhielt, aus den bisher geschilderten Abgängen in diesen zehn Monaten nur dreihundertundfünfunddreißig Mark. Aber jeder weiß, daß Telegramme beschleunigte Äußerungen sind, von gewisser Wichtigkeit, gefühlsbetont, und hauptsächlich in dringenden Fällen angewandt. So verscholl im April ein vom Ausland an mich gerichtetes Telegramm, allerdings muß es ungefähr am Sonntag nachmittag in Berlin eingegangen sein und es kann als harmlose fiskalische Ruhestörung kurz abgetan werden. Das Schicksal eines anderen Telegrammes aber ist es, das mich zu weitschichtigen Betrachtungen führt.

Ich sandte ein Telegramm, richtig adressiert und mit richtigem Absender versehen, in einen Ort der Provinz Brandenburg des Inhalts, daß ich zwei Tage später ein Kind, das zwar allein reisen, aber noch nicht allein umsteigen konnte, auf einem bestimmten, etwa drei Stunden von Berlin entfernten Bahnhof in Empfang nehmen wollte. Der Beamte des Postamts hatte mir in ruhiger und gehaltvoller Weise das in seinem Inhalt völlig geordnete Telegramm abgenommen, ich machte Reisepläne, meine Bekannten hatten zwei Tage Zeit, die Vorbereitungen zu treffen, ich verließ das Postamt ohne Zwischenfall, es war eine gemütliche Atmosphäre.

Der Ort, in den die Depesche gehen sollte, war mir wohlbekannt, der Ort war ein Dorf, das Dorf hatte eine Posthilfsstelle, die Posthilfsstelle gehörte zum Gasthof, im Gasthof geht man aus und ein, zum Gasthof gehörte eine Landwirtschaft, zu der Landwirtschaft Pferd und Wagen – Knechte, Hausangestellte, Mann, Frau und Kinder bildeten die Posthilfsstelle, kurz, man durfte die Betrachtung wagen, daß die Behörde ein feines Organ dafür gezeigt hatte, wo diese Filiale, die Repräsentantin des internationalen Verkehrs, den letzten Ausläufer ihrer weitverzweigten Organisation oder – nach innen gewendet – der kosmopolitischen Idee glaubte installieren zu dürfen.

Mit diesen Empfindungen bestieg ich am fraglichen Tag den Zug. Ich ließ das Häusermeer hinter mir, die Metropole, von der aus die Zentralbehörden weitschauend das Reich regierten, blieb zurück, die Landschaft glitt vorbei, der Umsteigebahnhof war da, meine Erwartung gespannt, der Gegenzug lief ein, aber das Kind war nicht zu sehen, war es zu früh ausgestiegen, verunglückt, plötzlich erkrankt, gar nicht abgereist, in unrechte Hände gefallen, irrte es irgendwo hilflos umher – eine Fülle von Möglichkeiten, tausend Gründe zu Befürchtungen lagen vor, eine Besorgnis bis zum Grade der Unruhe stieg in mir auf, aber es war sechs Uhr abends, da ist für Befürchtungen nicht mehr die Zeit, die Posthilfsstelle hat Feierabend gemacht, keine Möglichkeit, das Dorf auf telegrafischem oder telefonischem Wege zu erreichen, ich mußte zurück, es war der letzte Zug, wieder näherte ich mich der Metropole, die Nacht verging und als ich in der Morgenfrühe von acht Uhr mit dringendem Telefongespräch die Hilfsstelle weckte und meinen Bekannten an den Apparat rufen ließ, wurde bemerkt, daß das Telegramm noch auf der Hilfsstelle lag, vergessen, verbummelt, nun es war September, die Obsternte in voller Blüte, auch das Kartoffelbuddeln fing an, auf dem Lande kann so etwas schon passieren.

Ich teilte meinem Postamt den Sachverhalt mit, dazu die verantwortliche Äußerung meines Bekannten, daß das Telegramm auf der Hilfsstelle liegengeblieben war, ich bat um Erstattung der Unkosten und Reisespesen und fuhr zum zweitenmal die Strecke zum Umsteigebahnhof.

Wochen vergingen. Der Herbst rückte weiter vor, aber es drückte mich nicht nieder, ich dachte meine Sache in guten Händen, Recht muß ja Recht bleiben, und in der Tat, der

Bescheid der Postbehörde blieb dann auch nicht aus. Frau Palchow, die Inhaberin der Hilfsstelle, war erkrankt. Sie hatte gerade noch das Telegramm entgegennehmen können, sagt sie selber, aber dann sei sie erkrankt, sagt sie selber, gerade erst als mein Telefongespräch am Morgen ankam, war sie wieder so weit hergestellt, das Telegramm weiterleiten zu können, sagt sie selber. Frau Palchow ist eine bedürfnisumkleidete Persönlichkeit, auf ihr beruht das Postsystem, erkrankt sie, ist das Dorf von siebenhundert Einwohnern stillgelegt und das System unterbrochen, im andern Falle hätte man an ein ärztliches Attest denken können zur Stützung ihrer postalischen Erwiderung, aber es handelt sich ja nur um Behörde gegenüber Publikum, sie war eben erkrankt, eine jähe überaus plötzliche Erkrankung, geradezu überfallartig, eine Art Einbruch von körperlichem Verhängnis, mein Pech, daß es nicht bei ihr zum Äußersten kam, dann hätte sie bestimmt den Geistlichen des Orts holen lassen und an den war das Telegramm gerichtet, er hätte es dann vielleicht gefunden, wenn er den Abendmahlskelch auf der Kommode niedersetzte.

Widerspruchsvolle Zeit! Man erreicht in anderthalb Tag den Nordpol, zieht den Kompaß, futtert eine Büchse Albertkeks und fliegt zurück. Aber innerhalb Deutschlands gibt es die weitesten Bezirke, die man mit keinem Mittel der Welt von abends sechs Uhr bis morgens acht Uhr erreichen kann, da die Post dafür eintritt, daß Frau Palchow die Abendstunden bei ihrer Familie verlebt – sonderbarer Zwiespalt in der technischen Hoch- und Großepoche, man kabelt bei Tag und Nacht in fünf Stunden nach Buenos Aires, und der Taucher am Grund des Meeresbodens stellt die Welle ein für das Radioprogramm der internationalen Zentren, aber die Post stellt sich schützend um das Lager von Frau Palchow, sie ist erkrankt, ruckartig, kolossale

Halsentzündung wahrscheinlich, Migräne, jedenfalls anfallsartig indisponiert, Mann, Kinder, Hausangestellte, Knechte, Mägde stehen herum und machen Handreichungen, wer denkt da an ein Telegramm, wer kann da überhaupt an ein Telegramm denken, ist ja aber auch absolut nicht nötig, es kostet ja niemandes Geld, es kostet ja nur mein Geld, ich reise, ich lasse die Landschaft an mir vorübergleiten, ich erlebe Umsteigebahnhöfe, Verfehlungen, letzte Züge, Unruhe und tiefe Nacht, Katastrophen und Zerrüttungen.

Doch Ehre, wem Ehre gebühret! Die Post ist bereit – so fährt das Schreiben fort – mir auf Antrag meine Telegrammspesen zu ersetzen. Welche Behörde! Welche pompöse, großzügige, in einfacher Form anscheinend über größte Hilfsquellen verfügende, durchorganisierte, hochstilisierte postalische Behörde! Frau Palchow streift die Beamtin, aber das spielt keine Rolle; ich bin ein einfacher Absender von Telegrammen, ein armseliger Aufgeber von Depeschen, der sein Porto nach der Gebührenordnung bereinigt, nicht allein, daß ich das Gebäude betreten und in einem öffentlichen Raum mein Wesen treiben, ein Formular erbitten, Wärme, Schutz gegen Lufthauch, Ratschläge über Markenverhältnisse an den Wänden, selbst Überseeverkehr hinnehmen darf, – nein, die Post ist bereit, mir die Spesen für das Telegramm zu ersetzen, das durch die Krankheit von Frau Palchow in ein schiefes Licht gerückt war, kein Wort darüber, daß mein Telegramm gerade in dem Augenblick eintraf, wo Frau Palchow doch gewiß schon ein gewisses Schwächegefühl, eine Art Vorahnung, ein sogenanntes Prodromalstadium ihrer ruckartig einsetzenden Krankheit spüren mußte, nur kurz der Hinweis, daß mir auf Antrag die Spesen ersetzt werden dürfen.

Vergleichen Sie diesen Entscheid der Post, diesen rüden und

zynischen Entscheid ohne Unterlagen oder eine auch nur halbwegs stichhaltige Begründung mit den gesetzlich festgelegten Pflichten der Rechenschaft, zu denen eine Zivilperson oder eine Privatfirma ihrem Kunden gegenüber angehalten ist, vergleichen Sie die Verantwortlichkeitsbreite eines Privatangestellten, wenn durch seine direkte persönliche Schuld ein Kunde Schaden erleidet, mit der vollkommen unfundierten Ausrede der Frau Palchow, die die Behörde zu der ihren macht, überlegen Sie sich dann bitte einen Augenblick die Sache selbst: hat eine Behörde die zur Sicherung ihres Betriebes notwendigen Vorkehrungen getroffen, wenn infolge einer Erkrankung einer Hilfsbeamtin ein Dorf von siebenhundert Einwohnern für zwei Tage von jedem telegrafischen Verkehr abgeschnitten bleibt oder ist nicht gerade das Gegenteil der Fall – und dann vergegenwärtigen Sie sich einen Augenblick auf dem Hintergrund dieses speziellen Falles die ewigen chronischen kontinuierlichen unterbrechungslosen Vorstöße der Beamten um Aufbesserung ihrer Bezüge, wenn man die Zeitung aufmacht, als ob es gar nichts anderes gäbe, Ausschüsse hinten und vorn, Deputationen von Pontius bis Pilatus: sie, die einen Kampf ums Dasein überhaupt nicht kennen, die vier bis sechs Wochen Urlaub bekommen, krank sein können fünf Tage ohne Attest und beliebig lang mit Attest, die Beihilfe bekommen für Umzug, Operationen, Todesfälle, die Vergünstigungen genießen mit Hilfe von Konsum- und Genossenschaftsvereinen, die vormittags oder nachmittags vom Dienst fortbleiben können: kleine Rücksprache mit dem Vorgesetzten oder auch nur Telefonanruf genügend – sie, die das Ansehen und die Macht haben und eine solide Pension für das Alter – –.

Und dann sehen Sie uns an: mich, Sie, Ärzte, Künstler, Kaufleute durch keine Organisation durch keinen Eintritt in eine Karriere automatisch gegen die Zynismen des Lebens geschützt, kümmerlich und mit hohen Kosten versichert gegen Unfall und Lebensende. Kampf ohne Aufatmen und ohne Urlaub vom Monatsersten bis zum nächsten Monatsersten, die Ellenbogen schonungslos in Tätigkeit bei Tage und bei Nacht –.

Sehen Sie Frau Palchow in ihrem Gasthof, Landwirtschaft, Posthilfsstelle mit Knecht, Magd, Vieh, welche Behäbigkeit, von der Post geschützt, um mir das Geld aus der Tasche zu ziehen, sehen Sie den Beamten des Postamts, der mir diese fadenscheinige, haltlose, vollkommen läppische Entscheidung unter die Nase hält, die mir neue Schreibarbeit, Eingaben, Berichte, Portos, aber nicht mein Geld wiedergibt –.

Was sind wir für ein dreckiges Publikum, direkt Mücken, Fabrikware, was sind das für Behörden, die sich erlauben dürfen, mit uns ein solches Schindluder zu treiben – aber glauben Sie, daß sich das ändern wird durch noch soviel Eingaben, Stoßseufzer, Beschwerden, Feuilletons oder Zivilverfolgungen – keineswegs! – Sie werden weiter Ihren durch die Speisereste Ihres Vorgängers beschmutzten Telefonhörer gebrauchen, und ich werde weiter infolge verluderter Telegramme zwecklose Reisen machen müssen, um mit dem letzten Zug, Unruhe im Herzen, in die Metropole zurückzukehren, von der aus die Zentralbehörden scharfblikkend das weite Reich regieren.

DIE LIEBE FREMDE

Mein Vater war evangelischer Pfarrer, sein Vater auch. Ich habe kürzlich in einem Aufsatz in der *Woche* das eigentümliche Erbmilieu des evangelischen Pfarrhauses geschildert. Eigentümlich nicht nur weil es statistisch in den vergangenen drei Jahrhunderten Deutschland weitaus die meisten seiner großen Söhne geschenkt hat, nämlich, wie von Schulte nachwies, weit über fünfzig Prozent, sondern weil es eine ganz bestimmte Art von Begabung war, die das Pfarrhaus erbmäßig produziert hat und die in seinen Söhnen zutage trat. Es war diese Kombination von denkerischer und dichterischer Begabung, die so spezifisch für das deutsche Geistesleben ist, und in dieser Prägung bei keinem anderen Volk vorkommt. Will man sich Namen vergegenwärtigen, denke man an Nietzsche, Schelling, Lessing, Wieland, die Gebrüder Schlegel, Jean Paul. Nach den Untersuchungen von Kretschmer, dem grundlegenden Forscher über die deutsche Erbmasse, wurde in den alten Pastoren- und Gelehrtenfamilien eine bestimmte, beständige Begabungsrichtung und Auslese gezüchtet, die jahrhundertelang fast lediglich unter humanistischem Gesichtspunkt erfolgte und die sprachlichen und logisch abstraktiven Fähigkeiten selektiv entwickelte.

In dieses Erbmilieu brachte meine Mutter hundertprozentiges, unverfälschtes, noch nie durchkreuztes romanisches Blut. Sie stammte aus einem kleinen Ort der französischen Schweiz, dicht an Frankreichs Grenze, mit Namen Fleurier, in den Bergen des Jura. Dort war sie geboren und aufgewachsen, aus einer alten welschen einheimischen Familie, sie kam erst mit zwanzig Jahren nach Deutschland. Sie sprach infolgedessen die deutsche Sprache immer mit Akzent, gewisse deutsche Worte wollten ihr ihr Leben lang nicht gelingen, und sie sang ihre vielen Kinder mit französischen Liedern ein. Ein Lied begann, ich erinnere mich deutlich: „les cloches sonnent, l'air en rayonne" – ein Volkslied, ich weiß leider nicht mehr, wie es weiterging, aber ich wüßte gern, ob es heute noch in der Welt irgend jemand wo singt.

Meine Mutter erzählte uns viel von ihrer Heimat, uns Norddeutschen von ihren Bergen. Ungeheuer licht, gefüllt mit nie endenden Strahlen, sah ich immer ihre Landschaft, wenn sie von ihr sprach: Eine Erzählung aus ihrer Kindheit, allerdings eine düstere, hat mich immer besonders erregt. Sie handelte vom Januar 1871, die Bourbakische Armee war geschlagen und trat auf das Schweizer Gebiet über. Der Übertritt erfolgte in der Nähe von Fleurier. Die Scharen wurden entwaffnet und zogen nun, geschlagen, frierend und verhungert durch die Grenzorte und wurden auf den Straßen ernährt. Meine Mutter stand mit ihren Schwestern vor ihrem Haus neben großen Kesseln dampfender Erbssuppe und kellte den Vorüberziehenden Essen in ihr Kochgeschirr. Tagelang zogen die Scharen vom Morgengrauen bis in die Nacht. Bei Anbruch der Dunkelheit näherten sie sich den Häusern, suchten dort Schutz und schliefen auf den Treppen. Morgens kehrten meine Mutter und ihre Schwestern den Schmutz, die Lumpen, das Ungeziefer von den Stufen herab. Ungeheurer Eindruck für uns Kinder dieser unheimliche Zug der verhungerten und verwundeten Scharen! Fern vom Krieg und fern von jenen Bergen hörten wir uns diese Geschichte immer wieder an.

Meine Mutter sah dann nach ihrer Heirat ihre Heimat nicht wieder, wir wurden viele Geschwister, und die Verhältnisse waren nicht so. Sie schenkte ihrem neuen Vaterland sechs Söhne, von denen fünf in den Krieg zogen, in den anderen, den zweiten, nicht den bourbakischen Krieg. Aber schon vorher hatten wir von ihr scheiden und sie in der Erde Norddeutschlands begraben müssen, doch die Erinnerung an sie, die über alles zärtliche und treue Mutter, lebt in ihren Kindern weiter, die Erinnerung an sie, ihre Heimat, ihre Berge, ihre Lieder.

EDITORISCHER BERICHT

Die Erscheinungsfolge der Bände dieser ersten Gesamtausgabe der Werke Gottfried Benns, vor allem aber die Absicht des Verlegers, den Lesern zu ermöglichen, bevorzugte Bände auch einzeln zu erwerben, machten es bisher notwendig, in jedem Band über die editorischen Grundsätze zu berichten, nach denen gearbeitet wurde. Da der vierte und letzte Band eher als Ergänzungsband zu den jeweils selbständigen Bänden I bis III verstanden werden muß, sei das hier nur noch in den Grundzügen wiederholt.

Vollständige und zuverlässige Darbietung des Werkes ist das Ziel, das sich Verlag und Herausgeber gestellt haben. Die Ausgabe enthält neben sämtlichen schon einmal in Buchform erschienenen Texten Gottfried Benns auch die bisher noch in Zeitungen und Zeitschriften verstreuten Arbeiten (zahlreiche Texte dieses Bandes) und den gesamten Nachlaß, soweit es sich nicht um Texte handelt, die sich noch im Stadium des Entwurfs, der vorbereitenden Notiz, des noch nicht zu erkennbarer Gestalt gediehenen Fragments befinden. Übergangen wurden in diesem Band auch einige inhaltlich belanglose Zwei- und Dreizeilennotizen, mit denen Benn gelegentlich Umfragen beantwortet hat. Der Band enthält als Nachträge drei frühe Aufsätze Gottfried Benns, die erst nach dem Erscheinen von Band I ausfindig gemacht wurden, die *Rede im Kolbe-Museum* und die Gedichte *Dunkler Sommer* und *Der späte Mensch 2* sowie als Nachtrag zu den Vermischten Schriften *Das Elend* und zu den Autobiographischen Schriften *Die liebe Fremde*. Damit enthält die Ausgabe alle bisher bekanntgewordenen Texte Benns, mit Ausnahme der Briefe.

Auch in diesem Band wurde das Textmaterial wieder in verschiedene Sachgruppen aufgeteilt, wobei sich empfahl, in der Gruppe „Vermischte Schriften" Verschiedenartiges wie Offene Briefe, Dialoge, Rezensionen, Antworten auf Umfragen und Marginalien zusammenzufassen, um eine Zersplitterung in zu kleine Gruppen zu vermeiden. Innerhalb der Sachgruppen ist die Ordnung chronologisch. Wo die Entstehungszeit der Texte nicht mit Sicherheit festzustellen war, richtet sich die chronologische Ordnung nach dem Zeitpunkt der ersten Veröffentlichung.

Abgedruckt wurde jeweils der Text letzter Hand. (Bei dem Bericht *Wie Miß Cavell erschossen wurde* scheint die Fassung der letzten Veröffentlichung die Überarbeitung eines fremden Redaktors zu sein und wurde deshalb nicht übernommen.) Textabweichungen früherer Fassungen wurden, falls es sich nicht um erkennbare Druckfehler handelt, als Varianten im Anmerkungsteil notiert. Die Verweiszahlen stehen hinter dem Wort oder der Textpassage, zu der es eine Variante gibt, und vor dem abschließenden Satzzeichen. Stehen sie hinter dem abschließenden Satzzeichen, dann handelt es sich um einen gestrichenen Text, der früher an die markierte Stelle anschloß. Zur Textgestaltung wurden sämtliche Buchveröffentlichungen, sowie die zeitlich früheren Zeitungs- und Zeitschriftenabdrucke und, soweit vorhanden, Typoskripte und Druckfahnen benutzt.

Zum Register der Ausgabe vergleiche man die entsprechende Vorbemerkung.

ANMERKUNGEN UND LESARTEN

Epilog und lyrisches Ich

Im Schiller-Nationalmuseum in Marbach befindet sich ein Typoskript, das handschriftlich mit „Lebenslauf von Gottfried Benn“ überschrieben ist. Bis auf geringfügige Abweichungen ist der Text identisch mit dem 1922 erschienenen *Epilog*, war anscheinend aber nicht für die Gesammelten Schriften bestimmt. Das letzte Blatt ist datiert und signiert: Berlin 19.VIII.1921. Gottfried Benn.

Epilog wurde zuerst in Maximilian Hardens ‚Zukunft‘ veröffentlicht (Oktober 1921)

Als Entstehungsjahr des *Lyrischen Ichs* gibt Benn 1927 an (vgl. S. 46), im März 1927 hat er den Text zum ersten Mal vorgelesen (vergleiche die Kritik in der Literarischen Welt III,11 [1927] S. 2). Zu einem Essay sind die beiden Texte erstmals in der Gesammelten Prosa (1928) zusammengefaßt.

Zur Textgestaltung wurden benutzt:
Die Gesammelten Schriften, Berlin 1922, 1. und 2. Auflage (= GesS; Erstveröffentlichung von *Epilog*). – Gesammelte Prosa, Potsdam 1928 (Erstveröffentlichung von *Epilog und lyrisches Ich*).

1 GesS: *Spezialarzt für Geschlechtskrankheiten*

2 GesS folgt: *für unsere Langeweile*

3 GesS: *Stagnation*

4 GesS: *fünfunddreißig*

5 Der *Epilog* in den GesS schließt mit folgendem Absatz: *Nun erscheinen diese gesammelten Werke, ein Band,*

zweihundert Seiten, sehr dürftig, man müßte sich schämen, wenn man noch am Leben wäre. Kein nennenswertes Dokument; ich wäre erstaunt, wenn sie jemand läse; mir selber stehen sie schon sehr fern, ich werfe sie hinter mich wie Deukalion die Steine; vielleicht daß aus den Fratzen Menschen werden, aber wie sie auch werden mögen: ich liebe sie nicht.

6 GesS: *ganz total*

Summa summarum

Erstveröffentlichung in: Die Weltbühne XXI, 26 (1926).

Zur Textgestaltung wurden benutzt:
Die Weltbühne XXII, 26 (1926) S. 1013–1015 (= Wb). – Gesammelte Prosa, Potsdam 1928.

1 Wb folgt: *Soll ich mich vielleicht genieren das aufzuzählen? Wo wäre die Öffentlichkeit, der man den Vortritt lassen müßte? Pas de quoi!*

2 Wb beginnt der Satz: *Ihn beklagen hieße die Gesellschaftsordnung beschuldigen, . . .*

3 Wb: *wunderbaren*

4 Fehlt Wb.

Lebensweg eines Intellektualisten

Ein Vorabdruck des ersten Kapitels erschien unter dem Titel „Ahnenschwierigkeiten" in der Deutschen Zukunft vom 30. 6. 1934.
Erstveröffentlichung in: Kunst und Macht, Stuttgart–Berlin 1934.

Zur Textgestaltung wurden benutzt:
Kunst und Macht, Stuttgart–Berlin 1934 (= KM). – Deutsche Zukunft Nr. 26 (30. 6. 1934) S. 1–3 (= DZ). – Doppelleben, Wiesbaden 1950 und 1955[2].

1 DZ: *Sprosse*

2 DZ folgt: *ich weiß es besser,*

3 DZ, KM: *Grundeinstellung*

4 DZ: *und darum stelle ich*

5 DZ: *besonders*

6 DZ, KM: *und Urjäger*

7 DZ, KM: *Instinktphilologie*

8 In DZ fehlen die folgenden beiden Sätze.

9 DZ, KM: *Weinbau*

10 DZ: *des letzten Jahres*

11 Von den folgenden beiden Sätzen steht nur der Schluß in DZ:
Man kann sagen, daß aus dem Erbmilieu des evangelischen Pfarrhauses . . .

12 In DZ fehlt der folgende Satz, der Text geht weiter mit: *Sie stammte aus der Schweizer Uhrmacherindustrie . . .*

13 DZ, KM: *vereinigte*

14 Der Schluß des Satzes fehlt in DZ.

15 Der Schluß dieses Absatzes fehlt in DZ.

16 KM: *geistig durchaus*

17 DZ: *Das Märkische*

18 DZ, KM: *auf*

19 DZ, KM: *auf*

20 DZ, KM: *alle*

21 DZ, KM: *dort studierte*

22 DZ: *Denkens*

23 DZ: *Vionville*

24 In DZ fehlt die folgende Parenthese.

25 In DZ endet hier das Kapitel.

26 KM folgt: *oder ist es eine mehr konventionelle Wendung*

27 KM: *heraufbeschworen*

28 KM: *nicht vielleicht*

29 In der Novelle *Der Geburtstag* (Band II, S. 59) heißt es: *Fluten*

30 KM: *der Träger*

31 KM: *Hirnrinde*

32 KM: *durch die Zusammenhangsdurchstoßung*

33 KM: *arischer*

34 KM folgt: *Daß ich mir dies Leben überhaupt schaffen konnte, daß ich studieren konnte, das verdanke ich meinem Vater, der es sich bei seinen acht Kindern bitter hat werden lassen müssen, das danke ich ihm täglich neu.*

35 KM folgt: *Nun ist sie zu Ende, kein Zweifel, die Stunde ist da, man nehme Frankreich die Neger, und es bricht zusammen, man nehme aus Deutschland den Individualismus, und aus einem ungeheuren Felssturz muß sich erst ein neuer Boden kämpfen.*

36 KM folgt: *Ich bin von der Generation, die infolge ihrer Stellung und ihrer Erlebnisse vielleicht besonders befähigt ist, das eine ganz klar zu sehen: müßte die weiße Rasse zugrunde gehen, würde sie an Frankreich sterben.*

37 KM folgt: *und die Architektur,*

38 KM lautet der Schluß des Satzes: *und jetzt kommt aus ihm Europas Ende.*

39 KM lautet der Schluß des Abschnittes: *Aber Frankreich schloß sich in Beton und Wälle ein, pfahlbürgerte hinter der großen Mauer, federfuchste an seinen*

Klauseln und Verträgen und bewachte, als ein kleinliches Provinzvolk aus Notaren, seinen wunderbaren Antiquitätentrödel; unfähig, rassenmäßig zu denken, biologisch geradezu defekt, dysgenisch und geistig tankneurotisch vertritt es heute Afrika statt Europa. Die weiße Rasse, das ist Deutschland, Jugend, vergiß es nie, ihre letzte Züchtung, ihr letzter Glanz bist du.

40 KM folgt: *Der Sicherung der Rasse –, nichts kann man ihr zeigen, nichts ihr preisen als das: die geschichtliche Fügung und Einzäunung des abendländischen Entgleitens. Das ist ihre Setzung, ihr positiver Pol, chinesisch gesprochen: ihr Eintritt in die Erscheinung. Die Kunst kommt nach dem Sieg, kommt immer erst am Abend des Sieges, und wenn diesmal die zwei sich treffen werden –: „Wenn ich vom Schlachtfeld nochmals wiederkehre, den Mund zu küssen, komm' ich ganz in Blut."*
Der Sohn ist älter als der Vater, sagt Tao. Die Jugend umfaßt das Vorhergehende, sie ist die erweiterte Fassung des Gattungswesens, sie wird auch dies Vermächtnis umfassen, meine Generation, die im Krieg gekämpft hat an den Rohren mit Schrapnells und im Frieden am Gehirn mit Messern, die gehungert hat wie das ganze Volk: eines der großen europäischen Völker hat gehungert, keine Eßware gehabt, zwei Jahre kaum was zwischen den Zähnen, Milch aus Kalk, Faserbrot, Ersatzfisch, – und das noch einmal hungern wird, weil wir Deutsche sind, auch dessen möge die neue Jugend sich erinnern. Und dann möge der Strom der Rasse . . .

41 KM folgt: *wird in diesem Buch immer wieder dargestellt, besonders in der Marinetti- und George-Rede.*

42 KM folgt: *dies nordische Prinzip, denn nordisch, nicht mittelmeerisch, ist das Prinzip des Stils, des Ornaments, der reinen Form . . .*

Doppelleben

In dem als Druckvorlage an den Limes Verlag geschickten Typoskript sind folgende Kapitel datiert und signiert:

I Schatten der Vergangenheit: GB XII/49.

IV Block II, Zimmer 66: Die Abschrift trägt auf der ersten Seite den Vermerk: 1943/1944 Be.

V Literarisches. a) Absolute Prosa. b) Doppelleben: 31 XII 49 G.B. c) Stil und Entartung: G B 2/I 50. d) Hamsun: Auf überwachsenen Pfaden: 15 I 50 Be.

VI Zukunft und Gegenwart. Die Abschnitte: 1. Grundlagenkrise bis 6. Soziologisch: 6/9/49 G.B. Sie sind Antworten auf ein Interview, das im Typoskript den (durchgestrichenen) Titel „Phase II" trägt. (Vergleiche den Abdruck im Merkur.)

VII Noch einiges Private: Be 20/XII 49

Schlußworte: G B 10/XII 49.

Ein Typoskript des Gedichtes *1886* im Besitz von Herrn Dr. F. W. Oelze, Bremen, ist datiert: 1944.

Erstveröffentlichung des Gedichtes *Monolog* in: Zweiundzwanzig Gedichte, Privatdruck 1943.

Erstveröffentlichung des Gedichtes *1886* in: Privatdruck der Statischen Gedichte, Berlin o. J. (1946).

Vorabdruck der Abschnitte *Die Grundlagenkrise* bis *Soziologisch* (S. 158–166 unten) unter dem Titel *Phase II. Antworten auf ein Interview über meine neuen Bücher* in: Merkur IV,1 (1950).

Zur Textgestaltung wurden benutzt:

Doppelleben, Wiesbaden 1950 und 1955[2] (Erstveröffentlichung des ganzen Textes). – Merkur IV,1 (Januar 1950) S. 23–29 (= M). – Ferner die Typoskripte des Limes Verlages.

1 Richtig müßte es hier heißen: „Es sah ihr nicht ins Auge, es sah von ihr weg", denn Subjekt des Satzes ist

„das liberale Zeitalter". Da der Fehler aber schon im Manuskript steht, wurde er nicht verbessert.

2 In M fehlt dieser Teil des Satzes.

2a Mit Schreiben vom 7. 8. 1967 – also siebzehn Jahre nach Erscheinen der Erstausgabe – erklärte der Verlag J. F. Lehmann, Dr. Friedrich Lehmann sei weder Blutordensträger gewesen, noch habe er den Obersalzberg je betreten.

3 Fehlt in M.

4 In M lautet der Satz: *Schwarzwald oder Königsberg, das hat jeder!*

5 In M fehlen die folgenden beiden Sätze.

6 In M fehlt der Schluß des Satzes nach dem Doppelpunkt.

7 M folgt: *es liegt immerhin noch in der Richtung des Experimentellen,*

8 M: *drei*

9 In M lautet der folgende Satz: *Diese Entfremdung von der Kontinuität, auch der eigenen, ist wahrscheinlich auch etwas, das die Zukunft weiterentwickeln wird.*

10 In M fehlt der folgende Nebensatz.

11 M: *Dreißig Jahre, dreißig Jahre*

12 Die Veröffentlichung in M endet hier.

Neben dem Mikroskop

Antwort auf die Umfrage der Welt am Sonntag: „Schreiben Sie am Schreibtisch?" Der Titel des Textes von Benn stammt von der Redaktion der Zeitung.

Zur Textgestaltung wurde benutzt:

Welt am Sonntag Nr. 51 (21. 12. 1952) S. 5 (einzige Veröffentlichung).

1956

Zur Textgestaltung wurde benutzt:

Über mich selbst, München 1956 (einzige Veröffentlichung).

Gespräch

Zur Textgestaltung wurde benutzt:
Die Grenzboten, Zeitschrift für Politik, Literatur und Kunst LXIX, 22 (1910) S. 404–409 (einzige Veröffentlichung).
Nachdruck in: Merkur XIV, 5 (1960) S. 403–409.

Schöpferische Konfession

Unter dem Titel „Schöpferische Konfession" äußerten sich in der Tribüne der Kunst und der Zeit zahlreiche Schriftsteller und Künstler über das Wesen ihrer Produktion. Der Text Benns hat keine eigene Überschrift.

Zur Textgestaltung wurde benutzt:
Tribüne der Kunst und der Zeit, Hrsg. Kasimir Edschmid, XIII, Berlin 1920 (gedruckt im Herbst 1919) S. 49–51 (einzige Veröffentlichung).

1 Handschriftliche Randbemerkung Benns in dem Exemplar von Herrn Dr. F. W. Oelze, Bremen:
„Quatsch! aber was? Vergessen? ! !"

Plagiat

Besprechung von: Rahel Sanzara, Das verlorene Kind, Berlin 1926.

Zur Textgestaltung wurde benutzt:
Vossische Zeitung Nr. 584/B 289 (10. 12. 1926; einzige Veröffentlichung).

Die Einwirkung der Kritik auf den Schaffenden

Antwort auf eine unter diesem Titel gestellte Umfrage der Literarischen Welt. Der Text Benns hat keine eigene Überschrift.

Zur Textgestaltung wurde benutzt:
Die literarische Welt III, 27 (1927) S. 3 (einzige Veröffentlichung).

Wie Miß Cavell erschossen wurde

Erstveröffentlichung in: 8-Uhr-Abendblatt der Nationalzeitung, 1. Beiblatt zu Nr. 45 (22. 2. 1928).

Zur Textgestaltung wurden benutzt:
8-Uhr-Abendblatt der Nationalzeitung, 1. Beiblatt zu Nr. 45 (22. 2. 1928) (= A). – Was wir vom Weltkrieg nicht wissen, Leipzig 1938[2], S. 98–102 (= W).
Die Fassung in W scheint die Überarbeitung eines fremden Redaktors zu sein, der einen Absatz fortgelassen und einen großen Teil der Fremdwörter eingedeutscht hat; deshalb wurde der Text der Erstveröffentlichung übernommen.

1 Benn scheint den Namen des hingerichteten Belgiers nicht mehr genau gewußt zu haben. An dieser Stelle steht in A: *Bocqu,* weiter unten: *Brocque;* in W steht an beiden Stellen: *Baucq.*

2 Der folgende Absatz fehlt in W.

3 In einem Exemplar von A, das sich im Besitz von Frau Dr. Ilse Benn befindet, hat Benn *man kann nicht den Krieg bekämpfen* durchgestrichen und handschriftlich verbessert in: *ich verstehe, daß man den Krieg bekämpft, aber . . .*

Über den amerikanischen Geist

Antwort auf folgende unter dem Titel Inquiry among European Writers into the Spirit of America gestellte Fragen der Zeitschrift Transition:

1. How, in your opinion, are the influences of the United States manifesting themselves upon Europe and in Europe?
2. Are you for or against those influences?

Der Text Benns hat keine eigene Überschrift.
Der deutsche Originaltext ist nicht auffindbar. Der im Textteil abgedruckte deutsche Text ist eine Rücküberset-

zung nach der englischen Übersetzung des verlorenen Originals. Im folgenden der englische Wortlaut nach: Transition 13 (1928) S. 251–252 (einzige Veröffentlichung).

> I shall limit myself to discussing literature. In this, its influence, as far as post-war Germany is concerned, is enormous. There is a group of lyric poets, who think they have composed a poem, by writing "Manhattan". There is a group of playwrights, who think they reveal the modern drama by having the action take place in an Arizona blockhouse and by having a bottle of whiskey on the table. The entire young German literature since 1918 is working under the slogan of tempo, jazz, cinema, overseas, technical activity by emphasizing the negation of an ensemble of psychic problems. The influence of Americanism is so enormous, because it is analogous in certain tendencies with other currents forming the young German today: Marxism, the materialistic philosophy of history, the purely animalistic social doctrine, Communism, whose common attacks are directed against the individualistic and the metaphysical being.
>
> Personally I am against Americanism. I am of the opinion that the philosophy of purely utilitarian thinking, of optimism à tout prix, of "keep smiling", of the perpetual grin upon the teeth, does not suit the Occidental man and his history. I hope that the European, at least in the pure types of his artists, will always reject the purely utilitarian, the mass article, the collective plan, and that he will live only from within himself.

Bücher, die lebendig geblieben sind

Wahrscheinlich ist der Text die Antwort auf eine Umfrage; die Überschrift stammt von der Redaktion der Literarischen Welt.

Zur Textgestaltung wurde benutzt:
Die literarische Welt V, 9 (1929) S. 6 (einzige Veröffentlichung).

Gruß an Knut Hamsun zum siebzigsten Geburtstag

Zur Textgestaltung wurde benutzt:
Die literarische Welt V, 31 (1929) S. 1 (einzige Veröffentlichung).

Über die Rolle des Schriftstellers in dieser Zeit

Der Brief ist die Entgegnung Benns auf die Angriffe von J. R. Becher und E. E. Kisch in der Neuen Bücherschau VII, 9 (1929).

Zur Textgestaltung wurde benutzt:
Die neue Bücherschau VII, 10 (1929) S. 531–535 (einzige Veröffentlichung).

Können Dichter die Welt ändern?
Rundfunkdialog

Erstveröffentlichung in: Die literarische Welt VI, 23 (1930).

Zur Textgestaltung wurden benutzt:
Die literarische Welt VI, 23 (1930) S. 3–4 (= LW). – Fazit der Perspektiven, Stuttgart – Berlin 1930 (= FdP). – Frühe Prosa und Reden, Wiesbaden 1950.

1 LW: *in Ihrem Aufsatz mit dem Titel „Zur Problematik des Dichterischen" im Aprilheft der „Neuen Rundschau"*

2 LW, FdP: *die Notdurft*

3 LW, FdP: *Empfindung*

4 Anstelle des folgenden Dialoges, der mit *A.: Reichlich kosmisch!* (S. 220 oben) endet, steht in LW folgender Dialog:
A.: Merkwürdige Substanz! Aber ich möchte Sie zu-

nächst noch an einen ganz bedeutenden Zeitgenossen verweisen. Lasen Sie kürzlich die Rede, die Döblin bei der Totenfeier für Holz in der Akademie der Künste gehalten hat? Senkung des Gesamtniveaus der deutschen Literatur verlangt er, damit das Volk sie verstehe. Hin zu einem neuen Naturalismus, sagt er, der das Allgemeinste des Durchschnitts erfaßt. Lektüre sagt er, nicht Kunst. Verstandenwerden, sagt er, nicht um die eigenen Gesichte ringen. Wirkung in das Leben der Nation, sagt er, Sinn für die Not der aufsteigenden Schichten, auf in den Kampf: Veränderung der Welt.

B.: Zweifellos sehr erstaunlich, daß ein so erhabener, ein so metaphysischer Epiker wie Döblin so handgreifliche Dinge sagt. Aber fast ein Schulbeispiel für meine Theorie, daß der Dichter, sowie er das dichterische Milieu verläßt, Gefahr läuft, in den unteren Schichten sein Gesicht und seine Mittel zu verlieren, die er unbedingt und auf jeden Fall bewahren muß, nicht aus Eitelkeit oder um seiner Person willen, sondern gerade der Gebrechlichkeit der Welt halber, die auf allen Wegen seiner bedarf und nach ihm sucht, nach seinem Rang, nach seiner Ordnung, nach seiner Deutung, nach dem Verlöschen in seiner Kunst.

A.: Etwas mystisch.

5 LW fehlt: *Wirtschaftstheorien*

Künstlers Widerhall

Antwort auf eine Umfrage der Vossischen Zeitung unter dem Titel: „Künstlers Widerhall. Was aus dem Walde des Publikums zurückschallt." Der Text Benns hat keine eigene Überschrift.

Zur Textgestaltung wurde benutzt:
Vossische Zeitung, 4. Beilage Nr. 267 (8. 6. 1930; einzige Veröffentlichung).

Roman des Geschäftsreisenden

Besprechung von: Otto Roeld, Malenski auf der Tour, Berlin 1930.

Zur Textgestaltung wurde benutzt:
Berliner Tageblatt, LIX,490 (17. 10. 1930; einzige Veröffentlichung).

Reiseeindrücke

Antwort auf eine Umfrage der Literarischen Welt: „Haben Sie von Ihren Reisen produktive Eindrücke empfangen?“ Der Text Benns hat keine eigene Überschrift.

Zur Textgestaltung wurde benutzt:
Die literarische Welt VI, 26 (1930) S. 3 (einzige Veröffentlichung).

Eine Geburtstagsrede und die Folgen

Antwort auf Werner Hegemanns Angriff im Tagebuch gegen Benns Rede zum sechzigsten Geburtstag von Heinrich Mann (Band I, S. 410–418).

Zur Textgestaltung wurde benutzt:
Vossische Zeitung Nr. 88 (16. 4. 1931) Unterhaltungsblatt (einzige Veröffentlichung).

Fanatismus zur Transzendenz

Der Text Benns erschien in dem Sammelband Dichterglaube, in dem sich zahlreiche Schriftsteller über ihr Verhältnis zur Religion äußerten. Er hat keine eigene Überschrift.

Zur Textgestaltung wurde benutzt:
Dichterglaube. Stimmen religiösen Erlebens, Hrsg. Harald Braun, Berlin 1931, S. 35 (einzige Veröffentlichung).

Das Land, in dem ich leben möchte

Antwort auf die Umfrage der Literarischen Welt: „Wann, wo, wie möchtet Ihr lieber leben als jetzt, hier und so wie Ihr lebt.“ Der Text Benns hat keine eigene Überschrift.

Zur Textgestaltung wurde benutzt:
Die literarische Welt VIII, 18 (1932) S. 3 (einzige Veröffentlichung).

Friede auf Erden

Antwort auf eine Umfrage der Literarischen Welt unter dem Titel: „Friede auf Erden. Versuche einer zeitgemäßen Bibel-Interpretation.“ Der Vorspann der Redaktion lautet: „Unsere Frage war etwa so gestellt: ist der obenstehende Satz aus der Verkündigung der Engel an die Hirten auf dem Felde eine *sittliche Forderung* an die Menschen aller Zeiten und Nationen, also auch an uns – oder ist er nur eine eschatologische Prophezeiung, d. h. die Verkündigung eines friedlichen Gottesreiches am Ende der Zeiten, so daß auch nach christlicher Anschauung für uns das irdische Jammertal immer von Kampf und Haß erfüllt sein müsse? (Oder ist es am Ende bloß ein formeller Gruß, nachgebildet dem allgemeinen jüdischen Gruß ‚Friede mit Dir!‘?)“ Der Text Benns hat keine eigene Überschrift.

Zur Textgestaltung wurde benutzt:
Die literarische Welt VIII, 53 (1932) S. 4 (einzige Veröffentlichung).

Antwort an die literarischen Emigranten

Offener Brief, am 24. 5. 1933 von Benn im Rundfunk verlesen.
Erstveröffentlichung in: Deutsche Allgemeine Zeitung vom 25. 5. 1933.

Zur Textgestaltung wurden benutzt:
Deutsche Allgemeine Zeitung vom 25. 5. 1933 (= DAZ). – Der neue Staat und die Intellektuellen, Stuttgart–Berlin 1933, 1. und 2. Auflage.

1 In DAZ beginnt der Satz: *Und da ich auf dem Land geboren bin, . . .*

2 DAZ: *wie Sie sie*

Das Volk und der Dichter

Antwort auf folgende unter dem Titel Das Volk und der Dichter gestellte Fragen der Deutschen Allgemeinen Zeitung:
„1. Was für Erfahrungen haben Sie über die Beziehungen zwischen Ihrem Werk und dem Ganzen der Nation gemacht, und 2. auf welchen Wegen versprechen Sie sich eine stärkere praktische Annäherung zwischen Volk und Dichtung?" Der Text Benns hat keine eigene Überschrift.

Zur Textgestaltung wurde benutzt:
Deutsche Allgemeine Zeitung Nr. 322 (30. 7. 1933) Beiblatt (einzige Veröffentlichung).

Sein und Werden

Besprechung von: Julius Evola, Erhebung wider die moderne Welt, Stuttgart 1935.

Zur Textgestaltung wurde benutzt:
Die Literatur XXXVII (1934/35) S. 283–287 (einzige Veröffentlichung).

Über die Krise der Sprache

Antwort auf folgende unter dem Titel Inquiry on the Malady of Language gestellte Fragen der Zeitschrift Transition:

1. Do you believe that, in the present world-crisis, the

Revolution of Language is necessary in order to hasten the re-integration of the human personality?

2. Do you envisage this possibility through a re-adaption of existing words, or do you favour a revolutionary creation of new words?

Der Text Benns hat keine eigene Überschrift.

Der deutsche Originaltext ist nicht auffindbar. Der im Textteil abgedruckte deutsche Text ist eine Rückübersetzung nach der englischen Übersetzung des verlorenen Originals. Im folgenden der englische Wortlaut nach:

Transition 23 (1934/35) S. 145–146 (einzige Veröffentlichung).

Language is passing through a crisis, because the white man is passing through a crisis. There is nothing mysterious or dark in this. It is the obvious scheme of creation occasionally to make an offensive as far as the species are concerned and to produce smaller or larger mutations. The human spirit is going through a metamorphosis, and when its emotions, its equations, its vision, its records change, it is obvious that a change must also occur in its metaphysics and language, which is its function in the spatial sphere. I do not see any crisis of language that goes beyond this particular change.

Language is changing today the way it has always changed: on the periphery, outside of bourgeois society and its securities; very often among representatives of the race who plunge too far ahead, or else orientate themselves too far behind. Language grows again from the germ, experiences a fragmentary reconstruction, is filled with single spots of inflammation, which regenerate it internally – all this belongs to the organic, formal metamorphosis of words and language. A basic change of language or even an artificial one will never happen: this belief stems from a mechanistic view of the world.

Everything is monistic, everything is transcendent. Man is a being whose creation was only a half success. He is a mere outline of something. An eagle was envisaged: the feathers and wings were already sketched out, but the whole form was not completed. Language changes according to these phases. It expresses them. If it expresses an anthropological situation completely, excitedly as well as measuredly, a poem is born. In the poem language is at rest, and the human being, grown calm, breathes for a moment in silence. Immense damage to the consideration of all these things was done, when novelists were allowed to take part in discussions about art. Their hour is at last over. Their twaddle only projected things into shadows. Only *the lyric poet, the major lyric poet, knows what the word really is.* Lyric poetry is either olympian or else it comes from Lethe. The language of the novelist is always reactionary, that is, it suggests a situation that existed thirty years ago, a generation ago. Let us eliminate from all discussions about poetry, the word, syntax, and their background, the corrupting twaddle of those capitalistic magnates of culture! Then the problem of language will appear to us as the great tragic question of man in general, of his inner structure, his creative force, his brief happiness which even on the heights is so doubtful – as doubtful as the tragic question of his unknowable cosmic destiny.

Figuren

Keyserling

Das als Druckvorlage an den Limes Verlag geschickte Typoskript (kursive Type) ist datiert: (1936) und enthält den handschriftlichen Vermerk: (Brief an Herrn Dr. Kilpper).
Zur Textgestaltung wurden benutzt:
Ausdruckswelt, Wiesbaden 1949 und 1957[3] (einzige Veröffentlichung). – Ferner das Typoskript des Limes Verlages.

Thomas Wolfe

Das als Druckvorlage an den Limes Verlag geschickte Typoskript (kursive Type) ist datiert: (1937).

Zur Textgestaltung wurden benutzt:
Ausdruckswelt, Wiesbaden 1949 und 1957[3] (einzige Veröffentlichung). – Ferner das Typoskript des Limes Verlages.

Schmidhauser

Das als Druckvorlage an den Limes Verlag geschickte Typoskript (kursive Type) ist datiert: 2.III.1940.

Zur Textgestaltung wurden benutzt:
Ausdruckswelt, Wiesbaden 1949 und 1957[3] (einzige Veröffentlichung). – Ferner das Typoskript des Limes Verlages.

Fontane

Das als Druckvorlage an den Limes Verlag geschickte Typoskript (normale Type) ist datiert: 22 I 44.

Zur Textgestaltung wurden benutzt:
Ausdruckswelt, Wiesbaden 1949 und 1957[3] (einzige Veröffentlichung). – Ferner das Typoskript des Limes Verlages.

Freiherr von Herzeele

Dieser und der folgende wie der übernächste undatierte Text sind wahrscheinlich zwischen 1940 und 1945 entstanden, denn im Vorwort des Essaybandes *Ausdruckswelt* (siehe S. 401), in dem sie erstmals veröffentlicht sind, schreibt Benn: *Gedankengänge aus den Jahren 1940 bis 1945.* – Außerdem entspricht die Papierqualität der der anderen aus dieser Zeit erhaltenen Typoskripte. Das an den Limes Verlag als Druckvorlage geschickte Typoskript hat Kursivschrift.

Zur Textgestaltung wurden benutzt:
Ausdruckswelt, Wiesbaden 1949 und 1957[3] (einzige Veröffentlichung). – Ferner das Typoskript des Limes Verlages.

von Uexküll

Das als Druckvorlage an den Limes Verlag geschickte Typoskript (normale Type) ist nicht datiert (vergleiche Anmerkung zu *Freiherr von Herzeele*).

Zur Textgestaltung wurden benutzt:
Ausdruckswelt, Wiesbaden 1949 und 1957[3] (einzige Veröffentlichung). – Ferner das Typoskript des Limes Verlages.

Rivera

Das als Druckvorlage an den Limes Verlag geschickte Typoskript (kursive Type) ist datiert: 27 II 44.

Zur Textgestaltung wurden benutzt:
Ausdruckswelt, Wiesbaden 1949 und 1957[3] (einzige Veröffentlichung). – Ferner das Typoskript des Limes Verlages.

Rilke

Das als Druckvorlage an den Limes Verlag geschickte Typoskript (kursive Type) ist nicht datiert (vergleiche Anmerkung zu *Freiherr von Herzeele*).

Zur Textgestaltung wurden benutzt:
Ausdruckswelt, Wiesbaden 1949 und 1957[3] (einzige Veröffentlichung). – Ferner das Typoskript des Limes Verlages.

Berliner Brief

Der Brief ist an die Herausgeber der Zeitschrift Merkur gerichtet. Er wurde später von Benn zum Nachwort des Bandes *Ausdruckswelt* (1949) bestimmt.
Erstveröffentlichung in: Merkur III, 2 (1949).

Zur Textgestaltung wurden benutzt:
Merkur III, 2 (1949) S. 203–206 (= M). – Ausdruckswelt, Wiesbaden 1949 und 1957[3].

1 Der letzte Satz fehlt in M; der Brief endet hier: *Mit Wünschen für Ihr persönliches Wohlergehen Ihr sehr ergebener Gottfried Benn.*

Arzt, Gesellschaft und menschliches Leben

Besprechung von: Maxence van der Meersch, Leib und Seele, Köln–Berlin 1949.

Zur Textgestaltung wurde benutzt:
Die Neue Zeitung Nr. 63 (15. 3. 1950) S. 11 (einzige Veröffentlichung).

An Walter von Molo zum siebzigsten Geburtstag

Zur Textgestaltung wurde benutzt:
Walter von Molo, Erinnerungen, Würdigungen, Wünsche zum siebzigsten Geburtstag, Berlin-Bielefeld-München (Mai) 1950 S. 7 (einzige Veröffentlichung).

Mein Schmerzenskind

Antwort auf die Umfrage der Zeitschrift Freude an Büchern nach dem „literarischen Schmerzenskind" und nach „prinzipiellen Sorgen des dichterischen Schöpfungsaktes". Der Text Benns hat keine eigene Überschrift.

Zur Textgestaltung wurde benutzt:
Freude an Büchern. Monatshefte für Weltliteratur II, 17 (1951) S. 327 (einzige Veröffentlichung).

Die Ehe des Herrn Mississippi

Besprechung von: Friedrich Dürrenmatt, Die Ehe des Herrn Mississippi, anläßlich der Aufführung im Berliner Schloßparktheater.
Das Typoskript im Besitz von Frau Dr. Ilse Benn trägt den Vermerk: 3/6/52 Be.

Zur Textgestaltung wurde benutzt:
Programmheft des Schloßparktheaters Berlin-Steglitz, Heft 12, 1952/53 (einzige Veröffentlichung).

Die Sackgassen

Besprechung von: Thea Sternheim, Sackgassen, Wiesbaden 1952.
Das Typoskript im Besitz des Limes Verlages enthält den Vermerk: G B 15.6.52.

Zur Textgestaltung wurden benutzt:
Die Neue Zeitung Nr. 156 (5./6. 7. 1952; einzige Veröffentlichung). – Ferner das Typoskript des Limes Verlages.

Erwiderung an Alexander Lernet-Holenia

Antwort Benns auf einen offenen Brief, den A. Lernet-Holenia in der Neuen Zeitung Nr. 228 (27./28. 9. 1952) unter dem Titel „Aufforderung zum großen Zwiegespräch" veröffentlichte.
Erstveröffentlichung in: Die Neue Zeitung Nr. 246 (18./19. 10. 1952).

Zur Textgestaltung wurden benutzt:
Die Neue Zeitung Nr. 246 (18./19. 10. 1952) S. 17 (= NZ). – Monologische Kunst, Wiesbaden 1953.

1 NZ: *meinen Regalen*

Bemerkungen zu drei Gedichtbänden

Zur Textgestaltung wurde benutzt:
Die Neue Zeitung Nr. 278 (29. 11. 1952; einzige Veröffentlichung).

Geliebte Gedichte

Antwort auf eine Umfrage der Weltwoche nach „drei Lieblingsgedichten".
Erstveröffentlichung in: Die Weltwoche vom 2. 1. 1953.

Zur Textgestaltung wurden benutzt:
Die Weltwoche vom 2. 1. 1953, S. 5. – Trunken von Gedichten. Eine Anthologie geliebter deutscher Verse, Hrsg. G. Gerster, Zürich 1953, S. 91–99.

Paris – Eindrücke, Begegnungen, Erinnerungen

Antwort auf eine Umfrage der Librairie Martin Flinker nach Pariser Eindrücken, Begegnungen und Erinnerungen. Der Text Benns hat keine eigene Überschrift.

Zur Textgestaltung wurde benutzt:
Almanach M. Flinker, Littérature allemande, Paris 1954 (gedruckt im November 1953; einzige Veröffentlichung).

Ohne Hoffnung

Antwort auf die Umfrage der Frankfurter Allgemeinen Zeitung: „Worauf können wir hoffen?" Der Titel stammt von der Redaktion der Frankfurter Allgemeinen Zeitung.

Zur Textgestaltung wurde benutzt:
Frankfurter Allgemeine Zeitung Nr. 299 (Weihnachten 1953; einzige Veröffentlichung).

An Emil Preetorius zum siebzigsten Geburtstag

Zur Textgestaltung wurde benutzt:
Im Umkreis der Kunst. Eine Festschrift für Emil Preetorius zum siebzigsten Geburtstag, Wiesbaden 1954, S. 17–20 (einzige Veröffentlichung).

Wer kauft eigentlich Anthologien?

Zur Textgestaltung wurde benutzt:
Die Neue Zeitung Nr. 275 (26. 11. 1954) S. 7 (einzige Veröffentlichung).

Nichts in Sicht

Bisher unveröffentlicht.

Besprechung von: Jens Rehn, Nichts in Sicht, Berlin–Neuwied 1954.

Das Typoskript im Besitz von Frau Dr. Ilse Benn trägt den Vermerk: Gottfried Benn 9.IX.55. Die für den Südwestfunk geschriebene Buchbesprechung wurde auszugsweise am 26. 11. 1955 gesendet.

Zur Textgestaltung wurden benutzt:
Typoskript von Frau Dr. Ilse Benn und Abschrift des Südwestfunks.

An Kasimir Edschmid zum fünfundsechzigsten Geburtstag

Zur Textgestaltung wurde benutzt:
Kasimir Edschmid. Der Weg, die Welt, das Werk, Stuttgart 1955, S. 74–75 (einzige Veröffentlichung).

Berlin zwischen Ost und West

Beitrag Benns zu einer Diskussion während der Berliner Festspielwochen 1955 über das Thema „Berlin zwischen Ost und West". Der Text Benns hat keine eigene Überschrift.
Zur Textgestaltung wurde benutzt:
Neue deutsche Hefte II, 20 (Nov. 1955) S. 595–596 (einzige Veröffentlichung).

Wirkungen des Schriftstellers

Antwort auf die Umfrage der Süddeutschen Zeitung: „Was halten Sie von den Möglichkeiten Ihrer Wirkung als Schriftsteller?" Der Text Benns hat keine eigene Überschrift.
Zur Textgestaltung wurde benutzt:
Süddeutsche Zeitung Nr. 305/306 (24./26. 12. 1955; einzige Veröffentlichung).

Zwei Bücher

Antwort auf eine Umfrage der Welt am Sonntag nach dem liebsten Buch. Der Text Benns hat keine eigene Überschrift.
Zur Textgestaltung wurde benutzt:
Welt am Sonntag Nr. 1 (1. 1. 1956) S. 10 (einzige Veröffentlichung).

Einleitung zu:
G. Barbarin, Der Tod als Freund, Stuttgart 1938

Bisher unveröffentlicht.
Das Typoskript im Besitz von Frau Dr. Ilse Benn ist datiert: 8.II.38. Benn; eine Umbruchkorrektur des Textes

schickte Benn am 1. 4. 38 an Herrn Dr. F. W. Oelze, Bremen, mit der Bemerkung: *Schwanengesang!*
Wegen des Veröffentlichungsverbotes vom 18. 3. 1938 (vergleiche *Doppelleben* S. 103–104) durfte das Vorwort nicht mehr erscheinen.
Zur Textgestaltung wurden benutzt:
Typoskript von Frau Dr. Ilse Benn und Umbruchkorrektur von Herrn Dr. F. W. Oelze, Bremen.

Einleitung zu:
W. H. Auden, Das Zeitalter der Angst, Wiesbaden 1951

Das als Druckvorlage an den Limes Verlag geschickte Typoskript enthält den Vermerk: 24./XII./ 50.G.B.
Erstveröffentlichung in: Das literarische Deutschland (20. 1. 1951).
Zur Textgestaltung wurden benutzt:
Das literarische Deutschland (20. 1. 1951) S. 4. – W. H. Auden, Das Zeitalter der Angst, Wiesbaden 1951. – Ferner das Typoskript des Limes Verlages.

Einleitung zu:
Lyrik des expressionistischen Jahrzehnts, Wiesbaden 1955

Das als Druckvorlage an den Limes Verlag geschickte Typoskript enthält den Vermerk: Gottfried Benn. 20. Januar 1955 Berlin.
Zur Textgestaltung wurden benutzt:
Lyrik des expressionistischen Jahrzehnts, Wiesbaden 1955 (einzige Veröffentlichung). – Ferner das Typoskript des Limes Verlages.

Vorwort zu: Der neue Staat und die Intellektuellen

Zur Textgestaltung wurde benutzt:
Der neue Staat und die Intellektuellen, Stuttgart-Berlin 1934, 1 und 2. Auflage (einzige Veröffentlichung).

Vorwort zu: Kunst und Macht

Zur Textgestaltung wurde benutzt:
Kunst und Macht, Stuttgart–Berlin 1934 (einzige Veröffentlichung).

Vorwort zu: Ausdruckswelt

Das Typoskript einer noch nicht endgültigen, kürzeren Fassung des Textes im Besitz von Frau Dr. Ilse Benn, aus mehreren Stücken zusammengeklebt, mit normaler und kursiver Schreibmaschinentype geschrieben, ist überschrieben *Vorwort (1943).* Die ursprüngliche Jahreszahl 1943 im ersten Satz ist später mit Rotstift in 1945 verändert worden.

Zur Textgestaltung wurde benutzt:
Ausdruckswelt, Wiesbaden 1949 und 1957[3] (einzige Veröffentlichung).

Nachwort zu: Goethe und die Naturwissenschaften

Zur Textgestaltung wurde benutzt:
Goethe und die Naturwissenschaften, Zürich 1949 (einzige Veröffentlichung).

Vorbemerkung zu: Essays

Das Typoskript im Besitz des Limes Verlages ist weder signiert noch datiert.

Zur Textgestaltung wurden benutzt:
Essays, Wiesbaden 1951 (einzige Veröffentlichung). – Ferner das Typoskript des Limes Verlages.

Vorbemerkung zu: Frühe Lyrik und Dramen

Das Typoskript im Besitz des Limes Verlages enthält den Vermerk: G B. 10.VIII 52.

Zur Textgestaltung wurden benutzt:
Frühe Lyrik und Dramen, Wiesbaden 1952 (einzige Ver-

öffentlichung). – Ferner das Typoskript des Limes Verlages.

Beitrag zur Geschichte der Psychiatrie

Zur Textgestaltung wurde benutzt:
Die Grenzboten LXIX, 41 (1910) S. 92–95 (einzige Veröffentlichung). Nachtrag zu Band I.

Zur Geschichte der Naturwissenschaften

Zur Textgestaltung wurde benutzt:
Die Grenzboten LXX, 17 (1911) S. 181–182 (einzige Veröffentlichung). Nachtrag zu Band I.

Medizinische Psychologie

Zur Textgestaltung wurde benutzt:
Die Grenzboten LXX, 25 (1911) S. 581–583 (einzige Veröffentlichung). Nachtrag zu Band I.

Rede im Kolbe-Museum

Bisher unveröffentlicht.
Die Rede wurde vor einem Rezitationsabend von Benn-Gedichten gehalten.
Das Typoskript im Besitz von Frau Dr. Ilse Benn trägt den Vermerk: G.B. 25 I 53.
Textgestaltung nach dem Typoskript.

1 Der vorgelesene Text aus dem *Ptolemäer* fehlt im Manuskript. Nachtrag zu Band I.

Dunkler Sommer

Zur Textgestaltung wurde benutzt:
Die weißen Blätter IV, 7 (1917) S. 81/82 (einzige Veröffentlichung). Nachtrag zu Band III.

Der späte Mensch 2

Zur Textgestaltung wurde benutzt:

Der Anbruch IV, 4 (1921) (einzige Veröffentlichung). Nachtrag zu den Gedichten.
Die im Anbruch als Nr. 1 und 3 unter dieser Überschrift veröffentlichten Gedichte erschienen in allen späteren Drucken als Nr. 1 des Zyklus *Das späte Ich* beziehungsweise als Nr. 6 des Zyklus *Innerlich.*

Das Elend

Zur Textgestaltung wurde benutzt:
Berliner Tageblatt Nr. 491 (16. 10. 1925. Abendausg.; einzige Veröffentlichung). Nachtrag zu den vermischten Schriften.

Die liebe Fremde

Erstveröffentlichung in: Beil. zum Berliner Lokalanzeiger Nr. 559 (26. 11. 1933).
Zur Textgestaltung wurden benutzt:
Beil. zum Berliner Lokalanzeiger (26. 11. 1933). – Den Traum alleine tragen. Neue Texte, Briefe und Dokumente. Hrsg. von Paul Raabe und Max Niedermayer, Wiesbaden 1966. Nachtrag zu den autobiographischen Schriften.

NACHWORT DES HERAUSGEBERS

Als Gottfried Benn aufgefordert wurde, für den Band Menschheitsdämmerung, die berühmte von Kurt Pinthus 1920 herausgegebene Sammlung expressionistischer Lyrik, eine Lebensbeschreibung und Selbstdarstellung zu verfassen, da schrieb er: „Geboren 1886 und aufgewachsen in Dörfern der Provinz Brandenburg. Belangloser Entwicklungsgang, belangloses Dasein als Arzt in Berlin." Diese schroffe lakonische Auskunft sollte heißen: Leben und Kunst haben nichts miteinander zu tun, meine Gedichte haben ein von mir losgelöstes eigenes Dasein, und was ich privat bin, was ich erlebt habe, wie ich lebe, das ist für sie unbedeutend.

Selbstverständlich kann man eine solche These anzweifeln, aber richtig ist, daß man sich die Verbindung von Leben und schriftstellerischer Produktion nicht so direkt und eindeutig vorstellen darf, wie das oft geschieht, wenn mit dem Interpretationsschema „Erlebnis-Dichtung" hantiert wird. Anlässe, Gelegenheiten lassen sich zwar manchmal feststellen, liegen bei vielen Texten dieses Bandes, den Polemiken, Entgegnungen, Grußworten, Antworten auf Umfragen, Rezensionen und Einleitungen auch offen zutage, aber die tieferen, prägenden Ursachen und Motive der Produktion sind zumeist verdeckt. Es gibt wohl auch selten unmittelbare und eindeutige Kausalverhältnisse. Aus vielen verschiedenen Quellen strömt das seelische und geistige Material zusammen, das in einem Text Gestalt gewinnt, und da Bewußtsein und Unterbewußtsein nicht unter dem Gesetz der mechanischen Zeit stehen, da sich hier das zeitliche Nacheinander in eine fluktuierende Simultanpräsenz verwandelt, können ein ferner Kindheitseindruck und ein Augenblicksreiz sich verbinden und den schöpferischen Vorgang auslösen. An der ahistorischen oder unzeitlichen Struktur der Seele und an der Vielschichtigkeit des Produktionsprozesses scheitern die biographischen Interpretationsversuche. Zumal hier, wenn man einleuchtende Erklärungen sucht, eine Tendenz zur Stilisierung wirksam ist. So ist zur Motivation gewisser Ausfälle Benns ein Bild seines Vaters gezeichnet worden, das, wie Benns Geschwister glaubhaft machen konnten, der Wirklichkeit nicht entspricht. Dieser strenggläubige Mann habe verboten, der Mutter, die an Krebs litt, Betäubungsmittel zu geben. Tatsächlich aber handelte es sich hier um ein Einverständnis der Ehegatten: sie hofften auf göttliche Hilfe, sie glaubten, daß noch Besserung möglich sei, falls man die Widerstandskraft der Kranken nicht durch Betäubungsmittel schwäche. So eindeutig sind also die Situationen nie, wie der Biograph sie haben möchte. Er wird vergleichsweise immer grob äußerlich bleiben und auf vereinfachende Erklärungen verfallen, in denen die volle Realität des Werkes nicht kenntlich wird. Wenn man zum Beispiel Benns frühe Lyrik aus dem Milieu von Leichenkeller und Krebsbaracke als den Ausdruck schockartiger Erfahrungen des jungen Arztes versteht, dann übersieht man, daß diese furiosen Gedichte selber schockieren wollen, man verkennt ihre aggressive Tendenz. Nicht nur das Erschrecken über den grauenhaften körperlichen Verfall, sondern auch der entgegengesetzte Eindruck, daß die spießbürgerliche Zeitgenossenschaft den dunklen Grund des menschlichen Daseins zu verschleiern versucht, hat diese Gedichte geprägt. Und woher stammt die heftige Abneigung gegen jene Zeitgenossen, wie erklärt sich die merkwürdige Faszination durch den Tod? Hier beginnen erst die Schwierigkeiten, hier faßt man vielleicht einen Zipfel des undurchdringlichen Gewebes innerer und äußerer Kräfte, die ein bestimmtes einmaliges Werk hervorgebracht haben.

Verstehen kann man das Werk, ohne es ursächlich erklären zu können, und insofern hat Benn recht, daß die Biographie belanglos sei. Falsch ist es nur, zu postulieren, daß das Werk nichts mit dem Leben zu tun habe. Es ist vielmehr selbst eine Lebensäußerung, und es ist nur deshalb analytisch nicht auflösbar, biographisch nicht angemessen erklärbar, weil es kein Laboratoriumsprodukt mit überschaubarer Ursachenkonstellation, sondern eben eine undurchdringlich komplexe individuelle Lebensäußerung ist.

Sollte das mißtrauisch machen gegenüber autobiographischen Schriften, in denen der Autor über sich selbst spricht? In gewissem Sinne ja. Zwar gibt es keinen authentischeren, keinen informierteren Zeugen als den, der alles selbst erlebte, aber auch keinen befangeneren. Denn niemand kann aus seiner Haut schlüpfen und sich völlig objektivieren. Auch die Absicht radikaler Aufrichtigkeit wird von undurchschauten Antrieben unterwandert und dirigiert, auch der Versuch der Selbsterkenntnis dichtet am eigenen Mythos fort. Der Autobiograph schreibt als Beteiligter und ist als solcher zugleich wissend und blind. Man muß seine Selbstzeugnisse als situationsgebundene Äußerungen verstehen.

Gottfried Benns autobiographische Schriften haben sogar deutlich programmatischen Charakter und enthalten nur Elemente einer Lebensbeschreibung. Sie markieren bestimmte Lebenssituationen, in denen er ein Fazit zieht und sich der Welt in bestimmter Weise zu erklären sucht. Der *Epilog* der Gesammelten Schriften von 1922, mit dem er die erste Phase seiner Produktion beschließt, ist Zeugnis einer geistigen Krise, die ihm ausweglos erschien. Er erklärt, nicht mehr schreiben zu wollen, „total erledigt" zu sein. Erst mußte eine neue Einstellung gefunden werden, die autistische Haltung des „Lyrischen Ich", die in der gleichnamigen, Jahre späteren Schrift formuliert wird. Beide Texte, die Benn später zusammenrückte, bezeichnen einen wichtigen Entwicklungssprung. Eine der heikelsten und interessantesten Schriften dieses Bandes ist die Selbstdarstellung *Lebensweg eines Intellektualisten* aus dem Jahre 1934. Auch sie entstammt einer Krisensituation, gehört in enge Nachbarschaft zu der *Antwort an die literarischen Emigranten* und den Aufsätzen und Vorträgen des gleichen Zeitraums, die der Band I enthält. Gottfried Benn hatte sich, befragt von Klaus Mann, wo er in dieser Stunde stehe, in jener öffentlichen Antwort wie schon vorher in seiner Rede über *Den neuen Staat und die Intellektuellen* (Band I) für die nationalsozialistische Machtergreifung und gegen die Emigranten erklärt, hatte die politischen Vorgänge als eine schöpferische anthropologische Wende interpretiert, mußte aber bald erfahren, daß er zu denen, die jetzt an der Macht waren, weder gehörte, noch ihnen genehm war. Er wurde durch den Balladendichter Börries von Münchhausen als Jude verdächtigt und mußte befürchten, seine ärztliche Praxis zu verlieren. Wie fatal die Situation war, wird vielleicht deutlich, wenn man sich vergegenwärtigt, daß selbstverständlich jeder Jude das Recht gehabt hat, sich als „Arier" auszugeben, wenn ihm das irgendwie möglich war, daß aber umgekehrt jeder arische Nachweis eine Distanzierung von den Juden war, ein stillschweigendes Abrücken von den Verfolgten, die entschlossenen Beistand gebraucht hätten. So wirkt es heute noch bestürzend, daß Gottfried Benn so eilig und ausführlich seine nichtjüdische Abstammung dargelegt hat; allerdings muß man gerechter-

weise bemerken, daß er seinen Ahnennachweis mit einer ironischen Einleitung versah. Er schrieb: „Wir sind in das Zeitalter der Genealogie eingetreten, aber auch in das der genealogischen Verdächte. Der Gegner dort, ist der nicht gemischt, ist der deutsch? Was für ein Sproß ist das? Ist das mein Stamm(-tisch), mein Blatt- und Mundwerk, mein Grundwasser (oder auch mein Bier), seltsam strenge Konturen dort, seltsam schillern seine Säume – Abwegiges an der Baum- und Hirnrinde –: an ihn! – Gestehe, träumerischer Mischling, öffnen Sie einem treuen Freund Ihr Blutmysterium, er ist ein Freier, er will Ihnen über Ihre schwere Stunde helfen!"
Das war unmißverständlich und couragiert. Aber dann folgte der arische Nachweis, mit dem er sich doch der Situation ergab. Er gehörte schon zu den mißliebigen Autoren und mußte lavieren, mußte Zugeständnisse machen, um noch reden zu können. Beispiele dafür sind die Vorworte zu seinen Büchern *Der neue Staat und die Intellektuellen* und *Kunst und Macht*, mit denen er sich der herrschenden Ideologie anzupassen suchte. Vielleicht glaubte er, die Entwicklung sei noch offen und es käme darauf an, weiter im Spiel zu bleiben, vielleicht versuchte er nur ohne große Hoffnung die Position zu behaupten, in die er sich selber begeben hatte. Er war in der Verteidigung, und das gibt allen Schriften dieser Jahre den zweideutigen Charakter von Captatio benevolentiae und Widerspruch, wie es etwa seine Verteidigung des *Expressionismus* (Band I) zeigt. Was heute Anstoß errege, sei Ausdruck einer ganz anderen Situation gewesen, argumentierte er. Seine Generation habe im Widerstand gegen eine materialistische Zeit leben müssen, die jetzt überwunden sei. Auch im *Lebensweg eines Intellektualisten* versuchte er darzustellen, aus welcher Problemlage sein Werk entstanden sei und mit welchen Per-

spektiven es in die neue historische Situation münde. Ob er wirklich glaubte, er könne, indem er über Rönne, Pameelen und das Lyrische Ich sprach, Verständnis für sich gewinnen, wo doch die Darlegung seiner Probleme deutlich machen mußte, daß er für die Herren der Stunde nicht akzeptabel war?

Wie rasch dann die Entscheidung fiel und welche Konsequenzen er zog, darüber berichtet er später im *Doppelleben*. Diese Schrift beginnt als Kritik und Erläuterung seines Irrtums und endet mit der Darstellung der neuen Bewußtseinslage, der das Spätwerk entstammt. Der Mittelteil unter der Überschrift „Block II, Zimmer 66" ist eine der eindrucksvollsten Schilderungen des Verfalls der nationalsozialistischen Macht, beobachtet in einer östlichen Kaserne.

Die autobiographischen Schriften, der Terminus ist nicht ganz zutreffend wie schon angedeutet wurde, sind das Kernstück dieses Bandes. Er enthält aber auch eine Reihe anderer Texte, die zum Verständnis Gottfried Benns unentbehrlich sind, so das *Gespräch* von 1910 und den späteren Dialog zum Thema *Können Dichter die Welt ändern?* Antworten auf Umfragen wie *Schöpferische Konfession* und *Fanatismus zur Transzendenz*, seine Erwiderungen auf die politischen und ideologischen Angriffe seitens Johannes R. Bechers, Egon Erwin Kischs und Werner Hegemanns (*Über die Rolle des Schriftstellers in dieser Zeit* und *Eine Geburtstagsrede und die Folgen*), dann die *Antwort an die literarischen Emigranten, Sein und Werden*, eine Besprechung eines Buches von Evola, das ihn tiefgreifend beeindruckt und seine Haltung seit 1935 mitbestimmt hat, der berühmte *Berliner Brief* an den Merkur, mit dem er sich nach dem Krieg wieder zu Wort meldete, und, wichtig für den späten Benn, den Verfasser der *Stimme hinter dem*

Vorhang (Band II), der *Brief an Alexander Lernet-Holenia*. Diese Auswahl soll die anderen Texte nicht disqualifizieren. Das wäre ein Unrecht zum Beispiel gegenüber den inspirierten „Einleitungen“, die Benn zu Barbarin, Auden und der Anthologie expressionistischer Lyrik geschrieben hat. Aber selbstverständlich gibt es auch in diesem Werk Gelegenheitstexte, die zum Teil als Freundschaftsdienst, zum Teil als lästige Pflicht ohne literarischen Anspruch verfaßt wurden. Auch sie können das Bild des Autors bereichern, wenn man ihn zuvor schon kennt.

Vielleicht ist zum Abschluß dieser Ausgabe noch eine Allgemeinheit erlaubt. Ein Gesamtwerk ist nicht als ein Gesamtwerk geschrieben und konzipiert, sondern eine Sammlung einzelner Arbeiten, die nicht fugendicht ineinanderpassen und manchmal einander widersprechen. Dennoch hat es als Prozeß der Selbstverwirklichung des Autors seine Kontinuität. Das editorisch kenntlich zu machen ist nur durch Datierung der Texte möglich. Die Aufgabe der Synthese bleibt dem Leser.

BEGRIFFSREGISTER DER GESAMMELTEN WERKE

VORBEMERKUNG

Dieses Register ist ein Versuch, das Denken Gottfried Benns in seinen tragenden Begriffen zu erfassen, ein Hilfsmittel also zum Verständnis der geistigen Position des Autors, seiner Axiome, Thesen und Urteile und seiner gedanklichen Entwicklung. Andere Formen des Registers wurden diskutiert, erschienen aber weniger sinnvoll. Ein Sach- und Personenverzeichnis, interessant für jeden sachbezogenen Autor, wäre bei Gottfried Benn zu einer zwar üppigen, aber unergiebigen Sammlung geographischer, historischer, mythologischer, botanischer und wissenschaftlicher Namen und Fakten geworden, ein lexikonartiger Katalog von zum größten Teil beliebigem und unzusammenhängendem Spielmaterial. Ebenso wäre ein Stellennachweis der lyrischen Ausdrucksworte (zum Beispiel: Meer, Strand, Träne, Haar, Wein) wegen der fluktuierenden unbestimmten Bedeutungs- und Gefühlsaura dieser Worte wenig brauchbar gewesen. Ein solches Register wäre allenfalls eine Vorarbeit zur Erforschung der Bedeutungsfelder und verwandten Wortgruppen. Das Begiffsregister hingegen trifft auf präzisere Strukturen, auf das zwar keineswegs systematische, aber durchschaubare Grundmuster der Gedanken Benns, das das lexikalische Spielmaterial und auch die Ausdruckssprache trägt. In manchen Grenzfällen reicht das Begriffsregister in den lexikalischen Stoff und in die lyrische Ausdruckssprache hinein.

Angeführt wurden alle Stellen, an denen ein für Benn bedeutsamer Begriff markant gebraucht wird, also entweder durch ausdrückliche Definition oder, was häufiger ist, durch seine Stellung im Textzusammenhang erklärt oder nuanciert wird. Die Begriffe wurden nach Möglichkeit substantiviert („mänadisch analys“ unter „Analyse“, die „sinnlose Geschichte“ unter „Sinnlosigkeit“ und „Geschichte“ notiert). Handelt eine längere Textpartie von einem Begriff, so daß er auf nahezu jeder Seite erscheint, dann wurde nur der Textzusammenhang im Register angegeben. Bei Synonymen (zum Beispiel: Gehirn, Schädel,

Stirn) wurden Verweisungen angebracht, von Grundwörtern aus wurde auf Zusammensetzungen mit Vorsilben und Bestimmungswörtern verwiesen, aber nicht umgekehrt, ebenso von Begriffen aus, die in anderem Zusammenhang in adjektivischer Form erscheinen, aber nicht umgekehrt (zum Beispiel: Bewußtsein s. a. Ichbewußtsein, Abendland s. a. Denken, abendländisches). In wenigen Ausnahmefällen wurden auch Stellen notiert, in denen ein Begriff erläutert wird, ohne wörtlich im Text zu erscheinen. *Kursive* Zahlen zeigen Kapitelüberschriften an.

Ruth Römer *Dieter Wellershoff*

A

B

G

J

K

L

N

U

Z

DANK DES HERAUSGEBERS

Die Edition des Gesamtwerkes von Gottfried Benn wäre ohne die freundliche Hilfsbereitschaft einiger Freunde seines Werkes nicht möglich gewesen. Ihnen möchte ich hier meinen Dank sagen. An erster Stelle danke ich Frau Dr. Ilse Benn, die mir bei der Sichtung des Nachlasses half und mich mit zahlreichen Auskünften bei meiner Arbeit unterstützte. Große Schwierigkeiten machte die Beschaffung der Textunterlagen; denn durch den Krieg waren viele Erstausgaben und Zeitschriftenbände in den Bibliotheken verlorengegangen. Daß es dennoch zum größten Teil gelang, die Textgeschichte zu rekonstruieren, verdanke ich der großzügigen Hilfe von Herrn Wilhelm Badenhop † (Wuppertal), Herrn August Buck (Osnabrück), Herrn Dr. F. W. Oelze (Bremen) und Herrn Fritz Werner (Freiburg), die mir ihre Sammlungen bereitwillig zur Verfügung stellten und mir mit wichtigen Auskünften und Hinweisen weiterhalfen. Bei der Anfertigung des Registers hatte ich in Frau Ruth Römer eine erfahrene und umsichtige Mitarbeiterin. Ohne sie hätte das Register in seiner jetzigen Gestalt nicht realisiert werden können. Sehr wertvoll war die aufmerksame Mitarbeit von Herrn Otto Nüssler (Druckerei Bechtold) beim Lesen der Revisionen. Mein besonderer Dank gilt schließlich Fräulein Marguerite Schlüter (Limes Verlag) und meiner Frau für ihre geduldige Mitarbeit bei Textgestaltung und Korrektur.

Heidebergen, September 1961 Dieter Wellershoff

VORBEMERKUNG

zum Personenregister der Gesammelten Werke Gottfried Benns

Entgegen der ursprünglichen Ansicht des Herausgebers, daß ein Personenregister nicht sinnvoll sei, hat sich inzwischen herausgestellt, daß von vielen Benutzern der Werke Gottfried Benns doch ein Personenregister gewünscht wird.

Bei der Herstellung des Registers ergab sich die Schwierigkeit, daß Benn viele Personen nur unvollständig bezeichnet hat. Soweit sich diese Personen aus dem Zusammenhang identifizieren ließen, sind sie unter ihrem vollständigen Namen aufgeführt.

Das Register enthält nicht nur historische, sondern auch mythologische und literarische Personen, sofern sie nicht Benns eigene Erfindungen sind. Antike Götter stehn unter ihrem griechischen Namen; vom römischen wird gegebenenfalls verwiesen. Namen, die Verlage oder Werke bezeichnen, wurden nicht aufgenommen (zum Beispiel wird »Faust« als Werk nicht aufgeführt, wohl aber Faust als literarische Figur). Personen aus in sich abgeschlossenen Textstücken, die nicht von Benn stammen (Klaus Mann-Brief, Schillergedicht) enthält das Register nicht. Wenn bekannte Namen in rhetorischen Zusammensetzungen erscheinen (zum Beispiel: Anti-Prometheus, Furunkelhiob), sind sie nicht aufgenommen worden. Außerdem wurde Benns eigener Name weggelassen.

Andere Namen, unter denen eine Person im Text auch auftauchen kann, wurden in ( )-Klammern angegeben. In [ ]-Klammern stehen abweichende Schreibweisen Benns. Erläuterungen zum Namen finden sich in ⟨ ⟩-Klammern.

Irene Wellershoff

A

L

N

INHALT

AUTOBIOGRAPHISCHE SCHRIFTEN

VERMISCHTE SCHRIFTEN

EINLEITUNGEN

Zu:

VOR- UND NACHWORTE ZU EIGENEN BÜCHERN

NACHTRÄGE